KB270155

KB270155

바람과 함께 사라지다

바람과 함께 사라지다

바람과 함께 사라지다 상

Gone with the Wind

마거릿 미첼 장편소설 안정효 옮김

GONE WITH THE WIND
by MARGARET MITCHELL (1936)

이 책은 실로 꿰매어 제본하는 정통적인 사철 방식으로 만들어졌습니다.
사철 방식으로 제본된 책은 오랫동안 보관해도 손상되지 않습니다.

J. R. M.에게

제1부

제1장

스칼렛 오하라는 미인이 아니었지만, 탈턴 쌍둥이 형제처럼 그녀의 매력에 사로잡힌 남자들은 그 사실을 제대로 깨닫지 못했다. 그녀의 얼굴에서는 프랑스 혈통을 이어받은 해안 지역 귀족 집안 출신인 어머니의 섬세한 용모와 다혈질 아일랜드계인 아버지의 묵직한 인상이 지나치게 날카로운 대조를 이루었다. 하지만 턱이 뾰족하고 턱뼈가 각이 진 얼굴은 사람들의 시선을 사로잡았다. 눈은 담갈색이 전혀 섞이지 않은 엷은 초록빛이었으며, 빳빳하고 검은 속눈썹이 별처럼 반짝거리고, 눈꼬리는 약간 치켜 올라갔다. 그 눈 위로는 짙고 검은 눈썹이 비스듬히 올라가서, 목련처럼 하얀 피부에 산뜻하고 비스듬한 선을 이루었는데 ― 남부의 여자들은 이런 피부를 무척이나 소중히 여겼고, 뜨거운 조지아 태양으로부터 그런 살갗을 보호하려고 둥근 모자와 베일과 장갑을 동원했다.

1861년 화창한 4월의 어느 날 오후, 아버지의 농장인 타라의 서늘한 포치 그늘에서 스튜어트와 브렌트 탈턴과 나란히 앉은 그녀는 아름다운 한 폭의 그림이었다. 꽃무늬를 박은 초록빛 새 옥양목 드레스는, 버팀살 위로 10미터나 물결치며 쏟아져, 아버지가 최근에 애틀랜타에서 사다 준 뒷굽이 편편한 초록빛 모로코가죽 신발과 멋지게 어울렸다. 드레스는 인근 3개 군(郡)에서 가장 가느다란 43센티미터 허리를 완벽하게 드러내 주었고, 몸에 꼭 끼는 짧은 웃옷은 열여섯 살치고는 잘 발육한 젖가슴을 돋보이게 했다. 하지만 활짝 펼쳐진 치마, 말끔하게 쪽을 찌고 망을 씌운 얌전한 머리, 그리고 조용히 무르팍에 포개 놓은 하얗고 작은 두 손에도 불구하고, 그녀의 본성은 제대로 감추기가 어려웠다. 조심스럽고 다정한 얼굴의 푸른 눈은 힘차게 이글거리고, 고집스럽고, 생명력이 넘쳐서 단정한 태도와는 뚜렷한 대조를 드러냈다. 그녀의 몸가짐은 어머니의 상냥한 꾸짖음과 그보다 훨씬 엄격한 흑인 유모의 단련을 통해서 갖춰진 것이지만, 눈만큼은 그녀 자신 그대로였다.

그녀의 양쪽에서는 쌍둥이 형제가, 승마로 단단해진 늘씬한 다리에 무릎까지 올라오는 장화를 신고, 느긋하게 다리를 꼬고 의자에 앉아서, 박하 술[1]이 담긴 높직한 잔에 비친 햇살 때문에 눈을 가느다랗게 뜨고, 웃고 떠들며 한가하게 노닥거렸다. 나이가 열아홉 살이고, 키는 185센티미터에, 뼈마디가 길고 근육이 단단하며, 얼굴은 햇볕에 그을고 머리카락은 짙은 다갈색이며, 눈은 경쾌하고도 교만하고, 똑같이 파란 저고리에 겨자 빛깔의 바지를 걸친 그들은 두 송이의 목화만큼이나 서로 닮았다.

바깥에서는 늦은 오후의 햇살이 마당으로 비스듬히 기울어, 싱싱하고 파릇파릇한 배경을 깔고 덩어리를 지어 엉겨 붙은 하얀 꽃송이들처럼 보이는 산딸나무에 눈부신 광채를 뿌렸다. 쌍둥이들이 타고 온 말들은 입구에 매어 놓았는데,

---

1 물 탄 위스키에 박하 잎을 곁들인 남부 특유의 술.

주인의 머리카락처럼 붉은 빛깔이고 몸집이 큰 말의 다리 주변에서는, 스튜어트와 브렌트가 가는 곳이면 어디나 따라다니던 홀쭉하고 신경질적인 사냥개들이 떼를 지어 싸움을 벌였다. 귀족이라도 된 듯 약간 초연하게 앞발에다 주둥이를 얹어 놓고 엎드린 검정 점박이 얼룩 개는 청년들이 저녁을 먹으러 집으로 돌아가기만을 참을성 있게 기다렸다.

늘 같이 다닌다는 동행자 이상의 깊은 유대가 사냥개와 말과 쌍둥이 형제들 사이에 존재했다. 그들은 하나같이 건강하고, 버르장머리가 없고, 미끈하고, 우아하고, 호쾌한 젊은 동물이었고, 두 청년은 그들이 타고 다니는 말처럼 혈기가 왕성했는데, 아무리 활달하며 위험하기는 해도 그들을 제대로 다룰 줄 아는 사람 앞에서는 온순했다.

태어날 때부터 편안한 농장 생활을 누려 어린 시절에도 자질구레한 온갖 시중을 받으며 성장했는데도, 포치에 앉은 세 사람의 얼굴은 살이 처지지도 않고 푸석거리지도 않았다. 그들의 얼굴은, 평생을 탁 트인 바깥에서 보내고 책에 담긴 따분한 내용들로 머리를 썩이지 않는 시골 사람다운 활기와 탄력을 보였다. 북부 조지아 클레이턴 카운티에서의 삶은 아직 세련되지 않았고, 오거스타와 서배너와 찰스턴의 기준에 의하면 약간 촌스러웠다. 남부에서보다 안정되고 역사가 깊은 지역 사람들은 오지(奧地) 조지아 사람들을 깔보았지만, 이곳 북부 조지아에서는 인문 교육에서 얻은 교양쯤은 결여되었더라도 남자는 중요한 몇몇 면에서만 능하다면 부끄러워할 이유가 없었다. 그리고 그 중요한 면이란 목화 재배를 잘하고, 말을 잘 타고, 사격술이 정확하고, 춤을 경쾌하게 추고, 여자들을 우아하게 대하고, 술을 마셔도 신사다움을 잃지 않는 것 등이었다.

쌍둥이 형제는 이런 자질에서 빼어났고, 책에 담긴 지식은 무엇 하나 배울 줄 모르는 한심한 무능력도 마찬가지로 뛰어났다. 그들의 집안은 카운티의 어느 누구보다도 돈이 많고, 말과 노예도 많았지만, 두 청년은 대부분의 가난한 크래커[2] 이웃만큼도 문법을 몰랐다.

바로 그런 이유 때문에, 스튜어트와 브렌트는 4월의 그날 오후에 타라 농장의 포치에서 빈둥거리며 시간을 보냈다. 그들은 조지아 대학교에서 얼마 전에 퇴학을 당했는데, 지난 2년 사이에 그들이 대학에서 쫓겨나기는 이것이 네 번째였으며, 그들의 형 톰과 보이드도 쌍둥이 동생이 환영받지 못하는 학교에는 다니고 싶지 않다며 그들과 함께 고향으로 돌아왔다. 스튜어트와 브렌트는 최근에 당한 퇴학이 웃기는 사건이라고 생각했으며, 지난해 파예트빌 여학교를 그만둔 이후 마음이 내켜서 책을 펼쳐 본 적이 없었던 스칼렛 역시 이 사건을 대단히 재미있는 일이라고 생각했다.

「퇴학을 당했다고 해도 두 사람은 신경조차 쓰지 않고, 톰도 마찬가지 생각이리라는 걸 난 알아요.」 그녀가 말했다. 「하지만 보이드는 어떻죠? 형은 교육을 받아야 되겠다고 작정했던 모양이지만, 두 사람 때문에 버지니아와 앨라배마와 사우스캐롤라이나, 그리고 이제는 조지아 대학을 덩달아 그만둬야 했잖아요. 이러다가 보이드는 영 졸업을 못할 거예요.」

「아, 형은 파예트빌에 가서 파말리 판사님 사무실에서 법률을 공부하면 돼요.」 브렌트가 무책임하게 말했다. 「그리고 그건 별문제가 되지 않아요. 어쨌든 학기가 끝나기 전에 우린 고향으로 돌아올 수밖에 없었으니까요.」

「왜요?」

2 *cracker*. 미국 남부의 가난한 백인을 일컫는 말.

「전쟁 말이에요, 이 멍청한 아가씨 같으니라고! 언제 전쟁이 터질지 모를 노릇인데, 전쟁이 벌어지는 동안 우리들 가운데 한 사람이라도 대학에 눌어붙어 있으리라고는 생각하지 않겠죠, 안 그래요?」

「전쟁 따위는 일어나지 않으리라는 걸 잘 알면서 왜 그래요.」스칼렛이 따분해하며 말했다.「공연히 모두들 말로만 그러죠. 그래요, 지난주에도 애슐리 윌크스하고 그 사람 아버지가 우리 아버지한테 얘기하기를, 워싱턴에 있는 우리 대표단이 링컨 대통령하고 남부 동맹에 관해서, 뭐냐, 그게 뭐더라 ─ 우호적 합의를 보게 되리라고 그랬어요. 그리고 어쨌든 양키들은 우리들을 너무 무서워하니까 싸우려고 덤비지도 못해요. 전쟁은 절대로 안 일어나고, 난 그런 얘기는 듣기만 해도 지겨워요.」

「전쟁이 절대로 안 일어난다고요!」사기라도 당한 듯 분개해서 쌍둥이 형제가 소리쳤다.

「이봐요, 아가씨. 물론 전쟁은 터질 거예요.」스튜어트가 말했다.「양키들이 우릴 무서워할지도 모르지만, 그저께 섬터 요새에서 보르가드 장군이 포격을 가해 그들을 몰아냈으니, 싸우지 않는다면 온 세상 사람들 앞에서 겁쟁이라고 낙인이 찍히고 말 처지가 되었어요. 그래요, 남부 동맹이라는 건 ─」

스칼렛은 따분해서 못 참겠다고 입을 삐죽거렸다.

「한 번만 더 〈전쟁〉 소리를 했다간 난 집으로 들어가 문을 닫아 버리겠어요. 난 〈남부의 분리〉라는 말도 그렇지만, 〈전쟁〉보다 따분한 말은 내 평생 한 번도 들어 보지 못했어요. 아버지는 하루 종일 입버릇처럼 전쟁 얘기를 하고, 아버지를 만나러 오는 모든 손님들도 내가 따분해서 비명이라도 지르고 싶을 정도가 될 때까지 섬터 요새니, 중앙 정부에 위임되지 않은 주의 권리니, 에이브 링컨이니 해가며 떠들어 대죠! 그리고 남자애들까지도 모조리 그런 얘기나 의용대 얘기만 늘어놓아요. 금년 봄에는 남자들이 다른 얘기라고는 도대체 하나도 안 하니까 어느 파티엘 가도 전혀 재미가 없어요. 하마터면 그 얘기로 성탄절 파티들까지도 잡쳐 버렸을지도 모르니까, 조지아가 그나마 성탄절이 지난 다음까지 기다렸다 탈퇴했다는 게 천만다행이었어요. 만일 〈전쟁〉 소리를 또 했다간 난 집으로 들어가겠어요.」

그 말은 진담이었으니, 그녀는 자기가 대화의 가장 중요한 화제가 되지 않으면 어떤 얘기도 오래 참고 견딜 줄을 몰랐다. 하지만 그런 소리를 하면서도 그녀는 의식적으로 보조개가 깊이 파이도록 미소를 짓고는, 빳빳하고 검은 속눈썹을 나비의 날개처럼 빠르게 파르르 떨었다. 의도했던 대로 청년들은 그녀에게 매료되어, 지루하게 만들어서 미안하다고 서둘러 사과했다. 그녀가 관심을 보이지 않았다고 해도 그들은 그녀를 못마땅하게 생각하지를 않았다. 사실 그들은 그녀를 더 멋지다고 생각했다. 전쟁이란 남자들의 일이어서 여자들과는 상관이 없었고, 그래서 스칼렛의 태도를 그들은 진정한 여성다움으로 받아들였다.

전쟁이라는 따분한 얘기로부터 교묘하게 그들의 관심을 돌린 다음에, 그녀는 지금 당장 그예 당면한 상황을 다시 화제에 올렸다.

「두 사람이 또 퇴학을 당했다니까 어머니가 뭐라고 그래요?」

버지니아 대학교의 요청에 따라, 그들이 석 달 전에 집으로 돌아왔을 때 어머니가 취했던 행동을 머릿속에 되새기며, 두 청년은 거북한 표정을 지었다.

「글쎄요.」스튜어트가 말했다.「어머니와는 아직 아무 얘기도 할 기회가 없었죠. 오늘 아침 일찍 어머니가 일어나기도 전에, 톰하고 우리들은 집을 나왔는데, 우린 이리로 왔고 톰은 폰테인 댁에서 죽치고 있어요.」

「어젯밤 집에 돌아왔을 때 어머니가 아무 얘기도 안 하던가요?」

「어젯밤에 우린 재수가 좋았어요. 우리들이 집에 도착하기 직전에, 어머니가 지난달 켄터키에서 구한 새 종마(種馬)가 도착해서 집안이 온통 야단법석이었으니까요. 그 덩치 큰 녀석, 멋진 말이니까, 스칼렛, 아버지한테 어서 와서 한번 구경하시라고 그래요. 그 녀석, 이곳으로 내려오는 도중에 벌써 마부를 물어뜯었고, 존즈버러 기차역으로 마중 나갔던 어머니의 검둥이 하인 두 명을 짓밟아 버렸어요. 그리고 우리들이 집에 도착하기 직전에, 이 녀석은 마구간을 발길질해 부수고, 어머니가 아끼는 종마 스트로베리를 반쯤 죽여 놓았죠. 우리들이 집에 도착했을 때는 어머니가 설탕 한 자루를 들고 마구간으로 나가 종마를 달래는 중이었는데, 그 달래는 솜씨가 기막히게 좋았어요. 검둥이들은 너무 겁이 나서 눈이 휘둥그레 가지고 서까래에 매달려 있었지만, 어머니는 사람에게 얘기하듯 말에게 얘기를 했고, 종마는 어머니의 손에서 설탕을 받아먹었죠. 말을 다루는 솜씨라면 어머니를 따라갈 사람이 없어요. 그리고 우리들을 보더니 어머님이 말했어요. 〈하느님 맙소사, 너희들 넷은 도대체 뭐 하러 집으로 왔지? 너희들은 이집트의 돌림병보다도 한심한 녀석들이야!〉그러자 말이 또다시 힝힝거리고 뒷발로 일어서려고 하니까, 어머니가 말했어요. 〈여기서 나가! 이 덩치 크고 귀여운 녀석이 불안해하잖아! 너희 넷은 아침에 내가 손 좀 볼 테니까!〉그래서 우린 잠자리에 들었고, 오늘 아침엔 보이드에게 어머니를 알아서 하라고 맡기곤, 우린 붙잡히기 전에 뺑소니를 쳤어요.」

「어머니가 보이드를 때릴까요?」 다 자란 아이들을 못살게 굴고, 때에 따라서는 필요하다면 승마용 채찍으로 등을 때리기도 하는 작달막한 탈턴 부인을, 카운티의 다른 사람들이나 마찬가지로, 스칼렛은 전혀 납득하지 못했다.

비어트리스 탈턴은 바쁜 여자여서, 넓은 목화 농장과, 백 명의 흑인과, 여덟 아이뿐 아니라 주에서 가장 큰 말 사육장까지 돌봐야 했다. 그녀는 성미가 급하고, 네 아들이 걸핏하면 신경을 건드려 쉽게 짜증이 났던 터라, 아무도 말이나 노예에게 채찍질을 못 하게 금하면서도 가끔 자기는 아들에게 한 번씩 혼을 내줘도 나쁠 것이 없으리라고 믿었다.

「물론 어머닌 형을 때리지 않아요. 장남인 데다가 체격도 가장 허약하기 때문에, 보이드를 절대로 때리지 않죠.」 건장한 키를 자랑으로 여기는 스튜어트가 말했다. 「그렇기 때문에 어머니한테 우리 입장을 설명하라고 집에 보이드를 남겨둔 거예요. 맙소사, 어머니도 이젠 우릴 그만 못살게 굴 때도 되었을 텐데! 우린 열아홉 살이고, 톰은 스물하나지만, 어머니는 마치 우릴 여섯 살짜리 아이를 다루듯 해요.」

「어머니는 내일 윌크스 댁 바비큐 파티에 새 말을 타고 오실 건가요?」

「그러고 싶어 하시지만, 너무 위험하다고 아버지가 말렸어요. 누이들도 가만히 있지 않을 테고요. 누이들은 어머니가 적어도 한 번만이라도 숙녀답게 마차를 타고 파티에 가도록 하겠다고 별렀어요.」

「내일은 비가 안 왔으면 좋겠네요.」 스칼렛이 말했다. 「지난 한 주일 내내 거의 날마다 비가 왔잖아요. 바비큐 파티를 하다 말고 집 안으로 들어가 놀게 되는 것처럼 꼴불견은 또 없으니까요.」

「아, 내일은 6월처럼 화창하고 더울 거예요.」 스튜어트가 말했다. 「저 노을을 봐요. 저렇게 붉은 노을은 처음 보겠군요. 노을을 보면 이튿날 날씨를 빤히 알 수 있죠.」

그들은 새로 갈아 놓은 제럴드 오하라의 끝없이 광활한 목화밭 너머 붉은 지평선을 쳐다보았다. 플린트 강 건너편 언덕 너머로 진홍빛 소용돌이를 이루며 해가 지는 지금, 4월 하루의 따스한 기운이 가시며 어렴풋하지만 아늑한 서늘함이 찾아들었다.

잠깐씩 내리는 비와, 강가의 시커먼 늪지대와, 아득히 먼 산을 하얀 별처럼 얼룩져 수놓은 산딸나무와, 한꺼번에 거품처럼 피어난 분홍빛 복사꽃과 더불어 그해에는 봄이 일찍 왔다. 밭갈이는 어느새 거의 끝났고, 석양의 핏빛 영광은 갓 엎어 놓은 밭이랑의 붉은 조지아 흙을 더욱 붉은 빛깔로 물들였다. 목화씨를 뿌리려고 뒤엎어 놓은 축축하고 굶주린 흙은, 이랑의 꼭대기 모래가 드러난 부분은 분홍빛이었고, 물이 빠지는 도랑은 그늘이 져서 붉은색과, 주홍과, 적갈색을 띠었다. 하얀 수성 도료를 바른 농장의 벽돌 저택은 사납고 시뻘건 바다, 분홍빛 물마루의 파도들이 하얗게 무너지는 순간에, 회오리치고 굽이치며 반달 모양을 이루는 물결이 갑자기 굳어 버린 바다에 떠오른 섬처럼 보였다. 평탄한 중부 조지아 들판의 노란 흙이나 해안 지역 농장의 비옥하고 시커먼 땅에서 볼 수 있는 그런 길고도 곧게 뻗어 나간 밭이랑이 이곳에는 없기 때문이었다. 굽이치는 작은 언덕들이 많은 북부 조지아 지방에서는, 비옥한 토질이 강바닥으로 쓸려 내려가

지 않도록 막으려고 수없이 이리저리 곡선을 이루어 밭을 갈
아 놓았다.

　이곳의 땅은 시뻘건 흙이어서, 비가 내린 다음에는 핏빛이
고 한발이 들면 벽돌 가루 같은 빛깔이었으며, 목화 재배에
는 세상에서 제일 좋은 땅이었다. 이곳은 하얀 집들과, 밭갈
이를 끝낸 평화스러운 들판과, 유유히 흐르는 누런 강물이
어울리는 쾌적한 땅이었지만, 지극히 강렬하게 눈부신 태양
과 지극히 짙은 그늘이 심한 대조를 이루는 땅이기도 했다.
농장의 개활지와 몇십 리에 걸친 목화밭이 느긋하고 흐뭇하
게 따스한 태양을 올려다보며 미소를 지었다. 그 언저리에
솟아오른 처녀림은 가장 뜨거운 한낮에도 컴컴하고 서늘했
으며, 신비스럽고, 어딘가 음산했고, 살랑거리는 소나무 숲
은 태곳적부터의 끈기로 버티고 기다리며, 한숨을 짓듯 나지
막한 소리로 이렇게 위협하는 듯싶었다. 〈조심하라! 조심하
라! 너희들은 한때 우리들에게 꼼짝도 못 했다. 우리가 다시
너희들을 지배할 날이 오리라.〉

　들에서 일하는 일꾼과 노새들이 밭에서 돌아오자, 말발굽
이 울리고 시끄럽게 제멋대로 웃어 대는 흑인들의 목소리와,
마구의 쇠사슬이 딸랑거리는 소리가, 포치에 있던 세 사람의
귀에 들려왔다. 집 안에서는 열쇠 바구니를 들고 뒤를 따라
다니는 어린 흑인 소녀를 부르는 스칼렛의 어머니 엘렌 오하
라의 나지막한 목소리가 흘러나왔다. 어린아이답게 고음인
목소리가 〈예, 마님〉이라고 대답했으며, 집으로 돌아오는 일
꾼들에게 먹을거리를 배급하는 훈제장(燻製場)으로 가려고
엘렌이 뒷문으로 나가는 발소리가 났다. 타라 농장의 시종이
며 하인 우두머리인 〈돼지〉가 저녁 식탁을 차리느라고 사기
그릇이 짤그랑거리고 은수저가 덜그럭거렸다.

　식탁을 차리는 소리를 듣고서야 쌍둥이들은 집으로 가야 할 시간이 되었음을 깨달았다. 하지만 그들은 어머니를 대할 생각을 하니 끔찍했고, 혹시 스칼렛이 저녁을 같이 들자고 청하지나 않을까 잠깐이나마 기대를 품고 타라의 포치에서 미적거렸다.

　「이봐요, 스칼렛. 내일 얘긴데요.」 브렌트가 말했다. 「우리들이 타향에서 지내는 바람에 바비큐 파티와 무도회 얘기를 듣지 못하기는 했지만, 그렇다고 해서 우리들이 내일 밤 실컷 춤을 추지 말란 법은 없잖아요? 스칼렛, 춤 약속이 모두 찬 건 아니겠죠?」

　「저런, 약속이 다 된걸요! 둘이 다 집으로 오리라는 걸 내가 어떻게 알았겠어요? 당신 두 사람만 기다리다가 벽화[3] 노릇이나 하면 어쩌려고요.」

　「당신이 벽화 노릇을 하다니!」 두 청년이 요란하게 웃어대었다.

　「이봐요, 아가씨. 당신은 첫 번째 왈츠를 나하고 추고, 마지막 춤은 스튜[4]하고 추고, 저녁 식사도 우리들하고 같이해야 해요. 지난번 무도회에서처럼 우린 층계참에 앉아 진시 할멈을 불러 점을 쳐달라고 하자고요.」

　「난 진시 할멈이 보는 점은 마음에 안 들어요. 할멈은 나더러 머리가 새까맣고 콧수염이 길고 검은 신사와 결혼할 거라고 그랬는데, 난 머리가 검은 남자들을 좋아하지 않거든요.」

　「당신은 붉은 머리 남자들을 좋아하죠, 안 그래요, 아가씨?」 브렌트가 히죽거렸다. 「자, 그러니까 모든 춤과 저녁 식사 약속은 우리들하고 해요.」

3 무도회에서 춤을 청하는 남자가 없어 멀거니 앉아 있는 여자.
4 스튜어트의 애칭.

「우리들하고 약속을 해준다면, 비밀을 하나 알려 주죠.」스튜어트가 말했다.

「뭔데요?」 그 말을 듣고 어린아이처럼 신경을 곤두세우며 스칼렛이 소리쳤다.

「어제 우리들이 애틀랜타에서 들은 그 얘기 말이야, 스튜? 그건 남들한테 얘기하지 않기로 약속했잖아.」

「하지만 피티 아줌마는 우리들한테 그 얘길 했잖아.」

「누구 아줌마라고요?」

「아시잖아요, 애틀랜타에 사는 애슐리 윌크스의 친척이며, 찰스와 멜라니 해밀턴의 고모인 피티팻 해밀턴 말이에요.」

「알죠. 난 평생 그렇게 한심한 여자는 본 적이 없어요.」

「한데 말이에요, 어제 우리들이 애틀랜타에서 집으로 오는 기차를 기다리고 있으려니까, 마침 마차를 타고 역 앞을 지나가던 그 여자가 멈추더니 우리들하고 얘기를 나누었는데, 내일 밤 윌크스 댁 무도회에서 약혼 발표가 있을 거라고 그랬어요.」

「아, 그 얘긴 나도 알아요.」 실망한 스칼렛이 말했다. 「그 여자의 조카인 멍청한 찰리[5] 해밀턴하고 허니 윌크스 얘기로군요. 남자 쪽에서 어딘가 좀 미지근한 듯싶기는 했어도, 언젠가는 그들이 결혼하리라는 건 여러 해 전부터 다들 알고 있었죠.」

「그 남자가 멍청하다고 생각해요?」 브렌트가 물었다. 「작년 성탄절에는 그 친구가 당신 곁에서 꽤나 법석을 떨고 쫓아다녀도 가만히 내버려 두더니만.」

「그 사람이 법석을 떨고 쫓아다니는 거야 내가 어떻게 말리겠어요?」 스칼렛이 별일 아니라는 듯 어깨를 추슬렀다.

5 찰스의 애칭.

「내가 보기엔 그 남자 굉장히 소심하더군요.」

「그건 그렇고, 내일 발표될 약혼은 그 친구가 아니에요.」 스튜어트가 의기양양하게 말했다. 「애슐리가 찰리의 여동생 멜라니하고 약혼을 한대요!」

아무 경고도 없이 얼얼할 정도로 한 방 얻어맞은 듯, 스칼렛은 처음 얼마 동안 충격이 너무 심해 무슨 일이 벌어졌는지도 모르는 사람처럼, 표정은 변하지 않았지만 입술에서는 핏기가 사라졌다. 굳어 버린 얼굴로 스튜어트를 그녀가 빤히 쳐다보니까, 앞뒤를 곰곰이 따지는 기질이 전혀 없었던 그는, 스칼렛이 그냥 놀라고 깊은 흥미를 느끼는 줄로만 알았던 모양이었다.

「피티 아줌마 얘기로는 미스 멜리[6]가 별로 건강이 좋지 않기 때문에 내년까지 발표를 하지 않을 계획이었지만, 온통 전쟁 얘기가 나돌고 하니까 양쪽 집 사람들이 서둘러 빨리 결혼을 시키는 게 좋겠다고 생각했다는 거예요. 그래서 내일 밤 저녁 식사를 위한 휴식 시간에 발표를 한다는군요. 자, 스칼렛, 우리들이 비밀을 알려 줬으니까 아가씨는 우리들하고 저녁 식사를 같이하기로 약속해요.」

「물론 약속하겠어요.」 스칼렛이 엉겁결에 대답했다.

「그리고 춤도 모두요?」

「모두요.」

「정말 고마워요! 보나마나 다른 청년들이 화가 나서 펄펄 뛰겠어요.」

「화를 낼 테면 내라지.」 브렌트가 말했다. 「녀석들쯤은 우리 둘이서 얼마든지 처리할 수 있으니까. 이봐요, 스칼렛. 아침에 바비큐 파티에선 우리들하고 나란히 앉아요.」

6 멜라니의 애칭.

「뭐라고요?」

스튜어트가 부탁을 되풀이했다.

「물론이죠.」

쌍둥이는 기쁘기는 하면서도 좀 놀란 표정으로 서로 쳐다보았다. 비록 그들은 스칼렛에게 마음을 둔 남자들 가운데 그들 자신이 그녀에게 가장 호감을 주었으리라고 자신했었지만, 지금까지 그 호감의 표현을 이토록 쉽게 얻어 낸 적이 한 번도 없었다. 그녀는 남자들로 하여금 애원하고 쩔쩔매도록 애를 태우고, 좋다거나 싫다는 대답을 하지 않고 질질 끌면서, 그들이 시무룩해지면 웃어 주고, 그들이 화를 내면 점점 냉정해지기가 보통이었다. 그런데 지금 그녀는 바비큐 파티에서 그들과 나란히 앉고, (어떻게 해서든지 모든 무도곡이 왈츠가 되도록 그들이 손을 쓰겠지만!) 모든 왈츠와 만찬 휴식 시간까지, 사실상 내일을 몽땅 그들에게 약속해 주었다. 그만하면 대학에서 쫓겨났다고 해도 아쉬울 바가 없었다.

그들이 거둔 성공에 다시금 흥이 난 쌍둥이는 계속 눌러앉아서 바비큐 파티와, 무도회와, 애슐리 윌크스와, 멜라니 해밀턴 얘기를 하면서, 서로 말을 가로막고 농담을 했으며, 그 농담에 웃어 대기도 하고, 저녁 식사에 초청해 달라는 뜻을 은근히 비치곤 했다. 시간이 꽤 지난 다음에야 그들은 스칼렛이 아무런 대꾸도 없었다는 사실을 깨달았다. 분위기가 좀 달라진 듯싶었다. 어떻게 달라졌는지를 쌍둥이들은 알지 못했지만, 오후의 찬란한 광채가 사라졌다. 스칼렛은 대답은 또박또박 하면서도 그들이 하는 말에 거의 신경을 쓰지 않는 눈치였다. 이해가 가지 않으면서도 어떤 낌새를 의식하고, 그래서 짜증스럽고 어색해진 쌍둥이들은 얼마 동안 어색하게 버티다가, 결국은 시계를 보고는 마지못해 자리에서 일어섰다.

새로 밭갈이를 한 들판에 햇살이 나지막이 드리웠고, 강 건너편에서는 우뚝 선 나무들이 시커먼 윤곽을 어렴풋하게 드러냈다. 마당 위를 가로질러 굴뚝제비들이 재빨리 날아갔고, 닭과 오리와 칠면조 들이 뒤뚱거리거나 어기적거리면서 앞서거니 뒤서거니 들판에서 들어왔다.

스튜어트가 소리쳤다. 「짐스!」 그리고 잠깐 기다렸더니 그들 나이 또래의 키가 큰 흑인 청년이 허둥지둥 집 모퉁이를 돌아 뛰어오더니 고삐를 붙들어 맨 말들에게로 달려갔다. 짐스는 그들의 하인이어서, 어디를 가나 개처럼 부지런히 따라다녔다. 그는 어렸을 때는 같이 놀던 동무였는데, 쌍둥이들이 열 살이 되던 해에 마음대로 부리라고 선물로 받았다. 하인이 나타나자 탈턴 댁 사냥개들은 시뻘건 흙바닥에서 몸을 일으켜 주인들이 오기를 기다렸다. 청년들은 절을 하고, 악수를 나누고, 아침 일찍 윌크스 댁에 가서 그녀를 기다리겠다고 말했다. 그러더니 그들은 서둘러 산책 길을 내려가 말을 타고는, 짐스보다 앞서서 삼나무가 양쪽으로 늘어선 길을 따라 내려가며, 그녀에게 모자를 흔들어 주고 소리를 질렀다.

흙길의 굽이진 곳을 돌아 타라에서 보이지 않을 만큼 간 다음에 브렌트는 산딸나무가 몇 그루 늘어선 숲에서 말을 멈추었다. 스튜어트도 멈추었고, 검둥이 청년은 그들보다 몇 발자국 뒤에 섰다. 고삐가 늦춰졌다고 느낀 말들은 목을 밑으로 길게 늘어뜨려 연한 봄철 풀잎을 뜯어 먹었고, 참을성이 많은 사냥개들은 푹신하고 붉은 흙바닥에 다시금 엎드려 점점 짙어지는 땅거미 속에서 빙빙 돌며 날아다니는 굴뚝제비들을 부러운 듯 쳐다보았다. 브렌트의 큼직하고 순박한 얼굴에서는 어정쩡하면서도 약간 분개한 표정이 떠올랐다.

「이봐.」 그가 말했다. 「그 여자가 우리들더러 기다렸다가 저녁 식사를 하고 가라고 할 눈치가 아니었어?」

「난 그럴 줄로만 알았지.」 스튜어트가 말했다. 「스칼렛이 청하기만 기다렸는데, 소용이 없었다고. 일이 어떻게 돌아가는 거야?」

「전혀 모르겠어. 하지만 내가 보기엔 꼭 그럴 것 같았는데. 어쨌든 오늘은 우리가 고향에 돌아와서 지낸 첫날이고, 그 여잔 꽤 오래간만에 우릴 만났잖아. 그래도 우린 스칼렛한테 해줄 얘기가 굉장히 많았는데.」

「내가 보기엔, 우리들이 찾아가니까 굉장히 반가워하는 것 같았어.」

「나도 그렇게 생각했다고.」

「그러더니 반 시간쯤 전부터, 마치 두통이라도 생긴 것처럼, 이상하게 조용해졌어.」

「나도 그건 눈치챘지만, 그때는 전혀 신경을 쓰지 않았지. 스칼렛이 왜 그랬다고 생각해?」

「몰라. 우리가 한 무슨 얘기 때문에 화가 났을까?」

두 사람은 잠깐 동안 생각에 잠겼다.

「난 전혀 모르겠는걸. 스칼렛은 화가 났다 하면 있는 대로 성미를 다 부리는데 말이야. 다른 여자들처럼 뭘 마음속에 담아 두는 게 없거든.」

「그래, 난 그 여자 그런 점이 좋더라. 화가 나면 꽁해서 속으로만 미워하는 게 아니라, 몽땅 다 쏟아 놓지. 그러니까 스칼렛이 입을 다물고 말도 않고 어디 아픈 표정을 지었던 건 우리들이 무슨 말이나 행동을 실수했기 때문이야. 우리들이 찾아갔을 땐 스칼렛이 반가워했고, 저녁 식사를 하고 가라고 청할 생각이었다는 건 분명해.」

「우리들이 퇴학을 당했기 때문은 아닐까?」

「아냐, 그럴 리는 없어! 바보 같은 소리 하지 마. 우리들이 그 얘기를 했을 땐 스칼렛도 배꼽이 빠져라 웃었잖아. 그리고 우리들이나 마찬가지로 스칼렛도, 공부라는 건 해봤자 별 것 아니라고 생각해._

브렌트는 안장에 올라앉은 채로 몸을 돌려 흑인 머슴을 불렀다.

「짐스!」

「예, 주인님.」

「넌 우리들이 스칼렛 아씨에게 무슨 얘기를 하는지 들었지?」

「아닙니다, 주인님, 브렌트 주인님! 어떻게 백인 어른들 염탐질 생각합니까?」

「염탐질이라니, 하느님 맙소사! 자네들 껌둥이들은 무슨 일이 벌어지는지 모조리 다 알잖아. 그래, 이 거짓말쟁이야, 난 네가 포치 귀퉁이를 돌아 살금살금 다가와서 담 옆의 덤불 속에 쪼그리고 숨는 걸 이 눈으로 똑똑히 봤어. 그래서 묻겠는데, 네가 들어 본 얘기에서 우리들이 스칼렛 아씨를 화나게 했거나 기분을 상하게 했을 만한 내용이 있었나?」

이런 식으로 부탁을 받으니까 짐스는 대화를 엿듣지 않았다고 더 이상 거짓말로 버틸 생각을 집어치우고 검은 이맛살을 찌푸렸다.

「아닙죠, 주인님. 그 여자 분 화나게 할 얘기 하는 거 하나 못 들었어요. 나 보니까 그 여자 분 주인님들 만나 정말 반가웠고, 분명히 주인님들 굉장히 보고 싶어 한 것 같았는데, 새처럼 신나 떠들다 주인님들 애슐리 주인님 멜리 해밀턴 아씨 결혼한다 얘기할 때쯤 태도 달라졌어요. 그 말 나오니까 아씨 하늘에 솔개 나타났을 때 새처럼 잠잠해졌어요.」

쌍둥이는 서로 쳐다보고 머리를 끄덕였지만, 아직도 영문을 알지 못했다.

「짐스의 말이 맞아. 하지만 왜 그랬는지 그 이유를 난 모르겠어.」 스튜어트가 말했다. 「원 세상에! 애슐리는 그 여자에겐 친구로서 이외에는 아무 의미도 없잖아. 스칼렛은 그 남자한테 미치지는 않았다고. 그 여자가 미친 건 우리들한테니까.」

브렌트가 그렇다고 머리를 끄덕였다.

「하지만 애슐리가 내일 밤에 그런 발표를 하리라는 걸 그녀에게 얘기하지 않았는지 모르겠고, 그래서 다른 어느 누구에게도 얘기하기 전에 오랜 친구인 자기한테 먼저 얘기를 하지 않았다고 스칼렛이 화가 났는지도 몰라.」 그가 말했다. 「여자들이란 그런 걸 먼저 안다는 게 무슨 대단한 일이라도 된다고 생각하거든.」

「글쎄, 잘 모르겠어. 하지만 발표가 내일이라고 애슐리가 얘기를 안 했다고 해도 그게 무슨 상관이야? 그건 비밀로 해 두었다가 불쑥 발표하기로 했던 내용이고, 또 남자란 자신의 약혼을 놓고 떠들어 대지 않을 권리쯤은 가지고 있는 거야, 안 그래? 미스 멜리의 고모가 불지만 않았더라면 우리들도 몰랐겠지. 하지만 그 남자가 언젠가는 미스 멜리하고 결혼하게 되리라는 건 스칼렛도 틀림없이 알았을 텐데. 그래, 우린 여러 해 전부터 그걸 알았으니까. 윌크스 집안과 해밀턴 집안은 늘 자기네들끼리 결혼하잖아. 허니 윌크스가 미스 멜리의 오빠 찰스와 결혼하리라는 사실을 누구나 다 알았듯이 애슐리가 언젠가는 그 여자하고 결혼하리라는 것도 누구나 다 알았어.」

「어쨌든 난 통 모르겠어. 하지만 그 여자가 우리들을 저녁 식사에 청하지 않았다는 건 섭섭해. 난 정말이지 집으로 가서, 퇴학을 당했다고 어머니가 들볶는 소릴 듣고 싶질 않아. 이번에 처음 당하는 일도 아닌데.」

「아마 지금쯤은 보이드가 어머니를 구워삶아 놓았을지도 몰라. 그 쬐그마한 것이 말솜씨는 정말 희한하거든. 너도 알지만 보이드는 항상 어머니 비위를 잘 맞추거든.」

「그래, 보이드가 솜씨는 좋지만, 시간이 좀 걸려. 어머니가 무슨 애긴지 너무 헷갈려 포기하고, 그런 언변은 두었다가 변호사 노릇을 할 때나 써먹으라는 말이 나오게 될 정도까지 보이드가 빙빙 돌려 가며 애기를 계속해야 하니까. 하지만 형에게는 아직 제대로 말을 꺼낼 만한 시간도 없었어. 그래, 틀림없이 어머니는 새로 사온 말 때문에 너무 흥분해서, 오늘 저녁 식탁에 앉아 보이드를 보게 될 때까지는, 우리들이 집으로 돌아왔다는 걸 전혀 의식하지도 못할 테니까. 그리고 저녁 식사가 끝나기도 전에 어머니는 화가 치밀어 펄펄 뛰겠지. 그리고 대학 총장이 너하고 나한테 그런 소리를 했는데도, 우리들 가운데 한 사람이라도 대학에 남는다는 건 명예스러운 짓이 아니라는 애기를 할 기회를 보이드가 얻으려면, 아무래도 10시는 넘어야 되겠지. 그리고 자정이 지난 다음에야 보이드가 어머니의 마음을 완전히 돌려놓아서, 왜 총장을 총으로 쏴 죽이지 않았느냐고 보이드에게 따질 정도로 어머니는 화를 내겠지. 그래, 우린 자정이 지난 다음에나 집으로 돌아가야 해.」

쌍둥이들은 침울하게 서로 쳐다보았다. 그들은 야생마나, 총질을 하는 싸움판이나, 이웃 사람들의 분노쯤은 전혀 무서워하지 않았지만, 거침없이 욕설을 퍼붓고, 조금도 망설이지 않으며 승마용 채찍으로 볼기를 후려치는 무서운 어머니 앞에서는 꼼짝도 못 했다.

「그래, 이건 어때?」 브렌트가 말했다. 「우리 윌크스 댁으로 가자고. 애슐리하고 그 집 딸들은 우릴 보면 반가워하고 저녁을 줄 거야.」

스튜어트가 약간 거북한 표정을 지었다.

「아냐, 거긴 가지 말자고. 내일 바비큐 파티 때문에 준비를 하느라 바쁠 테고, 거기다가 ―」

「참, 그걸 잊었구먼.」 브렌트가 서둘러 말했다. 「그래, 거긴 가지 말자.」

그들은 말에게 끌끌 혀를 찼고, 얼마 동안 잠잠하게 타고 갔으며, 스튜어트의 갈색 두 뺨은 어찌해야 좋을지를 몰라서 화끈거렸다. 지난해 여름까지만 해도 스튜어트는 양쪽 집안과 카운티의 인정을 받아 가며 인디아 윌크스와 사귀었다. 카운티 사람들은 차분하고 분별력이 있는 인디아 윌크스의 성품에 영향을 받아 그가 얌전해지리라고 믿었다. 어쨌든 사람들이 열심히 그렇게 되기를 바라기는 했다. 그리고 스튜어트는 그녀와 짝이 맞았을지도 모르겠지만, 브렌트는 탐탁하게 생각하지 않았다. 브렌트는 인디아가 착한 여자이긴 하지만 무척 못생겼고 생기가 없다고 생각했으며, 여자가 워낙 마음에 들지 않았기 때문에 함께 어울리기도 싫었다. 전혀 탐탁하지 못한 여자에게 형이 관심을 두는 꼴이 브렌트는 못마땅했고, 쌍둥이의 관심사가 한 번이라도 어긋나기는 이때가 처음이었다.

그러다가 지난해 여름, 존즈버러의 떡갈나무 숲에서 정치적인 집회가 열렸을 때, 두 사람 다 갑자기 스칼렛 오하라의 존재를 인식하게 되었다. 그들은 여러 해 전부터 그녀를 알았고, 그들만큼이나 나무도 잘 기어오르고 말을 잘 탔기 때문에 어릴 적부터 스칼렛은 그들과 사이가 가까웠다. 하지만 이제는 성숙한 젊은 여인, 온 세상에서 제일갈 간큼 매혹적인 모습으로 변한 그녀를 보고 그들은 놀랐다.

그녀의 푸른 눈에 얼마나 생기가 넘치고, 웃을 때 보조개가 얼마나 깊이 들어가며, 손과 발이 얼마나 자그마하고 허리가 얼마나 가느다란지를 그들은 처음으로 깨달았다. 그들이 재치 있는 말을 하면 그녀는 깔깔거리며 웃었고, 그래서 스칼렛이 자기들을 대단하게 생각하는 줄 알고 흥이 난 그들은 상당히 허풍을 떨기까지 했다.

쌍둥이의 삶에서 그날은 잊지 못할 순간이었다. 그 후, 이 애기를 할 때마다 그들은 스칼렛의 매력을 왜 전에는 깨닫지를 못했었는지 늘 의아한 생각이 들었다. 그들이 전혀 알지 못했던 정확한 해답은, 스칼렛이 그날 그들의 눈에 틀림없이 두드러져 보이게 하리라고 작정했었다는 사실이었다. 그녀는 어떤 남자라도 자기가 아닌 어느 여자를 사랑하는 꼴을 보면 체질적으로 견디지 못하는 성미였고, 그녀의 약탈자 근성으로서는 인디아 윌크스와 스튜어트가 애기를 나누는 광경을 눈 뜨고 볼 수가 없었다. 스튜어트 한 사람만으로는 만족하지 못한 그녀는 브렌트까지도 노렸고, 그래서 그들 두 사람을 철저히 사로잡기에 이르렀다.

이제 그들은 두 사람 다 그녀를 사랑했고, 브렌트가 반쯤은 진심에서, 반쯤은 장난삼아 쫓아다녔던 러브조이 출신의 레티 먼로는 그들의 마음에서 뒷전으로 물러나고 말았다. 스칼렛이 그들 가운데 한 사람만을 받아들여야 할 날이 오게 되면 패배자는 어떻게 해야 할지를 쌍둥이들은 생각조차 하지 않았다. 그런 문제는 일단 다리를 건넌 다음에 걱정할 일이었다. 그들 사이에는 질투심이 전혀 없었던 터인지라, 쌍둥이 형제는 한 여자에 대해서 또다시 그들의 마음이 맞았다는 사실만으로도 지금으로서는 상당히 흡족했다. 이런 상황을 이웃 사람들은 흥미 있게 생각했지만, 스칼렛을 조금도 좋아하지 않았던 어머니는 짜증을 냈다.

「그 교활한 것이 너희들 가운데 한 사람을 받아들이게 되면 나머지 한 녀석은 꼴이 볼 만하겠구나.」 어머니가 말했다. 「아니면 그 애가 너희들 둘 다 선택할지도 모르겠는데, 그렇게 되면 너희들은 혹시 모르몬 교파[7]에서라도 받아 줄까 해서 유타 주로 이사를 가야 되겠지만 — 내 생각엔 받아 줄 것 같지도 않구나 —. 그저 내가 걱정스러운 건 언젠가는 너희들 둘 다 그 이중인격을 가진, 쬐그맣고, 눈이 푸른 말괄량이 년한테 홀딱 빠져, 서로 질투를 하고 술에 취해 총질이나 하면 어쩌나 하는 거란다. 하기야 그것도 볼 만하겠지만 말이야.」

집회가 열렸던 날 이후로 스튜어트는 인디아와 자리를 같이하면 늘 거북했다. 인디아가 그를 한 번이라도 탓했거나, 그의 태도가 갑자기 달라졌다는 사실을 그녀가 의식했음을 얼굴 표정이나 분위기로라도 조금이나마 암시를 한 적은 없었다. 그녀는 그런 행동을 하기에는 너무나 숙녀다운 여자였다. 그래도 스튜어트는 그녀의 앞에서는 죄의식을 느끼고 마음이 불안해졌다. 스튜어트는 인디아로 하여금 그를 사랑하도록 만들어 놓았으며, 그녀가 아직도 자기를 사랑한다는 것을 알았고, 그래서 마음속 깊은 곳에서는 자신이 신사답게 처신하지 못했다는 기분을 느꼈다. 그는 점잖고 훌륭한 가정 교육과 학식, 그리고 그녀가 갖춘 모든 견실한 자질 때문에 아직도 인디아를 굉장히 좋아하고 존경했다. 하지만, 제기

7 일부다처주의자들.

랄, 스칼렛의 화사하고 변화무쌍한 매력에 비하면, 이 여자
는 너무나 팻기가 없고, 재미도 없고, 항상 똑같기만 할 따름
이었다. 인디아하고 같이 시간을 보낼 때면 일이 어떻게 돌
아가는지를 그는 항상 빤히 알았지만, 스칼렛의 경우에는 무
엇이 무엇인지 전혀 정신도 못 차릴 지경이었다. 그 정도라면
남자가 갈팡질팡하게 될 노릇이었지만, 거기에도 그 나름대
로 매력이 있었다.

「좋아, 케이드 캘버트의 집으로 가서 저녁을 얻어먹기로
하지. 스칼렛 얘기로는 캐슬린이 찰스턴에서 돌아와 집에 있
다고 했어. 어쩌면 그 여잔 우리들이 듣지 못한 섬터 요새 소
식을 알고 있을지도 몰라.」

「캐슬린이라면 알 리가 없지. 그 여자는, 우리들이 포탄을
퍼부어 몰아내기 전까지는 그곳에 양키들이 잔뜩 주둔했었
다는 건 고사하고, 그곳 항구에 요새가 있다는 사실조차도
몰랐으리라는 데 대하 2대 1로 내기라도 걸겠어. 그 여자가
아는 건, 자기가 참석했던 무도회하고 자기한테 모여들었던
총각들이 전부야.」

「어쨌든 그 여자가 수다를 떠는 걸 들어 보면 재밌잖아. 그
리고 어머니가 잠자리에 들 때까지 가서 파묻혀 있기도 좋은
곳이고.」

「글쎄, 제기랄! 난 카슬린을 좋아하고, 재미있는 여자이기
도 하고, 케이로 레트나 찰스턴의 다른 사람들 얘기도 듣고
싶지만, 그녀의 양키 계모하고 같은 식탁에 앉아 또다시 식
사를 한다는 건 이가 갈릴 노릇이야.」

「그 여자한테 너무 심하게 그러지 마, 스튜어트. 그래도 딴
에는 착한 마음에서 그러는 거니까.」

「너무 심한 게 아냐. 그 여자를 불쌍하게는 생각하지만, 난

가엾다는 감정을 자극하는 그런 사람들을 좋아하지 않아. 그리고 그 여자는 제대로 격식을 차리고 손님의 마음을 편하게 해준답시고 너무 설치며 돌아다니는 바람에, 항상 해서는 안 될 말이나 옳지 못한 행동을 꼭 한 번씩은 한다니까. 그 여자가 나타나면 난 안절부절못하겠어! 그러면서도 그 여자는 남부 사람들을 야만인이라고 생각해. 우리 어머니한테 실제로 그런 소리까지 했다니까. 그 여잔 남부인들을 두려워하지. 우리들이 찾아가기만 하면 항상 겁이 나서 죽겠다는 표정을 짓는다고. 난 그 여자를 보면, 혹시 누가 한 사람이라도 조금이나마 움직이면 당장 날개를 치며 꼬꼬댁거릴 기세로, 겁에 질린 퀭한 눈을 두리번거리며 의자에 도사리고 앉은 앙상한 암탉을 연상하지.」

「그야 그럴 만도 하지. 넌 케이드의 다리를 쏜 적이 있잖아.」

「하지만 난 술에 취했었고, 술만 안 취했더라면 그런 짓은 하지 않았을 거야.」 스튜어트가 말했다. 「그리고 케이드는 그 일로 전혀 원한을 품지도 않았어. 캐슬린이나 레이포드나 캘버트 씨도 마찬가지였고. 내가 사나운 야만인이라면서, 점잖은 사람들은 미개한 남부인들하고 같이 살면 안전하지 못하다는 둥 법석을 떤 사람은 그 양키 계모뿐이라고.」

「그래도 그 여자를 탓할 수는 없는 노릇이야. 그 여잔 양키여서, 예의범절을 잘 모르고, 그리고 뭐니 뭐니 해도 넌 그 애한테 총질을 했고, 그 앤 이 여자의 의붓아들 아냐?」

「글쎄, 제기랄! 그랬다고 해도 그건 날 모욕할 구실은 못 돼! 넌 어머니의 친자식이지만, 토니 폰테인이 네 다리를 쐈을 때 어머니가 그렇게 역성을 들던? 아니지, 그냥 의사인 토니의 아버지를 불러 놓고는 붕대나 감으라면서, 토니의 사격 솜씨가 왜 그 꼴이냐고만 물었어. 술을 너무 마셔 겨냥을 제대로 못하는 모양이라고 그러셨지. 그 말을 듣고 토니가 얼마나 화를 냈는지 생각나?」

두 청년은 요란하게 웃었다.

「우리 어머니도 다 단한 여자야!」 마음에 든다는 듯 흐뭇해하며 브렌트가 말했다. 「항상 옳은 일만 하시고 사람들 앞에서 자식들한테 무안을 주는 적이 절대로 없으니까.」

「그래, 하지만 오늘 밤 집으로 가면 틀림없이 아버지하고 누이들 앞에서 우리들한테 창피를 줄 거야.」 스튜어트가 음울하게 말했다. 「이봐, 브렌트. 내 생각엔 우리들이 유럽에 가는 건 이번 사건 때문에 포기해야 할 것 같아. 너도 기억하겠지만 우리들이 대학에서 또다시 퇴학을 당하면 유럽 일주 여행은 안 보내 주겠다고 어머니가 그랬잖아.」

「글쎄, 제기랄! 그러면 어때, 안 그래? 유럽에 가봤자 볼 만한 게 뭐가 있겠어? 외국엘 간다고 해도, 이곳 조지아에 없는 건 하나도 없다고. 그곳 말들은 여기 말만큼 빠르지도 못하고, 여자들도 이곳 여자들만큼 예쁘지 못할 거고, 아버지의 호밀 위스키를 따라올 만한 술도 보나 마나 없을 거야.」

「거긴 경치가 멋진 곳이 많고 사람들이 음악을 굉장히 많이 듣더라고 애슐리 윌크스가 그랬어. 애슐리는 유럽을 좋아했지. 늘 그곳 얘길 한다고.」

「글쎄 — 윌크스 집안사람들이 어떤지는 너도 잘 알잖아. 음악이니 책이니 경치 구경에 있어서는 좀 묘한 사람들이야. 어머니가 그러는데 그들의 할아버지가 버지니아 출신이기 때문에 그렇다는구먼. 버지니아 사람들은 그런 걸 대단하게 생각한다고 어머니가 그랬어.」

「실컷 좋아하라고 그래. 타고 다닐 훌륭한 말과, 연애할 좋은 여자하고, 데리고 놀기 좋은 천박한 여자만 하나 준다면,

난 유럽쯤은 누가 가져도 신경 안 쓰겠어 —. 그까짓 여행 못 가면 뭐가 어때? 우리들이 유럽에 갔는데 전쟁이 터진다면 어떨까 생각해 봐. 우린 때맞춰 고향으로 돌아올 수가 없겠지. 난 유럽보다는 전쟁터로 가는 게 훨씬 더 좋아.」

「나도 마찬가지여서, 언제라도 —. 이봐, 브렌트! 어디로 가서 저녁을 얻어먹으면 좋을지 생각났어. 늪지대를 건너 에이블 윈더네 집으로 찾아가서, 우리 네 형제가 모두 집으로 돌아왔는데, 당장이라도 훈련을 받을 준비가 되어 있다고 말하자고.」

「그거 묘안이구나!」 브렌트가 신이 나서 소리쳤다. 「그리고 우린 의용대 소식도 모두 듣고, 군복은 결국 무슨 색깔로 결정했는지도 알아낼 수 있겠지.」

「만일 주아브[8] 제복이라면 난 죽어도 의용대에 들어가지 않겠어. 헐렁헐렁하고 빨간 그 바지를 입었다간 계집애가 된 기분이 들 테니까. 그 바지는 여자들이 입는 빨간 플란넬 속곳처럼 보여.」

「윈더 주인님 댁 가신다 생각인가요? 왜냐면요, 만일 거기 가신다 하면 저녁 식사 별로 먹을 거 없다 할 테니까요.」 짐스가 말했다. 「거기 요리사 죽었는데, 새 요리사 아직 사오지 않았다거든요. 밭일하는 일꾼 요리시키는데, 껌둥이들 얘기 들으니까 그 여자 조지아 주 제일 형편없는 요리사라 그래요.」

「하느님 맙소사! 왜 요리사를 안 사오지?」

「가난뱅이 백인 쓰레기 어떻게 껌둥이 살깝쇼? 기껏 껌둥이 네 명 이상 거느린 적 한 번 없다 하는데요.」

짐스의 목소리에서는 노골적인 경멸이 엿보였다. 탈턴 댁

---

8 *Zouave.* 알제리인으로 편성하여 아라비아 옷을 입혔던 프랑스의 경보병 부대인데, 남북 전쟁 때는 그 복장을 모방한 의용병이 있었다.

에서는 흑인을 백 명이나 거느렸기 때문에 짐스의 사회적인 신분이 상대적으로 그만큼 높아졌고, 대농장의 모든 흑인이 그러듯이, 그는 노예를 몇 명밖에 거느리지 못한 하찮은 농부들을 깔보았다.

「너 그런 소릴 했으니까 껍질이 벗겨질 정도로 때려 주겠어.」 스튜어트가 사납게 호통을 쳤다. 「너 에이블 윈더를 어느 앞에서 〈가난뱅이 백인〉이라고 깔보느냐? 물론 그 사람이 가난하다는 건 사실이지만, 그래도 〈쓰레기〉는 아니고, 검둥이건 흰둥이건 간에 누구라도 그 사람한테 건방진 소리를 하는 놈은 내가 그냥 내버려 두지 않겠어. 이 카운티에서는 그만큼 훌륭한 사람은 또 없고, 그렇기 때문에 의용대에서 그 사람이 소위로 선출된 거 아니겠어?」

「나 또 그런 거 전혀 생각 못 했죠.」 주인의 찡그린 표정은 아랑곳하지도 않으며 짐스가 대답했다. 「나 보니까 늪지대 쓰레기 아니고 모두 부자 신사들 중 장교 뽑는데요.」

「그 사람은 쓰레기가 아니라니까! 넌 그 사람을 진짜 백인 쓰레기인 슬래터리 집안사람들하고 비교할 생각이냐? 에이블은 단지 돈이 없을 뿐이야. 그 사람은 대농장주가 아니고 작은 규모로 농사를 짓는 사람일 따름이고, 소위로 선출할 만큼 다른 사람들이 생각해 줄 정도라면 어떤 껌둥이도 그 사람에 대해서 건방진 소리를 하면 못써. 의용대에서도 다 생각이 있어서 그러는 거니까.」

기마 의용대는 석 달 전, 조지아가 연방으로부터 탈퇴했던 바로 그날 조직되었고, 그때부터 신병들은 전쟁이 터지기만 헛되이 기다려 왔다. 부대는 아직 명칭을 정하지 않았지만, 제안이 없는 것은 아니었다. 군복의 모양과 색깔에 관해서도 저마다 의견이 분분했듯이, 부대의 명칭이라면 누구나 다 저마다 남다른 생각이 있었고, 그 소신을 포기하려고 들지 않았다. 〈클레이턴 들고양이〉, 〈불같은 사나이들〉, 〈주아브〉나 〈북부 조지아 경기병(輕騎兵)〉이라는 제안도 나왔고, 소총이 아니라 권총과 긴 칼과 보위 나이프[9]로 무장했으면서도 〈오지 소총대(奧地小銃隊)〉라고 하자거나, 〈클레이턴 용기병(龍騎兵)〉, 〈혈뢰(血雷)의 용사들〉, 〈용맹무쌍한 사나이들〉 따위의 저마다 지지하는 명칭이 달랐다. 명칭 문제가 해결될 때까지는 모두들 조직을 그냥 〈의용대〉라고 불렀으며, 그럴듯한 이름이 결국 채택되기는 했어도 그들은 끝까지 편리한 대로 그냥 의용대라는 이름으로 통했다.

멕시코 전쟁[10]과 세미놀[11] 전쟁에 참전했던 몇 명의 퇴역 군인 이외에는 군대 경험을 조금이라도 쌓은 사람이 카운티에는 없었던 데다가, 각별히 개인적으로 좋아하거나 신뢰하지 않는 인물이라면 퇴역 군인을 누구나 깔보았던 터였으므로, 지도자로 섬겨야 할 장교는 대원들이 직접 선출했다. 탈턴 댁의 네 형제와 폰테인 댁의 세 아들을 누구나 다 좋아했지만, 탈턴 형제는 주사(酒邪)가 너무 심해 말썽을 자주 부렸고, 폰테인 형제는 성미가 살인적일 정도로 급해서 미안하지만 선출해 주지를 않았다. 애슐리 윌크스는 카운티에서 말을 가장 잘 탔고, 생각하는 바가 냉철해서, 그나마 질서를 어느 정도 유지할 수 있으리라는 기대 때문에 대위로 뽑혔다. 늪지대에서 덫을 놓는 사냥꾼의 아들이며 자신은 소규모로 농

9 알라모 전투의 전설적 영웅인 짐 보위가 고안한 결투용 단검.
10 1846년 텍사스가 멕시코로부터 탈퇴하여 미국에 병합함으로써 일어난 전쟁. 미국이 멕시코를 점령하자 1848년 멕시코는 캘리포니아·뉴멕시코·텍사스의 광대한 땅을 미국에 내주었다.
11 플로리다에서 살다가 지금은 오클라호마로 이주해서 사는 인디언의 부족 이름.

사를 짓던 에이블 윈더가 소위로 선출되었으며, 누구나 다 좋아했던 레이포드 캘버트는 중위로 뽑혔다.

에이블은 빈틈이 없고 진지한 거구의 남자였으며, 무식하지만 마음이 착하고, 다른 청년들보다 나이가 많고, 여자들이 있는 자리에서는 예의범절을 보통 사람들 못지않게, 또는 그 이상으로 잘 지켰다. 의용대에서는 신분을 따지는 일이 별로 없었다. 하찮은 농민층에서 아버지나 할아버지가 치부를 한 사람들이 워낙 많았기 때문에 그럴 수도 없었다. 그뿐 아니라 에이블은 의용대에서 사격술이 가장 뛰어나서, 70미터 떨어진 곳에서도 다람쥐의 눈알을 명중시킬 만큼 명사수였고, 비가 올 때 불을 피운다거나, 동물의 발자취를 추적하거나, 물을 찾아내는 따위 야외 생활의 요령을 환히 알았다. 의용대에서는 그의 가치를 높이 샀고, 더구나 대원들이 좋아했기 때문에 그를 장교로 선출했다. 그는 이런 명예를 그가 당연히 감수해야 할 의무에 지나지 않는다는 듯 아무런 중뿔난 교만함도 보이지 않으며 진지하게 받아들였다. 하지만 비록 대원들은 아무렇지도 않게 생각했지만, 농장의 여자들이나 노예들은 그가 귀족 집안에서 태어나지 않았다는 사실을 그냥 넘어가려고 하지 않았다.

처음에 의용대는 농장주들의 아들만 엄선해서 뽑은 신사 부대였고, 대원들은 저마다 말·무기·장비·군복·몸종을 스스로 조달했다. 하지만 역사가 짧은 클레이턴 카운티에서는 부유한 농장주의 수가 적었고, 제대로 병력을 갖춘 부대를 조직하기 위해서는 영세 농민, 미개척 삼림지의 사냥꾼, 덫을 놓는 늪지대의 사냥꾼, 크래커, 그리고 몇몇 경우에는 심지어 백인 천민의 자식까지도, 그 계층에 속하는 평균치 수준의 남자보다 뛰어난 자라면 입대를 받아들여 숫자를 늘려 나갈 수밖에 없었다.

나중에 입대한 이런 젊은이들은 부유한 그들의 이웃 못지 않게 양키들과 싸우고 싶어 했지만, 돈이라는 미묘한 문제가 야기되었다. 거의 모든 농부에게는 말이 없었다. 그들은 노새로 농사를 지었는데, 네 마리를 넘는 경우가 드물어서 여유가 없었다. 내놓는다고 했어도 틀림없이 받아 주지를 않았겠지만, 그들에게는 의용대에 제공할 여분의 노새가 없었다. 백인 천민들로 말할 것 같으면, 노새 한 마리만 키워도 그들은 잘산다는 소리를 들었다. 미개척 산림 지역 사람들이나 늪지대에 거주하는 주민들은 말도 없고 노새도 없었다. 그들은 땅에서 나는 농산물과 늪지대에서 잡는 동물에만 철저히 의존해서 살았고, 대부분 물물 교환을 통해 거래를 했으므로 1년에 현금 5달러를 만져 보는 경우가 드물었고, 말이나 군복이라면 꿈도 못 꿀 노릇이었다. 하지만 농장주들이 부유함을 자랑으로 여기는 만큼이나 가난한 그들도 자존심이 대단해서, 부유한 이웃이 조금이라도 자선을 베풀려는 기미가 보이면 그것을 받아들이려고 하지 않았다. 따라서 모든 사람의 감정을 해치지 않고 의용대를 제대로 편성하기 위해서 스칼렛의 아버지와 존 윌크스, 벅 먼로, 짐 탈턴, 휴 캘버트, 그리고 사실상 카운티의 모든 대농장주는 장병을 무장할 무기와 말과 장비 일체를 의용대에 공급할 경비를 기부했지만, 앵거스 매킨토시 한 사람은 예외였다. 결과적으로 보면, 모든 농장주가 그의 아들과 일정한 수의 다른 장병들에게 장비를 공급할 돈을 내기는 했지만, 집안이 덜 부유한 대원들도 명예를 더럽히지 않으면서도 말과 군복을 당당하게 얻어 쓰게끔 원만히 일 처리가 이루어졌다.

의용대는 한 주일에 두 번씩 존즈버러에서 만나 훈련을 받으며 전쟁이 시작되도록 기도를 드렸다. 준비 작업이 아직 끝나지를 않아서 필요한 만큼의 말을 다 구하지는 못했지만, 말을 소유한 대원들은 재판소 뒤쪽 들판에서 그들 나름대로 기병대 전술이라고 생각되는 훈련을 하느라고 먼지를 굉장히 많이 피웠고, 응접실 벽에 걸어 두었던 독립 전쟁 시절의 긴 칼을 꺼내 가지고 와서 휘둘러 대며, 목이 터져라고 함성을 질러 댔다. 아직 말을 구하지 못한 사람들은, 불라드 상점[12] 앞의 길가에 나와 앉아, 말을 탄 동지들을 구경하며 잎담배를 씹고 허풍을 떨었다. 아니면 총 쏘기 시합을 벌이기도 했다. 어느 누구에게도 사격술을 가르칠 필요가 없었다. 대부분의 남부인은 천부적으로 총을 잘 쏘았고, 사냥을 하며 살아가다 보면 하나같이 명사수가 되었다.

소집이 있을 때마다 농장주의 집과 늪지대의 오두막으로부터 온갖 다양한 무기들이 나타났다. 개척자들이 앨러게니 산맥을 넘었을 때는 새것이었던 기다란 다람쥐 사냥총, 조지아가 새로운 땅이었을 때 수많은 인디언을 거꾸러뜨렸던 전장총(前裝銃), 세미놀 전쟁과 멕시코 전쟁 그리고 1812년에 맹활약을 벌였던 대형 마상(馬上) 권총, 은으로 장식한 결투용 권총, 호주머니에 들어가는 데린저, 쌍발 엽총, 그리고 고급 나무로 반들반들하게 깎아 개머리판을 붙인 멋진 영국제 신형 소총도 눈에 띄었다.

훈련은 항상 존즈버러 술집에서 끝났고, 밤이 늦도록 어찌나 싸움판이 자주 벌어졌는지, 양키들에게 당하기도 전에 사상자가 나는 꼴을 보지 않으려고 장교들은 애를 먹었다. 스튜어트 탈턴이 케이드 캘버트에게 총질을 하고, 토니 폰테인이 브렌트에게 총을 쏜 것도 바로 그런 싸움에서였다. 의용

12 술집이 달린 가게.

대가 조직되었을 때는 쌍둥이 형제가 버지니아 대학교에서 퇴학을 당해 고향으로 돌아온 직후였고, 그래서 그들은 서슴지 않고 입대했지만, 지금으로부터 두 달 전에, 총질 사건이 벌어진 다음, 어머니는 보따리를 싸서 조지아 대학교로 그들을 쫓아 버리며 거기 눌어붙어 지내라고 명령했다. 그들은 고향을 떠나는 바람에 훈련을 못 받게 되어 화가 났으며, 친구들과 어울려 말을 타고, 고함을 지르고, 총을 쏠 수만 있다면 그까짓 대학 교육쯤은 안 받아도 좋다고 생각했다.

「자, 들판을 가로질러 에이블네 집으로 곧장 가자고.」 브렌트가 제안했다. 「오하라 댁 개울을 건너고 폰테인 댁 목초지를 지나면 시간이 얼마 안 걸려.」

「거기 간다 하면 먹을 거 주머니쥐하고 푸성귀 전부예요.」 짐스가 투정했다.

「넌 그런 거 먹지 않아도 될 거야.」 스튜어트가 히죽거렸다. 「넌 집으로 가서 어머니한테 우리들이 저녁을 집에서 먹지 않는다는 말을 전해 줘야 하니까.」

「아뇨, 싫어요!」 짐스가 깜짝 놀라서 소리쳤다. 「아뇨, 싫어요! 두 분 마찬가지 나 비어트리스 마님한테 당하는 거 조금도 안 좋아해요. 우선 왜 두 주인님 또 퇴학 맞는 거 나 가만히 있었다 따지실 거예요. 그리고 두 주인님 야단쳐야 하는데 나 오늘 밤 왜 두 분 모두 집에 안 데려왔다 따지시죠. 그러다 보면 어느새 죄 이놈 모두 뒤집어쓰고, 봄철 투구풍뎅이 만난 오리처럼 마님 나한테 달려들어 닦달하신다 그럴 겁니다. 두 주인님 나 윈더 주인님 댁 안 데리고 가시면, 나 밤새도록 숲 속 자빠져 있다 순찰대한테 잡혀가겠는데, 화났을 때 비어트리스 마님한테 당하는 거보다 순찰대한테 잡히는 거 훨씬 낫죠.」

난처해진 쌍둥이들은 고집스러운 흑인 청년을 화가 난 표정으로 쳐다보았다.

「저 녀석은 진짜 무턱대고 기다리다가 순찰대한테 잡혀갈 만큼 바보 같은 놈이고, 그러면 어머니는 또 몇 주일 동안 잔소리를 하시겠지. 정말이지 검둥이들이 훨씬 더 속을 썩인다니까. 가끔 난 노예 폐지론자들의 말이 옳다는 생각이 들기도 한다니까.」

「하기야 우리들이 당하기 싫어하는 걸 짐스더러 대신 당하라는 것도 옳은 일이 아냐. 저 녀석은 우리들이 데리고 가야 되겠어. 하지만, 이것 봐, 이 건방진 검둥이 바보야, 만일 윌더 맥 검둥이들 앞에서 네가 조금이라도 허풍을 떨면서 그 집 사람들은 토끼하고 주머니쥐 고기밖에는 아무것도 못 먹는데 우린 항상 닭튀김에 햄만 먹는다는 따위의 얘기를 비치기만 했다간 내가, 나가 마님한테 일러바칠 거야. 그리고 널 전쟁터에도 안 데리고 갈 거고.」

「허풍 떨어요? 그 값싼 네 깜둥이 앞 놓고 나 허풍 떨어요? 아닙죠, 주인님, 나 예의범절 꽤 압니다. 두 분 마찬가지 비어트리스 마님 나한테 예의범절 가르쳤다 않으셨나요?」

「어머니가 우리 세 사람만큼은 다 헛가르치신 것 같아.」 스튜어트가 말했다. 「자, 어서 가자.」

그는 크고 붉은 말을 뒷걸음질시켰다가, 옆구리에 박차를 가하여, 통나무 울타리를 뛰어넘어서는 제럴드 오하라 농장의 들판으로 들어갔다. 브렌트의 말이 뒤따르고, 그러고는 짐스가 갈기와 안장 머리를 붙잡고 그 뒤를 쫓아갔다. 짐스는 울타리 뛰어넘기를 좋아하지 않았지만, 주인들을 따라다니느라 때로는 이보다 높은 울타리도 뛰어넘곤 했었다.

땅거미가 짙어지는 사이에, 붉은 밭이랑들을 가로질러 개울을 향해 언덕을 내려가면서, 브렌트가 소리를 질렀다.
　「이봐, 스튜! 조금만 더 기다렸다면 스칼렛이 우리들더러 저녁을 먹고 가라고 그러지 않았을까?」
　「그랬으리라는 생각이 자꾸 들어.」 스튜어트가 소리쳤다. 「네 생각에는 왜 ―.」

제2장

쌍둥이들이 떠나고 마지막 말발굽 소리가 사라진 다음, 타라 농장의 포치에 서 있던 스칼렛은 몽유병자처럼 의자로 되돌아갔다. 그녀의 비밀을 쌍둥이들이 눈치채지 못하게 하느라고 마음에도 없는 거짓 미소를 짓는 바람에 살갗이 늘어났는지 입이 무척 아팠고, 고통스러운 얼굴이 뻣뻣하게 느껴졌다. 기운이 빠져 한쪽 다리를 깔고 앉은 그녀는 비참해서 가슴이 터져 나갈 것만 같았다. 심장의 고동이 불규칙하게 제멋대로 뛰었고, 두 손은 차가웠으며, 좌절감으로 마음이 답답했다. 그녀의 얼굴에는 고통과 좌절감이, 원하기만 하면 항상 무엇이든지 뜻대로 되었는데 생전 처음으로 삶의 불쾌한 면을 깨닫게 된 응석받이 아이의 좌절감이 서렸다.

애슐리가 멜라니 허밀턴과 결혼하다니!

아, 그럴 리가 없어! 쌍둥이들이 잘못 알았으리라. 그들이 그녀에게 또다시 장난을 쳤으리라. 애슐리는 그럴 리가, 그 여자를 사랑할 리가 없었다. 멜라니처럼 생쥐 같고 하찮은 여자를 사랑하다니, 그럴 수가 없었다. 스칼렛은 어린애처럼 빈약한 멜라니의 몸매와, 거의 못생겼다고 할 만큼 평범한 심장 모양의 얼굴이 눈앞에 떠오르자 혐오감을 느꼈다. 그리고 애슐리는 몇 달 동안이나 그 여자를 만나지 못했으리라. 그는 〈열두 참나무 집〉에서 작년에 열었던 파티 이후로 애틀랜타에는 두 번 이상 나간 적도 없었다. 그렇다, 애슐리는 — 아, 그녀가 잘못 알았을 리가 없으니까! — 스칼렛을 사랑했기 때문에, 멜라니를 사랑할 리가 없었다! 그가 사랑하는 사람은 바로 그녀, 스칼렛이라는 사실을 그녀는 분명히 알았다!

스칼렛은 마룻바닥이 울릴 만큼 육중한 흑인 유모 어멈[13]의 발소리를 듣고는, 깔고 앉았던 발을 서둘러 빼고는, 훨씬 차분한 표정을 지으려고 얼굴을 가다듬었다. 무엇인가 잘못되었다고 어멈이 눈치를 챘다면 좋을 일이 하나도 없었다. 어멈은 오하라 집안 식구들을, 육체와 영혼을 모두, 그녀가 소유하며 그들의 비밀이 곧 그녀의 비밀이라고 생각했으며, 수상한 기미가 조금이라도 보이면 사냥개처럼 사정없이 그 뒤를 추적하곤 했다. 호기심이 당장 풀리지 않을 경우에는 어멈이 엘렌에게 당장 일러바치리라는 것을 스칼렛은 경험을 통해 알았고, 그렇게 되면 스칼렛은 꼼짝도 못 하고 어머니에게 모든 얘기를 털어놓거나, 그럴듯한 거짓말을 꾸며 댈 수밖에 없었다.

코끼리처럼 눈초리가 날카롭고 작으며 몸집이 거대한 늙은 여자인 어멈이 현관에서 나왔다. 그녀는 반들거릴 정도로 피부가 새까맣고, 순종 아프리카 여자였으며, 마지막 한 방울의 피까지도 오하라 집안에 바칠 각오가 되어 있어서 엘렌에게는 가장 크게 의지할 곳이요, 세 딸에게서는 절망을, 그리고 다른 하인들에게서는 공포를 불러일으켰다. 어멈은 흑인이었지만 행동 처신과 자존심은 그녀의 주인들만큼, 또는

13 *Mammy.* 〈쿠키〉나 마찬가지로, 어느 집안에서나 흑인 유모를 부르는 이름으로 쓰였다.

그보다도 더 높고 강했다. 그녀는 엘렌 오하라의 어머니인 솔랑주 로비야르의 침실에서 심부름을 하며 성장했는데, 솔랑주 할머니는 예의범절에 조금이라도 어긋나면 아이들이거나 하인들이거나 간에 적절한 처벌을 서슴지 않았던 우아하고 냉정하며 콧대가 높은 프랑스 여인이었다. 어멈은 엘렌의 유모였었고, 엘렌이 결혼하자 서배너에서 함께 이곳 오지로 들어왔다. 어멈은 사랑하는 사람들에게 유난히 엄했다. 그리고 스칼렛에 대한 사랑과 자부심이 대단했기 때문에, 사실상 끊임없이 계속해서 그녀에게 야단을 치고는 했다.

「손님들 갔어요? 왜 저녁 먹고 가라 하지 않았나요, 스칼렛 아씨? 손님들 위해 돼지더러 식사 두 그릇 더 준비하라 나 일러두었는데요. 왜 버릇 그렇게 없나요?」

「아, 너무들 전쟁 얘기만 늘어놓아서 난 짜증이 났고, 아버지까지 덩달아 링컨이 어떻다느니 소리를 지르실 테니까, 그걸 참아 가며 식사를 할 수야 없잖아요.」

「엘렌 마님하고 나 그토록 애써 키웠어도 아씨 밭일꾼보다 예절 나을 거 없어요. 그리고 또 왜 목도리 안 둘렀나요! 밤공기 차가워지는데! 어깨에 아무것 안 걸치고 밤바람 쐬면 오한 난다 나 그렇게 얘기하고 또 했는데. 집 안에 들어와요, 스칼렛 아씨.」

목도리에 신경을 쓰느라고 정신이 팔렸던 어멈데게 자신의 표정을 들키지 않아 다행이라는 생각이 들자, 스칼렛은 짐짓 태연한 태도를 보이며 어멈에게서 시선을 돌렸다.

「싫어요. 난 여기 앉아서 석양을 구경하고 싶어요. 저토록 아름다우니까요. 어서 목도리나 갖다 줘요. 부탁이에요, 어멈. 난 아버지가 돌아오실 때까지 여기 앉아 있겠어요.」

「목소리 들으니까 아씨 감기 드는 거 같아요.」 수상하다는 듯한 눈치로 어멈이 말했다.

「나 감기 안 걸렸어요.」 스칼렛이 짜증스럽게 말했다. 「목도리나 가져와요.」

어멈은 뒤뚱거리며 다시 현관으로 들어갔고, 스칼렛은 위층에서 일하는 하녀에게 나지막이 어멈이 층계 밑에서 외치는 소리를 들었다.

「애, 로자! 스칼렛 아씨 목도리 여기 내려보내.」 그러더니 좀 더 큰 소리로 ―「이 형편없는 깜둥이 같으니라고! 아무짝 하나 쓸모없다니까. 나 올라가 직접 찾아야 되겠구나.」

스칼렛은 층계가 삐걱거리는 소리를 듣고는 가만히 몸을 일으켰다. 어멈은 되돌아와서 스칼렛이 친절도 베풀 줄 모른다고 또다시 잔소리를 계속할 터였고, 상심한 스칼렛으로서는 그런 사소한 일에 대한 수다를 참을 길이 없을 듯싶었다. 마음속의 아픔이 조금이나마 가라앉을 때까지 어디로 가서 숨어 있으면 좋을까 궁리하며 머뭇거리려니까, 자그마한 희망의 빛을 가져다주는 생각이 머리에 떠올랐다. 아버지는 집에 데리고 있는 시종 돼지의 뚱뚱보 마누라 딜시를 사려고 흥정을 하기 위해 윌크스 댁 농장 〈열두 참나무 집〉으로 오늘 오후에 말을 타고 찾아갔다. 딜시는 열두 참나무 집의 우두머리 하녀이며 산파였고, 여섯 달 전에 결혼한 이후로 돼지는 둘이 같은 농장에서 살도록 딜시를 사오라고 밤낮으로 주인에게 졸랐다. 버티기에도 지친 제럴드는 딜시를 사러 가려고 길을 나섰다.

틀림없이 아버지는 이 끔찍한 얘기가 사실인지 어쩐지 여부를 알아냈으리라고 스칼렛은 생각했다. 비록 아무런 확실한 얘기를 듣지 못했더라도 아버지는 아마도 무언가 눈치를 채고, 윌크스 집안에 감도는 흥분된 분위기를 느꼈을지도 모른다. 저녁을 먹기 전에 따로 아버지를 만날 기회가 생긴다면 아마도 — 이것 역시 쌍둥이들의 고약한 장난이었음이 밝혀지리라.

아버지가 돌아올 시간이 되었고, 아버지를 혼자 만나려면 집으로 들어오는 마찻길과 큰길이 갈라지는 곳에서 기다려야 했다. 그녀는 혹시 위층 창문에서 어멈이 지켜보고 있지나 않은지 확인하려고 조심스럽게 뒤를 돌아다보며 조용히 앞쪽 층계를 내려갔다. 펄럭거리는 커튼 사이로 못마땅한 표정을 지으며 내려다보는 어멈이, 새하얀 터번을 두른 넓적하고 검은 얼굴이 눈에 띄지 않자, 스칼렛은 꽃무늬가 박힌 초록빛 치마를 번쩍 치켜들고는, 헝겊 끈으로 묶은 작은 신발을 신은 채로 달릴 수 있는 한 빠른 걸음으로, 마찻길을 향해 좁다란 길을 뛰어 내려갔다.

자갈을 깐 마찻길 양쪽으로 늘어선 삼나무들이 공중에서 지붕을 이루며 맞닿아서, 길게 뻗은 통로를 컴컴한 굴처럼 만들어 놓았다. 삼나무 가지들이 뒤엉킨 그늘 밑에 다다르자 그녀는, 집에서 보이지 않으리라고 생각하고 안심이 되어, 서두르던 발걸음을 늦추었다. 코르셋의 끈을 너무 바짝 졸라 제대로 뛰기가 힘들어 숨을 헐떡이기는 했어도, 그녀는 있는 힘을 다해서 빨리 걸었다. 곧 그녀는 마찻길의 끝에 이르러 큰길로 나갔지만, 집과 그녀 사이를 커다란 숲이 가려 줄 때까지, 걸음을 멈추지 않고 길을 한 모퉁이 돌았다.

그녀는 아버지를 기다리려고 얼굴이 상기된 채 숨을 몰아쉬며 나무 그루터기에 앉았다. 아버지가 돌아올 시간이 지났지만, 늦었다는 것이 그녀에게는 오히려 다행이었다. 아버지의 의심을 자극하지 않도록 스칼렛이 호흡을 진정시키고 얼굴을 가다듬을 여유가 생겼기 때문이었다. 그녀는 요란한 말발굽 소리가 들려오고, 늘 그러듯이 아버지가 정신없이 빠른 속도로 말을 달려 언덕을 돌진해 올라오는 모습이 어서 나타나기를 기다렸다. 하지만 몇 분이 지나도 아버지는 돌아오지 않았다. 아버지가 오지 않나 길을 내려다보는 그녀의 가슴속에서는 또다시 아픔이 치솟았다.

〈아, 사실일 리가 없어!〉 그녀는 생각했다. 〈아버지는 왜 안 오실까?〉

그녀의 시선은 아침에 비가 내려 핏빛으로 시뻘게진 구불구불한 길을 따라 내려갔다. 그녀는 그 길을 따라 유유히 흐르는 플린트 강을 향해 언덕을 달려 내려가서, 마구 뒤엉킨 늪지대 바닥을 지나, 애슐리가 사는 열두 참나무 집 옆의 언덕으로 올라가는 자신의 모습을 상상했다. 그리스 신전처럼 언덕 꼭대기에 우뚝하게 솟은 집, 기둥이 하얀 아름다운 집으로, 애슐리에게로 가는 길 ― 지금은 저 길이 그것만을 의미했다.

〈오, 애슐리! 애슐리!〉 그녀는 생각했고, 가슴이 더욱 빨리 뛰었다.

탈턴 형제가 소문을 듣고 와서 그녀에게 전해 준 이후로 그녀를 짓누르던 좌절감과 실망의 싸늘한 의식은 마음 뒷전으로 밀려났고, 그 대신에 그녀를 2년 동안이나 사로잡았던 열병이 머리를 들었다.

어린 시절에 그녀가 애슐리에게서 별로 매력을 느꼈던 적이 없다는 것은 지금 생각하니 참으로 이상한 일이었다. 어려서부터 그가 오가는 모습을 늘 봤으면서도 스칼렛은 전혀 그에게로 관심이 가지를 않았었다. 하지만 2년 전, 애슐리가 3년에 걸쳐 유럽 일주 여행을 마치고 고향으로 돌아와서 인사차 들렀던 그날 이래로, 스칼렛은 그를 줄곧 사랑했다. 그토록 순식간에 이루어진 일이었다.

그날 그녀는 앞쪽 포치에 앉아 있었고, 애슐리는 주름 장식이 달린 셔츠에 썩 잘 어울리는 널찍하고 까만 넥타이를 매고, 회색 고급 나사복 차림으로 말을 타고, 긴 가로수 길을 올라왔다. 지금도 그녀는 그의 옷차림을 구석구석까지, 장화가 얼마나 눈부시게 빛났는지를, 그리고 넥타이핀에 돋을새김을 한 메두사의 머리와, 그녀를 보자마자 그가 손에 벗어 들었던 파나마모자를 생생하게 기억했다. 그는 말에서 내려 고삐를 흑인 아이에게 던져 주고는 그녀를 올려다브고 멈춰 섰는데, 졸린 듯한 회색 눈에는 미소를 가득 머금었고, 금발 머리는 햇살에 얼마나 눈부시게 빛났는지 반짝이는 은으로 만든 모자 같았다. 그리고 그가 말했다. 「스칼렛도 이젠 다 컸군요.」 그러더니 가벼운 걸음으로 층계를 올라와서 그녀의 손에다 입을 맞추었다. 그리고 그의 목소리! 느릿느릿 말끝을 흐리고, 낭랑하면서도 음악적인 그 목소리를 들었을 때, 그녀는 난생처음 그의 목소리를 들어 보기라도 한 듯 가슴이 뛰었던 그때를 그녀는 절대로 잊지 않으리라.

바로 그 순간에 그녀는 그를 원했고, 먹고 싶은 음식을 원하듯, 타고 다닐 말을 원하듯, 몸을 눕힐 푹신한 침대를 원하듯, 그녀는 무턱대고 그를 원했다.

2년 동안 그는 무도회나, 생선 튀김 회식이나, 들놀이나, 재판 구경 따위의 행사에 그녀를 데리고 돌아다녔는데, 비록 탈턴 형제나 케이드 캘버트처럼 자주 만나지는 않았고 나이가 어린 폰테인 댁 청년들처럼 치근거리지도 않았지만, 애슐리가 타라를 찾아오지 않고 그냥 지나가는 주일은 없었다.

다른 남자들한테서 스칼렛이 그토록 자주 보아 잘 알았던 뜨거운 광채가 그의 맑은 회색 눈에서 빛난 적이 한 번도 없었고, 그가 그녀에게서 사랑을 구한 적도 없었다는 것은 사실이었다. 그렇기는 해도 — 아무리 그렇기는 하더라도 — 애슐리가 그녀를 사랑한다는 것을 스칼렛은 알았다. 그 점만큼은 그녀가 잘못 알았을 리가 없었다. 경험을 통해 얻은 지식이나 이성보다도 강한 본능이 애슐리가 그녀를 사랑한다고 알려 주었다. 그의 눈이 나른하거나 몽롱하지 않을 때, 그녀가 혼란스러울 만큼 그리움과 비애에 젖은 눈으로 애슐리가 그녀를 쳐다볼 때, 그녀는 너무나 여러 번 그의 진심을 확인하려고 했었다. 애슐리가 그녀를 사랑한다는 사실을 스칼렛은 철석같이 믿었다. 그런데 그는 왜 그녀에게 그렇다고 말하지를 않을까? 스칼렛은 이해가 가지 않았다. 그리고 스칼렛이 그에 관해서 이해하지 못하는 일은 너무나 많았다.

그는 항상 각듯이 예의를 지켰지만, 초연하고 까마득하게 거리감이 느껴졌다. 애슐리가 무슨 생각을 하는지는 아무도 전혀 알 길이 없었고, 특히 스칼렛은 더욱 그랬다. 머리에 무슨 생각이 떠오르기만 하면 모두들 그것을 그대로 즉석에서 다 털어놓는 사람들 속에서 살다 보니, 입이 무거운 애슐리의 성품은 오히려 짜증스럽게 느껴졌다. 그는 사냥이나 도박이나 춤이나 정치 따위, 카운티에서 다른 젊은이들이 흔히 즐기는 오락에 능숙했고, 어느 누구보다도 말을 잘 탔지만, 이런 즐거운 오락들이 그에게는 삶의 목적이나 목표가 되지 않는다는 점에서 애슐리는 다른 모든 사람들과 달랐다. 그리고 책과 음악에 대한 관심과 즐겨 시를 쓰는 취미에 있어서는 그를 따라올 사람이 없었다.

아, 왜 그는 그토록 멋진 금발이며, 그토록 초연하고 예절에 빈틈이 없고, 유럽과 책과 음악과 시와, 그녀로서는 전혀 관심이 없는 것들에 관한 얘기만 늘어놓아 그토록 미칠 정도로 사람을 따분하게 하고 — 그런데도 왜 그토록 그녀의 마음을 사로잡는가? 밤이면 밤마다, 어두컴컴한 앞쪽 포치에서 그와 함께 앉아 있다가 잠자리에 들면, 스칼렛은 몇 시간씩이고 초조하게 몸을 뒤채었으며, 다음에 만나면 틀림없이 애슐리가 구혼을 하겠거니 하는 생각에 겨우 마음을 가라앉히곤 했다. 하지만 다음번은 왔다가 흘러갔어도, 그녀를 사로잡은 열병이 더 심해지고 더 뜨거워졌다는 것 이외에는 아무것도, 아무런 결과도 나타나지 않았다.

그녀는 그를 사랑했고, 그를 원했고, 그를 이해할 수가 없었다. 타라 농장의 하늘에서 불어 대는 바람과 타라에서 구불구불 흘러가는 누런 강물처럼 솔직하고도 단순했던 그녀는 죽는 마지막 날까지 복잡한 일은 전혀 이해할 수가 없으리라. 그리고 지금, 난생처음으로, 그녀는 복잡한 성격의 인물을 접하게 되었다.

그 까닭은 애슐리가 한가한 시간이 있으면 행동보다는 사고를 하느라고, 전혀 현실 감각을 내포하지 않은 화려한 빛깔의 꿈을 엮어 내느라고 시간을 보내는 그런 기질의 사람으로 태어났기 때문이었다. 그는 조지아보다도 훨씬 아름다운 마음속의 세계에서 돌아다녔고, 그러다가 마지못해 현실로 돌아오곤 했다. 그는 사람들을 둘러보기는 했어도 그들을 좋아하지도 않았고 싫어하지도 않았다. 그는 삶을 둘러보았고, 그 삶으로 해서 기쁘지도 않고 슬프지도 않았다. 그는 세계와 거기에서 자신이 차지한 위치를 있는 그대로 받아들였고, 가볍게 관심을 돌리고는 음악과 책과 보다 훌륭한 그의 세계에 탐닉했다.

그의 이성이 그녀의 세계와는 딴판이었는데도 왜 애슐리가 그녀를 사로잡았는지 스칼렛은 이해가 가지 않았다. 그가 지닌 신비 그 자체가 자물쇠도 없고 열쇠도 없는 문처럼 그녀의 호기심을 자극했다. 그에 관해서 이해하기 힘들었던 양상들은 그녀로 하여금 그를 더욱 사랑하게만 만들었고, 이상하고도 신중한 그의 애정 표현은 어떻게 해서든지 그를 독차지해야 되겠다는 그녀의 결심을 더욱 굳혀 주는 역할만 했다. 너무 어리고 지나치게 응석받이로 자랐기 때문에 패배가 무엇인지를 전혀 몰랐던 그녀는, 애슐리가 언젠가는 청혼을 하리라는 사실을 전혀 의심하지 않았다. 그런데 이제, 청천벽력 같은 무서운 사실이 눈앞에 닥쳤다. 애슐리가 멜라니와 결혼하다니! 그럴 리가 없어!

그렇다, 지난 주일에만 해도, 패어힐에서 석양 무렵 말을 타고 집으로 돌아오는 길에 그는 이런 말을 했었다. 「스칼렛, 난 당신한테 하고 싶은 굉장히 중요한 얘기가 있는데, 어떻게 얘기해야 할지 잘 모르겠군요.」

마침내 그 행복한 순간이 찾아온 모양이라고 생각해서 미칠 듯한 기쁨에 심장이 방망이질을 치며 그녀는 새침하게 눈을 내리깔았다. 그러더니 그가 말했다. 「지금은 안 되겠어요! 우린 집에 거의 다 도착했고, 시간이 없군요. 오, 스칼렛, 나는 왜 이렇게 겁이 많을까요!」 그러고는 말에게 박차를 지르더니, 그는 스칼렛과 경주를 벌이며 타라로 가는 언덕을 달려 올라갔다.

그루터기에 앉아 기다리던 스칼렛은 그녀를 그토록 행복하게 해주었던 그 말을 생각해 보았고, 갑자기 그 말은 또 다른 의미를, 끔찍한 의미를 드러내었다. 그녀에게 애슐리가 하려던 얘기는 약혼 소식이었을지도 모른다!

아, 아버지가 어서 집으로 돌아왔으면 좋겠구나! 그녀는 이 초조함을 한순간도 더 참기가 힘겨웠다. 그녀는 짜증스럽게 길을 내려다보고 또 내려다보았고, 그러고는 실망했다.

해는 이제 지평선 너머로 떨어졌고 세상의 가장자리를 물들인 붉은 광채가 희미해져서 분홍빛이 되었다. 머리 위 하늘은 감색(紺色)에서 물새의 알처럼 초록과 푸른 빛깔이 섞인 섬세한 색으로 서서히 바뀌었고, 시골 석양의 신비한 고요함이 그녀 주변에 살그머니 내려앉았다. 들판에는 그늘처럼 침침한 기운이 스며들었다. 붉은 밭고랑과 움푹움푹 파인 붉은 길은 마술적인 핏빛을 상실하더니 평범한 갈색 땅이 되었다. 길 건너편 방목장에서는 반으로 쪼갠 통나무로 둘러친 울타리 너머로 말과 노새와 소 들이 머리를 내밀고 조용히 서서, 외양간으로 데리고 가 저녁을 먹여 주기만 기다렸다. 소들은 목초지 개울가를 따라 나무 울타리처럼 늘어선 숲의 시커먼 그림자를 좋아하지 않았고, 인간이 찾아와서 반갑다는 듯 스칼렛에게 귀를 쫑긋거렸다.

이상한 어슴푸레함 속에서 햇빛을 받았을 때는 그토록 포근한 초록빛이던 강가 늪지대의 높다란 소나무들은, 대청(大靑) 빛 하늘을 배경 삼아 시커멓게 윤곽을 드러낸 모습이, 느릿느릿 흐르는 누런 강물을 그들의 발치에 숨긴 채로 아무도 뚫고 들어가지 못하게 줄을 지어 막아선 시커먼 거인들 같았다. 강 건너편 언덕에서는 윌크스 댁 저택의 높직하고도 하얀 굴뚝들이 주변의 울창한 참나무 숲의 어둠 속으로 서서히 사라졌고, 저녁을 먹느라고 점을 찍어 놓은 듯 켜놓은 아득한 불빛들만이 그곳에 집이 있음을 알려 주었다. 새로 밭갈이를 한 땅과 땅을 딛치고 솟아오르는 온갖 싱싱하고 푸른 식물들의 촉촉한 내음을 머금은 봄철의 따스하고 축축한 향기로움이 감미롭게 그녀를 에워쌌다.

석양과 봄과 새로 돋아나는 초목은 스칼렛에게 전혀 기적이 아니었다. 여자의 얼굴과, 말과, 비단옷 따위의 구체적인 대상들 이외에는 그 무엇에서도 아름다움을 의식하며 보았던 적이 없었던 스칼렛은 그런 아름다움을 그녀가 숨 쉬는 공기나 마시는 물처럼 당연하게 받아들였다. 그렇기는 해도 잘 가꾼 광활한 타라의 하늘에 깃든 고요한 어슴푸레함은 그녀의 어지러운 마음에 평화로움을 가져다주었다. 그녀는 이 땅을 자신이 사랑하고 있음을 의식하지도 않으면서 무조건 사랑했고, 기도 시간에 등잔 불빛을 받은 어머니의 얼굴을 사랑하듯 이 땅을 사랑했다.

조용하고 구불구불한 길에는 아직도 제럴드의 모습이 나타나지 않았다. 더 오래 기다렸다가는 틀림없이 어멈이 그녀를 찾으러 나와 마구 집으로 끌고 들어가리라. 하지만 어둠이 깔리는 길을 내려다보느라고 눈에 신경을 집중시키던 그녀는, 목초지 언덕 밑에서 요란하게 말발굽이 울리는 소리를 들었고, 겁을 낸 말과 소들이 뿔뿔이 흩어지는 것을 보았다. 제럴드 오하라가 전속력으로 들판을 가로질러 집으로 오는 중이었다.

그는 몸집이 크고 다리가 긴 사냥 말을 타고 언덕을 달려 올라왔는데, 멀리서 보니 꼭 너무 큰 말을 탄 소년처럼 보였다. 길고도 흰 머리카락을 나부끼며 그는 채찍을 치고 요란하게 소리를 지르며 말을 내몰았다.

마음속에는 그녀 나름대로의 걱정이 가득했지만, 스칼렛은 그래도 승마 실력이 뛰어난 제럴드를 애정이 어린 자부심이 넘치는 표정으로 지켜보았다.

〈술이 몇 잔 들어갔다 하면 왜 아버지는 항상 울타리를 뛰어넘으려고 그러시는지 모르겠어.〉 그녀는 생각했다. 〈바로 여기서 작년에 낙마를 해 무릎뼈가 부러지셨는데도 말이야.

정신을 차리실 줄 알았는데. 더구나 아버지는 절대로 다시는 뛰어넘지 않으시겠다고 어머니한테 맹세까지 하셨잖아.〉

스칼렛은 아버지를 조금도 어려워하지 않았고, 울타리를 뛰어넘고는 아내에게 그 사실을 숨기며 아버지가 느끼는 소년 같은 자부심과 죄의식이 담긴 기쁨이란 어멈을 속여 넘긴다는 그녀 자신의 기쁨과 맞먹었기 때문에 스칼렛은 여동생들보다 아버지와 훨씬 더 사이가 가깝다고 느꼈다. 아버지를 보려고 그녀는 앉아 있던 자리에서 일어섰다.

덩치가 큰 말은 울타리에 다다르자 자세를 가다듬더니 새처럼 힘도 안 들이고 뛰어올랐고, 아버지는 신이 나서 소리를 지르고 채찍으로 허공을 쳤으며, 하얀 머리카락이 뒤로 펄럭거렸다. 나무 그늘에 있던 딸을 보지 못한 제럴드는 길에서 고삐를 당기더니 잘했다고 말의 목을 쓰다듬었다.

「이 카운티에서, 조지아 주에서 널 따라올 말은 하나도 없어.」아메리카에서 39년을 살았어도 미스[14] 카운티의 아일랜드 사투리가 심한 말로 그는 자랑스럽게 말에게 얘기했다. 그러더니 그는 서둘러 머리를 가다듬고, 구겨진 셔츠를 매만지고, 한쪽 귀 뒤로 비틀려 돌아간 넥타이를 바로잡았다. 이웃을 방문했다가 얌전히 말을 타고 돌아온 신사 같은 모습을 아내에게 보여 주겠다는 속셈 때문에 아버지가 이렇게 서둘러 몸단장을 하고 있음을 스칼렛은 알았다. 그녀는 또한 참된 목적을 밝히지 않고도 대화를 시작하고 싶었던, 그녀가 바라던 바로 그런 기회를 아버지가 제공하게 되었음을 깨달았다.

그녀는 큰 소리로 웃었다. 그녀가 의도했던 대로 제럴드는

14 Meath. 아일랜드 공화국의 중부 지역인데, 이 소설의 무대를 이루는 타라는 본디 이 지역에 있는 언덕의 이름이다.

그 소리에 깜짝 놀랐고, 스칼렛을 알아보자 겸연쩍어하면서
도 반발하는 표정이 그의 불그레한 얼굴에 떠올랐다. 그는
무릎이 뻣뻣했기 때문에 말에서 내리기가 힘이 드는 듯싶었
고, 고삐를 팔뚝에 걸치고는 무거운 걸음걸이로 그녀에게로
왔다.

「저런, 우리 아가씨.」 그녀의 뺨을 꼬집으며 그가 말했다.
「그러니까 지난 주일에 네 동생 수엘렌이 그랬던 것처럼 날
염탐질해서 엄마한테 일러바칠 생각이냐?」

그의 거세고 저음인 목소리에는 화가 나기는 했어도 얼러
보려는 어조도 담겼고, 스칼렛은 놀리듯 혀를 끌끌 차며 손
을 뻗어 아버지의 넥타이를 바로잡아 주었다. 그녀의 얼굴에
뿜어 대던 아버지의 숨결에서는 희미한 박하 향기가 섞인 버
번위스키 냄새가 강했다. 그에게서는 또한 그녀가 다른 남자
들에게서 그런 냄새가 나면 항상 아버지가 생각나서 본능적
으로 좋아했던 냄새, 씹는담배와 기름을 잔뜩 먹인 가죽과
말 냄새가 뒤섞여 났다.

「아니에요, 아빠. 난 수엘렌처럼 고자질을 하는 아이가 아
니에요.」 가다듬은 옷매무새를 꼼꼼히 살펴보려고 물러서며
스칼렛이 아버지를 안심시켰다.

제럴드는 키가 작아서 150센티미터가 약간 넘는 남자였지
만, 몸집이 어찌나 단단하고 목이 굵은지, 모르는 사람들이
자리에 앉은 그의 모습을 보면 그가 덩치 큰 사람이라고 오
인하기가 십상이었다. 그는 항상 최고급 가죽 장화를 신었
고, 육중한 체구를 떠받친 짧고 튼튼한 다리로 곧잘 뒤뚱거
리며 걷는 어린아이처럼 쩍 벌리며 서고는 했다. 위엄을 부리
려는 키가 작은 사람들은 대부분 약간 우스꽝스러워 보이지
만, 시골집에서 장닭이 의젓하게 여겨지듯, 제럴드도 마찬가

지였다. 감히 제럴드 오하라를 작달막하고 웃기는 위인이라고 생각할 정도로 뱃심이 좋은 사람은 아무도 없었다.

그의 나이는 예순 살이고, 심하게 곱슬거리는 머리는 은빛 백발이었지만 예리한 얼굴에는 주름살이 없었고, 작고도 꿋꿋한 푸른 눈에는 포커 놀이에서 카드를 몇 장이나 바꿔야 할지 따위 이상의 어떤 추상적인 문제에도 전혀 머리를 쓰지 않으며, 걱정이라고는 하지 않으며 살아가는 그런 젊음이 깃들었다. 동그랗고, 혈기가 왕성하고, 코가 짧고, 입이 큼직하고 도전적인 그의 얼굴은 그토록 오래전에 떠나온 고향 어디에서나 볼 수 있는 그런 아일랜드 사람의 얼굴이었다.

겉으로는 과격하기도 잘하지만, 제럴드 오하라의 마음은 부드럽기 짝이 없었다. 그는, 아무리 그런 처벌을 받아 마땅하더라도 어느 노예가 야단을 맞고 침울해하는 꼴을 보거나, 고양이가 야옹거리거나 아이가 우는 소리를 들으면 견디기가 힘들었지만, 이런 나약함이 알려질까 봐 끔찍이도 두려워했다. 그를 만나는 사람이라면 누구나 5분도 안 되어서 그의 착한 마음씨를 눈치챈다는 사실을 그는 까맣게 몰랐고, 자기가 소리를 버럭버럭 질러 명령을 내렸다 하면 모두들 벌벌 떨고 복종한다고 생각하기를 좋아했던 만큼, 만일 그 사실을 알았더라면 굉장히 자존심이 상했으리라. 농장 사람들이 복종하는 목소리는 오직 하나, 그의 아내 엘렌의 부드러운 목소리임을 그는 짐작도 못 했다. 엘렌에서부터 지극히 미련한 밭일꾼에 이르기까지 모든 사람들 사이에서는, 제럴드로 하여금 그의 말이 곧 법이라고 믿으며 살아가게끔 호의적인 무언의 약속이 이루어졌던 터라, 그는 이 비밀을 전혀 몰랐다.

아버지가 소리를 버럭버럭 지르고 성미를 부려도 스칼렛은 어느 누구보다도 겁을 덜 냈다. 그녀는 제럴드의 맏딸이었고, 가족 묘지에 묻힌 세 아들의 뒤를 이을 또 다른 아들은 이제 태어나지 않으리라는 점을 알았던 그는, 그녀를 아들처럼 남자 대 남자로 대하는 버릇이 자기도 모르게 들었고, 그녀는 아버지의 그런 태도가 훨씬 즐거웠다. 본디 이름이 캐롤라인 아이린이었던 캐린[15]은 섬세하고 공상을 즐겼으며, 세례명이 수전 엘리너였던 수엘렌은 자신이 우아하고 품행이 숙녀답다고 스스로 자부했으므로, 여동생들보다는 스칼렛이 훨씬 아버지를 닮았다.

더구나 스칼렛과 아버지는 상호 간의 비밀 약속으로 서로 결속된 사이였다. 스칼렛이 5백 미터나 떨어진 문까지 걸어가는 대신에 울타리를 기어 넘어가거나, 젊은 남자하고 집 앞 층계에 너무 늦게까지 앉아 놀다가 제럴드에게 들켰다 하면 그는 화를 벌컥 내며 심하게 꾸짖었지만, 엘렌이나 어멈에게는 그런 얘기를 한마디도 하지 않았다. 그리고 아내한테 엄숙하게 약속한 다음에도 그가 담을 뛰어넘는 광경을 목격하거나, 카운티에서 나도는 소문을 들어 항상 그러듯 포커판에서 아버지가 정확히 얼마나 또 돈을 잃었는지를 알아내더라도, 스칼렛은 수엘렌처럼 어리숙하고 직설적인 말투로 저녁 식탁에서 그런 얘기를 꺼내지 않도록 자제했다. 스칼렛과 아버지는 엘렌의 상냥한 마음을 해치는 짓 따위는 하지 않았고, 그런 얘기가 엘렌의 귀에 들어가면 그녀의 마음을 아프게 해줄 뿐이라고 서로 엄숙하게 다짐했다.

스칼렛은 희미해지는 빛 속에서 아버지를 쳐다보았고, 왜 그런지는 몰라도 아버지와 같이 있으니까 마음이 편안해지는 기분을 느꼈다. 그녀의 마음을 끄는 어떤 정력적이고, 속

15 캐롤라인과 아이린을 합친 이름, 남부 여자들은 두 개의 이름을 붙여서 쓰는 경우가 많았다.

되고, 천한 면이 아버지에게는 있었다. 사람들을 조금도 분석할 줄 몰랐던 스칼렛은, 엘렌과 어멈이 16년 동안이나 없애려고 그들 나름대로 애를 썼음에도 불구하고 사라지지 않는 아버지의 그런 똑같은 자질을 그녀 자신도 어느 정도 지녔기 때문에, 이렇게 마음이 편안해진다는 사실을 깨닫지 못했다.

「그만하면 아주 훌륭해 보이시는데요.」 그녀가 말했다. 「그리고 아버지가 쓸데없이 자랑만 늘어놓지 않는다면, 무슨 장난을 하셨는지 아무도 짐작조차 못 할 거예요. 하지만 내가 생각하기에도 작년에 무릎을 다치신 다음에 또 바로 그 울타리를 뛰어넘으신다는 건 ——」

「무얼 뛰어넘어라 말아라 하는 잔소리를 내 딸년한테서 듣다니 정말 한심하구먼.」 그녀의 다른 쪽 뺨을 꼬집으며 그가 소리쳤다. 「부러져도 내 목이 부러지는데 말이야. 그건 그렇고, 우리 아가씨, 넌 목도리도 두르지 않고 여기 나와서 뭘 하고 있지?」

달갑지 않은 대화에서 해방되려고 아버지가 상투적인 발뺌을 하는 눈치를 채고 그녀는 아버지의 팔짱을 끼며 말했다. 「난 아버지를 기다리던 참이에요. 이렇게 늦으실 줄은 몰랐죠. 아버지가 딜시를 사오기로 하셨는지 어쩐지 궁금해서요.」

「그 여잘 사기는 했다만 너무 돈이 많이 들어서 난 망했어. 그 여자하고 어린 딸년 프리시까지 샀지. 존 윌크스는 거의 공짜로 주려고 했지만, 난 제럴드 오하라가 친구 사이라는 걸 빙자해서 거래에 덕을 보았다는 소린 절대로 듣고 싶지 않았거든. 난 두 사람 값을 3천으로 쳐서 억지로 쥐여 주다시피 했단다.」

「하느님 맙소사, 아빠, 3천이라뇨! 그리고 프리시는 살 필요도 없었을 텐데요!」

「언제부터 내 딸년이 나를 심판하는 자리에 앉게 되었지?」
제럴드가 웅변을 하듯 소리쳤다. 「프리시는 마음에 드는 계
집아이였고, 그래서 ──」

「프리시는 나도 알아요. 교활하고 멍청한 아이라고요.」 아
버지의 호통 소리는 아랑곳하지도 않으며 스칼렛이 차분하
게 말대꾸를 했다. 「그리고 아버지가 그 아이를 산 건, 딜시
가 사달라고 아버지한테 부탁했기 때문이겠죠.」

착한 일을 하다 들키면 항상 그러듯이 제럴드는 기가 죽고
당황한 표정을 지었고, 스칼렛은 속이 빤히 보이는 아버지를
보고는 거침없이 웃어 댔다.

「그래, 그랬다면 어쩌겠냐? 아이 때문에 질질 짜고 돌아다
니는 꼴을 봐야만 된다면 딜시를 사봤자 무슨 소용이겠어?
좋아, 이제 다시는 우리 농장에서 검둥이가 결혼하게 내버려
두지 않을 테다. 돈이 너무 많이 들어가니까. 자, 가자, 우리
고양이야. 안으로 들어가 저녁이나 먹자.」

마지막 초록빛 기운이 하늘에서 사라져 이제는 어둠이 더
욱 짙게 깔렸고, 약간 싸늘한 공기가 봄철의 향기로움을 쫓
아 버렸다. 그녀의 의도를 제럴드가 의심하지 않도록 하면서
애슐리 얘기를 어떻게 꺼낼까 궁리하던 스칼렛이 우물쭈물
했다. 민감한 면이라고는 전혀 없었던 스칼렛으로서는 그렇
게 하기가 어려운 일이었고, 그녀와 너무나 비슷했던 제럴드
는 딸이 그를 꿰뚫어 보듯 그녀의 엉성한 속임수를 항상 환
히 꿰뚫어 보았다. 그리고 그는 이럴 때면 남의 체면을 봐주
는 일이 별로 없었다.

「열두 참나무 집에서는 모두들 어떻게 지내요?」

「그저 그렇더구나. 케이드 캘버트가 마침 거길 들렀기에,

내가 덜시 흥정을 끝낸 다음에, 우린 모두 베란다에 나가 앉아 위스키를 몇 잔씩 들었지. 케이드는 막 애틀랜타에서 돌아온 길이었는데, 그곳 사람들은 모두 흥분해서 전쟁 얘기로 야단이고 ―.」

스칼렛이 한숨을 지었다. 일단 제럴드가 전쟁과 남부의 분리 얘기를 시작했다 하면 몇 시간이 걸려야 끝을 내리라. 그녀는 다른 쪽으로 얘기를 돌렸다.

「내일 열릴 바비큐 파티 얘기는 누가 안 하던가요?」

「그러고 보니까 참 그 얘기도 나왔었구나. 미스 거 뭐라더라 ― 작년에 여기 왔던 귀엽고 자그마한 아가씨, 너도 알 텐데 ― 애슐리의 친척인데 ― 아, 그래, 미스 멜라니 해밀턴, 그런 이름이었지 ― 그 애가 오빠 찰스하고 벌써 애틀랜타에서 도착했고 ―」

「그 여자가 정말 왔나요?」

「그럼, 왔지. 여자라면 마땅히 그래야 하지만 통 자기주장이라고는 한마디도 내세우지 않는 조용하고도 귀여운 여자야. 자, 가자, 애야, 꾸물거리지 말고. 엄마가 정신없이 우릴 찾아다닐 테니까.」

그 소식을 듣고 스칼렛은 가슴이 철렁했다. 그녀는 무슨 일이라도 생겨서 멜라니 해밀턴이 당연히 눌러 있어야 할 애틀랜타에 발이 묶이기를 가당치도 않게 바랐었고, 스칼렛 자신과는 너무나 다른 그 여자의 상냥하고 조용한 성품을 아버지까지도 좋아한다는 사실을 알고 나니 그녀는 노골적으로 나오지 않을 수가 없었다.

「애슐리도 거기 있었어요?」

「있었지.」 제럴드는 딸의 팔을 놓고 돌아서더니 그녀의 얼굴을 빤히 쳐다보았다. 「그리고 네가 나를 기다리려고 여기까지 나온 이유가 그것이라면, 넌 뜸을 들이지 말고 왜 단도 직입적으로 물어보질 못했지?」

스칼렛은 대꾸할 만한 말이 하나도 생각나지를 않았고, 얼굴은 불쾌감으로 빨갛게 상기했다.

「어디, 얘기해 봐.」

아버지를 잡아 흔들며 입 닥치라고 할 권리가 딸에게도 용납된다면 좋았으리라고 생각하며, 그녀는 아직 아무 말도 하지 않았다.

「그 사람도 거기 있었고, 그 집 딸들도 네 안부를 아주 상냥하게 물었지만, 그 청년도 네가 어떻게 지내는지 궁금해했고, 무슨 일이 있어도 내일 네가 꼭 바비큐 파티에 오기를 바란다고 그러더라. 넌 내가 꼭 데리고 갈 테니까 걱정하지 마라.」 그가 신경을 곤두세우고 눈치를 살피며 말했다. 「그건 그렇고, 얘야, 너하고 애슐리가 어떻게 됐기에 이렇게 야단이냐?」

「아무 일도 없어요.」 아버지의 팔을 당기며 그녀가 퉁명스럽게 말했다. 「들어가죠, 아빠.」

「이제는 네가 들어가자고 하는구나.」 그가 말했다. 「하지만 네 얘기가 무슨 소린지 이해하기 전에는 난 꼼짝 않고 여기 서 있겠다. 가만히 생각해 보니까 너 요새 어딘가 이상했어. 그 총각이 너한테 집적거리더냐? 너더러 결혼하자고 그랬니?」

「아뇨.」 그녀가 퉁명스럽게 말했다.

「하기야 그랬을 리도 없지.」 제럴드가 말했다.

그녀는 속에서 화가 치밀어 올라왔지만, 제럴드는 딸에게 조용하라는 시늉을 했다.

「잠깐 조용해, 우리 아가씨! 존 윌크스가 절대 비밀이라면서 오늘 오후에 나한테 얘기했는데, 애슐리가 미스 멜라니하고 결혼한다더라. 내일 발표를 하겠대.」

아버지의 팔을 잡았던 스칼렛의 손이 축 늘어졌다. 그렇다면 사실이로구나!

난폭한 짐승의 송곳니처럼 고통이 그녀의 마음을 사납게 물어뜯었다. 조금쯤은 그녀를 가엾게 여기면서도, 해답을 알 길이 없는 문제에 봉착하여, 약간 짜증이 난 아버지의 시선이 자기에게 고정되었음을 스칼렛은 계속 느꼈다. 그는 스칼렛을 사랑했지만 어린애 같은 문제를 해결해 달라고 그에게 억지로 떠맡길 때면 마음이 답답했다. 모든 해답을 아는 사람은 엘렌이었다. 스칼렛은 골칫거리라면 항상 어머니인 그녀에게로 들고 갔어야 했다.

「넌 혹시 너 자신을, 우리들 모두를 웃음거리로 만들어 놓은 거 아니냐?」 흥분했을 때면 항상 그렇듯이 언성을 높여 그가 소리쳤다. 「넌 카운티에서 어떤 총각이라도 손에 넣을 수 있는 판에, 널 사랑하지도 않는 남자를 쫓아다닌 건 아니냐고?」

분노와 짓밟힌 자존심 때문에 고통이 조금은 밀려났다.

「난 그 남자를 쫓아다니지 않았어요. 그냥 ― 그냥 놀랐을 뿐이에요.」

「너 거짓말을 하는구나!」 제럴드가 소리치고 나서, 그녀의 비참해진 얼굴을 힐끔 보더니, 복받쳐 오르는 정을 느끼며 덧붙여 말했다. 「애야, 미안하다. 하지만 어쨌든 넌 어린애에 지나지 않고, 다른 총각들도 많아.」

「엄마는 아버지하고 결혼했을 때 겨우 열다섯 살이었는데 난 지금 열여섯 살이에요.」 울먹울먹한 목소리로 스칼렛이 말했다.

「너희 엄마는 달랐어.」 제럴드가 말했다. 「엄마는 전혀 너

처럼 경솔하질 않았거든. 자, 가자, 얘야, 기운을 내고. 그러
면 다음 주일에 내가 널 데리고 찰스턴에 사는 네 이모 율랄
리한테 놀러 가겠고, 거길 가면 섬터 요새가 어떻고 떠들썩할
테니까 한 주일이면 넌 애슐리를 잊어버리고 말겠지.」

〈아버지는 날 어린아이라고 생각하는 거야.〉 분하고 화가
나서, 숨이 막혀 말도 안 나오는 스칼렛이 생각했다. 〈그러니
까 내게 새 장난감만 하나 마련해 주면 난 멍이 들어도 잊어
버린다고 믿으셔.〉

「자, 너 내 앞에서 심술부리면 못써.」 제럴드가 경고했다.
「머리가 조금이라도 깨었다면 넌 오래전에 스튜어트나 브렌
트 탈턴하고 결혼을 했어야 해. 얘야, 잘 생각해 봐. 그 쌍둥
이들 가운데 한 사람하고 네가 결혼만 하면 두 농장은 하나
로 이어질 테고, 짐 탈턴하고 난 농장들이 이어지는 바로 그
자리에, 그 넓은 소나무 숲쯤에다 너희들에게 멋진 집을 지
어 줄 거고 ──」

「이제는 그만 날 어린애 다루듯 하세요!」 스칼렛이 소리쳤
다. 「난 찰스턴으로 가거나, 집을 소유하거나, 쌍둥이들하고
결혼하고 싶은 게 아니에요. 내가 원하는 건 ──.」 그녀는 얼
른 입을 다물었지만 벌써 늦어 버렸다.

이상하게도 조용한 목소리로 제럴드는 별로 사용하지 않
는 생각의 창고에서 어휘들을 꺼내듯 천천히 얘기했다.

「네가 원하는 건 오직 애슐리뿐인데, 넌 그 사람을 소유할
수가 없어. 그리고 혹시 그 청년이 너하고 결혼을 하고 싶어
하면, 난 존 윌크스하고 나 사이에 존재하는 그 모든 훌륭한
우정 때문에, 마음은 내키지 않으면서도 그러라고 대답하겠
지.」 그리고 딸의 놀란 표정을 보고 그는 말을 이었다. 「난 내
딸이 행복하기를 바라는데, 넌 그 사람하고 살면 행복하지

못할 거야.」

「아, 행복할 거예요! 난 행복할 거예요!」

「애야, 그건 어림도 없는 얘기란다. 비슷한 사람끼리 결혼해야지 그렇지 않고는 행복해질 수가 없어.」

스칼렛은 갑자기 〈하지만 아버지와 엄마는 비슷하지도 않으면서 행복하잖아요〉라고 소리를 지르고 싶은 반항적인 욕구를 느꼈지만, 버릇이 없다고 아버지가 귀퉁이라도 쥐어박을까 봐 겁이 나서 참았다.

「윌크스 집안사람들은 우리들하고는 달라.」 적절한 말을 찾느라고 더듬거리며 느릿느릿 아버지가 말을 이었다. 「윌크스 집안사람들은 우리 이웃들 어느 누구하고도 다르고, 내가 여태껏 알았던 어떤 집안하고도 달라. 그 사람들은 묘한 위인들이라서, 서로 친척끼리 결혼하여 그 괴상한 기질은 자기들끼리만 주고받는 게 제일 좋겠어.」

「왜 그래요, 아버지, 애슐리는 달라서 ―」

「조용해라, 애야! 난 그 총각을 좋아해서, 그 사람이 나쁘다는 얘긴 하나도 안 했어. 그리고 내가 묘하다고 하는 건, 미쳤다는 소리가 아냐. 그 사람은 가진 돈을 몽땅 말에 걸고 도박을 하는 캘버트네 사람들이나, 자식들을 낳으면 꼭 술주정뱅이가 한두 명씩은 끼여 나오는 탈턴 집안이나, 성미깨나 급한 못된 녀석들인지라 공연히 트집이나 잡고 사람을 죽이려 덤비는 폰테인네 사람들처럼 그런 식으로 이상한 게 아냐. 그런 종류의 괴팍함은 정말이지 납득하기도 쉽고, 하느님의 은총만 없었더라면 제럴드 오하라도 그런 모든 결점을 지니게 되었을 거야! 그리고 만일 네가 그 사람의 아내가 된다면 애슐리가 다른 여자하고 뺑소니를 친다거나 널 두드려 패리라는 그런 소리도 아냐. 그런 행동이라면 훨씬 이해를 잘하니까, 차라리 그렇다면 넌 훨씬 행복하겠지. 하지만 그 사람이 이상하다는 건 다른 면에서이고, 그래서 그 사람을 이해할 길이 전혀 없단다. 난 그 사람을 좋아하지만, 그가 하는 대부분의 얘기는 뭐가 뭔지 통 알아들을 수가 없어. 자, 우리 아가씨야, 솔직하게 얘기해 봐, 너 책이니, 시니, 음악이니, 유화니 하는 그런 한심한 것들에 대해서 그 사람이 횡설수설 늘어놓는 얘기를 제대로 알아듣겠니?」

「아, 아빠.」 스칼렛이 짜증스럽게 소리쳤다. 「만일 내가 그 남자와 결혼한다면, 그런 건 모두 내가 고쳐 놓겠어요!」

「그래, 아무렴, 네가 고쳐 놓겠다 이 얘기지?」 딸을 날카로운 눈초리로 쏘아보며, 제럴드가 떠보듯 말했다. 「그렇다면 넌 애슐리는 고사하고, 온 세상 어떤 남자에 관해서도 별로 아는 게 없다는 얘기야. 세상에는 남편을 손톱만큼이라도 바꿔 놓은 아내가 한 명도 없으니까, 너도 그걸 잊지 마라. 그리고 윌크스 집안 남자를 바꿔 놓는다는 건, 애야, 그건 어림도 없는 일이란다! 온 집안 식구가 그 모양이고, 옛날부터 다 그런 식이었어. 그리고 영원히 그럴 거다. 정말이지 그 사람들은 천성이 괴상해. 오페라를 듣는다는 둥 유화를 감상한다는 둥 해가면서 뉴욕이나 보스턴으로 쫓아가는 꼴들을 보려무나. 그리고 프랑스나 독일 책을 몇 궤짝씩 양키들에게서 구입하고 말이다! 그러고는 남자들이 마땅히 즐겨야 할 사냥이나 포커 놀이로 시간을 보내는 대신에 멀거니 앉아 책이나 읽으면서, 도대체 무슨 공상들을 하는지도 모르겠어.」

「이 카운티에서는 애슐리보다 말을 잘 타는 사람은 없어요.」 애슐리가 여자 같다고 모욕을 하니까, 화가 난 스칼렛이 말했다. 「그분 아버님은 예외일지 모르지만요. 그리고 포커 얘기가 나왔으니까 말인데, 지난 주일에만 해도 존즈버러에

68

서 애슐리가 아버지한테서 2백 달러를 따지 않았던가요?」

「캘버트네 녀석들이 또 떠들고 돌아다녔구나.」 체념한 듯 제럴드가 말했다. 「그렇지 않고서야 네가 그 액수를 알 리가 없지. 애슐리는 제일인자하고 승마를 하고, 포커도 제일인자하고 하는데 ── 그 제일인자가 바로 나란다, 우리 아가씨야! 그리고 일단 술을 마시려고 들면 탈턴 형제들쯤은 상대도 안 된다는 걸 난 부정하지도 않겠어. 그런 걸 다 할 줄 알면서도 그 사람의 마음은 다른 곳에 가 있어. 그렇기 때문에 괴짜라고 그러는 거야.」

스칼렛은 마음이 무거워져서 입을 다물었다. 그녀는 제럴드의 말이 옳다는 것을 알았기 때문에 그 마지막 얘기를 반박할 얘기가 하나도 생각나지 않았다. 애슐리의 마음은 그가 그토록 잘하는 즐거운 일들 가운데 어느 것에도 연연하지 않는다는 얘기였다. 그는 다른 사람들이 누구나 열심히 흥미를 쏟는 그런 대상에는 예의상의 관심 이외에는 별로 느끼는 바가 없었다.

그녀의 침묵이 무엇을 의미하는지를 제대로 알아챈 제럴드는 딸의 팔을 토닥거리더니 의기양양하게 말했다. 「자, 봐라, 스칼렛! 넌 그것이 사실이라고 인정하잖아. 너 애슐리 같은 남편하고 무얼 하겠다는 얘기지? 그들은 모두, 윌크스 집안사람들은 모두 머리가 돌았어.」 그러더니 타이르는 어조로. 「조금 아까 내가 탈턴 집안 얘기를 한 건, 그들을 추천하고 싶어서 한 소리는 아냐. 개들도 훌륭한 청년들이기는 하지만, 혹시 네가 마음을 둔 사람이 케이드 캘버트라면, 그렇지, 난 그 총각도 마찬가지로 좋아해. 그 영감이 양키 여자하고 결혼하기는 했지만, 그래도 캘버트 집안은 하나같이 좋은 사람들이니까. 그리고 내가 죽은 다음엔 ── 내 말을 명심해

들거라, 애야! 난 타라를 너한테 물려줄 거고, 케이드는 —」

「난 은쟁반에 담아다 준다고 해도 케이드는 받아들이지 않겠어요.」 스칼렛이 격분해서 소리쳤다. 「그리고 아버지도 그 사람은 나한테 그만 떠맡기셨으면 좋겠어요! 난 타라도 싫고 어떤 해묵은 농장도 싫어요. 따지고 보면 농장이라는 것도 —.」

그녀는 〈한 여자가 원하는 남자에 비하면 아무것도 아니다〉라는 말을 하고 싶었지만, 온 세상에서 엘렌을 제외하고는 그가 가장 사랑하는 것을 선물로 제공했는데도 딸이 그런 식으로 우습게 생각하니까, 제럴드는 화가 나서 소리를 벌컥 질렀다.

「스칼렛 오하라, 너 어디서 감히 타라가 — 이 땅이 — 아무것도 아니라는 소리를 함부로 하느냐?」

스칼렛은 고집스럽게 머리를 끄덕였다. 그녀는 너무나 속이 상해서 아버지가 화를 내건 말건 신경조차 쓰지 않았다.

「세상에서 그나마 가치가 있는 건 오직 땅 한 가지뿐이야.」 짧고 굵직한 팔로 화가 난 시늉을 크게 하며, 그가 소리쳤다. 「그 까닭은 이 세상에서 끝까지 남는 건 땅뿐이기 때문이라고. 너도 그걸 명심해 둬! 일할 가치가 있고, 싸울 가치가 있고, 죽을 가치가 있는 건 오직 땅을 위해서뿐이야.」

「보세요, 아빠.」 그녀는 역겹다는 듯 말했다. 「아버지는 아일랜드 사람 같은 말을 하고 있어요!」

「내가 언제 그 사실을 부끄럽게 생각한 적이 있었냐? 아니지, 난 그걸 자랑으로 생각했으니까. 그리고 너도 절반은 아일랜드 사람의 피가 흐른다는 걸 잊지 마라, 우리 아가씨야! 그리고 몸속에 아일랜드 피가 한 방울이라도 흐르는 사람이라면 누구나 다 그들이 살고 있는 땅을 어머니로 생각하지.

지금 이 순간에 내가 부끄럽게 생각하는 건 너야. 난 너한테 옛 고향 미스 카운티 다음으로 세상에서 가장 아름다운 땅을 주겠다고 했는데, 넌 어떻게 나왔지? 코웃음을 쳤어!」

제럴드는 통쾌하게 소리를 버럭버럭 지르며 화풀이를 할 기분을 갖추려던 참이었는데, 스칼렛의 수심에 차고 어딘가 애처로운 얼굴을 보고는 참았다.

「하지만 그러면 어떠냐, 넌 나이가 어려. 땅에 대한 사랑, 그건 나중에 너를 찾아올 거야. 너한테도 아일랜드 사람의 피가 흐르니까, 그걸 벗어날 수가 없어. 넌 어린애에 지나지 않고, 총각들 때문에 신경이 쓰이겠지. 더 나이를 먹으면 너도 세상 물정을 알게 될 거야 ─. 자, 케이드냐, 쌍둥이냐, 아니면 에번 먼로 집안의 어느 젊은 총각이냐? 마음만 잡는다면, 내가 너한테 얼마나 잘해 줄지 두고 보라구.」

「그만해요, 아빠!」

이때쯤에는 제럴드도 딸과의 대화에 완전히 지쳤고, 자기가 문제를 떠맡아야 한다는 상황이 짜증스러워졌다. 그는 카운티의 청년들 가운데 가장 훌륭한 남자에다가 타라 농장까지 곁들여 제공했는데도, 여전히 스칼렛이 비참한 표정을 짓고 있어서 더욱 불쾌했다. 제럴드는 그가 주는 선물이라면 누구라도 손뼉을 치고 키스를 하며 받아야 기분이 좋았다.

「자, 또 그렇게 뾰루퉁해하지는 마라, 우리 아가씨야. 상대방 남자가 너처럼 생각하고, 신사이고, 남부 사람이고, 자부심만 강하다면 네가 누구하고 결혼하건 상관없어. 여자들에게는 사랑이란 결혼을 한 다음에 찾아오게 마련이니까.」

「아니에요, 아빠, 그건 너무나 낡은 사고방식이에요!」

「그리고 훌륭한 사고방식이지! 사랑을 위해 결혼한답시고 법석을 부리며 돌아다니는 이곳 아메리카의 관습은 종놈들이나 하는 짓이고, 양키들이나 하는 짓이야! 부모가 며느리를 선택하는 게 가장 훌륭한 결혼이지. 너처럼 철딱서니도 없는 것이, 누가 훌륭한 남자이고 누가 불한당인지를 어떻게 알겠니? 그래, 윌크스 댁 사람들을 봐라. 대대로 그들이 자랑스럽고 튼튼한 가문으로 이어져 내려온 이유가 무엇 때문이었겠니? 그야 물론 자기들하고 비슷비슷한 사람들끼리 결혼하고, 그들이 결혼하리라고 집안에서 항상 기대하는 친척들끼리 결혼을 했기 때문이야.」

「그렇겠죠.」 제럴드가 끔찍하고도 필연적인 진리의 정수를 찌르자 새로운 고통에 짓눌려 스칼렛이 소리쳤다. 제럴드는 머리를 숙인 딸의 모습을 보고는 초조하게 머뭇거렸다.

「너 우는 건 아니겠지?」 연민으로 일그러진 표정을 짓고 그는 딸의 얼굴을 치켜 올리려고 어색하게 그녀의 턱을 더듬거리며 물었다.

「아니에요.」 얼굴을 휙 돌리고, 화를 내며 그녀가 말했다.

「넌 지금 거짓말을 했고, 난 그게 자랑스러워. 난 네가 자부심이 강하다는 게 기쁘구나, 우리 아가씨야. 그리고 난 내일 바비큐 파티에서도 너한테서 그런 자부심을 보고 싶어. 난 우정 이상으로는 전혀 아무런 다른 관심조차 너한테 두지 않았던 남자 때문에 네가 마음을 빼앗겨 멍청하게 쫓아다녔다고 카운티 사람들이 비웃고 수군거리는 꼴은 못 보겠으니까.」

〈그 사람이 나한테 관심을 보이기는 보였어.〉 서글픈 마음으로 스칼렛은 생각했다. 〈그래, 관심이야 많았지! 그이가 내 생각을 많이 했다는 걸 난 알아. 난 그런 눈치를 챘다고. 나한테 시간이 조금만 더 넉넉했었다면, 난 틀림없이 그이가 말을 꺼내게 만들었을 텐데 ─. 아, 윌크스 집안사람들이 친척끼리만 결혼해야 한다고 고집하지 않는다면야 얼마나 좋

을까!〉

제럴드는 딸의 팔을 잡아 자기 팔에 얹었다.

「이제 우리 저녁을 먹으러 집으로 들어갈 텐데, 지금 한 얘기는 우리끼리만 아는 비밀로 해두자. 난 이런 얘기로 엄마가 걱정하게 하고 싶질 않고, 그건 너도 마찬가지겠지. 얘야, 코나 풀어라.」

스칼렛은 찢어진 손수건에다 코를 풀었고, 그들은 천천히 따라오는 말을 끌고 팔짱을 낀 채 컴컴한 마찻길을 올라가기 시작했다. 집이 가까워지자 스칼렛은 무슨 얘기를 다시 꺼내려고 했지만, 포치의 침침한 그림자 속에 서서 기다리는 어머니의 모습이 눈에 띄었다. 어머니는 둥근 모자를 쓰고, 목도리를 두르고, 토시를 끼었으며, 그녀의 뒤에는 노예들을 치료할 때 쓰는 약과 붕대를 엘렌 오하라가 항상 담아 가지고 다니는 검정 가죽 가방을 손에 들고 어멈이 벼락처럼 험악한 얼굴로 버티고 섰다. 어멈의 입술은 두툼하고 축 늘어졌으며, 화가 났을 때는 아랫입술을 내밀면 보통 때보다 길이가 두 곱절이나 길어지곤 했다. 지금도 그 입술을 잔뜩 빼물었고, 스칼렛은 어멈이 무엇인지 못마땅한 일로 화가 잔뜩 났음을 알았다.

「오하라 씨.」 마찻길을 올라오는 두 사람을 보고 엘렌이 불렀는데, 엘렌은 결혼 생활을 17년이나 하고 아이 여섯을 낳았어도 남편에게 꼭 예의를 지키는 그런 세대에 속하는 여자였다. 「오하라 씨, 슬래터리 댁에 환자가 생겼어요. 에미의 아기가 태어났는데, 곧 죽게 생겼으니까 어서 세례를 받아야 해요. 혹시 도와줄 일이 없나 보려고 난 어멈하고 그 집으로 가려던 참인데요.」

그녀는 그 일의 성사가 제럴드의 동의에 달렸다는 듯, 질문하는 투로 말꼬리를 올렸는데, 단순한 형식에 지나지 않았어도 제럴드는 이런 태도를 흐뭇하게 여겼다.

「하느님 맙소사!」 제럴드가 호령했다. 「저녁 먹을 때가 다 되었고, 그래서 애틀랜타에서 오가는 전쟁 얘기를 마침 당신한테 하고 싶었는데, 하필이면 그런 백인 쓰레기들 때문에 어딜 가겠다고 이러는 거야! 가라고, 오하라 부인. 남의 집에 걱정거리가 생겼는데 그곳에 가서 도와주지 못한다면 당신은 밤에 잠도 편히 못 이루니까.」

「마님 스스로 몸 돌볼 줄 안다 하는 깜둥이들하고 가난뱅이 백인 쓰레기들 간호하신다 밤중에 일어나고 해서 통 잠자리 편히 쉴 때 없어요.」 단조로운 목소리로 투덜거리며 어멈은 샛길에 대놓은 마차를 향해 층계를 내려갔다.

「나 대신 식탁 시중을 맡아라, 애야.」 토시를 낀 손으로 스칼렛의 뺨을 토닥거리며 엘렌이 말했다.

터져 나오려는 울음을 억지로 참기는 했어도, 절대로 실패를 모르는 마력을 지닌 어머니의 손길과 바스락거리는 비단 옷에서 나는 약초 향낭(香囊)의 어렴풋한 향기에 스칼렛은 흥분감을 느꼈다. 스칼렛에게는 어머니가 같은 집에서 살며 경이감과 매혹을 자아내는 존재여서, 어딘지 가슴을 벅차게 하고 마음을 위로하는 기적처럼 여겨졌다.

마차를 타도록 아내를 부축해 준 다음 제럴드는 마부더러 조심해서 몰라고 명령했다. 20년 동안이나 제럴드의 말들을 돌보았던 토비는 자기가 다 알아서 할 일인데 이래라저래라 지시를 하니까 짜증이 나서 입을 꽉 다물었다. 어멈을 옆에 태우고 마차를 몰고 가던 그는 못마땅해서 심술이 난 아프리카 사람을 완벽하게 보여 주는 한 폭의 그림이었다.

「만일 그 쓰레기 같은 슬래터리 사람들을 내가 그렇게까지 봐주지만 않았더라면, 여기저기 돈을 쓸 구멍이 생겼겠지.」 제럴드가 화를 벌컥 냈다. 「그러면 그들은 손바닥만 한 늪지대의 초라한 땅을 기꺼이 나한테 팔았겠고, 그러면 카운티에서는 그들을 제거하게 되어 속이 후련했을 거야.」 그러더니 짓궂은 장난이 생각난 듯 얼굴이 환해지며. 「가자, 애야, 우리 가서 돼지더러, 딜시를 사는 대신에, 돼지를 내가 존 윌크스한테 팔았다고 해보자.」

그는 곁에 서서 기다리던 어린 흑인 아이에게 말의 고삐를 던져 주고는 층계를 올라가기 시작했다. 그는 스칼렛이 상심했다는 것을 어느새 잊어버렸고, 그의 마음은 시종을 골려 줄 생각에만 팔렸다. 스칼렛은 무거운 발걸음으로 아버지를 뒤따라 천천히 층계를 올라갔다. 그녀는 어쨌든 자기하고 애슐리가 짝이 맺어진다고 해도, 그녀의 아버지와 엘렌 로비야르 오하라가 부부로 맺어진 것보다 조금도 해괴할 바가 없으리라고 생각했다. 출신과 가문, 그리고 생각하는 바가 그토록 차이가 많은 두 사람을 어디에서도 찾아내기가 힘들 정도인데도, 아버지처럼 시끄럽고 무감각한 남자가 어떻게 어머니 같은 여자하고 결혼을 하게 되었는지, 스칼렛은 항상 그렇듯이 지금도 의아한 생각이 들었다.

제3장

엘렌 오하라는 서른두 살이었는데, 아이를 여섯이나 낳고 그 가운데 셋이 죽었으므로 그 무렵의 기준으로 보면 엄연한 중년 부인이었다. 그녀는 장신이어서, 작고 불같은 성미의 남편보다 머리 하나는 더 컸지만, 출렁이는 버팀살 치마를 입고도 어찌나 조용하고 우아하게 걷는지 그 큰 키가 전혀 사람들의 눈길을 끌지 않았다. 몸에 꼭 끼는 짧은 웃옷의 까만 호박단(琥珀緞) 위로 솟아오른 둥글고 날씬한 목의 피부는 맑은 빛이었으며, 망을 씌워 뒤쪽에 다듬어 놓은 숱이 많고 큼직한 머리카락의 무게 때문에 항상 약간 뒤로 젖혀진 인상을 주었다. 엘렌은 1791년의 혁명 때 아이티로 피신했던 그녀의 프랑스인 어머니로부터 새까만 속눈썹이 그늘을 드리우고 눈꼬리가 올라간 검은 눈과 까만 머리카락을, 그리고 나폴레옹 휘하의 군인이었던 아버지에게서는 길고 곧은 코와, 뺨의 완만한 곡선으로 부드러워지기는 했지만 모가 난 턱을 물려받았다. 하지만 인생살이를 겪어 오면서 엘렌의 얼굴에는 교만함이 없는 자부심과, 우아함과, 우수(憂愁)와, 즐거움이 철저하게 결여된 표정이 새겨졌다.

만일 그녀의 눈에 조금이라도 광채가 나거나, 미소에 조금이라도 따스한 반응이 나타나거나, 가족과 하인들의 귀에는 부드러운 음악의 선율처럼 들리는 목소리에 생동감만 있었더라면, 그녀는 놀라울 만큼 아름다운 여인이 되었으리라. 그녀는 모음(母音)을 감미롭게 발음하고, 자음(子音)은 부드러운 조지아 해안 지역의 상냥하고 말끝을 흐리는 목소리로 얘기했으며, 프랑스 억양은 흔적조차도 찾아보기가 힘들었다. 그 목소리는 하인에게 명령을 내리거나 아이를 꾸짖을 때도 전혀 언성을 높일 줄 몰랐지만, 남편의 시끄럽고 고함치는 목소리가 은근히 무시를 당하던 타라 농장에서, 그녀의 목소리에는 모두들 당장 복종했다.

스칼렛이 겨우 기억할 만큼 아주 오래전에도 어머니는 항상 마찬가지여서, 칭찬하거나 꾸짖거나 간에 목소리는 다정하고 부드러웠으며, 요란한 제럴드의 집안에서 날마다 급한 일들이 터져도 능률적인 솜씨는 흐트러지지를 않았그, 세 아들이 어려서 죽었을 때도 정신은 항상 차분하고 굽힐 줄 몰랐다. 스칼렛은 어머니가 어느 의자에 앉아도 등을 기댄 모습을 한 번도 본 적이 없었다. 또한 식사 시간을 제외하고는 농장의 장부를 정리하거나, 아픈 사람을 간호하는 동안에도 어머니가 뜨개질감을 손에 들지 않고 앉는 것을 그녀는 한 번도 본 적이 없었다. 다른 사람들이 있는 자리라면 그녀는 섬세한 수를 놓았지만, 그렇지 않을 때는 남편의 구겨진 셔츠나, 딸들의 나들이옷이나, 노예들의 옷가지로 늘 손이 바빴다. 스칼렛은 황금빛 골무를 끼지 않은 어머니의 손을 상상할 수가 없었고, 어머니가 집 안을 돌아다니며 요리나 청소를 하거나, 농장 사람들을 위해 여러 벌의 옷을 만드는 일을 감독하는 동안, 이 방 저 방으로 자단(紫檀) 바느질 그릇을 들고 어머니의 뒤를 열심히 쫓아다니며 시침실을 뽑는 이외에는 살아가면서 하는 일이 별로 없는 어린 흑인 계집아이를 데리고 돌아다니는 모습 이외에는, 어머니가 상상이 가지를 않았다.

스칼렛은 어머니가 근엄한 침착성을 잃은 적을 한 번도 본 적이 없었고, 밤이건 낮이건 어느 시간이거나 옷차림이 완벽하지 않은 경우도 본 적이 없었다. 무도회에 가거나 손님을 맞거나, 심지어는 공판이 열리는 날 존즈버러에 가려고 어머니가 옷을 입으려면 하녀 두 명과 어멈이 두 시간이나 애를 써야만 그녀 마음에 들기가 보통이었어도, 급할 때 얼마나 빨리 화장을 하는지는 놀라울 정도였다.

어머니의 방과 복도를 가운데 두고 건너편 방을 쓰던 스칼렛은, 새벽 이른 시간에 단단한 떡갈나무 마룻바닥을 맨발의 흑인이 황급히 달려오는 나지막한 소리와, 어머니의 방문을 다급하게 두드리는 소리, 그리고 흑인 숙소의 길게 줄지어 선 하얀 도료를 칠한 오두막들 가운데 어디에서 누가 아프거나 아이를 낳았거나 죽었다고 겁에 질려 속삭이는 흑인들의 숨죽인 목소리를 어렸을 때부터 들어 왔다. 어릴 적에 그녀는 가끔 문으로 기어가서, 약상자를 겨드랑이에 끼고, 머리는 말끔하게 가다듬고, 바스크 가슴 옷의 단추가 하나도 구멍에서 빠지지 않은 모습으로, 아버지는 세상모르고 규칙적으로 코를 고는 컴컴한 방에서 어머니가 흑인이 치켜든 촛불의 펄럭거리는 불빛 속으로 나오는 모습을 작디작은 문틈으로 몰래 내다보고는 했다.

발돋움을 하고 복도를 내려가며 단호하지만 정이 어린 목소리로 어머니가 속삭이는 말을 들으면 스칼렛은 항상 마음이 흐뭇했다. 「그렇게 큰 소리 내지 말고 조용히 해. 오하라 씨가 깨시겠어. 죽을병에 걸린 건 아니니까.」

그렇다. 다시 침대로 기어 되돌아가면서 그녀는, 밤중에 어머니가 어디론가 나갔으니까 모든 일이 무사히 해결되리라는 사실을 의식하면, 마음이 기뻤다. 노의사 닥터 폰테인과 젊은 닥터 폰테인 두 사람 다 왕진을 나가 도움을 청할 수가 없었기 때문에, 누가 태어나거나 죽는 자리를 밤새도록 지키며 돌본 다음 아침을 맞으면, 어머니는 피곤해서 검은 눈의 언저리가 시커멓지만, 목소리와 몸가짐에서는 조금도 과로한 기색을 나타내지 않으며, 여느 때나 마찬가지로 아침 식탁을 돌보았다. 그렇다고 시인하기보다는 차라리 죽는 편이 낫겠다고 했을지도 모를 제럴드뿐 아니라 딸들까지도 포함해서, 모든 가족으로 하여금 두려움을 느끼게 만드는 그녀의 부드러운 위엄 밑에는 강철 같은 성품이 깔려 있었다.

키가 큰 엘렌의 뺨에 키스를 하려고 밤에 발돋움을 하고 갈 때면 가끔 스칼렛은 윗입술이 아주 짧고 무척 부드러운 입을, 세상살이 때문에 너무나 쉽게 상처를 받는 어머니의 입을 올려다보고는, 기나긴 밤이 새도록 친한 여자 친구들에게 비밀을 속삭이거나 철없는 계집아이처럼 킬킬거리느라고 그 입이 한 번이라도 곡선을 그린 적이 있었을까 궁금한 생각이 들었다. 그렇다, 그것은 불가능한 일이었다. 어머니는 지금이나 마찬가지로 언제나 힘의 기둥이요, 지혜의 샘이요, 모든 문제에 대한 해답을 아는 유일한 사람이었다.

하지만 스칼렛은 잘못 알고 있었으니, 이렇듯 오랜 세월이 흐르기 전, 서배너의 엘렌 로비야르는 그 매혹적인 해안 도시의 열다섯 살 난 어느 계집아이 못지않게 이유도 없이 걸핏하면 킬킬거렸고, 기나긴 밤이면 친구들과 귀엣말을 주고받으며 한 가지만 빼놓고는 모든 비밀을 털어놓았었다. 그녀보다 나이가 스물여덟 살이나 위였던 제럴드 오하라가 그녀의 삶에 등장한 것이 이때였고, 검은 눈의 친척 필리프 로비야르와 그녀의 젊음이 사라진 것도 또한 이때였다. 그 까닭은, 눈에서 활기가 넘치고 생활이 호방했던 필리프가 서배너를 영원히 떠났을 때, 그는 엘렌의 마음속에서 빛나던 모든 광채를 함께 몰고 가버렸으며, 그녀와 결혼한 키가 작은 안짱다리 아일랜드 남자에게는 연약한 껍질만 남겨 주었기 때문이었다.

하지만 정말로 그녀와 결혼하게 되었다는 믿어지지 않는 행운에 가슴이 벅찼던 제럴드에게는 껍질만으로도 충분했다. 그리고 그녀에게서 무엇이 사라졌든지 간에, 그는 전혀 그 아쉬움을 몰랐다. 계산이 무척이나 빠른 남자였던 그는, 내놓을 만한 가문이나 재산이 전혀 없는 아일랜드 남자인 자신이 해안 지대에서 손꼽는 부유하고 지체 높은 집안의 딸을 얻는다는 행운이 기적이나 마찬가지임을 알았다. 그 까닭은 제럴드가 자수성가한 사람이었기 때문이었다.

제럴드는 나이 스물한 살에 아일랜드에서 아메리카로 왔다. 그런 사람들이 전에도 많았고 그 후에도 적지 않았지만, 보다 훌륭하거나 보다 흉악한 수많은 아일랜드 사람들이나 마찬가지로 그는 몸에 걸친 옷과, 뱃삯 이외에 2실링의 돈과, 그가 저지른 나쁜 짓에 비하면 너무 많다고 느껴지는 현상금을 목에 걸고 서둘러 건너왔다. 지옥 같은 이곳에는 영국 정부나 어떤 악마라도 1백 파운드를 기꺼이 제공할 만한 가치가 있는 오렌지 당원[16]은 없었지만, 영국인 부재지주의 소작료 대리 징수인 한 명쯤 죽였다고 해서 정부에서 그렇게까지

16 1795년 아일랜드 신교도가 조직한 비밀 결사로서 당의 기장에 오렌지 빛깔 끈이 달렸다.

기를 쓴다면 제럴드 오하라로서는 떠나는 편이 좋을 터였고, 그것도 이왕이면 빨리 떠나야 했다. 그가 소작료 대리 징수인을 〈흉악한 오렌지 당원〉이라고 욕한 것은 사실이지만, 제럴드가 판단한 이치로 따져 보면, 그랬다고 해서 그 사람이 제럴드에게 「보인 강물」의 첫 소절을 휘파람으로 불어 모욕을 할 권리는 전혀 없었다.

보인의 전투[17]는 백 년도 넘는 옛날 일이기는 했지만, 오렌지 공(公) 윌리엄과 증오의 대상이었던 오렌지 휘장을 단 그의 군대가, 스튜어트 왕가를 지지하던 추종자들을 살육하게 그냥 내버려 두고 겁이 나서 도망치던 스튜어트 공의 주위에서 구름처럼 일던 바로 그 먼지와 더불어, 그들의 희망과 꿈, 땅과 재산이 사라져 버린 오하라 집안의 사람들과 그들의 이웃들에게는 바로 어제 일처럼만 여겨졌다.

그뿐 아니라 다른 이유들도 있었기 때문에, 제럴드의 가족은 그가 싸움을 벌이다가 사람이 죽는 결과를 유발시키기는 했어도, 그 사건이 나중에 심각한 처벌을 받게 되리라는 사실은 알면서도, 별로 심각하게 생각하지도 않았다. 오하라 집안은 정부에 항거하는 행동에 참여한다고 의심을 받았기 때문에 여러 해 전부터 영국 경찰과는 사이가 나빴으며, 쥐도 새도 모르게 날이 밝기 전 새벽녘에 아일랜드 땅을 떠난 사람도 오하라 가문에서는 제럴드가 처음은 아니었다. 그의 형 제임스와 앤드루에 관해서 그는, 미지의 임무를 띠고 깊은 밤에 찾아왔다가 가버리거나, 한 번에 몇 주일씩 행방을 감춰 어머니가 조바심하며 속을 태우게 하던 입이 무거운 청년이었다는 점 이외에는 거의 아무것도 기억하지 못했다. 그

17 윌리엄 3세와 제임스 2세가 1690년 보인의 강둑에서 벌인 전투로, 북아일랜드 오렌지 당원들은 이 싸움이 프로테스탄트의 큰 승리라고 여겼다.

들은 여러 해 전, 오하라 집 돼지우리 밑에 묻어 두었던 소총 여러 자루가 발각된 다음, 아메리카로 건너갔다. 그녀가 낳은 사내아이들 가운데 가장 나이가 위인 두 아들 얘기를 꺼내면, 항상 어머니가 〈어딘지는 자비로운 하느님께서만 혼자 알고 계시는 곳〉이라고 한마디 곁들이던 서배너에서, 그 두 형이 장사를 해서 이제는 돈을 벌었고, 그래서 젊은 제럴드도 부모는 그들에게로 보냈다.

어머니가 황급히 뺨에다 키스를 하며 귓전에다 대고 열심히 천주교의 축복을 빌어 주고, 아버지가 작별 인사를 삼아 〈네 본분을 잘 알고 누구에게서도, 아무것도 빼앗지 말라〉고 훈계하는 속에서 그는 고향을 떠났다. 건장한 식구들 가운데 제럴드 혼자만 작고 어린아이 같았기 때문에, 키가 큰 다섯 형제는 신기해하면서도 약간 아기를 다루는 듯한 미소를 지으며 그에게 작별을 고했다.

그의 다섯 형제와 아버지는 키가 180센티미터 이상이었으며 몸집이 딱 벌어졌지만, 나이가 스물한 살이었던 꼬마 제럴드는 지혜로운 하느님께서 자기에게 159센티미터 이상은 자라도록 용납하지 않으시리라는 사실을 알았다. 제럴드다운 성품이었지만, 그는 키가 작다고 걱정하여 헛되이 신경을 쓰는 일이 절대로 없었고, 무엇이라도 원하는 바를 얻는 데 있어서 작은 키가 장애물이라고 느껴 본 적도 전혀 없었다. 작은 사람이 커다란 사람들 사이에서 이겨 나가려면 모질어야만 한다는 사실을 그는 일찍부터 터득했기 때문에, 제럴드의 작고 단단한 몸집은 오히려 지금의 그를 이룩하는 데 도움이 되었다. 제럴드는 모질었다.

키가 큰 그의 형제들은 말이 없고 음침한 남자들이었고, 그들의 마음속에서는 영원히 상실해 버린 과거의 영광이라는 가문의 전통이 무언(無言)의 증오로 사무쳤고, 씁쓸한 농담으로 바뀌어 튀어나오고는 했다. 몸집이 건장했더라면 제럴드는 다른 오하라 집안사람들이 가던 길을 따라 정부에 항거하는 반항자들과 어울려 조용히 음산하게 돌아다녔으리라. 하지만 어머니가 즐겨 표현했듯이 제럴드는 〈큰소리만 탕탕 치는 고집불통〉이었고, 당장 발끈하는 급한 성미 때문에, 걸핏하면 주먹부터 먼저 튀어나갔고, 어깨에는 그냥 육안으로 봐도 보일 정도로 큰 흉터가 났다. 그는 커다란 코친종 수탉들이 노는 헛간 마당에서 활개를 치고 돌아다니는 장닭처럼 키 큰 오하라 형제들 속에서 으쓱거리며 돌아다녔고, 그들은 그를 사랑해서 장난삼아 약을 올려 제럴드가 고함치는 소리를 들으며 재미있어했고, 꼬마 동생이 자신의 분수를 깨닫도록 하는 데 필요할 정도로만 큼직한 주먹으로 어쩌다 한 번씩 후려갈기고는 했다.

아메리카로 왔을 때 제럴드가 갖춘 교육 정도는 하찮았지만, 그는 그 사실을 알지 못했다. 그리고 누가 그런 소리를 했다고 해도 그는 신경조차 쓰지 않았으리라. 어머니는 그에게 글을 읽고 글씨를 또박또박 쓰도록 가르쳤다. 그는 계산이 능숙했다. 그리고 책에서 얻은 지식은 여기에서 끝났다. 그가 아는 라틴어라고는 미사에서 대답하는 말뿐이었고, 역사라고는 아일랜드의 온갖 부당한 현상들밖에 몰랐다. 그는 시라고 하면 무어의 시밖에 몰랐고, 음악이라면 오랜 세월에 걸쳐 전해 내려온 아일랜드 민요가 전부였다. 자기보다 책 공부를 많이 한 사람들에 대해서는 대단한 존경심을 품었으면서도 그는 자신이 그런 면에서 어딘가 빠진다고는 느끼지 않았다. 그리고 지극히 구식한 아일랜드의 촌놈들도 큰 재산을 모은 이 새로운 땅에서 그런 것들이 무슨 필요가 있다는 말인가? 남자라면 몸이 튼튼해야 하고 일을 두려워하지 말라고만 요구하는 이 나라에서?

그리고 서배너에 있는 그들의 상점에서 제럴드에게 일자리를 준 제임스와 앤드루도 그가 교육을 못 받았다고 해서 못마땅하게 생각하지를 않았다. 젊은 제럴드가 문학을 알고 음악에 관한 소양이 훌륭했다면 경멸하고 코웃음을 쳤을지도 모르는 형들은 그의 깨끗한 글씨와, 정확한 계산과, 영리한 흥정 솜씨에 감탄했다. 19세기 초에 아메리카는 아일랜드 사람들에게 친절했다. 서배너에서 조지아의 외딴 마을들까지 포장마차에 물건을 싣고 가서 파는 장사로 시작했던 제임스와 앤드루는, 돈을 잘 벌어 스스로 상점을 운영할 정도가 되었고, 제럴드는 그들과 함께 번창했다.

그는 남부를 좋아했고, 곧 자칭 남부인(南部人)이 되었다. 남부, 그리고 남부인들에 관해서 그가 전혀 이해하지 못하는 바가 많기는 했지만, 천성이 전심전력을 바치는 남자였던 터라 그는 포커와 경마, 다혈질의 정치와 코드 듀엘로,[18] 주권(州權)과 모든 양키에 대한 지탄, 노예 제도와 목화 숭배, 백인 쓰레기에 대한 경멸과 여자들에게 과시하는 과장된 예절 따위, 남부의 이념과 관습을 그가 이해하는 대로 받아들여 자신의 것으로 만들었다. 심지어 그에게는 담배를 씹는 버릇도 생겼다. 술을 잘 마시는 실력은 타고났기 때문에 따로 익힐 필요가 없었다.

하지만 제럴드는 여전히 제럴드였다. 생활 습성과 관념들은 달라졌지만, 그의 태도는 바꿀 능력이 있었다고 해도 바꾸려고 하지 않았다. 그는 쌀이나 목화를 경작하는 부유한 농장주들이, 훌륭한 혈통의 말을 타고, 그들 못지않게 우아

18 *code duello*. 결투의 에티켓에 관한 규범.

한 여인들이 탄 마차와 노예들을 실은 수레를 이끌고, 이끼[19]가 늘어진 그들의 왕국으로부터 서배너로 들어오는 행렬의 느긋한 우아함을 흠모했다. 하지만 제럴드는 전혀 우아함을 몸에 익힐 길이 없었다. 한가하고 몽롱한 그들의 목소리가 듣기에는 좋았지만, 활기찬 아일랜드 사투리가 그의 혀에서 떨어지지를 않았다. 그는 농장주들이 카드 한 장에 농장이나 노예나 막대한 재산을 걸고 도박을 벌였다가 몽땅 잃는 경우에도, 검둥이 아이들에게 동전을 뿌려 주는 정도 이상의 소란은 떨지 않으며, 태연하고 유쾌한 기분으로 선뜻 양도할 때처럼, 중대한 일을 처리하는 그들의 침착한 느긋함을 좋아했다. 하지만 제럴드는 가난을 겪었던 터라, 돈을 잃고도 즐거워하거나 점잔을 떨 만한 여유는 절대로 몸에 익힐 수가 없었다. 목소리가 나지막하고, 화를 잘 내고, 변덕이 매력으로 여겨지는 해안 지역의 조지아 사람들은 유쾌한 종족이었으며, 제럴드는 그들이 좋았다. 하지만 안개가 짙은 늪지대에는 열기가 없으며, 축축하고 싸늘한 바람이 부는 나라에서 갓 건너온 이 젊은 아일랜드 남자가 지닌 활기차고 쉴 새 없이 약동하는 활력 때문에, 그는 아열대성 기후와 말라리아가 창궐하는 늪지대와 더불어 살아가는 이곳 한가한 신사들과는 거리감이 생겼다.

제럴드는 그들에게서 쓸 만하다고 여겨지는 면들은 배우고, 나머지는 무시했다. 그는 남부의 모든 관습 가운데 포커를, 포커와 줄기차게 술을 마시는 습관을 가장 쓸 만하다고 여겼다. 제럴드가 가장 아끼는 세 가지 재산 가운데 두 가지인 하인과 농장을 그에게 가져다준 것은 다름 아닌 카드와

19 여기에서는 나무에서 줄줄이 늘어지는 스패니시모스*Spanish moss*를 뜻한다.

위스키에 대한 천부적인 소질이었다. 나머지 한 가지 재산은 그의 아내였는데, 그는 하느님의 신비한 자비심으로밖에는 아내를 얻은 과정을 설명할 수가 없었다.

이름이 돼지였으며, 반들거릴 정도로 피부가 새까맣고, 기품이 있고, 우아한 의복에 관한 온갖 기술의 훈련을 쌓은 시종은 세인트시먼스 섬에서 온 농장주와 밤새도록 포커를 해서 땄는데, 그 농장주는 끗발이 좋다고 허세를 부리는 용기만큼은 제럴드와 맞먹었지만, 뉴올리언스의 럼 술을 버텨 내는 힘에서는 그렇지 못했다. 돼지의 전 주인이 값을 두 배로 줄 테니까 그를 다시 팔라고 제안했지만, 첫 번째 노예, 그것도 〈해안 지역에서 진짜 최고인 시종〉이라고 알려진 노예를 소유한다는 단계라면, 그가 마음속으로 바라던 욕망을 향해 전진하는 첫걸음이었기 때문에, 제럴드는 단호하게 거절했다. 제럴드는 노예를 소유하고 토지도 소유한 신사가 되고 싶었다.

그는 제임스와 앤드루처럼 흥정을 하느라고 하루 종일을 보내거나 잔뜩 늘어놓은 금액들과 더불어 밤을 꼬박 새우며 살아가지는 않으리라고 작정했다. 그는 형들하고는 달리, 〈장사치〉들에게 따라다니는 오명(汚名)을 민감하게 의식했다. 제럴드는 농장주가 되고 싶었다. 한때는 조상들이 소유하고 사냥했던 땅에서 소작인 노릇을 해야 했던 아일랜드 사람들의 깊은 갈망을 경험한 그는 눈앞에 푸르게 펼쳐진 광활한 자신의 땅을 보고 싶었다. 무자비할 만큼 한 가지 목적만 추구하던 그는 자신의 집, 자신의 농장, 자신의 말, 자신의 노예를 갈구했다. 그리고 곡식과 창고를 바닥내는 세금과, 언제 몰수를 당할지 몰라서 항상 존재하는 위험 — 그가 버리고 떠나온 나라의 이 두 가지 위험성으로부터 안전한 이곳이 신천지에서, 그는 그것들을 손에 넣기로 마음을 먹었다. 하지만 그런 야망을 품는다는 꿈과 그 야망을 실현한다는 가능성은 별개의 문제임을 그는 시간이 흘러감에 따라 깨닫게 되었다. 조지아의 해안 지역은 깊이 뿌리를 박은 귀족들이 아주 확고하게 장악해서, 제럴드로서는 얻기로 작정했던 땅을 손에 넣을 희망이 전혀 없었다.

그러자 운명의 손길과 포커의 손길이 힘을 모아, 그가 나중에 타라라고 이름을 붙이게 될 농장을 그에게 주었고, 그와 동시에 그는 해안을 떠나 북부 조지아의 오지로 들어갔다.

봄철의 어느 무더운 밤, 서배너의 어느 술집 근처에 자리를 잡고 앉은 어떤 낯선 이의 얘기를 우연히 듣고 제럴드는 귀가 솔깃해졌다. 서배너 태생인 그 낯선 이는 내륙 지방에서 12년을 지낸 다음 막 돌아온 참이었다. 그는 제럴드가 아메리카로 건너오기 1년 전에 인디언들이 양도한 중부 조지아의 광활한 지역을 분배하려고 주에서 실시한 토지 추첨에 당첨된 사람들 가운데 하나였다. 그는 그곳으로 올라가서 농장을 세웠지만 이제는 집도 불에 홀랑 타버렸고, 〈그 저주받을 땅〉에 진저리가 나서 얼른 처분해 버렸으면 속이 시원하겠다고 했다.

자신의 농장을 가지고 싶다는 생각이 잠시도 머리에서 떠나지 않던 제럴드는 그 사람과 인사를 나눌 기회를 마련했고, 남·북 캐롤라이나와 버지니아 주에서 새로 온 사람들이 주의 북부 지역으로 몰려든다는 얘기를 낯선 이에게서 듣자, 그는 점점 더 흥미를 느꼈다. 제럴드는 서배너에서 꽤 오래 살았기 때문에 해안 지역 사람들의 관습이 몸에 배어, 주의 다른 곳들은 숲마다 모두 인디언이 우글거리는 미개지라고 생각하던 터였다. 오하라 형제 밑에서 일을 돕느라고 그는 서배너 강을 150킬로미터나 올라가야 하는 오거스타도 찾아가 보았고, 그 도시의 서쪽에 위치한 오래된 내륙 지방의 여러 읍내까지도 들어갔었다. 제럴드는 그 지역이 해안 지대만큼이나 정착이 잘된 곳임을 알았지만, 낯선 이의 설명을 들으니까 그의 농장은 서배너에서 북서쪽으로 4백 킬로미터 이상을 내륙으로 들어가야 하고, 채터후치 강에서는 남쪽으로 몇 킬로미터밖에 안 떨어진 곳이었다. 제럴드는 그 강의 건너편 북쪽에는 아직도 체로키족이 땅을 차지하고 있다는 사실을 알았던 터라 혹시 인디언들이 말썽을 부리지 않느냐는 질문을 했고, 낯선 이가 코웃음을 치며 그곳 새로운 땅에 마을이 얼마나 많이 세워지고 농장들이 얼마나 번창하는지 얘기를 늘어놓자 깜짝 놀라고 말았다.

한 시간이 지나고 대화가 따분해지기 시작하자, 제럴드는 그의 밝고 푸른 눈에 담긴 한없는 순진함으로 교활한 마음을 숨기고는, 심심풀이나 하지 않겠느냐고 제안했다. 밤이 깊어지고 술잔이 돌아가다 보니 놀이를 하던 다른 사람들은 모두 기권을 했고, 제럴드와 낯선 이 단둘이서만 맞붙게 되는 기회가 찾아왔다. 낯선 이는 그가 가지고 있던 칩을 몽땅 다 쓸어 넣고는 거기다가 농장 문서까지 얹었다. 제럴드도 그가 가지고 있던 칩을 몽땅 쓸어 넣고는 그 위에다 지갑을 올려놓았다. 그 지갑에 들어 있던 돈이 비록 오하라 형제들의 회사에 속하는 돈이기는 했지만, 제럴드는 이튿날 아침 미사에 앞서 그 일을 고해할 정도로 양심에 거리끼지는 않았다. 그는 자기가 원하는 바가 무엇인지를 알았고, 제럴드는 무엇인가 욕심을 냈다 하면 가장 직접적인 방법을 통해 그것을 손에 넣었다. 그뿐 아니라, 자신의 운명과 손에 들고 있는 넉 장의 2점짜리 패에 대한 그의 신념은 너무나 요지부동이

어서, 마주 앉은 상대방이 더 높은 끗수를 탁자에 펴놓는다면 그 돈을 어떻게 갚아야 하느냐 따위의 걱정은 한순간도 하지 않았다.

「난 그 농장 때문에 더 이상 세금 내지 않아도 되어 기쁘니까, 당신이 수지맞았다고 생각할 필요는 없겠어요.」에이스가 석 장인 풀 하우스 패를 잡았던 낯선 이는, 펜과 잉크를 가져다 달라고 하고는, 한숨을 지었다. 「큰 집은 1년 전에 불에 타버렸고, 밭에서는 덤불과 소나무 묘목들이 자라는 중이죠. 하지만 이젠 당신 소유예요.」

「아일랜드 밀조 위스키로 젖을 떼지 않은 사람이라면, 위스키를 마시며 카드를 하는 일은 절대로 없어야 해.」바로 그날 저녁, 그를 잠자리에 들도록 부축하는 돼지한테 제럴드가 엄숙하게 말했다. 그리고 새 주인을 흠모한 나머지 아일랜드 사투리를 배우기 시작한 시종은, 그들 두 사람 이외에는 누가 들어도 종잡을 길이 없을 정도로 미스 카운티와 기치[20] 사투리가 뒤섞인 말로 필요한 대답만 했다.

뒤엉킨 덩굴로 덮인 물참나무와 소나무가 벽처럼 늘어선 사이로 흙탕물이 조용히 흐르는 플린트 강은, 구부린 팔처럼 제럴드의 새 땅을 감싸고 양쪽에서 포옹했다. 집이 위치했던 작은 언덕에 올라선 제럴드의 눈에는 이 높다랗고 푸른 장벽이 마치 자신의 영토를 표시하려고 그가 스스로 세운 울타리처럼, 흐뭇하고도 우뚝 드러난 소유권의 증거물처럼 여겨졌다. 그는 타버린 건물의 시커먼 주춧돌 위에 올라서서, 도로를 향해 길게 뻗어 나간 가로수 길을 내려다보고, 벅찬 기쁨에 겨워 감사하는 기도조차 나오지를 않자, 힘차게 욕설을

20 조지아의 오기치 강 지역에 정착한 흑인 노예의 후손들이 주로 사용하던, 아프리카 말에 영어가 뒤섞인 방언.

퍼부었다. 두 줄로 늘어선 이 칙칙한 나무들은 그의 소유였고, 하얀 별들의 무늬가 박힌 듯한 어린 태산목(泰山木) 밑에서 허리까지 높다랗게 잡초가 자란, 버림받은 잔디밭도 그의 것이었다. 자그마한 소나무들과, 경작을 하지 않아서 여기저기 덤불이 돋아나고, 울퉁불퉁한 붉은 흙이 사방으로 까마득히 뻗어 나간 들판도 역시 제럴드 오하라의 소유였는데, 이것은 손에 든 카드의 패에다 모든 것을 걸고 도박할 용기와, 술에 취해도 흐트러질 줄 모르는 아일랜드 사람의 머리 덕택이었다.

제럴드는 눈을 감았고, 가꾸지 않은 광활한 대지의 정적 속에서, 고향으로 돌아온 기분을 느꼈다. 이곳 그의 발밑에서는 하얀 도료를 칠한 벽돌집이 일어서리라. 길 건너편에는 새로 가로대 울타리를 두르고 그 안에다 살찐 소 떼와 순종 말들을 가두어 기를 터이며, 비옥한 강바닥을 향해 굽이치며 산등성이를 타고 내려가는 시뻘건 흙은, 햇살을 받아 솜털 오리처럼 새하얗게 빛나는 목화, 광활하고도 광활한 목화밭이 되리라! 오하라 집안의 기세는 다시 일어나리라.

얼마 안 되는 자기 돈과, 별로 열을 안 올리던 형들에게서 꾼 돈과, 땅을 저당 잡혀 얻은 상당한 액수로 제럴드는 처음으로 밭일꾼들을 사 가지고 타라로 와서는, 저택의 하얀 벽들이 일어설 그런 날이 올 때까지, 방이 넷인 감독[21] 막사에서 외로운 독신 생활을 했다.

그는 밭을 개간하고 목화를 심었으며, 제임스와 앤드루에게서 돈을 더 빌려 또 노예를 샀다. 오하라 집안사람들은 남들에게 가족 간의 애정을 과시하기 위해서가 아니라, 가혹한 시절을 거치는 동안 한 가족이 살아남으려면 세상과 맞설 꿋

21 흑인 노예들을 감시하고 작업을 지휘하는 사람.

꿋한 유대를 이루어야 함을 터득했기 때문에, 역경 속에서나 번창할 때나 서로 매달리고 의지하는 씨족적인 집안이었다. 그들은 제럴드에게 돈을 빌려 주었고, 그 후 여러 해에 걸쳐 그 돈은 이자와 함께 돌려받았다. 제럴드가 주변의 땅을 더 사들이면서 농장은 서서히 넓어졌고, 어느덧 하얀 집은 꿈이 아니라 현실로 변했다.

강까지 뻗어 내려가며 푸른 경사를 이룬 목초지를 굽어보는 언덕의 꼭대기에 널찍하게 자리를 잡은 둔중한 그 저택은 노예들의 손으로 지었는데, 새로 지었을 때도 오련 세월의 무르익은 분위기를 풍겼기 때문에 제럴드가 굉장히 좋아했다. 나뭇가지 밑으로 지나다니는 인디언들을 지켜보았을 고목 떡갈나무들은 거대한 줄기로 바싹 붙어 집을 감쌌고, 높이 치솟은 나뭇가지들은 지붕 위로 짙은 그늘을 드리웠다. 잡초가 우거진 땅을 개간해서 만든 잔디밭에는 토끼풀과 버뮤다 풀을 잔뜩 심었고, 제럴드는 이 잔디밭 간수에 신경을 많이 썼다. 삼나무가 늘어선 가로수 길에서부터 하얀 오두막들이 줄을 지은 노예 막사에 이르기까지는 타라의 견고성과 안정감을 느끼게 하는 단단한 분위기가 풍겼고, 길이 구부러진 곳을 돌아 말을 달리면서 푸른 나뭇가지들 위로 솟아오른 지붕을 볼 때마다 제럴드는 처음 그 광경을 보는 듯 자부심으로 가슴이 부풀어 오르곤 했다.

작달막하고 빈틈이 없으며, 소리를 잘 지르는 제럴드, 그가 이 모든 것을 이룩했다.

제럴드는 카운티의 이웃들과 무척 사이가 좋았지만, 농장 왼쪽에 이어진 땅을 소우한 매킨토시 집안과, 존 윌크스 농장과 강 사이의 늪지대를 따라서 타라의 오른쪽으로 뻗어 나간 빈약한 3에이커의 땅을 소유한 슬래터리 집안만큼은 예외였다.

매킨토시 집안은 스코틀랜드계 아일랜드 사람들로 오렌지 당원들이었으며, 아무리 천주교 성도력(聖徒歷)에 밝힌 모든 거룩한 자질을 지녔다고 해도, 조상의 그런 내력 때문에 제럴드의 눈에는 영원히 저주를 받아 마땅한 자들로 낙인이 찍혔다. 그들이 조지아에서 70년을 살았으며 그전에는 캐롤라이나에서도 한 대(代)를 보냈다고는 하지만, 아메리카의 해안에 첫발을 디뎠던 가족은 얼스터 출신이었으니, 제럴드로서는 더 이상 얘기를 들을 필요도 없었다.

그들은 입이 무겁고 오만한 가문이어서, 엄격히 자기들끼리만 지내고 캐롤라이나의 친척들과 결혼했으며, 그래서 이웃 간에 다정하고 붙임성이 많았던 카운티 사람들의 기질로서는, 그런 인간적인 자질이 결여된 사람이라면 별로 탐탁하지 않게 생각하기가 보통이었고, 매킨토시 집안을 싫어하기는 제럴드도 마찬가지였다. 폐지론자들과 동조한다는 소문도 매킨토시 사람들의 인기에 보탬이 되지는 못했다. 앵거스 노인은 단 한 명의 노예라도 해방을 시키거나, 루이지애나의 사탕수수 밭으로 가던 길에 만난 노예 상인에게 그가 데리고 있던 흑인 몇 명을 팔아넘겨서, 용서받지 못할 사회적인 통례를 깨뜨리는 잘못을 범한 적이 전혀 없었지만, 그런 나쁜 소문은 수그러들 줄을 몰랐다.

「그 사람 틀림없이 폐지론자예요.」 제럴드가 존 윌크스에게 의견을 얘기했다. 「하지만 오렌지 당원의 경우에는, 스코틀랜드의 노랑이 기질과 이념이 맞서면, 이념이 지게 마련이죠.」

슬래터리 집안도 문제였다. 가난한 백인이었던 그들은, 강인한 독립성으로 인해서 앵거스 매킨토시에게 이웃 집안들이 마지못해 보여 주던 억지 존경심마저도 받을 자격이 없었다. 제럴드와 존 윌크스가 사겠다고 거듭거듭 제안을 해도 얼마 안 되는 땅에 끈질기게 매달리던 슬래터리 노인은 고집불통에 넋두리를 곧잘 늘어놓곤 하는 위인이었다. 그의 아내는 머리가 헝클어져서 지친 병자처럼 얼굴이 핼쑥한 여자였으며, 침통한 토끼처럼 보이는 아이들을 한 무더기 낳았는데, 그 무더기는 해마다 규칙적으로 수가 늘어 갔다. 톰 슬래터리는 노예를 하나도 소유하지 못했고, 그와 큰 아들 두 명은 발작적으로 가끔 몇 에이커의 목화밭을 가꾸었고, 아내와 어린아이들은 채소밭이랍시고 땅을 조금 부쳐 먹었다. 하지만 어쩐 일인지 목화 농사는 항상 실패했으며, 슬래터리 부인이 쉴 새 없이 아이를 낳는 바람에, 밭에서 거두는 채소만 가지고선 식구들이 먹기에도 항상 부족했다.

밭에 심을 목화씨나 〈곤경을 이겨 나갈〉 베이컨 한 조각을 얻으려고 이웃집 포치에서 기웃거리는 톰 슬래터리의 모습은 낯익은 광경이었다. 이웃 사람들이 겉으로는 예의를 지키면서도 속으로 자기를 경멸한다는 사실을 의식한 슬래터리는, 그나마 남은 얼마 안 되는 자존심을 동원해서 그들을 증오했고, 특히 〈부잣집 건방진 깜둥이〉들을 미워했다. 집안일을 돌보는 카운티의 흑인들은 백인 쓰레기보다 자기들이 우월하다고 자부했으며, 흑인들의 노골적인 비웃음이 그는 불쾌했고, 훨씬 안정된 노예들의 삶이 그는 부러웠다. 자신의 비참한 존재와는 대조적으로, 그들은 잘 먹고, 옷도 잘 입고, 병을 앓거나 늙은 다음에도 보살핌을 받았다. 그들 대부분은 주인의 훌륭한 가문을 자랑으로 삼았고, 주인이 지체 높은 사람이라고 자랑스럽게 여겼지만, 톰 슬래터리 그는 모든 사람들로부터 경멸을 당했다.

톰 슬래터리는 카운티의 어느 농장주에게라도 시가의 세

곱절을 받고 농장을 팔 수가 있었다. 그들은 꼴도 보기 싫은 사람을 그들의 사회에서 제거하기 위해서라면 거기에 들어가는 돈쯤은 아깝지 않다고 생각했지만, 그는 이웃들이 베푸는 자선과 1년에 한 마차 정도 거두는 목화로 번 푼돈으로 초라하게 근근이 살아가는 데 만족했다.

제럴드는 카운티의 나머지 모든 사람들과는 어느 정도의 친밀함과 우애를 나누는 사이였다. 윌크스 댁, 캘버트 댁, 탈턴 댁, 폰테인 댁의 사람들은, 그들의 저택 마찻길로 큼직한 백마를 타고 달려 올라오는 그의 자그마한 모습을 보면 미소를 지으며, 높다랗고 작은 맥주잔에 버번을 따라서 설탕을 찻숟가락으로 하나 붓고, 박하나무 작은 가지 한 줄기를 짓이겨 넣어 가져오라고 손짓하곤 했다. 제럴드는 호감이 가는 사람이었고, 겉으로는 아무리 소리를 버럭버럭 지르고 투박하게 처신해도, 조금만 깊이 알고 보면 상냥한 마음씨와, 언제라도 공감하며 귀를 기울이려는 너그러움과, 아낌없이 베푸는 지갑이 나오게 마련이라는 사실을 아이들과, 흑인들과, 개들은 첫눈에 알아보았고, 이웃 사람들도 시간이 좀 지나면 깨닫게 마련이었다.

그가 도착하면 항상 사냥개들이 먼저 짖어 대고, 그를 마중하러 달려 나가 말을 누가 잡아 주느냐 하는 특권을 놓고 어린 흑인 아이들은 함성을 지르며 말다툼을 벌였고, 그가 기분 좋게 욕설을 퍼부으면 아이들이 눈치를 살피며 히죽거리고는 했다. 백인 아이들이 그의 무릎에 올라앉아 흔들어 주기를 바라며 아우성을 치는 사이에, 그는 그들의 부모들에게 양키 정치인들의 파렴치한 행위를 비난했고, 친구의 딸들은 사랑의 비밀을 그에게 털어놓았으며, 아버지 앞에서 노름빚이 있다고 고백하기를 두려워하는 이웃 청년들에게는 궁할 때의 친구 노릇도 해주었다.

「그러니까 그 돈을 갚아야 할 기한이 한 달이나 넘었단 말이지, 이 망할 녀석 같으니라고!」 그가 소리를 질렀다. 「그렇다면 왜 진작 나한테 돈을 꾸어 달라고 부탁하질 않았지?」

그의 험한 말투는 워낙 유명해서 불쾌감을 주지도 않았고, 젊은이들은 그런 소리를 들으면 그냥 어색하게 웃으며 말했다. 「그건 말이죠, 선생님, 공연히 폐를 끼쳐 드리고 싶지 않았고, 저희 아버지는 ──」

「자네 아버님이 훌륭한 분이시라는 건 세상이 다 아는 얘기지만, 엄격하시기도 하니까. 이걸 받아 두고, 이런 얘기는 그만하지.」

가장 끝까지 마음을 열지 않았던 사람들은 농장주의 부인들이었다. 하지만 제럴드가 〈굉장한 귀부인이고 침묵이라는 보기 드문 자질을 갖춘 분〉이라고 인물평을 했던 윌크스 부인이 어느 날 저녁 제럴드의 말이 마찻길을 요란하게 달려 내려간 다음 남편에게 〈저 사람도 입은 험하지만 신사이기는 해요〉라고 말한 순간에, 제럴드는 분명히 위치를 굳힌 셈이었다.

이웃들이 그를 곁눈질해 가며 주시한다는 사실을 그는 처음엔 전혀 깨닫지 못했었기 때문에, 그런 지반을 굳히는 데 거의 10년이나 걸렸다는 것도 그는 알지 못했다. 자기 딴에는, 그가 타라에 처음 발을 들여놓은 순간부터 그들과 같은 사회에 속한다는 것을 조금도 의심하지 않았다.

나이가 마흔세 살이 되어, 몸집이 무척 육중하고 얼굴에는 혈기가 돌아 수렵하는 그림에 나오는 시골 신사 사냥꾼 같은 모습이 되었을 때, 소중한 타라를 소유했고, 마음이 너그러우며 항상 반겨 맞아 주는 카운티의 친구들이 여럿이기는 해도, 제럴드는 무엇인지 부족하다는 생각이 들었다. 그는 아내를 맞고 싶었다.

타라는 당장 안주인을 필요로 했다. 마당 일을 보는 흑인이었지만 필요에 의해서 부엌일을 맡도록 승진한 뚱뚱보 요리사는 제시간에 식사를 준비하는 법이 없었고, 전에는 밭에서 일했던 하녀는 가구에 먼지가 쌓여도 그냥 내버려 두었고, 깨끗한 이부자리나 탁상보를 미리미리 준비할 줄도 전혀 몰라서, 손님들이 도착하면 항상 소란을 피우고 일에 쫓겨 허둥댔다. 집안일을 돌보는 훈련을 받은 타라의 유일한 흑인인 돼지가 다른 하인들을 전체적으로 감독했지만, 되는대로 태평하게 살아가자는 제럴드의 생활 방식에 몇 년 동안 길이 들고 나서인지, 돼지까지도 나태해지고 무관심해졌다. 몸종으로서 그는 제럴드의 침실을 정돈했고, 집안일을 돌보는 시종으로서 격식에 맞춰 점잖게 식탁을 차렸지만, 그 이외에는 되어 가는 대로 그냥 내버려 두었다.

판단이 정확한 아프리카 사람의 본능을 지닌 흑인들은, 제럴드가 요란하게 짖어 대기는 하지만 전혀 물지는 않는다는 사실을 알아냈고, 뻔뻔스럽게 그 결점을 이용해 먹었다. 노예들을 남쪽으로 팔아 보낸다거나 가혹하게 채찍질을 하겠다고 그가 걸핏하면 요란하게 위협을 늘어놓기는 했지만, 타라에서 팔려 나간 노예라고는 한 명도 없었고 채찍질도 꼭 한 번뿐이었는데, 그 처벌은 하루 종일 사냥을 하고 돌아온 제럴드의 애마(愛馬)를 손질해 주지 않았기 때문에 내린 것이었다.

제럴드의 날카롭고 푸른 눈은 이웃들이 집안을 얼마나 능률적으로 꾸려 나가고, 바스락거리는 비단옷 차림에 머리를 곱게 빗은 부인들이 얼마나 능숙하게 하인들을 다루는지를 깨달았다. 그는 이 여인들이 요리, 아이들의 양육, 바느질, 빨래 따위 일을 감독하느라고 발이 묶여 동틀 녘부터 한밤중까지 계속해야 하는 활동은 전혀 알지 못했다. 그는 그저 겉으로 드러난 결과들만 보았고, 그 결과에 감탄했다.

재판이 열리는 어느 날 아침 읍내로 말을 타고 들어가려고 옷을 입다가, 그는 아내가 당장 필요하다는 사실을 불현듯 깨달았다. 그가 좋아하는 주름을 잡은 셔츠를 돼지가 내왔는데, 하녀가 어찌나 형편없는 솜씨로 기워 놓았는지 시종에게나 입혀야 알맞을 정도였다.

「제럴드 주인님.」 제럴드가 화가 나서 씨근덕거리는 동안 돼지가 고마워서 선물로 받은 셔츠를 접어 올리며 말했다. 「주인님 필요한 거 부인이고, 그것도 집안일 껌둥이 잔뜩 거느린 부인 필요합죠.」

제럴드는 건방진 소리 말라고 돼지를 꾸짖었지만, 그 말이 옳음을 알았다. 그는 아내와 아이들을 원했고, 어서 빨리 얻지 못하면 너무 늦을 터였다. 하지만 제럴드는, 캘버트 씨처럼 엄마가 없는 그의 아이들을 가르치던 양키 가정 교사를 아내로 맞아들이는 따위의 짓을 하지는 않겠고, 무턱대고 아무하고나 결혼을 하지도 않을 작정이었다. 그는 귀부인을, 윌크스 부인이 그녀의 영토를 이끌어 나가는 만큼이나 훌륭하게 타라를 관리할 능력을 지녔으며, 윌크스 부인 못지않게 높은 품위와 우아함을 갖춘 훌륭한 가문의 숙녀를 아내로 맞을 생각이었다.

하지만 카운티의 명문들 중에서 신붓감을 찾으려면 어려운 점이 두 가지가 있었다. 첫째 문제는, 결혼할 나이의 처녀들이 귀했다. 훨씬 심각한 두 번째 문제는, 제럴드가 거의 10년을 이곳에서 살기는 했어도, 그는 여전히 〈새로 온 사람〉이요,

외국인이었다. 그의 가문에 대해서 조금이라도 아는 사람이 없었다. 내륙 지방 조지아의 사회는 해안 지역 귀족 사회처럼 심하게 배타적은 아니었지만, 할아버지가 어떤 사람인지 전혀 알려지지 않은 남자와 딸을 결혼시키려는 집안은 하나도 없었다.

같이 사냥을 하고, 술을 마시고, 정치 얘기를 나누는 카운티의 남자들이 진심으로 그를 좋아하기는 해도, 그를 딸과 결혼시킬 만큼 가까운 친구로 여기는 사람은 거의 한 명도 없음을 제럴드는 알았다. 그리고 그는, 제럴드 오하라가 누구누구의 딸에게 구혼하려고 했더니 그 여자의 아버지가 미안해하면서 거절했다는 소문이 저녁 식탁에 얘깃거리로 오르게 하고 싶은 생각은 없었다. 이런 사실을 알았어도 제럴드는 이웃 사람들에 대해서 열등감을 느끼지는 않았다. 어느 누구에게도 어떤 면에서도 제럴드는 열등감을 전혀 느끼지 않았다. 남부에서 22년보다는 훨씬 오랜 기간 동안 살았고, 토지와 노예를 소유하고, 그 당시에 유행하던 악습에 깊이 물든 가문들하고만 딸을 결혼시킨다는 것은 카운티의 한 가지 해괴한 인습에 불과했다.

「짐을 꾸려. 우린 서배너로 간다.」 그는 돼지에게 말했다. 「그리고 만일 네가 단 한 번이라도 〈왜 이러십니까!〉라든가 〈기가 막힙니다!〉라는 소리를 하는 게 내 귀에 들렸다 하면, 그건 나하고는 별로 안 통하는 얘기니까, 널 당장 팔아 버리겠어.」

결혼 문제라면 제임스와 앤드루가 무슨 조언을 좀 해줄지도 모르고, 형들과 친한 친구들 중에는 그가 원하는 바를 충족시키고 또한 그를 남편으로 맞아도 좋다고 생각할 딸을 둔 사람이 있을지도 모를 노릇이었다. 제임스와 앤드루는 그의 얘기를 잠자코 들어주었지만, 별로 격려가 되지는 못했다. 아메리카로 왔을 때 그들은 이미 결혼한 몸이었으므로, 서배너에는 도움을 청할 만한 친척도 없었다. 그리고 형들과 오래전부터 가까웠던 친구들의 딸이라면, 벌써 오래전에 시집을 가서 아이를 낳아 키우는 나이였다.

「넌 부자도 아니고 대단한 가문 출신도 아냐.」 제임스가 말했다.

「난 돈도 벌었고 훌륭한 가문을 이룩할 능력도 있어요. 그래서 난 무턱대고 아무하고나 결혼하고 싶진 않아요.」

「넌 꿈속에서 헤매는구나.」 앤드루가 냉담하게 말했다.

하지만 그들은 제럴드를 위해 최선을 다했다. 제임스와 앤드루는 나이가 들었고, 서배너에서는 지반이 튼튼했다. 그들은 친구가 많았고, 그래서 한 달 동안 만찬과 무도회와 야유회 등 행사가 있을 때마다 이 집 저 집으로 제럴드를 데리고 다녔다.

「내 눈을 끄는 여자가 꼭 한 사람 보여요.」 마침내 제럴드가 말했다. 「그런데 그 여잔 내가 이곳으로 왔을 땐 태어나지도 않았겠더군요.」

「그럼 네 눈에 들었다는 여자가 누구냐?」

「미스 엘렌 로비야르요.」 약간 눈꼬리가 올라간 엘렌 로비야르의 검은 눈에 마음을 통째로 빼앗긴 제럴드가 태연한 체하려고 애를 쓰며 말했다. 열다섯 살 난 소녀치고는 이상할 정도로 몸가짐이 신비하게 초연함에도 불구하고, 그녀는 제럴드를 매혹시켰다. 그뿐 아니라 그녀의 주위에 서린, 무엇에 홀린 듯한 절망적인 분위기가 그의 마음을 흔들어 놓아서, 그는 온 세상의 어느 누구보다도 그녀에게는 훨씬 부드러운 감정을 느꼈다.

「하지만 넌 저 여자의 아버지뻘은 되겠어!」

「그래도 난 한창때예요!」 약점을 찔린 제럴드가 소리쳤다.

제임스는 조용히 얘기했다.

「제리,[22] 넌 서배너의 어떤 여자보다도 저 여자하곤 결혼할 가능성이 훨씬 희박해. 저 여자는 로비야르 집안의 딸인데, 프랑스 사람들이란 루시퍼[23]만큼이나 자부심이 강해. 그리고 그 여자의 어머니는 — 이젠 돌아가셨지만 — 아주 대단한 숙녀였지.」

「난 그런 거 상관하지 않아요.」 제럴드가 열을 올리며 말했다. 「더구나 그 여자의 어머니는 죽었고, 로비야르 영감님은 나를 좋아해요.」

「남자로서는 좋아하지만, 사위로서라면 문제는 달라.」

「어쨌든 그 여자가 너를 싫다고 할 거야.」 앤드루가 말참견을 했다. 「그 여자는 식구들이 그 남자를 포기하라고 밤낮으로 말리는데도 불구하고, 바람둥이 총각인 친척 필리프 로비야르하고 벌써 1년이 넘게 연애를 하는 중이고.」

「그 남자는 이달에 루이지애나로 갔어요.」 제럴드가 말했다.

「그건 어떻게 알았지?」

「다 아는 수가 있다고요.」 가족의 노골적인 요구에 따라 필리프가 서부로 떠났다는 소중한 정보를 돼지가 알아다 주었음을 구태여 밝힐 생각이 없었던 제럴드가 대답했다. 「그리고 내 생각에, 그 여잔 필리프를 잊지 못할 정도로 깊이 사랑했던 눈치는 아니라고요. 열다섯 살이라면 사랑에 관해서 깊이 알기에는 너무 어리죠.」

「그 집에서는 너하고보다는 차라리 그 위험하기 짝이 없는

---

22 제럴드의 애칭.
23 하느님에게 도전한 마왕.

청년과 혼인을 시키려고 할 거야.」

이랬었기 때문에, 피에르 로비야르의 딸이 오지에서 찾아온 작달막한 아일랜드 남자하고 결혼하리라는 소식이 알려지자, 제임스와 앤드루는 누구 못지않게 놀랐다. 서배너 사람들은 집집마다 수군거리고, 서부로 가버린 필리프 로비야르는 어떻게 될까 추측해 보았지만, 별의별 소문이 다 나돌아도 해답은 나오지 않았다. 로비야르 집안에서 가장 아름다운 딸이 왜 키가 그녀의 귀까지도 올라오지 못하는 작고, 시끄러우며, 얼굴이 시뻘건 남자와 결혼했는지는 끝까지 신비로 남았다.

일이 어째서 그렇게 이루어졌는지는 제럴드 자신도 제대로 납득하지 못했다. 그는 그냥 기적이 일어났다고만 생각했다. 그리고 아주 새하얗고 아주 차분한 엘렌이 그의 팔에 가볍게 손을 얹으며 〈난 당신하고 결혼하겠어요, 오하라 씨〉라고 말했을 때, 그는 평생 처음으로 한없이 겸손해졌다.

청천벽력을 당한 듯한 로비야르 집안사람들은, 그런 대답이 나오리라고 어렴풋이 짐작했었지만, 그녀가 상심한 아이처럼 동틀 녘까지 흐느껴 울다가 아침이 되자 결심이 선 여인으로 돌변했던, 그날 밤의 사연을 제대로 알았던 사람이라고는 엘렌과 흑인 유모뿐이었다.

낯선 글씨로 주소를 적은 소포가 뉴올리언스에서 도착했고, 어멈이 불길한 예감을 느끼며 어린 여주인에게 전해 준 그 꾸러미 속에서는 엘렌의 작은 화상(畫像)과, 필리프 로비야르에게 그녀가 써 보냈던 네 통의 편지와, 필리프가 술집 싸움판에서 죽었음을 알리려고 어느 신부가 보낸 짤막한 편지가 나왔고, 그녀는 울음을 터뜨리며 그것들을 마룻바닥에 내던져 버렸다.

「아버지하고 폴린하고 율랄리, 그들이 필리프를 쫓아 버렸어요. 그들이 필리프를 쫓아 버렸다고요. 난 그들이 미워요. 난 그들을 모두 증오해요. 난 다시는 그들을 보고 싶지 않아요. 난 멀리 떠나고 싶어요. 난 다시는 그들이나, 이 도시나, 누구나 ― 그이를 연상시키는 어떤 사람도 다시는 보지 않아도 될 먼 곳으로 가버리겠어요.」

그리고 밤이 거의 다 밝았을 무렵에, 여주인의 검은 머리를 끌어안고 속이 터지도록 울었던 어멈이 말렸다. 「하지만, 아씨, 그러시면 못써요!」

「난 그렇게 할 거예요. 그 남자는 상냥한 사람이었어요. 난 그렇게 하거나, 아니면 찰스턴의 수녀원으로 들어가겠어요.」

수녀원으로 들어간다는 위협 때문에, 당황하고도 상심한 피에르 로비야르는 결국 승낙할 수밖에 없었다. 집안은 천주교 신자들이었어도 자기는 독실한 장로 교인이었던 그는, 딸이 수녀가 된다고 생각하니 차라리 제럴드 오하라와 결혼을 시키는 쪽이 나으리라고 판단했다. 어쨌든 그는 가문이 신통치 않다는 점 말고는 제럴드에 대해 아무 불만이 없었다.

그래서 로비야르 가문과 결별한 엘렌은 서배너에 등을 돌리고는, 그곳을 다시는 찾지 않을 작정이었고, 중년인 남편과 어멈과 스무 명의 〈집안일 껌둥이〉들과 함께 타라로 길을 떠났다.

이듬해 첫아이가 태어나자 그들은 제럴드의 어머니에게서 이름을 따 케이티 스칼렛이라고 이름을 지었다. 아들을 바랐던 제럴드는 실망했지만, 그래도 머리카락이 까맣고 자그마한 딸을 얻어 워낙 기뻤던 나머지 타라의 모든 노예들에게럼 술을 돌렸고, 자기도 기분 좋게 잔뜩 취해 떠들어 댔다.

제럴드하고 결혼을 하기로 갑자기 내렸던 결정에 대해 혹시 엘렌이 한 번이라도 후회를 했는지 어쩐지는 아무도 몰랐고, 아내를 쳐다보기만 해도 터져 나갈 듯한 자부심을 느끼던 제럴드는 더더욱 몰랐다. 그녀가 서배너를 떠나올 때는, 평온한 분위기가 감도는 바닷가의 도시와 그곳에 얽힌 모든 추억을 뒤에 남겨 두고 왔으며, 카운티에 도착한 순간부터 북부 조지아는 그녀의 고향이 되었다.

그녀는 아버지의 집을, 순풍을 안고 가는 돛을 모두 올린 배처럼 선이 아름답고 여인의 몸처럼 유연한 집을, 프랑스 식민지풍을 따라 우아한 양식으로 높이 올려 짓고 나선형 층계와 레이스만큼이나 섬세한 단철(鍛鐵) 난간으로 장식한 연분홍빛 치장 벽토를 바른 집을, 우아하면서도 의젓하고, 침침하고 화려한 집을 영원히 떠났다.

그녀는 우아한 저택뿐 아니라 그 건물의 뒤에 버티고 있는 문명 전체도 남겨 두고 왔으며, 마치 대륙을 하나 건넌 듯 생소하고 다른 세계로 왔음을 느꼈다.

이곳 북부 조지아는 강인한 사람들이 살아가는 험준한 지역이었다. 블루리지 산맥의 기슭에 펼쳐진 고원에는 어디로 눈을 돌려도 굽이치는 붉은 언덕들이었고, 땅속에 파묻힌 화강암이 거대하게 사방으로 노출되었고, 황량한 소나무들이 음산하게 치솟았다. 회색 이끼와 뒤엉킨 초목이 치렁치렁 늘어진 바다의 섬들과, 열대의 태양을 받아 뜨겁고 새하얗게 펼쳐진 해안선과, 종려나무와 야자수가 여기저기 뒤덮인 모래땅의 길고도 편편한 풍경의 아름다움에 익숙해지며 해안에서 자란 그녀의 눈에는 이곳은 야성적이고 거칠어 보였다.

이 고장 사람들은 여름의 열기뿐 아니라 겨울의 추위도 알았고, 그녀에게는 낯설어 보이는 이곳 사람들은 활기와 정력이 넘쳤다. 그들은 상냥하고 예의 바르며, 너그럽고 정이 깊은 사람들이었지만, 강인하고 생명력이 강하고, 화를 잘 냈다. 그녀가 떠나온 해안 지대 사람들은 모든 일, 심지어는 결투나 대대로 이어지는 집안 간의 싸움까지도 태연하게 치르는 여유를 자랑으로 삼을지 모르지만, 이곳 북부 조지아 사람들은 어떤 난폭한 기질을 지녔다. 해안 지역에서는 무르익은 삶이었는데, 이곳의 삶은 젊고, 새롭고, 혈기가 왕성했다.

엘렌이 서배너에서 알았던 사람들은 하나같이 똑같은 틀에서 찍어 내기라도 한 듯 관습이나 습성이 서로 너무나 비슷했지만, 이곳의 사람들은 다양했다. 북부 조지아에 정착한 사람들은 조지아의 다른 지역과, 캐롤라이나와 버지니아 주, 유럽과 북부 등 여러 다른 곳에서 왔다. 그들 중에는 제럴드처럼 한 재산 모아 보려고 찾아오는 낯선 사람도 많았다. 또 어떤 사람은 엘렌처럼 과거에 살았던 고향에서의 삶이 견디기 힘들다고 깨닫고는 안식처를 얻으려고 머나먼 고장에서 찾아왔다. 개척자의 방랑자 기질이 핏속에서 힘차게 맥박 친다는 이외에는 전혀 아무런 이유도 없이 이주해 온 사람들도 적지 않았다.

여러 가지 다른 배경을 지니고 여러 다른 곳에서 모여든 이 사람들은, 엘렌에게는 생소한 자유분방함을, 그녀가 끝까지 제대로 몸에 익히지를 못했던 자유분방함을 카운티의 삶 전체에 부여했다. 어떤 상황에서는 해안 지대 사람들이라면 어떻게 행동하리라고 그녀는 본능적으로 알았지만, 북부 조지아 사람들이라면 어떤 행동을 할지 전혀 예측할 길이 없었다.

그리고 그 무렵에 남부를 휩쓸던 번영의 거센 물결이 이고장의 온갖 양상에도 활기를 불어넣었다. 온 세상이 목화를 구하려고 야단이었으며, 비옥하고 한 번도 경작되지 않은 카운티의 새로운 땅은 목화를 풍부하게 생산했다. 이 고장에서는 목화가 심장의 고동이었고, 목화를 심고 따는 일은 붉은 대지에서 심장의 확장 수축 작용이나 마찬가지였다. 곡선을 그린 밭고랑들로부터 부(富)가 쏟아져 나왔고 또한 오만함도 머리를 들었으니, 그 오만함은 푸른 숲과 양털처럼 새하얗고 광활한 땅에서 솟아났다. 목화로 한 대(代)에 부자가 된다면, 다음 대에서는 그들이 얼마나 더 부유해질 것인가!

내일에 대한 이런 확신은 삶에 흥취와 정열을 부여했고, 카운티 사람들은 엘렌이 전혀 이해하지 못하는 그런 호쾌함을 보이며 인생을 누렸다. 그들은 놀기를 좋아했고, 또 그들에겐 시간을 즐기기어 충분한 돈과 노예들이 있었다. 그들은 생선 튀김 회식이나, 사냥이나, 경마가 열린다면 당장이라도 일을 집어치울 정도로 여유가 만만했고, 바비큐 파티나 무도회가 없이 지나가는 즈일이 드물었다.

서배너에 그녀 자신을 송두리째 떨쳐 버리고 떠나온 엘렌은 그들과 완전히 어울릴 수도 없었고 그럴 마음도 없었지만, 그래도 이곳 사람들을 존중했고, 시간이 흐름에 따라, 인간을 있는 그대로 판단했고, 과묵한 기질과는 거리가 까마득히 먼 이 사람들의 솔직담백한 성격을 좋아하게 되었다.

그녀는 카운티에서 가장 사랑을 받는 이웃이 되었다. 그녀는 근면하고 자상한 안주인이었으며, 훌륭한 어머니에 헌신적인 아내였다. 그녀는 수녀원에 바쳤을지도 모르는 상심한 마음과 헌신적인 자세를 수녀원 대신 아이와 집안일에, 그리고 서배너와 그곳에 얽힌 추억들로부터 그녀를 끌어내 주면서 전혀 아무런 질문도 하지 않았던 남자에게 봉사하기 위해 바쳤다.

스칼렛이 한 살이 되었고, 어멈의 상식으로는 여자 아기치고는 지나칠 정도로 건강하고 튼튼해졌을 때, 이름이 수전 엘리너이지만 항상 수엘렌이라고 불리던 엘렌의 두 번째 아이가 태어났고, 이어서 가족 성서[24]에는 캐롤라인 아이린이라고 기록한 캐린도 때가 되자 태어났다. 그러고는 세 어린 아들이 뒤따라 태어났는데, 그들은 저마다 걸음마를 배우기도 전에 죽었고, 그 어린 세 아들은 지금 집에서 1백 미터쯤 떨어진 묘지의 뒤틀린 삼나무들 밑, 저마다 〈제럴드 오하라 2세〉라는 이름이 새겨진 세 개의 비석 밑에 묻혔다.

엘렌이 처음 타라로 온 그날부터 이곳은 변모하기 시작했다. 겨우 열다섯 살밖에 안 되기는 했어도, 그녀는 한 농장의 안주인이 맡아야 할 책임을 떠맡겠다는 각오가 단호했다. 젊은 여자란 결혼하기 전에는 마땅히, 무엇보다도 우선 상냥하고, 부드럽고, 아름답고, 몸치장을 잘해야 하지만, 결혼한 다음에는 백 명도 넘는 백인과 흑인들이 같이 사는 집 안의 일을 도맡아 처리해야 할 처지이니까, 그런 점을 고려해서 그녀는 훈련을 받았다.

가정 교육이 훌륭한 젊은 여자라면 누구나 받아야 할 이런 결혼 준비를 엘렌은 갖추었고, 또한 지극히 태만한 어떤 흑인이라도 열심히 일하도록 단련시킬 능력을 지닌 어멈도 그녀의 곁을 지켜 주었다. 그녀는 빠른 시일 내에 제럴드의 집 안에 질서와, 위엄과, 우아함을 가져왔고, 지금까지 전혀 지니지 못했던 아름다움을 타라에 부여했다.

집은 어떤 건축 양식도 따르지 않고 지었으며, 편리한 때와 위치에 여러 방을 증축했지만, 엘렌이 신경을 쓰고 보살핀 덕택에 설계의 결함은 매력으로 보완되었다. 어느 조지아 농장주의 저택이라도 꼭 갖춰야 하는 삼나무 길 — 큰길에

24 집안에서 대대로 물려 가며 보는 성서로, 흔히 족보처럼 대대로 식구들의 이름을 적어 넣었다.

서 집까지 삼나무들이 늘어선 가로수 길은 다른 나무들의 초록빛에 비하면 훨씬 밝은 색조를 이루며 서늘하고 컴컴한 그늘을 드리웠다. 베란다 위로 쏟아져 내린 등나무는, 백색 도료를 바른 벽을 배경으로 삼아 환하게 드러나며, 하얀 꽃이 핀 마당의 목련과 문가의 분홍빛 비단 도금양(桃金孃)과 이어져서 집의 흉한 윤곽을 어느 정도 가려 주었다.

봄철과 여름이면 잔디밭의 버뮤다 풀과 토끼풀이 선녹색이 되어, 집 뒤에서만 돌아다녀야 할 하얀 거위들과 칠면조 떼가 그 유혹을 이겨 내지 못했다. 그들 중에서 나이를 먹은 놈들은 재스민 봉오리와 백일홍 꽃밭의 감미로운 유혹과 잔디의 초록빛에 이끌려 자꾸 몰래 앞마당으로 진출하고는 했다. 거위들의 약탈을 막기 위해서 앞쪽 포치에는 어린 흑인 아이가 망을 봐야 했다. 너덜너덜한 수건으로 무장을 하고 층계에 앉은 꼬마 흑인 소년은 타라 농장의 풍경에서 한 부분을 이루었는데, 거위를 두들겨 패지 못하도록 금했고 기껏해야 수건이나 펄럭대며 소리를 질러 쫓아 버려야 했기 때문에, 아이에게는 즐거운 일이 못 되었다.

엘렌은 타라에서 남자 노예가 처음 맡게 되는 책임인 이 일을 시킬 어린 흑인 소년을 수십 명이나 두었다. 열 살이 넘으면 그들은 농장의 구두장이 〈영감님〉에게 보내 기술을 배우게 하거나, 수레바퀴를 만들고 목수 일도 하는 에이머스나 소치기 필립이나 노새몰이꾼 쿠피에게 보냈다. 이런 기술 가운데 어느 하나에도 소질을 보여 주지 못하는 사람은 밭일꾼이 되는데, 그러면 흑인들의 관점에서는 어떤 사회적인 지위도 내세울 처지가 아니었다.

엘렌의 생활은 편하지도 않고 행복하지도 않았지만, 그녀는 삶이 편하리라고는 기대하지도 않았었고, 비록 행복하지 못하더라도 그것은 여자의 운명이었다. 이곳은 남자의 세계였고, 그녀는 그것을 자연스럽게 받아들였다. 남자는 재산을 소유했고, 여자는 그 재산을 관리했다. 관리를 한 공은 남자에게로 돌아갔고, 여자는 남편의 지혜를 칭찬했다. 남자는 손가락에 가시만 박혀도 황소처럼 울부짖었지만, 여자는 남자에게 방해가 될까 봐 해산을 할 때도 신음 소리를 죽였다. 남자들은 말투가 거칠고 걸핏하면 술에 취했다. 그들이 말을 실수해도 여자들은 못 들은 체했고, 술 취한 남자들을 잔소리 한마디 없이 침대에 눕혔다. 남자들은 무례하고 말도 함부로 했고, 여자들은 항상 상냥하고, 우아하고, 용서했다.

그녀는 위대한 귀부인들의 전통에 따라 가정 교육을 받아 힘든 일을 해내면서도 매력은 그대로 간직하라고 배웠으며, 그래서 세 딸도 위대한 숙녀로 키울 작정이었다. 엘렌은 밑의 두 딸을 키우는 데는 성공해서, 매력적인 여자가 되고 싶어 안달이던 수엘렌은 어머니의 가르침에 순종하며 열심히 귀를 기울였고, 캐린은 본디 얌전해서 말을 잘 들었다. 하지만 제럴드를 닮은 아이 스칼렛은 숙녀가 되기는 어렵겠다고 생각했다.

어멈이 화를 낼 만한 일이기도 했지만, 스칼렛이 좋아하는 동무들은 새침한 여동생이나 가정 교육을 잘 받은 윌크스 댁 딸들이 아니라, 농장의 흑인 아이나 이웃에 사는 사내아이였고, 그녀는 그들 어느 누구에게도 지지 않을 만큼 나무도 잘 타고 돌멩이도 잘 던졌다. 어멈은 엘렌의 딸이 그런 기질을 드러내자 굉장히 난처했고, 스칼렛더러 〈어린 아가씨답게 굴어요〉 하고 자주 신신당부를 했다. 하지만 엘렌은 훨씬 관용을 보이며 긴 안목으로 이 문제를 다루었다. 그녀는 여자의 첫 번째 의무란 결혼이고, 어릴 때 같이 놀던 동무들 중에서 나중에 애인이 생긴다는 사실을 잘 알았다. 그녀는 그저 딸이 생동감이 넘칠 따름이고, 남자들의 눈길을 끄는 기교와 우아함을 몸에 익힐 시간은 아직 충분하다고 혼자 속으로 생각했다.

그런 목적을 염두에 두고 엘렌과 어멈은 노력을 기울였으며, 나이를 먹어 감에 따라 스칼렛은, 비록 다른 과목에서는 거의 배운 바가 없었어도, 그 방면에서는 탁월한 학생이었다. 끊임없이 가정 교사들의 지도를 받았고 근처의 파예트빌 여자 고등학교에서 2년 동안 공부했어도 그녀가 받은 교육은 신통치 못했지만, 카운티에서 그녀보다 우아하게 춤을 추는 여자는 없었다. 그녀는 어떻게 미소를 지어야 보조개가 파이고, 안짱다리로 어떻게 걸어야 버팀살을 받친 널찍한 치마가 황홀하게 물결치고, 남자의 얼굴을 올려다보다가 어떻게 눈을 떨구고는 눈꺼풀을 빠른 속도로 깜박거려야 야릇한 기분을 느껴 흥분해서 떨고 있다는 인상을 주는지를 알았다. 무엇보다도 그녀는 아기처럼 순진하고 착한 얼굴도 날카로운 이성을 남자들로부터 숨길 줄을 알았다.

정말로 바람직한 아내로서의 자질을 그녀에게 불어넣기 위해, 엘렌은 부드러운 목소리로 꾸짖고, 어멈은 끊임없이 잔소리를 해가며 끈질기게 가르쳤다.

「넌 더 점잖고, 얘야, 더 차분해야 한단다.」 엘렌이 딸에게 일러 주었다. 「넌 어떤 방면에 관해서 남자들보다 훨씬 많이 안다고 생각될지라도, 남자들이 얘기할 때는 말을 가로막아서는 안 된다. 남자들은 자꾸 앞으로 나서려고 하는 여자를 좋아하지 않아.」

「젊은 아가씨 얼굴 찌푸리고 턱 쑥 내밀고 〈나 이러겠어〉 그리고 〈나 이러고 싶어〉 소리 좋아하면 남편 구하기 영 힘들어요.」어멈이 걱정스럽게 예언했다. 「젊은 아가씨 눈 내리깔고 〈글쎄요, 선생님, 나 그런다 하겠어요〉 그리고 〈말씀대로 하겠어요, 선생님〉 그래야죠.」

그들 두 사람은 힘을 모아 점잖은 여자가 마땅히 알아야 할 지식을 스칼렛에게 가르쳤지만, 그녀는 고상한 품위라고는 외적인 시늉들만 배웠다. 그런 요소들이 우러나야 하는 내적인 우아함을 그녀는 전혀 익히지도 않았고, 그것을 익혀야 할 아무런 이유도 납득하지 못했다. 숙녀다운 겉치레만 제대로 해도 인기를 끌기는 어렵지 않았으며, 그녀가 원하던 바는 인기였으므로, 스칼렛에게는 겉치레만으로도 충분했다. 제럴드는 그녀가 다섯 카운티에서 제일가는 미녀라고 자랑했는데, 스칼렛은 이웃에 사는 거의 모든 젊은이뿐 아니라, 애틀랜타와 서배너처럼 먼 곳에서도 많은 사람의 청혼을 받았으니까, 그 말도 어느 정도 사실이기는 했다.

어멈과 엘렌의 가르침에 힘입어 열여섯이라는 나이에 그녀는 다정하고 매혹적이며 현란해 보였지만, 사실은 이기적이고 허영심이 많으며 고집스러웠다. 그녀는 아일랜드 사람인 아버지를 닮아 쉽게 감정이 격해지는 성격이었고, 희생적이며 인고하는 어머니의 성품은 지극히 얇은 껍질 정도만 물려받았다. 어머니가 꾸짖는 눈초리로 쳐다보면 그녀는 창피해서 눈물이 나올 지경이었으므로, 엘렌 앞에서는 가능한 한 착한 성품을 보이고 성미를 억눌렀으며, 못된 장난기를 감추고 어머니에게는 항상 가장 선량한 얼굴만 보여 주었기 때문에, 엘렌은 딸이 겉으로만 그러는 줄을 전혀 깨닫지 못했다.

하지만 어멈은 스칼렛에게 속아 넘어가는 법이 없었고, 그 껍질의 갈라진 틈을 찾아내려고 항상 신경을 곤두세웠다. 어멈은 엘렌보다 관찰력이 훨씬 날카로웠고, 스칼렛은 어멈을 완전히 속였던 기억이 여태껏 한 번도 없었다.

　사랑하는 이들 두 스승이 스칼렛의 활달한 성격과, 쾌활함과, 매력을 못마땅하게 생각했다는 뜻은 아니다. 이런 기질을 남부 여자들은 자랑으로 삼았다. 그들이 걱정했던 점은 그녀가 물려받은 제럴드의 고집스럽고 격한 성격이었고, 그들은 훌륭한 짝을 찾아 맺어질 때까지 스칼렛의 해로운 자질을 자기들이 감춰 줄 수가 없을지도 모른다고 가끔 걱정했다. 하지만 스칼렛은 결혼을, 그것도 애슐리하고 결혼할 생각이었고, 만일 그것이 남자를 끄는 자질이라면 그녀는 기꺼이 새침하고, 유연하고, 마음이 들뜬 여자처럼 행동할 작정이었다. 왜 남자들이 그 모양인지, 그녀는 알 길이 없었다. 그녀는 다만 그런 방법이 효과가 있다는 사실만 알았다. 그녀는 어떤 인간의 마음, 심지어는 그녀 자신의 마음까지도 내면에서 어떻게 작용하는지 전혀 몰랐기 때문에, 그런 이유를 찾아내려고 애를 쓸 만큼 관심을 느꼈던 적은 없었다. 그녀는 다만, 자기가 어떠어떠한 행동과 말을 어떻게 하기만 하면 남자들은 틀림없이 어떠어떠한 찬사를 늘어놓으며 어떠어떠한 반응을 보이리라는 정도만 알았다. 그것은 수학 공식이나 마찬가지였고, 학교를 다닐 때 수학 한 과목만큼은 어렵게 생각하지 않았던 스칼렛에게는 그런 요령이 수학 공식보다 조금도 어렵지 않았다.

　남자들의 마음에 관해서 아는 바가 거의 없었던 그녀는, 여자들의 마음에 대해서는 아는 바가 더 적었는데, 그 까닭은 여자들이 그녀의 관심을 덜 끌었기 때문이었다. 그녀에게는 여자 친구가 한 명도 없었고, 그렇다고 해서 조금이라도 아쉬움을 느낀 적도 없었다. 그녀에게는 두 여동생을 포함한 모든 여자가, 남자라는 똑같은 먹이를 추적하는 천적들처럼 여겨졌다.

어머니만은 예외였지만, 모든 여자가 그러했다.

엘렌 오하라는 달라서, 스칼렛은 그녀를 나머지 모든 인간들로부터 동떨어진 무슨 거룩한 존재로 여겼다. 어렸을 때 스칼렛은 어머니를 성모 마리아와 혼동했는데, 나이를 훨씬 먹은 지금도 그녀는 이 관념을 바꿔야 할 이유가 없다고 생각했다. 그녀에게는 엘렌은 천국이나 어머니만이 마련해 줄 수 있는 절대적인 안전함을 상징했다. 그녀는 어머니가 정의와, 진실과, 부드러운 사랑과, 심오한 지혜의 화신(化身)인 위대한 여인임을 알았다.

스칼렛은 어머니처럼 되기를 무척 바랐다. 한 가지 어려움을 꼽는다면, 진실하고 다정하고 헌신적인 여자가 되는 경우에는 인생의 기쁨을 대부분, 그리고 틀림없이 많은 애인을 손해 보리라는 것이었다. 그리고 그런 즐거움을 놓치기에는 인생이 너무나 짧았다. 언젠가 애슐리와 결혼하고, 나이를 먹은 다음, 언젠가 그럴 시간이 나면, 그녀는 엘렌처럼 되고 싶었다. 하지만 그때까지는 ―.

제4장

　그날 밤 저녁 식사 때 스칼렛은 어머니가 없기 때문에 식탁에서 안주인 노릇을 했지만, 그녀가 들었던 애슐리와 멜라니에 관한 엄청난 소식 때문에 마음속은 부글부글 끓었다. 어머니가 없으면 길을 잃고 혼자인 듯한 기분이 들어서, 스칼렛은 어머니가 슬래터리 댁에서 어서 돌아오기만 애타게 기다렸다. 걸핏하면 앓기만 하는 슬래터리 집 사람들은 도대체 무슨 권리로, 스칼렛 그녀가 어머니를 가장 필요로 하는 바로 이 순간에 어머니를 데려갔을까?

　침울한 저녁 식사가 계속되는 동안 제럴드의 쩌렁쩌렁한 목소리가 줄곧 그녀의 귓전을 때렸고, 스칼렛은 더 이상 견딜 수가 없었다. 그는 그날 오후에 딸과 나누었던 대화를 완전히 잊어버렸고, 섬터 요새에서 최근에 전해 들은 소식에 관해서 혼잣말을 계속하며 가끔 주먹으로 식탁을 치거나 머리 위로 두 팔을 휘둘렀다. 식사를 할 때면 아버지는 대화를 독점하는 버릇이 있었고, 자기 생각에 몰두한 스칼렛은 그의 얘기를 거의 듣지 못하기가 보통이었지만, 어머니의 귀가를 알리는 마차 바퀴 소리를 들으려고 아무리 신경을 곤두세우려고 해도 오늘 밤에는 아버지의 목소리를 쫓아 버릴 수가 없었다.

자기 딸이 다른 여자하고 약혼한 남자를 원한다는 사실을 어머니가 알면 놀라고 슬퍼할 테니까 물론 그녀는 무엇이 마음을 그토록 무겁게 짓누르는지는 어머니에게 얘기할 생각이 아니었다. 하지만 난생처음 비극을 맞게 된 그녀는 어머니가 곁에 있다는 바로 그 위안을 얻고 싶었다. 어머니가 그냥 옆에 있기만 하면, 아무리 나쁜 일이라도 틀림없이 훨씬 좋아졌기 때문에, 스칼렛은 항상 안정감을 느꼈다.

그녀는 마찻길에서 삐걱거리는 바퀴 소리를 듣고 얼른 의자에서 몸을 일으켰지만, 마차가 집을 돌아 뒷마당으로 가자 다시 털썩 주저앉았다. 앞쪽 층계에서 내리지를 않았으니까 어머니일 리가 없었다. 그러더니 신이 난 흑인들이 캄캄한 마당에서 떠드는 목소리와 고음의 흑인 웃음소리가 났다. 창밖을 내다보니 조금 아까 방에서 나간 돼지가 환하게 타오르는 관솔불을 높이 치켜들었고, 누가 누구인지 식별하기가 힘들었지만, 마차에서 내리는 사람들이 보였다. 웃으며 얘기를 나누는 소리가, 유쾌하고 흐뭇하고 거침이 없으며 목청이 부드럽고 음악적으로 짜랑짜랑 울리는 소리가, 어두운 밤하늘을 오르내렸다. 그러더니 발을 질질 끄는 소리가 뒤쪽 포치의 층계를 올라와서, 안채로 통하는 복도로 들어오더니, 바로 식당 밖의 현관에서 멈추었다. 잠깐 동안 귓속말을 주고받더니 돼지가 들어왔는데, 그는 평상시의 위엄은 사라진 모습이었고, 눈을 두리번거리며 하얀 이빨을 반짝였다.

「제럴드 주인님.」 새신랑처럼 자부심으로 얼굴이 온통 빛나고 숨을 몰아쉬며 그가 알렸다. 「주인님, 새 여자 왔습니다.」

「새 여자라니? 난 새 여자는 한 명도 사지 않았는데.」 짐짓 눈을 부라리며 제럴드가 잡아뗐었다.

「정말입죠, 주인님 사셨어요, 제럴드 주인님! 정말입죠! 그래 그 여자가 여기 와 지금 주인님 뵙겠다 기다립니다.」 흥분해서 두 손을 비틀고 킬킬거리며 돼지가 대답했다.

「그럼 신부를 들여보내.」 제럴드가 말했고, 돼지는 몸을 돌려 새로 타라 가족의 한 사람이 되려고 윌크스 농장에서 도착하여 현관에서 기다리는 그의 아내를 손짓해 불렀다. 그녀가 들어왔고, 뒤따라서 그녀의 큼직한 무명 치마폭에 거의 다 파묻히다시피 한 열두 살 난 딸이, 어머니의 다리에 기대고 몸을 꼬면서 들어섰다.

딜시는 키가 크고 자세가 꼿꼿했다. 그녀의 무표정한 청동빛 얼굴은 워낙 주름이 없어서, 나이가 서른인지 예순인지 통 구별이 가지 않을 정도였다. 흑인의 특징들을 압도하는 인디언의 피가 그녀의 용모에서 뚜렷하게 드러났다. 피부의 붉은 빛깔, 좁다랗고 우뚝한 이마, 불쑥 튀어나온 광대뼈, 그리고 두툼한 니그로 입술 위에서 끝이 납작해진 매부리코, 이 모두가 뒤섞인 두 인종의 특징을 보여 주었다. 그녀는 침착했고, 걸음걸이는 어멈을 능가하는 위엄을 보여 주었는데, 어멈은 위엄을 후천적으로 습득했지만, 딜시에게는 그것이 핏속에 있었다.

얘기를 할 때면 그녀의 목소리는 대부분의 흑인들처럼 그렇게 말끝을 흐지부지하지 않았고, 어휘도 무척 조심해서 선택했다.

「안녕하세요, 마님. 제럴드 주인님, 폐 끼쳐 죄송합니다만 나 이곳 오고 싶었고, 나하고 이 아이 사주신 거 또 감사합니다. 저를 사려고 한다 신사 분 많았지만, 나 슬퍼할까 신경 써 프리시까지 산다 할 분 아무도 안 계셨고, 나 주인님 감사합니다. 나 주인님 은혜 안 잊는다 보여 드리려고 주인님 위해 최선 다하겠습니다.」

「흠, 어흠.」 친절을 베푸는 행위를 하다가 여러 사람들 앞에서 들켰을 때처럼 당황한 제럴드는 헛기침을 했다.

딜시는 스칼렛에게로 시선을 돌렸고, 그녀의 눈가에는 가벼운 미소를 짓느라고 주름이 잡혔다. 「스칼렛 아씨, 아씨가 나 사라 제럴드 주인님 얼마나 부탁했다 돼지 나한테 얘기했어요. 그래서 나 프리시 따로 아씨 하녀 쓰게 드리겠어요.」

그녀는 뒤로 손을 돌려 어린 딸을 앞으로 휙 잡아끌었다. 그녀는 새처럼 다리가 앙상하고, 정성 들여 꼬아 땋아 내린 수많은 머리카락이 머리에서 뻣뻣하게 뻗어 나온, 자그마한 갈색 아이였다. 그녀는 날카롭고 빈틈없는 눈으로 무엇 하나도 놓치지 않으려고 하는 듯싶었지만, 얼굴은 일부러 애써 멍청한 표정을 지었다.

「고마워요, 딜시.」 스칼렛이 대답했다. 「하지만 그러면 어멈이 뭐라고 할 텐데요. 어멈은 내가 태어났을 때부터 쭉 내 하녀였거든요.」

「어멈 늙었어요.」 어멈이 보았더라면 격분했을 그런 차분함을 보이며 딜시가 말했다. 「그 여자 훌륭한 유모였지만, 아씨 이제 젊은 숙녀 되셔 훌륭한 하녀 필요하신데, 우리 프리시 벌써 1년이나 인디아 아씨 위해 하녀 했어요. 어른처럼 프리시 바느질 잘하고 머리 손질 잘한답니다.」

어머니가 쿡 찌르니까 프리시는 얼른 무릎을 굽혀 까딱 절을 하고는, 스칼렛에게 히죽 웃었고, 스칼렛도 마주 웃어 줄 수밖에 없었다.

〈깜찍하고도 똑똑한 계집애로구나.〉 그녀는 생각했고, 이렇게 소리 내어 말했다. 「고마워요, 딜시. 그건 어머니가 돌아오신 다음에 의논하기로 해요.」

「고맙습니다, 아씨. 안녕히 주무신다 바라요.」몸을 돌리며 말하고는 딜시가 아이를 데리고 방에서 나갔고, 돼지가 덩실덩실 춤추며 쫓아갔다. 저녁 식탁을 치운 다음에 제럴드는 다시 열변을 토했지만, 자신도 별로 만족을 느끼지 못하는 눈치였고, 청중은 더욱 따분했다. 당장 전쟁이 터지리라고 우렁차게 그가 예언하거나, 남부가 양키들로부터의 모욕을 더 이상 참아야 하느냐 마느냐 웅변조로 질문을 해봤자, 기껏해야 〈그래요, 아빠〉나 〈아니에요, 아빠〉라는, 조금쯤 따분해하는 대답밖에 나오지 않았다. 커다란 등잔 밑 무릎 방석에 앉은 캐린은, 사랑하는 이가 죽은 다음 수녀가 된다는 줄거리의 소설에 깊이 몰두해서, 조용한 기쁨의 눈물을 줄줄 흘리며 수녀복 차림인 자신의 모습을 상상하고 흐뭇해했다. 그리고 수엘렌은, 그녀가 킬킬거리며 〈혼수(婚需) 궤짝〉이라는 이름을 붙인 상자에 수를 놓으며, 혹시 내일 바비큐 파티에서 스튜어트 탈턴을 언니 곁에서 떼어 놓고, 자기는 지녔지만 스칼렛은 지니지 못한 감미롭고 여자다운 성품을 동원해서 그를 매혹시킬 궁리를 했다. 더구나 스칼렛은 애슐리 때문에 정신이 나간 상태였다.

그녀가 상심해서 마음이 아픈 줄을 빤히 알면서도 어떻게 아버지는 섬터 요새와 양키들 얘기만 자꾸만 계속할까? 그녀의 고통을 사람들이 어쩌면 그토록 얄밉게도 망각하고, 그녀가 상심했건 말건 세상은 왜 그대로 돌아가기만 하는지, 아주 젊은 사람들이 보통 그러듯이, 그녀는 이상하게 생각했다.

그녀의 마음은 회오리바람이 헤집고 지나간 다음 같았는데, 그들이 둘러앉은 식당이 그토록 평온하고, 옛날과 조금도 달라지지 않았다니, 정말 이상하기만 했다. 육중한 마호가니 식탁과 찬장들, 묵직한 은식기, 반짝거리는 마룻바닥에 깔린 환한 빛깔의 융단은 마치 아무 일도 없었다는 듯 눈에 모두 익은 제자리를 그대로 지켰다. 식당은 아늑하고 편안한 방이었고, 다른 때 같았다면 스칼렛은 저녁을 먹은 다음 식구들이 이곳에서 함께 보내는 조용한 시간을 좋아했겠지만, 오늘 밤은 이 방이 꼴도 보기 싫었고, 아버지가 시끄럽게 소리를 버럭버럭 지르며 왜 그러느냐고 캐물을까 봐 두렵지만 않았더라면, 그녀는 몰래 빠져나가 컴컴한 복도를 내려가서, 어머니의 작은 사무실로 들어가 낡은 소파에 엎어져 슬픔을 잊으려고 실컷 울었으리라.

스칼렛은 집 전체에서 그 방을 가장 좋아했다. 그곳에서 엘렌은 아침마다 높다란 책상에 앉아 농장의 장부를 정리하고, 감독 조너스 윌커슨의 보고를 들었다. 또한 그곳에서는, 엘렌의 깃털 펜이 장부를 휙휙 스치는 동안, 제럴드는 낡은 흔들의자를 차지하고, 딸들은 너무 헐고 낡아서 눈에 띄는 곳에는 차마 내놓지 못할 정도로 방석이 푹 꺼진 소파에 앉아 잡담을 나누었다. 스칼렛은 지금 어머니와 함께 그 사무실로 가서, 어머니 무르팍에 머리를 얹고 평온하게 울고 싶었다. 어머니는 영영 돌아오지 않으시려나?

그러자 자갈을 깐 마찻길에서 시끄럽게 덜컹거리는 바퀴 소리가 났고, 마부를 보내느라고 어머니가 나지막하게 중얼거리는 목소리가 방으로 흘러 들어왔다. 피곤하고 슬픈 얼굴로, 버팀살 치마를 끌며 어머니가 서둘러 들어오자, 모두들 머리를 들었다. 스칼렛이 머릿속에서 항상 어머니와 연결 지어 생각하는 향기, 드레스의 접힌 주름에서 항상 스며 나오는 듯싶은 마편초 향낭의 희미한 향기가 어머니와 함께 들어왔다. 가죽 가방을 손에 든 어멈이, 아랫입술을 빼물고, 몇 발자국 뒤에서 침울한 얼굴로 따라 들어왔다. 어멈은 뒤뚱거리는 걸음으로 들어오며, 남들이 알아듣지 못하도록 목소리를 아주 낮추기는 했지만 못마땅한 기분을 전달할 만큼은 큰 소리로, 혼잣말처럼 침울하게 뭐라고 투덜거렸다.

「이렇게 늦어서 미안해요.」 축 늘어진 어깨에서 바둑판무늬 목도리를 흘려 벗어서 스칼렛에게 넘겨주고는, 딸의 뺨을 쓰다듬고 지나가며 엘렌이 말했다.

그녀가 들어서자 마법에 걸리기라도 한 듯 제럴드의 얼굴이 환해졌다.

「애는 영세를 받았어?」 그가 물었다.

「그래요. 그리고 가엾게도 죽었죠.」 엘렌이 대답했다. 「난 에미도 죽을까 봐 걱정했지만, 목숨은 건지겠어요.」

놀라고 궁금한 표정을 짓고 딸들이 그녀에게로 얼굴을 돌렸고, 제럴드는 심각하게 머리를 저었다.

「하기야 아이가 죽는 편이 틀림없이 더 잘된 일이겠지. 가엾게 아비 없는 ─」

「늦었어요. 이제 기도를 드리는 게 좋겠어요.」 엘렌이 어찌나 자연스럽게 말을 가로막았는지, 어머니를 잘 몰랐다면 스칼렛은 일부러 말을 중단시켰다는 사실조차 모르고 넘어갔으리라.

에미 슬래터리가 낳은 아기의 아버지가 누구인지가 궁금하기는 했지만, 혹시 어머니에게서 얘기를 들을까 싶어서 아무리 기다린다고 해도, 결국 진상을 알아내지는 못하리라고 스칼렛은 판단했다. 스칼렛은 조너스 윌커슨이 황혼 녘에 에미와 함께 길을 걸어 내려가는 광경을 자주 보았기 때문에 그를 의심했다. 조너스는 양키이며 독신자였고, 감독이라는 신분 때문에 카운터의 사교계와는 어떤 접촉도 영원히 단절되었다. 그가 결혼 상대를 구할 만한 수준의 가문은 하나도 없었고, 슬래터리 집안이나 그들과 비슷한 하층 계급 천민들 이외에는 상종할 사람들조차 없었다. 그는 슬래터리 집안사 람들보다는 교육 수준이 몇 단계 위였으므로, 아무리 자주 그녀와 황혼 녘에 산책을 했다고 해도 그가 에미와 결혼하지 않으리라는 것은 뻔한 일이었다.

호기심이 강했던 스칼렛은 한숨을 지었다. 사건들이 항상 어머니의 눈앞에서 벌어지지만, 도대체 무슨 일이 일어났었 는지 어머니는 전혀 반응을 보이지 않았다. 어머니는 자신이 옳다고 생각하는 바에 어긋나는 모든 상황을 모르는 체했고, 스칼렛에게도 그렇게 처신하도록 가르치려고 했지만, 제대 로 성공하지 못했다.

묵주를 항상 넣어 두는, 무늬를 박은 자그마한 상자에서 엘렌이 묵주를 꺼내려고 벽난로 선반으로 가려니까, 어멈이 단호한 어조로 말했다.

「엘렌 마님, 기도 전 식사 좀 드셔야 해요.」

「고마워요, 어멈, 하지만 난 배고프지 않아요.」

「나 직접 식사 장만한다 하니까, 드셔야 해요.」 어멈은 화 가 나서 이맛살을 찌푸리고 말하더니, 부엌을 향해 복도를 내려가기 시작했다. 「돼지!」 그녀가 소리쳤다. 「쿠키[25]더러 불 지펴라 일러. 엘렌 마님 오셨어.」

그녀의 체중에 눌려 마루 널빤지들이 출렁거렸고, 앞쪽 복 도에서 그녀가 중얼거리던 혼잣말 소리는 점점 커지더니, 식 당에 둘러앉은 식구들의 귀에도 뚜렷하게 들려왔다. 「백인 쓰레기 돕는다 해봤자 헛수고다 나 자꾸 그랬지. 그 사람들 무능하고, 은혜 모르고, 살아 있을 이유 없는 족속이야. 그리

25 *Cookie*. 요리사, 부엌데기라는 뜻인데, 남부에서는 거의 집집마다 요 리사를 호칭하는 이름으로 썼다.

고 총 쏴 죽일 가치나마 있는 사람이다 하면 깜둥이 시중들어도 되는데, 손수 시중하시느라 엘렌 마님 공연히 기운 빠진다 나 말했지 ㅡ.」

지붕만 없고 옆이 터진 부엌으로 향한 긴 통로를 내려가는 그녀의 목소리가 멀어져 갔다. 어멈은 어떤 처지에서도 그녀의 태도를 주인들에게 그녀 나름대로 정확히 전달하는 방법이 따로 있었다. 그녀는 검둥이가 그냥 혼잣말을 할 때 그 말에 조금이라도 신경을 쓴다면, 지체 높은 백인들에게는 체면을 손상하는 짓이라그 생각한다는 사실을 잘 알았다. 그 체면을 지키려면, 비록 바로 옆방에서 소리를 지르다시피 큰 소리로 떠들어도, 백인들이 못 들은 체해야 한다는 관습도 그녀는 알았다. 그러니까 어멈은 책망을 듣지 않으면서도 어떤 문제에 대한 정확한 견해를 누구에게라도 인식시키는 방법을 알아낸 셈이었다.

돼지가 접시와, 은식기와, 냅킨을 들고 방으로 들어왔다. 그의 바로 뒤에서는 열 살 난 흑인 소년 잭이, 한 손으로 황급히 하얀 아마포 저고리의 단추를 채우며, 다른 손에는 자기보다도 더 큰 갈대에다 가느다랗게 찢은 신문지 끈을 매달아 만든 파리 쫓는 부채를 들고, 뒤따라 들어왔다. 엘렌은 아름다운 공작 깃털 파티 부채도 가지고 있었지만, 그것은 아주 특별한 행사가 열릴 때나 사용했는데, 돼지와 쿠키와 어멈은 하나같이 공작 깃털은 액운을 불러온다고 고집스럽게 믿었으므로, 그나마도 집 안에서는 한바탕 싸움을 치른 다음에나 사용하고는 했다.

엘렌은 제럴드가 그녀를 위해 뒤로 당겨 놓은 의자에 앉았고, 네 사람의 목소리가 그녀를 공격했다.

「어머니, 내일 밤에 열두 참나무 집에 입고 갈 새 무도복의 레이스가 풀어졌어요. 좀 고쳐 주지 않으시겠어요?」

「어머니, 스칼렛의 새 드레스는 내 것보다 예쁘고, 더구나 분홍빛 옷을 입으면 난 귀신 같은 꼴이 돼요. 언니가 내 분홍 드레스를 입고 내가 언니의 초록빛 드레스로 서로 바꿔 입으면 안 되나요? 언니는 분홍 옷을 입어도 잘 어울리잖아요.」

「어머니, 나 내일 밤에는 춤이 시작될 때까지 남아 있어도 될까요? 나도 이제는 열세 살이고 ──」

「오하라 부인, 당신 이 얘기는 믿지 못할 텐데 ── 내 회초리 맞고 싶지 않다면, 얘들아, 입 다물어! 오늘 아침에 애틀랜타를 다녀온 케이드 캘버트가 그러는데 ── 나 얘기 좀 하게 너희들 조용하지 못하겠니? ── 그 사람 얘기가 그곳 사람들은 온통 흥분해서 전쟁이나, 민병대 훈련이나, 군대를 조직하자는 얘기만 한다는구먼. 그리고 양키들의 모욕은 더 이상 참지 않으리라는 소식이 찰스턴에서 들려온다는 얘기도 했어.」

아내란 마땅히 그래야 되겠지만, 그 소란스러운 속에서도 먼저 남편에게 대답을 하며, 엘렌은 입가에 피곤한 미소를 지었다.

「찰스턴의 착한 사람들이 그런 기분이라면 머지않아 우리들도 틀림없이 그런 감정을 갖게 되겠죠.」 그녀가 이 말을 한 까닭은, 대부분의 찰스턴 사람들이 다 같이 확신하는 바였지만, 서배너 한 곳만 제외하고는 대륙 전체의 선량한 피가 거의 모두 그 작은 항구 도시에 모였다는 깊은 신념이 뿌리가 박혔기 때문이었다.

「안 돼, 캐린. 애야, 내년에나 그렇게 하려무나. 내년만 되면 너도 무도회 때까지 참석하고, 어른들이 입는 드레스를 입어도 된단다. 그러면 우리 뺨이 발그레한 꼬마 아가씨는 한껏 즐겁겠지! 애야, 뾰루퉁해하지 마라. 넌 바비큐 파티에 가고, 만찬에 참석해도 되지만, 열네 살이 되기 전에는 무도회는 안 된다는 걸 잊지 마라.

네 가운은 날 줘, 스칼렛. 기도를 드리고 난 다음에 내가 레이스를 감쳐 줄 테니까.

수엘렌, 애야, 난 네 말투가 귀에 거슬리는구나. 스칼렛의 드레스가 스칼렛에게 어울리듯, 네 분홍빛 가운도 아름답고 네 혈색에 잘 어울려. 하지만 넌 내일 밤 내 석류석(石榴石) 목걸이를 차고 가도 좋아.」

어머니의 등 뒤에서 수엘렌은, 그 목걸이를 자기가 차고 가게 해달라고 부탁할 계획이었던 스칼렛에게, 여봐란 듯 콧등을 찡그려 보였다. 스칼렛은 동생에게 혀를 내밀었다. 수엘렌은 이기적이고 징징거리기도 잘하는 골칫거리 여동생이었고, 어머니가 말리지만 않았더라면 스칼렛은 그녀의 머리를 자주 쥐어박았을 터였다.

「그럼, 오하라 씨,[26] 찰스턴에 관해서 캘버트 씨가 무슨 얘기를 했는지 더 듣고 싶은데요.」 엘렌이 말했다.

어머니는 전쟁과 정치라면 관심이 전혀 없었고, 그런 문제라면 어떤 여자도 관여하지 못하는 남자들의 이기적인 문제라고 생각한다는 것을 스칼렛은 알았다. 하지만 제럴드는 그의 견해를 피력하는 자리를 기쁨으로 여겼고, 엘렌은 남편에게 기쁨을 주는 일이라면 세세하게 신경을 썼다.

제럴드가 얻어들은 소식을 털어놓기 시작하자 어멈은 여주인 앞에 그릇과, 윗부분이 노릇노릇한 비스킷과, 튀긴 닭의 가슴살과, 버터가 녹아 뚝뚝 떨어지고 김이 무럭무럭 피어오르도록 쪼갠 노란 고구마를 늘어놓았다. 어멈이 어린 잭

26 남부의 점잖은 집안에서는 부부간에도 서로 Mr.나 Mrs.라는 존칭을 썼다.

을 꼬집었고, 소년은 정신을 차리고 엘렌 뒤에서 종이 끈이 주렁주렁 달린 부채를 천천히 앞뒤로 흔들었다. 어멈은 식탁 옆에 서서, 혹시 엘렌이 식욕을 잃는 기미가 조금이라도 보이면 목구멍에 음식을 강제로 쑤셔 넣기라도 하려는 듯, 숟가락이 접시에서 입으로 갈 때마다 지켜보았다. 엘렌은 부지런히 식사를 했지만, 스칼렛은 어머니가 너무 피곤해서 지금 먹는 음식이 무엇인지도 모른다고 생각했다. 어멈의 준엄한 얼굴 때문에 그녀는 억지로 식사를 하는 중이었다.

검둥이들을 해방시키면서도 그들의 자유에 대한 대가를 한 푼도 보상하려는 의사가 없는 양키들의 도둑놈 처사에 대한 얘기를 제럴드가 겨우 반쯤 털어놓았을 무렵에, 엘렌이 접시를 말끔히 비우고 몸을 일으켰다.

「기도를 드릴 시간이야?」그가 못마땅해서 물었다.

「그래요. 너무 늦었어요. 봐요, 10시가 다 되었잖아요.」기침을 하듯 깡통 소리로 시간을 알리며 시계가 울리자, 그녀가 말했다. 「캐린은 아까 벌써 잠자리에 들었어야 해요. 등잔은 돼지가 내리고, 어멈은 내 기도서를 가져다줘요.」

어멈이 목쉰 소리로 귀엣말을 하자, 잭은 시키는 대로 파리 부채를 한쪽 구석에 세워 놓고 접시들을 치웠으며, 어멈은 엘렌의 낡은 기도서를 찾느라고 찬장 서랍 속을 더듬었다. 돼지는 발돋움을 하고 손을 뻗어 쇠사슬에 매달린 고리를 잡고는 등잔을 천천히 끌어내렸고, 식탁 위가 불빛으로 환하게 뒤덮이자 천장은 어둠 속으로 잠겼다. 엘렌은 치맛자락을 여미더니 마룻바닥에 무릎을 꿇고 앉아서, 식탁에 기도서를 펼쳐 놓고 두 손을 모아 꽉 마주 잡았다. 제럴드가 그녀 옆에 무릎을 꿇었고, 스칼렛과 수엘렌은 늘 앉는 식탁의 맞은편 자리에서, 딱딱한 마룻바닥에 닿아도 무릎이 덜 아프도록 큼직한 속치마의 폭을 방석처럼 접어 밑에 깔고 앉았다. 나이에 비해서 키가 작았던 캐린은, 식탁에 손을 얹고 편히 꿇어앉을 수가 없어서, 의자를 돌려놓고는 앉는 자리에다 팔꿈치를 얹고 무릎을 꿇었다. 기도를 드릴 때면 항상 잠이 들고는 했던 그녀는 어머니의 눈에 띄지 않는 이런 자세를 좋아했다.

집안일을 하는 하인들은 문간에 꿇어앉느라고 복도에서 부산하게 또는 느릿느릿 모여들었으며, 어멈은 주저앉으며 큰 소리로 끙끙거렸고, 돼지는 자세가 꼿꼿했고, 하녀 로자와 티나는 활짝 펼쳐진 환한 빛깔의 무명옷을 입은 모습이 우아했고, 눈처럼 새하얀 머릿수건을 쓴 쿠키는 얼굴이 누렇고 야위어 보였고, 졸려서 정신이 몽롱한 잭은 꼬집히지 않으려고 가능한 한 어멈에게서 멀리 떨어졌다. 백인 가족과 함께 드리는 저녁 기도가 그들에게는 중요한 하루의 일과였으므로, 그들의 검은 눈은 기대에 차서 기다렸다. 동양적인 상징이 담긴 연도(煉禱)의 화려한 옛 구절들은 그들에게 거의 아무런 의미도 전달하지 못했지만, 그래도 마음속으로 어떤 만족감을 느꼈으며, 〈주여, 저희들에게 자비를 베푸소서〉, 〈그리스도여, 저희들에게 자비를 베푸소서〉라고 응송(應誦)을 읊을 때면, 그들은 항상 몸을 옆으로 흔들어 대었다.

눈을 감고 기도를 시작한 엘렌의 목소리는 위로하고 달래듯 커졌다가 낮아지고는 했다. 엘렌이 그녀의 가정과 가족, 흑인들의 건강과 행복에 대해 하느님에게 감사를 드리자, 노란 불빛의 동그라미 속에서 머리들이 수그러졌다.

타라의 지붕 밑에 사는 사람들, 그녀의 아버지, 어머니, 자매들, 죽은 세 아기, 그리고 〈연옥(煉獄)의 불쌍한 영혼들〉을 위해 기도를 끝낸 다음에 그녀는 하얀 묵주를 가느다란 손가락으로 꼭 쥐고, 묵주 신공을 드리기 시작했다. 흑인들과 백인들의 입에서 흘러나오는 응송이 부드럽게 불어오는 바람처럼 울렸다.

「거룩하신 성모 마리아시여, 지금과 죽음을 맞는 시간에 우리 죄인들을 위해 기도하여 주옵소서.」

비록 마음이 아프고 흘리지 못한 눈물로 고통스러웠음에도 불구하고, 이 시간이면 항상 그러듯, 평화롭고도 조용한 깊은 의식이 스칼렛을 감쌌다. 오늘의 실망과 내일의 두려움이 조금씩 그녀의 마음속에서 사라졌고, 희망이 살아났다. 종교라면 입으로만 믿는 정도에서 그쳤던 터라 그녀에게, 스칼렛이 위안을 받은 이유는 그녀의 마음을 하느님에게로 승화했기 때문은 아니었다. 그것은 사랑하는 사람들에게 축복을 내려 달라고 기도하며 하느님의 왕좌와, 성자들과 천사들을 우러러보는 어머니의 평온한 모습을 보았기 때문이었다. 어머니가 천국과의 사이에 들어 중재하면, 하느님이 어머니의 애기를 틀림없이 들으리라고 스칼렛은 믿었다.

엘렌이 기도를 마쳤고, 기도 시간마다 통 묵주를 찾을 길이 없었던 제럴드는, 남몰래 손가락을 묵주 알 삼아 열을 헤아리기 시작했다. 그의 목소리가 웅얼거리는 사이에 스칼렛은 자기도 모르게 자꾸만 다른 생각을 했다. 그녀에게는 지금이 자신의 양심을 살펴보고 자성해야 하는 시간이었다. 엘렌은 딸에게, 하루가 끝날 때마다 양심을 철저히 점검하고, 수많은 잘못을 시인하며 하느님에게 용서를 빌고, 다시는 절대로 그런 짓을 되풀이하지 않도록 힘을 달라고 기도하는 의무를 지키라고 가르쳤다. 하지만 스칼렛은 지금 양심이 아니라 그녀의 마음을 점검했다.

그녀는 어머니가 얼굴을 보지 못하도록 포갠 두 손 위에다 머리를 떨구었고, 생각은 다시 구슬프게 애슐리에게로 되돌아갔다. 그는 진심으로는 그녀를, 스칼렛을 사랑하면서 어떻게 멜라니하고 결혼하겠다는 마음을 먹었을까? 그리고 스칼렛이 얼마나 그를 사랑하는지도 잘 알면서, 어떻게 그는 일부러 그녀를 상심시키려고 하는가?

그러더니, 문득, 눈부시고도 새로운 묘안이 그녀의 머릿속에서 혜성처럼 섬광을 뿜었다.

〈그렇지. 애슐리는 내가 자기를 사랑한다는 걸 전혀 몰라!〉

그녀는 이 예기치 않았던 충격으로 하마터면 큰 소리가 나도록 숨을 몰아쉴 뻔했다. 그녀의 마음은 마치 한참 동안 마비라도 된 듯 숨이 막혔고, 그러더니 가슴이 마구 뛰었다.

〈그이가 어떻게 알겠어? 난 그이하고 같이 있을 떠면 항상 날 건드리면 안 된다고 귀부인처럼 새침하게 굴었으니까, 아마 그이는 내가 자기를 친구로만 여기고 전혀 관심이 없는 줄 알 거야. 그래, 그렇기 때문에 그이가 한 번도 야기를 안 했어! 그이는 사랑해 봤자 아무런 희망도 없다고 생각했겠지. 그렇기 때문에 그토록 ─.〉

어느새 그녀의 생각은 애슐리의 마음을 커튼처럼 그토록 완벽하게 가리던 회색 눈이 활짝 열리고, 고통과 절망의 표정을 숨김없이 드러나 보여 주던 때로, 그토록 이상한 태도로 그녀를 쳐다보는 애슐리의 눈초리를 그녀가 의식했던 때로 되돌아갔다.

〈그이는 내가 브렌트나, 스튜어트나, 케이드를 사랑하는 줄 알고 상심했겠지. 그리고 아마 그이는 나를 차지하지 못할 바에야 차라리 멜라니하고 결혼해서 식구들이라도 기쁘게 해주자고 생각했으리라. 하지만 만일 내가 자기를 사랑한다는 사실을 알기만 한다면 ─.〉

변덕스러운 그녀의 기분은 지극히 깊은 좌절감에서 흥분된 행복감으로 치달았다. 애슐리의 과묵함, 그의 이상한 행동을 설명하는 해답은 바로 그것이었다. 그이는 몰랐다! 그녀의 허영심은 무엇인가 믿으려는 욕망의 도움을 받고 도약했으며, 상상이 확신으로 바뀌었다. 그녀가 자기를 사랑한다는 진실을 알기만 하면 애슐리는 서둘러 그녀의 곁으로 돌아오리라. 그녀가 할 일이라고는 ―.

〈아!〉 수그린 이마를 손톱으로 후벼 파듯 움켜잡고 그녀는 황홀하게 생각했다. 〈지금까지 그런 생각을 못 했다니 나같은 바보가 또 어디 있을까! 사랑한다는 걸 알면 애슐리는 그 여자하고 결혼하지 못해! 어떻게 그러겠어?〉

아버지의 기도가 끝났음을 깨닫고 퍼뜩 정신을 차린 그녀는 어머니의 눈길이 자신에게 고정되었음을 알았다. 서둘러 그녀는 묵주 신공을 암송하기 시작하고 기계적으로 묵주 알을 돌려 넘겼지만, 목소리에서 감정이 지나치게 북받쳐 오르는 바람에 어멈은 눈을 뜨고 수상하다는 눈초리로 스칼렛을 노려보았다. 그녀가 기도를 끝마치자 수엘렌, 그러고는 캐린이 기도문을 시작했지만, 스칼렛의 마음은 아직도 새로 떠오른 황홀한 생각을 한껏 발전시켰다.

지금이라도 너무 늦지는 않았다! 남녀 가운데 어느 한쪽이 결혼식을 올리기 직전에 다른 사람과 사랑의 도피를 해서 카운티 사람들이 수군거렸던 일은 한두 번이 아니었다. 그리고 애슐리의 약혼은 아직 발표조차 하지 않았다! 그렇다, 시간은 얼마든지 충분했다!

오래전에 약속은 했더라도 애슐리와 멜라니 사이에 아무런 사랑도 없다면, 그렇다면 애슐리가 그 약속을 깨뜨리고 스칼렛과 결혼하지 못할 이유가 없지 않은가? 만일 애슐리는 그녀 스칼렛이 그를 사랑한다는 사실을 알게 되면 틀림없이 그런 행동을 취하리라. 그이에게 알려 줘야 할 무슨 방법을 꼭 찾아내야 한다. 무엇인가 방법을 찾아내리라! 그러면 —.

제대로 응송을 하지 않았더니 어머니가 못마땅한 눈초리로 쳐다보았기 때문에, 스칼렛은 즐거운 꿈에서 얼른 정신을 차렸다. 기도를 다시 계속하며 그녀는 잠깐 눈을 뜨고 재빨리 방 안을 둘러보았다. 무릎을 꿇고 앉은 사람들의 모습, 등잔의 포근한 불빛, 흑인들이 옆으로 몸을 흔드는 희미한 그림자, 심지어는 한 시간 전까지만 해도 그녀의 눈에 그토록 밉게만 보였던 낯익은 물건들까지도 순식간에 그녀 자신의 감정과 같은 빛깔을 띠었고, 방은 다시금 다정한 곳으로 여겨졌다. 그녀는 이 순간을, 이 광경을 절대로 잊지 않으리라!

「지극히 고결하옵신 성모님이시여.」 어머니가 영창했다. 성모 연도가 시작되는 참이었고, 성모의 성덕을 어머니가 부드러운 저음으로 찬양하자, 스칼렛이 얌전히 응송했다. 「저희들을 위하여 기도하옵소서.」

어릴 적부터 항상 그랬듯이, 스칼렛에게는 지금이 성모님보다는 어머니를 숭배하는 순간이었다. 옛날부터 전해 내려오는 구절들이 되풀이되는 사이에 스칼렛은, 신성을 모독하는 생각인지 어쩐지는 모르겠지만, 눈을 감으면 거룩한 성모가 아니라 우러러보는 어머니의 얼굴이 머리에 떠올랐다. 〈병든 자의 건강〉, 〈지혜의 원천〉, 〈죄인들의 안식처〉, 〈신비로운 장미〉 — 이런 어휘들은 어머니가 지닌 속성이었기 때문에 아름다웠다. 하지만 오늘 밤 스칼렛은 그녀 자신의 황홀한 기분 때문에, 종교적인 예식과, 나지막이 속삭이는 말과, 웅얼거리는 응답에서 지금까지 그녀가 경험했던 모든 것을 초월하는 아름다움을 발견했다. 그리고 그녀의 마음은 비참한 절망을 벗어나 애슐리의 품으로 곧장 나아가는 길이 앞에 열렸기 때문에 진심으로 하느님에게 감사를 드렸다.

마지막 〈아멘〉 소리가 난 다음에 그들은 조금쯤 뻣뻣해진 몸을 일으켰고, 티나와 로자가 힘을 모아 어멈을 끌어올려 일으켜 세웠다. 돼지는 벽난로 선반에서 기다란 나뭇가지를 꺼내 등잔에서 불을 옮겨 붙이고는 복도로 나갔다. 나선형 층계의 맞은편에는 지나치게 크기 때문에 식당에 들여놓지 못한 호두나무 찬장이 자리를 잡았고, 찬장 꼭대기 편편한 곳에는 등잔 몇 개와 촛대에 꽂힌 양초가 길게 줄을 지어 놓였다. 등잔 하나와 양초 세 개에 불을 붙이고 돼지는, 왕과 왕비가 방으로 가도록 불을 밝히는 왕궁 침실의 수석 시종처럼 의젓한 위엄을 보이며, 머리 위로 촛불을 높이 치켜들고는 일행을 이끌고 층계를 올라갔다. 제럴드의 팔을 잡고 엘렌은 그의 뒤를 따랐으며, 그다음에는 딸들이 저마다 촛불을 하나씩 들고 올라갔다.

스칼렛은 방으로 들어가 촛불을 높다란 화장대 위에 올려놓고, 손질을 해야 할 무도복을 찾으려고 컴컴한 옷장 속을 더듬었다. 무도복을 팔뚝에 걸치고 그녀는 조용히 복도를 건너갔다. 부모의 침실은 문이 조금 열렸고, 그녀가 문을 두드리기도 전에, 나지막하면서도 근엄한 어머니의 목소리가 들려왔다.

「오하라 씨, 당신은 조너스 윌커슨을 해고하셔야 해요.」

제럴드가 화를 벌컥 냈다. 「그럼, 내 눈과 코를 베어 먹으려고 덤비지 않는 감독을 어디서 또 구한단 말이야?」

「내일 아침 당장 그 사람을 해고하세요. 빅 샘은 훌륭한 십장이라서, 감독을 새로 구할 때까지는 그 사람이 일을 대신 맡으면 되잖아요.」

「아, 그렇게 됐구나!」 제럴드의 목소리가 들려왔다. 「그럼 알았어! 그렇다면 그 잘난 조너스가 바로 ―」

「그 사람은 꼭 해고해야 해요.」

〈그러니까 그 사람이 에미 슬래터리가 아기를 갖게 한 장본인이로구나.〉 스칼렛은 생각했다. 〈그럼 그렇지. 양키 남자하고 백인 쓰레기 여자한테서 그 이상 무얼 기대하겠어?〉

그러고는 제럴드의 투덜거리는 소리가 수그러질 정도의 시간을 준 다음에, 그녀는 문을 두드리고 들어가 옷을 어머니에게 주었다.

스칼렛이 옷을 벗고 촛불을 불어 껐을 때쯤에는, 내일에 대한 그녀의 계획이 자세한 부분까지 저절로 완벽하게 발전되었다. 제럴드를 닮아서 한 가지 목적에만 전념하는 그녀의 마음은 목표에 집중되었고, 목적을 달성하기 위한 가장 직접적인 방법만 염두에 두었기 때문에, 그녀는 간단한 계획을 준비했다.

우선 그녀는, 제럴드가 일러 주었듯이, 〈자존심을 지켜야〉 한다. 열두 참나무 집에 도착하는 순간부터 그녀는 지극히 명랑하고 쾌활한 태도를 보여야 한다. 애슐리와 멜라니 때문에 그녀가 조금이라도 낙심을 했었다는 눈치를 아무도 채면 안 되리라. 그리고 그녀는 그곳에 참석한 모든 남자에게 애교를 떨리라. 그것은 애슐리에게는 잔인한 행동이겠지만, 그래야만 그는 더욱 스칼렛을 갈망하게 되리라. 그녀는 수엘렌의 애인이며 나이 많고 구레나룻이 생강 빛 적황색인 프랭크 케네디에서부터, 말이 없고 수줍으며 낯을 잘 붉히는 멜라니의 오빠 찰스 해밀턴에 이르기까지, 결혼 적령기를 맞은 남자라면 한 사람도 소홀히 넘기지 않을 생각이었다. 그들은 벌통에 모이는 벌 떼처럼 그녀 주위로 몰려들겠고, 분경히 애슐리도 멜라니와 떨어져 스칼렛을 흠모하는 남자들의 무리에 끼어들리라. 그런 다음에는 무슨 수를 써서라도 잠시나마 주변에 모인 사람들을 떼어 버리고, 애슐리와 단둘이 있게끔 손을 쓰리라. 다른 방법은 훨씬 힘들 터였으므로 그녀는 상황이 이런 식으로 이루어지기만 바랐다. 하지만 만일 애슐리가 먼저 적극적인 태도로 나오지 않는다면, 불가피하게 스칼렛이 공세를 취해야만 하리라.

마침내 단둘이만 남게 되면, 그는 스칼렛의 주변에 다른 남자들이 몰려들던 광경이 머릿속에 생생하게 남아서, 그들 모두가 저마다 그녀를 원한다는 사실에 새로이 감명을 받아, 슬픔과 절망의 표정이 그의 눈에 어릴 것이다. 그러면 그녀는 자기가 아무리 인기가 높더라도, 온 세상의 어느 남자보다도 애슐리를 더 좋아한다는 사실을 깨닫게 함으로써, 다시금 그를 기쁘게 해주리라. 그리고 겸손하고도 달콤하게 그런 마음을 밝힌다면, 그녀는 굉장히 더 훌륭해 보이리라. 물론 그녀는 처음부터 끝까지 숙녀다운 태도를 지키리라. 그녀는 자기가 그를 사랑한다는 말을 대담하게 먼저 꺼낼 생각은 전혀 없었는데 — 그런 식으로는 절대로 될 일이 아니었다. 하지만 그에게 어떻게 알려 주느냐 하는 구체적인 방법을 놓고 그녀는 조금도 걱정하지 않았다. 스칼렛은 전에도 그런 상황을 여러 번 처리했었고, 이번에도 감당할 자신감이 충만했다.

스칼렛은 희미한 달빛을 온몸에 받으며 침대에 누워, 머릿속에 모든 장면을 그려 보았다. 스칼렛이 정말로 그를 사랑한다는 사실을 깨닫는 순간 애슐리의 얼굴에 나타날 놀라움과 행복감의 표정이 그녀는 눈에 선했고, 아내가 되어 달라고 청하는 그의 목소리가 귓전에 들려오는 듯싶었다.

당연한 일이지만, 그러면 스칼렛은 다른 여자와 약혼까지

한 남자하고 결혼한다는 짓은 도저히 상상조차 못 할 노릇이라고 얘기할 계획이었고, 애슐리는 그래도 자꾸 고집할 터이고, 그녀는 마지못해 설득을 당하리라. 그러면 그들은 오후에 당장 존즈버러로 달아나서 ―.

그렇다, 내일 밤 이맘때쯤이면 그녀는 애슐리 윌크스 부인이 될지도 모른다!

그녀는 두 무릎을 끌어안고 침대에서 일어나 앉았고, 실제로 그녀가 애슐리 윌크스 부인, 애슐리의 신부라는 상상을 하며 한참 동안 행복한 순간을 누렸다. 그러자 그녀는 마음속으로 약간 싸늘한 기운을 느꼈다. 만일 그런 식으로 일이 제대로 풀리지 않는다면 어쩌나? 혹시 애슐리가 같이 도망치자고 그녀에게 청하지 않는다면 어떻게 하나? 그녀는 단호하게 그런 생각을 머릿속에서 몰아냈다.

「난 지금은 그런 생각을 하지 않겠어.」 그녀는 앙칼지게 말했다. 「만일 지금 그런 생각을 하면 난 마음이 흔들리고 말겠지. 만일 그이가 나를 사랑한다면 내가 생각한 대로 일이 벌어지지 않을 까닭이 없어. 그리고 그이가 날 사랑한다는 걸 난 알아!」

그녀는 턱을 치켜들었고, 가장자리가 검은 그녀의 눈이 달빛을 받아 파르스름하게 반짝였다. 바란다는 소망과 얻는다는 현실은 완전히 다르다는 사실을 엘렌은 한 번도 그녀에게 가르쳐 준 적이 없었고, 빠르기만 하다고 해서 반드시 경주에서 이기지는 못함을 인생은 아직 그녀에게 가르치지 않았다. 그녀는 용솟음치는 용기를 느끼며 은빛 그늘 속에 누워서, 삶이 너무나 즐겁기 때문에 패배란 불가능한 개념이며, 예쁜 옷과 맑은 피부 색깔이 운명을 무찌르는 무기라고 생각하는 열여섯 살짜리 소녀다운 그런 결심을 했다.

제5장

아침 10시였다. 4월치고는 따뜻한 날씨였고, 널찍한 창문의 파란 커튼을 통해 황금빛 햇살이 스칼렛의 방으로 눈부시게 쏟아져 들어왔다. 우유 빛깔의 벽돌은 광채가 나서 반짝였고, 마호가니 가구의 결이 진 부분은 포도주처럼 짙은 붉은색으로 반짝였고, 융단을 깔아 화려한 빛깔로 얼룩진 곳을 제외한 마룻바닥은 유리처럼 빛났다.

하늘에는 이미 여름이, 절정에 이른 봄이 보다 맹렬한 열기 앞에서 마지못해 물러나는 조지아 여름의 첫 기운이 감돌았다. 방으로 쏟아져 들어오는 화사하고 포근한 따사로움은 경쾌한 냄새가 짙었으며, 많은 꽃송이와 새로 잎이 돋은 나무와 새로 밭갈이를 한 붉은 흙의 향기를 머금었다. 스칼렛은 창문을 통해, 자갈을 깐 마찻길의 가장자리를 따라 두 줄로 심은 나팔수선화들의 눈부시고 요란한 난무(亂舞)와 빳빳한 말총 버팀대를 넣어 불룩해진 치마처럼 얌전히 대지에다 반짝이는 꽃 장식을 쏟아 내리는 듯한 노란 재스민의 황금빛 덩어리들을 보았다. 그녀의 방 창문 밑에서 자라는 목련을 차지하려고 어치와 앵무새가 옛날부터 벌여 온 싸움을 또다시 시작해서, 어치새들은 독살스럽게 빽빽거리고 앵무새는 애원하듯 감미로운 목소리로 시끄럽게 떠들어 댔다.

그런 찬란한 아침이면 보통 스칼렛은 자기도 모르게 창문 가로 가서, 널찍한 창턱에 두 팔을 얹고 타라 농장의 향기와 소리를 마셨다. 하지만 오늘은 〈비가 오지 않으니 하느님에게 감사할 노릇이지〉 하는 생각이 앞서는 바람에 태양이나 푸른 하늘 따위는 눈에 들어오지도 않았다. 침대에 놓인 커다랗고 두꺼운 마분지 상자 속에는, 사과처럼 초록빛인 데다 엷은 갈색 레이스 꽃 줄 장식이 달린 물결무늬 비단 무도복이 곱게 담겼다. 옷은 무도회가 시작되기 전에 갈아입기 위해 열두 참나무 집으로 가지고 갈 준비가 다 되었지만, 스칼렛은 그 옷을 대수롭지 않게 생각했다. 계획이 성공한다면 그녀는 오늘 밤 저 옷을 입어야 할 필요가 없었다. 무도회가 시작되기 한참 전에 그녀와 애슐리는 결혼을 하러 존즈버러로 향해 가는 중이리라. 신경을 써야 할 문제는 ― 바비큐 파티에 어떤 옷을 입고 가느냐 하는 것이었다.

어느 옷을 입어야 그녀의 매력이 가장 두드러지고, 애슐리의 마음을 가장 확실하게 사로잡으려나? 그녀는 8시쯤부터 여러 드레스를 입어 보고는 포기했고, 이제 그녀는 레이스가 달린 헐렁한 긴 바지에, 아마포 코르셋 덮개를 차고, 큼직한 세 벌의 레이스와 아마포 속치마 차림으로 맥이 풀려서, 짜증이 나기만 했다. 던져 버린 옷들이 사방에 흩어져서, 그녀 주변의 마룻바닥과 침대와 의자에 장식 끈이 제멋대로 늘어지고 갖가지 빛깔이 요란한 무더기를 이루었다.

기다란 분홍빛 장식 띠를 두른 장밋빛 얇은 오건디가 어울리기는 했지만, 그것은 멜라니가 작년 여름에 열두 참나무 집에 찾아왔을 때 스칼렛이 벌써 입었던 옷이고, 멜라니가 틀림없이 그 옷은 기억하리라. 그리고 그 얘기를 꺼낼 정도로 고약하게 굴지도 모른다. 소매가 헐렁헐렁하고 목에는 화려한 레이스로 깃을 단 검정 능직 옷은 그녀의 하얀 피부를 두드러지게 강조했지만, 그 옷을 입으면 약간 나이가 들어 보였다. 스칼렛은 축 늘어진 턱의 살점이나 주름살이라도 찾아보려는 듯 거울에 비친 그녀의 열여섯 살 난 얼굴을 초조하게 들여다보았다. 상냥하고 청순한 멜라니 앞에서 느긋하고 나이 든 인상을 주어 봤자 이로울 바가 없었다. 연보랏빛 줄무늬 무명 모슬린 옷은 널찍하게 레이스를 붙이고 옷자락에 망사가 달려 아름다웠지만, 그녀 같은 성격에는 어울리지 않았다. 그 옷은 캐린의 섬세한 옆얼굴과 연약한 표정에는 완벽하게 어울리겠지만, 스칼렛은 그런 옷을 입으면 자신이 여학생처럼 보이리라고 느꼈다. 몸가짐이 침착한 멜라니 앞에서 여학생 같은 모습을 보여 봤자 조금도 이로울 바가 없었다. 주름 장식이 거품처럼 부풀어 오르고 저마다의 주름은 초록빛 벨벳 끈으로 테를 두른 초록빛 바둑판무늬 호박단 옷이 가장 잘 어울렸고, 그녀의 눈을 보다 어둡게 선녹색으로 만들었으므로 사실상 스칼렛이 각별히 좋아하는 옷이기도 했다. 하지만 짧은 웃옷의 앞쪽에 대뜸 눈에 띄는 기름얼룩이 졌다. 물론 얼룩 위에 브로치를 꽂으면 되겠지만, 멜라니는 관찰력이 날카로울지도 모를 노릇이었다. 이런 행사에 어울릴 정도로 화려하지는 못하다고 스칼렛이 느낀 알록달록한 무명 옷과, 무도복 드레스들과, 그녀가 어제 입었던 초록빛 잔가지 무늬의 무명 모슬린 옷이 남아서 선택을 기다렸다. 하지만 그것은 오후에 입는 의상이었다. 그 옷은 부풀린 소매가 아주 짧았고, 목의 선은 무도복으로 입어도 충분할 만큼 깊이 팠기 때문에, 바비큐 파티에는 어울리지 않았다. 하지만 그 옷을 입는 수밖에 다른 도리가 없었다. 아침에 그런 부분들을 드러내는 짓이 비록 옳지 않다고 해도, 어쨌든 그녀는 목과 팔과 가슴을 부끄럽게 생각하지는 않았다.

거울 앞에 서서 몸을 비틀어 자신의 옆모습을 살펴보며 그녀는 자신의 몸매에 대해서 부끄럽게 생각할 바가 전혀 없다고 생각했다. 목은 짧았지만 둥글었고, 팔은 통통하고 유혹적이었다. 코르셋으로 받쳐 높이 올라간 젖가슴은 아주 멋진 부분이었다. 그녀는 몸매에서 바람직한 곡선과 풍만함을 강조하려고, 열여섯 살 난 대부분의 계집아이들이 그러듯이, 가슴 옷의 안감에 비단 주름 가장자리 장식을 가느다랗게 여러 줄씩 붙여야 할 필요가 없었다. 그녀는 어머니에게서 하얗고 가냘픈 손과 자그마한 발을 물려받아 기뻤고, 키도 어머니처럼 컸으면 좋겠다고 바랐지만, 그런대로 자신의 키에 무척 흡족했다. 속치마를 끌어올리고는 속에 숨겨진 토실토실하고 매끈한 다리를 아쉬운 듯 훑어보며 그녀는 생각했다 ― 다리를 드러내지 못하다니 얼마나 아까운 느릇인가. 그녀는 다리가 정말르 멋있었다. 파예트빌 고등학교의 여학생들까지도 그 점만큼은 시인했다. 그리고 그녀의 허리를 보면, 파예트빌이나 존즈버러뿐 아니라 세 카운티에서도 허리가 그토록 가느다란 여자가 아무도 없었다.

허리를 생각하니까 실질적인 문제들이 다시 머리에 떠올랐다. 초록빛 무명옷은 허리가 43센티미터였는데, 어멈은 그녀가 45센티미터인 능직 옷을 입도록 코르셋의 끈을 맞춰 놓았다. 그녀가 문을 밀어 열고 귀를 기울여 들어 보니, 어멈의 묵직한 발소리가 아래 층 복도에서 들려왔다. 하루 스랑을 쿠키에게 내주느라고 어머니가 훈제장으로 갔으니까 목청을 좀 높여도 탈이 없으리라고 판단한 그녀는 다급하게 어멈을 소리쳐 불렀다.

「뭐 나 날아 도망간다 생각하나 보지.」 터벅거리고 층계를 올라오며 어멈이 투덜거렸다. 전투가 벌어지리라고 예상하고는 그 싸움을 환영한다는 표정으로 헉헉거리며, 그녀가 들어왔다. 어멈의 큼직하고 검은 두 손으로 받쳐 든 쟁반에는 버터를 바른 커다란 고구마 두 개, 꿀물이 뚝뚝 떨어지는 메밀 빵 한 덩어리가 담겼고, 고깃국물 속에 둥둥 뜬 큼직한 햄 한 조각에서는 김이 무럭무럭 피어올랐다. 어멈이 들고 온 음식을 보자 스칼렛의 표정은 가벼운 짜증에서 고집스러운 도전으로 바뀌었다. 옷을 입어 보느라고 흥분한 나머지 그녀는, 어느 파티에 가더라도 오하라 댁 딸들이 이것저것 주워 먹지 않도록, 미리 집에서 음식을 배불리 먹어 둬야 한다는 어멈의 철칙을 잊어버렸었다.

「소용없어요. 나 그거 안 먹을 테니까요. 어서 도로 부엌에 갖다 두세요.」

어멈은 탁자에 쟁반을 내려놓더니, 두 손을 엉덩이에 얹으며 버티고 섰다.

「아니에요, 먹어야 해요! 나 곱창 먹고 병 너무 심해 걸려서, 지난번 바비큐 파티에 아가씨 가기 전 식사 못 챙겨 벌어졌다 한 문제 또 벌어지기 바라지 않아요. 아씨 이거 한 입 안 남겨 다 먹어야 해요.」

「안 먹어요! 자, 우리 벌써 늦었으니까 어서 이리 와서 내 코르셋이나 더 바싹 죄어 줘요. 집 앞으로 마차를 대는 소리가 나던데요.」

어멈의 어조가 타이르는 투로 바뀌었다.

「자, 스칼렛 아씨, 내 말 잘 들어 이리 와 조금 먹어요. 캐린 아씨 수엘렌 아씨 자기 먹을 식사 다 먹었어요.」

「당연하죠.」 스칼렛이 경멸하는 투로 말했다. 「그 애들은 머리가 토끼만큼밖에는 안 돌아가니까요. 하지만 난 안 먹을래요! 난 음식 쟁반은 보기만 해도 이젠 진저리가 나요. 난 음식을 잔뜩 먹고 캘버트 댁에 갔다가, 멀리 서배너로부터 가져온 얼음으로 만든 아이스크림을 그 집에서 내왔을 땐, 한 숟가락밖에 먹지 못했던 기억이 생생하니까요. 오늘 난 재미있게 놀고, 실컷 먹겠어요.」

이런 도전적인 반발에 어멈은 화가 나서 이맛살을 찌푸렸다. 젊은 아가씨가 해야 할 일과 하지 말아야 할 일이 어멈의 머릿속에서는 흑과 백처럼 뚜렷하게 분명했고, 처신에서는 어중간은 없었다. 수엘렌과 캐린은 그녀가 힘찬 두 손으로 빚어내는 찰흙이나 마찬가지였고, 그녀의 경고에 존경심을 나타내며 귀를 기울였다. 하지만 그녀의 천성적인 충동이 대부분 숙녀답지 못하다는 점을 스칼렛에게 가르치기란 항상 하나의 투쟁이나 마찬가지였다. 어멈이 스칼렛에게 이기려면 힘이 들었고, 백인의 머리로써는 따라오지 못할 교활함이 필요했다.

「사람들 우리 집안 어떻다 하느냐 아씨 관심 없는지 몰라도 나 관심 많아요.」 어멈이 호통을 쳤다. 「나 가만히 서서 파티 모인 사람들 아씨 가정 교육 나쁘다 소리 하면 듣고 싶지 않아요. 새처럼 조금씩만 먹는 버릇이면 숙녀다 사람들 다 안다고 나 아씨한테 얘기하고 또 얘기했죠. 그리고 나 아씨 월크스 주인님 댁 가서 밭일꾼처럼 먹고 돼지처럼 먹어 치운다 그냥 놔둘 생각 아니에요.」

「어머니도 숙녀이지만 잘 먹잖아요.」 스칼렛이 응수했다.

「아씨도 결혼한 다음 많이 먹는다 돼요.」 어멈이 반박했다. 「엘렌 마님 아씨 나이 때 외출하면 전혀 안 먹었다 하고, 폴린 이모 율랄리 이모 마찬가지였죠. 그리고 모두 결혼했어요. 먹성 좋은 젊은 아가씨 남편 못 구한다 십상이에요.」

「난 그렇게 믿지 않아요. 어멈이 아팠을 때, 내가 미리 먹지 않고 갔더니, 바비큐 파티에서 애슐리 윌크스가 나더러 식욕이 좋은 여자가 좋다고 그랬어요.」

어멈은 불길한 표정으로 머리를 저었다.

「남자들 겉에 하는 말 다르고 속마음 서로 달라요. 그리고 나 보기에 애슐리 주인님 아씨 결혼할 눈치 아니데요.」

스칼렛은 얼굴을 찌푸리고 날카롭게 한마디 쏘아붙이려다가 참았다. 그 얘기는 어멈이 옳았고, 따질 만한 근거도 없었다. 스칼렛의 얼굴에서 고집스러운 표정을 보고 어멈은 쟁반을 집어 들더니, 흑인 특유의 교활한 온화함을 보이며, 전술을 바꾸었다. 문으로 가며 그녀는 한숨을 쉬었다.

「그렇다면, 아씨, 좋아요. 쿠키가 이 쟁반 준비하는 동안 나 쿠키더러 〈먹는 태도 보아 숙녀다 아니다 알지〉 그랬고, 또 쿠키더러 말했어요. 〈지난번 애슐리 주인님 만난다 찾아왔을 때 — 그러니까 인디아 아씨 찾아왔다 했을 때 — 멜리 해밀턴 아씨처럼 조금 먹는 백인 숙녀 본 적 없어.〉」

스칼렛은 의혹에 가득 찬 날카로운 눈초리로 그녀를 노려보았지만, 어멈의 넓적한 얼굴에는 스칼렛이 멜라니 해밀턴 같은 숙녀가 아니어서 섭섭하다는 듯 순진한 표정뿐이었다.

「그 쟁반 내려놓고 이리 와서 내 레이스 좀 더 죄어 줘요.」 스칼렛이 화를 내며 말했다. 「그럼 나중에 식사를 하도록 해보겠어요. 만일 지금 식사를 하면 레이스를 제대로 죌 수가 없을 테니까요.」

어멈은 승리감을 숨기며 쟁반을 내려놓았다.

「우리 어린 양 무슨 옷 입는다 그래요?」

「저거요.」 꽃무늬가 박힌 초록빛 무명 모슬린 옷이 수북하게 쌓인 곳을 가리키며 스칼렛이 대답했다. 어멈은 당장 전투태세로 돌입했다.

「아니에요. 그 옷 못 입어요. 3시 이전에 가슴 내보인다 안 되는데 저 옷 목 없고 소매 없어요. 그리고 틀림없이 주근깨 생기는데, 서배너 바닷가 나가 앉았다 생겼던 주근깨 지우러 나 겨우내 버터밀크 발라 준다 고생깨나 했는데, 아씨 또 주근깨 생긴다 할 생각 없어요. 어머니한테 틀림없이 말씀드릴 거예요.」

「내가 옷 다 입기 전에 한마디라도 더 말을 했다간 난 한 입도 먹지 않겠어요._ 스칼렛이 여유만만하게 말했다. 「일단 옷을 다 입고 나면 어머니는 갈아입으라고 나를 되들려 보낼 시간이 없을 테니까요.」

어멈은 못 당하겠다고 생각했는지 포기하며 한숨을 지었다. 두 가지 나쁜 짓 가운데, 스칼렛이 돼지처럼 마구 먹어 치우도록 내버려 두기보다는 오전 바비큐 파티에 오후 드레스를 입고 가게 내버려 두는 편이 나았다.

「무얼 붙잡고 배 당겨요.」 그녀가 지시했다.

침대 기둥 하나를 단단히 잡고 버티며 스칼렛은 시키는 대로 했다. 어멈이 힘껏 당기고 잡아채니까, 고래 이빨 거들을 찬 작은 허리의 둘레가 더욱 작아졌고, 자랑스럽고도 흐뭇한 표정이 그녀의 눈에 드러났다.

「허리다 하면 우리 어린 양 당할 여자 없죠.」 신통하다는 듯 그녀가 말했다. 「수엘렌 아씨 내가 50센티미터 아래 잡아당길 때마다 당장 기절하죠.」

「후!」 숨을 몰아쉬던 스칼렛은 말을 하기가 힘들었다. 「난 평생 한 번도 기절한 적 없어요.」

「가끔 한두 번 기절해 나쁘다 하는 거 없어요.」[27] 어멈이 충고했다. 「스칼렛 아씨 때로 너무 뻔뻔스러워요. 이런 얘기 그러지 않아도 해주고 싶었는데, 뱀이나 쥐 같은 거 보고 아씨 기절하지 않는다 인상 안 좋아요. 내 얘긴, 집에서는 그런다 괜찮아도 외출해 다른 사람들 보는 자리 말이에요. 그리고 나 아씨한테 얘기했지만 ──」

「아, 어서 서둘러요! 그렇게 말 너무 많이 하지 말고요. 난 남편을 잡을 테니까요. 비명을 지르고 기절하지 않고도 내가 남편을 구하나 못 구하나 두고 봐요. 코르셋이 정말 답답해요! 드레스를 입혀 줘요.」

어멈은 산더미 같은 속치마 위로 초록빛 잔나뭇가지 무늬를 넣은 열두 폭의 무명 모슬린 옷을 조심스럽게 씌우고는, 몸에 꼭 끼고 목을 깊이 판 가슴 옷의 잔등 고리를 끼웠다.

「햇볕 쬐는 자리다 하면 어깨에 목도리 꼭 두르고, 덥다 기분 든다 싶어도 모자 벗지 말아요.」 그녀가 명령했다. 「그랬다 하면 집에 올 때 슬래터리 할멈같이 시커멓게 타요. 자, 아씨, 이제 식사하는데, 너무 빨리 먹는다 하지 말아요. 당장 도로 토하면 아무 소용 없으니까요.」

음식이 조금이라도 배 속에 들어가고도 숨을 쉴 여유가 남을까 궁금해하며 스칼렛은 쟁반 앞에 앉았다. 어멈은 세면대에서 커다란 수건을 낚아채어 조심스럽게 스칼렛의 목에다 매고는 하얀 자락을 그녀의 무릎 위로 펼쳐 놓았다. 스칼렛은 햄을 좋아했으므로 우선 햄부터 억지로 넘겼다.

「결혼을 한 몸이라면 얼마나 좋을까.」 못마땅한 표정으로 고구마를 먹기 시작하며 그녀가 짜증스럽게 말했다. 「난 한 없이 부자연스럽게만 행동하고, 하고 싶은 걸 전혀 아무것도

27 19세기 유럽 여자들은 나약함을 매력으로 생각해서 자주 기절하는 것이 유행이었다.

못 하는 데 지쳤어요. 난 새만큼밖에는 먹지 않는 듯 행동하고, 뛰고 싶은데도 걷고, 이틀 동안 고생해서 춤을 춰도 전혀 피곤하지 않는데도 왈츠를 추고 나니까 어지럽다고 거짓말을 하는 데도 지쳤고요. 난 머리가 내 절반밖에는 깨지 않은 남자들을 속이느라고 〈당신 정말 훌륭해요〉라는 스리를 하기에도 지쳤고, 남자들이 나한테 이런저런 얘기를 하며 으쓱해지라고 내가 아무것도 모르는 척하는 데도 지쳤어요 ―. 나 이제는 한 입도 더 못 먹겠어요.」

「핫케이크 먹어 봐요.」어멈은 굽히려고 하지 않았다.

「남편을 구하려면 왜 여자들이 멍청해야 하나요?」

「나 짐작하는데, 남자들 자기 무엇 원한다 모르기 때문이죠. 남자들이란 자기 무엇 원한다 안다고 잘못 생각할 따름이에요. 그리고 그들 원한다 생각하는 대로 맞춰 주기만 하면 비참한 꼴 많이 안 보고 노처녀 신세 면한다 돼요. 그리고 남자들 원한다 생각하는 건 새처럼 입맛 적고 아는 거 통 없다 하는 여자, 쥐처럼 조용하고 깜찍한 아가씨예요. 남자란 자기보다 똑똑하다 의심 가는 여자하고 결혼한다 마음 없어요.」

「결혼한 다음에 아내가 똑똑하다는 걸 알게 되면 남자들이 놀라리라고 생각하지 않아요?」

「글쎄요, 그때 벌써 너무 늦어요. 벌써 결혼했으니까요. 그런데 알고 보면, 남자들 아내 똑똑하다 사실은 기대하죠.」

「언젠가 난 내가 하그 싶은 말과 행동을 모조리 다 하겠고, 사람들이 그걸 좋아하지 않더라도 난 신경 쓰지 않겠어요.」

「아니에요, 그러지 못해요.」어멈이 험악하게 말했다 「나 목숨 붙어 있다 하는 동안 어림없어요. 저 케이크 먹으라니까요. 고깃국물 찍어서요.」

「난 양키 처녀들은 꼭 그렇게 바보처럼 행동하지 않아도 된다고 생각해요. 작년에 우리들이 새러토가에 갔을 때 보니까 양키들은 똑똑한 여자답게, 그것도 남자들 앞에서 똑똑하게 굴더군요.」

어멈이 코웃음을 쳤다.

「양키 처녀들이라뇨! 그렇겠죠, 아씨, 하기야 마음속 얘기 그대로 다 잘하겠지만, 나 새러토가에서 그런 여자 청혼 받는 거 별로 못 봤어요.」

「하지만 양키들도 결혼은 하잖아요.」 스칼렛이 따졌다. 「그냥 밭에서 사람들이 자라나지는 않을 테니까요. 그들도 틀림없이 결혼하고 아이를 낳아요. 그 많은 사람들이 어떻게 생겨났겠어요?」

「남자들 돈 바라보고 여자들 찾아 결혼해요.」 어멈이 단호하게 말했다.

스칼렛은 밀빵을 고깃국물에 적셔 입에 넣었다. 어멈이 한 말에도 일리가 있었다. 훨씬 섬세한 다른 표현을 쓰기는 했지만, 어머니도 똑같은 얘기를 했다는 사실로 미루어 보아, 틀림없이 무슨 이유인지 있으리라. 사실상 다른 모든 여자 친구들의 어머니는 무기력하고, 남에게 매달리고, 암사슴 같은 여자가 되어야 한다는 필요성을 딸들에게 주입시켰다. 그런 자세를 몸에 익히고 유지하려면 정말로 대단한 감각이 필요했다. 어쩌면 그녀는 너무 뻔뻔스러웠는지도 모른다. 때때로 그녀는 애슐리하고 토론을 벌이고, 자기 의견을 솔직하게 표현했다. 아마도 그런 점과, 걷기와 승마를 좋아하는 건강한 취미 때문에, 그는 그녀에게서 연약한 멜라니에게로 돌아섰는지도 모를 노릇이었다. 만일 전략을 바꾼다면 혹시 ──. 하지만 만일 애슐리가 계획적인 여성적 계략에 넘어간다면, 스칼렛은 지금처럼 그를 계속해서 존경하기가 불가능하리

라고 느꼈다. 선웃음과 기절, 그리고 〈오, 당신 정말 훌륭하
시네요!〉 소리에 넘어갈 정도로 어리석은 남자라면 쟁취할
가치가 없었다. 하지만 남자들은 하나같이 그런 면을 좋아
하는 듯싶었다.

만일 과거에 그녀가 애슐리에게 잘못된 작전을 썼었다면 —
글쎄, 그것은 과거지사고, 다 끝난 일이었다. 오늘 그녀는 다
른 전략을, 올바른 전략을 사용하리라. 스칼렛은 그를 원했
고, 그를 탈취할 여유라곤 겨우 몇 시간밖에 남지 않았다. 기
절을 하면, 기절하는 척해서 효과가 있다면, 그렇다면 그녀
는 기절이라도 할 생각이었다. 선웃음이나, 애교나, 멍청함이
그의 관심을 끈다면, 그녀는 기꺼이 아양을 떨고 캐슬린 캘
버트보다도 멍청해지리라. 그리고 만일 보다 대담한 작전이
필요하다면, 그녀는 그 작전을 택하리라. 오늘은 결판이 나
는 날이었다!

거짓으로 꾸며 댈 어떤 연극보다도 그녀 자신의 개성이,
비록 두려움을 줄 정도로 활력이 넘치기는 했지만, 훨씬 매
혹적이라는 사실을 스칼렛에게 알려 줄 사람은 아무도 없었
다. 누가 그런 말을 해주었다면 그녀는 기분은 좋았겠지만
믿지를 않았으리라. 그리고 그녀가 속한 문명사회도 그 말을
믿지 않을 터였으니, 그 까닭은 여성의 자연스러움에 그토록
가치를 낮게 부여한 시대가 그 이전이나 그 이후에는 없었기
때문이었다.

월크스 농장으로 뻗어 나간 붉은 길을 따라 마차를 타고
내려가던 스칼렛은 어머니와 어멈 두 사람 다 행사에 참석하
지 않는다는 점에 대해서 죄의식이 섞인 기쁨을 느꼈다. 바비
큐 파티에는, 미묘하게 눈썹을 치켜 올리거나 아랫입술을 쑥

빼물고 그녀가 취할 행동과 계획을 방해할 사람이 아무도 없었다. 물론 수엘렌이 내일 틀림없이 고자질을 하겠지만, 만일 스칼렛이 바라는 대로 일이 잘 돌아간다면, 사랑의 도피행이나 애슐리와 그녀의 약혼 때문에 식구들이 흥분하겠고, 불쾌감쯤은 깨끗하게 잊으리라. 그렇다, 그녀는 어머니가 발이 묶여 집에 남게 되어 기뻤다.

브랜디를 마시고 결단을 내린 제럴드가 아침에 조너스 윌커슨을 해고했기 때문에 엘렌은 그가 떠나기 전에 농장의 장부를 검토하기 위해 타라에 남았다. 작은 사무실에서 서류가 가득 찬 서류함이 놓인 높다란 책상 앞에 앉은 어머니에게 스칼렛은 작별 인사로 키스를 했다. 어머니 옆에 서서 기다리던 조너스 윌커슨은, 카운티에서 제일 좋은 감독 자리에서 그토록 어처구니없이 쫓겨난다는 데 대해, 그를 사로잡는 증오의 분노를 야위고 혈색 나쁜 얼굴에 거의 노골적으로 드러냈다. 그까짓 하찮은 바람 한번 피웠다고 해서, 그는 에미 슬래터리가 임신한 아기의 아버지는 자기 이외에도 대여섯 명의 남자들 가운데 어느 누구일지도 모른다고 제럴드에게 거듭거듭 얘기했고, 제럴드도 그 의견에 공감하기는 했지만, 그에 대한 엘렌의 태도는 달라질 줄 몰랐다. 조너스는 모든 남부인을 증오했다. 그는 자기를 대하는 그들의 냉정한 태도와, 그의 사회적 신분에 대한 그들의 멸시를 증오했는데, 그런 태도는 정중한 겉치레 예의로 감추기가 쉽지 않았다. 그는 그가 싫어하는 남부인들의 온갖 요소를 상징하는 척도라고 생각해서 누구보다도 엘렌 오하라를 증오했다.

농장에서 우두머리 여자였던 어멈은 엘렌의 일을 도와주려고 남았으며, 어멈 대신 마부석에 무도복을 담은 기다란 상자를 무르팍에 얹어 놓고 토비 옆에 앉아 따라온 사람은 딜시였다. 술기운에 흥이 나고, 불쾌한 윌커슨 문제가 그토록 빨리 처리되어 기분이 좋아진 제럴드는 마차 옆에서 커다란 사냥 말을 타고 따라왔다. 그는 책임을 엘렌에게 떠맡겼고, 때는 화창한 봄낮이었으며, 그가 소유한 들판은 아름답고, 새들이 노래를 부르는 속에서 자기가 무척 젊어져 유쾌하게 놀고 싶다는 생각에 사로잡힌 나머지, 친구들과의 환담과 바비큐 파티를 즐길 기회를 놓쳐 엘렌이 느끼게 될 실망은 고사하고, 다른 사람은 어느 누구도 염두에 없었다. 가끔 그는 「낮은 마차를 타고 가는 페그」와 다른 몇 가지 아일랜드 민요, 그리고 로버트 에밋[28]에 대한 훨씬 애처로운 노래 「젊은 영웅이 잠든 땅으로부터 머나먼 곳에서 슬퍼하는 그녀」를 노래했다.

그는 행복했고, 양키와 전쟁에 관해 고함을 지르며 하루를 보낼 생각을 하니 즐거운 흥분감을 느꼈으며, 환한 빛깔의 활짝 펼쳐진 버팀살 치마를 입고 우스꽝스럽게 작고 레이스가 달린 양산을 든 예쁜 세 딸이 자랑스러웠다. 그는 어제 스칼렛과 나눈 얘기를 완전히 잊어버렸기 때문에 그 대화에는 아무 신경도 쓰지 않았다. 스칼렛이 예쁘다는 사실이 그에게는 큰 자랑거리였으며, 오늘은 그녀의 눈이 아일랜드의 언덕들처럼 유난히 푸르다는 생각만 했다. 그런 생각을 하니 어쩐지 시적인 감흥이 느껴졌으며, 자기가 어딘가 대단한 사람이라는 기분이 들었고, 그래서 약간 음정을 틀려 가며 「푸른 옷을 입고」를 큰 소리로 불러 딸들의 기분을 맞춰 주었다.

뽐내고 돌아다니는 어린 아들에 대해서 어머니가 느끼는 그런 애정이 담긴 경멸을 느끼며 아버지를 쳐다보던 스칼렛

28 Robert Emmet. 아일랜드의 민족주의자로 나폴레옹과 탈레탕에게 아일랜드 독립 지원을 요청했고, 독립 투쟁 중 체포되어 교수형을 당했다.

은 제럴드가 해 질 때쯤에는 틀림없이 무척 취하리라고 예상했다. 컴컴할 때 집으로 돌아가며 늘 그러듯이 보나 마나 아버지는, 열두 참나무 집에서 타라에 이르기까지의 모든 울타리를 말을 타고 뛰어넘으려 덤빌 터였고, 하느님의 자비와 말의 훌륭한 판단력으로 아버지의 목이 부러지지 않기만을 스칼렛은 바랐다. 그는 다리를 보면 코웃음을 치고는 말을 탄 채로 강을 헤엄쳐 건너겠고, 시끄럽게 소리를 질러 대며 집에 도착하면, 항상 그러듯이 등잔을 들고 앞쪽 현관에서 뜬눈으로 기다리는 돼지가 아버지를 사무실의 소파에 눕혀 재우리라.

아버지의 새 회색 포플린 양복은 엉망이 될 테고, 그러면 아침에 마구 욕설을 퍼부으며 어둠 속에서 말이 다리에서 떨어진 얘기를 어머니에게 장황히 늘어놓겠고, 그런 빤한 거짓말에 속을 사람은 아무도 없겠지만 그래도 모두들 그러냐고 받아 주고, 그러면 아버지 제럴드는 자기가 무척 똑똑하다고 느끼리라.

아빠는 다정하고, 이기적이고, 무책임한 아이 같아 — 아버지에 대한 애정이 북받쳐 오르며 스칼렛은 생각했다. 그녀는 오늘 아침 무척이나 흥분하고 행복해서, 제럴드와 온 세상을 사랑했다. 그녀는 아름다웠고 스스로 그 사실을 알았으며, 오늘 하루가 다 가기 전에 그녀는 애슐리를 차지하겠고, 태양은 따뜻하고 포근했고, 조지아의 찬란한 봄이 눈앞에 펼쳐졌다. 길가를 따라 늘어선 나무딸기 덤불이 겨울에 내린 비로 파인 울퉁불퉁하고 붉은 골을 지극히 연한 초록빛으로 가렸고, 붉은 흙을 헤치며 밀고 올라온 썰렁한 화강암 바위들은 체로키 장미꽃의 갈라진 덩굴들이 휘장처럼 늘어져 휘감았고, 지극히 엷은 자줏빛 야생 제비꽃이 바위 주변을 빙 둘러쌌다. 강 위쪽 나무가 자라는 언덕에서는, 마치 푸른 수목 사이에 쌓인 눈이 아직도 채 녹지 않은 듯, 산딸나무 꽃이 하얗게 빛났다. 꽃 피는 돌능금나무들은 움이 터서 섬세한 하얀 빛깔로부터 지극히 짙은 분홍빛에 이르기까지 야단스럽게 빛깔이 폭발했고, 햇살이 뚫고 내려와 낙엽 진 솔잎들을 얼룩덜룩 비추는 나무들 밑에는 야생 인동덩굴이 주홍, 주황, 장밋빛으로 알록달록한 양탄자처럼 깔렸다. 산들바람에서는 감미로운 숲의 은은한 야생 향기가 풍겼고, 세상은 먹고 싶을 정도로 냄새가 좋았다.

〈난 오늘이 얼마나 아름다웠는지를 죽을 때까지 기억하겠어.〉 스칼렛은 생각했다. 〈어쩌면 내 결혼식 날이 될지도 모르니까.〉

그리고 그녀는 바로 오늘 오후에, 아니면 달빛을 받으며 오늘 밤에, 이 아름다운 꽃과 푸른 수목 사이로, 목사를 찾아 존즈버러를 향해 말을 달리게 될지도 모른다는 짜릿한 생각을 했다. 물론 그녀는 애틀랜타에서 온 신부님 앞에서 다시 정식으로 결혼식을 올려야 되겠지만, 그것은 어머니와 아버지가 걱정할 문제였다. 딸이 다른 여자의 약혼자와 뺑소니쳤다는 얘기를 어머니가 들으면 창피해서 얼굴이 얼마나 새파랗게 질릴까 생각하며 그녀는 약간 풀이 죽었지만, 그녀의 행복한 모습을 보면 어머니도 용서해 주리라고 스칼렛은 믿었다. 그리고 아버지는 고함을 치고 야단을 부리겠지만, 그녀가 애슐리하고 결혼하기를 원하지 않는다고 어제 그런 말을 잔뜩 늘어놓기는 했어도, 윌크스 집안과 인연이 맺어진다는 상황에 뛸 듯이 기뻐하리라.

〈하지만 그런 건 다 내가 결혼한 다음에 따질 문제야.〉 걱정을 쫓아 버리며 그녀는 생각했다.

이렇게 따스한 햇살 속에서, 이런 봄날에, 열두 참나무 집 굴뚝이 강 건너편 언덕 위로 막 보이기 시작한 지금, 그녀는 환희의 두근거림 이외에는 아무것도 느끼지 않았다.

〈나는 평생 저곳에서 살고, 이런 봄철을 쉰 번, 아니 그 이상 맞으면서, 자식들과 손자들을 모아 놓고, 그들이 보게 될 어느 봄날보다도 훨씬 아름다울 오늘이 얼마나 황홀했는지를 얘기해 줘야지.〉 이런 생각을 하니까 어찌나 행복해졌는지 그녀는 「푸른 옷을 입고」의 마지막 후렴을 함께 불렀고, 제럴드는 잘한다고 소리쳤다.

「언니, 오늘 아침에 왜 그렇게 행복해하는지 모르겠어.」 본디 주인보다는 자기가 입어야 스칼렛의 초록빛 비단 무도복이 훨씬 돋보이리라고 생각하며 아직도 분한 마음을 이기지 못해 심술이 난 어조로 수엘렌이 말했다. 그리고 스칼렛은 옷이나 둥근 모자를 빌려 달라면 왜 그토록 인색하게 굴까? 그리고 초록은 수엘렌에게 어울리는 빛깔이 아니라고 단정하며 왜 어머니는 항상 언니 편만 들어 줄까? 「오늘 밤에 애슐리가 약혼을 발표하리라는 건 언니도 나만큼이나 잘 알잖아. 아빠가 오늘 아침에 그랬어. 그리고 언니가 몇 달 동안이나 애슐리한테 마음을 두었었다는 비밀도 난 알아.」

「네가 아는 건 고작 그게 전부겠지.」 스칼렛이 즐거운 기분을 망치고 싶지 않아 혀를 내밀며 말했다. 내일 아침 이때쯤 되면 수[29] 아씨께서 얼마나 놀라실까!

「수지,[30] 그렇지 않다는 건 언니도 알잖아.」 깜짝 놀라서 캐린이 반박했다. 「스칼렛이 마음에 둔 남자는 브렌트야.」

스칼렛은 미소를 머금은 초록빛 눈을 동생에게 돌리며, 이

29 수전 그리고 수엘렌의 애칭.
30 역시 수전의 애칭.

렇게 귀여운 아이가 또 어디 있을까 생각했다. 열세 살인 캐런이 브렌트 탈턴에게 마음을 빼앗겼다는 사실을 온 식구가 다 알았지만, 그는 그녀를 스칼렛의 꼬마 여동생이라는 점 이외에는 전혀 생각해 주지 않았다. 어머니가 없는 자리에서는 그래서 오하라 식구들이 그녀가 울음을 터뜨릴 정도로까지 브렌트 얘기로 캐런을 놀렸다.

「애, 난 브렌트는 전혀 관심도 없어.」 너그러움을 보일 정도로 행복해진 스칼렛이 잘라 말했다. 「그리고 그 사람 역시 날 거들떠보지도 않아. 그래, 그 사람은 네가 자라기만 기다린단다!」

캐런은 기쁘기도 하고 믿어지지도 않아서, 동그랗고 작은 얼굴이 발그레하게 상기되었다.

「어머, 언니, 정말이야?」

「언니, 캐런은 애인을 생각하기에는 너무 어리다고 엄마가 한 말을 기억할 텐데. 그런 엉뚱한 생각을 캐런의 머릿속에 불어넣다니.」

「어쨌든 네가 실컷 수다를 떨어도 난 눈 하나 깜짝하지 않겠어.」 스칼렛이 대답했다. 「넌 1년쯤 후에는 동생이 너보다 훨씬 더 예뻐지리라는 걸 아니까, 캐런을 묶어 두고 싶겠지.」

「너희들 오늘은 얌전히 잠자코 지내야지, 그렇지 않으면 내가 회초리를 들겠어.」 아버지가 경고했다. 「자, 조용히! 저거 바퀴 소리 아니냐? 탈턴이나 폰테인 댁 사람들이겠지.」

패어힐과 미모사에서 숲이 울창하게 우거진 언덕을 따라 내려오는 길이 교차하는 지점에 가까워 오자, 말발굽과 마차 바퀴 소리가 더욱 뚜렷해졌고, 장막처럼 둘러선 나무들 뒤에서는 즐겁게 언쟁을 벌이는 여자들의 시끄러운 목소리가 들려왔다. 앞에서 나아가던 제럴드가 말의 고삐를 당기더니,

두 길이 만나는 곳에서 마차를 세우라고 토비에게 손짓했다.

「탈턴 댁 여자들이로구나.」 엘렌은 물론 예외였지만, 제럴드가 카운티에서 붉은 머리 탈턴 부인보다 더 좋아하는 여자가 또 없었으므로, 혈기가 왕성한 얼굴에 미소를 띠고 그가 딸들에게 알려 주었다. 「그리고 부인이 손수 고삐를 잡았어. 아, 정말 말을 잘 다루는 여자야! 깃털처럼 가볍고, 생가죽처럼 튼튼하고, 그러면서도 키스를 해주고 싶을 만큼 손이 아름다워. 너희들 가운데 누구의 손도 그 정도가 못 되다니 섭섭한 일이야.」 사랑하면서도 꾸짖는 눈길로 딸들을 쳐다보며 그가 덧붙여 말했다. 「캐린은 불쌍한 말들을 무서워하고, 수의 손은 고삐를 잡을 때 보면 무디기 짝이 없고, 우리 아가씨는 ──」

「글쎄요, 어쨌든 난 한 번도 낙마를 당하진 않았어요.」 스칼렛이 짜증스럽게 소리쳤다. 「탈턴 부인은 사냥을 나갈 때마다 떨어지지만요.」

「그리고 남자처럼 쇄골이 부러지기도 했지.」 제럴드가 말했다. 「기절도 안 하고, 소란을 떨지도 않고. 자, 저기 오니까 그런 얘기는 그만하자.」 화사한 드레스를 입고 양산을 들고 베일을 펄럭거리는 여자들을 가득 태우고, 제럴드가 얘기한 대로 마부석에 탈턴 부인이 앉은 마차가 시야에 들어오자, 그는 등자(鐙子)를 딛고 몸을 일으키더니 요란스럽게 모자를 벗었다. 네 딸과, 무도복을 담은 기다란 골판지 상자를 든 흑인 유모 때문에 비좁아진 마차에는 마부를 태울 자리도 없었다. 하기야 비어트리스 탈턴은 팔이 부러지기 전에는 백인이나 흑인이나 간에 누구에게도 선뜻 고삐를 내주는 일이 전혀 없었다. 뼈마디가 가늘고, 연약해 보이면서도 그녀는 활기찬 건강과 지칠 줄 모르는 정력을 지녔으며, 불타오르는 붉은 머리카락이 얼굴에서 색깔을 남김없이 빨아들여 힘찬 광택을 만들어 덩어리로 뿜어내기라도 하는지, 피부는 그지없이 하얗기만 했다. 그녀는 자기처럼 머리가 붉은 빛깔이고 생명력이 넘치는 아이를 여덟 명이나 낳았으며, 카운티 사람들의 표현을 빌리면, 그녀가 사육하는 망아지들에게 보여 주는 그런 엄격한 단련과 사랑의 여유를 똑같이 자식들에게도 적용하면서, 그들을 지극히 성공적으로 키웠다. 〈재갈 쇠를 물리기는 하지만 기백은 살려라.〉 — 이것이 탈턴 부인의 신조였다.

그녀는 말을 사랑했고 걸핏하면 말 얘기를 했다. 그녀는 말들을 이해했으며, 카운티의 어느 남자보다도 말을 잘 다루었다. 언덕 위에 지은 어수선한 집에서 여덟 아이들이 뛰놀며 북적거리듯, 망아지들이 방목장을 뛰쳐나와 앞쪽 잔디밭까지 쏟아져 나왔고, 그녀가 농장을 돌아다니면 망아지와 아들과 딸과 사냥개들이 그녀의 뒤를 열심히 따라다녔다. 그녀는 말들이, 특히 붉은 암말 넬리가 인간의 지능을 갖추었다고 믿었으며, 어쩌다 집안일이 너무 바쁘기 때문에 날마다 즐기는 승마 시간에 맞춰 나가기가 힘들면, 흑인 소년의 손에 설탕 그릇을 쥐여 주며 이렇게 말했다. 「넬리한테 한 움큼 주고는 내가 금방 갈 테니까 조금만 기다리라고 얘기해라.」

실제로 승마를 하건 안 하건 간에 그녀는 날마다 말을 타게 되리라고 기대했으며, 그래서 아침에 일어나면 아예 승마복을 입었으므로, 아주 특별한 경우를 제외하면 그녀는 항상 승마복 차림이었다. 비가 오나 햇빛이 나거나 간에 하인은 아침마다 넬리에게 안장을 채워 집 앞을 오락가락 걸리며, 탈턴 부인이 일을 하다가 한 시간쯤 짬을 내기만 기다렸다. 하지만 패어힐은 관리하기가 힘든 농장이었고, 짬을 내기가 어려웠기 때문에, 비어트리스 탈턴이 승마복 치마를 걸치고 그 밑으로 번쩍거리는 장화를 15센티미터쯤 드러낸 채 하루 종일 일에 파묻혀 지내는 동안, 넬리가 사람을 태우지 않은 채로 몇 시간씩 오락가락 거닐어야 하는 날도 적지 않았다.

오늘은 유행에 걸맞지 않은 좁다란 버팀살 치마 위에 칙칙한 검정 비단옷을 입기는 했지만, 드레스를 승마복만큼이나 검소하게 재단했으며, 온화하고 반짝이는 한쪽 갈색 눈 위로 눌러쓴 길고 검은 깃털을 단 작고 까만 모자는 그녀가 사냥할 때 쓰는 너덜너덜한 낡은 모자를 그대로 복제한 듯싶어서, 그녀는 지금도 마치 승마복 차림으로 보였다.

그녀는 제럴드를 보자 채찍을 흔들더니 날뛰는 한 쌍의 붉은 말을 세웠고, 마차의 뒷자리에 앉은 네 딸이 몸을 내밀며 반갑다고 어찌나 시끄럽게 소리를 지르는지 말들이 놀라 껑충껑충 뛰었다. 누가 우연히 이 광경을 봤다면 탈턴 댁 사람들과 오하라 댁 사람들이 이틀이 아니라 몇 년 만에 처음 만나기라도 한 줄 알았으리라. 하지만 그들은 붙임성이 있는 가족이었고 이웃 사람들, 특히 오하라 댁 딸들을 좋아했다. 그것은 그들이 수엘렌과 캐린을 좋아한다는 뜻이었다. 멍청한 캐슬린 캘버트는 아마 예외겠지만, 카운티에는 스칼렛을 정말로 좋아하는 여자가 아무도 없었다.

여름이면 카운티에서는 거의 매 주일 바비큐 파티 겸 무도회가 평균 한 차례씩 열렸지만, 즐거움을 누리려는 욕망이 엄청나게 강한 붉은 머리의 탈턴 댁 딸들에게는 하나하나의 바비큐 파티와 무도회가 마치 그들이 난생처음 참석하는 행사처럼 신이 났다. 예쁘고 튼튼한 네 딸이 타니까 마차가 어찌나 꽉 찼는지 치마의 버팀살과 주름 장식이 서로 겹쳤고, 장미꽃을 꽂고 까만 벨벳 턱 끈이 달리고 햇볕을 가리도록 널찍한 밀짚모자 위에서는 양산들이 서로 부딪치고 밀렸다. 모자들 밑에서는 저마다 다른 빛깔의 붉은 머리가 나타나서, 헤티는 평범한 붉은 머리였고, 카밀라는 붉은 기운이 도는 금발이었고, 랜다는 구릿빛 다갈색이었고, 어린 벳시는 홍당무 빛깔의 머리였다.

「따님들이 아름답군요, 부인.」 제럴드가 마차 옆으로 말을 대며 예의를 차렸다. 「하지만 어머니를 따라가려면 아직 멀었어요.」

탈턴 부인은 적갈석 눈을 굴리고 아랫입술을 빨아들여 우스꽝스러운 표정으로 고맙다는 뜻을 나타냈고, 딸들이 소리쳤다. 「엄마, 추파는 그만 던지셔야지, 더 그러시면 우리들이 아빠한테 일러 주겠어요!」「맹세하는데요, 오하라 선생님, 선생님 같은 미남이 근처에 나타났다 하면 어머니는 우리들한테 기회를 주질 않아요!」

이런 야유가 터져 나오자 스칼렛도 다른 사람들과 함께 웃었지만, 항상 그렇듯이 탈턴 댁 딸들이 그들의 어머니를 대하는 자유스러운 태도에 또다시 놀랐다. 그들은 어머니가 자기들과 한통속이고, 나이도 열여섯이 채 안 된 여자라는 듯 행동했다. 스칼렛에게는 어머니에게 그런 소리를 한다는 생각 자체가 신성 모독으로 여겨졌다. 그렇기는 해도 ─ 탈턴 댁 딸들과 그들의 어머니와의 관계에서는 어딘가 아주 즐거운 면이 있었고, 그들은 잔뜩 비난하고 흠을 잡으며 놀리기는 해도 어머니를 존경했다. 엘렌보다 탈턴 부인 같은 여자가 어머니라면 더 좋겠다는 뜻은 아니라고 스칼렛은 서둘러 충성스러운 마음에서 자신에게 다짐했지만, 그렇더라도 어머니와 함께 장난을 치고 놀면 재미있을 것만 같았다. 그녀는 이런 생각조차도 엘렌에게는 불경스러운 짓임을 알고 부끄럽게 생각했다. 스칼렛은 마차에 탄 숱이 많고 불타는 듯한 머리의 네 처녀들은 그런 골치 아픈 생각으로 마음이 어지러웠던 적이 없었으리라고 믿었으며, 이웃 사람들과 자기가 다르다는 사실을 깨달으면 항상 그렇듯 짜증스러운 혼란에 사로잡혔다.

스칼렛은 두뇌가 빨리 움직이기는 해도 분석에는 소질이 없었지만, 탈턴 댁 딸들이 비록 망아지처럼 버릇이 없고 3월의 산토끼들처럼 제멋대로 날뛰기는 해도, 부모에게서 물려받은 특성의 한 부분이겠지만, 자질구레한 걱정을 떨쳐 버리고 한 가지만 집요하게 추구할 줄 아는 성품을 그들이 지녔음을 무의식적으로나마 어렴풋이 인식했다. 그들은 부모가 양쪽 다 개척자들로부터 겨우 한 세대 내려온 조지아 사람들로서, 당당한 북부 조지아 집안이었다. 그들은 자신감이 충만했고, 그들의 환경을 두려워하지 않았다. 그들은, 비록 방향이 전혀 다르기는 했지만, 윌크스 댁 사람들이나 마찬가지로 그들이 어떻게 해야 할지를 본능으로 알았고, 아일랜드 농부의 민감하고 세속적인 피와, 목소리가 조용하고 지체 높은 해안 지역 귀족의 피가 섞인 스칼렛의 가슴에 걸핏하면 솟구쳐 오르는 그런 갈등은 그들에게서 찾아보기가 힘들었다. 스칼렛은 어머니를 우상처럼 숭배하고 존경하면서도, 머리를 헝클어 놓으며 놀리고 싶기도 했다. 그리고 그녀는 이쪽이냐 저쪽이냐 완전히 한쪽으로만 기울어야 한다는 사실도 알았다. 바로 그런 갈등을 일으키는 감정이 그녀로 하여금 남자들 앞에서는 섬세하고 고상한 귀부인처럼 처신하고, 그러면서도 키스는 몇 번쯤 해도 괜찮다고 생각하는 말괄량이처럼 굴고 싶게도 만들었다.

「오늘 아침에는 엘렌이 어디 갔는지 안 보이는군요?」 탈턴 부인이 물었다.

「아내는 우리 감독을 해고할 작정이어서, 그 사람하고 장부를 검토하느라고 집에 남았어요. 한데 바깥양반과 아드님들은 어딜 갔죠?」

「아, 펀치 맛을 보고 그만하면 독한지 어쩐지 확인한답시고, 벌써 몇 시간 전에 말을 타고 열두 참나무 집으로 달려갔는데, 보아하니 지금부터 내일 아침까지 술을 마셔도 모자란다고 할 그런 기분인가 봐요! 잘 곳이 마구간밖에 없다고 해도 난 존 윌크스더러 그들을 하룻밤 맡아 재우라고 할 생각이에요. 고주망태가 다섯 명이라면 나로서도 감당할 길이 없으니까요. 세 명까지라면 처리하겠지만 ―」

제럴드는 서둘러 화제를 바꾸려고 말을 가로막았다. 그는 작년 가을 윌크스 댁에서 열렸던 마지막 바비큐 파티에서 자기가 어떤 꼴이 되어 집으로 돌아왔는지를 기억하고 딸들이 뒤에서 킬킬거리는 눈치를 챘다.

「그런데 왜 당신은 오늘 말을 안 타고 왔나요, 탈턴 부인? 넬리가 없으니까 영 어딘가 확실히 빠진 기분이로군요. 당신은 진짜 스텐토르[31]예요.」

「스텐토르라니, 이런 무식한 양반 다 봤나!」 그의 아일랜드 사투리를 흉내 내며 탈턴 부인이 소리쳤다. 「켄타우로스라는 소리겠죠. 스텐토르는 목소리가 놋쇠로 만든 큰 징을 치는 소리 같았던 사람이에요.」

「스텐토르나 켄타우로스냐 그런 건 상관없어요.」 자기가 범한 실수에 조금도 당황하지 않고 제럴드가 말했다. 「그리고 사냥개들을 몰아댈 때 보면 정말이지, 부인, 당신 목소리는 놋쇠를 두드리는 소리 같아요.」

31 호메로스의 『일리아스』에 등장하는 전령으로 50명의 목소리를 냈다.

「그건 어머니가 당했네요, 엄마.」 헤티가 말했다. 「어머니는 여우를 보기만 하면 코만치처럼 소리를 지른다고 내가 그러잖았어요.」

「하지만 어멈이 귀를 씻어 줄 때 네가 질러 대는 소리에 비하면 아무것도 아냐.」 탈턴 부인이 반박했다. 「그리고 넌 열여섯 살이나 됐는데도 그 모양이지! 아무튼, 오늘 내가 왜 말을 안 탔느냐 그 얘긴데요, 넬리가 아침 일찍 새끼를 낳았어요.」

「드디어 낳았군요!」 말에 대한 아일랜드 사람의 정열로 눈이 반짝이면서 제럴드가 진실한 관심을 나타내며 소리쳤고, 스칼렛은 자기 어머니와 탈턴 부인을 비교하고 다시금 충격을 느꼈다. 어머니에게는 암말이 망아지를 낳거나 암소가 송아지를 낳는다는 사실이 존재하지 않았다. 사실상 암탉이 달걀을 낳는 일도 없었다. 어머니는 그런 일을 철저히 모르는 체했다. 하지만 탈턴 부인은 그런 속된 얘기를 놓고 입을 다무는 법이 없었다.

「예쁘장한 암망아지를 낳았겠죠, 안 그래요?」

「아니에요, 다리가 4미터나 되는 멋진 꼬마 수망아지죠. 꼭 한 번 와서 구경하세요, 오하라 씨. 그놈은 진짜 탈턴 집안의 말이랍니다. 헤티의 머리처럼 붉은 놈이죠.」

〈그리고 생기기도 헤티를 꼭 닮았고요〉라고 카밀라는 말하더니, 얼굴이 길쭉한 헤티가 그녀를 꼬집어 대기 시작하자, 치마와 속치마와 펄럭거리는 모자의 소용돌이 속으로 비명을 지르며 몸을 감추었다.

「오늘 아침엔 우리 말괄량이 딸년들이 잔뜩 흥분한 상태예요.」 탈턴 부인이 말했다. 「오늘 아침에 애슐리하고 애틀랜타에서 온 그 귀여운 친척 아가씨 소식을 들은 이후로 모두들 마음이 들떴거든요. 그 여자 이름이 뭐였더라? 멜라니라던

가요? 착하고 귀여운 것, 그 애가 축복받기를 빌지만, 난 그 여자는 이름이나 얼굴이 통 기억나지가 않는다니까요. 우리 집 뚱뚱이 요리사는 윌크스 댁 하인 우두머리의 마누라인데, 어젯밤 그 사람이 와서 오늘 밤에 약혼을 발표하리라는 소식을 전했고, 쿠키가 오늘 아침에 우리들에게 그걸 알려 줬어요. 애들은 온통 흥분해서 야단인데, 왜들 그러는지 난 모르겠어요. 애슐리가 그 여자하고, 그러니까 메이컨에 사는 버 집안의 친척 가운데 누구하고가 아니라면 틀림없이 이 여자하고 결혼을 하리라는 건 몇 년 전부터 다들 알고 있었을 텐데 말이에요. 허니 윌크스가 멜라니의 오빠 찰스하고 결혼하는 거나 똑같은 이치잖아요. 그런데, 어디 얘기 좀 들어 봅시다, 오하라 씨. 윌크스 사람들은 자기 집안이 아닌 사람하고 결혼하면 법에 걸리기라도 한답니까? 그렇지 않고서야 ―」

　웃으며 오고 가는 그 얘기의 나머지를 스칼렛은 듣지 않았다. 짤막한 한순간 동안 마치 태양이 싸늘한 구름 뒤로 숨어 모든 사물의 빛깔이 사라지며 세상이 그늘 속에 잠기는 듯싶었다. 새로 돋아난 푸른 수목은 병들고, 산딸나무는 핏기를 잃고, 꽃이 만발해서 조금 전까지만 하더라도 그토록 아름다웠던 돌능금나무는 시들고 초라해 보였다. 스칼렛은 마차의 의자 덮개를 잔뜩 움켜쥐었고, 잠깐 동안 양산이 떨렸다. 애슐리가 약혼했다는 사실을 그녀가 안다는 상황과 그토록 당연하다는 듯 자연스럽게 사람들이 하는 얘기를 듣는 상황은 문제가 달랐다. 그러더니 그녀는 다시금 용기가 힘차게 솟아올랐고, 태양이 다시 나와 풍경은 새로이 광채를 띠었다. 그녀는 애슐리가 자기를 사랑한다고 믿었다. 그것은 확실했다. 그리고 그녀는 그날 밤 약혼 발표가 없게 되면 탈턴 부인이 얼마나 놀랄까 ― 사랑의 도피 사건이 벌어지면 얼마나 놀랄까 상상해 보았다. 그리고 탈턴 부인은 멜라니가 어쩌고 하는 그녀의 얘기를 가만히 앉아 듣고 있으면서도 벌써부터 애슐리하고 그렇고 그랬다는 둥, 스칼렛이 얼마나 깜찍한 계집아이냐고 이웃 사람들에게 말하리라. 스칼렛은 혼자 그런 생각을 하며 보조개가 파이는 미소를 지었고, 어머니의 얘기에 어떤 반응을 나타내는지 열심히 지켜보던 헤티는 조금쯤 의아해져서 얼굴을 찡그리며 다시 몸을 뒤로 기대고 앉았다.

「당신이 무슨 얘기를 하든 난 관심 없어요, 오하라 씨.」 탈턴 부인이 힘을 주어 말했다. 「친척들끼리 결혼한다는 이런 거, 다 잘못된 일이죠. 애슐리가 해밀턴 집 자식하고 결혼한다는 것만 해도 그런데, 허니가 핏기도 없어 보이는 찰스 해밀턴하고 또 결혼하면 —」

「허니는 찰리하고 결혼하지 못한다면 절대로 남편을 구하지 못할 거예요.」 자신의 인기를 확신하는 랜다가 잔인하게 말했다. 「그 여자에게는 그 남자 이외엔 애인이 하나도 없었거든요. 그리고 아무리 약혼까지 했다고 해도 그 남자는 그 여자한테 별로 다정하게 해준 적이 없어요. 스칼렛, 작년 성탄절에 그 남자가 얼마나 널 쫓아다녔는지 기억하겠지만 —」

「애, 그런 험담은 하는 게 아냐.」 어머니가 말했다. 「사촌이나 육촌들 간에는 결혼을 시키면 안 된답니다. 그러면 혈통이 약해지니까요. 말하고는 달라요. 암말을 오라비하고 교배시키거나, 부녀간을 짝짓더라도 혈통만 잘 알면 좋은 새끼를 얻지만, 사람의 경우에는 어쨌든 그렇게 안 된다니까요. 혈통은 훌륭할지 모르지만, 혈기가 문제죠. 당신은 —」

「이것 봐요, 부인, 난 그 점은 부인 생각과는 달라요! 윌크스 집안보다 훌륭한 사람들이 있으면 어디 나한테 얘기해 보세요. 그리고 그들은 브라이언 보루[32]가 어렸을 때부터 근친

결혼을 해오지 않았던가요?」

「그런데 이제는 그 결과가 드러나기 시작했으니까 그만둘 때도 되었죠. 하기야 애슐리는 멋진 사내니까 별로 문제가 아니지만, 어쨌든 그 남자도 신통치 않고 ── 더구나 한물간 것처럼 보이는 그 한심한 윌크스 댁의 두 딸을 보라고요! 물론 착한 애들이기는 하지만 진짜 한물갔다니까요. 그리고 어린 멜라니 아가씨를 보세요. 막대기처럼 야위고 너무 허약해서 바람만 불어도 불려 날아갈 지경이고, 생기라고는 조금도 없잖아요. 줏대도 전혀 없고요. 〈아닙니다, 부인!〉, 〈그렇습니다, 부인!〉 그런 말밖에는 모르죠. 내가 하는 얘기 무슨 소린지 아시죠? 그 집안에는 우리 붉은 머리 딸년들이나 당신네 스칼렛처럼 훌륭하고 활달한 피가, 새로운 피가 필요해요. 하지만 내 말을 오해하지는 말아요. 윌크스 집안은 그들 나름대로 훌륭한 사람들이고, 내가 그들을 모두 좋아한다는 건 당신도 알지만, 어기 우리 솔직해 봅시다! 그들은 너무 지나치게 오랫동안 근친끼리만 결혼해 왔어요, 안 그래요? 윌크스 집안사람들은 마른땅에서 단거리 경주를 하라면 잘하겠지만, 험한 땅에서도 잘 달리리라고는 난 믿지 않으니까, 내 말 새겨들어요. 난 그들이 번식 과정에서 기력이 쇠진했고, 그래서 위기를 맞으면 역경을 헤쳐 나갈 힘이 없으리라고 믿어요. 맑은 날에만 활동하는 말처럼요. 나는 어떤 날씨에서도 잘 달리는 커다란 말을 좋아해요! 그리고 근친결혼을 했기 때문에 그들은 이곳의 다른 사람들하고는 다릅니다. 항상 피아노나 가지고 노는가 하면 책에다 코를 처박고 지내니까요. 난 애슐리가 사냥보다는 책 읽는 걸 더 좋아한다고 믿어요! 그래요, 난 정말 그렇게 믿는다니까요, 오하라 씨!

32 Brian Boru. 바이킹을 물리친 용맹한 아일랜드의 왕.

그리고 그 사람들 뼈대를 좀 보시라고요. 너무 가냘파요. 그들에게 필요한 건 힘이 좋은 계집과 사내여서…….」

「어흐흠.」 자기에게는 지극히 흥미 있고 퍽이나 잘 어울리는 이 대화가 아내 엘렌에게는 상당히 거북하리라는 생각에 죄의식을 느끼고 제럴드가 갑자기 헛기침을 했다. 딸들이 그토록 노골적인 대화에 노출되었었음을 알면 엘렌이 충격을 이겨 내지 못하리라고 그는 생각했다. 하지만 탈턴 부인은 그 대상이 말이거나 인간이거나 간에, 그녀가 좋아하는 화제인 번식 얘기에 빠지기만 하면 항상 그렇듯이, 다른 얘기에는 귀를 기울이려고 하지 않았다.

「나도 다 알기 때문에 이런 얘기를 하는 건데, 우리 집안에서도 몇 명 근친결혼을 했었고, 그들이 낳은 자식들이란 게 불쌍하게도, 정말입니다, 하나같이 황소개구리처럼 눈알이 툭 튀어나왔어요. 그리고 집안에서 나를 육촌하고 결혼시키려고 했을 때, 난 망아지처럼 펄펄 뛰었어요. 난 이런 소릴 했어요. 〈싫어요, 엄마. 난 절대로 못 해요. 난 모조리 비절내종(飛節內腫)이나 폐기종(肺氣腫)에 걸린 자식들만 낳을 거예요.〉 그래요. 내가 비절내종[33] 얘기를 했더니 엄마가 기절해 버렸지만, 난 꿋꿋하게 버티었고, 할머니가 내 편을 들어 주셨어요. 할머니도 말을 치는 일은 환했고, 내 얘기가 맞는다고 그랬어요. 그래서 내가 탈턴 씨하고 도망을 치도록 도와주셨어요. 그리고 우리 아이들을 보라고요! 보이드는 키가 겨우 153센티미터밖에 안 되기는 하지만,[34] 나머지는 모두 덩치가 크고, 건강해서, 병든 아이나 어디 빠지는 애가 하나도

33 앞에서 언급한 두 가지 질병은 모두 말이 걸리는 것임.
34 마거릿 미첼이 살았던 시절에는 영양 섭취 등 여러 가지 이유로 미국인들도 대부분 몸집이 작았음.

162

없잖아요. 한데 윌크스 집안사람들은 ―」

「화제를 바꾸고 싶어서 이러는 건 아니지만요, 부인.」 캐린의 어리둥절한 표정과 수엘렌의 얼굴에 나타난 심한 호기심을 의식하고는, 그들이 엘렌에게 나중에 난처한 질문을 해서 그가 지금 보호자로서 얼마나 부족했었는지가 밝혀질까 봐 걱정이 된 제럴드가 황급히 말을 가로막았다. 스칼렛만큼은 숙녀답게 다른 생각에 잠겨 있는 듯 보여서 그는 그나마 다행이라고 느끼는 눈치였다.

이 곤경에서 그를 구해 준 사람은 헤티 탈턴이었다.

「하느님 맙소사, 엄마, 우리 어서 가야 해요!」 그녀가 짜증스럽게 소리를 질렀다. 「햇볕이 뜨거워서 타 죽을 지경이고, 내 목덜미에서 주근깨가 탁탁 튀어나오는 소리가 들리는 것만 같아요.」

「가시기 전에, 부인, 잠깐 한마디만 하죠.」 제럴드가 말했다. 「의용대에서 쓸 말을 우리들한테 파는 문제에 대해서 어떤 결정을 보셨나요? 전쟁이 당장이라도 터질지 모를 노릇이어서 의용대 사람들은 그 문제를 어서 마무리 짓고 싶어 하던데요. 클레이턴 카운티의 의용대니까 우린 그들에게 클레이턴 카운티의 말을 마련해 주고 싶어요. 하지만 당신은 워낙 고집이 센 여자여서, 그 훌륭한 말들을 아직도 우리들한테 팔지 않겠다고 하시죠.」

「어쩌면 전쟁은 터지지 않을지도 몰라요.」 윌크스 집안의 묘한 결혼 습성으로부터 완전히 관심이 바뀐 탈턴 부인이 엉거주춤 넘겼다.

「보세요, 부인, 당신이 이러시면 안 되는 ―」

「엄마.」 헤티가 다시 말을 가로막았다. 「엄마하고 오하라 선생님은 말 얘기라면 열두 참나무 집에 가서 해도 되잖아요?」

「그 말이 맞아요, 헤티 아가씨.」제럴드가 말했다. 「그러니까 난 꼭 1분 이상은 여러분을 지체하게 하지 않겠어요. 우린 잠시 후에는 열두 참나무 집에 도착할 텐데, 그곳에 모인 남자들은 다, 젊거나 나이가 들었거나 간에, 말이 어떻게 됐는지 알고 싶어 할 거예요. 아, 하지만 어머니처럼 훌륭하고 아름다운 분께서 말을 놓고 그토록 인색하시다니 나는 마음이 아파요! 부인의 애국심은 어디로 갔나요, 탈턴 부인? 당신에게는 남부 동맹이 아무런 의미도 없나요?」

「엄마.」어린 벳시가 소리쳤다. 「랜다가 내 드레스를 깔고 앉아 잔뜩 구겨 놓으려고 그래요.」

「그럼 랜다를 밀어내고 조용히 해, 벳시. 자, 내 말을 들으시라고요, 제럴드 오하라 씨.」눈을 파르르 떨기 시작하며 그녀가 반박했다. 「내 앞에서 남부 동맹 얘기는 들먹이지 말아요! 동맹이라면야 의용대에 자식을 한 명도 보내지 않은 당신보다 아들을 넷이나 집어넣은 나한테 의미가 훨씬 더 크다고 생각하니까요. 하지만 우리 아들놈들은 제 몸은 돌볼 줄 알아도, 말은 그렇지 못해요. 내가 아는 청년들, 그러니까 순종의 말을 자주 타본 남자들이 타게만 된다면야 난 기꺼이 말을 공짜로라도 내주겠어요. 그래요, 난 조금도 지체하지 않겠죠. 하지만 노새나 타고 돌아다니던 촌뜨기들과 크래커들에게 아름다운 내 말을 함부로 다루라고 내맡기다뇨! 어림도 없죠, 선생님! 난 내 말을 제대로 돌보지도 않고, 안장이 스쳐 상처가 나도 사람들이 그냥 타고 돌아다니는 걸 생각하면 악몽에 시달릴 거예요. 당신은 내가 그런 무식한 멍청이들이 귀엽고 입술이 연한 내 말을 타고, 입을 갈기갈기 찢어 놓고, 기개가 꺾일 때까지 매질을 하게 내버려 두리라고 생각하세요? 보세요, 그런 생각만 하면 지금도 이렇게 소름

이 돈아요! 아니에요, 오하라 씨, 내 말을 좋아한다니 고맙긴
하지만, 당신네 시골즈기들을 위해서라면, 애틀랜타로 가서
늙은 폐마(廢馬)나 몇 마리 사오시는 게 좋겠어요.」

「엄마, 제발 우리 어서 가면 안 될까요?」카밀라가 물었다.
「결국은 어머니가 사랑하는 말들을 그들에게 줄 수밖에 없
으리라는 건 엄마도 뻔히 아시잖아요. 아빠하고 오빠들이
남부 동맹에 그 말이 필요하다는 얘기를 한참 하고 나면, 엄
마는 울음을 터뜨리면서 말을 내주실 테니까요.」

탈턴 부인은 빙그레 웃으며 고삐를 흔들었다.

「그런 일은 없을 거다.」채찍으로 말들을 가볍게 치며 그녀
가 말했다. 마차가 빠른 속도로 출발했다.

「정말 훌륭한 여자야.」모자를 쓰고 마차 옆으로 돌아오며
제럴드가 말했다. 「마차를 몰아라, 토비. 저 여자가 지칠 때까
지 끈질기게 물고 늘어져 말을 받아 내야 해. 물론 저 여자 말
이 옳아. 신사가 아니고서는 말을 타면 안 되지. 신사가 아닌
사람들에게는 보병이 제격이야. 하지만 농장주의 아들만 가지
고선 의용대를 제대로 구성할 만한 충분한 숫자를 채우기가
힘들다는 게 답답한 일이지. 너 뭐라고 그랬지, 우리 아가씨?」

「아빠, 제발 우리들보다 앞이나 뒤에서 오세요. 아버지가
어찌나 먼지를 많이 일으키는지 우린 숨이 막혀 죽을 지경이
에요.」더 이상 대화를 견디기 힘들다고 느낀 스칼렛이 말했
다. 대화에 신경을 쓰느라고 정신이 산란해진 그녀는 열두
참나무 집에 도착하기 전에 머릿속과 얼굴을 예쁘게 정리하
고 싶은 생각에 무척 조급했다. 제럴드는 알겠다는 듯 말에
게 박차를 지르고는, 말에 관한 얘기를 계속하려고, 붉은 먼
지를 피우며 탈턴 댁 마차를 뒤따라 쫓아갔다.

제6장

그들은 강을 건넜고 마차는 언덕을 오르기 시작했다. 열두 참나무 집이 시야에 들어오기도 전에 스칼렛은 키 큰 나무들 꼭대기에 유유히 걸린 안개 같은 연기를 보았고, 호두나무 장작이 타며 돼지와 양고기를 굽는 냄새가 뒤섞인 맛 좋은 향기를 맡았다.

어젯밤부터 천천히 타오르도록 불을 지핀 바비큐 구덩이에는 이제 기다란 골에서 장밋빛으로 새빨간 밑불이 타오르고, 그 위에 걸린 쇠꼬챙이에 꽂혀 빙빙 돌아가는 쇠고기에서는 즙이 뚝뚝 떨어져 숯불에서 치지직 소리를 냈다. 스칼렛은 희미한 산들바람에 실려 오는 향기가 커다란 집 뒤쪽 거대한 참나무들이 숲을 이룬 곳에서 흘러온다는 것을 알았다. 존 윌크스는 항상 그곳, 장미 꽃밭으로 내려가는 완만한 언덕에서, 그러니까 예를 들면 캘버트 댁에서 사용하는 곳보다 훨씬 서늘하고 쾌적한 곳에서 바비큐 파티를 열었다. 캘버트 부인은 바비큐 음식을 좋아하지 않았고, 집 안에서 며칠씩이나 냄새가 난다고 불평하기 때문에, 집에서 3백 미터나 떨어진 평탄하고 그늘이 없는 곳에서 파티를 열었으므로, 손님들은 항상 땀을 뻘뻘 흘려야만 했다. 하지만 친절하기로 조지아 전체에서 이름이 난 존 윌크스는 바비큐 파티를 어떻게 개최해야 하는지를 정말 잘 알았다.

윌크스 댁에서는 가대(架臺)를 받친 긴 들놀이 식탁을, 집에서 가장 좋은 식탁보를 덮어서, 항상 그늘이 제일 잘 드는 곳에 세워 놓고, 양쪽에 등받이가 없는 긴 의자를 놓았으며, 긴 의자를 좋아하지 않는 사람들을 위해서는 집 안에서 쓰는 의자와, 기도할 때 사용하는 무릎 깔개, 그리고 방석을 숲 속의 빈터에 여기저기 흩어 놓았다. 손님들에게 연기가 날아오지 않을 정도로 멀찌감치 떨어진 곳에 파놓은 긴 구덩이에서는 쇠고기가 익었으며, 큼직한 빨래 가마솥에서는 바비큐 양념과 브런즈윅 스튜[35]의 감미로운 냄새가 흘러왔다. 윌크스 씨는 항상 적어도 10여 명의 검둥이들을 시켜 부지런히 쟁반을 들고 돌아다니며 손님들을 접대하도록 시켰다. 헛간 뒤에는 또 하나의 바비큐 구덩이가 마련되어서 집안 하인들과 손님들의 하녀와 마부들이 옥수수빵과 고구마, 그리고 흑인들이 그토록 즐기는 돼지 내장으로 만든 요리인 곱창, 그리고 또 철이 맞을 때면 물릴 정도로 잔뜩 내오는 수박으로 자기들끼리 따로 잔치를 벌였다.

상큼하고 신선한 돼지고기 냄새를 맡고 스칼렛은 다 익을 때쯤에는 식욕이 좀 나기를 바라며 흐뭇해서 콧등을 찡그렸다. 지금은 배가 부르그 레이스를 너무 꽉 죄어서 당장이라도 트림이 나올까 봐 걱정이었다. 늙은 남자들이나 아주 늙은 여자들 이외에는 누가 트림을 했다 하면 사교계에서 망신을 당할 노릇이어서, 그랬다가는 큰일이었다.

그들은 언덕 꼭대기에 올랐고, 그녀의 시야에 들어온 하얀

---

35 버지니아 브런즈윅 카운티에서 기원하며, 다람쥐나 토끼 고기에 쪽파를 넣어 사냥꾼들이 즐기던 스튜.

집은 높다란 기둥과, 널찍한 베란다와, 납작한 지붕이 완벽한 조화를 이루어서, 누구에게나 너그럽고 자비로운 마음이 내킬 정도로 자신의 아름다움을 확신하는 여자처럼 아름다웠다. 열두 참나무 집은 제럴드의 집에 비해 훨씬 성숙한 위엄과 웅장한 아름다움을 지녔기 때문에 스칼렛은 타라보다 이 집을 더 좋아했다.

곡선을 이룬 널찍한 마찻길은 안장을 채운 말과, 마차와, 친구들에게 소리쳐 인사를 나누며 내리는 손님들이 가득했다. 파티라면 항상 싱글벙글하는 흑인들은 말을 헛간 마당으로 끌고 가서 하루 동안 쉬라고 안장과 마구를 풀어 주었다. 흑인과 백인 아이들이 떼를 지어 다시금 새파래진 잔디밭에서 소리를 지르고 뛰어다니며 돌차기와 붙잡기 놀이에 정신이 팔렸고, 오늘은 얼마나 많이 먹을 자신이 있는지 서로 자랑을 늘어놓았다. 집의 앞쪽에서 뒤쪽까지 통하는 넓은 현관에는 사람들이 잔뜩 몰렸고, 오하라 댁 마차를 앞쪽 층계에 대자 스칼렛이 둘러보니, 나비처럼 환한 빛깔의 둥근 치마를 입은 처녀들이 서로 허리를 껴안고 위층으로 올라가거나 내려오고, 걸음을 멈추고 난간의 정교한 가로대 너머로 몸을 내밀고는 아래층에 있는 젊은 남자들을 부르거나 즐겁게 웃었다.

열어 놓은 프랑스식 창문을 통해서 그녀는, 나이 많은 여자들이 검정 비단옷을 입고 느긋하게 부채질을 하며 거실에 앉아, 육아와 질병에 대해서, 그리고 누가 누구하고 왜 결혼했는지 따위 얘기를 나누는 차분한 모습을 얼핏 보았다. 윌크스 댁 우두머리 시종 톰은 두 손으로 은쟁반을 받쳐 들고 분주하게 거실 안을 이리저리 돌아다니며, 굽실굽실 절을 하고 싱글벙글 웃으면서, 엷은 황갈색이나 회색 바지에 주름 장식이 달린 고운 아마포 셔츠 차림의 젊은 남자들에게 큼직한 술잔을 내주었다.

햇살이 환히 든 베란다에는 손님들이 잔뜩 몰렸다. 그렇다, 카운티 사람들이 몽땅 이곳에 다 모였구나, 스칼렛은 생각했다. 탈턴 댁 네 아들과 그들의 아버지, 떨어지지 않고 늘 함께 붙어 다니는 쌍둥이 스튜어트와 브렌트가 나란히, 그리고 보이드와 톰은 아버지 제임스 탈턴과 함께 높다란 기둥에 몸을 기대고 서 있었다. 캘버트 씨는 조지아에서 15년을 살았으면서도 사람들고 전혀 어울리지 못하는 듯싶은 양키 아내 곁에 바싹 붙어 다녔다. 모두들 캘버트의 부인을 불쌍하다고 느꼈기 때문에 그녀에게 아주 공손하고 친절했지만, 북부 태생일 뿐 아니라 캘버트 씨의 자식들을 가르치던 가정교사였다는 신분을 아무도 잊어버리려고 하지를 않았다. 캘버트 댁 두 아들 레이포드와 케이드는 금발의 멋쟁이 누이동생 캐슬린과 합세하여, 얼굴이 가무잡잡한 조 폰테인과 그의 예쁜 약혼녀 샐리 먼로를 놀려 댔다. 알렉스와 토니 폰테인이 뭐라고 귓속말을 하니까 디미티 먼로가 깔깔거렸다. 멀리 15킬로미터나 떨어진 러브조이와, 파예트빌과 존즈버러에서 온 집안들도 눈에 띄었고, 애틀랜타와 메이컨에서도 몇몇 가족이 찾아왔다. 사람들이 너무 몰려 집이 터져 나갈 지경이었고, 끊임없이 떠들고 얘기하고 웃으며 킬킬거리는 소리, 여자들이 날카롭게 소리치고 비명을 지르는 소리가 높아졌다 낮아졌다 했다.

자세가 꼿꼿하고, 머리가 은발인 존 윌크스는, 포치의 계단에 서서, 조지아의 여름 태양처럼 한없이 따스한 친절함과 조용한 매력을 발산했다. 그의 옆에는, 신분을 가리지 않고 아버지에서부터 밭일꾼들에 이르기까지 아무한테ㄴ 〈허니

honey〉라는 애칭을 써서 불렀기 때문에 그런 별명이 붙어 버린 허니 윌크스가, 킬킬거리고 수선을 떨며, 도착하는 손님들에게 큰 소리로 인사를 했다.

주변의 모든 남자로부터 눈길을 끌기를 원하는 허니의 초조하고 노골적인 욕심은 아버지가 보이는 침착한 태도와 두드러진 대조를 이루었고, 따지고 보면 탈턴 부인이 한 얘기도 틀린 말은 아니겠다고 스칼렛은 생각했다. 확실히 윌크스 댁 남자들은 남다른 용모를 소유했다. 회색 눈을 두드러지게 강조하는 듯 짙은 황금빛이고 숱이 많은 존 윌크스와 애슐리의 속눈썹에 비하면, 허니와 동생 인디아는 속눈썹이 듬성듬성하고 별다른 빛깔도 없었다. 허니의 얼굴은 묘하게 속눈썹이 없는 듯한 토끼 같았고, 인디아는 어느 모로 봐도 못생겼다고밖에는 표현할 방법이 없었다.

어디를 둘러봐도 인디아는 눈에 띄지 않았지만, 스칼렛은 그녀가 아마도 부엌에서 하인들에게 마지막 지시를 하느라고 바쁘리라는 생각을 했다. 가엾은 인디아, 그녀는 어머니가 돌아가신 이후로 집안을 꾸려 나가느라고 워낙 고생이 많아서 스튜어트 탈턴 이외에는 남자를 사귈 기회가 전혀 없었고, 스튜어트가 그녀보다 나를 더 예쁘다고 생각하더라도 그것은 분명히 내 잘못은 아니라고 스칼렛은 생각했다.

존 윌크스가 층계를 내려와 스칼렛에게 팔을 내주었다. 마차에서 내리던 그녀는 싱글벙글 웃는 수엘렌을 보았는데, 아마도 찾아온 손님들 속에서 그녀가 프랭크 케네디를 찾아낸 모양이라고 생각했다.

나에게도 그런 노총각밖에 안 걸려든다면 얼마나 한심할까! — 땅으로 내려서서 고맙다고 존 윌크스에게 미소를 지으며 그녀는 역겹게 생각했다.

프랭크 케네디가 수엘렌을 부축하려고 서둘러 마차로 왔고, 수엘렌이 으쓱거리는 꼴을 보자 스칼렛은 따귀라도 갈겨 주고 싶었다. 프랭크 케네디는 카운티에서 누구보다도 땅이 많고 착할지는 모르지만, 나이가 마흔 살이나 되었고, 경박하여 품위가 없고 소심하며 생강 빛 수염도 볼품이 없었고, 노처녀 같은 성미에 꼬장꼬장하다는 점을 고려하면 그까짓 땅과 선량함은 하나도 소용이 없었다. 하지만 그녀가 세워 놓은 계획이 생각나서 스칼렛은 역겨움을 억누르며, 그에게 화려하고도 눈부신 환영의 미소를 지었고, 그랬더니 그는 수엘렌에게로 팔을 내민 동작을 갑자기 멈추고는, 어리둥절하고도 즐거운 표정으로 스칼렛을 곁눈질했다.

존 윌크스와 유쾌하게 잡담을 나누는 동안에도 스칼렛의 눈은 사람들 속에서 부지런히 애슐리를 찾아보았지만, 포치에서는 그의 모습이 보이지 않았다. 10여 명이 인사를 하느라고 외치는 소리가 들렸고, 스튜어트와 브렌트 탈턴이 그녀 쪽으로 다가왔다. 먼로 댁 딸들이 우르르 쫓아오더니 그녀의 드레스를 보고 감탄을 늘어놓았으며, 잠깐 사이에 그녀는 시끄러운 소음 속에서도 자신의 목소리가 상대방에게 들리도록 저마다 점점 높이는 목소리들에 둘러싸였다. 하지만 애슐리는 어디로 갔을까? 그리고 멜라니와 찰스는? 그녀는 사방을 둘러보고 거실 안에서 웃어 대는 사람들 쪽을 넘겨다보면서도, 남들이 그녀의 유별난 태도를 눈치채지 못하도록 조심했다.

잡담을 하고 웃어 대며 집 안과 마당을 번갈아 재빨리 살펴보던 그녀는, 거실에 혼자 떨어져 서서 느긋하고 교만한 눈초리로 그녀를 빤히 쳐다보는 남자의 모습이 눈에 띄었는데, 그 눈초리는 한 남자의 눈길을 끌었다는 여자다운 기쁨과 드레스의 가슴이 너무 노출되었다는 거북한 감정이 뒤엉킨 기분을 강렬하게 자극했다. 그는 꽤 나이가 들어서, 적어도 서른다섯 살은 되어 보였다. 그는 키가 크고 몸집이 건장했다. 신사에게는 어울리지 않을 정도로 어깨가 딱 벌어졌으며, 근육이 지나칠 정도로 단단한 이런 남자를 여태껏 한 번도 본 적이 없다고 스칼렛은 생각했다. 그녀와 눈길이 마주치자 그는 짧게 다듬은 까만 콧수염 밑에서 하얀 이빨을 드러내며 동물처럼 미소를 지었다. 그는 해적처럼 얼굴이 가무잡잡하게 햇볕에 탔고, 눈은 강간할 처녀나 도망치려는 범선을 가늠해 보는 해적의 눈처럼 까맣고 대담했다. 그녀를 쳐다보고 빙그레 웃는 그의 입가에는 냉소적인 즐거움이 서렸고, 얼굴에는 냉혹한 무자비함이 드러나서, 스칼렛은 숨이 막힐 지경이었다. 그런 눈초리를 받으면 굴욕감을 느껴야 마땅하다고 생각했던 그녀는 수치감을 느끼지 않는 자신이 못마땅해졌다. 이 남자가 도대체 누구인지를 그녀는 몰랐지만, 그의 시커먼 얼굴에서는 훌륭한 혈통의 인상이 뚜렷하게 드러났다. 그런 인상은 매처럼 가느다란 코와, 두툼하고 붉은 입술과, 높직한 이마와, 미간이 넓은 두 눈에서 나타났다.

그녀는 전혀 미소를 짓지 않은 채 억지로 그에게서 시선을 돌렸고, 그는 누가 부르는 소리를 듣고 돌아섰다. 「레트! 레트 버틀러! 이리 와요! 조지아에서 마음이 가장 쌀쌀한 여자에게 인사나 하시죠.」

레트 버틀러라고? 어쩐지 무슨 재미있는 소문과 연관이 되어 귀에 익은 이름처럼 들렸지만, 그녀는 마음이 애슐리에게 쏠려 있었으므로, 관심을 두지 않았다.

「나 얼른 위층으로 올라가서 머리 손질을 해야 되겠어요.」 주변에 모여든 사람들로부터 그녀를 떼어 놓으려고 애쓰는 스튜어트와 브렌트에게 스칼렛이 말했다. 「두 사람은 날 기다려야 하니까, 다른 여자하고 도망치면 내가 막 화내겠어요.」

그녀는 만일 자기가 오늘 누구에게라도 다른 남자에게 추파를 던지면 스튜어트가 다루기 힘들 정도로 난처하게 나오리라는 예감을 느꼈다. 그는 술에 취했고, 누구에겐가 시비를 걸고 싶어 하는 건방진 표정이 뚜렷했는데, 그런 표정이 말썽을 의미한다는 것을 스칼렛은 경험으로 알았다. 그녀는 거실에서 잠깐 멈춰 친구들과 얘기를 나누었고, 이마에 작은 땀방울이 맺히고 머리가 지저분한 모습으로 집의 뒤쪽에서 나오던 인디아에게 인사를 했다. 가엾은 인디아! 머리카락과 속눈썹 빛깔이 하얀 데다가 고집스러운 성미를 드러내듯 턱이 튀어나온 것만 해도 한심할 지경인데, 그래도 모자라다고 스무 살이나 먹은 노처녀가 되었으니, 정말 딱한 노릇이었다. 그녀는 혹시 자기가 스튜어트를 빼앗았다고 인디아가 무척 못마땅하게 생각하지나 않는지 궁금한 생각이 들었다. 그녀가 아직도 그를 사랑한다고 말하는 사람이 많았지만, 어쨌든 윌크스 집안사람들이 마음속으로 무슨 생각을 하는지는 전혀 알 길이 없었다. 비록 정말로 섭섭하게 생각했더라도 그녀는 그런 내색을 전혀 하지 않고, 언제나 보여 주는 약간 초연하고, 친절한 예의를 보이며 스칼렛을 대했다.

스칼렛은 유쾌하게 그녀와 얘기를 나눈 다음에 널찍한 층계를 올라가기 시작했다. 그러나 그녀는 뒤에서 부르는 수줍은 목소리를 들었고, 돌아선 스칼렛은 찰스 해밀턴을 보았다. 미남 청년인 그의 하얀 이마로 보드라운 갈색 머리카락이 제멋대로 헝클어져 흘러내렸고, 짙은 갈색 눈이 양치기 개처럼 깨끗하고 순진해 보였다. 그는 겨자 빛깔의 바지와 검정 저고리가 잘 어울렸고, 무척 널찍한 최신 유행의 넥타이에, 주름을 잡은 셔츠를 받쳐 입었다. 여자들 앞에서는 소심했던 터라 그녀가 돌아서니까 그의 얼굴에서는 희미한 홍조가 번졌다. 수줍음을 타는 대부분의 남자들이 그렇듯이 그는 스칼렛처럼 쾌활하고, 활기차고, 항상 여유만만한 여자들을 굉장히 좋아했다. 그녀는 지금까지 찰스에게는 형식적인 인사만 나누는 정도였으므로, 반가워하는 스칼렛의 은근한 미소와 그에게로 활짝 벌린 두 팔을 보자 그는 숨이 막힐 지경이었다.

「어머, 찰스 해밀턴, 우리 미남 친구, 당신이로군요! 보아하니 내 불쌍한 가슴에 상처를 주시려고 애틀랜타에서 여기까지 이렇게 찾아오신 거로군요!」

따뜻하고 작은 그녀의 두 손을 잡고 경쾌한 초록빛 눈을 들여다보며 찰스는 어찌나 흥분했는지 말을 더듬거릴 정도였다. 다른 청년들에게는 여자들이 이런 식으로 늘 얘기를 했지만, 그에게는 이런 일이 처음이었다. 왜 그런지 그는 이유를 알지 못했지만, 여자들은 항상 그를 동생처럼만 대하고, 퍽 친절하기는 하면서도, 장난을 치는 적이 통 없었다. 그는 자기보다 훨씬 못생겼고 재산도 많지 않은 다른 총각들에게 여자들이 그러듯, 젊은 처녀들이 자기한테도 아양을 떨고 까불기를 바랐다. 하지만 어쩌다가 그런 경우가 가끔 닥치더라도 그는 말문이 막혀 할 얘기가 전혀 생각나지 않았고, 멍청한 자신에 대해서 어쩔 줄 모르고 고민하기가 십상이었다. 그는 밤에 잠을 못 이루며 그가 동원하고 싶은 온갖 멋진 찬사의 표현들을 생각해 두기도 했지만, 한두 번 시도하다가 여자들이 그를 혼자 버려두고 가버리는 바람에 다시금 기회를 얻기는 드문 일이었다.

구체적으로 언약은 하지 않았어도 내년 가을에 재산을 물려받은 다음에 결혼하기로 무언중에 약속이 되어 있던 허니와 같이 있을 때까지도 그는 말을 못하고 자신도 없었다. 때때로 그는 허니가 남자들이라면 사족을 쓰지 못해서, 기회를 주는 모든 남자에게 그런 교태를 보이는 모양이고, 그래서 그에게 보여 주는 그녀의 애교와 독점적인 태도가 자기에게만 국한된 표현이 아니라는 비신사적인 생각도 했다. 찰스는 연인에게 틀림없이 찾아온다고 그가 좋아하는 책들이 다짐해 주었던 그런 열렬한 낭만적 감정을 그녀가 하나도 그의 마음속에서 불러일으키지를 않았기 때문에 허니와 결혼하리라는 생각을 해도 좀처럼 흥분감을 느끼지 못했다. 그는 장난기와 정열이 넘치는 아름답고도 멋진 여자의 사랑을 받기를 항상 갈망했다.

그런데 지금 스칼렛 오하라는 그녀의 가슴에 그가 상처를 주라고 그에게 장난스러운 농담을 하지 않는가!

그는 무슨 말을 하려고 했지만 입이 떨어지지를 않았고, 대화를 이끌어 나가야 한다는 모든 필요성으로부터 그를 해방시켜 줄 정도로 끊임없이 지껄이는 그녀를 마음속으로 축복했다. 이렇게 좋은 일이 벌어지다니 믿어지지가 않을 지경이었다.

「자, 난 바비큐를 당신과 함께 먹고 싶으니까, 내가 돌아올 때까지 여기서 꼼짝 말고 기다려요. 그리고 다른 여자들하고 수작이나 부리고 어디로 갔다가는 내가 굉장히 질투할 거예요.」 양쪽으로 보조개가 들어가는 붉은 입술에서 믿어지지 않는 말이 흘러나왔고, 초록빛 눈 위로 빳빳하고 검은 속눈썹이 새침하게 깜박였다.

「그러지 않을게요.」 자기가 백정을 기다리는 송아지처럼 보인다고 그녀가 생각하리라고는 전혀 꿈도 꾸지 않으며 그는 겨우 숨을 돌렸다.

접은 부채로 그의 팔을 가볍게 톡톡 두드리고 그녀는 층계를 올라가려고 돌아섰는데, 찰스에게서 몇 미터 떨어진 곳에 혼자 서서 쳐다보는 레트 버틀러가 또다시 눈에 띄었다. 보아하니 대화를 다 엿들은 모양이어서, 그는 수고양이처럼 짓궂게 그녀를 쳐다보며 히죽 웃고는, 벌써 그녀의 눈에 익어버린 눈초리로, 경의가 완전히 결여된 눈으로 다시금 그녀를 아래위로 훑어보았다.

〈귀신 속곳 같으니라고!〉 화가 난 스칼렛은 제럴드가 즐겨 쓰는 욕을 마음속으로 했다. 〈저 사람은 마치 — 마치 속치마도 안 입고 홀랑 벗은 내 모습을 알기라도 한다는 표정이야.〉 그러더니 그녀는 머리를 젖히고 층계를 올라갔다.

목도리를 보관한 침실의 거울 앞에서 몸치장을 하며 그녀는 입술이 더 붉게 보이라고 깨물어 대는 캐슬린 캘버트를 만났다. 그녀의 허리띠에는 뺨과 조화를 이루는 싱싱한 장미꽃을 몇 송이 꽂았고, 수레국화처럼 파란 눈은 흥분감으로 들떴다.

「캐슬린.」 스칼렛이 옷에 단 꽃 장식을 더 높이 끌어올리며 말했다. 「아래층에 있는 그 버틀러라는 못된 남자는 누구지?」

「어머, 너 그것도 모르니?」 딜시와 윌크스 댁 딸들의 흑인 유모가 여러 가지 소문에 관한 잡담을 나누는 옆방을 힐끔힐끔 살펴보며 캐슬린은 신이 나서 속삭였다. 「그 사람이 이 자리에 참석했다는 데 대해서 윌크스 씨가 기분이 어떨지는 상상이 안 가지만, 목화를 구매하는 무슨 사업 때문에 존즈버러의 케네디 씨가 어쩔 수 없이 데리고 왔대. 그냥 떨쳐 버리고 올 처지가 아니었다나 봐.」

「그 사람 뭐가 문젠데?」

「사람들이 그를 따돌리거든!」

「그럴 리가!」

「정말이야.」

스칼렛은 사교계에서 배척을 당하는 사람과 자리를 같이 했던 적이 지금까지 한 번도 없었으므로, 그 말을 마음속으로 곰곰이 새겨 보았다. 무척 흥분을 자극하는 상황이었다.

「그 사람이 무슨 짓을 했는데?」

「아, 스칼렛, 그 남자는 평판이 지극히 형편없는 사람이야. 이름은 레트 버틀러고, 찰스턴 출신인데, 가문은 그곳에서 손꼽히는 명문이지만 식구들은 그에게 말하기조차 꺼린대. 케이로 레트가 지난여름에 그 사람 얘기를 나한테 해주었단다. 그 남자는 케이로의 집안과는 아무런 친척 관계도 아니지만, 그래도 케이로는 그 남자 얘기를 다 알고, 하기야 그 얘기라면 모르는 사람이 없지. 그 사람은 웨스트포인트에서 쫓겨났다더라. 상상해 봐! 그리고 그 이유는 케이로가 알아서는 안 될 정도로 나쁜 거였어. 그런가 하면 그 남자가 결혼하지 않겠다고 한 여자하고의 문제도 있었지.」

「그 얘기부터 해봐!」

「애, 넌 어쩌면 그렇게 모르는 게 많니? 케이로가 지난여름에 그 얘기를 나한테 다 해줬는데, 케이로가 그런 내용을 안다는 사실이라도 알았다가는 그 애 엄마가 속이 상해 죽어 버리고 말 거야. 있잖아, 이 버틀러라는 사내가 찰스턴의 어느 아가씨를 마차에 태우고 놀러 갔었다는구나. 그 여자가 누구인지는 전혀 알아내지 못했지만, 나도 내 나름대로 짐작이 가기는 해. 보호자가 없이 오후 늦게 그 남자하고 같이 나갔을 정도라면, 보나 마나 별로 얌전한 여자가 아니었겠지. 그런데, 맙소사, 그들은 거의 밤새도록 밖에서 시간을 보내

고는 결국 걸어서 집으로 돌아오더니, 말이 도망치고 마차가
부서져 숲 속에서 길을 잃었다고 핑계를 댔다더구나. 그리고
또 무슨 일이 벌어졌는지 어디 알아맞혀 봐…….」
　「난 모르겠어. 얘기해 줘.」 최악의 사태를 바라며 스칼렛이
열을 올려 말했다.
　「이튿날 그 남자는 결혼을 안 하겠다고 그랬단다!」
　「저런.」 바라던 바가 어긋나자 스칼렛이 말했다.
　「그 남자 얘기로는 자기가 여자한테 ─ 그거 알잖아 ─
아무 짓도 안 했으니까, 결혼해야 할 이유가 없다고 그랬대.
그리고 물론 여자의 오빠가 그를 끌어냈고, 버틀러 씨는 멍
청한 바보하고 결혼하느니보다는 총에 맞아 죽는 편이 더 좋
겠다고 말했어. 그래서 그들은 결투를 벌였고, 버틀러 씨가
여자의 오빠를 쏴서 결국은 죽게 만들었고, 그래서 찰스턴을
떠날 수밖에 없었고, 이제는 아무도 그 사람을 상대해 주지
않는단다.」 딜시가 화장을 돌봐 주려고 방으로 돌아오는 때
를 맞춰 캐슬린은 의기양양하게 얘기를 끝냈다.
　「그 여자가 애를 낳았니?」 스칼렛이 캐슬린의 귓전에다 속
삭였다.
　캐슬린은 힘껏 머리를 저었다. 「하지만 그 여자 낭패당하
기는 마찬가지였어.」 그녀가 마주 속삭였다.
　애슐리가 나를 유혹하는 상황이 벌어졌더라면 얼마나 좋
았을까, 스칼렛은 문득 생각했다. 그는 워낙 신사여서 나하
고 결혼하지 않겠다고 하지는 않으리라. 하지만 어쩐 일인지
이유는 모르겠어도, 바보 같은 여자하고는 결혼하지 않겠다
고 거부한 데 대해 그녀는 레트 버틀러에게 존경심을 느꼈다.

　스칼렛은 집 뒤쪽의 거대한 참나무 그늘 밑, 길고 높다란 자

단 의자에 올라앉아, 요란하게 흐느적거리는 주름 장식과 치맛단을 드리웠고, 그 아래로는 초록빛 모로코가죽 신발을 — 노출시켜도 숙녀로서의 체면을 잃지 않을 정도인 — 10센티미터 정도만 살그머니 내밀었다. 그녀는 손에 든 접시와 그녀를 둘러싼 일곱 명의 청년을 거의 거들떠보지 않았다. 바비큐 파티는 절정에 이르렀고, 훈훈한 대기에는 얘기와 웃음소리, 은식기와 사기그릇이 짤그랑거리는 소리, 그리고 불에 굽는 쇠고기의 짙은 냄새와 향기로 가득했다. 가끔 미풍이 방향을 바꿀 때마다 긴 바비큐 구덩이에서 피어오르는 연기가 덩어리를 이루어 사람들이 모인 곳으로 떠왔고, 그러면 여자들은 짐짓 놀란 체하며 비명을 질러 대고 종려나무 부채를 펄럭거렸다.

젊은 여자들은 대부분 남자들과 짝을 지어 식탁을 마주 보는 긴 의자에 앉았지만, 여자에게는 옆이 양쪽 두 곳뿐이고 한쪽에 한 남자밖에는 앉히지 못한다는 점을 깨달은 스칼렛은 최대한 많은 남자를 주위에 끌어모으려고 따로 떨어져 앉기로 작정했다.

정자나무 밑에는 결혼한 여자들이 둘러앉았는데, 그들이 입은 드레스의 어두운 색상은 주변의 빛깔과 유쾌한 분위기에 장식적인 품위를 부여했다. 남부에서는 결혼한 여자들은 사교계에서 물러나야 했기 때문에, 나이야 어떻든 유부녀들은 눈이 초롱초롱한 처녀 총각들과 웃음소리에서 떨어져 항상 자기들끼리만 무리를 이루었다. 나이가 많다는 특권을 누리며 걸핏하면 트림을 하던 폰테인 할머니로부터, 첫 임신을 해서 구토증을 참으려고 애쓰는 열일곱 살 앨리스 먼로에 이르기까지, 그들은 혈통과 조산(助産)에 관한 토론에 끝없이 몰두했고, 그들에게는 이런 모임이 무척 즐겁고 교육적인 기회였다.

　그들에게 경멸하는 눈초리를 던지면서, 스칼렛은 저 여자들이 살찐 까마귀 떼처럼 보인다고 생각했다. 결혼한 여자는 아무 즐거움도 누리지를 못했다. 만일 자기도 애슐리하고 결혼한다면, 자동적으로 칙칙한 빛깔의 비단옷을 입은 착실한 유부녀들과 함께 정자나 앞쪽 응접실로 좌천되어, 그들처럼 정숙하고 무료한 생활을 하고, 재미있게 놀거나 까불지 못하게 되리라는 생각은 전혀 그녀의 머리에 떠오르지 않았다. 대부분의 처녀들이나 마찬가지로 스칼렛의 상상은 결혼식 이후까지는 미치지를 못했다. 더구나 지금 그녀는 워낙 마음이 언짢아서 추상적인 생각에 빠질 처지가 아니었다.

　그녀는 접시로 눈을 떨구었고, 철저히 입맛을 잃고 우아한 자태로 크림을 바른 비스킷을 어멈이 좋아할 정도로 얌전히 조금씩 씹었다. 주변에 모인 청년들이 아무리 남아돌아 갈 정도이기는 했어도, 그녀는 평생 이토록 비참했던 때가 또 없었다. 어쩐 노릇인지 그녀로서는 이해도 안 가는 일이었지만, 애슐리를 겨냥해서 그녀가 어젯밤에 세웠던 계획은 철저히 수포로 돌아갔다. 그녀는 다른 청년들은 수십 명이나 끌어모았지만 애슐리는 어림도 없었고, 어제 오후에 느꼈던 갖가지 두려움이 다시금 그녀를 사로잡아서, 가슴은 마구 뛰었다 천천히 뛰었다 했고, 뺨은 벌겋게 달아올랐다가 새하얗게 핏기를 잃었다.

　애슐리는 그녀 주변에 모인 청년들 속에 끼어들려는 기미를 조금도 보이지 않았고, 사실 그녀는 이곳에 도착한 이후로 그와 단둘이 단 한마디의 얘기도 나누지 못했으며, 처음 인사를 주고받은 다음 얘기조차 못 해보았다. 그녀가 뒷마당으로 찾아갔을 때 그가 앞으로 나서서 맞아 주기는 했지만, 그때는 멜라니가 — 키가 그의 어깨에도 닿지 못하는 멜라니가 애슐리의 팔에 매달려 있었다.

멜라니는 자그마하고 몸집이 나약해 보이는 여자였고, 엄마의 엄청나게 큰 버팀살 치마를 입고 어른 흉내를 내는 아이 같은 인상을 주었는데, 지나치게 커다란 갈색 눈에 담긴 소심한 표정, 거의 겁에 질린 듯한 표정 때문에 그런 착각이 더욱 심해졌다. 그녀는 곱슬거리는 검은 머리를 어찌나 꼼꼼하게 망 속에다 눌러 잡아넣었는지 한 가닥도 밖으로 삐져나오지를 않았고, 과부처럼 길게 올린 이 시커먼 머리 덩어리 때문에 심장 모양의 얼굴이 더욱 두드러져 보였다. 양쪽 광대뼈가 사이가 너무 멀고, 턱이 유난히 뾰족해서, 그녀의 얼굴은 다정하고 얌전한 인상을 주기는 했지만, 보는 사람들로 하여금 그런 수수함을 잊게 만들 여자다운 유혹의 기교가 전혀 없었기 때문에, 못생긴 얼굴의 수수한 면모가 그대로 노출되었다. 그녀는 대지처럼 소박하고, 빵처럼 선량하고, 봄에 흐르는 물처럼 투명한 인상을 주었으며, 실제로 그런 여자였다. 하지만 비록 용모가 수수하고 몸집이 작기는 했어도 그녀의 몸짓에는 어딘가 차분한 품위가 엿보여서, 묘하게 사람의 마음을 끌고, 열일곱 살이라는 나이보다는 훨씬 성숙하게 느껴졌다.

버찌 빛깔의 비단 허리띠가 달린 회색 오건디 드레스는 주름 장식과 치렁치렁한 치마폭으로 어린애처럼 발육이 덜 된 그녀의 몸을 가려 주었고, 기다란 버찌 빛깔의 끈이 달린 노란 모자는 우윳빛 피부에 광택을 보태 주었다. 길게 황금빛 테를 두른 묵직한 귀고리는 말끔하게 망을 씌운 둥근 머리 다발 밑으로 매달려 갈색 눈 양쪽에서, 물속에 잠겨 빛나는 갈색 잎사귀들이 그대로 보이는 고요한 겨울 연못의 적막한 광채를 머금은 듯한 두 눈 가까이에서 흔들렸다.

그녀는 스칼렛에게 인사를 할 때 수줍은 호감을 보이며 미소를 지었고, 초록빛 드레스가 정말 예쁘다고 말했지만, 애슐리와 단둘이 얘기하고 싶은 욕망이 어찌나 강렬했는지 스칼렛은 공손하게 대답하기조차 힘들 정도였다. 그 이후로 애슐리는 다른 손님들과 떨어져, 멜라니의 발치에 동글의자를 가져다 놓고 앉아서 그녀와 조용히 얘기를 나누며, 스칼렛이 사랑하는 그 느릿느릿하고 졸린 듯한 미소를 지었다. 더욱 기분 나쁜 일은, 그가 미소를 지으면 멜라니의 눈에서 자그마한 광채가 빛났고, 그럴 때면 스칼렛까지도 그녀가 예쁘다고 시인할 수밖에 없다는 사실이었다. 애슐리를 쳐다보는 멜라니의 수수한 얼굴은 내면의 불길로 환히 밝아졌는데, 사랑하는 마음이 어느 얼굴에 그대로 나타난 적이 한 번이라도 있었다면, 지금 멜라니 해밀턴의 얼굴이 바로 그러했다.

스칼렛은 이들 두 사람으로부터 시선을 돌리려고 했지만 마음대로 되지를 않았고, 한 번씩 그들을 쳐다본 다음이면 그녀는 일부러 그녀를 흠모하는 청년들과 더욱 유쾌하게 웃으며, 대담한 소리를 서슴지 않고, 그들의 애간장을 태우고, 그들이 찬사를 늘어놓으면 귀고리가 달랑거릴 정도로 머리를 젖히고 뽐내었다. 그녀는 〈시시한 소리 말아요〉라는 말을 여러 차례 되풀이했고, 그들 가운데 어느 누구의 찬사도 진실하지 못하다며 공박하며, 어떤 남자가 하는 얘기도 믿지 못하겠다고 큰 소리로 외쳤다. 하지만 애슐리는 그녀의 얘기를 전혀 귀담아듣는 눈치가 아니었다. 그는 멜라니만 올려다보고 얘기를 계속했으며, 멜라니는 자기가 그의 소유라는 사실을 의식하기 때문에 광채를 발산하는 듯한 표정으로 그를 내려다보았다.

그래서 스칼렛은 비참했다.

겉으로 보기에 그녀에게는 여자로서 비참해질 이유가 전혀 없었다. 그녀는 의심할 나위 없이 바비큐 파티에서 가장 많은 관심이 집중된 미녀였다. 다른 때였다면 남자들 사이에서 그녀가 촉발시킨 열광은, 다른 처녀들의 애타는 마음과 더불어, 굉장히 그녀를 기쁘게 했으리라.

그녀가 인정해 주는 바람에 대담해진 찰스 해밀턴은, 그녀의 오른쪽에 단단히 달라붙어서, 탈턴 쌍둥이가 떼어 놓으려고 둘이 힘을 합쳐 어를 써도 떨어질 줄을 몰랐다. 그는 한 손에 부채를 들고 다른 손에는 입도 대지 않은 바비큐 접시를 든 채로, 당장이라도 울음을 터뜨리기 직전인 허니와 눈길이 마주치지 않으려고 끈질기게 버텼다. 그녀의 왼쪽에서는 케이드가, 그녀의 눈길을 끌려고 치마를 잡아당기거나 이글거리는 눈으로 스튜어트를 빤히 올려다보면서, 우아한 모습으로 서성거렸다. 벌써부터 그와 쌍둥이 형제 사이의 분위기는 험악해져서 거친 말이 오고 갔다. 프랭크 케네디는 병아리 한 마리를 키우는 암탉처럼 법석을 떨며, 참나무 그늘과 식탁 사이를 왔다 갔다 뛰어다니면서, 같은 목적을 위한 하인이 10여 명이나 있다는 사실을 모르는 듯, 스칼렛의 환심을 사려고 맛있는 음식을 날랐다. 그 결과로 수엘렌은, 숙녀답게 감정을 감추는 단계를 훨씬 넘은 못마땅함을 뾰루퉁한 입술로 드러내면서, 스칼렛에게 눈을 흘겼다. 오늘 아침에 스칼렛이 그토록 격려의 말을 했음에도 불구하고 어린 캐린은, 브렌트가 〈안녕, 꼬마 아가씨〉라는 인사말만 던지고 머리댕기를 잡아당기더니, 관심을 돌려 스칼렛에게단 신경을 쏟는 바람에, 당장이라도 울음이 터질 지경이었다. 보통 때였다면 그는 캐린에게 무척이나 친절해서, 그녀로 하여금 어른이 된 듯한 기분을 느끼게 만들 만큼 자연스럽게 존경심을 나타내며 대해 주었으므로, 캐린은 언젠가 머리를 올리고 긴 치마를 입고는, 그를 진짜 애인처럼 대할 날이 오기를 은근히 꿈꿔 왔었다. 그런데 이제는 스칼렛이 그를 차지한 듯싶었다. 먼로 댁 딸들은 가무잡잡한 폰테인 형제들이 변심한 데 대한 반발을 겉으로 드러내지는 않았지만, 혹시 한 사람이라도 누가 자리를 뜨는 경우에 스칼렛에게 보다 가까운 위치를 차지하려고 서성거리며, 원을 이루고 둘러선 남자들 주변에서 서성거리는 토니와 알렉스의 꼴을 보고는 짜증을 느꼈다.

그들은 묘하게 눈썹을 치켜 올림으로써 스칼렛의 처신이 못마땅하다는 뜻을 헤티 탈턴에게 넌지시 멀리서 전했다. 스칼렛에게 어울리는 표현은 〈놀아난다〉는 단어뿐이었다. 젊은 세 여자는 동시에, 레이스가 달린 양산을 치켜들었고, 실컷 먹었으니 고맙다고 말하더니, 가장 가까운 남자의 팔에 가볍게 손을 얹고는, 장미 꽃밭과 봄과 여름 별채를 구경하러 가자고 시끄럽게 부추겼다. 당연하기만 했던 이 작전상의 후퇴를 눈치채지 못한 남녀는 아무도 없었다.

스칼렛은 그녀의 매력에 사로잡힌 집단으로부터 끌려 나가, 어릴 적부터 이곳 여자들에게 낯익었던 명소(名所)를 구경하려고 따라가는 세 남자를 보고 킬킬거렸고, 혹시 애슐리가 그런 움직임을 눈치채지 않았을까 해서 날카로운 시선을 그쪽으로 돌렸다. 하지만 그는 멜라니의 허리띠 끝을 만지작거리며 그녀를 올려다보고 미소만 지을 따름이었다. 스칼렛은 고통으로 마음이 뒤틀렸다. 그녀는 상아 같은 멜라니의 살갗을 피가 흘러나올 때까지 할퀴어 줘야만 기분이 좋아질 듯싶었다.

멜라니에게서 시선을 돌리던 그녀는, 다른 사람들과 어울리지 않고 따로 떨어져 서서 존 윌크스와 애기를 나누던 레트 버틀러와 시선이 마주쳤다. 그는 그녀를 지켜보다가, 그녀가 마주 쳐다보니까 노골적인 웃음을 터뜨렸다. 스칼렛은 그곳에 모인 사람들 가운데 그녀가 정신없이 즐겁게 떠들어대는 속셈이 무엇인지 눈치를 챈 유일한 사람이, 사교계에서 배척을 받는다는 이 남자뿐이며, 지금의 상황에서 그가 짓궂은 즐거움을 맛보고 있다는 불안한 기분이 들었다. 그녀는 이 남자도 할퀴어 버려야만 속이 시원할 것 같았다.

〈난 바비큐 파티를 견디며 오늘 오후까지만 버티면 되는 거야.〉 그녀는 생각했다. 〈밤에 맘껏 즐기기 위해 기운을 비축하려고 여자들이 도두 낮잠을 자러 위층으로 올라갈 시간에, 난 아래층에 남아 기다렸다가 애슐리한테 가서 애기를 해야지. 내 인기가 얼마나 대단한지 그이는 틀림없이 눈치를 챘을 테니까.〉 그녀는 또 다른 희망을 동원하여 마음을 진정시켰다. 〈어쨌든 멜라니는 그이의 친척인데, 전혀 인기가 없으니까 애슐리가 신경을 써주지 않았다가는 그저 벽화 노릇이나 할 테니, 저렇게 돌봐 줄 수밖에 없는 처지겠지.〉

이런 생각을 하고 다시금 용기를 얻은 그녀는, 자기를 열심히 굽어보느라고 갈색 눈을 반짝이는 찰스에게 더욱 노력을 기울였다. 오늘이 찰스에게는 멋진 날, 꿈같은 날이었고, 그는 전혀 아무런 힘도 들이지 않고 스칼렛과 사랑에 빠지게 되었다. 이런 새로운 감정 때문에 허니의 존재는 희미한 안개 속으로 사라졌다. 허니는 찢어지는 듯 목소리가 날카로운 참새였지만, 스칼렛은 눈부신 벌새였다. 그녀는 그의 애를 태우고, 그를 각별히 좋아하고, 그에게 질문을 하고는 그 질문에 스스로 대답까지 해줘서, 그는 말 한마디 안 하고도 아주 총명한 사람이 되는 기분이었다. 찰스가 너무 수줍어하는 남자여서 단 두 마디의 말도 제대로 이어 가지 못한다는 사실을 잘 알았던 다른 청년들은, 스칼렛이 그에 대해서 노골적으로 관심을 보이자 영문을 모르고 못마땅해했으며, 점점 심해지는 분노를 감추려니까 그들은 아슬아슬하게 겨우 예절을 지키기도 힘겨울 지경이었다. 그들은 하나같이 부글부글 속이 끓었고, 애슐리만 아니었더라면 스칼렛에게는 확실히 멋있는 승리였다.

돼지고기와 닭고기와 양고기를 마지막 한 점까지 먹어 치운 다음에, 스칼렛은 이제 곧 인디아가 몸을 일으키며 여자들더러 집으로 들어가 쉬자고 제안하기만 바랐다. 시간은 오후 2시였고 하늘에서는 태양이 뜨겁게 내리쬐었지만, 바비큐 파티 준비를 사흘 동안이나 하느라고 지친 인디아는 정자 밑에 그냥 앉아 쉬기만 해도 마냥 즐거워서, 파예트빌에서 온 귀가 먹은 노신사에게 소리를 질러 가며 대화를 나누는 중이었다.

나른한 졸음이 사람들을 사로잡았다. 흑인들이 한가하게 돌아다니며 음식을 차렸던 긴 식탁을 치웠다. 웃고 떠드는 소리가 활기를 잃었고, 여기저기 무리를 지은 사람들이 조용해졌다. 모두들 오전의 잔치가 끝났다는 암시를 안주인이 해 주기만 기다렸다. 종려나무 부채들이 훨씬 천천히 필럭였고, 덥고 배가 불러 몇 명의 노신사가 꾸벅꾸벅 졸았다. 바비큐 파티는 끝났고, 해가 중천에 떴어도 아랑곳없다는 듯, 모두들 편히 쉬고 싶었다.

아침 파티와 저녁 무도회 사이의 휴식 시간에 그들은 평화롭고 한가한 무리처럼 보였다. 조금 전까지만 해도 모든 사람들에게서 넘쳐흐르고 솟구치던 정력은 젊은 남자들만이 아직까지 그대로 유지했다. 나지막한 목소리로 느릿느릿 얘기하며 여기저기 무리를 이룬 사람들 사이로 오락가락하던 그들은 순종의 종마처럼 미끈하고 위험했다. 한낮의 나른함이 손님들을 사로잡았지만, 그들의 내면에서는 순식간에 살인적인 단계까지 치솟아 올랐다가, 마찬가지로 빨리 꺼져 버릴 격정이 도사렸다. 남자들과 여자들, 그들은 아름답고 야성적이었으며, 유쾌하고 유순한 그들의 태도 밑에는 하나같이 격렬한 힘이, 조금밖에는 길들지 않은 채로 숨어서 기다렸다.

느릿느릿 시간이 좀 흘러가는 사이에 태양은 더욱 뜨거워졌고, 스칼렛과 다른 사람들은 또다시 인디아를 쳐다보았다. 대화가 잠잠해지고 침묵이 흐르려는 순간에, 숲에 있던 모든 사람은 격분한 억양으로 언성을 높인 제럴드의 목소리를 들었다. 바비큐 파티 식탁에서 약간 떨어진 곳에 서서 그는 한창 열이 올라 존 윌크스와 언쟁을 벌이던 중이었다.

「귀신 속곳 같으니라고, 이봐요! 양키들하고 평화로운 합의가 이루어지기를 기도하라고요? 우리가 섬터 요새에서 그 악당들에게 발포를 해놓은 다음에 말입니까? 평화롭게요? 남부는 모욕을 당하고도 가만히 참아야 할 처지는 아니니까, 합중국에서 자비를 베풀기 때문에 남부가 합중국에서 탈퇴하는 것이 아니라, 남부 스스로의 힘으로 탈퇴했다는 사실을 무력으로 증명해야 해요!」

〈아, 하느님 맙소사!〉 스칼렛은 생각했다. 〈일은 벌어지고 말았어! 자, 우린 모두 자정까지 꼼짝없이 여기 앉아 있게 생겼구나.〉

나른하게 늘어졌던 사람들에게서 순식간에 졸음이 달아났고, 전기 같은 어떤 힘이 공중에서 튀었다. 긴 의자와 실내

의자에서 벌떡 일어난 남자들이 팔로 요란한 시늉을 하고, 다른 사람들의 목소리보다 잘 들리도록 경쟁적으로 저마다 목소리를 높였다. 여자들이 따분해지면 안 된다고 윌크스 씨가 부탁을 했었기 때문에 그들은 정치나 눈앞에 닥친 전쟁 얘기는 아침 내내 하지 않았었다. 하지만 이제 제럴드가 〈섬터 요새〉라는 말을 버럭 소리쳐 놓았으니, 너도나도 어느새 주인의 경고는 잊어버리고 말았다.

「물론 우린 싸워야죠 ―.」「양키 그 도둑놈들 ―.」「한 달 이내에 우린 놈들을 꺾어 버린다고요 ―.」「아무렴, 남부인 한 사람이면 양키 스무 명쯤은 거뜬히 해치울 테니까 ―.」「놈들에게 두고두고 잊지 못할 교훈을 가르쳐 줘야 해요 ―.」「평화라니? 놈들은 우릴 평화롭게 그냥 내버려 두지 않을 거야 ―.」「아닙니다, 링컨 대통령이 우리 대표 위원들을 뭐라고 모욕했는지 보세요!」「그래요, 섬터에서 철수시키겠다고 굳게 약속해 놓고서도 몇 주일이나 질질 끌었잖아요!」「그들이 전쟁을 원하니까, 우린 놈들이 전쟁이라면 신물이 날 정도로 ―.」 그리고 그 어느 목소리보다도 훨씬 크게 제럴드의 목소리가 쩌렁쩌렁 울렸다. 스칼렛이 들은 소리라고는 거듭거듭 되풀이되는 「제기랄, 조지아 주의 권리가 있잖아요!」라는 말뿐이었다. 제럴드는 신이 났지만, 딸은 그렇지 못했다.

탈퇴, 전쟁 ― 이런 어휘들은 너무나 자주 반복해서 들었기 때문에 스칼렛이 심히 따분하게 여긴 지도 이미 오래전부터이기는 했지만, 지금은 그런 얘기 때문에 남자들이 몇 시간씩이고 둘러서서 서로 열변을 토할 상황이 되었고, 따라서 애슐리를 따로 끌어낼 기회를 얻지 못하게 된 스칼렛은 그런 소리를 증오하기까지 했다. 물론 전쟁은 터지지 않겠고, 남자들도 그 정도는 누구나 다 알았다. 그들은 그저 입으로만 떠들고, 큰소리치기가 즐거울 따름이었다.

찰스 해밀턴은 다른 청년들과 함께 자리를 뜨지 않았고, 그래서 스칼렛과 단둘이만 남게 된 틈을 타서 더욱 가까이 그녀에게로 기대 오면서, 새로운 사랑에 힘입어 대담해진 나지막한 목소리로 고백했다.

「미스 오하라 — 나는 — 만일 우리들이 꼭 싸워야 한다면, 나는 사우스캐롤라이나로 가서 그곳 군대에 입대하리라고 벌써부터 작정했어요. 얘기를 들으니까 웨이드 햄프턴[36] 씨가 기병대를 조직한다는데, 이왕이면 나는 그 사람하고 같이 가고 싶어요. 그분은 훌륭한 인물이고, 우리 아버지와도 절친한 친구예요.」

찰스의 표정을 보고 그가 마음속에 간직한 비밀까지 털어놓으려 한다고 깨달은 스칼렛은 생각했다. 〈그럼 나더러 어쩌란 말인가 — 만세 삼창이라도 불러?〉 그녀는 막상 할 말이 전혀 생각나지를 않아서 그냥 그를 쳐다보며, 왜 남자들이란 여자들이 그런 문제에 관심을 가지리라고 생각할 만큼 멍청한지 궁금한 생각이 들었다. 그는 스칼렛의 표정을 감격적인 공감으로 해석하고는, 용기를 내어 빠른 속도로 말을 이었다.

「만일 내가 떠난다면 혹시 — 혹시 섭섭해하시겠어요, 미스 오하라?」

「난 밤마다 베개에 얼굴을 파묻고 울겠죠.」 스칼렛이 농담 삼아 말했지만, 그는 이 말을 액면 그대로 받아들이고는, 기뻐서 얼굴이 빨개졌다. 그녀의 손은 드레스의 접힌 자락 속에 파묻혔지만, 그는 조심스럽게 치마폭으로 손을 밀어 넣고

36 Wade Hampton. 정치가이며 군인으로 게티즈버그 전투에 참가한 남부 기병대 사령관.

는, 자신의 용기와 그녀의 고분고분함에 감격해서, 스칼렛의 손을 꼭 쥐었다.

「나를 위해 기도해 주겠어요?」

이 거북한 대화로부터 구제받을 길이 없을까 싶어서 슬그머니 곁눈질로 주변을 둘러보며 스칼렛이 씁쓸하게 생각했다. 〈이런 한심한 멍청이가 어디 있을까!〉

「그러시겠어요?」

「아 — 네, 그럼요, 해밀턴 씨. 적어도 하룻밤에 세 번씩은 묵주 신공을 드리겠어요!」

찰스는 재빨리 주위를 둘러보고, 숨을 들이마시며, 뱃살에 힘을 주었다. 그들은 사실상 단둘뿐이었고, 그는 그런 기회를 절대로 다시는 얻지 못하리라. 그리고 이런 천우신조(天佑神助)의 기회가 비록 다시 주어지더라도 그는 차마 용기를 내지 않을지도 모를 노릇이었다.

「미스 오하라, 꼭 하고 싶은 얘기인데요. 난 — 난 당신을 사랑합니다!」

「그래요?」 언쟁을 벌이는 사람들의 무리 너머로 애슐리가 아직도 멜라니의 발치에 앉아 얘기를 나누는 곳을 넘겨다보려고 애쓰며 스칼렛이 멍한 표정으로 말했다.

「그래요!」 그런 상황에서는 젊은 여자들이 꼭 그러리라고 항상 상상했던 대로, 그녀가 비웃지도 않고 비명을 지르거나 기절하지도 않아서 황홀해진 찰스가 나지막이 말했다. 「당신을 사랑해요! 당신은 가장 — 가장 —.」 그러자 그는 평생 처음으로 용기를 내어 말문을 열었다. 「당신은 내가 지금까지 알았던 가장 아름다운 여자이고, 가장 다정하고, 가장 친절하고, 가장 상냥하고, 그래서 난 온 마음을 다해 당신을 사랑합니다. 나 같은 사람을 당신이 사랑하게 되리라고는 바랄 수도 없지만, 친애하는 나의 미스 오하라, 그래도 당신이 나를 사랑하도록 만들기 위해 무슨 짓이라도 다 하겠습니다. 나는 ─.」

찰스는 그의 깊은 감정을 진정으로 스칼렛에게 증명할 만큼 그럴듯한 어려운 말이 하나도 생각나지 않아서, 잠깐 침묵했다가, 그냥 이렇게 말했다. 「난 당신과 결혼하고 싶어요.」

〈결혼〉이라는 말에 스칼렛은 찔끔해서 정신이 번쩍 들었다. 그녀는 결혼이라면 애슐리를 결부해서 생각했었으므로, 짜증스러운 표정을 제대로 감추지도 않고 찰스를 쳐다보았다. 그녀가 미쳐 버릴 지경으로 그토록 수심에 가득 찬 오늘, 하필이면 송아지처럼 멍청한 이 남자는 왜 그의 감정을 들먹이고 야단일까? 그녀는 애원하는 듯한 갈색 눈을 들여다보았지만, 수줍은 소년의 첫사랑이라든가, 이상이 현실로 실현된다는 감탄이나, 불꽃처럼 그의 마음을 휩쓸어 버리는 벅찬 행복이나 포근한 감정 따위는 하나도 찾아볼 수가 없었다. 스칼렛에게 지금까지 결혼하자고 신청했던 남자들이란, 하나같이 찰스 해밀턴보다는 훨씬 매력이 많은 남자들이었고, 어떤 중요한 문제에 그녀가 몰두해 있을 때 바비큐 파티에서 눈치 없이 청혼을 하는 그런 수준은 아니었다. 그녀의 눈에는 찰스가 홍당무처럼 새빨갛고 무척 한심한 스무 살 청년으로밖에 보이지 않았다. 스칼렛은 그가 얼마나 우스꽝스러워 보이는지 솔직히 알려 주고 싶었다. 하지만 그런 다급한 상황에서 적절히 둘러대라고 엘렌이 가르쳐 주었던 말이 자동적으로 그녀의 입으로 올라왔고, 그래서 오랜 습관을 통해서 익힌 대로 눈을 내리깔면서, 그녀는 나지막이 말했다. 「해밀턴 씨, 내가 당신의 아내가 되기를 바란다는 의사를 나에게 밝힘으로 해서 당신이 나에게 베푼 영광을 모르는 바가 아닙니다만, 너무나 갑작스러운 일이라서 난 뭐라고 말해야 좋을지 모르겠군요.」

그것은 남자의 허영심을 부드럽게 물리치면서도, 그를 놓아주지 않고 끈에 그대로 매달아 두는 훌륭한 방법이었으며, 찰스는 마치 그것이 새로운 미끼이며 그것을 삼키는 사람은 자기가 처음이라는 듯 덜컥 덤벼들었다.

「나는 영원히라도 기다리겠습니다! 당신이 확신을 가지기 전에는 난 당신을 원하지 않겠어요. 부탁입니다, 미스 오하라, 내가 희망을 가져도 좋다고 말해 주세요!」

「있잖아요.」 전쟁 얘기에 끼어들려고 몸을 일으키려는 기미를 보이지 않고 멜라니를 올려다보며 아직도 미소를 짓는 애슐리를 날카로운 눈으로 살펴보며 스칼렛이 말했다. 그녀의 손을 잡으려고 더듬거리는 이 멍청이가 잠깐 조용해 주기만 한다면, 아마도 그녀는 그들의 대화를 들을 수 있을지도 모를 일이었다. 그들이 하는 얘기를 그녀는 꼭 듣고 싶었다. 멜라니가 무슨 말을 했기에 그의 눈이 저토록 흥미진진한 표정을 지을까?

신경을 곤두세우고 들으려는 목소리를 그녀는 찰스가 하는 말 때문에 방해가 되어 듣지를 못했다.

「아, 쉬이!」 그를 쳐다보지도 않고 손을 꼬집으며 스칼렛이 잇소리를 냈다.

그 반발에 깜짝 놀라 처음에는 무안하게 생각하며 낯을 붉힌 찰스는 그녀의 시선이 자기 누이동생에게 고정되었음을 보더니 미소를 지었다. 스칼렛은 그의 말을 누가 들을까 봐 두려워했으리라. 그녀는 당연히 당황하고 수줍어했으며, 남들이 우연히 그들의 얘기를 엿들을까 봐 걱정했으리라. 자기 때문에 어떤 여자가 당황하기는 지금이 난생처음이었으므로, 찰스는 아직까지 한 번도 경험하지 못했던 어떤 남성적인 힘의 용솟음을 느꼈다. 그 흥분감은 사람을 도취시킬 정도였다. 그는 자기 딴에는 초탈한 무관심의 표정을 지었고, 자기도 세상 물정을 꽤나 아는 남자니까 그녀의 책망을 이해하고 받아 준다는 뜻을 보여 주기 위해 스칼렛의 손을 조심스럽게 마주 꼬집었다.

그녀는 멜라니의 가장 큰 매력인 감미로운 목소리가 똑똑히 들려왔기 때문에 그가 꼬집는 손길을 느끼지도 못했다. 「새커리 씨 작품에 관해서는 난 당신 견해에 동의하고 싶지가 않아요. 그 사람은 냉소적이죠. 내 생각에 그는 디킨스 씨 같은 신사는 아닌 듯싶어요.」

남자한테 저런 한심한 얘기를 하다니, 안심이 되어 당장이라도 킬킬 웃고 싶은 마음으로 스칼렛은 생각했다. 그래, 저 여자는 문학소녀에 지나지 않는데, 남자들이 문학소녀라면 어떻게 생각하는지는 누구나 다 알지……. 남자의 관심을 끌고 그 관심을 붙잡아 두는 방법이라면, 상대방 남자에 관한 얘기를 하다가 서서히 대화를 자기 자신에게로 돌려 그대로 계속하는 것이다. 멜라니가 〈당신, 너무나 멋있어요!〉라든가 〈이러이러한 문제를 어떻게 생각하세요? 그런 건 생각만 해도 내 짧은 머리가 터져 버릴 지경이거든요!〉라는 말을 했더라면 스칼렛은 긴장할 이유가 생겼을지도 모른다. 하지만 지금 멜라니는 남자를 발치에 앉혀 놓고 교회에서처럼 심각하게 얘기를 하는 중이었다. 스칼렛에게는 전망이 밝아 보였고, 사실상 어찌나 밝은지 그녀는 은근한 미소를 머금은 눈을 찰스에게 돌리고는, 순수한 기쁨에 젖어 빙긋이 웃었다. 그녀가 애정을 나타내는 이 증거에 황홀해진 그는 스칼렛의 부채를 낚아채어 어찌나 열심히 흔들어 댔는지 그녀의 머리카락이 제멋대로 날리기 시작했다.

「애슐리, 자네 의견을 우리들이 들어 볼 호의를 베풀어야 하지 않을까.」 시끄럽게 떠드는 남자들의 무리에서 돌아서며 짐[37] 탈턴이 말했고, 애슐리는 실례하겠다고 멜라니에게 사과하며 몸을 일으켰다. 저토록 멋진 남자는 어디에도 없어, 그의 유연한 자세와 햇빛에 반짝이는 황금빛 머리와 콧수염이 얼마나 우아한지를 눈여겨 살펴보며 스칼렛이 생각했다. 나이 많은 사람들까지도 그의 얘기를 들으려고 잠잠해졌다.

「그렇습니다, 여러분, 조지아가 싸운다면 저도 함께 싸우겠습니다. 그렇지 않고서야 왜 제가 의용대에 가입했겠습니까?」 그가 말했다. 그는 회색 눈을 크게 떴고, 몽롱한 표정은 스칼렛이 여태껏 한 번도 보지 못한 강렬한 감정에 가려 사라졌다. 「하지만 우리 아버님이나 마찬가지로 저는, 우리들이 평화롭게 그냥 살아가도록 양키들이 그냥 내버려 두고, 싸움이 벌어지지 않기를 바라고 ——.」 폰테인 댁과 탈턴 댁 청년들이 외치는 소리가 들려오기 시작하자, 그는 미소를 지으며 손을 들었다. 「그래요, 그렇습니다, 우리들이 지금까지 모욕을 당하고 속아 왔다는 건 저도 압니다만 —— 만일 우리들이 양키의 입장이 되고 그들이 합중국에서 탈퇴하려고 했다면, 여러분은 어떤 행동을 했겠습니까? 거의 비슷한 행동을 했을 겁니다. 우린 그런 행동을 좋아하지 않았을 테니까요.」

〈또 저런 소리를 하는구나.〉 스칼렛은 생각했다. 〈항상 자기를 상대방 입장에 놓고 생각한단 말이야.〉 그녀에게는 논쟁이 벌어진다면, 오직 한쪽만이 옳을 따름이었다. 때로는 도저히 애슐리를 이해하기가 힘들었다.

「우리 너무 흥분하지 말고, 전쟁을 일으키지 않도록 합시

<hr>

37 제임스의 애칭.

다. 세계가 겪은 대부분의 불행은 전쟁 때문에 야기되었습니다. 그리고 전쟁이 끝나고 나면 도대체 왜 그렇게 싸웠는지 납득하는 사람이 아무도 없었죠.」

스칼렛은 코웃음을 쳤다. 애슐리가 굽힐 줄 모르는 용기를 지닌 남자라는 평판이 났기에 망정이지, 그렇지 않았다면 말썽이 생겼으리라. 그녀가 이런 생각을 하려니까, 애슐리를 반박하는 분노한 목소리들이 시끄럽게 들끓었다.

정자나무 밑에서는, 파예트빌에서 온 귀가 먹은 노신사가 인디아를 쿡쿡 찔렀다.

「도대체 무슨 얘기야? 무슨 얘길 하느냐고?」

「전쟁요!」 손을 그의 귀에 갖다 대고 인디아가 소리를 질렀다. 「양키하고 싸우겠대요!」

「전쟁이라고?」 지팡이를 찾으려고 주변을 더듬거리면서, 여러 해 만에 처음 보이는 정력을 동원해서 힘을 주어 끙끙거리고 의자에서 일어나며, 그가 소리쳤다. 「전쟁이라면 나도 저 사람들한테 해줄 얘기가 많아. 난 전쟁을 실제로 겪었거든.」 맥레이 씨는 여자들이 자꾸 그의 말을 가로막는 바람에 전쟁 얘기를 할 기회가 많지 않았다.

그는 지팡이를 휘두르고 소리를 지르며, 의족을 절룩거리며, 빠른 속도로 달려갔고, 다른 사람들의 목소리를 들을 수가 없었기 때문에, 그는 곧 어느 누구의 반박도 받지 않으며 일장 연설에 돌입했다.

「호전적인 젊은 청년들아, 내 말을 들어 봐. 자네들은 싸움을 원하면 안 된다. 나는 진짜로 싸워 봤기 때문에 알아. 세미놀 전쟁에도 나갔었고, 멕시코 전쟁에도 쫓아갈 만큼 난 한심한 멍청이였지. 자네들은 전쟁이 어떤지를 아무도 몰라. 멋진 말을 타고, 여자들이 꽃을 던져 주고, 영웅이 되어 고향으로 돌아오는 그런 걸 생각하겠지. 하지만 그런 게 아니야! 전쟁이란 굶주리고, 축축한 곳에서 자기 때문에 걸리는 발진(發疹)과 폐렴을 의미하지. 그리고 발진과 폐렴이 아닌 경우에는 창자가 말썽이고. 물론이지, 인간의 내장이란 전쟁을 당하게 되면 — 이질이라든가 뭐 그런 것이…….」

여자들은 새빨갛게 낯을 붉혔다. 맥레이 씨는 난처하게 큰 소리로 트림을 하는 폰테인 할머니나 마찬가지로 보다 미개한 시대, 누구나 다 잊고 싶어 하는 그런 시대를 연상시키는 유물이었다.

「어서 가서 할아버지를 모시고 오너라.」 노신사의 딸 한 사람이 근처에 서서 구경하던 어린 계집아이에게 나지막이 말했다. 「정말이라니까요.」 그녀는 주변에서 수다를 떠는 유부녀들에게 속삭였다. 「아버님은 날이 갈수록 심해져요. 믿어지지들 않겠지만, 오늘 아침에만 해도 겨우 열여섯 살 난 메리한테 글쎄 이런 소리를 하시지 않았겠어요. 〈이것 봐라, 얘야…….〉」 그러고는 그녀의 목소리가 낮아져 귓속말로 바뀌는 사이에 손녀는 사람들 사이로 빠져나가 맥레이 씨를 그늘로 다시 돌아가도록 설득했다.

여자들은 신이 나서 미소를 짓고, 남자들은 열을 올려 떠들어 대고, 나무 밑에서 몰려다니는 여러 무리 가운데 차분한 사람은 오직 한 명뿐이었다. 스칼렛은 바지 호주머니에 두 손을 깊숙이 찌르고 나무에 기댄 레트 버틀러에게로 시선을 돌렸다. 윌크스 씨가 그의 곁에서 떠난 후에 그는, 대화가 점점 가열되는 동안, 그렇게 혼자 떨어져서 한마디도 말을 하지 않았다. 바싹 다듬은 검은 콧수염 밑의 붉은 입술은 밑으로 비틀렸고, 검은 눈에는 우습다는 듯한 경멸이, 마치 잘난 체 으스대는 아이들의 얘기가 가소롭다는 듯 경멸감이 서렸다. 무척 비위에 거슬리는 미소로구나, 스칼렛은 생각했다. 그는 붉은 머리가 헝클어진 스튜어트 탈턴이 눈을 번득이며 이런 말을 되풀이할 때까지만 해도 잠자코 듣기만 했다. 「그럼요, 우린 한 달이면 놈들을 거꾸러뜨릴 거예요! 오합지졸보다는 신사들이 항상 전투를 더 잘하는 법이니까요. 한 달이면 — 아니, 단 한 번의 전투로 — 」

「여러분.」 나무에 기댄 자세를 바꾸거나 호주머니에 찌른 두 손을 꺼내지도 않은 채 그대로, 찰스턴 태생임을 드러내는 밋밋하고 느린 말투로, 레트 버틀러가 말했다. 「제가 한마디 해도 되겠습니까?」

그의 눈뿐 아니라 태도에서도 경멸감이, 어쩐지 그들의 가식적인 예절을 비꼬아 흉내 내어 웃음거리로 만드는 듯한 경멸감이 느껴졌다.

사람들은 그에게로 시선을 돌렸고, 타향 사람에게 마땅히 나타내야 하는 예절을 그에게 보였다.

「혹시 여러분 가운데 메이슨·딕슨선[38] 남쪽에는 대포 공장이 하나도 없다는 생각을 한 번이라도 해본 분이 계십니까? 아니면 남부에는 주철 공장의 숫자가 얼마나 적은지는요? 아니면 양모 공장이나, 목화 공장이나, 제혁 공장은요? 우리들에게는 전함이 단 한 척도 없고, 양키 함대가 우리 항구들을 한 주일이면 봉쇄해서 남부가 목화를 외국에 팔지 못하게 되리라는 가능성도 생각해 보셨나요? 하기야 물론 여러분들께서는 생각해 보셨겠죠.」

〈세상에, 저 사람은 이곳 청년들을 단체로 멍청이 취급을 하는구나!〉 뜨거운 피로 뺨이 화끈거리며 스칼렛이 짜증스

---

38 메릴랜드와 펜실베이니아의 경계선인데, 남부와 북부의 경계선으로 통했다.

럽게 생각했다.

그런 생각이 머리에 떠오른 사람은 분명히 스칼렛 혼자뿐은 아닌 모양이어서, 몇몇 청년이 불쾌한 표정을 짓기 시작했다. 존 윌크스는 그 자리에 모인 사람들에게, 이 남자는 그의 손님이고 더구나 숙녀들도 있는 자리임을 일깨워 주려는 듯, 태연하게 그러나 재빨리 레트 버틀러에게로 되돌아갔다.

「우리들 대부분의 남부인은 무엇이 문제인가 하면 말이죠.」 레트 버틀러가 얘기를 계속했다. 「우린 여행도 충분히 하지 못하려니와, 여행을 해도 얻는 바가 많지 않아요. 하기야 물론 여러분들이야 여행을 많이 했죠. 하지만 여러분은 무엇을 보았습니까? 유럽과 뉴욕과 필라델피아, 그리고 물론 숙녀들께서는 새러토가를 다녀오셨을 거예요.」 (그는 정자나무 밑에 모인 여자들에게 약간 머리를 숙여 보였다.) 「여러분은 호텔과 박물관과 무도회와 도박장을 보았습니다. 그리고 여러분은 남부처럼 좋은 곳이 없다고 믿으며 고향으로 돌아오셨어요. 솔직히 말씀드리겠습니다만, 나는 찰스턴 태생이면서도 지난 몇 년을 북부에서 보냈습니다.」 그가 왜 더 이상 찰스턴에서 살지 않았는지를 그 자리에 참석한 사람들이 훤히 알고 있음을 깨달은 듯, 그리고 그들이 사실 안다고 해도 아무렇지도 않다는 듯, 그는 하얀 이빨을 드러내며 빙그레 웃었다. 「여러분 모두가 보지 못한 것을 나는 많이 봤습니다. 먹을 식량에 몇 달러만 얹어 주면 기꺼이 양키들을 위해 싸우겠다고 나설 수천 명의 이민자들, 생산 공장, 주물 공장, 조선소, 철과 석탄 광산 — 이런 자산이 우리에게는 하나도 없습니다. 그렇죠, 우리들이 가진 자산이라고는 목화와, 노예와, 교만함뿐입니다. 그들은 한 달이면 우리를 해치울 거예요.」

한순간 긴장된 침묵이 흘렀다. 레트 버틀러는 저고리 호주머니에서 고급 아마포 손수건을 꺼내 소매에 묻은 흙을 여유만만하게 털었다. 그러자 모인 사람들 중에서 불길하게 웅얼거리는 소리가 일었고, 정자나무 밑에서는 방금 흔들어 놓은 벌통처럼 웅성거리는 소음이 들려왔다. 아직도 뺨에서 화끈거리는 분노의 뜨거운 피를 느끼면서도 스칼렛의 현실적인 머릿속에서는 무엇인가 이 남자의 말이 옳고, 상식에 맞는 소리처럼 들린다는 생각이 떠올랐다. 그렇다, 스칼렛은 공장이라고는 구경조차 못 했고, 공장을 봤다는 사람을 한 명도 만난 적이 없었다. 하지만, 비록 그것이 사실이라고 해도, 그런 말을, 더구나 수많은 사람이 즐거워하는 파티에서 그런 말을 한다는 행동은 신사다운 짓이 아니었다.

이맛살을 잔뜩 찌푸리고 스튜어트 탈턴이 브렌트와 바싹 붙어 서서 앞으로 나섰다. 물론 탈턴 쌍둥이는 예의를 잘 지키니까 비록 심하게 공박을 받았더라도 바비큐 파티에서 소란을 피우지는 않을 터였다. 그렇기는 해도 소동이나 말다툼을 실제로 구경하는 기회가 너무 드물었기 때문에 여자들은 은근히 즐거운 흥분감을 맛보았다. 보통 그들은 두 사람의 입을 거쳐서야 그런 얘기를 듣게 마련이었다.

「선생님.」 스튜어트가 무겁게 말했다. 「무슨 뜻으로 그런 말씀을 하셨죠?」

레트는 공손하면서도 비웃는 눈으로 그를 쳐다보았다.

「내 얘기는 말이죠.」 그가 대답했다. 「나폴레옹이라는 이름 혹시 들어 보셨는지 모르겠지만, 그 사람이 언젠가 한 말과 비슷한 거예요. 〈신은 가장 강한 군대의 편이다!〉」 그러고는 존 윌크스에게로 돌아서더니, 가식적인 꾸밈이 없는 예의를 갖추며 말했다. 「당신 서재를 저한테 구경시켜 주시겠다고 하지 않으셨던가요, 선생님? 지금 서재를 보여 달라고 하면 너무 무리한 부탁이 될까요? 볼일이 좀 있어서 전 오늘 오후에는 일찍 존즈버러로 돌아가야만 되겠으니까요.」

그는 사람들이 모인 쪽으로 몸을 크게 돌리더니, 두 발의 뒤꿈치를 서로 부딪치며 무용 교사처럼 절을 했는데, 그토록 힘차고 건방지기 짝이 없는 남자치고는 우아한 인사법이었다. 그러더니 그는 검은 머리를 똑바로 치켜들고, 존 윌크스와 함께 잔디밭을 가로질러 걸어갔고, 사람을 불편하게 만드는 그의 웃음소리가 식탁 주변에 모인 손님들에게로 흘러왔다.

놀라서 말문이 막혔던 사람들이 다시금 웅성거리기 시작했다. 인디아는 피곤한 듯 정자 밑에서 몸을 일으키더니 화가 난 스튜어트 탈턴에게로 갔다. 스칼렛은 그녀가 하는 말을 듣지 못했지만, 수그린 그의 얼굴을 빤히 올려다보는 그녀의 눈에 담긴 표정은 스칼렛의 마음이 찔리게 만들었다. 그것은 멜라니가 애슐리를 쳐다볼 때 보여 준 바로 그런 소속감을 나타내는 표정이었다. 그러니까 인디아는 그를 진심으로 사랑했다. 스칼렛은 만일 자기가 1년 전 정치 집회에서 스튜어트에게 그토록 요란한 추파만 던지지 않았더라면 벌써 오래전에 그가 인디아와 결혼했을지도 모른다고 생각했다. 하지만 다른 여자들이 남자를 붙잡아 두지 못한다고 해서 그것이 자기 잘못은 아니라는 생각을 하니, 스칼렛은 마음이 편해지고 양심의 가책도 사라졌다.

마침내 스튜어트는 인디아를 내려다보며 미소를, 마음이 내키지 않는 미소를 짓고는 머리를 끄덕였다. 아마도 인디아는 버틀러 씨를 쫓아가서 말썽을 부리는 짓은 하지 말라고 그에게 부탁한 모양이었다. 무르팍에 떨어진 음식 부스러기들을 털며 손님들이 몸을 일으키자 나무 밑에서는 조심스러운 소란이 벌어졌다. 결혼한 여자들은 유모와 어린 아이들을 불러 모아 떠날 차비를 했고, 젊은 여자들은 떼를 지어 웃고 떠들며 위층 침실에서 잡담을 하다가 낮잠을 자려고 집을 향해 몰려갔다.

탈턴 부인을 제외한 여자들은 참나무 그늘과 정자를 남자들에게 물려주고 뒷마당에서 나갔다. 탈턴 부인은 의용대에서 쓸 말에 관해서 대답을 듣고 싶어 하던 제럴드와, 캘버트 씨와, 다른 사람들에게 붙잡혔다.

깊은 생각에 잠긴 듯싶으면서도 재미있어하는 미소를 띠고서, 애슐리는 스칼렛과 찰스가 나란히 앉은 곳으로 한가하게 걸어왔다.

「오만한 남자로군요, 안 그래요?」 버틀러의 뒷모습을 쳐다보며 그가 한마디 했다. 「꼭 보르자 집안사람 같아요.」

스칼렛이 얼른 생각해 보았지만, 카운티나 애틀랜타나 서배너에 사는 가문 가운데 그런 이름의 집안은 하나도 생각나지를 않았다.

「난 그 사람들 모르겠는데요. 저 남자가 그 집안의 친척인가요? 그 사람들 누구죠?」

믿어지지 않는 의아함과 수치심이 사랑과 투쟁을 벌이는 묘한 표정이 찰스의 얼굴에 나타났다. 하지만 여자로서는 다정다감하고 온화하고 아름답기만 해도 충분하고, 그녀가 지닌 매력을 저해하는 교육 따위는 받지 않았어도 상관이 없다는 인식이 들어서, 사랑의 힘이 승리를 거두게 되자 그는 재빨리 대답했다. 「보르자가(家)는 이탈리아 사람들[39]이에요.」

39 에스파냐계 이탈리아 세도가로 15세기와 16세기 교황청과 이탈리아를 주름잡았고, 권모술수와 권력 투쟁으로 유명하다.

「아.」 흥미를 잃으며 스칼렛이 말했다. 「외국인들이로군요.」

그녀는 지극히 예쁜 미소를 지으며 애슐리를 쳐다보았지만, 무슨 이유에서인지 그는 스칼렛을 쳐다보지도 않았다. 그는 찰스를 쳐다보았는데, 그의 얼굴에는 이해심과 약간의 연민이 비쳤다.

스칼렛은 층계참에 서서 조심스럽게 난간 너머로 아래층 거실을 내려다보았다. 텅 비었다. 위층 여러 침실에서는 끊임없이 웅얼거리는 목소리들이 커졌다 작아졌다 했고, 가끔 요란한 웃음소리와 〈아니, 너 정말 그러지야 않았겠지〉라거나 〈그러니까 그 남자가 뭐라고 그러던?〉 따위의 말이 뚜렷하게 들려왔다. 여섯 개의 커다란 침실에서는, 침대와 긴 의자에서 여자들이 겉옷을 벗어 버리고, 코르셋을 풀어 늦추고, 머리는 뒤로 치렁치렁 늘어뜨린 채 휴식을 취하는 중이었다. 오후의 낮잠이란 이 고장에서는 하나의 풍습이었고, 아침 일찍 시작해서 무도회로 절정을 이룰 때까지 하루 종일 계속될 파티에서는 더없이 필요한 한 부분이었다. 반 시간 동안 여자들은 웃고 떠들었으며, 그러면 하인들이 덧문을 내리고, 후끈하고 침침한 속에서 애기 소리가 속삭임으로 줄어들다가, 마침내 그런 소리도 끊겨 침묵이 찾아오면, 부드럽고 규칙적인 숨소리만 들려왔다.

스칼렛은 멜라니가 허니와 헤티 탈턴과 함께 침대에 드는 순간을 확인한 다음, 복도로 빠져나가 층계를 내려가기 시작했다. 층계참의 창가에서 그녀는 정자 밑에 둘러앉아 큼직한 잔으로 술을 마시는 남자들의 무리를 보았는데, 그들이 오후 늦게까지 그곳에서 시간을 보내리라는 것을 그녀는 알았다. 스칼렛이 찾아보았지만 그들 중에 애슐리는 없었다.

그러자 그녀는 귀를 기울였고, 그의 목소리를 들었다. 그녀가 바라던 대로 그는 아직도 앞쪽 마찻길에 남아서, 집으로 돌아가는 부녀자들을 배웅했다.

목구멍으로 뜨거운 기운이 치밀어 오르는 기분을 느끼며 그녀는 재빨리 층계를 내려갔다. 이러다가 윌크스 씨를 만나면 어쩌나? 다른 여자들은 미용을 위해 낮잠을 자는데 왜 혼자서만 집 안을 살금살금 돌아다니는지에 대해서 뭐라고 변명을 해야 할까? 하지만 그런 모험쯤은 각오해야 한다.

맨 밑 계단에 다다르자 그녀는, 우두머리 하인의 지시에 따라 무도회를 위한 준비로 하인들이 식당에서 식탁과 의자들을 들어내느라고 돌아다니는 소리를 들었다. 널찍한 거실 건너편에는 서재의 문이 열려 있었고, 스칼렛은 소리 없이 그 안으로 얼른 달려 들어갔다. 애슐리가 배웅을 끝낼 때까지 그곳에서 기다리다가 집으로 들어오는 그를 불러들일 작정이었다.

햇빛이 들어오지 못하게 창 가리개를 내렸기 때문에 서재 안은 어두컴컴했다. 까마득히 높고 침침한 방은 사방의 벽이 시커먼 책들로 완전히 가득 차 답답하게 느껴졌다. 지금 그녀가 원하는 그런 밀회를 위해서 선택하고 싶었던 장소는 이런 곳이 아니었다. 많은 양의 책을 보면, 많은 책을 읽기를 좋아하는 사람들이나 마찬가지로, 그녀는 항상 답답했었다. 애슐리만은 예외였지만 ─. 키가 큰 윌크스 집안 남자들을 위해 등받이를 높여 특별히 만든 의자들은 깔고 앉는 자리가 깊었고 팔걸이가 널찍했으며, 여자들을 위해 벨벳 무릎 방석을 앞에 놓은 작달막하고 폭신한 벨벳 의자와 묵직한 가구가 침침한 속에서 그녀 주변에 여기저기 솟아올랐다. 기다란 방의 저쪽 건너편 벽난로 앞에는 애슐리가 특별히 좋아하는 자리인 2미터짜리 소파에서 높다란 등받이가 무슨 거대한 잠든 동물처럼 우뚝했다.

그녀는 문을 조금만 열어 놓고 두근거리는 가슴을 진정시키려고 애썼다. 그녀는 애슐리에게 정확히 무슨 말을 하겠다고 어젯밤에 계획을 세웠었는지 생각해 보았지만 아무것도 머리에 떠오르지를 않았다. 그녀는 무슨 계획을 세웠다가 잊어버렸든가 ― 아니면 애슐리가 자기한테 당연히 먼저 무슨 말을 하리라고 기대했었나? 그녀는 기억이 나지 않았으며, 갑자기 싸늘한 두려움에 사로잡혔다. 만일 가슴이 이토록 방망이질을 치지만 않는다면 그녀는 할 말이 생각날지도 모른다. 하지만 그가 마지막 작별 인사를 마치고 앞쪽 현관으로 들어오는 소리를 듣자, 숨 가쁜 두근거림은 더욱 심해지기만 했다.

그녀의 머릿속에는 온통 그를 사랑한다는 생각 ― 황금빛 머리를 당당하게 치켜드는 동작에서부터 매끈하고 검은 장화에 이르기까지, 그의 모든 부분을 사랑하고, 때로는 이유를 알기 힘들었던 그의 웃음을 사랑하고, 어리둥절하게 만드는 그의 침묵을 사랑한다는 생각뿐이었다. 아, 만일 지금 그이가 걸어 들어와 그녀를 품에 안아 주어 아무 말도 할 필요가 없어지기만 한다면 얼마나 좋으랴. 애슐리는 틀림없이 그녀를 사랑한다 ― 〈만일 내가 기도를 드린다면 혹시 ―.〉 그녀는 눈을 꼭 감고 혼자 웅얼거리기 시작했다. 「거룩하신 마리아여, 은혜가 가득하여 ―」

「아니, 스칼렛!」 그녀의 귀에 함성처럼 들려 스칼렛으로 하여금 완전히 혼란에 빠지게 만드는 목소리로 애슐리가 말했다. 그는 의아한 미소를 띤 채로 복도에 서서, 조금 열린 문을 통해 그녀를 들여다보았다.

「누구 때문에 그렇게 숨어 있나요. 찰스 때문인가요, 아니면 탈턴 형제인가요?」

그녀는 긴장했다. 그러니까 남자들이 그녀에게 떼를 지어 몰려드는 광경을 애슐리는 눈치를 챘었다! 그녀의 흥분을 전혀 의식하지 못한 채 복도에 서서 눈을 반짝이는 그의 모습은 말로 형언할 수 없을 정도로 다정해 보였다. 그녀는 말이 나오지를 않았지만, 손을 내밀어 그를 방으로 끌어들였다. 그는 어리둥절했어도, 호기심을 느끼며 안으로 들어섰다. 그녀에게는 긴장감이 감돌았고, 그런 눈의 광채를 애슐리는 여태껏 스칼렛에게서 본 적이 없었으며, 희미한 빛 속에서이기는 해도 그는 그녀의 뺨이 발그레하게 상기했음을 알았다. 그는 무심결에 문을 닫고 그녀의 손을 잡았다.

「왜 그래요?」 귓속말을 하다시피 나지막하게 그가 말했다.

그의 손길이 닿자 스칼렛은 온몸이 떨려 오기 시작했다. 그녀가 꿈꾸었던 대로, 이제는 뜻이 이루어질 참이었다. 두서없는 수많은 생각이 머리를 스쳤어도, 그녀는 단 한 가지 생각도 붙잡아 말로 바꿔 표현할 수가 없었다. 그녀는 그냥 떨면서 그의 얼굴을 빤히 쳐다보기만 했다. 왜 그는 말을 하지 않을까?

「왜 그래요?」 그가 되풀이해서 말했다. 「나한테 무슨 비밀이라도 얘기하려고 그래요?」

갑자기 그녀는 말문이 터졌고, 엘렌이 여러 해에 걸쳐 가르친 예절도 순식간에 사라졌고, 제럴드의 솔직한 아일랜드 피가 딸의 입을 거쳐 거침없이 나왔다.

「그래요, 비밀이죠. 난 당신을 사랑해요.」

잠깐 동안 두 사람 다 숨조차 쉬지 않는 듯 강렬한 침묵이 흘렀다. 그러더니 떨리는 두려움이 그녀에게서 사라지고, 행복감과 자부심이 마음속에서 솟구쳤다. 왜 그녀는 전에 이러지 못했을까? 그녀가 가르침을 받았던 숙녀다운 어떤 기교보다도 이것이 얼마나 더 간단한가? 그러더니 그녀는 그의 눈을 살펴보았다.

그 눈에는 걱정스러움이, 믿어지지 않는다는 의아함과 그 이상의 무엇이 담긴 표정이 나타났는데 — 그것은 무엇을 의미하는 표정이었을까? 그렇다, 아버지가 아끼던 사냥개가 다리를 다쳐 총으로 쏴 죽여야만 했던 날, 제럴드의 표정이 저러했다. 왜 지금 그녀는 이런 생각을 해야만 하는가? 그런 한심한 생각을. 그리고 왜 애슐리는 저렇게 묘한 표정을 짓고 아무 말도 없을까? 그러자 훈련이 잘된 가면 같은 무엇이 애슐리의 얼굴을 덮었고, 그는 점잖은 미소를 지었다.

「오늘 여기서 다른 모든 남자의 마음을 빼앗은 것으로는 충분하지 않다는 애긴가요?」약을 올리면서도 위로하는 듯 느긋한 어조의 목소리로 그가 말했다. 「만장일치라야만 속이 시원하겠어요? 글쎄요, 내 마음은 옛날부터 당신이 소유했잖아요. 어릴 적부터 그랬으니까요.」

무엇인가 잘못되었고 — 만사가 엉망진창이었다! 그녀가 계획했던 바는 이런 식이 아니었다. 그녀의 두뇌 속에서 미친 듯 물어뜯으며 마구 날뛰던 한 가지 개념이 형태를 갖추기 시작했다. 웬일인지 — 무슨 이유에서인지 — 애슐리는 마치 그녀가 자기에게 장난삼아 희롱을 한다고 생각하는 듯 행동했다. 하지만 그의 진심은 그렇지 않았다. 그 사실을 스칼렛은 알았다.

「애슐리 — 애슐리 — 솔직히 얘기해 줘요 — 당신은 틀림없이 — 아, 이제는 내 속을 태우지 말아요! 당신의 마음을 내가 소유했다고요? 아, 나는 당신을 사 —」

그는 재빨리 손으로 그녀의 입을 막았다. 가면이 사라져 버렸다.

「당신은 그런 소리를 하면 안 돼요, 스칼렛! 그래서는 안 된다고요. 당신은 진심에서 그런 소리를 하는 게 아니에요. 당신은 그런 말을 한 자신을 미워하고, 그 말을 들었기 때문에 나를 증오하게 될 거예요!」

그녀는 머리를 휙 돌렸다. 뜨겁고 격한 흐름이 그녀의 마음을 뒤흔들었다.

「난 절대로 당신을 증오하지 않아요. 나는 당신을 사랑한다는 말을 하고, 당신도 틀림없이 내 생각을 한다는 걸 난 아는데, 그 이유는 ―」 스칼렛이 말을 멈추었다. 어느 누구의 얼굴에서도 그녀는 지금까지 이토록 심한 고뇌를 본 적이 없었다. 「애슐리, 당신은 나를 ― 좋아하잖아요, 안 그런가요?」

「그래요.」 그가 무감각하게 말했다. 「좋아하죠.」

만일 그녀를 혐오한다고 그가 말했더라도 스칼렛은 이렇게까지 두렵지는 않았으리라. 그녀는 말문이 막혀 그의 소매를 움켜잡았다.

「스칼렛.」 그가 말했다. 「우리 이런 얘기 했다는 거 잊어버리기로 하고 가는 게 어때요?」

「싫어요.」 그녀가 속삭였다. 「나는 그렇게 못 해요. 왜 그런 소리를 하시나요? 당신은 나하고, 나하고 ― 결혼할 마음이 없으신가요?」

그가 대답했다. 「난 멜라니하고 결혼해요.」

어쩌다 보니 지금 그녀는 나지막한 벨벳 의자에 앉았고, 애슐리는 그녀의 발치에 놓인 무릎 방석에 앉아서, 그녀의 두 손을 힘껏 움켜잡았다. 그는 얘기를, 알아듣지 못할 얘기를 자꾸 늘어놓았다. 그녀의 머리는 텅 비어 버리다시피 했고, 조금 전까지만 해도 가득했던 생각들이 다 사라졌고, 그가 하는 말은 유리창에 스치는 빗방울 정도밖에는 흔적을 남기지 못했다. 마음의 상처를 받은 아이에게 아버지가 하는 얘기처럼 빠르고, 부드럽고, 연민에 가득 찬 말이 그녀의 귀에 들릴 턱이 없었다.

멜라니라는 이름의 음향이 그녀의 의식에 박혔고, 그녀는 수정처럼 회색인 그의 눈을 들여다보았다. 스칼렛은 그 눈에서 자신을 증오하는 표정과, 항상 그녀로 하여금 좌절감을 느끼게 하는 낯익은 초연함을 보았다.

「오늘 밤에 아버지가 약혼 발표를 한다고요. 우린 곧 결혼하게 되죠. 내가 당신한테 얘기를 했어야 하겠지만, 난 당신도 아는 줄 알았죠. 난 누구나 다, 벌써 오래전부터 다 안다고 생각했어요. 난 당신이 이러리라고는 꿈에도 ─. 당신은 남자 친구가 많잖아요. 난 스튜어트가 ─.」

생명과 감정과 의식이 다시금 그녀에게로 흘러 들어오기 시작했다.

「하지만 당신은 날 좋아한다고 방금 그랬잖아요.」

그의 따스한 손에 잡힌 그녀의 두 손이 아팠다.

「스칼렛, 당신 마음을 아프게 할 얘기를 내가 꼭 해야만 되겠어요?」

그녀의 침묵에 밀려 그는 얘기를 계속했다.

「이런 것들을 당신한테 어떻게 납득시켜야 할까요? 당신은 너무 어리고 앞뒤도 생각하지 않아서, 결혼이 무엇인지를 몰라요.」

「난 내가 당신을 사랑한다는 건 알아요.」

「두 사람이 우리들처럼 차이가 많을 때는 결혼 생활에 성공하려면 사랑만 가지고는 충분하지 않아요. 스칼렛, 당신은 남자의 모든 것을, 그의 육체와 마음과 영혼과 사상을 다 원하죠. 그리고 그렇게 모두 소유하지 못하면 당신은 비참해져요. 그렇지만 난 나의 전부를 당신에게 줄 수가 없어요. 나는 어느 누구에게도 나의 전부를 줄 수가 없죠. 그리고 난 당신의 마음과 영혼을 모두 원하지도 않아요. 그러니까 당신은 마음의 상처를 받고, 나중에는 나를 미워하게 — 정말로 지독히 증오하게 될 거예요! 당신은 내가 읽는 책들과 내가 사랑하는 음악이 잠시 동안이나마 나를 당신으로부터 빼앗아 간다고 생각하기 때문에, 그런 것들을 증오하게 되겠죠. 그리고 나는 — 어쩌면 나는 —」

「그 여자를 사랑하세요?」

「멜라니는 나와 비슷하고, 내 핏줄의 일부고, 우린 서로 이해해요. 스칼렛, 스칼렛! 두 사람이 비슷하기 전에는 결혼 생활에서 어떤 형태의 평화도 지켜 나가기가 어렵다는 걸 내가 당신한테 납득시킬 방법은 없을까요?」

「비슷한 사람들끼리 결혼해야지, 그렇지 않고는 행복해지기가 어려워.」 누군가 그런 얘기를 한 사람이 또 있었다. 그것이 누구였더라? 그녀가 그런 얘기를 들은 지가 백만 년은 되는 듯싶었지만, 아직도 그녀는 그것이 뜻하는 바를 이해하지 못했다.

「하지만 날 좋아한다고 그랬잖아요.」

「난 그 말을 하는 게 아니었는데 그랬어요.」

그녀의 머릿속 어디에선가 천천히 불길이 솟았고, 분노가 다른 생각들을 지워 버리기 시작했다.

「그래요, 이왕 그런 소리를 할 만큼 비열했으니까 —.」

그는 얼굴이 새파랗게 질렸다.

「멜라니하고 결혼할 사이면서 그런 소리를 했으니 내가 비열하기는 해요. 난 당신에게 잘못을 저질렀고, 멜라니에게는 더 큰 잘못을 범했어요. 당신이 이해를 못 하리라는 걸 짐작했으니까 난 그 말을 하지 않았어야 옳겠죠. 삶에 대해서 내가 갖지 못한 깊은 정열을 지닌 당신 — 내가 어떻게 당신을 좋아하지 않겠어요? 나로서는 불가능한 격정을 쏟아 내며 사랑하고 증오할 줄 아는 당신을요? 그렇죠, 당신은 불과 바람과 야생적인 세계처럼 원초적이고 나는 —.」

그녀는 멜라니를 생각했고, 몽롱한 표정이 담긴 조용한 갈색 눈과, 검정 레이스 장갑을 낀 자그마하고 차분한 손과, 침묵을 지키는 얌전한 그녀의 모습이 갑자기 눈앞에 어른거렸다. 그러더니 분노가, 제럴드로 하여금 살인을 저지르게 하고 다른 아일랜드 조상들로 하여금 범죄를 저질러 목이 달아나게 만든 바로 그 분노가 그녀의 마음속에서 폭발했다. 지금 그녀의 마음속에는 세상 사람들이 무엇을 집어 던지더라도 묵묵히 침묵을 지키며 꾹 참아 내는 지체 높은 로비야르 혈통의 성품은 하나도 없었다.

「왜 솔직하게 말을 못 해요, 겁쟁이 같으니라고! 당신은 나하고 결혼하기가 두렵죠! 당신은 차라리 〈그래요〉나 〈아니에요〉라는 소리밖에는 아무 말도 할 줄 모르고, 그 여자를 그대로 빼닮아 말솜씨만 발달한 새끼들이나 잔뜩 낳아 기르려는 어리석고 작달막한 멍청이와 같이 살기를 원해요! 왜 —」

「당신은 멜라니에 대해서 그런 소리를 해서는 안 돼요!」

「그런 소릴 왜 못 해요! 당신이 뭐라고 나더러 그런 소리 말라는 거죠? 당신은 겁쟁이, 비열한 인간, 당신은 —. 당신은 마치 나하고 결혼할 것처럼 내가 믿게 해놓고 —」

「이치에 맞는 얘기를 해야죠.」 그는 애원하는 목소리였다. 「내가 언제 한 번이라도 —.」

그가 하는 말이 옳음을 알았어도 스칼렛은 이치에 맞고 싶지가 않았다. 그는 한 번도 그녀와의 관계에서 우정의 경계선을 넘은 적이 없었고, 그런 생각을 하니 분노가, 자존심을 상한 여자의 허영심에서 촉발된 분노가 다시금 치밀었다. 스칼렛이 그를 쫓아다녔고, 그는 전혀 그녀를 소유하고 싶어 하지 않았다. 애슐리는 그녀보다 멜라니처럼 얼굴이 유장(乳漿) 같고 작달막한 멍청이를 더 좋아했다. 아, 그녀가 엘렌과 어멈의 가르침을 따라, 애슐리를 좋아한다는 내색조차도 전혀, 전혀 보이지 않았더라면 이런 기막힌 굴욕을 당하느니보다 훨씬, 아주 훨씬 더 좋았으리라!

그녀는 두 주먹을 불끈 쥐고 벌떡 일어섰으며, 그는 현실이 고뇌일 때 그 현실을 불가피하게 직면해야만 하는 사람의 말 없는 고통이 가득한 얼굴로 그녀를 굽어보며 우뚝 섰다.

「난 죽을 때까지 당신을 증오하겠어요, 이 비열한 인간, 이 천하고 — 이 천하고 —.」 그녀가 하고 싶은 말은 무엇이었던가? 그녀는 속이 후련할 정도로 나쁜 어휘가 생각나지를 않았다.

「스칼렛, 제발…….」

그는 그녀에게로 손을 내밀었고, 그 순간에 스칼렛은 있는 힘을 다해서 애슐리의 뺨을 갈겼다. 적막한 방에서 채찍을 치는 듯한 소리가 울렸고, 갑자기 그녀의 분노는 사라지고 마음속에는 허탈감만 남았다.

하얗고 피곤한 그의 얼굴에는 그녀의 빨간 손자국이 뚜렷하게 났다. 그는 아무 말도 하지 않고 맥없이 축 늘어진 그녀의 손을 입술로 가져다 키스를 했다. 그러더니 그는 스칼렛이 미처 다시 말을 꺼내기도 전에 밖으로 나가 문을 조용히 닫았다.

그녀는 분노 때문에 무릎의 기운이 빠져 다시 털썩 주저앉았다. 그는 갔고, 뺨을 맞은 그의 얼굴에 대한 기억은 그녀가 죽을 때까지 스칼렛을 집요하게 쫓아다닐 터였다.

숨죽인 듯 조용한 그의 발소리가 기나긴 복도를 내려가 사라졌고, 스칼렛은 그녀가 저지른 행동의 엄청난 의미를 실감 나게 깨달았다. 그녀는 애슐리를 영원히 잃었다. 이제 그는 스칼렛을 미워하겠고, 그녀를 볼 때마다 그는 전혀 아무런 암시조차 주지도 않았는데 그녀가 몸을 던져 오다시피 달라붙던 사건을 기억하리라.

〈나도 허니 윌크스만큼이나 형편없는 여자야.〉 그녀는 문득 생각했고, 허니의 뻔뻔스러운 태도를 많은 사람들이, 누구보다도 특히 스칼렛 자신이 얼마나 경멸하고 비웃었는지가 생각났다. 그녀는 허니가 어색하게 몸을 비비 트는 꼴을 보이고, 남자들의 팔에 매달려 바보처럼 키득거리는 소리가 귓전에 들려오는 듯싶었으며, 그런 생각을 하려니까 새로운 분노가, 그녀 자신과 애슐리와 세상에 대한 분노가 치밀어 올랐다. 자신을 미워했기 때문에, 열여섯 살 난 여자로서 모욕을 당하고 좌절한 사랑의 격노 때문에, 그녀는 온 세상을 증오했다. 그녀의 사랑에는 참된 부드러움이 아주 조금밖에 담기지 않았다. 대부분 그것은 자신의 매력에 대한 자만과 허영으로 이루어졌다. 이제 그녀는 사랑을 상실했으며, 그래도 상실감보다는 스스로 웃음거리가 되었다는 두려움이 훨씬 더 컸다. 그녀는 허니처럼 속이 빤히 보이는 행동을 했을까? 모두들 그녀를 비웃을까? 그런 생각을 하니까 스칼렛은 몸이 떨려 오기 시작했다.

그녀는 옆에 놓인 작은 탁자로 손을 떨구고는, 방긋 웃는 두 아기 천사를 조각한 작은 도자기 장미 꽃병을 만지작거렸다. 방 안이 어찌나 고요한지 그녀는 침묵을 깨뜨리려고 비명이라도 지르고 싶은 충동을 느꼈다. 그녀는 무슨 짓인가 저지르지 않고서는 꼭 미쳐 버릴 듯한 기분이었다. 그녀는 꽃병을 집어 방의 건너편 벽난로를 향해 냅다 던졌다. 꽃병은 소파의 높다란 등받이를 겨우 넘어 대리석 벽난로 선반에 부딪혀 요란한 소리를 내며 산산조각이 났다.

「이거 너무하신데.」 소파에 푹 파묻혀 있던 남자의 목소리가 들려왔다.

그녀로 하여금 이토록 놀라거나 두렵게 했던 상황은 여태까지 한 번도 없었다. 입이 너무 바싹 말라 말도 나오지 않았다. 무릎에서 기운이 빠져 스칼렛이 겨우 의자의 등받이를 잡고 몸을 지탱하려니까, 소파에 누웠던 레트 버틀러가 몸을 일으키더니, 일부러 과장해서 예의를 차리며 그녀에게 절을 했다.

「그런 대화 때문에 오후의 낮잠이 방해를 받은 것만 해도 그런데, 왜 내 생명까지 위험에 빠져야 하나요?」

그는 현실이었다. 그는 유령이 아니었다. 하지만, 성자들이여 굽어살피소서, 그는 얘기를 다 들었다! 그녀는 기운을 차려 억지로나마 위엄을 되찾았다.

「거기 계시다는 기척이라도 해주셨어야죠.」

「그렇습니까?」 그의 하얀 이빨이 반짝거렸고, 대담하고도 검은 눈은 그녀를 보고 웃었다. 「하지만 침입자는 당신이었는데요. 나는 케네디 씨를 기다려야만 했고, 아마 나는 뒷마당에서도 달갑지 않은 인물일지 모른다는 기분이 들어서, 남들의 기분을 고려하여 환영받지 못하는 이 몸을 이곳으로 끌고 오면 조용히 시간을 보내게 되리라고 생각했죠. 하지만 뜻대로 안 되는군요!」 그는 어깨를 추스르고 작은 소리로 웃었다.

이 무례하고 건방진 남자가 얘기를 들었다니 ─ 차라리 죽으면 죽었지 절대로 말하지 않았더라면 좋겠다고 간절히도 바라던 얘기를 다 들었다는 생각을 하니, 그녀는 다시금 분노가 치밀어 올랐다.

「남의 얘기나 몰래 엿듣고 ─.」그녀는 화를 내며 말을 꺼내려 했다.

「남의 얘기를 몰래 엿들으면 아주 흥미진진하고 아는 게 많아져요.」그는 히죽 웃었다.「남의 얘기를 몰래 엿들은 오랜 경험에 의해 나는 ─」

「이봐요.」그녀가 말했다.「당신은 신사가 아니에요!」

「잘 보셨습니다.」그가 경쾌하게 대답했다.「그리고 당신은, 아가씨, 전혀 숙녀답지 못하죠.」그는 스칼렛을 아주 재미있는 여자라고 여기는 듯 또다시 작은 소리로 웃었다.「조금 아까 내가 엿들은 말과 행동을 하고 난 다음이라면, 어느 누구도 절대로 숙녀가 되긴 어려워요. 하지만 내가 보기에는 숙녀들이란 매력이 별로 없더구먼요. 난 숙녀들이 무슨 생각을 하는지 환히 알지만, 전혀 용기가 없는지 가정 교육을 못 받아서인지는 몰라도, 생각하는 바를 통 솔직하게 얘기하질 않아요. 그리고 그런 여자는 시간이 갈수록 따분해집니다. 하지만 당신은, 친애하는 오하라 아가씨, 아주 감탄할 정도로 보기 드물게 활기가 넘치는 여자이고, 나는 그래서 당신에게 경의를 표합니다. 당신처럼 격렬한 기질의 여자가 고상한 윌크스 씨한테서 어떤 매력을 느끼는지 난 납득이 가지를 않는군요. 그 사람은 당신처럼 ─ 그 친구가 뭐라고 표현했더라? ─ 〈삶에 대한 정열〉을 지닌 당신 같은 여자가 세상에 존재한다는 걸 무릎 꿇고 하느님에게 감사를 드려야 마땅하

214

지만, 그 맥 빠지고 한심한 친구는 ㅡ」

「당신은 그 사람 신발을 닦아 줄 만한 자격도 없어요!」 그녀가 격분해서 소리쳤다.

「그렇지만 당신은 죽을 때까지 그 사람을 증오하겠다고 했잖아요!」 그는 소파에 누웠고, 스칼렛은 그가 웃는 소리를 들었다.

그럴 능력만 있었다면 스칼렛은 그를 죽였으리라, 그렇지를 못해서 그녀는 그나마 겨우 되찾은 얼마쯤의 위엄을 갖추고 방에서 나와 묵직한 문을 쾅 닫았다.

그녀는 어찌나 빨리 층계를 올라갔는지 층계참에 도착했을 때는 졸도라도 할 듯 숨이 찼다. 난간을 움켜잡고 걸음을 멈춘 그녀는 분노와 굴욕감과 긴장감에서 오는 피로 때문에 가슴이 어찌나 방망이질을 하는지, 가슴이 옷을 뚫고 터져 나갈 듯싶었다. 그녀는 심호흡을 하려고 했지만, 어멈이 끈을 너무 단단히 묶어 놓아서 힘들었다. 만일 층계참에서 졸도한 그녀를 사람들이 발견한다면 뭐라고 생각할까? 아, 애슐리와, 버틀러라는 못된 남자와, 질투가 그토록 심한 얄미운 계집애들, 그들은 별의별 생각을 다 하리라! 평생 처음으로 그녀는 다른 처녀들처럼 냄새 약[40]을 몸에 지니고 다녔더라면 좋았으리라고 생각했지만, 그녀는 냄새 통[41]조차도 가지고 다닌 적이 없었다. 스칼렛은 어떤 일이 닥쳐도 현기증을 느끼지 않는다는 사실을 항상 무척 자랑스럽게 여겼다. 그러

40 주로 탄산 암모니아로 만들어 코에 갖다 대어 정신을 차리게 하는 약인데, 두통이나 뇌빈혈에 썼다.
41 정신 들게 하는 약을 넣는 금이나 은으로 만든 작은 상자에 향초를 적신 해면을 넣어 가지고 다녔다.

니 이제 와서 새삼스럽게 기절할 수야 없는 노릇이었다!

서서히 속이 울렁거리던 기분이 사라졌다. 곧 그녀는 머리가 맑아져서 인디아의 방 옆에 붙은 작은 화장실[42]로 소리 없이 살그머니 들어가서 코르셋을 풀고, 잠든 처녀들 옆 어느 침대로 기어 들어갈 준비를 했다. 스칼렛은 자기가 미친 여자와 같은 꼴이리라고 생각했으므로, 마음을 진정시키고 얼굴 표정을 가다듬으려고 애썼다. 혹시 누가 깨어 있다면 무슨 일이 잘못되었음을 눈치채리라. 그리고 어떤 일이 벌어졌는지는 절대로 아무도, 절대로 알아서는 안 된다.

층계참의 널찍한 뒤창을 통해 스칼렛은 나무 밑 의자와 정자 그늘에서 아직도 한가하게 돌아다니는 남자들을 보았다. 그녀는 그들이 너무나 부러웠다! 남자가 되어, 방금 그녀가 겪었던 그런 비참한 꼴을 전혀 당하지 않는다면 얼마나 좋을까. 눈이 화끈거리고 현기증을 느끼며 그들을 지켜보던 그녀는, 안쪽 마찻길에서 말발굽이 요란하게 울리고, 자갈이 흩어지는 소리와 어느 흑인에게 뭐라고 소리를 질러 물어보는 흥분한 목소리를 들었다. 또다시 자갈이 튀었고, 그녀의 시야를 가로질러 말을 탄 남자가 나무 밑의 한가한 무리를 향해 푸른 잔디밭 위로 달려갔다.

늦게 도착한 어떤 손님인 모양인데, 인디아가 자랑으로 여기는 잔디밭을 왜 말을 탄 채로 지나갈까? 스칼렛은 그가 누구인지 모르겠지만, 안장에서 성큼 내려 존 윌크스의 팔을 움켜잡은 그가 하는 얘기를 듣고 사람들이 한꺼번에 흥분하는 분위기를 눈치챘다. 큼직한 술잔과 종려나무 부채를 식탁과 땅바닥에 버려둔 채 사람들이 그의 주위로 몰려들었다. 거리가 멀기는 했어도 그녀는, 물어보고 사람을 부르느라고

42 변소가 아니라, 옷을 갈아입고 화장을 하는 침실 옆의 작은 방.

216

웅성거리는 목소리를 들었고, 화끈 달아오른 남자들의 흥분 감이 느껴졌다. 그러더니 혼란스러운 소음 속에서 마치 사냥 터에 나온 듯 스튜어트 탈턴이 〈예에아아이예에!〉라고 환호성을 올렸다. 그리고 그것은 스칼렛이 처음으로 듣게 된 반란의 함성이었다.

그녀가 지켜보는 사이에 탈턴 댁 네 아들과, 그 뒤를 이어 폰테인 댁 청년들이, 무리를 지은 사람들로부터 떨어져 나와 마구간을 향해 서둘러 달려가며 소리를 질렀다. 「짐스! 야, 짐스! 말에 안장을 얹어!」

〈누구네 집에 불이 난 모양이로구나.〉 스칼렛은 생각했다. 하지만 불이 났건 말건, 그녀가 할 일은 남들에게 들키기 전에 다시 침실로 돌아가는 것이었다.

그녀는 이제 훨씬 마음이 진정되어서, 발돋움을 하고 층계를 올라가 조용한 복도로 들어섰다. 밤이 되어 음악과 촛불이 아름답게 만발할 때까지 젊은 처녀들과 더불어 저택도 함께 편히 휴식을 취하려고 잠들기라도 했는지, 집 안에는 무겁고 후끈한 나른함이 가득했다. 그녀는 조심스럽게 화장실 문을 소리 없이 열고는 살그머니 안으로 들어갔다. 스칼렛이 채 문을 닫기도 전에, 침실로 통하는 맞은편 문의 틈으로 거의 귓속말에 가까운 허니 윌크스의 나지막한 목소리가 들려왔다.

「내 생각에 오늘 스칼렛은 진짜 천박하게 굴었어.」

스칼렛은 가슴이 다시금 미친 듯 뛰었고, 그 가슴을 꼭 잡아 진정시키려는 듯 자기도 모르게 손으로 움켜잡았다. 〈남의 애기를 몰래 엿들으면 아주 흥미진진하고 아는 게 많아져요.〉 기억이 조롱했다. 그녀는 다시 몰래 빠져나가야 하나? 아니면 밖으로 나가서 허니가 당황하는 꼴을 볼까? 하지만 다음 목소리를 듣자 그녀는 몸이 얼어붙었다. 멜라니의 목소리를 들은 그녀는 노새 여러 마리의 힘을 빌렸더라도 끌어낼 수가 없었으리라.

「아, 허니, 아니에요! 매정한 소리는 하지 마세요. 그저 명랑하고 활기가 넘쳐서 그럴 뿐이니까요. 난 스칼렛이 아주 매력적인 여자라고 생각했어요.」

〈아.〉 손톱이 박힐 정도로 가슴 옷을 움켜잡고 스칼렛은 생각했다. 〈저 입만 나불거리는 골칫거리 꼬마가 내 편을 다 들게 되다니!〉

그것은 허니의 노골적인 악담보다도 듣기 싫은 소리였다. 스칼렛은 어떤 여자도 믿어 본 적이 없었고, 어머니 이외의 어떤 여자도 이기적이 아닌 마음을 지녔으리라고는 전혀 믿지 않았다. 멜라니는 애슐리를 자신이 단단히 잡아 놓았음을 알았고, 그렇기 때문에 그런 기독교적인 정신을 발휘할 여유가 충분했다. 스칼렛은 멜라니가 정복자임을 과시할 뿐 아니라, 마음씨가 착하다는 소리도 곁들여 들으려는 속셈에서 그런 소리를 일부러 했다고 믿었다. 스칼렛 자신도 남자들에게 다른 여자 애기를 할 때면 똑같은 계략을 자주 사용했고, 그러면 그녀의 너그러움과 상냥함을 바보 같은 남자들은 틀림없이 믿게 되었다.

「글쎄요, 아가씨.」 언성을 높이며 허니가 신랄하게 말했다. 「아가씨는 장님인 모양이로군요.」

「조용해, 허니.」 샐리 먼로의 나지막한 목소리가 들려왔다. 「온 집안 사람들이 다 듣겠다!」

허니는 목소리를 낮추었지만 애기는 계속했다.

「그래, 그 애가 닥치는 대로 모든 남자하고, 심지어는 제 동생의 애인인 케네디 씨하고도 수작을 부리는 꼴을 너희들

도 봤잖아. 난 그런 여자 처음 봤어! 그리고 확실히 찰스에게
도 눈독을 들였고.」 허니는 어색해서인지 킬킬 웃었다. 「그리
고 너희들도 알다시피 찰스하고 난 ——」

「둘이서 정말 그런 사이란 말이니?」 흥분한 목소리들이 소
곤거렸다.

「글쎄, 애들아, 아무한테도 얘기하지 마. 아직은!」

또 키득거리는 소리가 났고, 누가 허니를 꼬집느라고 침대
의 용수철이 삐걱거렸다. 멜라니는 허니를 시누이로 맞게 되
어 얼마나 기쁜지 모르겠다는 말도 했다.

「난 그렇게 음탕한 계집은 처음 보니까, 스칼렛을 올케로
맞아들이면 조금도 기쁘지 않을 거야.」 헤티 탈턴의 괴로운
목소리가 들려왔다. 「하지만 그 애는 사실상 스튜어트와 약
혼한 거나 마찬가지라고. 브렌트 얘기로는 그 애가 자기한테
관심이 없다고 하지만, 그래도 브렌트는 스칼렛한테 홀딱 반
했어.」

「내가 알기로는 말이야.」 이상하게 잘난 체하며 허니가 말
했다. 「그 애가 관심을 보이는 사람은 꼭 한 사람밖에 없어.
그 사람이 바로 애슐리지!」

질문을 하고 말을 가로막으며 속삭이는 소리들이 마구 뒤
엉키는 사이에, 스칼렛은 두려움과 굴욕감으로 온몸이 싸늘
해졌다. 허니는 어리석고, 한심하고, 남자들에 관해서는 백치
였지만, 다른 여자들에 대한 그녀의 여성적인 육감을 스칼렛
은 지나치게 과소평가했었음을 깨달았다. 서재에서 애슐리
와 레트 버틀러에게 당했던 굴욕과 망가진 자존심은 이것에
비하면 바늘에 찔린 정도에 지나지 않았다. 남자들이라면,
심지어 버틀러 씨 같은 남자까지도, 입을 다물어 주리라고
믿어도 되겠지만, 들판의 사냥개처럼 허니 윌크스가 입을 놀

리고 돌아다닌다면, 6시도 되기 전에 카운티의 모든 사람이 비밀을 알게 될 터였다. 그리고 어젯밤에만 해도 제럴드는 카운티 사람들이 그의 딸을 비웃는 꼴을 보지 않겠다고 그랬었다. 그런데 이제 사람들이 얼마나 비웃어 댈까! 겨드랑이에서 끈끈한 땀이 갈빗대를 타고 흘러내리기 시작했다.

차분하게 가라앉고, 약간 꾸짖는 듯한 멜라니의 목소리가, 다른 목소리들보다 커졌다.

「허니, 그건 사실이 아니잖아요. 그리고 그런 나쁜 말을 하면 어떡해요.」

「내가 한 애긴 정말이고, 멜리, 좋은 면이라고는 하나도 없는 사람들에게서 항상 그렇게 좋은 점만 찾아내는 데 정신이 팔리지만 않았다면, 멜리도 진실을 알게 돼요. 그 앤 혼이 나야 해요. 스칼렛 오하라가 지금까지 한 짓이라고는 말썽이나 피우고 다른 여자의 애인이나 빼앗으려고 쫓아다니는 게 고작이었어요. 그 애가 진심으로 원하지도 않으면서 재미 삼아 스튜어트를 인디아한테서 빼앗았다는 걸 잘 알잖아요. 그리고 오늘도 스칼렛은 케네디 씨하고 애슐리하고 찰스를 꾀려고 ─.」

〈난 집으로 가야 해!〉 스칼렛은 생각했다. 〈난 집으로 가야 해!〉

마술의 힘으로 그녀가 안전한 타라 농장으로 날아갈 수만 있다면 얼마나 좋으랴. 엘렌이 곁에 있어서, 어머니를 보고, 치마폭에 매달려 울면서 무르팍에 얼굴을 파묻고, 속 시원히 애기를 털어놓을 수만 있다면 얼마나 좋으랴. 이런 애기를 한마디라도 더 들어야만 한다면 그녀는 안으로 달려 들어가, 허니의 헝클어진 머리를 몇 움큼씩 잡아 뜯고, 멜라니 해밀턴의 정숙함을 어떻게 생각하는지 보여 주기 위해 침을 뱉으리

라. 하지만 그녀는 벌써 오늘 백인 쓰레기처럼 천박한 짓을 했고, 그녀에게는 바로 그것이 문제였다.

그녀는 바스락 소리가 나지 않도록 치마를 두 손으로 누르고는 동물처럼 살며시 물러났다. 집으로, 나는 집으로 가야 한다. 닫힌 문들과 조용한 방들을 지나 복도를 달려 내려가며 그녀는 생각했다.

그녀가 앞쪽 현관에 이르렀을 때 새로운 생각이 불쑥 머리를 들었는데 — 그녀는 집으로 도망치면 안 되었다! 도망을 치다니! 그녀는 끝까지 버텨 나가야 하고, 여자들의 악담과 수치와 아픈 마음을 참아야 한다. 도망을 친다면 그들에게 더 많은 비웃음의 탄약만 마련해 주는 셈이었다.

그녀는 옆에 있는 높다랗고 하얀 기둥을 주먹으로 치고는, 자기가 삼손이 되어 열두 참나무 집을 몽땅 때려 부수고, 그 안에 숨은 사람들을 모조리 죽이고 싶었다. 그녀는 그들로 하여금 후회하게 만들리라. 그녀는 그들에게 맛을 보여 주리라. 어떻게 맛을 보여 줘야 할지는 잘 모르겠지만, 어쨌든 그녀는 그들에게 보여 줄 터였다. 그녀는 그들이 자기의 마음을 아프게 한 것 이상으로 그들의 마음을 아프게 하리라.

지금은 애슐리로서의 애슐리를 그녀는 잊어버렸다. 그는 스칼렛이 사랑하는 키가 크고, 졸린 듯한 모습의 청년이 아니었고, 윌크스 집안사람들, 열두 참나무 집, 카운티의 한 부분이요 한 조각이었으며, 그들이 그녀를 비웃었기 때문에 스칼렛은 그들 모두를 증오했다. 열여섯 살이라는 나이라면 허영심이 사랑보다 강하게 마련이었고, 지금 그녀의 뜨거운 마음속에는 증오 이외의 어떤 감정도 들어설 여유가 없었다.

〈난 집으로 가지 않겠어.〉 그녀는 생각했다. 〈나는 여기 남아서, 그들이 후회하도록 만들어야 해. 그리고 난 절대로 어머니한테는 얘기하지 않겠어. 그래, 난 어느 누구에게도 절대로 비밀을 얘기하지 않을 테야.〉 그녀는 다시 집으로 들어가 층계를 올라가서 침실로 들어갈 생각으로 마음을 다졌다.

돌아선 그녀는 길게 뻗어 나간 복도의 다른 쪽 끝에서 집으로 들어오는 찰스를 보았다. 스칼렛을 보자 그는 서둘러 그녀에게로 왔다. 그는 머리가 헝클어졌고, 얼굴은 흥분해서 거의 제라늄 빛깔이었다.

「무슨 사건이 터졌는지 알아요?」 그녀에게 다다르기도 전에 그가 소리쳤다. 「소식 들었어요? 폴 윌슨이 방금 존즈버러에서 말을 타고 와서 전한 소식 말이에요!」

그는 그녀에게로 오다가, 숨이 차서 말을 잠깐 중단했다. 그녀는 아무 말도 않고 그를 빤히 쳐다보기만 했다.

「링컨 대통령이 사람들을, 병사들을 — 아니, 지원병 얘긴데요 — 7만 5천 명이나 소집했답니다!」

또 링컨 얘기로구나! 남자들은 정말로 중요한 일들은 전혀 생각조차 안 하나? 그녀가 마음의 상처를 받고 평판이 나빠질 대로 나빠진 판국인데, 여기 이 멍청이는 링컨의 하찮은 행동에 관한 얘기를 듣고 그녀가 덩달아 흥분이라도 하기를 기대했다.

찰스는 그녀를 빤히 쳐다보았다. 그녀는 얼굴이 백지장처럼 새하얗고, 가늘게 뜬 두 눈은 에메랄드처럼 이글거렸다. 그는 그토록 불타오르는 얼굴, 그토록 빛을 발산하는 눈을 어느 여자에게서도 본 적이 없었다.

「난 너무 눈치가 없는 사람이에요.」 그가 말했다. 「그렇게 불쑥 얘기하는 게 아닌데 그랬어요. 난 여자들이 얼마나 섬세한지를 잊어버렸던 거예요. 나 때문에 흥분했다면 죄송합니다. 기절할 기분은 아니시겠죠, 안 그래요? 물 한잔 갖다 드릴까요?」

「아니에요.」 그녀가 대답하고는 뒤틀린 미소를 겨우 지었다.

「자리에 가서 앉을까요?」 그녀의 팔을 잡고 그가 물었다.

그녀는 머리를 끄덕였고, 그는 조심스럽게 손을 잡아 그녀를 데리고 앞쪽 층계를 내려가 잔디밭을 가로질러 앞마당의 제일 큰 참나무 밑 철 의자로 이끌고 갔다. 전쟁과 폭력이라는 말만 꺼내도 기절을 하니 여자들이란 얼마나 연약하고 부드러운가, 그는 생각했다. 그런 생각을 하니 그는 무척 남자다운 기분이 들었고, 그래서 더욱 친절하게 그녀를 자리에 앉혔다. 그녀는 너무나 이상해 보였고, 그녀의 창백한 얼굴에서는 그의 가슴을 두근거리게 만드는 어떤 야성적인 아름다움이 엿보였다. 혹시 그가 전쟁터로 갈지도 모른다는 생각에 스칼렛이 상심하지는 않았을까? 아니다, 그것은 너무 자만심에서 우쭐대는 생각이니까 믿으면 안 되었다. 하지만 스칼렛이 왜 그토록 묘한 눈으로 그를 쳐다보았을까? 그리고 레이스가 달린 손수건을 만지작거리는 그녀의 손이 왜 떨렸을까? 그리고 새까맣고 짙은 그녀의 속눈썹 — 그 속눈썹은 그가 읽은 여러 소설에 등장하는 처녀들의 눈처럼, 수줍음과 사랑 때문에 파르르 떨렸다.

그는 얘기를 꺼내려고 세 번이나 목청을 가다듬었지만, 세 번 다 실패했다. 그녀의 초록빛 눈이 마치 그가 보이지 않는다는 듯, 너무나 꿰뚫어지게 그를 쳐다보았기 때문에 그는 눈을 떨구었다 —.

〈이 사람은 돈이 굉장히 많아.〉 그녀는 머리가 빨리 돌아갔고, 어떤 생각과 계획이 얼핏 스쳐 지나갔다. 〈그리고 이 남자에게는 나를 귀찮게 괴롭힐 부모도 없고, 우린 애틀랜타에서 살게 되지. 그리고 만일 내가 당장 그와 결혼한다면, 내가 애슐리에게 관심이 조금도 없고 ― 그냥 불장난 삼아 그를 사귀었음을 애슐리에게 증명하는 셈이야. 그리고 우리들이 결혼하면 허니는 죽고 싶겠지. 그 애는 절대로, 절대로 애인을 또다시 구하지 못할 테고, 모두들 그 애를 보고 정신이 나갈 정도로 웃어 대겠지. 그리고 찰스를 그토록 사랑하는 멜라니도 속이 상하겠고. 그리고 스튜와 브렌트도 크게 상심하고 ―.〉 스칼렛은 말이 많은 누이동생들을 두었다는 이유 말고는 왜 그녀가 그들의 마음에 상처를 주고 싶은지 따지고 싶지도 않았다. 〈그리고 멋진 마차를 타고, 예쁜 옷을 잔뜩 가지고, 내가 살 집도 따로 있는 몸이 되어 이곳으로 찾아오면, 그들은 약이 잔뜩 오를 거야. 그러면 그들은 절대로, 절대로 나를 비웃지 못해.〉

「물론 그건 전투를 의미하죠.」 몇 번 더 어정쩡한 시도를 한 다음에 찰스가 말했다. 「하지만 한 달이면 그들이 아우성치며 도망치고 다 끝날 테니까, 미스 스칼렛, 불안해하지 말아요. 그럼요! 아우성치며 놈들이 도망친다고요! 난 무슨 대가를 치르더라도 그 순간을 꼭 봐야 되겠어요. 의용대가 존즈버러에서 소집될 테니까, 오늘 밤 무도회는 제대로 열리지 못하리라는 생각이 드는군요. 탈턴 댁 형제들이 소식을 전하러 갔어요. 여자들이 섭섭해하리라는 건 나도 압니다.」

그녀는 더 할 말도 없어서 〈그래요〉라고 말했지만, 그 말이면 충분했다.

그녀는 차분함을 되찾기 시작했고, 저절로 마음이 가라앉았다. 그녀의 모든 감정에는 서리가 덮였고, 다시는 따스함을 하나도 느끼지 못하리라고 생각했다. 이 예쁘장하고 발그스름한 얼굴의 청년을 택하지 못할 이유는 무엇인가? 그는 누구 못지않게 훌륭했고, 그녀는 상대가 누구이냐는 관심도 없었다. 그렇다, 그녀는 아흔 살까지 산다고 해도 다시는 무엇에 대해서도 전혀 관심을 느끼지 않으리라.

「난 웨이드 햄프턴 씨가 이끄는 사우스캐롤라이나 부대하고 애틀랜타 수비대 가운데 어느 부대를 따라가야 할지 마음이 서지를 않아요.」

그녀는 다시 〈그래요〉라고 말했고, 그들은 눈길이 마주쳤는데, 파르르 떨리는 그녀의 속눈썹에 그는 온몸이 녹아 버릴 지경이었다.

「나를 기다려 주겠습니까, 미스 스칼렛? 우리들이 놈들을 무찌를 때까지 당신이 ── 당신이 기다려 주리라는 언약만 해주신다면, 난 감격할 거예요!」 그는 숨을 죽이고 그녀의 말을 기다렸고, 양쪽 끝이 꼬부라져 올라간 그녀의 입술을 지켜보며, 처음으로 그녀 입가의 그림자를 눈여겨보고는, 그 입에 키스를 하면 기분이 어떨까 상상했다. 땀으로 끈적거리는 그녀의 손이 그의 손으로 미끄러져 들어왔다.

「난 기다리고 싶지 않아요.」 그녀의 눈이 몽롱해졌다.

그녀의 손을 움켜쥔 그는 입이 딱 벌어졌다. 속눈썹 밑으로 그를 지켜보며 스칼렛은 그가 작살에 찍힌 개구리 같다고 초연하게 생각했다. 그는 몇 차례 말을 더듬었고, 입을 벌렸다가 다시 다물었고, 얼굴은 또다시 제라늄 빛깔이 되었다.

「나를 사랑해 줄 수는 없겠습니까?」

그녀는 아무 말도 하지 않고 눈을 떨구었으며, 찰스는 다시금 황홀하고도 당황한 상태에 빠졌다. 어쩌면 남자는 그런 질문을 여자한테 해서는 안 되는 모양이었다. 그리고 아마도 그런 질문에 여자가 냉큼 대답을 하면, 그것은 처녀다운 일이 아닌지도 모를 노릇이었다. 지금까지 그런 상황에 뛰어들 용기를 전혀 가지지 못했던 찰스는 지금도 어떻게 행동해야 할지를 몰라서 당황했다. 그는 소리를 지르고, 노래하고, 그녀에게 키스하고, 잔디밭을 뛰어 돌아다니고, 흑인이건 백인이건 간에 아무한테나 달려가 스칼렛이 그를 사랑한다고 말해 주고 싶었다. 하지만 그녀의 반지가 살을 파고들 정도로 그는 스칼렛의 손을 꽉 움켜잡기만 했다.

「나하고 곧 결혼해 주시겠어요, 미스 스칼렛?」

「그거요.」드레스의 접힌 자락을 만지작거리며 그녀가 말했다.

「멜라니하고 합동결혼식을 하면 어떨지 ─」

「싫어요.」음산한 빛을 발산하는 눈으로 그를 올려다보고 스칼렛이 재빨리 말했다. 찰스는 자기가 또 실수를 했음을 알았다. 물론 여자는 자기 혼자만의 결혼식을 원하고, 그 영광을 누구와도 나누고 싶어 하지 않았다. 그의 갖가지 실수를 그냥 눈감아 주다니 그녀는 얼마나 마음이 착한가. 지금이 밤이어서, 어둠으로부터 용기를 얻어, 그녀의 손에 키스하고, 그가 하고 싶은 말을 시원히 한다면 얼마나 좋으랴.

「당신 아버지한테는 언제 얘기를 하면 될까요?」

「빠를수록 좋겠어요.」그녀가 일부러 부탁하기 전에 반지를 찍어 누르는 손을 그가 놓아주기만 바라면서 스칼렛이 말했다.

그는 벌떡 일어섰고, 잠깐 동안 그녀는 찰스가 마구 껑충껑충 뛰려는 모양이라고 생각했지만, 그는 체면을 차리느라고 자제했다. 그는 깨끗하고 소박한 마음이 가득 담긴 눈으로, 눈부신 표정을 지으며, 그녀를 내려다보았다. 지금까지 그런 표정으로 그녀를 쳐다본 사람은 아무도 없었고, 앞으로 어떤 다른 남자에게서도 그런 눈길은 찾아볼 기회가 없겠지만, 묘하게 초연한 마음으로 그녀는 찰스가 송아지처럼 생겼다는 생각만 했다.

「내가 지금 당장 당신 아버지를 만나 뵙겠어요.」싱글벙글 미소를 지으며 그가 말했다. 「난 기다리고 싶질 않아요. 내가 자리를 뜨는 걸 양해해 주시겠어요, 귀여운 당신?」애정을 나타내는 호칭이 입에서 잘 나오지를 않았지만, 일단 말을 하고 나니까 기분이 좋아져서, 그는 다시 그 애칭을 반복해 보았다.

「그러세요.」그녀가 말했다. 「난 여기서 기다리겠어요. 여긴 아주 서늘하고 쾌적하니까요.」

그는 잔디밭을 가로질러 가서 집 모퉁이를 돌아 사라졌고, 그녀는 바스락거리는 참나무 밑에 혼자 남았다. 마구간에서는 남자들이 말을 타고 줄지어 나왔고, 검둥이 하인들은 주인들의 뒤를 바짝 따라갔다. 먼로 댁 청년들이 모자를 흔들며 질주해 지나갔으며, 폰테인 댁과 캘버트 댁 사람들은 소리를 지르며 길을 내려갔다. 탈턴 댁 네 형제는 그녀 옆의 잔디밭을 가로질러 돌진했고, 브렌트가 소리쳤다. 「어머니가 우리들에게 말을 주기로 했어요! 예에아아아이예에!」잔디가 뜯어져 튀었고, 그들은 스칼렛을 혼자 남겨 두고 가버렸다.

하얀 저택의 높다란 기둥들이 그녀 앞에서 우뚝 일어나서는, 위엄을 부리며 무시하는 태도로 그녀에게서 뒤로 물러나는 듯싶었다. 이제 이곳은 절대로 그녀의 집이 되지 않을 운명이었다. 애슐리는 그녀를 신부로 맞아, 두 팔로 그녀를 안고 문턱을 넘어서는 일이 절대로 없으리라. 오, 애슐리, 애슐리! 내가 무슨 짓을 했던가? 그녀의 마음속 깊은 곳, 상처를 받은 자존심과 냉정한 현실성의 여러 껍질 밑에서 무엇인가 아프게 술렁거렸다. 그녀의 허영심이나 집요한 이기심보다 강한 어른스러운 감정이 태어나는 중이었다. 그녀는 애슐리

를 사랑했고, 자신이 그를 사랑함을 알았고, 마침 그 순간에
자갈을 깐 곡선 산책 길을 돌아 사라지는 찰스를 지켜보면
서, 애슐리를 한없이 그리워했다.

제7장

두 주일 안에 스칼렛은 아내가 되었고, 다시 채 두 달도 되기 전에 그녀는 미망인이 되었다. 앞뒤 생각도 해보지 않고 그토록 심하게 서둘러 스스로 짊어진 속박으로부터 곧 해방이 되기는 했지만, 그녀는 결혼을 하지 않았던 시절의 분방했던 자유를 다시는 맛보지 못하게 되었다. 결혼을 하자마자 미망인이 되었지만, 곧 임신했음을 알고 그녀는 당황했다.

세월이 흐른 다음에, 1861년 4월의 마지막 며칠을 생각할 때면, 스칼렛은 자세한 내용은 잘 기억이 나지 않았다. 시간과 사건들은 현실감이나 타당성이 전혀 없는 악몽처럼 서로 뒤죽박죽 마구 뒤엉켰다. 죽을 때까지 그녀의 기억에서는 이 시기가 공백으로 남게 되었다. 그녀가 찰스를 받아들일 때부터 결혼식까지의 기간의 기억이 특히 애매했다. 두 주일이라니! 평화 시라면 그토록 짧은 약혼 기간이란 불가능했으리라. 평화 시였다면 1년이나 적어도 여섯 달에 걸친 화려한 기간이 계속되었으리라. 하지만 남부는 전쟁의 불길에 싸였고, 사건들은 거센 바람에 실려 날아가듯 빠른 속도로 요란하게 흘러갔고, 옛날의 느린 템포는 사라졌다. 엘렌은 스칼렛이 시간을 충분히 가지고 앞뒤를 따져 보게 하려고 두 손을 쥐

어쩌며 결혼을 연기하도록 타일렀다. 하지만 그녀가 애원해도 스칼렛은 심술이 난 얼굴로 못 들은 체했다. 꼭 결혼을 하리라! 그것도 빨리. 두 주일 안에.

애슐리가 복무 명령을 받기만 하면 즉시 의용대와 더불어 떠날 수 있도록 그의 결혼식이 가을에서 5월 초하루로 앞당겨지자, 스칼렛은 그녀의 결혼식을 애슐리보다 하루 일찍 잡았다. 엘렌이 반대했지만, 웨이드 햄프턴 부대에 가입하려고 어서 사우스캐롤라이나로 떠나고 싶어 초조했던 찰스는, 갑자기 몸에 밴 열변을 토하며 애원했고, 제럴드는 젊은 두 사람의 편을 들었다. 제럴드는 전쟁의 열기에 흥분했고 스칼렛이 그토록 훌륭한 짝을 구해서 기뻤으며, 전쟁이 벌어진 판에 자기가 뭐라고 젊은 사랑의 길을 가로막는다는 말인가? 남부 어디에서나 다른 어머니들이 그러듯 엘렌은 마음이 흔들려 결국 굴복했다. 여유만만하던 그들의 세계는 엉망진창이 되었고, 설득과 기도와 충고는 그들을 휩쓸고 내려가는 거센 힘 앞에서 아무 소용도 없었다.

남부는 열광과 흥분에 도취했다. 단 한 번의 전투로 전쟁이 끝나리라고 그들은 믿었고, 그래서 젊은이들은 전쟁이 끝나기 전에 입대하려고 너도나도 서둘렀으며 ─ 양키들을 거꾸러뜨리려고 버지니아로 달려가기 전에 사랑하는 여인과 결혼식을 올리려고 다시 서둘렀다. 카운티에서는 전시(戰時) 결혼식이 수십 군데서 열렸으며, 누구나 다 같이 분주하고 흥분해서 엄숙히 생각하거나 눈물을 흘릴 틈이 없었으므로, 이별의 슬픔을 맛볼 시간도 거의 없었다. 여자들은 군복을 만들고, 양말을 뜨고, 붕대를 말았고, 남자들은 훈련을 받고 사격술을 익혔다. 군인들을 잔뜩 실은 기차가 날마다 존즈버러를 지나 북쪽의 애틀랜타와 버지니아로 갔다. 상류층 정예 중대급 민병대인 어떤 부대는 주홍과 경쾌한 파랑과 초록색의 화려한 제복을 입었고, 규모가 작은 어떤 부대는 수직물(手織物) 옷에 너구리 모자[43]를 썼고, 제복이 없는 어떤 부대는 포플린과 고운 아마포를 걸쳤고, 훈련도 반쯤만 받고 무장도 반쯤만 한 그들은 의기충천해서 들놀이라도 나가는 기분으로 함성을 질러 댔다. 이런 남자들의 모습을 보면 카운티 청년들은 그들이 버지니아에 다다르기도 전에 전쟁이 끝나 버릴까 봐 걱정이 되어 조바심했고, 의용대의 출발을 위한 준비도 빨라졌다.

이런 소용돌이의 한가운데서 스칼렛의 결혼식 준비가 추진되었고, 일이 어떻게 돌아가는지 정신을 차릴 사이도 없이 어느새 그녀는 엘렌의 결혼 예복을 입고 면사포를 쓰고는 아버지의 팔에 매달려 타라의 널찍한 층계를 내려와 집을 가득 메운 손님들 앞에 섰다. 나중에 그녀는 벽에서 활활 타오르던 수백 개의 촛불과, 좋아하면서도 조금쯤은 의아해서 딸의 행복을 비느라고 조용히 기도를 드리며 입술을 움직이던 어머니의 얼굴과, 브랜디 기운에 얼굴이 벌겋게 되어 딸이 돈도 많고 역사도 깊은 훌륭한 가문으로 시집을 간다고 자랑스러워하던 제럴드, 그리고 멜라니와 팔짱을 끼고 층계 밑에 서 있던 애슐리를 꿈속에서처럼 아득하게 기억했다.

애슐리의 얼굴에 나타난 표정을 보고 그녀는 생각했다. 〈이것은 현실이 아냐. 이럴 수가 없어. 이것은 나쁜 꿈이야. 나는 잠이 깨면 이것이 악몽이었음을 알게 되겠지. 내가 지금 이런 생각을 하다가는 여기 잔뜩 모인 사람들 앞에서 비명을 지르기 시작할지도 몰라. 지금 나는 생각을 할 수가 없어. 난

43 서부 개척자들이나 사냥꾼들이 즐겨 쓰던 모자로, 꼬리까지 달린 채로 너구리 털가죽으로 만들었다.

견뎌 낼 힘이 생긴 다음에 — 그이의 눈을 보지 않아도 될 때, 나중에 생각할 테야.〉

미소를 짓는 사람들로 이어진 통로를 따라 지나가고, 찰스의 새빨간 얼굴과 더듬거리는 목소리와 그녀 자신의 너무나 놀랄 정도로 또렷하고 너무나 싸늘한 대답, 이 모두가 꿈만 같았다. 그리고 나중에 받은 축하와 키스와 축배와 춤 — 모두가, 모두가 꿈같았다. 심지어는 그녀의 뺨에 애슐리가 입을 맞추던 감촉과, 그리고 〈자, 우리는 정말로 참된 시누이올케가 되었어요〉라던 멜라니의 나지막한 속삭임도 현실이 아니었다. 심지어는 뚱뚱하고 감정에 예민한 찰스의 고모 피티팻 해밀턴이 졸도를 해서 야기된 흥분까지도 어딘가 악몽을 닮았었다.

하지만 춤과 축배가 마침내 다 끝나고 동트는 새벽이 왔을 때, 타라 저택과 감독이 사는 집에 최대한 몰아넣은 애틀랜타 손님들이 침대와 소파와 마룻바닥의 허술한 잠자리에서 잠이 들고, 이웃들은 다음 날 열두 참나무 집에서 열릴 결혼식에 참석하기 전에 휴식을 취하러 집으로 돌아간 다음에, 그제야 꿈처럼 몽롱하던 세상은 현실 앞에서 수정처럼 산산이 부서졌다. 현실에서는, 찰스가 낯을 붉히며 그녀의 화장실에서 잠옷 셔츠 바람으로 나오다가, 홑이불을 잔뜩 끌어올려 몸을 가리고 그를 쳐다보던 그녀의 놀란 눈길과 시선이 마주치자, 얼굴을 돌렸다.

물론 그녀는 결혼한 남녀가 같은 침대를 써야 한다고 알았지만, 여태껏 한 번도 그런 생각을 염두에 두었던 적이 없었다. 어머니와 아버지의 경우에는 아주 자연스럽게 여겨졌지만 그녀는 이 사실을 그녀 자신에게 적용시켰던 적이 전혀 없었다. 바비큐 파티 이후 처음으로 지금 그녀는 자신에게 스스로 무슨 일을 저질렀는지를 깨달았다. 자신의 성급한 행동으로 인해서 고민에 빠졌고, 애슐리를 영원히 상실한다는 고뇌로 가슴이 아플 때, 진심으로 결혼하고 싶지는 않았던 이 낯선 남자가 그녀와 함께 잠자리에 든다는 생각을 하니, 스칼렛은 기가 막혔다. 그가 머뭇거리며 침대로 다가오자 그녀는 이를 악물고 소리를 죽여 말했다.

「나한테 가까이 오면 막 소리를 지르겠어요. 정말이에요! 난 목이 터지라고 소리를 지르겠다고요! 저리 가요! 감히 내 몸에 손 댈 생각 말아요!」

그래서 찰스 해밀턴은, 신부의 섬세한 기분과 얌전함을 이해했기 때문에, 아니, 이해했다고 생각했기 때문에, 별로 불쾌한 감정을 안 느끼며 결혼 초야를 구석의 안락의자에서 보냈다. 그는 그녀의 두려움이 가라앉을 때까지 기꺼이 기다리고 싶었지만 아무리 ― 아무리 그렇더라도 ―. 편안한 자세를 찾으려고 몸을 비비 틀고 잠을 청하면서, 그는 곧 전쟁터로 갈 몸이라는 생각에 저절로 한숨이 나왔다.

그녀 자신의 결혼식도 악몽이나 마찬가지였지만, 애슐리의 결혼식은 더욱 괴로웠다. 스칼렛은 수백 개의 촛불이 타오르는 열두 참나무 집의 응접실에서 사과처럼 초록 빛깔인 〈신혼 이틀째〉 드레스를 입고 서서, 어젯밤과 똑같은 사람들이 붐비는 속에서, 멜라니 해밀턴의 자그마하고 평범한 얼굴이 눈부신 아름다움으로 변모하는 모습을 멀리서 지켜보았다. 이제 애슐리는 영원히 떠나갔다. 그녀의 애슐리가. 그렇다, 이제는 그녀의 애슐리가 아니다. 애슐리가 그녀의 소유였던 적이 언제 있기나 했던가? 만사가 너무나 뒤죽박죽이 되어 그녀는 머리가 피곤하고, 너무나 어리벙벙했다. 그는 그녀를 사랑한다고 그랬지만, 그렇다면 무엇이 그들을 갈라놓았을까? 기억이 나기만 한다면 얼마나 좋으랴. 그녀는 찰스와 결혼함으로써 말 많은 카운티 사람들의 입을 막아 버렸지만, 이제는 소문이 무슨 상관이란 말인가? 전에는 그것이 그토록 중요한 듯싶었지만, 이제는 전혀 중요하지가 않았다. 중요한 것이라고는 애슐리뿐이었다. 이제 그는 가버렸고, 사랑하기는커녕 심하게 경멸하는 남자와 그녀는 결혼하고 말았다.

아, 이 모든 일을 그녀는 얼마나 후회했던가. 그녀는 못생긴 제 얼굴이 미워 코를 베어 버린다는 소리를 자주 들었지만, 지금까지는 그것을 단순한 비유라고만 생각했었다. 이제야 그녀는 그 말이 의미하는 바를 알게 되었다. 그리고 찰스에게서 해방되어 안전하게 타라로 돌아가, 전처럼 결혼을 하지 않은 처녀가 되고 싶다는 미칠 듯한 욕망에 시달리면서도, 탓할 사람은 자기 자신뿐이라는 사실도 알았다. 엘렌이 말리려고 했었지만, 말을 듣지 않았던 사람은 스칼렛이었다.

그래서 그녀는 멍한 기분으로 애슐리의 결혼식에서 밤이 새도록 춤을 추고, 기계적으로 얘기를 나누며 미소를 지었고, 그녀를 행복한 신부라고 생각하여 비통한 마음을 알지 못하는 사람들의 우둔함을 오히려 이상하게 생각하는 엉뚱한 마음이 들었다. 하기야 그들이 모르는 편이 천만다행이기는 하다!

그날 밤 어멈이 그녀가 옷을 벗도록 도와준 다음 가버리고, 이틀째 밤도 말총 의자에서 자야 하는지 궁금해하며 찰스가 멋쩍은 표정으로 화장실에서 나왔을 때, 그녀는 울음을 터뜨렸다. 스칼렛은 찰스가 그녀의 옆, 침대로 기어 올라와 위로의 말을 할 때까지, 더 이상 눈물이 나오지 않을 때까지 울었고, 결국은 그의 어깨에 기대고 조용히 흐느껴 울며 누왔다.

전쟁만 아니었더라면 결혼한 두 부부가 새러토가나 화이트설퍼로 신혼여행을 떠나기 전에, 그들을 축하하는 무도회와 바비큐 파티가 벌어지는 카운티 이곳저곳을 찾아다니느라고 한 주일을 바삐 보냈으리라. 전쟁만 아니었더라면 스칼렛은 셋째 날, 넷째 날, 다섯째 날 드레스를 입고 그녀를 축하하는 파티에 참석하려고 폰테인 댁과 캘버트 댁과 탈턴 댁을 방문했으리라. 하지만 지금은 파티도 없었고, 신혼여행도 없었다. 결혼식 한 주일 후에 찰스는 웨이드 햄프턴 대령과 합류하러 떠났고, 두 주일 후에는 애슐리와 의용대가 떠나 카운티 전체가 썰렁해졌다.

그 두 주일 동안에 스칼렛은 애슐리를 단둘이서 만난 적이 한 번도 없었고, 개인적인 얘기를 한마디도 나누지 못했다. 기차를 타러 가는 길에 타라에 들렀을 때, 끔찍한 이별의 순간에도 그녀는 그와 단둘이 얘기할 기회를 얻지 못했다. 둥근 모자를 쓰고 목도리를 둘렀으며, 갓 몸에 밴 유부녀로서의 위엄을 갖춘 차분한 멜라니가 그의 팔에 매달렸고, 백인이건 흑인이건 타라의 모든 사람이 전쟁터로 떠나는 애슐리를 배웅하러 나왔다.

멜라니가 〈스칼렛에게 키스를 하셔야죠, 애슐리. 이제는 내 올케가 되었잖아요.〉라고 말했더니, 애슐리는 팽팽하게 긴장한 표정을 짓고 싸늘한 입술을 그녀의 뺨에 갖다 댔다. 멜라니가 권했다는 사실이 꽤나 못마땅했던 스칼렛은 키스가 조금도 기쁘지 않았다. 작별할 때 멜라니의 포옹은 숨이 막힐 지경이었다.

「나와 피티팻 고모님을 만나러 애틀랜타로 놀러 오겠죠, 안 그래요? 아, 스칼렛, 우린 스칼렛의 방문을 너무나 원해요! 우린 찰리의 아내와 더 친해지고 싶거든요.」

다섯 주일이 흐르는 동안, 소심한 찰스가 사우스캐롤라이나에서 보낸 열광과 애정이 넘치는 편지들은 그의 사랑과, 전쟁이 끝난 다음을 위한 장래 교육과, 그녀를 위해 영웅이 되고 싶다는 소망과, 사령관 웨이드 햄프턴에 대한 존경심을 얘기했다. 일곱 주일째가 되자 햄프턴 대령이 직접 보낸 전보와, 친절하고도 엄숙하게 조의를 표하는 편지가 도착했다. 찰스가 죽었다. 대령은 더 일찍 전보를 치려고 했었지만, 병이 대단치 않다고 생각했던 찰스는 가족에게 걱정을 끼치고 싶지 않다고 했었다. 불행한 청년 찰스 해밀턴은 사랑을 쟁탈했다고 생각함으로써 기만당했을 뿐 아니라, 싸움터에서의 영광과 명예에 대해 잔뜩 부풀었던 희망도 뜻을 이루지 못했다. 그는 사우스캐롤라이나의 병영까지만 가서 양키들은 한 번 보지도 못한 채 발진에 이어 폐렴을 앓다가 굴욕적으로 곧 죽고 말았다.

때가 되자 찰스의 아들이 태어났고, 아버지의 사령관 이름을 따서 사내아이들 이름을 붙이는 유행 때문에 그를 웨이드 햄프턴 해밀턴이라고 부르게 되었다. 스칼렛은 임신했다는 사실을 알고는 절망에 빠져 울었고, 차라리 죽고 싶었다. 하지만 그녀는 불편함을 별로 느끼지 않은 채 임신 기간을 지냈고, 별로 힘도 안 들이고 출산을 한 다음, 어찌나 빨리 회복했던지, 숙녀라면 훨씬 더 힘들어 해야 하는 법인데 이러면 너무나 천박한 일이라고, 단둘이 있을 때 어멈이 그녀에게 일러 주었다. 그런 사실도 숨기기는 했지만, 스칼렛은 아이에 대해서 별로 애정을 느끼지 못했다. 그녀는 아이를 원하지 않았었고, 그가 태어났음을 못마땅하게 생각했고, 이제 막상 태어나기는 했어도 스칼렛은 그가 그녀의 아이, 그녀의 한 부분이라는 사실이 믿어지지 않았다.

그녀는 웨이드를 출산하고 나서 창피할 만큼 짧은 기간 동안에 육체적으로 회복하기는 했지만, 정신적으로는 아직도 멍하고 병든 상태였다. 농장의 모든 사람이 그녀에게 활기를 되찾아 주려고 애썼지만, 스칼렛은 맥이 빠졌다. 엘렌은 걱정스러워서 늘 이마를 찌푸린 채 돌아다녔고, 제럴드는 평상시보다 욕을 더 자주 하고, 존즈버러에서 쓸데없는 갖가지 선물을 스칼렛에게 가져다주었다. 심지어는 노의사 닥터 폰테인까지도, 유황과 당밀(糖蜜)과 약초로 만든 강장제를 썼는데도 스칼렛이 기운을 차리지 못하니까, 어찌 된 영문인지 모르겠다고 푸념했다. 의사는 엘렌을 따로 불러서, 스칼렛이 그토록 변덕스럽게 짜증을 내다가는 곧 풀이 죽곤 하는 이유가 상심을 했기 때문이라고 설명했다. 하지만 만일 이유를 털어놓을 마음이 내켰다면, 훨씬 복잡한 다른 문제 때문이라고 스칼렛은 반박했으리라. 그녀는 자신이 실제로 어머니가 되었으며, 그리고 무엇보다도 애슐리가 없기 때문에 심한 권태와 당혹을 느껴 그토록 비탄에 빠졌다는 얘기를 그들에게 하지 않았다.

그녀의 권태는 심각했고, 사라질 줄을 몰랐다. 의용대가 전쟁터로 떠난 이후로는 아무런 즐거운 행사나 사교 생활도 없어졌으므로 카운티는 허전했다. 탈턴 댁 네 아들, 캘버트 댁 두 형제, 폰테인 댁 청년들, 먼로 댁 청년들, 존즈버러와 파예트빌과 러브조이에서 온 젊고 매력적인 수많은 남자들 — 관심을 끄는 모든 젊은이들이 사라졌다. 보다 나이가 많은 남자들과 불구자와 여자들만 남았고, 그들은 군대를 위해 돼지와 양과 소를 더 많이 치거나, 바느질과 뜨개질을 하거나, 목화와 곡식을 더 많이 재배하며 지냈다. 수엘렌의 중년 애인 프랭크 케네디가 통솔하는 병참 부대가 매달 보급품을 수집하러 말을 타고 다녀갈 때 이외에는, 진짜 남자라고는 구경조차 할 기회가 없었다. 병참 부대 사람들을 봐도 별로 신이 나지 않았고, 빌빌거리며 추파를 던져 오는 프랭크의 꼴을 보면 짜증이 나서 결국 스칼렛은 그에게 제대로 예절조차 차리기도 싫어졌다. 차라리 그와 수엘렌이 어서 결혼이라도 해버리면 좋으련만!

혹시 병참 부대 남자들이 훨씬 멋있었다고 해도 그녀의 처지에 변화를 일으키는 데 아무런 도움이 되지 못했을 터였다. 미망인이었으므로 그녀의 마음은 무덤에 파묻혔다. 적어도 다른 사람들은 그녀의 마음이 무덤에 파묻혔다고 생각했으며, 거기에 알맞게 그녀가 처신하기를 기대했다. 그런 기대가 그녀를 짜증스럽게 만들었던 까닭은, 아무리 애를 써도 스칼렛은, 그녀가 결혼해 주겠다고 말했을 때 그의 얼굴에 죽어 가는 송아지 같은 표정이 나타났다는 정도 이외에는, 찰스에 관해서 아무것도 기억조차 나지 않았기 때문이었다. 그리고 그나마의 기억조차도 희미해져 가는 중이었다. 하지만 그녀는 미망인이었고, 몸가짐을 삼가야 했다. 결혼을 하지 않은 처녀들의 기쁨은 그녀를 위한 즐거움이 아니었다. 그녀는 심각하고 초연해야 했다. 정원에서 프랭크의 부관과 같이 그네를 타면서 스칼렛이 깔깔거리며 웃는 광경을 목격한 엘렌은 그 점을 굉장히 길게 강조해서 얘기했다. 깊이 상심한 엘렌은, 미망인이란 얼마나 쉽게 남들의 입에 오르내리는지를 딸에게 일러 주었다. 미망인의 처신이란 유부녀보다 두 배는 완전해야 했다.

「유부녀들이 전혀 아무런 즐거움도 누리지 못한다는 건 하느님도 빤히 아시는 사실인데.」 어머니의 부드러운 목소리에

238

얌전히 귀를 기울이며 스칼렛은 생각했다. 〈그렇다면 과부는 죽은 사람이나 마찬가지잖아.〉

미망인은 음침한 검정 옷을 입어야 하고, 상(喪)을 뜻하는 마노(瑪瑙) 브로치나 죽은 남편의 머리카락으로 엮은 목걸이 이외에는, 엮은 끈이나 꽃이나 장식 끈이나 레이스, 심지어는 보석 따위로 생기가 돌게 몸치장을 해서도 안 되었다. 그리고 둥근 모자에 달린 검정 베일은 무릎까지 내려와야 하고, 3년상을 치른 다음에야 베일의 길이가 겨우 어깨까지 올라왔다. 미망인들은 신이 나서 떠들거나 큰 소리로 웃으면 절대로 안 되었다. 그리고 미소를 짓더라도, 슬프고도 비극적인 미소여야만 했다. 그리고 무엇보다도 끔찍한 일이었지만, 그들은 남자와 자리를 같이한다는 데 대한 관심을 어떤 방법으로도 드러내서는 안 되었다. 그리고 어쩌다가 그녀에게 관심을 나타낼 정도로 교양이 없는 남자를 접하게 되면, 미망인은 죽은 남편 얘기를 점잖고도 명확하게 전달함으로써 그를 냉정하게 물리쳐야 했다. 아, 그렇다, 어떤 미망인은 늙고 앙상하게 시든 다음에 결국 재혼을 하기도 하지, 스칼렛은 음울하게 생각했다. 그렇다면 이웃들이 감시하는 가운데 그들이 어떻게 그런 요령을 피우는지 하늘이나 알 노릇이었다. 그렇기는 해도 재혼 상대란 아이를 대여섯 거느린 대규모 농장의 늙고 한심한 어느 홀아비이기가 보통이었다.

결혼만 해도 한심한데 미망인까지 되다니 — 아, 그렇다면 인생은 영원히 끝난 셈이었다! 찰스가 가고 없는 지금 어린 웨이드 햄프턴이 그녀에게 얼마나 큰 위안이 되겠느냐고 말하는 사람들은 정말로 어리석기 짝이 없었다. 그녀에게 이제는 살아야 할 목적을 부여하는 무엇인가 존재한다고 말하는 자들은 얼마나 어리석은가! 사랑하는 이가 죽은 후에, 사랑의 상징이 태어났으니 얼마나 흐뭇한 일이냐고 그들은 말했는데, 스칼렛은 물론 그들의 생각이 잘못이라고 깨우쳐 주지는 않았다. 하지만 스칼렛의 마음속에는 그런 느낌이라곤 털끝만큼도 없었다. 그녀는 웨이드에게 거의 아무런 관심도 없었고, 때로는 그가 정말로 자기 자식이라는 사실조차 기억하기가 힘들었다.

아침마다 잠이 깨고 정신이 아직 덜 들어 몽롱한 한순간, 그녀는 다시금 처녀 시절의 스칼렛 오하라가 되었고, 창밖 목련은 햇살을 받아 눈이 부셨고, 앵무새들이 노래했으며, 베이컨을 튀기는 고소한 냄새가 그녀의 코로 살그머니 찾아왔다. 그녀는 다시금 젊고 자유분방해졌다. 그러고는 배가 고파 미친 듯 울어 대는 소리가 나면 항상, 그녀는 순간적으로 깜짝 놀라 이런 생각을 했다. 〈저런, 우리 집에 아기가 살았구나!〉 그러고는 그것이 자기 아이임을 기억했다. 이런 나날이 그녀는 너무나도 혼란스러웠다.

그리고 애슐리! 오, 무엇보다도 애슐리! 평생 처음으로 그녀는 타라를 증오했고, 언덕에서 강으로 길게 뻗어 내려간 붉은 길을 증오했고, 봄철의 푸릇푸릇한 목화가 돋아나는 붉은 밭을 증오했다. 한 치의 땅, 한 그루의 나무와 개천, 모든 오솔길과, 수레는 못 다닐 정도로 좁다란 다리, 이들은 그녀에게 하나같이 애슐리를 연상시켰다. 그는 다른 여자의 소유였고 전쟁터로 가버렸지만, 그의 유령은 황혼 녘이면 아직도 길가에 출몰했고, 포치의 그늘에서 졸린 듯 몽롱한 회색 눈으로 그녀에게 미소를 지었다. 그녀는 열두 참나무 집에서 오는 강변의 길을 따라 말발굽 소리가 울리며 올라올 때마다, 감미로운 한순간, 〈애슐리로구나!〉 하고 생각했다.

한때 사랑했던 열두 참나무 집을 이제 그녀는 증오했다.

그녀는 그곳이 싫었지만, 존 윌크스와 여자들이 애슐리에 관한 얘기를 하며, 버지니아에서 그가 보낸 편지를 그들이 읽어 주는 것을 들어 보려고 자신도 모르게 그곳으로 발길이 끌렸다. 그럴 때마다 그녀는 마음이 아팠지만, 참을 수밖에 없었다. 그녀는 목에 힘을 주는 인디아와 멍청하게 지걸여 대는 허니를 싫어했고, 그들이 자기를 마찬가지로 싫어함을 알았지만, 그래도 그들을 멀리해서는 안 되었다. 그리고 열두 참나무 집에서 타라로 돌아오기만 하면, 그녀는 울적하게 침대에 누워, 저녁을 먹어야 할 때가 되어도 일어나지 않겠다고 버티었다.

무엇보다도 식사를 거부하는 이런 행동이 엘렌 어멈에게는 가장 큰 걱정거리였다. 어멈은 입맛이 당기는 음식을 들고 올라와서는, 이제 미망인이 되었으니까 마음 놓고 얼마든지 먹어도 괜찮다고 그랬지만, 스칼렛은 입맛이 없었다.

닥터 폰테인이 엘렌에게, 상심을 하면 몸이 쇠약해지는 경우가 많으며, 그렇게 시름시름 앓다가 죽기도 한다고 엄숙하게 얘기했고, 그렇지 않아도 속으로 그런 걱정을 했던 엘렌은 얼굴이 새파랗게 질렸다.

「어떻게 손을 쓸 길이 없을까요, 의사 선생님?」

「따님에게는 환경을 바꾸는 게 세상에서 제일가는 약입니다.」 마음이 내키지 않는 환자를 어서 떨쳐 버리고 싶었던 의사가 말했다.

그래서 스칼렛은 별로 신이 나지는 않았지만 아이를 데리고 떠나, 처음에는 서배너로 오하라 댁과 로비야르 댁 친지들을, 그러고는 찰스턴으로 폴린과 율랄리 이모를 찾아갔다. 하지만 그녀는 엘렌의 예상보다 한 달 빨리 타라로 돌아왔고, 왜 돌아왔는지는 설명도 하지 않았다. 서배너에서는 사람들이 친절하게 대해 주었지만, 제임스와 앤드루 큰아버지 그리고 그들의 아내는 나이가 많았고, 그들은 조용히 앉아 시간을 보내거나 스칼렛에게는 관심도 없는 옛날 얘기만 했다. 로비야르 집안도 마찬가지였고, 스칼렛은 찰스턴이 지긋지긋하다고 생각했다.

폴린 이모의 남편은 자그마하고 나이가 많았으며, 훨씬 옛 시대에 사는 사람처럼 까다롭게 자질구레한 격식을 차리는 남자로서 어딘가 공허한 분위기를 풍겼고, 그들 부부는 타라보다도 훨씬 고립된 강가의 농장에서 살았다. 가장 가까운 이웃이라고 해야 실편백이 우거진 늪지대와 떡갈나무가 무성한 밀림을 이룬 컴컴한 길을 따라 30킬로미터나 가야 하는 곳에서 살았다. 흔들리는 커튼처럼 회색 이끼가 주렁주렁 늘어진 떡갈나무들이 스칼렛에게는 으스스해 보였고, 그래서 반짝거리는 회색 안개 속을 헤맨다고 제럴드가 얘기해 준 아일랜드 유령들이 자꾸 머리에 떠올랐다. 스칼렛은 낮이면 하루 종일 뜨개질을 했고, 밤이 되면 캐리 이모부가 큰 소리로 읽어 주는 불워리턴[44] 선생의 계몽적인 작품의 낭송을 듣는 이외에 할 일이 하나도 없었다.

찰스턴의 배터리에서 높다란 담을 쌓아 올린 커다란 집의 정원 뒤켠에 은둔하며 살아가는 율랄리 이모도 재미가 없기는 마찬가지였다. 굽이치는 붉은 언덕의 경치가 눈에 익었던 스칼렛은 감옥에 갇힌 기분이었다. 폴린 이모의 집에서보다는 이곳이 사교 생활은 훨씬 폭이 넓었지만, 찾아오는 사람들이 가문을 내세우고 전통을 고집하고 가족을 강조하는 그

44 Edward Bulwer-Lytton. 영국의 남작·소설가·극작가·정치가였으며 『폼페이 최후의 날』 등의 작품이 있고, 이름이 같은 아들은 오언 메러디스라는 필명을 쓴 시인이다.

런 허황된 분위기가 스칼렛은 마음에 들지 않았다. 스칼렛은 그곳 사람들이 자기를 메잘리앙스[45]로 태어난 자식이라고 생각했고, 로비야르 집안의 딸이 타향 사람인 아일랜드 남자와 도대체 어떻게 결혼을 하게 되었는지 의아해한다는 사실도 잘 알았다. 스칼렛은 그녀 등 뒤에서 율랄리 이모가 그녀 대신에 사과를 하며 돌아다닌다는 기분이 들었다. 가문이라면 아버지만큼이나 신경을 쓰지 않았던 스칼렛은 그런 분위기에 성미가 발끈했다. 그녀는 예리한 아일랜드 사람의 두뇌 이외에는 아무런 도움도 받지 않고 아버지가 달성한 바를, 그리고 아버지를 자랑스럽게 생각했다.

뿐만 아니라 찰스턴 사람들은 섬터 요새 사건을 놓고 저마다 잘났다고 무척이나 우쭐거렸다! 그때 포격을 가해 전쟁을 일으킬 정도로 한심한 짓을 그들이 범하지 않았더라도, 어떤 다른 바보들이 누군가는 그런 짓을 저질렀으리라는 사실을 한심하게도 그들은 모른다는 말인가? 조지아 고지대의 활기찬 목소리가 귀에 익었던 그녀에게는 억양이 없고 밋밋한 이곳 저지대의 발음이 가식적으로 들렸다. 그녀는 〈팜〉[46]을 〈파암〉[47]이라고 하거나, 〈하우스〉[48]를 〈후우스 *hoose*〉라고 발음하거나, 〈워운트〉[49]를 〈우운트 *woont*〉 또는 〈마, 파〉[50]를 〈마아아 *Maa*, 파아아 *Paa*〉라고 발음하는 소리를 한 번이

45 *mésalliance*. 신분이 낮은 사람과의 결혼이라는 뜻의 프랑스 말. 19세기 러시아에서처럼 미국의 사교계에서는 품위를 보이려고 프랑스어를 즐겨 썼다.
46 *palms*. 손바닥, 종려나무.
47 *paams*. *palms*을 우아하게 장모음으로 발음한 것.
48 *house*. 집.
49 *won't*. 하지 않겠다.
50 *Ma, Pa*. 엄마와 아버지.

라도 더 들었다가는 비명이라도 터져 나올 듯한 기분이었다. 그런 말투가 어찌나 비위에 거슬렸던지 그녀는 언젠가 공식 방문을 할 때 제럴드의 아일랜드 사투리를 일부러 흉내 내어 이모를 아연실색케 하기도 했다. 그러다가 그녀는 타라로 돌아왔다. 찰스턴 억양보다는 애슐리의 추억에 시달리는 편이 훨씬 낫겠기 때문이었다.

남부 동맹을 돕기 위해 타라의 생산성을 배로 올리려고 밤낮으로 바쁘던 엘렌은 맏딸이 야위고 창백하며 신경질만 늘어서 찰스턴으로부터 돌아오자 겁이 덜컥 났다. 자신도 마음의 상처를 입었던 경험이 새삼스러워진 엘렌은, 코를 고는 제럴드의 옆에 누워, 밤이면 밤마다 스칼렛의 마음을 위로할 길이 없을지 머리를 짜내었다. 찰스의 고모인 미스 피티팻 해밀턴은 스칼렛이 애틀랜타로 와서 한동안 지내다 가도록 허락해 달라고 청하는 편지를 몇 차례 보냈었는데, 이제야 처음으로 엘렌은 그 제안을 진지하게 고려해 보았다.

〈우리 찰스가 떠나고 나니 이제는 보호해 줄 남자도 없이〉 휑하니 커다란 집에서 그녀와 멜라니 단둘이서만 살아간다고 미스 피티팻이 편지를 썼다. 〈물론 오빠 헨리가 있기는 하지만, 우리들하고 같이 살려고 해야 말이죠. 아마 스칼렛에게서 헨리 얘기를 들었을지도 모르겠군요. 미묘한 문제라서 더 이상 서면으로는 얘기를 못 하겠어요. 혹시 스칼렛이 우리들과 같이 지내게 된다면, 멜리하고 나는 훨씬 더 편하고 안전하게 느끼겠어요. 외로운 여자들이라면 두 명보다 세 명이 더 좋을 테니까요. 그리고 멜리와 나처럼 이곳 병원에서 우리 용감한 청년들을 간호한다면, 스칼렛도 슬픔을 잊는 데 좀 도움이 될지도 모르고, 그리고 물론 멜리하고 나는 귀여운 아기를 어서 보고 싶은 생각에…….〉

그래서 스칼렛은 옷 가방에 다시 상복을 꾸려 넣고는, 엘렌과 어멈에게서 어떻게 처신해야 한다는 훈시를 머리가 터질 정도로 듣고, 제럴드에게서 남부 동맹 화폐로 1백 달러를 받아 가지고는, 웨이드 햄프턴과 그의 보모 프리시를 데리고 애틀랜타로 떠났다. 스칼렛은 특별히 애틀랜타로 가고 싶다는 생각은 없었다. 그녀는 피티 고모가 한심하기 짝이 없는 노처녀라고 생각했으며, 애슐리의 아내와 한 지붕 밑에서 살아야 하는 생활이 끔찍하게 여겨졌다. 하지만 여러 가지 추억이 얽힌 카운티에서는 더 이상 견뎌 내기가 불가능했으므로, 그녀는 어떤 변화라도 반가웠다.

제2부

제8장

　1862년 5월의 어느 날 아침 기차를 타고 북쪽으로 향하던 스칼렛은, 애틀랜타가 찰스턴이나 서배너처럼 그렇게까지 따분한 곳은 아니리라고 생각했으며, 비록 멜라니와 미스 피티팻을 못마땅하게 여기기는 했어도, 그녀는 전쟁이 시작되기 전 겨울에 마지막으로 찾아왔던 이후로 이곳 사람들이 어떻게 지냈는지 궁금해져서, 호기심과 함께 기대감을 느꼈다.
　어렸을 때 아버지가 그녀에게, 애틀랜타와 스칼렛의 나이가 똑같다는 얘기를 자주 했었기 때문에, 어느 다른 도시보다도 애틀랜타는 항상 그녀의 관심을 끌었었다. 나이가 좀 더 들었을 때 그녀는, 얘기를 더 재미있게 꾸미는 데 약간 과장을 하는 편이 도움이 된다면 항상 그러는 버릇이 있었던 아버지가 진실을 조금쯤 과장했음을 알게 되었지만, 애틀랜타는 그녀보다 겨우 아홉 살밖에 더 많지 않았고, 스칼렛이 여태껏 얘기로 들어 본 어느 도시에 비해도 놀라울 만큼 젊은 면모가 뚜렷한 곳이었다. 서배너[51]는 역사가 두 번째 세기에 들어선 지도 꽤 되었고, 찰스턴[52]은 세 번째 세기에 접어들

---

51 조지아의 손꼽는 항구 도시로 1733년에 정착되어 1786년까지 식민지 행정 수도 및 조지아 주의 수도였다.

어 역사에 걸맞은 위엄을 지녔지만, 그녀의 어린 눈으로 보기에 이 두 도시는 양지에 앉아 평온하게 부채질을 하는 늙은 할머니들만 같았다. 하지만 애틀랜타[53]는 그녀와 같은 세대여서, 젊음의 미숙함 때문에 거칠었고, 스칼렛 자신만큼이나 고집스러우며 충동적이었다.

제럴드가 그녀에게 해준 얘기는 그녀와 애틀랜타가 같은 해에 명명이 되었다는 사실에 바탕을 두었다. 스칼렛이 태어나기 전 9년 동안에는 이곳이 처음에는 터미너스[54]였다가 다음에는 마서스빌[55]이라고 불렀으며, 스칼렛이 태어난 해[56]에야 애틀랜타가 되었다.

제럴드가 처음 북부 조지아로 이주했을 때는 애틀랜타는커녕 마을조차 없었고, 넓은 땅에는 황야만 펼쳐졌었다. 하지만 이듬해인 1836년에는, 체로키족이 최근에 이양한 지역을 통과해서 북서쪽으로 뻗어 나가는 철도의 건설을 조지아 주에서 승인했다. 테네시와 서부를 연결하는 철도의 후보 종착지는 분명하게 결정되었지만, 조지아의 시발점이 어디인지는 그리 확실치 않았었는데, 1년 후에야 어느 건축 기사가 붉은 흙에다 말뚝을 박아 그곳에서 철도선의 남쪽 끝이 시작된다고 표시함으로써, 애틀랜타가 터미너스라는 이름으로 태어났다.

당시에는 북부 조지아뿐 아니라, 다른 곳에도 철도가 별로

52 1670년에 정착된 사우스캐롤라이나의 대서양 연안 항구 도시이며, 애슐리 강의 서쪽 강둑에서부터 정착이 시작되었다.
53 조지아에서 가장 크고, 현재 행정 수도인데, 1837년 채터누가 철도선의 종점으로 세워졌고, 남북 전쟁 당시에는 남군 보급창 노릇을 했다.
54 Terminus. 종착역, 시발역이라는 뜻.
55 Marthasville. 윌슨 럼킨 주지사의 딸 이름을 따서 붙인 것이다.
56 1845년.

없었다. 하지만 제럴드가 엘렌과 결혼하기 전 여러 해 동안, 타라에서 북쪽으로 40킬로미터 떨어진 자그마한 정착지는 서서히 마을을 이루었고, 철도가 서서히 북쪽으로 밀고 올라 갔다. 그러더니 철도 건설 시대가 본격적으로 시작되었다. 역사 깊은 도시 오거스타에서 두 번째 철도가 서쪽으로 뻗어 나가 주를 횡단해서는 테네시로 가는 새로운 길과 연결되었 다. 역사가 깊은 도시 서배너에서 출발한 세 번째 철도가 처 음으로 조지아의 심장부 메이컨까지 건설되었고, 다음에는 북쪽으로 제럴드가 사는 카운티를 지나 애틀랜타까지 뻗어 나가서 다른 두 도시와 연결되어, 서배너의 항구는 서부로 가는 교통의 요충지가 되었다. 젊은 애틀랜타의 같은 분기점 에서 몽고메리와 모빌을 연결하며 남쪽으로 뻗어 나가는 네 번째 철도도 건설되었다.

철도 때문에 태어난 애틀랜타는 철도와 더불어 성장했다. 네 개의 철도가 완성되자 애틀랜타는 이제 서부와 늪부와 해 안 지역으로, 그리고 오거스타를 통해 북부와 동부로 연결되 었다. 애틀랜타는 동서남북으로 여행하는 길목이 되었고, 작 은 마을은 활기를 띠었다.

열일곱 살인 스칼렛의 나이보다 별로 길지 않은 기간 동안 에, 애틀랜타는 땅바닥에 박아 놓은 단 한 개의 말뚝으로부 터 주 전체의 관심이 집중된 인구 1만 명의 소도시로 번창하 며 성장했다. 역사가 훨씬 깊고 보다 조용한 도시들은 신흥 도시를 지켜보면서 새끼를 깐 오리처럼 어수선한 마음이었 다. 왜 그곳은 조지아의 다른 도시들과 그토록 다른가? 따지 고 보면 억세고 극성맞은 사람들의 집단에 지나지 않는 그 도시는 철도를 제외하면 내세울 만한 자랑거리가 하나도 없 지 않은가, 그들은 생각했다.

터미너스였다가 마서스빌이었다가 애틀랜타로 이름이 바뀐 이 도시에 정착한 사람들은 극성스러웠다. 보다 역사가 깊은 조지아의 다른 여러 지역과 훨씬 멀리 떨어진 여러 주에서 활기가 넘치고 정력적인 사람들이 철도의 분기점을 중심으로 산재한 이 도시로 모여들었다. 그들은 열정이 넘쳤었다. 그들은 정거장 근처에서 갈라지는 다섯 개의 시뻘건 진흙투성이 길 주변에다 상점을 차렸다. 그들은 화이트홀과 워싱턴 거리, 그리고 가죽신을 신고 돌아다니던 인디언들의 수많은 발에 밟혀 〈복숭아나무 거리〉라고 부르는 산길이 생겨난 땅의 높다란 산등성이를 따라 멋진 집을 지었다. 그들은 이 도시가 자랑스러웠고, 도시의 성장이 자랑스러웠으며, 도시를 성장하게 만든 그들 자신이 자랑스러웠다. 역사가 훨씬 깊은 다른 도시 사람들이 애틀랜타를 뭐라고 부르든 그들은 신경을 쓰지 않았다. 애틀랜타는 그들의 말쯤은 전혀 개의치 않았다.

스칼렛은 서배너와 오거스타와 메이컨이 이곳을 깔보는 바로 그런 이유들 때문에 항상 애틀랜타를 좋아했다. 스칼렛 자신이나 마찬가지로 애틀랜타는 조지아에서 옛것과 새로움이 뒤섞이고, 흔히 옛것은 의지력이 강하고 활기찬 새로운 힘과의 투쟁에서 항상 뒤떨어지는 그런 도시였다. 더구나 그녀와 같은 해에 태어난 도시, 적어도 같은 해에 이름이 붙여진 도시라면, 어쩐지 인간적인 어떤 흥분감을 느끼게 했다.

어젯밤은 날씨가 험악하고 비가 심하게 내렸지만, 스칼렛이 애틀랜타에 도착했을 때는 날씨가 걷혀서, 시뻘건 흙탕물이 구불구불 개울처럼 흐르는 길거리들을 말리려고 햇볕이 용감히 시도하는 중이었다. 정거장 주변의 넓은 공터에서는

마차와 사람들의 발길이 부지런히 드나들어 물렁물렁한 땅
이 파이고 곤죽이 되어, 거대한 돼지우리 속 같았고, 여기저
기 마차가 바퀴 자국에 빠져 꼼짝달싹을 못 했다. 보급품과
부상병을 기차에서 내리거나 싣는 군용 마차와 구급차의 기
나긴 행렬이 이리저리 비비고 들어왔다가 다시 빠져나가려
고 기를 쓰다 보니 진흙과 혼란은 더욱 심해졌고, 마부들은
욕설을 퍼붓고, 노새들이 철버덕거리며 자빠지고, 진흙이 몇
미터씩 튀었다.

　스칼렛은 검정 상복을 입고 베일이 거의 발뒤꿈치까지 펄
럭거리는 창백하고 아름다운 모습으로 기차의 아래쪽 층계
에 서서 주춤거렸다. 그녀는 신발과 옷자락에 흙을 묻히기가
싫어서 주저하며, 사람이 타는 마차와 짐마차와 기차가 마구
뒤섞인 속에서 미스 피티팻을 찾으려고 사방을 둘러보았다.
뺨이 발그레하고 살찐 그녀는 모습도 보이지 않았지만, 스칼
렛이 초조하게 두리번거리려니까, 근엄하고 점잖은 인상을
주며 반백의 곱슬머리에, 야위고 늙은 하인 한 사람이 모자
를 손에 들고 진흙 속으로 그녀를 향해 왔다.

　「이분 스칼렛 마님 그러시죠? 여기 이 사람 피티 마님 마부
피터입니다. 그 진흙 내려선다 하지 마세요.」 스칼렛이 내려
서려고 치마를 여미려니까 그가 준엄하게 명령했다. 「피티
마님 아이처럼 발 적신다 좋아하는데, 당신 피티 마님 마찬
가지 나빠요. 제가 마님 옮겨다 드리죠.」

　그는 겉으로 보기에는 연약하고 나이가 많았지만, 힘도 안
들이고 스칼렛을 거뜬히 안아 들었고, 아기를 품에 안고 기
차의 승강단에 선 프리시를 보더니 우뚝 멈추었다. 「저 아이
아기 기른다 보모입니까? 스칼렛 마님, 찰스 주인님 외동아
들 돌본다 하기에 저 여자 너무 어려요! 하지만 우리 그 문제

나중 얘기하자 해요. 여봐, 아가씨, 아기 떨어뜨린다 말고 나 따라와.」

스칼렛은 얌전히 몸을 내맡긴 채 마차로 안겨 갔고, 피터 아저씨가 그녀와 프리시를 꾸짖던 건방진 태도는 그냥 참고 넘어가기로 했다. 뿌루퉁해서 철버덕거리며 뒤에서 따라오는 프리시보다 앞장서서 진흙 속을 헤쳐 나가는 동안, 그녀는 피터 아저씨에 대해 찰스가 했던 얘기가 생각났다.

「멕시코에서 온갖 전투를 아버지하고 같이 치렀고, 아버지가 부상을 당했을 때는 치료도 해주었고, 사실상 목숨까지 구해 주었죠. 아버지와 어머니가 돌아가셨을 때 우린 무척 어렸기 때문에, 피터 아저씨가 멜라니와 나를 맡아 키우시다시피 했어요. 피티 고모님은 그 무렵에 오빠인 헨리 큰아버지하고 불화를 일으켰고, 그래서 고모님은 우리들하고 같이 살러 와서 우릴 돌봐 주신 거예요. 고모님은 착하고 어린애 같은 어른이어서 지극히 무기력한 분이었고, 그래서 피터 아저씨는 그런 식으로 피티 고모님을 다루었죠. 고모님은 살아가면서 어떤 일에 대해서도 결정을 내리지 못하시기 때문에 늘 피터 아저씨가 대신 결정을 내려 줬어요. 내가 열다섯 살이 되었을 때 용돈을 더 써야 한다고 결정을 내린 사람도 피터 아저씨였고, 헨리 큰아버지는 내가 조지아 대학교에서 학위를 따야 한다고 했지만, 4학년 때 내가 하버드로 가야 한다고 우긴 사람도 피터 아저씨였죠. 그리고 멜리가 머리를 올리고 파티에 나갈 나이가 되었다는 판단을 내린 사람도 피터 아저씨였어요. 피티 고모님이 남의 집에 놀러 갈 때도 날씨가 너무 춥거나 비가 너무 많이 내린다고 말리거나, 외출할 때는 언제 목도리를 두르고 나가야 하는지도 피터 아저씨가 지시해요……. 난 지금까지 그토록 똑똑하고 헌신적인 검둥이는 본 적이 없어요. 그런데 한 가지 곤란한 점은, 우리 세 사람의 영혼과 육체를 그가 몽땅 소유했고, 또 그 사실을 아저씨도 스스로 믿는다는 거예요.」

피터가 마부석으로 기어 올라가 채찍을 집어 들자 찰스가 한 말이 재확인되었다.

「피티 마님, 마중 못 나왔다 제정신 아니죠. 스칼렛 아씨 이해 못 한다 걱정 많다 하지만 나 피티 마님 멜리 마님 흙탕물 튄다 새 옷 묻는다 나 다 스칼렛 마님더러 설명한다 그랬어요. 스칼렛 마님 저 아기 받아야 좋겠어요. 저 어린 검둥이 떨어뜨린다 틀림없어요.」

스칼렛은 프리시를 쳐다보고 한숨을 지었다. 프리시를 훌륭한 보모라고 하기는 어려운 일이었다. 짧은 치마에 머리를 바싹 따서 틀어 붙였던 앙상한 흑인 아이가 최근에 길게 늘어진 사라사 드레스에다 풀을 빳빳하게 먹인 하얀 터번을 둘러 위엄을 부리는 모습으로 변신하게 된 사연은 참으로 황당했다. 만일 전쟁이라는 긴급 사태가 닥치고 타라 농장에 대한 병참부의 요구가 많아졌기 때문에 손이 모자라서 엘렌이 어멈이나 딜시, 심지어는 로자나 티나를 스칼렛에게 내주기가 불가능한 상황이 도래하지만 않았던들, 프리시는 그토록 어린 나이에 이런 출세를 하기는 꿈도 꾸지 못할 일이었다. 열두 참나무 집이나 타라에서 1킬로미터 이상을 나가 본 적이 한 번도 없었던 프리시는, 기차 여행에다 보모로서의 승진까지 겹치고 나니까, 어린 검둥이 두뇌로는 거의 감당하기 어려울 지경에 이르렀다. 존즈버러에서 애틀랜타까지 30킬로미터를 여행하면서 프리시가 얼마나 흥분했던지, 아기는 스칼렛이 줄곧 안고 와야만 했다. 그러다가 이제 너무나 많은 건물과 사람을 보자 프리시의 어리벙벙한 상태는 절정에 이르렀다. 그녀가 이리저리 몸을 돌리고, 손가락으로 가리키고, 깡충깡충 뛰는 바람에 어찌나 흔들렸던지 아기가 괴로워서 마구 울어 댔다.

스칼렛은 어멈의 낯익은 퉁퉁한 팔이 그리웠다. 어멈이 손을 얹기만 해도 아기는 당장 울음을 그치고 잠잠해졌다. 하지만 어멈은 타라에 남았고, 스칼렛은 어쩔 도리가 없었다. 그녀가 어린 웨이드를 프리시에게서 받았지만, 소용이 없었다. 스칼렛이 안아 줘도 아기는 프리시가 안았을 때나 마찬가지로 요란하게 소리를 질러 댔다. 그뿐 아니라 아기는 그녀의 둥근 모자에 달린 턱 끈을 잡아당기고, 옷을 마구 구겨 놓을 기세였다. 그래서 스칼렛은 피터 아저씨의 제안을 못 들은 체했다.

〈언젠가는 나도 아기 다루는 법을 알게 되겠지.〉 역을 둘러싼 수렁에서 덜컹거리고 흔들리며 마차가 빠져나오는 사이에 그녀는 짜증스럽게 생각했다. 〈하지만 난 절대로 아기를 데리고 노는 바보짓은 좋아하지 않을 테야.〉 그리고 웨이드가 발악을 하며 우느라고 얼굴이 새빨개지자 그녀는 발끈 쏘아붙였다. 「네 호주머니에 넣어 둔 그 사탕 젖꼭지라도 줘, 프리시. 어떻게 해서든지 좀 조용하게 만들란 말이야. 애가 배고파서 그런다는 건 나도 알지만, 지금으로서는 어쩔 도리가 없잖아.」

프리시는 그날 아침에 어멈이 준 사탕 젖꼭지를 꺼냈고, 아기의 울음소리가 멎었다. 다시 조용해지고 새로운 풍경이 눈에 들어오자 스칼렛은 기분이 약간 좋아지기 시작했다. 피터 아저씨가 마침내 진흙 구덩이에서 겨우 마차를 끌어내 복숭아나무 거리로 올라섰을 때, 스칼렛은 몇 달 만에 처음으로 마음속에서 솟구치는 흥미를 느꼈다. 도시가 이토록 성장했다니! 그녀가 마지막으로 이곳에 와본 지가 1년이 조금 넘을 정도였는데, 자그마했던 애틀랜타가 이토록 많이 변했다니 도무지 믿어지지를 않았다.

지난 한 해 동안 그녀는 자신의 근심 걱정에 빠져 헤어나지 못했고, 전쟁 얘기라면 무턱대고 너무나 따분해했기 때문에, 전투가 처음 시작된 순간부터 애틀랜타가 변모를 시작했다는 사실을 알지 못했다. 평화 시에 도시를 상업의 교차점으로 만들었던 철도가 이제는 전시를 맞아 애틀랜타를 중대한 전략적 요충지로 바꿔 놓았다. 애틀랜타와 이곳의 철도는 멀리 떨어진 전선으로부터 남부 동맹의 두 군대, 그러니까 버지니아와 테네시의 군대를 서부와 연결하는 역할을 맡았다. 그리고 애틀랜타는 또한 그들 군대를 그들에게 보급품을 조달하는 남부의 내륙 지방과도 연결시켰다. 이제 전쟁의 필요성에 따라 애틀랜타는 생산 중심지가 되었고, 전선의 병력을 위한 식량과 보급품을 수집하는 남부의 주요 병참 요충 겸 병원 기지가 되었다.

스칼렛은 그녀가 그토록 잘 기억하는 소도시의 모습을 찾아보려고 사방을 두리번거렸다. 그 도시는 없어졌다. 지금 그녀가 둘러보던 도시는 하룻밤 사이에 온몸이 잔뜩 불어나서 분주히 돌아다니는 거인으로 성장해 버린 어린애나 마찬가지였다.

애틀랜타는 남부 동맹에서 이 도시가 차지하는 중요성을 자랑스럽게 의식하고 벌집처럼 시끄럽게 돌아갔으며, 농업 지역을 공업 지역으로 바꿔 놓으려는 작업이 밤낮으로 진행되었다. 전쟁이 터지기 전에는 — 남부인이라면 누구나 자랑으로 여기던 사실이었지만 — 메릴랜드 남부에는 면화 공장과 양모 공장과 병기창과 기계 공장이 거의 없었다. 남부에서는 정치가와 군인, 농장주와 의사, 변호사와 시인을 배출했지 기사나 기계공 따위는 분명히 거리가 멀었다. 그런 비천한 직업은 양키들에게나 어울렸다. 하지만 이제는 남부 동맹의 여러 항구가 양키 포함(砲艦)들에 봉쇄되었으며, 저지선을 뚫고 유럽 제품이 겨우 조금씩만 흘러 들어오는 실정이어서, 남부는 스스로 전쟁 물자를 생산하느라고 결사적으로 노력하는 중이었다. 북부는 보급품과 병력을 세계 각처에서 요청해도 되는 여건이었고, 북부에서 제공하는 보상금을 탐내어 아일랜드와 독일에서 용병이 수천 명씩 북군으로 쏟아져 들어갔다. 남부는 무엇이나 다 자체적으로 해결해야 하는 처지였다.

애틀랜타의 공장들은 전쟁 물자를 생산할 기계 설비를 속이 탈 정도로 느린 속도로 만들어 냈는데 — 남부에는 견본으로 사용할 기계가 별로 없었으며, 온갖 바퀴와 톱니바퀴 하나하나를 만들려면, 봉쇄선을 뚫고 영국으로부터 가지고 온 설계도에 의존해야 했기 때문에 생산 속도가 느릴 수밖에 없었다. 이제 애틀랜타의 길거리에는 낯선 얼굴들이 눈에 띄었고, 1년 전에는 서부 억양의 말소리만 들어도 귀를 쫑긋 세우던 시민들이, 이제는 기계 설비를 세우고 남부 동맹의 군수품을 생산하기 위해 봉쇄망을 침투해 들어온 유럽 사람들의 외국어에 아무도 신경을 쓰지 않았다. 이런 기술자들이 없었더라면 남부 동맹은 권총과 소총과 대포와 화약을 만들기 어려웠으리라.

밤낮으로 작업이 계속되고, 철도라는 동맥을 통해 전쟁 물자가 두 전선으로 실려 올라가느라고, 고동치는 도시의 심장이 손으로 느껴질 정도였다. 시간을 가리지 않고 하루 종일 기차가 시끄럽게 도시로 들어오고 나갔다. 새로 세운 여러 공장에서 검댕이 하얀 집들 위로 비 오듯 쏟아졌다. 밤이면 용광로가 빛을 뿜었고, 주민들이 잠자리에 든 한참 후에도 망치 소리가 땡그렁거렸다. 1년 전에는 공터였던 자리에 이제 공장이 들어서서 마구와 안장과 신발을 만들어 냈고, 병기 조달 공장에서는 소총과 대포를 만들었고, 압연 공장과 주물 공장에서는 양키들이 파괴한 곳을 보수할 레일과 화물차를 생산했고, 온갖 산업 시설에서는 박차와 말굴레와 허리띠 장식과 천막과 단추와 권총과 장검을 만들었다. 봉쇄선을 뚫고 들여오는 철(鐵)은 거의 바닥이 나다시피 하고, 광부들이 전선으로 동원되어 나가 앨라배마의 광산이 폐업 상태여서 주물 공장은 벌써부터 원자재의 부족에 시달렸다. 이제 애틀랜타에서는 철제 말뚝 울타리나, 철로 장식한 여름철에 쓰는 정자나 철문, 심지어는 잔디밭의 철 조각품까지도 오래전에 압연 공장의 도가니 속으로 들어가 자취를 감추었다.

이곳 복숭아나무 거리와 근처의 길거리에는 군대의 각종 부서들이 본부를 설치해서 병참, 통신, 군사 우편, 철도 수송, 헌병 요원들이, 군복을 입은 장병들이 사무실마다 우글거렸다. 도시 외곽 지역의 군마 보충대에서는 널찍한 방목장 안에서 말과 노새들이 이리저리 몰려다녔고, 샛길을 따라 병원들이 늘어섰다. 피터 아저씨는 종합 병원과 전염병 병원과 요양원이 나올 때마다 설명을 해주었고, 병원이 워낙 많았기 때문에 스칼렛은 애틀랜타가 부상병들의 도시인 모양이라고 생각했다. 그리고 날마다 파이브 포인츠 바로 밑에서 기차들이 환자와 부상병들을 더 풀어놓는다고 했다.

작은 도시는 사라졌고, 빠른 속도로 성장하는 도시의 모습은 그칠 줄 모르는 정력과 활기로 생동했다. 한가하고 조용한 시골에서 갓 도착한 스칼렛은 그토록 분주한 광경을 보고 거의 숨이 막힐 지경이었지만, 그래도 그녀는 좋았다. 그녀는 이곳의 흥분된 분위기에 흥이 났다. 도시의 심장이 점점 빨라지며 끊임없이 고동치는 소리가 그녀 자신의 심장과 박자가 일치한다는 느낌이 들었다.

시내 중심가의 진흙 바닥을 헤치고 그들이 천천히 나아가는 사이에 그녀는 수많은 새로운 건물과 새로운 얼굴을 눈여겨보았다. 거리는 온갖 종류의 병과와 계급을 나타내는 표지를 단 군복 차림의 장병들로 붐볐고, 좁다란 길거리는 바퀴 자국에서 빠져나오려고 노새들이 낑낑거리는 동안 마부들이 추잡한 욕설을 불경스럽게 퍼붓는 소리로 시끄러웠고, 군용 포장마차와 구급차와 짐마차와 승용 마차들 따위의 차량이 넘쳐 났으며, 회색 군복을 입은 전령들은 전통(傳通)이나 명령을 전달하려고 이 사령부에서 저 사령부로 흙탕물을 튀기며 길바닥을 뛰어다녔고, 회복기의 부상병들은 대부분 근심에 찬 여자를 팔꿈치에 달고 목발을 짚은 채 절름거리며 돌아다녔고, 장정들을 군인으로 바꿔 놓는 신병 훈련장에서는 나팔을 불고 북을 치고 고함쳐 명령하는 소리가 들려왔으며, 피터 아저씨가 채찍으로 가리키는 곳을 보니, 기가 죽은 북군 포로 1개 부대를 열차에 태워 수용소로 호송하려고 착검한 남군 병사 분대 병력이 정거장 쪽으로 몰고 갔는데, 양키 군복을 처음 본 스칼렛은 가슴이 철렁했다.

〈아.〉 바비큐 파티가 열렸던 날 이후로 처음 경험하는 참된 기쁨을 느끼며 스칼렛은 생각했다. 〈난 이곳이 좋아지려나 봐! 정말로 생기가 넘치고 신나는 곳이야!〉

술집이 수십 군데나 새로 생긴 시내는 그녀가 생각하던 것보다도 더욱 활기가 넘쳐서, 창녀들이 군인들을 따라 이곳으로 몰려들었고, 여자들로 흘러넘치는 매음굴 때문에 교회에다니는 사람들이 언짢아했다. 호텔과 하숙은 물론이요 개인 집들까지도, 애틀랜타의 여러 대형 병원에 수용된 부상자 친척과 가까운 곳에서 지내려고 찾아온 손님으로 꽉꽉 들어찼다. 매 주일 전시 결혼식이 수없이 자주 거행되어 파티와 무도회와 자선 행사가 벌어지고, 휴가를 나온 신랑은 환한 회색과 황금빛 끈을 꼬아 장식한 군복 차림이고 신부는 봉쇄선을 뚫고 들어온 화려한 옷차림에 군도(軍刀)를 엇갈려 만든 통로를 지나가고, 밀수입한 샴페인으로 축배를 들고, 눈물을 흘리며 이별했다. 가로수들이 늘어선 컴컴한 길거리는 밤이면 춤추는 발소리로 울렸고, 응접실에서 피아노가 경쾌하게 연주되면 소프라노 믁소리가 군인 하객들의 목소리와 어울려 듣기 좋게 우울한 선율로 「나팔이 휴전을 노래하는데」와 「그대의 편지가 왔어도 때는 늦었노라」 같은 애절한 노래를 불러, 참된 슬픔의 눈물을 전혀 알지 못했던 부드러운 눈에 감동의 눈물이 흐르게 했다.

속으로 빨아들이는 진흙을 헤치고 그들이 길거리를 내려가는 사이에 스칼렛은 흥분에 넘쳐 질문을 계속했고, 피터는 그의 지식을 과시하게 된 기회가 자랑스러워 채찍으로 여기저기 가리키며 열심히 대답했다.

「저기 저거 병기창요. 그렇습죠, 총 그런 거 저기 둡니다. 아닙죠, 저거 가게 아니고 봉쇄 대책 사무소요. 맙소사, 스칼렛 마님, 봉쇄 대책 사무소 뭔지 몰라요? 그거 우리 남부 동맹 목화 사서 채스톤과 윌민톤[57]에 배에다 싣고 나갔다 온다 할 때 우리 화약 갖다 즈는 외국인들 머무는 곳이에요. 모릅죠, 그 사람들 어느 나라 외국인들 나 잘 몰라요. 피티 마님 그러는데 영국 사람들이다 하지만 그 사람들 말 아무도 못

57 찰스턴과 윌밍턴의 흑인식 발음.

알아들어요. 그렇습죠, 연기 굉장히 심해 검덩이 날아온다 피티 마님 비단 커튼 절단 난다 하죠. 압연 공장 주물 공장 나는 연기요. 그리고 주물 공장 내는 소리 밤에 기막힙죠! 아무도 잠 하나 못 자요. 아닙죠, 마님 구경하라 나 멈추는 거 안 돼요. 나 피티 마님한테 스칼렛 마님 곧장 집 데려간다 약속했어요……. 스칼렛 마님, 인사해요. 저기 메리웨더 마님 엘싱 마님한테 인사 지금 했어요.」

스칼렛은 그런 이름의 두 여자가 그녀의 결혼식에 참석하려고 애틀랜타에서 타라를 찾아왔었다고 희미하게 기억했으며, 그들이 미스 피티팻과 아주 가까운 친구라는 것도 생각났다. 그래서 그녀는 피터 아저씨가 가리키는 쪽으로 재빨리 시선을 돌리고는 절을 했다. 두 사람은 포목점 밖 마차에 앉아 있었다. 주인과 두 점원이 보도에 서서 그들에게 무명 여러 필을 한 아름씩 들고 보여 주던 중이었다. 메리웨더 부인은 키가 크고 건강한 여자였으며 코르셋을 어찌나 단단히 조였던지 가슴이 배의 이물처럼 튀어나왔다. 쇠처럼 회색인 머리를 감추려고 그녀가 쓴 곱슬머리 가발은 갈색이 너무 두드러져 본래의 머리와 어울리지 않았다. 동그랗고 혈색이 좋은 얼굴에서는 선량한 총명함과 명령하기에 익숙한 습관이 서로 잘 어울렸다. 나이가 아래인 엘싱 부인은 가냘프고 연약한 여자였으며, 전에는 미인이었던 듯싶었고, 빛이 바랜 신선함이랄까, 고상하고 위압적인 분위기가 아직도 풍겼다.

그들 두 여자는 세 번째 인물인 화이팅 부인과 더불어 애틀랜타의 기둥 노릇을 했다. 그들은 저마다 소속된 교회에서 성직자와, 성가대와, 교구민을 통솔했다. 그들은 무도회와 야유회를 주최했고, 누가 누구하고 짝이 잘 맞고 누구하고는 안 되겠으며 누가 몰래 술을 마시고 누가 언제 아기를 낳으리라는 따위를 환히 알았다. 그들은 조지아와 사우스캐롤라이나와 버지니아에서 내로라하는 집안이라면 누구의 족보나 꿰뚫어 알았고, 조금이라도 지반을 굳힌 사람은 그곳 세 조지아 주 출신 이외에는 아무도 없다고 믿었기 때문에 다른 주에 관해서는 구태여 신경을 쓰지 않았다. 그들은 어떻게 해야 기품 있는 처신이며 무엇이 그렇지 못한 행동인지를 잘 알았는데 — 메리워더 부인은 한껏 목청을 돋우고, 엘싱 부인은 말끝이 흐려지며 혀를 굴리는 우아한 어조로, 그리고 화이팅 부인은 그런 얘기를 얼마나 하기 싫은지를 나타내는 지친 귓속말로, 그들은 자신의 견해를 남들에게 전하는 데 실패한 적이 없었다. 세 귀부인은 로마의 제1차 삼두 정치(三頭政治)[58] 때처럼 열심히 서로 미워하고 불신했지만, 아마도 역시 삼두 정치 때와 똑같은 이유로 인해서 긴밀한 동맹을 이루는 것 같았다.

「난 피티한테 스칼렛을 내 병원에서 쓰겠다고 얘기해 두었어요.」 메리웨더 부인이 미소를 지으며 소리쳤다. 「그러니까 미드 부인이나 화이팅 부인한테 약속하면 안 돼요!」

「알겠어요.」 메리웨더 부인이 무슨 얘기를 하는지 전혀 알지도 못했지만 자기가 필요한 존재로서 환영을 받는다는 생각에 흐뭇하고 푸근한 기분을 느끼며 스칼렛이 말했다. 「곧 다시 뵙기를 바라요.」

마차가 길을 헤치고 더 나아가더니, 붕대를 담은 바구니를 들고 두 여자가 징검다리를 밟고 위태위태하게 지나가도록 기다리려고, 질퍽한 길거리에서 잠깐 멈추었다. 바로 그 순간에, 발뒤꿈치까지 가장자리 장식이 늘어진 화려한 목도리를 두르고 — 길거리에서 입기에는 지나치게 야하고 환한

58 기원전 60년 폼페이우스, 카이사르, 크라수스의 연합 통치.

빛깔의 옷차림으로 — 길가에서 지나가는 여자의 모습이 스칼렛의 눈에 띄었다. 다시 시선을 돌려서 보니 그녀는 키가 크고 미인이며, 대담한 얼굴에 붉은 머리는 진짜라고 믿기에는 지나치게 새빨간 빛깔이었다. 〈머리에 그런 손질을 한〉 여자라고 틀림없이 믿어지는 사람을 보기는 지금이 처음이었던지라, 스칼렛은 얼이 빠져 그녀를 지켜보았다.

「피터 아저씨, 저 여자 누구인가요?」 그녀가 나지막이 말했다.

「나 몰라요.」

「분명히 알 텐데요. 난 보면 알아요. 저 여자 누구죠?」

「이름 벨 워틀링이죠.」 아랫입술을 빼물며 피터 아저씨가 말했다.

스칼렛은 그 여자의 이름에 〈아씨〉나 〈마님〉이라는 경칭을 그가 붙이지 않았다는 사실을 재빨리 포착했다.

「저 여자 뭐 하는 사람이죠?」

「스칼렛 마님.」 말이 깜짝 놀랄 만큼 채찍으로 후려치며 피터가 음산하게 말했다. 「마님 아무 관계 없다 하는 일 꼬치꼬치 물으면 피티 마님 좋아하지 않아요. 이 도시 안 중요한 패거리 사람들 많으니까 따진다 말아요.」

〈하느님 맙소사!〉 꾸중을 듣고 잠잠해진 스칼렛은 생각했다. 〈틀림없이 천박한 여자겠지!〉

스칼렛은 아직까지 천박한 여자를 한 번도 본 적이 없었으므로 그녀가 군중 속으로 자취를 감출 때까지 머리를 돌려 빤히 쳐다보았다.

상점들과 새로운 전시(戰時) 건물들이 이제는 공터를 사이에 두고 훨씬 듬성듬성해졌다. 마침내 상업 지구가 뒤로 멀어지고 주택들이 시야로 들어왔다. 웅장하고 점잖은 라이든 저택, 하얗고 작은 기둥을 세우고 덧문을 초록빛으로 칠한 보넬 저택이 눈에 들어왔고, 나지막한 회양목 숲 울타리 뒤에 붉은 벽돌로 지은 차분한 조지아풍의 건물에서 매클루어 가족이 거주하는 저택 역시 친구처럼 낯익었다. 포치와 정원과 길거리에서 여자들이 스칼렛의 이름을 불러 대는 바람에 이제는 그들이 나아가는 속도가 훨씬 늦어졌다. 어떤 여자들은 스칼렛을 어렴풋이 알았고 또 어떤 여자들은 희미하게 기억했지만, 스칼렛은 그들 대부분을 전혀 알지 못했다. 틀림없이 피티팻이 그녀의 도착을 널리 선전해 놓은 모양이었다. 그녀는 자꾸 어린 웨이드를 치켜들어 보여 줘야 했으며, 진창을 무릅쓰고 마차를 타는 곳까지 용기를 내어 나온 여자들은 아이를 보고 찬사를 늘어놓았다. 그들은 하나같이 스칼렛더러 다른 사람들은 다 제쳐 놓고 그들의 뜨개질이나 바느질 모임, 또는 병원 위원회에 가입하라고 소리를 질렀으며, 그녀는 닥치는 대로 누구에게나 그러겠다고 약속했다.

그들이 초록빛을 칠한 널빤지로 무질서하게 지은 어느 목조 건물 앞으로 지나가려니까, 앞쪽 계단에 서서 지키고 기다리던 어린 흑인 계집아이가 〈여기 그 여자 와요〉라고 소리를 질렀고, 닥터 미드와 그의 아내와 열세 살 난 어린 아들 필이 큰 소리로 인사를 하며 밖으로 나왔다. 스칼렛은 그들도 역시 결혼식에 참석했었다고 기억했다. 미드 부인이 마차를 타는 승강단으로 올라서서 아기를 보려고 목을 길게 뽑았지만, 의사는 진흙 구덩이쯤은 아랑곳하지도 않고 마차의 옆까지 절벅거리며 다가왔다. 그는 키가 크고 야위었으며, 쇠처럼 하얀 턱수염을 뾰족하게 가다듬었고, 앙상한 몸에는 태풍에 날아와서 걸린 듯 옷을 엉성하게 걸쳤다. 애틀랜타 사람들은 그를 모든 힘과 지혜의 근원이라고 생각했으며, 그가 그들로부터 상당한 신망을 얻었다는 것은 조금도 이상한 일이 아니었다. 하지만 신탁을 받기라도 한 듯 얘기를 하는 버릇과 약간 잘난 체하는 태도에도 불구하고, 그는 애틀랜타에서 손꼽을 정도로 자상한 남자였다.

그녀와 악수를 나누고, 웨이드의 배를 손으로 쿡쿡 눌러 보고는 아이를 칭찬한 다음에, 의사는 피티팻 아주머니가 스칼렛을 미드 부인의 붕대 감기 위원회 이외에는 어느 다른 병원으로도 보내지 않겠다고 맹세했다는 얘기를 했다.

「아니, 저런, 난 벌써 천 명도 넘는 여자들하고 약속을 해 버렸는데요!」 스칼렛이 말했다.

「한심하게 메리웨더 부인에게 당했구나!」 미드 부인이 화를 내며 소리쳤다. 「망할 놈의 여편네 같으니라고! 틀림없이 그 여자는 기차가 들어올 때마다 나가 보는 모양이야!」

「난 도대체 일이 어떻게 돌아가는지 전혀 영문을 몰랐기 때문에 약속을 했어요.」 스칼렛이 고백했다. 「어쨌든 병원 위원회라는 게 도대체 뭔가요?」

의사와 아내는 그녀의 무지에 약간 충격을 받고는 서로 물끄러미 쳐다보았다.

「하기야 스칼렛은 시골에 파묻혀 지냈으니까 물론 모를 수밖에 없겠죠.」 미드 부인이 양해한다는 뜻으로 말했다. 「우린 병원과의 협약에 의해서 날짜에 따라 간호를 맡은 위원회들을 따로 운영한답니다. 우리는 장병들을 간호하고, 의사들을 도와주고, 붕대와 옷을 만들고, 장병들이 퇴원할 만큼 건강이 좋아진 다음에는 그들을 집으로 데려다가 다시 군대로 돌아갈 만큼 회복될 때까지 요양을 시켜요. 그리고 우린 어떤 부상병들의 가난한 ─ 그래요, 가난한 정도가 아니죠 ─ 가난한 아내와 가족을 돌봐 줘요. 닥터 미드는 내가 참가한 위원회가 일하는 협회 병원에서 근무하고, 다들 저이가 훌륭하다고 그러면서 ―」

「저런, 저런, 또 시작이로구먼, 미드 부인.」 의사가 다정하게 말했다. 「사람들 앞에서 내 자랑을 늘어놓는 짓은 하지 말라니까. 나를 군에 입대하지 못하게 막는 바람에 난 별로 하는 일도 없어.」

「〈막는 바람에〉라뇨!」 그녀가 화를 내며 소리쳤다. 「내가요? 애틀랜타가 당신을 놓아주려 하질 않았고, 그건 당신도 알잖아요. 이봐요, 스칼렛, 이이가 군의관으로 입대해서 버지니아로 가려는 걸 사람들이 알아내고는 여자들이 모여 이이를 이곳에 잡아 두도록 해달라는 진정서에 서명을 했다고요. 정말이지 여긴 당신이 없어서는 안 돼요.」

「저런, 저런, 또 시작이구먼, 미드 부인.」 보아하니 칭찬을 들어 꽤나 흐뭇해하면서 의사가 말했다. 「하기야 아들 하나를 전선으로 내보냈으니 지금 당장은 그 정도로 충분할지도 모르지.」

「난 내년에 가겠어요!」 신이 나서 깡충깡충 뛰며 어린 필이 소리쳤다. 「소년 고수로 말이에요. 난 지금 북 치는 걸 배우는 중이죠. 들어 보시겠어요? 내가 달려가서 북을 가지고 올게요.」

「아냐, 지금은 그만두거라.」 갑자기 긴장된 표정이 얼굴에 덮이며 아들을 더 가까이 끌어당기고는 미드 부인이 말했다. 「애야, 내년에는 안 돼. 후년이라면 몰라도.」

「하지만 그때쯤에는 전쟁이 끝나 버린다고요!」 그녀에게서 몸을 빼내며 그는 토라져서 소리쳤다. 「그리고 어머니가 약속했잖아요!」

그의 머리 위로 부도의 눈길이 마주쳤고, 스칼렛은 그들의 표정을 보았다. 다르시 미드는 버지니아로 싸우러 갔고, 그들은 하나 남은 어린 아들에게 더욱 애착이 심해졌다.

피터 아저씨가 헛기침을 했다.

「나 집 떠날 때 피티 마님 걱정 많았으니까 곧 집 안 간다 하면 마님 기절하고 말아요.」

「잘 가요. 내가 오늘 오후에 집으로 찾아보겠어요.」 미드 부인이 소리쳤다. 「그리고 스칼렛이 만일 우리 위원회에 들어오지 않았다가는 피티더러 각오하라고 전해 줘요.」

마차는 흙탕길을 이리저리 미끄러져 내려갔고, 스칼렛은 방석에 등을 기대고 미소를 지었다. 그녀는 지금 몇 달 만에 처음으로 기분이 좋아졌다. 사람들이 붐비고, 분주하고, 줄기차게 이어지는 흥분감이 배경에 깔린 애틀랜타는 무척 유쾌하고, 무척 즐거웠으며, 악어가 울부짖는 소리가 밤의 정적을 깨뜨리는 찰스턴 외곽의 쓸쓸한 농장보다 굉장히 좋았고, 높다란 담 뒤켠 정원에서 꿈꾸는 찰스턴 자체보다도 훨씬 더 좋았고, 종려나무와 흙탕물 개울이 옆을 따라 흐르는 널찍한 길거리를 갖춘 서배너보다도 훨씬 좋았다. 그렇다, 타라가 소중하기는 하지만, 지금 당장은 타라보다도 좋았다.

굽이치는 붉은 산들에 둘러싸인 도시, 좁은 길거리가 진창으로 뒤덮인 이 도시는 어딘가 흥분시키는 양상을, 엘렌과 어멈이 그녀에게 씌워 준 고상한 껍질 밑에 깔린 그녀의 거칠고 야성적인 성격을 흔들어 대는 험악하고도 야성적인 어떤 요소를 지녔다. 그녀는 누런 강물이 흐르는 평탄하고, 조용하고, 고요하고, 역사가 깊은 도시가 아니라 바로 이곳이 그녀의 땅이라는 기분을 불현듯 느꼈다.

집들이 이제는 서로 점점 더 멀찌감치 떨어졌고, 밖으로 몸을 내민 스칼렛은 피티팻 고모의 집 붉은 벽돌과 슬레이트 지붕을 보았다. 집은 도시의 북쪽 거의 끝에 가서야 나타났다. 집을 지나가면 복숭아나무 거리가 좁아져서 거대한 나무들 밑으로 구불구불 뻗어 나가 울창하고 조용한 숲 속으로 사라졌다. 새로 하얗게 칠해서 말끔해진 널빤지 울타리가 둘러싼 앞마당에서는 금년에 마지막으로 핀 장수화(長壽花)가 노란 별무늬를 그렸다. 앞쪽 층계에는 검은 옷차림의 여자 두 명이 기다렸고, 그들의 뒤에는 덩치가 큰 황인종 여자가 앞치마 밑으로 두 손을 찌르고 서서 하얀 이빨을 드러내며 활짝 미소를 지었다. 뚱뚱한 미스 피티팻은 자그마한 발로 버티고 서서, 두근거리는 마음을 진정시키려고, 엄청나게 불룩한 가슴을 한 손으로 누른 채 흥분해서 키득키득거렸다. 스칼렛은 그녀 옆에 선 멜라니를 보았는데, 마구 곱슬거리는 검은 머리를 유부녀답게 얌전히 가다듬었으며, 심장 모양의 얼굴에 반가워하고 기뻐하는 사랑의 미소를 머금고, 검은 상복 차림인 저 연약하고 자그마한 여자 멜라니 해밀턴이 애틀랜타에서는 옥에 티나 마찬가지 존재가 되리라는 생각에, 스칼렛의 가슴속에서는 혐오감이 왈칵 치밀어 올랐다.

남부인이 구태여 옷 가방을 꾸려 누구를 방문한다고 30킬로미터나 여행을 한다면, 방문 기간이 한 달 미만일 경우는 별로 없고, 보통은 그보다 훨씬 길어지게 마련이었다. 남부인들은 손님 받기를 좋아하는 만큼이나 방문도 열심히 했고, 친척이 성탄절 휴가를 지내러 찾아왔다가 7월까지 눌어붙어도 전혀 이상한 일이 아니었다. 갓 결혼한 부부가 관습대로 순회 방문을 하다가 어느 집이 마음에 들면, 그곳에서 두 번째 아이를 낳을 때까지 빈들거리며 지내는 경우도 흔했다. 나이 많은 숙모나 숙부가 일요일에 저녁을 먹으러 왔다가 몇 년 후 죽어 장례식을 치를 때까지 눌러앉는 일도 다반사였다. 풍요한 땅에서는 먹을 입이 몇쯤 늘어 봤자 대수롭지 않은 문제였고, 집도 크고, 하인도 수없이 많아 손님이 찾아와도 아무런 걱정이 되지 않았다. 신혼여행 중인 부부, 새로 태어난 아기를 자랑하려고 돌아다니는 젊은 어머니, 회복기의 환자, 상(喪)을 당한 사람, 현명하지 못하게 짝을 골라 맺어질 위험으로부터 부모가 어서 쫓아 버리려고 조바심하는 젊은 여자, 약혼도 못 한 채로 위험한 나이가 다 찼으며 다른 곳의 친척들이 도와주어 적당한 짝을 구하기를 바라는 처녀, 남녀를 가리지 않고 모든 나이의 사람들이 방문 여행길에 나섰다. 손님이라면 느릿느릿 진행되는 남부의 삶에 흥분감과 변화를 부여했기 때문에 언제라도 환영이었다.

그래서 스칼렛은 얼마나 오랫동안 묵을지 전혀 따져 보지도 않고 애틀랜타로 왔다. 서배너나 찰스턴을 찾아갔을 때처럼, 따분해지면 그녀는 한 달 만에라도 집으로 돌아가리라. 여기서 지내기가 즐거우면 그녀는 언제까지라도 눌러 지내도 좋았다. 그리고 그녀가 도착하자마자 피티 고모와 멜라니는 스칼렛으로 하여금 언제까지라도 이곳을 집으로 알고 같이 살게 만들도록 유인하는 작전을 개시했다. 그들은 가능한 모든 이유를 내세웠다. 그들은 스칼렛을 사랑하기 때문에 지금 그대로의 그녀를 원한다고 설명했다. 그들은 외롭고 커다란 집에서 지내자니까 밤이면 자주 겁이 났지만, 스칼렛은 어찌나 용감한지 그들에게 용기를 불어넣을 정도라는 얘기도 했다. 그녀는 어찌나 매혹적인지 슬픔에 빠진 그들의 마음을 기쁘게 해준다고도 했다. 찰스가 죽은 지금 스칼렛과 그녀의 아들은 마땅히 찰스의 가족과 더불어 살아야 했다. 그뿐 아니라 찰스의 유언장에 따라 이제는 집의 절반이 스칼렛의 소유였다. 마지막으로, 남부 동맹은 바느질과 뜨개질을 하고 붕대를 감고 부상병을 간호하는 손이 하나라도 더 필요한 실정이라는 이유도 내놓았다.

정거장 근처의 애틀랜타 호텔에서 독신 생활을 하던 찰스의 백부 헨리 해밀턴도 역시 이 문제를 놓고 스칼렛에게 진지하게 얘기했다. 백부 헨리는 키가 작고 배가 나왔으며, 얼굴이 발그레하고, 은빛 머리가 길고 난발(亂髮)이었으며, 소심하거나 허세를 부리는 여자들의 기질을 전혀 참지 못하는 급한 성격의 남자였다. 바로 그런 성격 때문에 그는 누이동생 피티팻과 거의 얘기도 안 하는 사이가 되었다. 어렸을 때부터 그들은 성격이 완전히 정반대였고, 그녀가 찰스를 키운 방법이 〈군인의 아들을 계집애 같은 병신으로 만들어 놓았다!〉고 해서 대립하는 바람에 그들의 사이는 더욱 멀어졌다. 여러 해 전에 그가 어찌나 그녀를 심하게 모욕했는지 이제 미스 피티는 오빠 얘기를 할 때마다 경계를 하며 나지막한 목소리로 극히 말을 삼갔기 때문에 낯선 사람이라면 이 정직하고 늙은 변호사가 살인자라도 되는 줄 알았으리라 문제의 심한 모욕이란 존재하지도 않는 금광에 투자를 하겠다고 그가 관리하는 재산에서 피티가 5백 달러를 인출하려고 했을 때 벌어진 사건이었다. 그는 인출을 거부했고, 그녀가 풍뎅이만큼도 머리가 돌아가지 않는다고 화를 벌컥 냈을 뿐 아니라, 5분 이상이나 그녀를 닦아세웠다. 그로부터 그녀는 한 달에 한 번씩 생활비를 타러 피터 아저씨가 모는 마차를 타고 사무실로 찾아갈 때만 사무적으로 오빠를 만났다. 이렇게 짤막한 방문을 끝내고 돌아오기만 하면 피티는 항상 하루 종일 침대에 누워 눈물을 흘리고 냄새 약을 맡았다. 백부와 사이가 좋았던 멜라니와 찰스는 이런 시련으로부터 그녀를 해방시켜 주겠다고 자주 제안했지만, 피티는 아기처럼 항상 입을 꽉 다물고 반대했다. 헨리가 그녀에게는 십자가였고, 그녀는 십자가의 짐을 참아야만 했다. 그런 까닭에 찰스와 멜라니는 그녀가 가끔 일으키는 흥분 상태, 과보호를 받으며 살아온 그녀의 삶에서 유일하게 찾아오는 흥분 상태로부터 피티 고모가 간혹 대단한 기쁨을 얻는다고 추리하기에 이르렀다.

헨리 큰아버지는 스칼렛이 아무리 한심하게 잘난 체 허식을 부리기는 해도, 그나마 조금은 개성이 엿보인다고 하면서 당장 그녀를 좋아하게 되었다. 그는 피티와 멜라니의 재산뿐 아니라 찰스가 스칼렛에게 남겨 준 재산의 관리도 맡은 수탁자였다. 찰스가 그녀에게 피티 고모의 집 절반뿐 아니라, 농토와 시내의 부동산까지도 물려주었기 때문에 스칼렛은, 이제 자기가 꽤 부유한 젊은 여자가 되었음을 깨닫고 즐겁게 놀랐다. 그리고 그녀가 물려받은 재산의 일부인 정거장 근처 철도변의 상점과 창고는 전쟁이 시작된 이래로 가치가 세 곱절이나 뛰어올랐다. 스칼렛에게 애틀랜타에서 영구히 정착하는 문제를 헨리 큰아버지가 제기한 것은 그녀의 재산 목록을 설명하던 중이었다.

「웨이드 햄프턴이 자라면, 젊은 나이에 부자가 되겠지.」 그가 말했다. 「애틀랜타가 이런 식으로 성장한다면 애의 재산은 20년 동안에 열 배로 늘어날 테니까, 아들은 당연히 그의 재산이 있는 곳에서 키워서 그 재산을 — 그렇지, 그리고 피티와 멜라니의 재산도 관리하도록 훈련을 시켜야 해. 나도 영원히 살지는 못하니까, 얼마 안 가서 해밀턴이라는 이름을 지닌 남자라고는 웨이드 혼자 남을 거야.」

피터 아저씨는 스칼렛이 당연히 영주하려고 왔으려니 생

각했다. 찰스의 외아들이 그가 성장을 지켜볼 수가 없는 곳에서 자란다는 사실을 그는 상상조차 못 할 노릇이었다. 이런 모든 견해에 대해서 스칼렛은 미소만 지었으며, 시집 식구들과의 지속적인 접촉과 애틀랜타에서의 삶을 그녀 자신이 얼마나 좋아하게 될지 확실히 알기 전에는 아무런 약속을 할 용의가 없었으므로, 아무 말도 하지 않았다. 그녀는 또한 제럴드와 엘렌을 설득해야 한다는 사실도 알았다. 더구나 타라로부터 멀리 떨어진 곳에 와서 지내려니까 그녀는 끔찍이도 집이 그리웠고, 붉은 밭과 힘차게 솟아오르는 푸른 목화와 감미로운 황혼 녘의 고요한 풍경이 그리웠다. 처음으로 그녀는 흙에 대한 사랑이 그녀의 핏줄을 타고 흐른다던 제럴드의 말에 담긴 의미를 희미하게 깨달았다.

그래서 스칼렛은 그녀의 방문 기간에 관해 확실한 대답은 당분간 점잖게 피하면서 복숭아나무 거리의 끝 조용한 곳에 위치한 붉은 벽돌집의 삶에 쉽게 젖어 들었다.

찰스의 혈육들과 같이 살고, 그가 성장한 집을 보니, 스칼렛은 이제 그녀로 하여금 그토록 빠른 기간 동안에 아내에서 미망인을 거쳐 어머니가 되게 만들었던 청년을 조금은 더 이해를 하기에 이르렀다. 찰스가 왜 그토록 소심하고 단순하며 이상주의자였는지는 쉽게 알 만했다. 비록 찰스가 근엄하고 두려움을 모르며 성미가 급한 군인의 자질을 아버지로부터 조금이라도 물려받았다고 하더라도, 성장하는 동안 여성적인 분위기 속에서 어린 시절을 보냈기 때문에 그런 요소는 말살되고 말았으리라. 그는 어린애 같은 피티에게 헌신적이었고, 멜라니하고는 일반적인 남자 형제들보다는 훨씬 사이가 가깝게 지냈는데, 세상 물정을 모르는 그토록 다정다감한 여자들은 어디를 가도 찾아보기가 힘들 지경이었다.

피티팻 고모는 60년 전 태어났을 때의 세례명이 세라 제인 해밀턴이었지만, 그녀의 자그마한 발이 경쾌하고 가볍고 분주하게 타박거리며 돌아다닌다고 해서, 그녀를 귀여워하던 아버지가 별명[59]을 까마득히 오래전에 붙여 놓은 이후로, 그녀를 다른 이름으로 부르는 사람이 아무도 없어졌다. 두 번째 이름을 지어 받은 이후 여러 해가 지나는 동안 그녀의 내면에서는 많은 변화가 일어났기 때문에, 애칭은 결국 어울리지 않게 되어 버렸다. 정신없이 깡충거리며 뛰어다니는 아이의 모습은 다 사라졌고, 이제는 그녀의 체중을 버티기에도 충분하지 못한 자그마한 두 발과 목적도 없이 즐겁게 떠들어대는 습관밖에 아무것도 남지 않았다. 그녀는 뚱뚱하고, 뺨이 발그레하고, 머리가 은빛이었으며, 코르셋을 너무 꽉 조여 항상 숨이 차서 약간 헉헉거렸다. 그녀는 너무나 작은 신발에 억지로 집어넣은 자그마한 두 발로 한 구간이 넘는 곳은 절대로 걸어가지 않았다. 그녀는 조금만 흥분해도 심장이 울렁거렸고, 조금만 자극을 받아도 기절을 하며, 그런 심장을 창피한 줄도 모를 정도로 애지중지했다. 그녀가 숙녀인 체하느라고 걸핏하면 공연히 기절하는 버릇을 다들 알았지만, 사람들은 그녀를 너무 사랑했기 때문에 그런 사실을 알면서도 입 밖에 내지를 않았다. 모두들 그녀를 사랑했고, 어린애처럼 응석을 받아 주었고, 오빠 헨리 이외에는 어느 누구도 그녀를 진지하게 대하려고 하지 않았다.

그녀는 세상에서 무엇보다도, 심지어는 그토록 좋아하는 식탁의 기쁨보다도 잡담을 더 좋아했고, 그래서 다른 사람들의 일을 놓고, 해를 끼치지 않는 선량한 방법으로, 몇 시간씩

[59] *pittypat*은 심장이 팔딱팔딱 뛰는 소리의 의성어로서, 〈콩닥콩닥〉이라는 정도의 뜻이 되겠다.

이나 떠들어 대곤 했다. 그녀는 이름과 날짜와 장소에 대한 기억력이 엉망이어서, 애틀랜타의 어느 한 사건에 등장한 주인공이 다른 사건에서 등장하는 혼동을 자주 일으키기는 했지만, 그녀가 하는 얘기를 하나라도 진지하게 받아들일 정도로 어리석은 사람이 아무도 없었기 때문에 오해를 일으키는 사람도 역시 없었다. 비록 나이가 예순 살이 되기는 했어도 노처녀로서의 심리 상태를 그녀가 다치지 않도록 보호해 줘야만 했기 때문에, 정말로 충격적이거나 놀라운 얘기는 누구도 그녀에게 해주는 일이 절대로 없었고, 친구들은 그녀를 귀여움과 보호를 받는 늙은 아이로서 지켜 가야 되겠다는 선의의 음모에 가담했다.

멜라니는 여러 면에서 그녀의 고모를 닮았다. 그녀는 수줍음을 탔고, 갑자기 낯을 붉히는 경우도 많고, 겸손했지만, 상식만큼은 ── 스칼렛이 마지못해서 〈뭔가 그 비슷한 자질은 지녔다고 나도 인정해야 되겠지〉라고 시인했던 상식만큼은 제대로 갖춘 여자였다. 피티 고모나 마찬가지로 멜라니는 소박함과 상냥함, 진실과 사랑 이외에는 아무것도 알지 못하도록 과보호를 받은 아이, 가혹함과 악(惡)을 한 번도 겪어 보지 못했기 때문에 그런 위기에 혹시 직면하더라도 그것의 정체를 인식하지 못하는 아이 같은 얼굴이었다. 옛날부터 항상 행복했었기 때문에 그녀는 주변의 모든 사람이 행복해지기를, 적어도 자신에 대한 만족감을 느끼기를 바랐다. 그랬기 때문에 그녀는 항상 모든 사람에게서 가장 훌륭한 점만 보았고, 그런 면을 착한 다음으로 남들에게 얘기했다. 충성스러움이나 상냥한 마음 따위 어떤 훌륭한 성품으로도 상쇄되지 못할 정도로 미련하다고 그녀가 생각한 하인은 한 사람도 없었고, 아무리 추하고 마음에 안 드는 여자라고 해도 그녀의 성격에서 숭고한 면이나 몸매의 우아함을 꼭 찾아냈고, 아무리 가치가 없고 아무리 따분한 남자라고 해도 그녀는 실제적인 양상보다는 그가 지녔음 직한 가능성에 입각해서 그를 판단했다.

너그러운 마음에서 진심으로 그리고 즉흥적으로 우러나는 이런 자질들 때문에 사람들이 그녀 주변으로 모여들었는데, 꿈조차 꾸지 않았던 자신의 훌륭한 자질을 일부러 찾아내어 인정해 주는 사람의 매력에 과연 누가 저항하겠는가? 그녀는 애틀랜타에서 어느 누구보다도 여자 친구가 많았고 남자 친구도 많았지만, 남자의 마음을 사로잡기 위해 총동원해야 하는 이기적이고 집요한 기질이 결여되었기 때문에 애인은 별로 없었다.

멜라니가 보여 준 처신도 따지고 보면 남부 처녀들이 마땅히 그래야 한다고 배우는 올바른 행실에 지나지 않아서 — 주변 사람들로 하여금 마음이 편하고 자신에 대해 만족감을 느끼도록 해주었을 따름이었다. 남부의 사교계를 그토록 즐겁게 만든 힘은 바로 이런 행복하고도 여성적인 결탁이었다. 여자가 함부로 말대꾸를 하지 않아 자존심이 상처를 받지 않아서 남자들이 만족스럽게 살아가는 안전한 곳이라면 당연히 여자들이 살기에도 아주 쾌적한 곳임을 그들은 알았다. 태어나서 죽을 때까지 여자들은 그래서 남자들로 하여금 자만심을 갖도록 만들려고 노력했으며, 흡족해진 남자들은 흠모와 겸양을 여자들에게 아낌없이 표현하여 보상했다. 이지적인 존재임을 인정하지만 않았을 뿐, 사실상 남자들은 여자들에게 무엇이나 다 기꺼이 내주었다. 스칼렛도 멜라니와 똑같은 마력을 구사하기는 했지만, 치밀한 기교와 계산된 효과에 의존한다는 점이 달랐다. 두 여자 사이의 차이는, 비록 한

순간 동안이더라도 멜라니는 사람들을 행복하게 해주려는 욕망에서 우러났기 때문에 상냥한 찬사의 말을 해주었지만, 스칼렛은 오직 자신의 목적을 위해서만 그랬다.

그가 가장 사랑했던 두 사람에게서 찰스는 강인해질 만한 영향을 하나도 받지 못했고, 가혹함이나 현실에 관해서 아무것도 배우지 못했으며, 그가 어른으로 성장한 집은 새 둥지만큼이나 포근하기만 했다. 타라에 비하면 이곳은 너무나 조용하고, 구태의연하며, 편안하기 짝이 없는 집이었다. 이런 집에는 브랜디와 담배와 무화과 기름 따위의 남성적인 냄새가 필요하며, 거칠게 외치는 목소리와 가끔 한 번씩 끼어드는 욕과, 총과, 수염과, 안장과 말굴레, 그리고 발에 걸리는 사냥개들이 절실히 필요하다고 스칼렛은 생각했다. 그녀는 엘렌이 등을 돌리기만 하면 어멈과 돼지가 말다툼을 벌이고, 로자와 티나가 티격태격하고, 스칼렛 자신이 수엘렌과 독살스럽게 다투고, 제럴드가 시끄럽게 위협을 하는 등, 타라에서 끊임없이 들었던 다투는 목소리들이 그리웠다. 그런 집안에서 자랐으니 찰스가 계집애 같다는 생각은 저절로 들게 마련이었다. 이곳에서는 흥분할 만한 상황이 벌어지지도 않았고, 언성을 높이는 일도 없었고, 모두들 다른 사람의 견해에 얌전히 경의를 표하고, 그러다 보니 결국은 백발인 부엌의 흑인 귀족이 제멋대로 권력을 휘두르는 지경에 이르고 말았다. 어멈의 감시를 벗어난 다음 보다 자유로운 여유를 희망했던 스칼렛은 슬프기도 숙녀다운 처신, 특히 찰스 주인님 미망인에게 어울리는 행동 규범이라고 피터 아저씨가 설정한 기준이 어멈보다도 훨씬 준엄하다는 사실을 깨달았다.

그런 집안에서 스칼렛은 옛날의 자신으로 돌아갔고, 미처 스스로 깨닫기도 전에 그녀의 기분은 정상을 되찾았다. 그녀는 겨우 열일곱 살이었으며, 건강과 정력이 넘쳤고, 찰스의 가족은 그녀를 행복하게 해주려고 최선을 다했다. 애슐리의 이름이 입에 오를 때마다 지끈지끈 쑤셔 대던 아픔을 그녀의 마음에서 몰아내 줄 사람은 아무도 없었으므로, 그런 노력에서는 비록 그들이 약간 모자랐다고 하더라도, 그것은 그들의 잘못은 아니었다. 그리고 멜라니는 애슐리 얘기를 너무 자주 꺼냈다! 하지만 스칼렛이 고통스러운 나날을 보낸다고 믿었던 멜라니와 피티는 그녀의 슬픔을 위로해 줄 방법을 지칠 줄 모르고 끊임없이 생각해 냈다. 그들은 스칼렛의 기분을 돌리기 위해 그들 자신의 슬픔쯤은 뒷전으로 밀어 놓았다. 그들은 그녀가 먹을 음식과, 오후에 낮잠을 잘 시간과, 마차를 타고 나갈 나들이를 두고 수선을 피웠다. 그들은 그녀의 활달한 성격과, 몸매와, 자그마한 손과 발, 그리고 하얀 피부를 부러워하는 데서 그치지 않고, 그런 느낌을 장황한 찬사로 걸핏하면 표현하면서, 사랑이 어린 그들의 말을 강조라도 하려는 듯 그녀를 쓰다듬고 포옹하고 키스했다.

스칼렛은 애무에는 관심이 없었지만, 찬사는 만끽했다. 타라에서는 어느 누구도 그녀에게 그토록 많은 매혹적인 얘기를 해주었던 적이 없었다. 사실 어멈은 그녀의 자부심에서 김을 빼느라고 바빴었다. 흑인이건 백인이건 간에 가족과 이웃 사람들이 어린 웨이드를 떠받들어 주고, 누가 아이를 무릎에 앉히느냐를 놓고 잠시도 경쟁이 그치지를 않았기 때문에, 아이는 이제 스칼렛에게 더 이상 귀찮은 존재가 아니었다. 멜라니가 특히 아이를 귀여워했다. 아무리 아이가 소리를 바락바락 지르고 울어 대더라도 멜라니는 그를 귀엽다고 생각했고, 귀엽다는 소리를 하며 이런 말을 덧붙이기까지 했다. 「아, 귀여운 강아지야! 네가 내 아이라면 얼마나 좋을지 모르겠구나!」

스칼렛은 아직도 피티 고모가 참으로 한심한 노파라고 생각했고, 그녀의 애매함과 허세가 참기 어려울 정도로 짜증을 불러일으켰으므로, 때로는 그녀의 감정을 숨기기가 힘들었다. 스칼렛은 날이 갈수록 점점 더 질투가 심해지면서 멜라니를 싫어했고, 멜라니가 사랑에 취한 자부심으로 은근한 미소를 지으며 애슐리 얘기를 하거나 그에게서 온 편지를 큰 소리로 읽으면, 때때로 그녀는 화가 치밀어 불쑥 방에서 나가 버리곤 했다. 하지만 어쨌든 그런대로 삶은 한껏 행복하게 계속되었다. 애틀랜타는 서배너나 찰스턴이나 타라보다 훨씬 즐거웠고, 전시를 맞아 생소한 일거리가 어찌나 많았는지 그녀는 생각하거나 슬픔에 잠길 겨를이 거의 없었다. 하지만 가끔, 촛불을 불어 끄고 베개에 머리를 파묻고 나면, 그녀는 한숨을 짓고 생각했다. 〈애슐리가 결혼만 하지 않았다면 얼마나 좋을까! 망할 놈의 병원에서 간호 생활을 하기도 지겹고! 아, 나한테 애인이 몇 명만 생겼으면 좋겠구나!〉

그녀는 간호사 일이 금방 싫어졌지만 미드 부인과 메리웨더 부인의 위원회 양쪽에 다 들었기 때문에 꼼짝없이 끌려다녀야만 했다. 따라서 스칼렛은 한 주일에 나흘씩 오전에 머리를 수건으로 묶어 올리고, 덥더라도 앞치마로 목에서 발까지 가리고는, 악취가 나고 푹푹 찌는 병원으로 가야 했다. 애틀랜타의 결혼한 여자들은 나이가 많거나 적거나 간에 누구나 다 간호사 노릇을 했고, 스칼렛은 그들이 보여 준 열성이 광신적이라고 생각했다. 그들은 스칼렛이 그들 자신의 열성적인 애국심에 당연히 물들리라고 믿었으므로, 전쟁에 대해서 그녀가 얼마나 관심이 없는지를 알았다면 충격을 받았으리라. 애슐리가 죽을지도 모른다는 집요한 고뇌 이외에는 전쟁이라면 그녀에게는 아무런 관심도 없었으며, 간호사 노릇은 책임에서 벗어날 방법을 몰랐기 때문에 그냥 했을 따름이었다.

간호사 노릇에는 분명히 낭만적인 요소가 하나도 없었다. 그녀에게는 그것이 신음과 혼수상태와 죽음과 악취를 의미했다. 병원은 기독교인의 배 속을 뒤집어 놓기에 충분할 정도로 추악한 상처를 몸에 지니고, 끔찍한 악취를 풍기는 남자들 — 더럽고, 수염이 잔뜩 자라고, 이가 들끓는 사람들로 가득했다. 병원에서 살이 썩어 가는 악취가 스칼렛이 문에 다다르기도 전에 코를 찔렀고, 들척지근하고 역한 냄새는 그녀의 손과 머리카락에 배었고, 꿈속에서도 끈질기게 따라다녔다. 파리와 모기와 피빨이 벌레들이 병동 위에서 무리를 지어 윙윙거리고 날아다니는 바람에, 병사들은 괴로움에 욕설을 퍼붓고 기운이 빠져 흐느껴 울었으며, 자신도 어느새 모기에 물린 스칼렛은 가려운 곳을 긁적거리며 허리가 아플 때까지 종려나무 부채를 흔들어 주면서, 병사들이 얼른 모조리 죽어 버렸으면 좋겠다고 생각했다.

하지만 멜라니는 악취나 상처나 벌거벗은 몸을 개의치 않는 듯싶었고, 스칼렛은 지극히 겸손하고 소심한 여자가 어쩌면 그럴까 이상하게 여겼다. 닥터 미드가 썩은 살을 도려내는 동안 세숫대야나 도구를 들고 기다릴 때면 가끔 멜라니는 아주 창백해 보이기도 했다. 그리고 언젠가는 그런 수술을 마친 다음에 스칼렛은 멜라니가 이부자리 창고에서 수건에 대고 소리 없이 토하는 모습을 보았다. 하지만 부상병들의 시선이 미치는 곳에서라면 그녀는 언제나 상냥하고, 동정심이 많고, 명랑해서, 병사들은 멜라니를 자비의 천사라고 불렀다. 스칼렛은 그런 호칭을 듣고 싶기는 했지만, 그러려면 이가 우글거리는 남자들을 손으로 만지고, 씹는담배를 삼켜 숨통이 막히지나 않았는지 보려고 의식을 잃은 환자의 목구멍으로 손가락을 집어넣고, 잘려 나간 팔다리를 붕대로 감고, 곪아 터진 살에서 구더기를 집어내는 일도 서슴지 않아야만 했다. 그렇다, 그녀는 간호사 노릇을 좋아하지 않았다.

회복을 하느라고 요양 중인 장병들 가운데는 매력적이고 집안이 훌륭한 남자가 많았으므로, 스칼렛이 그들에게 매력을 발휘해도 좋은 입장이었더라면 아마도 병원 생활이 견딜 만했을지도 모르겠지만, 미망인이라는 신분이어서 그래서는 안 되었다. 처녀의 눈으로 봐서는 안 될 광경을 보게 될지도 모른다는 우려에서 간호사로 일하도록 허락을 받지 못한 애틀랜타의 젊은 여자들은 회복기의 요양 환자들을 담당했다. 결혼 여부나 미망인 신분 따위의 거추장스러운 요소가 없었던 그들은 회복기 환자들에게 무더기로 접근했고, 심지어 지극히 매력이 없는 여자들까지도 힘들이지 않고 약혼하는 꼴을 보고는 스칼렛은 맥이 풀렸다.

병이 절망적이거나 심한 중상을 입은 병사들 이외에는 스칼렛의 세계는 완전히 여자들의 판이었고, 같은 여자들을 좋아하지도 않고 믿지도 않았던 그녀로서는 그런 세계가 거북했고, 더욱 고통스러운 일이었지만, 늘 권태감을 느꼈다. 하지만 한 주일에 사흘씩 그녀는 오후에 멜라니의 친구들로 이루어진 바느질 모임과 붕대 감기 위원회에 참석했다. 그런 모임에 가면 찰스를 알았던 젊은 여자들은 그녀에게 아주 친절히 신경을 써주었으며, 애틀랜타 귀족 미망인의 딸이었던 패니 엘싱과 메이벨 메리웨더가 특히 열성이었다. 하지만 그들은 스칼렛을 늙고 다 끝장이 난 여자처럼 어른 대접을 했고, 그들이 무도회나 애인 얘기를 자꾸 늘어놓는 수다를 들으면 그녀는 처녀들이 누리는 즐거움이 부럽기도 했고, 미망인이기 때문에 그런 활동에서 제외된다는 처지가 못마땅하기도 했다. 그렇다, 그녀는 패니와 메이벨보다 세 곱절은 더 매력적이지 않은가! 전혀 그렇지 않은데 마치 그녀의 마음이 무덤 속에 파묻히기라도 한 듯 취급하다니 얼마나 불공평한 일인가! 그녀의 마음은 무덤이 아니라 애슐리와 함께 버지니아에 가 있었다.

하지만 이런 불편함에도 불구하고 그녀는 애틀랜타가 무척 좋았다. 그리고 여러 주일이 흘러가는 사이에 그녀의 방문 기간은 점점 길어졌다.

제9장

한여름의 그날 아침 스칼렛은 침실 창가에 앉아, 여러 병원을 후원하려고 저녁에 열릴 자선 행사장을 장식할 나무를 구하려고 복숭아나무 거리를 따라 숲으로 가는 짐마차와 승용 마차마다 잔뜩 올라타고 즐거워하는 처녀들과, 군인들과, 노부인들을 울적한 마음으로 지켜보았다. 공중에서 지붕을 이룬 나무들 밑 붉은 흙길은 그늘과 햇빛이 얼룩무늬를 이루었고, 수많은 말발굽에 채어 붉은 먼지가 작은 구름 덩어리처럼 피어올랐다. 다른 마차들보다 저만큼 앞장선 짐마차 한 대에는 상록수를 자르고 덩굴을 끌어내릴 건장한 네 명의 흑인이 도끼를 가지고 탔으며, 마차 뒤쪽에는 냅킨을 덮은 광주리와, 떡갈나무를 쪼개 만든 도시락 바구니와, 10여 개의 수박이 수북하게 쌓였다. 흑인 청년 두 명은 밴조와 하모니카를 연주했고, 그들은 「신나게 살려면 기병대에 입대하라」를 흥겹게 불러 댔다. 선두 마차 뒤에서는 꽃무늬 무명옷에다 피부를 보호하려고 장갑을 끼고 둥근 모자를 쓰고 경쾌한 목도리를 두르고 자그마한 양산을 치켜든 젊은 처녀들과, 승용 마차들끼리 서로 소리쳐 부르고 농담을 주고받으며 웃어 대는 속에서 차분히 미소를 짓는 나이 많은 여자들과, 무척 떠들썩하며 법석을 떠는 가냘픈 처녀들과 건장한 보호자들 사이에 낀 병원의 회복기 환자들과, 승용 마차 옆에서 거북이걸음으로 말을 타고 한가하게 쫓아오는 장교들이 즐거운 행렬을 이루어 따라왔고, 바퀴들이 삐거덕거리고, 박차가 짤그랑거리고, 황금빛 줄 장식이 반짝거리고, 양산이 까딱거리고, 부채가 펄럭거리고, 흑인들이 노래했다. 푸른 나무를 모으고, 수박을 쪼개 들놀이를 하려고 그들은 복숭아나무 거리를 따라 마차를 타고 나아가는 중이었다. 나만 빼놓고 모두들 가는구나, 스칼렛이 침울하게 생각했다.

그들은 저만치 지나가며 그녀에게 손을 흔들거나 소리쳐 불렀고, 스칼렛은 우아한 태도로 응답하려고 애썼지만, 그것도 쉽지가 않았다. 단단하고도 조그만 고통의 응어리가 그녀 마음속에서 일어나 목구멍을 향해 천천히 올라오는 중이었는데, 목구멍에 다다르면 그것은 커다란 덩어리가 되고, 덩어리는 곧 울음으로 터져 버릴 듯싶었다. 그녀만 빼놓고 모두들 들놀이를 가는 길이었다. 그리고 그녀만 빼놓고 모두들 그날 밤에 자선 바자와 무도회에 갈 참이었다. 그러니까 스칼렛과 피티팻과 멜리, 그리고 상을 당한 애틀랜타의 다른 불우한 사람들을 제외하고 모두가 말이다. 하지만 멜리와 피티팻은 개의치 않는 눈치였다. 그들은 가고 싶다는 생각조차 들지 않는 모양이었다. 스칼렛은 가고 싶었다. 정말로 그녀는 굉장히 가고 싶었다.

누가 뭐라고 해도 한심한 처사였다. 그녀는 자선 바자를 준비하기 위해 애틀랜타의 어느 처녀보다도 두 곱절은 일했다. 그녀는 뜨개질을 해서 양말과 아기 모자와 털실 담요와 목도리를 떴고, 레이스도 몇 미터나 짰고, 면도할 때 쓰는 컵과 머리카락을 받는 사기그릇에 그림도 그려 넣었다. 그리고 그녀가 남부 동맹의 기를 수놓은 소파 방석의 덮개도 대여섯 개나 되었다. (굳이 따지자면 별들이 약간 한쪽으로 기울었고, 몇 개는 거의 동그라미에 가깝고 또 몇 개는 뾰족한 끝이 여섯이나 일곱이기도 했지만, 효과는 훌륭했다.) 어제만 해도 그녀는 먼지투성이 낡은 병기 창고에서 벽을 따라 늘어선 매점마다 노랑, 분홍, 초록빛 무명 휘장을 늘여 장식하느라고 기진맥진할 때까지 일했다. 병원 부인회의 감독을 받아가며 해야 했던 그 따분한 일은 힘만 들었지 재미라곤 전혀 없었다. 메리웨더 부인과 엘싱 부인과 화이팅 부인이 설치면서 그녀에게 검둥이처럼 이래라저래라 심부름을 시키는 마당이라면 재미라곤 전혀 없게 마련이었다. 그리고 딸이 얼마나 인기가 대단한지 자랑을 늘어놓는 그들의 얘기를 들어 줘야 하는 고역도 만만치 않았다. 그리고 가장 기막힐 노릇이었지만, 추첨을 위한 층층이 케이크를 만드는 피티팻과 쿠키를 돕다가 손가락에 물집이 두 군데나 잡히기도 했다.

그런데 이제, 기껏 밭일꾼처럼 일을 하고 나서, 그녀는 재미가 막 시작되려는 참에 점잖게 뒷전으로 물러나야 했다. 아, 남편은 죽었고, 아기는 옆방에서 발악을 하고, 온갖 즐거움으로부터 단절되어야 하는 그녀의 처지는 한심했다. 겨우 1년 전에만 해도 그녀는 시커먼 상복이 아니라 눈부신 옷을 입고 춤을 추었으며, 사실상 세 청년과 동시에 약혼한 상태였다. 그녀는 지금 겨우 열일곱 살밖에 되지 않았고, 발은 아직도 춤을 추고 싶어 무척 근질거렸다. 아, 얼마나 한심한 신세인가! 회색 군복과 짤그랑거리는 박차와 꽃무늬가 박힌 오건디 드레스와 밴조 연주로 이루어진 삶이 그녀를 버려두고 지나쳐, 여름의 뜨겁고 그늘진 길을 따라서 내려갔다. 스칼렛은 그녀가 가장 가까이 알았던 남자들, 병원에서 그녀가 간호했던 남자들에게 미소를 짓거나 너무 열광적으로 손을 흔들지 않으려고 애썼지만, 들어가는 보조개를 막기도 힘들었고, 사실은 그렇지도 않은데 그녀의 마음이 무덤 속에 파묻힌 듯한 표정을 짓기도 힘든 노릇이었다.

층계를 올라오면 늘 그러듯이 숨을 몰아쉬며 피티팻이 방으로 들어와서, 그녀를 다짜고짜 창문에서 잡아채어 떼어 놓자, 절을 하고 손을 흔들어 대던 스칼렛의 행동이 갑자기 멈추어 버리고 말았다.

「침실 창문에서 남자들을 내다보며 손을 흔들다니, 너 정신 나갔니? 나 정말 충격 받았어, 스칼렛! 너희 어머니가 알면 뭐라고 그러시겠니?」

「하지만 저 사람들은 여기가 내 침실이라는 걸 몰랐잖아요.」

「그래도 여기가 네 침실이라고 짐작을 했을 테고, 그러니까 마찬가지로 나빠. 애야, 넌 그런 짓을 하면 못써. 모두들 네 얘기를 수군거리며 바람둥이 여자라고 하겠고, 어쨌든 메리웨더 부인은 여기가 네 침실이라는 걸 알아.」

「그럼 늙은 고양이 같은 그 여자가 총각들한테 얘기를 하겠군요.」

「애야, 말조심해라! 돌리 메리웨더는 나하고 가장 가까운 친구야.」

「어쨌든 고양이 같은 여자이긴 마찬가지예요. ── 이런, 미안해요, 고모님, 울지 마세요! 난 침실 창문이라는 걸 잊어버렸댔어요. 다시는 그러지 않겠어요. 난 ── 난 그저 지나가는 사람들을 구경하고 싶었을 뿐이에요. 나도 같이 갔으면 좋았겠어요.」

「애야!」

「어쨌든 난 가고 싶어요. 난 집에만 앉아 지내기가 너무나 짜증스러우니까요.」

「스칼렛, 그런 소리는 하지 않겠다고 나한테 약속해라. 사람들의 입에 오르내리겠어. 네가 가엾은 찰리에 대한 존경심을 제대로 갖추지 못했다고 사람들이 ―」

「아, 고모님, 울지 마세요!」

「이런, 이제는 내가 너도 울게 만들었구나.」 손수건을 꺼내려고 치마 속을 더듬거리던 피티팻이 흐느끼면서 말했다.

단단하고 작은 고통의 응어리가 마침내 목구멍까지 다다르자 스칼렛은 큰 소리로 통곡했는데, 그것은 피티팻이 생각했듯이 가엾은 찰리를 위해서가 아니라, 바퀴 소리와 웃음의 마지막 음향이 멀리 사라져 갔기 때문에 터져 나온 통곡이었다. 멜라니가 두 손으로 목도리를 여미어 잡고, 걱정스러운 표정으로 이맛살을 찌푸리며 그녀의 방에서 종종걸음으로 건너왔는데, 보통 때는 검은 머리가 말끔하게 정돈된 상태였겠지만, 지금은 망을 벗고 풀어 놓아 머리카락이 자그마한 고리들을 이루고 물결치며 얼굴 주변으로 마구 너풀거리는 모습이었다.

「두 사람 왜 이래요! 무슨 일이에요?」

「찰리 때문이란다!」 슬픔이 주는 즐거움에 철저히 탐닉하느라고 멜리의 어깨에 머리를 파묻으며 피티팻이 흐느꼈다.

「아.」 오빠의 이름을 듣자 입술을 파르르 떨며 멜리가 말했다. 「용기를 가지셔야죠. 울지 마세요. 이러지 말아요, 스칼렛!」

스칼렛은 침대로 몸을 던지고는 한껏 목청을 돋우어 흐느껴 울었고, 상실한 그녀의 젊음과 그녀에게 거부된 젊음의 기쁨 때문에 흐느껴 울었고, 전에는 흐느껴 울기만 하면 원하는 대로 무엇이나 다 얻었지만 이제는 흐느껴 울어도 더 이상 그녀에게 도움이 되지 않음을 알게 된 아이처럼, 분노와 절망에 빠져 흐느껴 울었다. 그녀는 머리를 베개에 파묻고 울면서 술이 달린 침대 덮개를 걷어차며 발버둥을 쳤다.

「나 차라리 죽고 싶어요!」 그녀는 격정적으로 흐느껴 울었다. 이렇게 과시된 슬픔을 눈앞에 보자 피티팻은 건성으로 나오던 눈물을 거두었고, 멜리는 올케를 위로하려고 침대 가로 달려갔다.

「이런, 울지 말아요! 찰리가 올케를 얼마나 사랑했는지 생각해 보면 마음의 위안이 될 거예요! 귀여운 아기를 생각해 봐요.」

엉뚱한 반응이 나왔다는 데 대한 분노는, 세상으로부터 단절되었다는 허망한 스칼렛의 감정과 뒤섞여 말문을 꽉 막아 버렸다. 그것이 오히려 다행이었으니, 만일 말을 제대로 할 처지였다면 스칼렛은 제럴드의 투박한 말투를 동원해서 진실을 털어놓았을지도 모를 노릇이었다. 멜라니는 그녀의 어깨를 토닥거려 주었고, 피티팻은 발돋움을 하고 무거운 몸으로 방 안을 돌아다니며 덧문들을 끌어내렸다.

「그러지 말아요!」 시뻘겋게 부어오른 얼굴을 베개에서 처들며 스칼렛이 소리쳤다. 「하기야 죽은 거나 마찬가지 신세이기는 하지만 덧문까지 내려야 할 정도로 내가 죽진 않았으니까요. 아, 제발 나 혼자 내버려 두고 어서들 나가요!」

그녀는 다시 베개에다 얼굴을 푹 파묻었고, 그녀를 굽어보던 두 사람은 귓속말로 얘기를 주고받은 다음, 발돋움을 하고 밖으로 나갔다. 그녀는 층계를 내려가며 멜라니가 나지막한 목소리로 피티팻에게 하는 말을 들었다.

「피티 고모님, 스칼렛에게는 찰리 애기를 하지 말아 주셨으면 좋겠어요. 찰리 애기만 나오면 어떤 반응이 나타나는지 잘 아시잖아요. 가엾은 스칼렛이 그렇게 묘한 표정을 보이면, 스칼렛이 울지 않으려고 애를 쓴다는 뜻이에요. 우린 더 괴롭히기만 하는 셈이고요.」

스칼렛은 무기력한 분노에 휘말려 홑이불을 걷어차고는, 더할 나위 없이 심한 무슨 욕설을 생각해 내려고 애썼다.

「귀신 속곳 같으니라고!」마침내 소리를 지르고 나서야 그녀는 약간 기분이 풀어졌다. 어떻게 멜라니는 겨우 열여덟 살밖에 안 되었는데도. 오빠를 추도하는 상복을 입고 집에만 눌어붙어 아무런 즐거움도 누리지 못하고 살아가면서도 불만이 없을까? 멜라니는 짤그랑거리는 박차와 더불어 인생이 말을 타고 지나가 버린다는 비극을 알지도 못하고, 개의치도 않는 듯싶었다.

〈하지만 멜라니는 막대기나 마찬가지니까 그렇지.〉 베개를 두들겨 패면서 스칼렛은 생각했다.〈그리고 멜라니는 나처럼 인기를 누려 본 적이 없으니까 내가 아쉬워하는 즐거움을 아쉬워할 줄 몰라. 그리고 ─ 거기다가 멜라니는 애슐리를 차지했고, 난 ─ 난 아무도 없어!〉 그리고 새로운 슬픔 때문에 스칼렛은 다시금 울음을 터뜨렸다.

그녀는 오후까지 침울하게 방 안에 처박혀 지냈고, 들놀이를 나갔던 사람들이 소나무 가지와 덩굴과 양치식물을 짐마차에 잔뜩 싣고 돌아올 때까지도 기분은 좋아지지 않았다. 그녀에게 손을 흔들어 주는 사람들은 기분 좋게 지친 듯 보였고, 스칼렛은 울적하게 그들에게 마주 인사를 했다. 인생이란 희망도 없는 사건이었고, 살 만한 가치가 확실히 없었다.

구원은 스칼렛이 전혀 기대하지 못했던 형태로 찾아왔는데, 저녁 식사를 한 다음 잠깐 잠이 든 사이에 메리웨더 부인과 엘싱 부인이 마차를 타고 찾아왔다. 그런 시간에 손님이 찾아와서 깜짝 놀란 멜라니와 스칼렛과 피티팻 고모는 자리에서 일어나, 황급히 가슴 옷 고리를 여미고 머리를 가다듬은 다음에, 응접실로 내려갔다.

「보넬 부인의 아이들이 홍역에 걸렸어요.」 그런 일이 발생하게 내버려 두었다는 데 대해 보넬 부인이 개인적으로 책임을 져야 한다는 표정을 노골적으로 나타내며 메리웨더 부인이 불쑥 말했다.

「그리고 매클루어 댁 딸들은 버지니아로 불려 갔어요.」 지금 상황이나 다른 어떤 사건도 대수롭지 않다는 듯 권태롭게 부채질을 하며 맥이 풀린 목소리로 엘싱 부인이 말했다. 「댈러스 매클루어가 부상을 당했다는군요.」

「저런, 어쩌나!」 손님을 맞는 여자들이 이구동성으로 말했다. 「가엾은 댈러스가 그럼 —」

「아니에요. 어깨를 관통했을 뿐이라더군요.」 메리웨더 부인이 활기차게 말했다. 「하지만 하필이면 이렇게 곤란할 때 왜 그런 일이 벌어졌는지 모르겠어요. 딸들은 댈러스를 집으로 데려오려고 북쪽으로 떠났어요. 하지만, 하느님 굽어살피소서, 우린 여기 앉아 얘기나 주고받으며 지체할 시간이 없어요. 우린 병기고로 어서 돌아가 실내 장식을 끝내야 해요. 피티, 우린 오늘 밤 보넬 부인과 매클루어 댁 딸들 대신 피티와 멜리가 일을 도와주기를 바라요.」

「아, 하지만, 돌리, 우린 갈 처지가 아니라고요.」

「나한테 그런 소리 말아요, 피티팻 해밀턴.」 메리웨더 부인이 힘을 주어 말했다. 「와서 다과를 준비하는 검둥이들을 돌봐 줘요. 보넬 부인이 맡았던 일이 그거였으니까요. 그리고 멜리는 매클루어 댁 처녀들의 매점을 맡아 줘야 되겠어요.」

「아, 우린 정말 그럴 처지가 아니어서 —. 가엾은 찰스가 죽은 지 겨우 —」

「그런 사정은 알지만, 남부의 대의명분을 위해서는 아무리 큰 희생이라도 감수해야죠.」엘싱 부인이 여러 소리 말라는 듯 부드러운 목소리로 말을 가로막았다.

「아, 도와 드리고 싶기는 하지만, 매점을 맡을 여자들이라면 예쁘고 상냥한 처녀를 구해 보지그래요?」

메리웨더 부인이 요란하게 코웃음을 쳤다.

「요즈음 젊은 애들은 도대체 왜 그러는지 모르겠어요. 책임감이라는 게 없으니까요. 지금까지 매점을 맡지 않겠다고 사양한 여자들은 어찌나 많은 핑계를 둘러대는지 도대체 당해 낼 재간이 없다고요. 그래도 날 속이진 못하죠! 걔들은 장교들한테 접근하는 데 방해를 받고 싶지 않을 뿐이라고요. 그리고 매점의 판매대 뒤에 서면 새 옷을 뽐낼 기회가 없을까 봐 걱정이 되기도 하고요. 내가 바라는 건 정말이지 봉쇄선을 넘나드는 그 사람 ― 그 사람 이름이 뭐죠?」

「버틀러 선장요.」엘싱 부인이 말을 거들었다.

「그 사람은 버팀살 드레스나 레이스보다는 병원에서 쓸 물건이나 더 많이 들여왔으면 좋겠어요. 오늘 드레스나 하나 구경해 볼까 해서 나갔더니, 그 양반이 들여온 드레스가 스무 벌은 눈에 띄더라고요. 버틀러 선장 ― 난 그 이름만 들어도 속이 뒤집혀요. 이봐요, 피티, 난 이렇게 따질 시간이 없어요. 꼭 와야 해요. 다들 이해할 테니까요. 어쨌든 피티는 뒷방에 있을 테니까 아무도 보지 못하겠고, 멜리도 눈에 잘 띄지 않겠죠. 매클루어 댁 딸들의 매점은 한참 내려가 끝에 자리를 잡았고 별로 예쁘지도 않으니까 아무도 눈여겨보지 않아요.」

「난 우리들이 가야 한다고 생각하는데요.」외출할 기회를 잡으려는 간절한 마음을 드러내지 않으려고 진지하면서도 단순한 표정을 애써 지으며 스칼렛이 말했다. 「병원을 위해서라면 최소한 우리도 그 정도의 일은 해야잖아요.」

찾아온 두 여자 가운데 아무도 그녀의 이름을 입에 올리지 않았었던 터라, 그들은 시선을 돌려 스칼렛을 날카로운 눈으로 쏘아보았다. 아무리 다급한 사정이라고 해도 그들은 상을 겨우 1년밖에 안 치른 미망인더러 사교적인 모임에 나와 달라고 부탁할 생각은 조금도 없었다. 스칼렛은 눈이 휘둥그레진 어린아이 같은 표정으로 그들의 노려보는 눈초리를 감당해 냈다.

「난 우리들이, 우리 다 같이 가서 자선 바자가 성공을 거두도록 도와줘야 한다고 생각해요. 난 멜리하고 같이 매점에 들어가야 되겠다고 생각하는데 그 까닭은 ── 아시잖아요, 한 사람만보다 우리 두 사람이 함께 일하면 보기에 훨씬 나을 테니까요. 그렇게 생각하지 않아요, 멜리?」

「글쎄요.」 멜리가 어쩔 줄 몰라서 얼버무렸다. 상을 치르는 동안 사교적인 모임에서 남들 앞에 모습을 나타낸다는 경우를 들어 보지도 못했던 일인지라 그녀는 난처했다.

「스칼렛의 말이 맞아요.」 자신을 잃어 가는 기미를 눈치챈 메리웨더 부인이 말했다. 그녀는 치마의 버팀살을 바로잡으며 몸을 일으켰다. 「두 사람 다 ── 모두들 와야 되겠어요. 이봐요, 피티, 또다시 핑계를 댈 생각은 말아요. 새 병상과 약품을 마련하려면 병원이 얼마나 많은 돈을 필요로 하는지만 생각하라고요. 그리고 찰리도 그가 목숨을 바친 남부의 대의명분에 세 사람이 도움을 주었다는 걸 알면 좋아하겠죠.」

「글쎄요.」 보다 개성이 강한 사람 앞에서는 항상 무기력해지는 피티팻이 말했다. 「사람들이 이해해 준다면야 괜찮겠죠.」

〈너무 좋아서 믿어지지를 않아! 너무 좋아서 믿어지지를 않아!〉 매클루어 집 딸들이 맡기로 했던, 분홍빛과 노란 휘장을 두른 매점으로 얌전하게 살그머니 들어가며 스칼렛의 즐거운 마음이 노래했다. 정말로 그녀는 행사에 참석하게 되었다! 1년에 걸친 폐쇄된 생활 끝에, 답답한 상복과 숨을 죽인 목소리와 거의 미칠 지경이었던 권태를 겪은 끝에, 그녀는 애틀랜타 사람들이 한 번도 본 적이 없을 정도로 규모가 큰 행사에, 정말로 행사에 참석하게 되었다. 그래서 그녀는 사람들과 화려한 불빛을 보았고, 음악을 듣고, 유명한 버틀러 선장이 봉쇄선을 뚫고 지난번 배로 실어 들여왔다는 멋진 레이스와 주름 장식과 드레스를 직접 구경했다.

그녀는 매점의 판매대 뒤쪽에 놓인 작은 동글의자에 내려앉아서, 오늘 오후까지만 해도 썰렁하고 누추한 훈련장이었던 널찍한 행사장을 아래위로 훑어보았다. 이토록 아름다운 곳으로 꾸미려고 오늘 여자들이 얼마나 많은 고생을 했을까. 멋있어 보였다. 10여 개의 가지가 사방으로 뻗어 나간 은촛대, 매혹적인 작은 입상들을 아래쪽에 무더기로 붙여 놓은 도자기 촛대, 온갖 크기와 빛깔의 양초를 잔뜩 꽂은 반듯하고도 점잖고 낡은 놋쇠 촛대 — 스칼렛이 보기에는 오늘 밤 애틀랜타의 모든 양초와 촛대가 이곳으로 모여들어서, 행사장 한쪽 끝에서 다른 끝까지 길게 뻗어 나간 총걸이 대 위에 나란히 늘어섰고, 꽃을 올려놓은 긴 탁자들 위에도 늘어섰고, 매점 판매대들 위에도, 그리고 심지어는 창문을 열어 놓은 창턱 위에도 줄지어 늘어서서, 흘러 들어오는 따스한 여름 바람에 불꽃이 펄럭이면서 향기로운 월계수 열매 냄새를 풍겼다.

행사장의 중간에는 거대하고 흉측한 등불을 녹슨 쇠사슬

로 천장에 매달았는데, 담쟁이와 머루나무 덩굴을 친친 감아 놓아서 본디 모습은 알아보기가 힘들었고, 덩굴은 열기 때문에 벌써 시드는 중이었다. 벽을 따라 향긋한 냄새를 풍기는 소나무 가지를 쌓아 올렸고, 구석에는 노부인들과 후견인들이 앉아 쉬도록 아름다운 초당(草堂)처럼 꾸며 놓았다. 여기저기 길고 우아한 밧줄처럼 벽 위로 늘어뜨린 담쟁이와 머루와 청미래덩굴은, 꽃 줄 장식처럼 둥글게 감아서 창문 위로도 드리웠고, 환한 빛깔의 투박한 무명을 덮은 여러 매점 위에 부채꼴 모양으로 엮어 얹기도 했다. 그리고 푸른 나뭇가지 장식들 속에서, 깃발과 휘장의 빨강과 파랑 바탕에서는 남부 동맹을 상징하는 별들이 눈부시게 타올랐다.

악사들을 위해 높이 올린 연주대는 특히 예술적이었다. 쌓아 올린 푸른 나뭇가지와 별로 장식한 휘장으로 가려 연주대는 시야에서 완전히 차단되었고, 스칼렛이 알기로는 시내의 모든 화분과 상자에다 기르는 화초들이 — 꿀풀과, 제라늄과, 수국과, 협죽도에 베고니아까지도 이곳에 다 모였고, 엘싱 부인이 애지중지 아끼는 네 그루의 고무나무는 영광스러운 네 군데 구석 자리를 차지했다.

연주대의 반대쪽인 행사장의 다른 편 끝에는 귀부인들이 자리를 잡았다. 이쪽 벽에는 남부 동맹의 데이비스 대통령[60]과 바로 이곳 조지아 출신인 〈꼬마 알렉〉 스티븐스[61] 부통령의 커다란 사진이 걸렸다. 그 위에는 거대한 깃발이, 그리고 밑에는 기다란 탁자들 위에 애틀랜타의 꽃밭에서 따온 화초들이 — 층층이 쌓아 올린 진홍과 노랑과 하얀 장미꽃과, 양

---

60 1861년 2월 18일 남부 동맹 임시 정부는 제퍼슨 데이비스Jefferson Davis를 대통령으로 선출했다.
61 Alexander H. Stephens. 전쟁 후에 조지아 주지사를 지냈다.

치식물과, 당당한 황금빛 글라디올러스 다발과, 여러 빛깔의 한련(旱蓮) 무더기와, 다른 꽃들 뒤에서 짙은 적갈색이나 우유 빛깔의 머리를 높이 들고 일어선 키가 크고 빳빳한 접시꽃 따위가 늘어섰다. 꽃들 사이에서는 수많은 촛불이 제단의 불처럼 고요하게 타올랐다. 이런 광경을 누구에게서나 깊은 사랑을 받는 두 얼굴이 굽어보았는데 — 그토록 획기적인 과업의 지휘를 맡은 두 사람치고는 너무나도 달라 보이는 두 얼굴 가운데 하나는 뺨이 홀쭉하고, 눈은 금욕주의자처럼 차가우며, 자부심이 넘치는 얇은 입술을 꽉 다문 데이비스였고, 다른 하나는 질병과 고통 이외에는 아무것도 알지 못했지만 유쾌한 성격과 정열로 그런 역경들을 이겨 낸 스티븐스의 얼굴로서, 움푹 들어간 그의 검은 눈에서는 불길이 타올랐다.

자선 행사 전체의 책임을 맡은 위원회의 노부인들이 드높이 돛을 올린 배처럼 위풍당당하게 서둘러 종종걸음으로 들어오더니, 지각한 젊은 유부녀들과 킬킬거리는 처녀들을 각자 맡은 매점으로 서둘러 몰아넣고는, 다과를 그릇에 담아 늘어놓은 뒷방으로 통하는 문을 황급히 들어갔다. 피티 고모가 숨을 헐떡이며 그들을 뒤에서 따라다녔다.

통통한 뺨은 벌써 땀으로 번들거리는 흑인 악사들이 히죽거리며 연주대로 올라가, 기대감을 주는 의젓한 태도로 활을 켜보고 줄을 퉁퉁 튕기며, 깡깡이를 조율하기 시작했다. 애틀랜타의 이름이 마서스빌이었던 시절 이후로 모든 자선 행사와, 무도회와, 결혼식에서 악단의 지휘를 맡아온 메리웨더 부인의 마부 리바이 영감이 주목하라고 활로 톡톡 두드렸다. 자선 바자를 주관하는 부인들 이외에는 손님들이 아직 거의 아무도 도착하지 않았지만, 그래도 모두들 그에게로 눈길이

쏠렸다. 그러더니 깡깡이와 콘트라베이스와 손풍금과 밴조와 너클본[62]이 천천히 「로레나」를 연주하기 시작했는데, 무도회는 매점에서 물건을 다 판 다음에야 시작될 예정이어서, 춤을 추기에는 지나치게 느린 속도로 연주했다. 감미롭고 울적한 원무곡이 울려 나오자 스칼렛은 심장의 고동이 더욱 빨라지는 기분이 들었다.

세월이 천천히 흘러간다오, 로레나!
또다시 풀밭에는 눈이 내렸어요.
하늘에서는 해가 많이 기울었고요, 로레나…….

하낫-둘-셋, 하낫-둘-셋, 휙-돌고-셋, 돌고-둘-셋. 얼마나 아름다운 왈츠인가! 그녀는 두 손을 조금 앞으로 내밀고, 눈을 감고는 마음을 사로잡는 슬픈 리듬에 맞춰, 몸을 좌우로 흔들었다. 비극적인 선율과 로레나의 잃어버린 사랑에서 무엇인지가 그녀 자신의 흥분감과 뒤엉켜 덩어리를 이루더니, 목구멍으로 치밀고 올라왔다.

그러자 왈츠 음악을 듣고 생명을 얻어 살아난 듯, 저 아래 달빛이 비춘 어두컴컴한 길거리에서, 마구 짓밟아 대는 말발굽과, 승용 마차의 바퀴와, 웃음의 소리가, 말을 맬 자리를 놓고 언성을 높여 다투는 부드럽고도 격렬한 흑인들의 목소리와 더불어, 덥고 상쾌한 밤공기에 실려 흘러 들어왔다. 젊은 여자들의 발랄한 목소리가 그들을 동반한 남자들의 저음과 뒤섞이고, 오후에 헤어진 친구들을 몇 시간 만에 다시 만나 처녀들이 기쁘다고 소리를 지르며 명랑하게 인사를 나누는 외침도 곁들여, 층계에서는 즐거워 흥겹게 떠드는 혼잡한

62 뼈마디를 넣고 흔들어 소리를 내는 악기.

소음이 들려왔다.

행사장에서는 갑자기 활기가 폭발했다. 행사장은 처녀들로 가득했으니, 버팀살로 어마어마하게 부풀린 나비처럼 화려한 빛깔의 드레스 밑으로 살짝 내보이는 레이스 속바지 차림에, 동그스름하고 자그마한 하얀 어깨를 드러내고 레이스 주름 장식 위로 보드랍고 작은 젖가슴을 아주 살며시 엿보이고, 팔에는 레이스 목도리를 아무렇게나 늘어뜨리고, 백조의 고운 털이나 공작 깃털로 만들어 반짝이 금속 장식을 붙이고 그림을 그려 넣은 부채를 가느다란 손목에 벨벳 끈으로 대롱대롱 매단 처녀들과, 검은 머리카락을 정성껏 다듬어 귓가에서 매끄럽게 묵직한 쪽을 찌고는 목이 뒤로 젖혀질 정도로 교만한 자부심을 드러내는 처녀들과, 금발 머리를 잔뜩 고리를 지어 목을 둘러 가며 붙이고 나풀거리는 머리카락과 함께 춤을 추듯 달랑대는 황금 귀고리를 단 처녀들이 넘쳐 흘렀다. 그들의 옷에 달린 레이스와 장식 끈과 띠와 비단은 하나같이 봉쇄선을 뚫고 들여온 물건이었으며, 그래서 양키들을 비웃어 주는 부수적인 의미로 인해 더욱 소중했고, 그래서 그들은 화려한 옷차림을 더욱 자랑스럽게 휘날렸다.

이곳에 모아 놓은 애틀랜타의 꽃을 그들은 남부 동맹의 지도자들에게만 바치지는 않았다. 가장 작고, 가장 향기로운 꽃은 처녀들의 몸을 장식했다. 발그레한 귓가에는 중국 장미를 꽂았고, 폭포처럼 쏟아지는 치렁치렁한 머리는 옆으로 고리를 지어 붙이고 위에다 동그랗고 자그마하게 꽃다발로 엮은 재스민과 봉오리가 맺힌 장미를 달았으며, 오늘 밤이 다 가기 전에 소중한 추억거리로 회색 군복의 가슴 호주머니 속으로 들어가게 될 꽃송이들이 비단 허리띠에 얌전히 꽂혔다.

붐비는 사람들 속에는 무척 많은 군복이 — 스칼럿이 병원의 야전 침대와, 길거리와, 연병장에서 만난 남자들이 입었던 제복이 너무나 많았다. 찬란한 제복은 반짝거리는 단추 때문에 용감해 보였고, 금테 줄을 꼬아 소맷자락과 목깃을 화려하게 장식했고, 갖가지 병과를 나타내는 빨갛고 노랗고 파란 바지의 옆줄은 회색 바탕을 완벽하게 강조했다. 가슴에 두른 주홍과 황금빛 장식 띠가 앞뒤로 흔들렸고, 빛나는 군도가 반짝거리는 장화에 부딪쳤으며, 박차가 딸그락거리고 짤랑거렸다.

큰 소리로 인사를 나누고, 친구들에게 손을 흔들고, 노부인의 손에 키스를 하느라고 잔뜩 몸을 숙인 남자들을 둘러보며, 자부심으로 마음이 부풀어 오르는 기분을 느끼며, 스칼렛은 생각했다 ─ 정말로 멋진 남자들이야. 노란 콧수염을 구부려 붙이거나 새까맣고 갈색인 턱수염을 기르기는 했어도 그들은 하나같이 참으로 젊어 보였고, 부상한 팔을 끈으로 목에 걸기도 하고 검게 햇볕에 그은 얼굴에 머리 붕대가 놀랄 만큼 새하얗게 대조를 이루는 그들은 얼마나 멋지고, 얼마나 용맹스러워 보이는가. 그들 가운데 몇몇은 목발을 짚었는데, 깡충깡충 뛰는 남자의 걸음걸이에 맞추려고 걱정스럽게 발걸음을 늦추는 처녀들은 얼마나 흐뭇할까! 그들 수많은 제복 중에는, 처녀들의 눈부시고 화려한 옷을 무색케 할 뿐 아니라, 군중 속에서 열대 지방의 새처럼 요란하게 두드러진 알록달록한 빛깔의 군복이 눈에 띄었는데 ─ 파랗고 하얀 옆줄을 붙인 헐렁헐렁한 바지에 우윳빛 각반을 두르고, 몸에 꼭 끼는 빨갛고 작은 상의를 착용한 루이지애나 주아브 부대 소속의 남자는, 까만 비단 끈으로 팔을 목에다 걸고, 작고 새까만 원숭이처럼 생긴 얼굴로 연방 싱글벙글 웃어 댔다. 그는 메이벨 메리웨더와 각별한 사이였던 애인 르네 피카

르렸다. 병원에 수용된 부상병 가운데 조금이라도 보행이 가능한 병사와 휴가나 병가(病暇)를 나온 장병은 물론이요 이곳에서 메이컨까지의 철도 수송, 군사 우편, 병원, 병참 부처의 요원은 한 사람도 빠짐없이 참석한 듯싶었다. 부인들께서 얼마나 흐뭇해하려나! 병원은 오늘 밤 조폐청만큼이나 많은 돈을 긁어 들이겠지.

아래쪽 길거리에서 북이 둥둥둥 울리고, 저벅저벅 행군하는 발소리오 마부들이 감탄하는 소리가 들려왔다. 나팔 소리가 진동하고 저음의 목소리가 해산을 명령했다. 잠시 후에 화려한 빛깔의 제복을 걸친 향토 경비대와 민병대 부대원들이, 좁다란 층계가 흔들릴 정도로 떼를 지어 올라와 방으로 몰려 들어오며, 여기저기 절이나 경례를 하고, 악수를 나누었다. 만일 전쟁이 그때까지만이라도 계속된다면 내년 이맘때쯤에는 버지니아에 가서 전공을 세우리라고 큰소리를 치고 전쟁놀이를 하며 으쓱거리던 향토 경비대 청년들도 왔고, 전선에 나간 아들의 영광을 연상시키는 제복을 입고 자랑스럽게 행군하며, 나이가 더 젊기만 했다면 얼마나 좋을까 아쉬워하는 수염이 허연 노인들도 왔다. 민병대에는 중년 남자들도 많고 나이가 더 먹은 사람들도 여럿이었지만, 그들보다 늙었거나 어린 시민들만큼 의기양양한 태도를 보이지 못하는 군대 복무 적령기의 남자들도 꽤 많이 눈에 띄었다. 그들이 왜 리 장군을 따라 전장으로 나가지 않았는지 모르겠다고 벌써부터 사람들이 수군거렸다.

행사장에 그들을 다 수용할 공간이 넉넉한지가 걱정될 지경이었다! 조금 아까만 해도 행사장이 그토록 넓어 보였지만, 이제는 사람들로 꽉 들어차서 향낭과, 화장수와, 머리에 바른 포마드오, 월계수 열매를 태운 양초와, 향기로운 꽃 그리고 수많은 사람의 발이 낡은 훈련장 바닥을 스치며 피어오르는 엷은 먼지가 뒤섞여 후끈거리는 여름밤에 진동했다. 웅성거리는 목소리와 소음 때문에 거의 아무도 음악 연주는 듣지 못했지만, 행사장의 기쁨과 흥분에 공감이라도 했는지 늙은 리바이는 중간에서 「로레나」를 갑자기 중단시키더니, 활을 재빨리 톡톡 두드리고는 흥겹게 새로운 곡을 켰고, 악단은 요란하게 「멋지고 푸른 깃발」의 연주를 시작했다.

백여 명이 목소리를 합쳐 함성이라도 지르듯 함께 노래를 불렀다. 합창으로 후렴이 시작되는 부분에 이르자 향토 경비대의 나팔수가 연주대로 올라가더니 함께 연주를 시작했고, 고음의 은빛 선율은 군중이 노래하는 소리 위로 몸부림치며 치솟아 올라서, 노출된 팔에서는 소름이 돋았고, 다 함께 깊이 느낀 감정의 차가운 전율이 등골을 타고 내려갔다.

만세! 만세! 남부의 권리를 위해 만세를!
별이 하나만 새겨진
멋지고 푸른 깃발을 위해 만세를 부르자!

그들은 우렁차게 2절을 부르기 시작했고, 함께 노래를 부르던 스칼렛은 그녀의 뒤에서 점점 높아지는 멜라니의 높고 감미로운 소프라노를 들었는데, 그것은 나팔 소리만큼이나 맑고, 참되고, 감격스러운 소리였다. 시선을 돌려 뒤를 보니, 멜리는 두 손을 가슴에 모아 꼭 잡고, 눈을 감고, 자그마한 눈물방울을 눈가에 흘리며 서 있었다. 음악이 끝나자 그녀는 변덕스러운 표정으로 스칼렛에게 미소를 짓고는, 사과하는 뜻으로 약간 얼굴을 찌푸리며 손수건으로 눈물을 찍어 냈다.
「난 정말로 행복해요.」 그녀가 속삭여 말했다. 「그리고 병사들이 어찌나 자랑스러운지 눈물이 저절로 나오더라고요.」

그녀의 눈에 나타난 깊고도 거의 광신적인 광채가 멜라니의 수수하고 작은 얼굴을 잠깐 동안 환히 밝히며 아름답게 변모시켰다.

노래가 끝나자 똑같은 표정이 모든 여자의 얼굴에 나타나서, 발그레하거나 주름진 뺨에 흐뭇한 눈물이 흘러내리고, 입술에는 미소가 떠올랐으며, 깊고도 뜨거운 광채를 눈에 머금은 채 그들은 그들의 남자에게 — 애인은 사랑하는 이에게, 어머니는 아들에게, 아내는 남편에게로 시선을 돌렸다. 그들은 지극히 못생긴 여자일지라도, 철저히 보호를 받고 철저히 사랑을 받으면 그렇게 되듯이, 눈을 멀게 하는 그런 아름다움에 의해서 저마다 아름답게 변모하면서, 받은 사랑을 수백 배로 되돌려 주었다.

그들은 그들의 남자를 사랑했고, 그들을 믿었으며, 육체가 최후의 숨을 거둘 때까지 그들을 신뢰했다. 굳세고 씩씩한 회색 군복의 행렬이 그들과 양키들 사이를 가로막고 지켜 주는데, 이들에게 어찌 재앙이 닥치겠는가? 세상에 첫 여명이 밝아 온 이후로 그토록 영웅적이고, 그토록 씩씩하고, 그토록 용감하고, 그토록 다정한 남자들이 언제 또 존재했던가? 그토록 의롭고 올바른 대의명분의 앞길에는 감격스러운 승리 이외에 무엇이 그들을 기다리겠는가? 그들이 그들의 남자만큼이나 사랑하는 대의명분, 몸과 마음을 바쳐 그들이 섬기던 이념, 그들이 밤낮으로 얘기하고 생각하고 꿈꾸던 이념 — 필요하다면 그들은 대의명분을 위해 이들을 희생시키겠고, 남자들이 전장에서 깃발을 지키듯 그들의 손실을 자랑스럽게 인내하리라.

최후의 승리가 눈앞이었기에 그들의 마음은 헌신과 자부

심으로 넘쳤고, 남부 동맹은 절정기를 맞았다. 계곡[63]에서 스톤월 잭슨[64]이 거둔 승리와 리치먼드 근처에서 벌어진 〈7일 전투〉[65]에서 양키들이 맛본 패배는 종전이 임박했음을 확실히 보여 주었다. 리와 잭슨 같은 지도자들을 두었으니 당연한 일이 아니겠는가? 한 번만 더 승리를 거두면 양키들은 무릎을 꿇고 평화를 애걸하겠고, 그래서 남자들이 말을 타고 고향으로 돌아오면 웃음과 입맞춤이 뒤따르리라. 한 번만 더 승리를 거두면 전쟁은 끝난다!

물론 쓸쓸한 버지니아 개울가와 테네시의 적막한 산속에는 비석도 없는 무덤들이 생겨나고, 고향에는 아버지의 얼굴을 영원히 보지 못할 아기들과 빈 의자들이 늘어나겠지만, 그토록 훌륭한 이념을 위해 치르는 희생이라면 그것이 과연 지나치게 엄청난 대가일까? 여자들이 입을 비단옷이나 차[茶]와 설탕을 구하기가 힘들기는 했지만, 그것은 농담으로 웃어넘겨도 되는 사소한 일이었다. 그뿐 아니라 신출귀몰 봉쇄선을 돌파하는 자들은 양키에게 약을 올리며 그들의 코밑에서 바로 그런 물자를 들여왔고, 그래서 그런 물건을 갖게 되면 몇 곱절이나 더 신이 날 수밖에 없었다. 머지않아 라파엘 셈스[66]가 이끄는 남부 연방 해군은 양키 포함들에게 호된 맛을 보여 주고, 항구는 문을 활짝 열게 되리라. 그리고 영국의 공장들은 남부의 면화를 구하지 못하기 때문에 일을 못

63 1862년에 격전이 벌어졌던 셰넌도어 계곡을 뜻한다.

64 멕시코 전쟁에도 참전했고 남군에서 소장까지 되었는데 본명은 토머스 J. 잭슨Thomas J. Jackson이고, 〈바위의 벽〉이라는 의미의 스톤월이라는 별명은 1861년 7월 준장 때 불런 전투에서 얻었다.

65 1862년 6월 말 리치먼드 부근에서 벌어진 격전.

66 Raphael Semmes. 구축함 섬터호와 앨라배마호를 이끌고 맹활약해서 명성을 얻었으며, 전후에는 변호사 생활을 했다.

할 지경이었으므로 영국도 남부 동맹이 전쟁에 이기도록 도와주러 달려올 전망이었다. 그리고 돈이나 사랑하는 양키 족속과는 달리, 한 귀족이 다른 귀족을 좋아하듯, 영국의 귀족 계급은 당연히 남부 동맹에 동조하리라.

그래서 여자들은 비단옷을 펄럭이며 웃었고, 자부심으로 터질 듯한 마음으로 그들의 남자를 쳐다보았고, 위험과 죽음의 목전에서 사랑을 엮어 낸다면, 거기에 수반되는 이상한 흥분감 때문에 그만큼 더 감미롭다는 사실을 알았다.

몰려든 사람들을 처음 둘러보았을 때 스칼렛의 가슴은 행사가 벌어지는 장소에 왔다는 생소한 흥분감으로 쿵쿵 두근거렸지만, 그녀 주변의 얼굴에서 흥겨워 들뜬 표정을 반쯤만 공감하며 보게 되자, 그녀의 기쁨은 증발하기 시작했다. 그곳에 모인 여자들은 스칼렛이 느끼지 못하는 감정으로 활활 타올랐다. 그런 분위기는 그녀로 하여금 당황하고 답답한 기분을 느끼게 만들었다. 어쩐 일인지 행사장은 별로 아름다워 보이지도 않았고 처녀들이 별로 멋지게 여겨지지도 않았으며, 그들의 얼굴에서 아직도 빛나는 듯싶은 남부의 대의명분에 대한 헌신의 찬란한 열기는 뭐랄까, 그냥 우스꽝스럽기만 했다!

놀라서 입이 딱 벌어지게 만드는 자아의식, 섬광처럼 불현듯 터득한 각성을 통해, 스칼렛은 그들이 대의명분을 위해 모든 재산과 그들 자신을 희생하려는 욕구, 그리고 그들이 느끼는 강렬한 자부심에 공감하기가 불가능함을 깨달았다. 〈아냐, 아냐! 난 그런 생각을 해서는 안 돼! 그건 잘못된 생각이고 — 죄악이야〉라는 공포를 미처 느끼기도 전에, 스칼렛은 남부의 이념이란 그녀에게는 전혀 아무런 의미가 없음을 알았으며, 다른 사람들이 광신적인 표정이 서린 눈으로 늘어놓는 그런 얘기를 들으면 따분함을 느꼈다. 그녀에게는 남부의 이념이 신성하지 않았다. 전쟁은 거룩한 일처럼 여겨지지도 않았고, 남자들의 무고한 생명을 빼앗고, 돈이 많이 들어갈 뿐 아니라, 사치스러운 물건을 구하기 어렵게 만드는 골칫거리일 따름이었다. 스칼렛은 밤낮으로 뜨개질을 하고, 한없이 붕대를 감고, 손톱의 껍질이 거칠어지도록 조면(繰綿)을 뽑기에도 진력이 났다. 그리고, 아, 그녀는 병원이라면 정말로 지긋지긋했다! 살이 썩는 냄새, 배 속이 뒤집히는 악취와 끝없는 신음에 그녀는 지치고, 싫증이 나고, 역겨웠으며, 죽음이 다가올 때의 퀭한 얼굴에 나타나는 표정이 그녀는 무서웠다.

흉악하고 모독적인 그런 생각이 머릿속을 분주하게 스치고 지나가자, 그녀의 얼굴에 뚜렷하게 드러난 그런 생각을 혹시 누가 눈치라도 챌까 봐 걱정이 되어 스칼렛은 슬그머니 주변을 둘러보았다. 아, 어째서 그녀는 이곳의 다른 여자들과 같은 감정을 느끼지 못할까! 그들은 남부의 이념에 대한 헌신에 대해서 온 마음을 다하고 진실했다. 그들의 말과 행동은 모두가 진심에서 우러났다. 그런데 혹시 누구라도 그녀의 진심을 눈치챘다면 ─ 그렇다, 절대로 아무도 그것을 알면 안 되었다! 스칼렛은 계속해서 그녀로서는 느끼지도 않는 대의명분에 대해서 긍지와 열정을 느끼는 체해야 했고, 남편의 죽음이 남부의 이념으로 하여금 승리를 거두는 데 조금이라도 도움이 되었다면 그런 희생은 기꺼이 받아들이겠고, 그래서 마음을 남편의 무덤에 묻어 버리고 슬픔을 용감하게 극복해 나가는 남군 장교의 미망인이라는 역을 연기해 내야만 했다.

아, 왜 그녀는 사랑이 넘치는 이 여자들과 다르고, 거리감을 느끼는가? 스칼렛은 그들처럼 자아를 버리면서 어떤 사람이나 어떤 대상을 사랑할 능력이 절대로 없었다. 그것은 정말로 외로운 감정이겠는데 — 그녀는 지금까지 육체적으로나 정신적으로 외로움을 느꼈던 적이 한 번도 없었다. 처음에 그녀는 이런 생각들을 억누르려고 애썼지만, 그녀의 천성 밑바닥에 깔린 자신에 대한 충실한 정직성 때문에 마음대로 되지를 않았다. 그래서 자선 행사가 계속되는 동안, 매점으로 찾아오는 손님들을 그녀와 멜라니가 받는 동안, 자신에게 자신을 정당화하려고 궁리하며 스칼렛의 머리가 바쁘게 돌아갔는데 — 자신이 옳다고 납득하기는 별로 힘든 일이 아니었다.

다른 여자들은 애국심과 대의명분에 관한 얘기만 나왔다 하면 무작정 발작적으로 한심하게 굴었고, 남자들은 주(州)가 누려야 하는 권리나 결정적인 문제가 화제에 오르면 여자들 못지않게 형편없이 행동했다. 스칼렛 오하라 해밀턴 그녀 혼자만 훌륭하고 사리 판단이 확실한 아일랜드 사람의 지각을 지녔다. 그녀는 대의명분을 놓고 자신을 바보로 만드는 일이 없겠지만, 그녀의 참된 감정을 시인함으로써 스스로 바보가 되고 싶지도 않았다. 그녀는 상황을 현실적으로 파악할 만큼 판단력이 분명했고, 그녀가 무엇을 느끼는지는 절대로 아무도 모르리라. 그녀가 실제로 어떤 생각을 하는지 알았다면 자선 행사에 참석한 사람들이 얼마나 놀랄까! 만일 그녀가 갑자기 악단 연주대로 기어 올라가 모두들 집으로 돌아가서 목화를 가꾸고, 다시 파티가 열리고, 애인을 사귀고, 엷은 초록빛 드레스가 넘쳐 나게끔, 전쟁을 어서 끝내야 한다면서 그녀가 생각하는 바를 그대로 말하면 얼마나 깜짝 놀랄까.

당당한 자기주장이 잠깐 동안 그녀의 기분을 들뜨게 했지만, 그래도 스칼렛은 불쾌감을 느끼며 행사장 안을 둘러보았다. 메리웨더 부인의 말대로 매클루어 댁 딸들의 매점은 눈에 잘 띄지도 않았고, 그들이 맡은 자리는 한참씩 아무도 찾아오지 않았으므로, 스칼렛은 즐거움을 누리는 무리를 멀거니 구경하기나 하면서 따로 할 일도 없었다. 멜라니는 그녀의 침울한 기분을 눈치챘지만, 다 찰리가 그리워서 그러려니 생각해서 스칼렛에게 말을 걸려고 하지 않았다. 스칼렛이 멍하니 앉아서 음울하게 사방을 둘러보는 사이에 멜라니는 매점의 물건을 보다 보기 좋게 진열하느라고 혼자 바빴다. 데이비스 대통령과 스티븐스 부통령의 사진 밑에 쌓아 올린 꽃까지도 스칼렛에게는 못마땅했다.

「제단처럼 보여요.」 그녀가 코웃음을 쳤다. 「그리고 저 두 사람을 대하는 태도를 보면, 꼭 무슨 성부와 성자라도 된다고 사람들이 생각하나 봐요!」 그러고선, 신성 모독을 했기 때문에 갑자기 겁이 덜컥 난 스칼렛은, 사과를 하는 뜻으로 얼른 성호를 그으려고 하다가 그만두었다.

〈하기야 그 말이 사실이기는 해.〉 그녀는 자신의 양심과 논쟁을 벌였다. 〈마치 그들이 거룩한 존재라도 된다는 듯 야단들이지만, 그들은 인간에 지나지 않고, 그것도 꽤나 매력이 없는 인간들이지.〉

물론 스티븐스 씨는 평생 불구자였으니까 그런 인상이라고 해도 어쩔 도리가 없었지만, 데이비스 씨는 ── 그녀는 돈을새김처럼 말끔하고 자부심이 넘치는 얼굴을 올려다보았다. 그녀가 가장 못마땅하게 생각한 부분은 그의 염소수염이었다. 남자들은 말끔히 면도를 하거나, 아니면 콧수염이나 턱수염을 제대로 길러야 한다.

〈보아하니 그는 기껏해야 저렇게 초라한 수염밖에는 못

기르겠는 모양이지.〉 새로운 민족의 미래를 이끌고 나가는 차갑고 진지한 지성을 그의 얼굴에서 발견하지 못한 그녀가 생각했다.

그렇다, 처음에는 군중 속에 섞인다는 기쁨으로 마음이 활짝 피었었지만 지금 그녀는 조금도 즐겁지 못했다. 이제는 그냥 참석만 해서는 부족했다. 그녀는 자선 행사장에 왔지만, 행사의 한 부분이 되지는 못했다. 아무도 그녀에게 조금도 신경을 쓰지 않았고, 젊고 결혼을 안 한 여자들 가운데 애인이 없는 여자라고는 그녀 혼자뿐이었다. 그리고 그녀는 항상 무대의 중심에 서기를 즐겨 왔었다. 이것은 말도 안 된다! 그녀는 열일곱 살이었고, 깡충깡충 신나게 뛰어 돌아다니며 춤을 추고 싶어 발은 마룻바닥에서 장단을 맞추었다. 그녀는 열일곱 살이었고, 남편은 오클랜드 공동묘지에 묻혔으며, 피티팻 고모의 집에는 그녀의 아기가 요람에 누워 기다렸고, 모두들 그녀가 자신의 운명에 만족해야 한다고 생각했다. 그녀는 이곳에 참석한 어느 처녀보다도 젖가슴의 피부가 더 하얗고, 허리가 가늘고, 발이 자그마했지만, 그것들도 다 소용이 없어서 그녀는 찰스의 〈사랑하는 아내〉라는 글을 새겨 세워 놓은 비석 밑에서 그의 옆에 매장된 신세였다.

그녀는 춤을 추며 남자들에게 애교를 부리는 처녀도 아니었고, 다른 유부녀들과 둘러앉아서 춤을 추며 추파를 던지는 처녀들이나 헐뜯는 유부녀도 아니었다. 그리고 그녀는 미망인이 될 만큼 나이가 많지도 않았다. 미망인이란 신분은 나이가 많아야 어울렸고, 춤을 추며 추파를 던지고 흠모를 받기를 원하지 않을 정도로 잔뜩 나이를 먹었어야만 했다. 아, 겨우 열일곱이라는 나이에, 미망인으로서의 위엄과 체통을 지키는 귀감이 되어, 여기 앉아 새침을 떨어야 한다니, 기가 막힐 노릇이었다. 남자들이, 그것도 매력이 넘치는 남자가 그들의 매점으로 찾아올 때도 목소리를 죽이고 얌전히 눈을 내리깔아야만 한다니, 그것은 말도 안 되는 일이었다.

애틀랜타의 처녀에게는 저마다 남자가 세 명씩은 꼬여 들었다. 그래서 아무리 못생긴 처녀더라도 미녀처럼 뽐냈으며 — 그들이 그토록 예쁘고도 우아한 옷차림으로 돌아다닌다는 꼴이 그녀에게는 가장 못마땅했다!

여기 그녀는 두껍고 더운 검정 호박단으로 손목까지 몸을 가리고 단추를 턱까지 올려 채우고, 레이스나 합사는 흔적도 없고, 상복에 단 엘렌의 줄마노(瑪瑙) 브로치 이외에는 보석이라고는 하나도 달지 않은 까마귀 같은 모습으로 앉아, 멋쟁이 남자의 팔에 매달려 쫓아다니는 촌스러운 젊은 여자들을 구경만 했다. 이것은 다 찰스 해밀턴이 발진에 걸렸기 때문이었다. 그는 전투를 하다가 훌륭하고 용감한 명예의 죽음을 맞은 경우도 아니었으니, 스칼렛은 자랑조차 할 처지가 아니었다.

팔꿈치를 괴면 흉하게 주름이 잡힌다고 걸핏하면 되풀이하던 어멈의 경고 따위는 비웃어 버리고, 반발을 하듯 그녀는 팔꿈치를 판매대에 괴고는, 행사장을 둘러보았다. 팔꿈치가 흉해지면 뭐가 어떻다는 말인가? 그녀는 아마도 다시는 팔꿈치를 누구에게 보일 기회가 없을지도 모를 노릇이었다. 그녀는 장미꽃 봉오리를 엮은 꽃다발을 그려 넣은 노란 빛깔의 물결무늬 비단옷과, 자그마하고 까만 벨벳 장식 띠로 테를 두르고 열여덟 겹의 주름 장식이 달린 분홍빛 공단 옷과, 치마폭이 5미터나 되고 레이스는 폭포처럼 쏟아져 거품을 일으키는 듯한 엷은 물빛 호박단 옷과, 노출된 젖가슴과, 유혹적인 꽃들을, 그리고 둥둥 떠다니듯 지나가는 드레스들을 굶주린 눈으로 쳐다보았다. 메이벨 메리웨더가 주아브 병사의 팔에 매달려 옆 매점으로 갔는데, 능금 초록빛 얇은 모슬린으로 만든 무도복은 허리가 없어진 듯 가늘어 보이라고 폭을 엄청나게 넓혔다. 무도복에는 우윳빛 샹틸리 레이스를 비가 쏟아지듯 잔뜩 달고 주름 장식을 만들어 붙였으며, 그녀는 최근에 봉쇄선을 돌파해서 레이스를 수입해 들여온 사람은 유명한 버틀러 선장이 아니라 마치 자기였다는 듯 으스대고 뽐내며 돌아다녔다.

〈내가 저 드레스를 입으면 얼마나 멋있어 보일까.〉 마음속에서 몸부림치는 부러움을 느끼며 스칼렛은 생각했다. 〈저 여자는 허리가 암소만큼이나 굵어. 저 초록은 바로 나한테 어울리는 빛깔이어서, 초록빛은 내 눈을 — 왜 금발인 여자가 저 빛깔의 옷을 입을까? 저 여자의 피부는 오래 묵은 치즈처럼 시퍼렇게 보이는데. 그리고 내가 다시는, 상복을 벗은 다음에도 저 빛깔의 옷을 입지 못하리라고 생각하니 기가 막혀. 그렇다, 혹시 내가 겨우겨우 재혼을 하게 되더라도 말이다. 그러면 나는 칙칙하고 낡은 회색이나 황갈색이나 라일락 빛깔의 옷을 입어야 되겠지.〉

잠깐 동안 그녀는 이런 부당한 일들을 머릿속으로 따져 보았다. 즐거움을 누리고, 예쁜 옷을 입고, 춤을 추고, 애교를 부리며 보내는 시간이란 얼마나 짧은가! 겨우 몇 년, 정말 얼마 안 되는 몇 년뿐이었다! 그러고는 결혼을 하고, 칙칙한 빛깔의 옷을 입고, 아이를 낳아 허리의 곡선을 망치고, 정신을 말짱히 차린 다른 유부녀들과 함께 무도회장의 구석에 틀어박혀 앉아 기다리다가, 발을 밟아 대는 노신사나 남편하고 춤을 출 때나 겨우 나가게 마련이었다. 그렇게 처신을 하지 않았다가는 다른 유부녀들이 수군거리기 십상이고, 그러면 평판이 떨어져 집안 망신을 시키게 된다. 어떻게 해야 매혹적인 여자가 되고, 어떻게 남자를 사로잡느냐 하는 기술을 배우느라고 어린 소녀 시절을 몽땅 다 보내고 난 다음, 그렇게 익힌 지식을 겨우 한두 해밖에 써먹지 못한다니, 그것은 너무나 엄청난 낭비처럼 여겨졌다. 엘렌과 어멈에게서 자신이 받은 훈련을 따져 보면, 항상 그만한 결실을 거두어들였으므로 스칼렛은 그것이 완벽하고 훌륭한 훈련이었음을 알았다. 따라야 할 뚜렷한 규칙이 분명했었고, 규칙만 따르면 노력의 대가로 성공을 거두게 마련이었다.

엄격한 노부인들은 혀 놀림이나 눈짓 하나라도 무분별한 짓을 범하기만 하면 당장이라도 덮칠 기세로 고양이처럼 질투심에 휘말려 처녀들을 감시하기 때문에, 노부인들 앞에서는 상냥하게 처신하고 잔꾀를 부리지 않으며 최대한 순진하다는 인상을 줘야만 했다. 노신사들과 자리를 같이할 때라면 젊은 처녀는 도도하고 건방지며, 어느 정도 비위를 맞추기는 하더라도 늙은 바보들의 허영심이 솔깃해질 정도로만 교태를 부리는 데서 그쳐야 했다. 그러면 노신사들은 음흉한 마음이 들고 젊어진 기분을 느껴서, 뺨을 꼬집으며 너는 말괄량이라는 따위의 소리를 한다. 그리고 물론 그런 경우에는 항상 낯을 붉혀야지, 아무렇지도 않게 가만히 있었다가는, 노신사가 분수에 맞는 이상의 즐거움을 드러내며 쿡쿡 찔러대고는, 나중에 집으로 가서 아들에게 그 여자 못쓰겠더라고 일러 준다.

젊은 처녀들이나 결혼한 젊은 여자들과 자리를 같이하게 되면, 비록 하루에 열 번을 만나더라도 그들을 만날 때마다 사탕발림과 키스를 해줘야 했다. 그리고 그들의 허리를 두 팔로 껴안고는, 아무리 마음이 내키지 않더라도 그들이 마주 허리를 안도록 고역을 참아야 했다. 그들의 옷이나 아기를 보면 덮어놓고 칭찬을 늘어놓아야 하고, 애인 얘기를 하며 놀리고, 적당히 키득거리고, 그들에게 비하면 나는 전혀 매력이 없다고 비하해야 했다. 그리고 무엇보다도, 속마음을 사실대로 얘기하는 법이 없는 그들과 마찬가지로, 생각하는 바를 그대로 그들에게 얘기해서는 절대로 안 되었다.

다른 여자들의 남편은, 비록 전에 내가 버린 애인이더라도, 그리고 아무리 유혹적으로 매력이 넘치는 남자더라도, 온전히 그냥 내버려 둬야만 했다. 젊은 남편들에게 내가 너무 상냥하게 해주었다가는 그들의 아내는 내가 바람둥이 여자라고 소문을 퍼뜨려서, 평판이 나빠져 다시는 애인을 절대로 구하지 못하리라.

하지만 젊은 총각이면 — 아, 그것은 문제가 달랐다! 그들을 보고 나지막하게 웃어도 흠이 아니었고, 왜 웃느냐고 궁금해서 그들이 당장 달려오면, 이유를 밝히지 않고 더 큰 소리로 웃어서, 궁금해진 그들로 하여금 곁을 떠나지 못하도록 붙잡아 두더라도 괜찮았다. 야릇한 눈짓을 해서, 수많은 즐거움을 약속해 주고, 그래서 남자가 너를 독차지하려고 머리를 짜내게 만든다. 그리고 단둘이만 남게 기회를 만든 다음에, 그가 키스를 하려고 덤비면 너는 아주, 아주 기분이 나쁘거나, 아주, 다주 화가 난 척하고 거절한다. 너는 그가 천박하게 굴었다는 데 대해서 사과를 하게 만들고, 그러고는 아주 다정한 말투로 그를 용서해서, 또다시 키스를 해보려고 머뭇거리게 유도한다. 자주 그래서는 안 되지만, 가끔 남자가 키스를 하도록 내버려 두기도 한다. (이것은 엘렌과 어멈이 가르쳐 준 기술은 아니었지만, 스칼렛은 그런 방법이 효과가 있음을 알아냈다.) 그러고는 울음을 터뜨리면서, 내가 어쩌다가 이런 짓을 저질렀는지 모르겠고, 이제 당신은 나를 다시는 존경하지 않으리라고 앙탈을 부린다. 그러면 남자가 여자의 눈물을 닦아 주며, 얼마나 여자를 존경하는지 보여 주겠다는 뜻으로 청혼을 하기가 보통이다. 그러고는 이제는 ― 아, 총각들에게 써먹을 수법은 정말로 많았고, 스칼렛은 곁눈질과, 부채로 가리고 반쯤만 웃는 미소와, 치마가 종(鐘)처럼 부풀어 오르도록 엉덩이를 옆으로 휙 돌리는 동작과, 눈물과, 웃음과, 아첨과, 감동적인 공감이 지닌 은근한 의미를 모두 터득했다. 아, 그런 기교는 한 번도 실패한 적이 없었는데 ― 애슐리에게만은 예외였다.

그렇다, 그토록 멋진 기교를 모조리 익히고는 그토록 잠깐 동안만 써먹은 다음 영원히 지워 버린다면 그것은 옳지 않았다. 엷은 초록빛 드레스를 입은 멋진 자태로 영원히 미남 청년들의 구애만 받으면서 절대로 결혼은 하지 않는다면 얼마나 좋을까. 하지만 만일 너무 오랫동안 그렇게 끌고 나가다가는 인디아 월크스처럼 노처녀가 되고, 그러면 사람들은 얄밉고도 느긋한 태도로 〈가엾기도 하지〉라고 혀를 차리라. 그렇다, 비록 더 이상 즐거움을 누리지 못하더라도, 결국은 결혼해서 자존심을 상실하지 않는 편이 나았다.

아, 인생이란 얼마나 엉망인가! 왜 그녀는 하필이면 찰스라는 남자하고 결혼해서 열여섯이라는 나이에 삶을 끝낼 만큼 어리석었을까?

자칫 어디에 닿아 버팀살이 밀려 몸을 타고 치켜 올라가서 적당한 정도 이상으로 팬털렛 속바지가 드러나기라도 할까 봐, 여자들이 조심스럽게 치맛단을 붙잡고 남자들과 함께 벽쪽으로 물러나기 시작하자, 스칼렛의 절망적이고도 짜증스러운 몽상이 깨졌다. 악단 연주대로 올라가는 민병대 중대장을 군중의 머리 위로 보려고 스칼렛은 발돋움을 했다. 그는 큰 소리를 질러 명령을 내렸고, 중대 병력의 절반이 행사장 한가운데서 정렬했다. 그들은 몇 분 동안 이마에 땀방울이 맺히도록 힘차게 제식 훈련을 했고, 관중은 환호성을 올리며 박수갈채를 보냈다. 스칼렛은 다른 사람들과 함께 의무적으로 손뼉을 쳤고, 해산을 한 다음 병사들이 펀치와 레모네이드를 파는 매점으로 몰려가는 사이에, 그녀는 최대한 빨리 남부의 대의명분에 대한 그녀의 거짓된 처신을 시작해야 되겠다는 기분이 들어 멜라니에게로 시선을 돌렸다.

「정말 근사했어요. 안 그래요?」 그녀가 말했다.

멜라니는 뜨개질한 물건들을 판매대에 늘어놓느라고 수선을 피웠다.

「회색 군복을 입고 버지니아로 간다면 그들 대부분이 훨씬 더 멋져 보이겠죠.」 멜라니는 구태여 목소리를 낮추지 않으면서 말했다.

민병 대원 아들을 대견해하며 근처에서 서성거리던 몇 명의 어머니가 멜라니의 말을 들었다. 스물다섯 살 난 아들 윌리가 민병 대원이었던 가이넌 부인은 얼굴이 빨개졌다가 새하얗게 변했다.

다른 사람도 아니고 멜리의 입에서 그런 말이 나오자 스칼렛은 아연실색했다.

「그런 말을 하면 어떡해요, 멜리!」

「내 말이 어디 틀렸나요, 스칼렛. 어린 소년들이나 노신사들을 두고 내가 그런 말을 한 건 아니에요. 하지만 민병 대원들 가운데 상당수는 소총을 다룰 줄 알고, 지금 이 순간에 그들이 해야 할 일은 바로 그거예요.」

「하지만, 하지만 ─」 그런 문제는 여태껏 한 번도 생각해

본 적이 없었던 스칼렛이 말문을 열었다. 「누군가는 고향에 남아서 ——」 애틀랜타에 그가 남아야 하는 구실을 대느라고 윌리 가이넌이 그녀에게 했던 얘기가 무엇이었던가? 「누군가는 고향에 남아 있다가 주(州)가 침공당하지 않도록 지켜야죠.」

「이곳은 아무도 침공하지 않았고, 앞으로도 그런 일은 없어요.」 한 무리의 민병 대원들을 건너다보면서 멜리가 차갑게 말했다. 「그리고 침략자들을 막아 내는 최선의 방법은 버지니아로 가서, 그곳에서 양키들을 물리치는 거예요. 그리고 검둥이들이 봉기하지 못하게 민병대가 막는답시고 떠드는 사람들의 얘기를 아무리 들어 봐도 —— 그래요, 난 그렇게 한심한 얘기는 들어 본 적이 없어요. 우리하고 같은 편 사람들이 왜 봉기를 한답니까? 그건 겁쟁이들이 내세우는 핑계에 지나지 않아요. 만일 모든 주에서 모든 민병 대원들이 버지니아로 간다면 양키들을 한 달 안에 무찌르게 되리라고 난 내기라도 걸겠어요. 한데 이건 뭐예요!」

「이러지 말아요, 멜리!」 스칼렛이 노려보며 다시 소리쳤다.

멜리의 부드럽고 검은 눈이 분노에 차서 이글거렸다. 「내 남편은 가기를 두려워하지 않았고, 스칼렛의 남편도 마찬가지였어요. 그리고 난 그들이 이곳 고향에서 죽치고 지내느니보다는 차라리 죽는 편이 낫다고 —— 아, 스칼렛, 미안해요. 내가 그토록 잔인하고 지각없는 소리를 하다니!」

그녀는 애원하듯 스칼렛 팔을 잡았고, 스칼렛은 그녀를 빤히 쳐다보았다. 하지만 그녀는 죽은 찰스를 생각하지는 않았다. 그녀는 애슐리를 생각했다. 그이도 죽는다면 어쩌나? 닥터 미드가 그들의 매점으로 걸어오자 스칼렛은 재빨리 돌아서서 기계적으로 미소를 지었다.

314

「우리 아가씨들 어때요.」그가 그들에게 인사했다. 「이렇게들 와줘서 고맙군요. 오늘 밤 두 사람이 이곳에 오느라고 어떤 희생을 감수했는지를 난 잘 알아요. 하지만 다 남부의 대의명분을 위한 일이죠. 그리고 내가 비밀을 하나 알려 주겠어요. 나는 오늘 밤 사람들이 깜짝 놀랄 만한 그런 방법으로 병원을 위해 모금을 좀 더 할 생각인데, 부인네들 몇 명이 내 애길 들으면 혹시 충격이라도 받지 않을까 걱정이에요.」

그는 하던 말을 멈추고 킬킬 웃으며 하얀 염소수염을 쓰다듬었다.

「아, 뭔데요? 어서 얘기해 보세요!」

「다시 생각해 보니까, 두 사람도 역시 차라리 모르는 편이 좋겠어요. 하지만 그런 짓을 했다고 교회 사람들이 나를 이 도시에서 몰아내려고 한다면, 그땐 두 사람이 나를 밀어 줘야 해요. 어쨌든 그건 병원을 위해서 하는 일이니까요. 두고 보라고요. 이런 일은 여태껏 한 번도 없었죠.」

의사는 으쓱거리며 한쪽 구석에 몰린 후견인들에게로 가 버렸고, 그가 밝히지 않은 비밀이 무엇일까 따져 보려고 두 사람이 서로 마주 보려는 순간에 노신사 두 명이 매점으로 들이닥치더니 시끄러운 목소리로 태팅 레이스 10킬로미터를 달라고 허풍을 떨었다. 하기야 따지고 보면 늙은 남자라고 해도 남자가 없느니보다는 낫겠지, 손님이 턱 밑을 툭툭 쳐도 얌전히 그대로 받아 주면서 스칼렛은 태팅을 자로 쟀다. 늙었어도 위세가 당당한 그들은 레모네이드 매점으로 돌진해 갔고, 다른 손님들이 판매대로 왔다. 그들의 매점에서는 메이벨 메리웨더가 재잘거리며 웃어 대지도 않았고, 패니 엘싱이 키득거리지도 않았고, 화이팅 댁 딸들의 능수능란한 말대답으로 유쾌한 분위기가 마련되지도 않았기 때문에, 다른 매점들처럼 손님이 많지를 않았다. 멜리는 아무리 뜯어봐도 남자들에게는 전혀 쓸모가 없을 물건을 늘어놓고 구멍가게 주인처럼 차분하게 조용히 팔았고, 스칼렛은 멜라니의 행동을 본보기로 삼아 처신했다.

그들의 매점을 제외한 모든 판매대에는 사람들이 잔뜩 몰려서, 여자들이 재잘거리고 남자들은 물건을 샀다. 그들을 찾아온 얼마 안 되는 남자 손님들은 애슐리하고 대학교를 다닐 때 어땠었다는 둥, 그가 얼마나 훌륭한 군인이냐는 말을 했고, 존경스러운 어조로 찰스 얘기를 하면서 그의 죽음이 애틀랜타로서는 얼마나 크나큰 손실이었는지 모르겠다고 떠벌렸다.

그러더니 음악이 「조니 부커여, 이 몸 검둥이 구하소서!」의 활기찬 선율로 바뀌었고, 스칼렛은 비명이라도 지르고 싶었다. 그녀는 춤을 추고 싶었다. 그녀는 무도회장을 둘러보며 음악에 맞춰 발을 굴렀고, 초록빛 눈은 금방이라도 튀어나올 듯 정열적으로 이글거렸다. 무도회장 저쪽 건너편에서는, 어떤 남자가 방금 도착해서 문간에 멈춰 서더니, 그들을 보았고, 얼굴을 알아보았는지 깜짝 놀라고는, 심술궂고 반항적인 표정을 짓고 비스듬한 눈초리로 빤히 쳐다보았다. 그러더니 그는 어느 남자라도 쉽게 읽어 낼 만한 초청의 암시를 확인하고는 혼자 빙그레 웃었다.

검정 포플린 양복 차림인 그는 키가 커서 주변에 둘러선 장교들보다 머리가 우뚝 솟았고, 어깨는 묵직하게 딱 벌어졌지만 허리로 갈수록 점점 가늘어졌으며, 광택을 낸 장화를 신은 발은 어울리지 않을 정도로 작았다. 주름 장식이 달린 멋진 셔츠와, 맵시를 부려 발바닥 안쪽으로 끈을 돌려 맨 바지를 곁들여 입은 그의 근엄한 검정 양복 차림은 체격이나 얼굴과는 묘하게 빗나간 인상이었는데, 그 까닭은 멋을 부리느라고 그런 식으로 몸치장을 해놓고 보니까, 여유만만한 우아함을 지녔고, 힘차고, 위험성이 잠재한 몸에 멋쟁이 청년의 옷을 걸쳐 놓은 격이 되었기 때문이었다. 그는 머리카락이 새까만 빛깔이었고, 역시 새까만 콧수염은 작게 바싹 깎아 다듬어서, 근처에 있던 기마병들의 날씬하고 꼬부라진 콧수염에 비하면 외국 사람처럼 보일 정도였다. 그는 정력이 넘치고 부끄러움을 모르는 욕구를 지닌 남자 같은 인상을 주었으며, 사실이 그랬다. 그는 철저한 자신감과, 남들에게 불쾌감을 주는 교만한 분위기를 풍겼고, 마침내 그의 눈초리를 의식해서 스칼렛이 그쪽으로 시선을 돌릴 때까지 그녀를 응시하던 대담한 눈길에서는 짓궂은 악의가 번득였다.

스칼렛의 머릿속에서는 그를 어디선가 만났었다는 기억이 종을 울렸지만, 그가 누구인지 얼핏 생각이 나지를 않았다. 하지만 그는 여러 달 만에 처음으로 그녀에게 관심을 나타낸 첫 남자였으므로 스칼렛은 쾌활한 미소를 그에게 보냈다. 그가 절을 하자 그녀는 살짝 무릎을 굽혀 답례했고, 그가 몸을 일으키고는 특이하고도 유연한 인디언 걸음걸이로 그녀를 향해 걸어오기 시작했을 무렵에야 스칼렛은 그가 누구인지 생각이 나서, 겁에 질려 손이 저절로 입으로 갔다.

붐비는 사람들을 헤치고 그가 다가오는 동안에 그녀는 벼락이라도 맞은 듯 온몸이 굳어 버렸다. 그러자 그녀는 눈앞이 아득해져, 휴게실로 도망치려고 몸을 돌렸지만, 치마가 매점 기둥의 못에 걸렸다. 그녀는 화가 나서 잡아채다가 옷을 찢었고, 어느새 그는 곁에 와 있었다.

「제가 도와 드리죠.」 허리를 굽혀 주름 장식을 풀어내며 그가 말했다. 「당신이 나를 기억하리라고는 바라기도 어려운 일이었는데요, 오하라 양.」

억양이 없고 느릿느릿 말끝을 흐리는 찰스턴 발음이 밑에 깔리고, 낭랑하고, 적절히 다듬은 신사의 목소리, 그의 목소리는 묘하게도 그녀의 귀에 유쾌하게 들렸다.

지난번 만났을 때의 상황 때문에 창피해서 새빨개진 얼굴로 애원하듯 그를 올려다본 스칼렛은 지금까지 그녀가 본 적이 없을 정도로 지극히 검고 무자비하게 조롱하는 두 눈과 시선이 마주쳤다. 이곳에 나타난 많고도 많은 사람들 가운데 하필이면, 아직도 그녀에게는 악몽처럼 여겨지는 애슐리와의 난처한 광경을 목격했던 끔찍한 사람이, 처녀들을 버려놓았고 착한 사람들로부터 배척을 받는 추악한 놈팡이가, 그럴 만한 이유가 충분하기는 했지만 어쨌든 스칼렛더러 숙녀가 아니라고 말한 비열한 남자가 그녀의 앞에 나타나다니.

그의 목소리를 듣고 멜라니가 돌아섰는데, 난생처음으로 스칼렛은 시누이의 존재에 대해서 하느님에게 감사를 드렸다.

「아니 이런, 이건 ─ 이건 ─ 레트 버틀러 선생님 아니신가요?」 손을 내밀고 약간 미소를 지으며 멜라니가 말했다. 「제가 선생님을 뵌 건 ─」

「당신이 약혼을 발표하던 경사스러운 날이었죠.」 그녀의 손에 키스를 하려고 몸을 수그리며 그가 말끝을 맺었다. 「저를 기억해 주시다니 고맙군요.」

「그런데 찰스턴에서 이토록 멀리 떨어진 곳까지 무슨 볼일로 찾아오셨나요, 버틀러 선생님?」

「사업에 얽힌 따분한 볼일 때문이죠, 윌크스 부인. 난 이제부터 이곳을 뻔질나게 드나들 모양입니다. 나는 상품을 들여오기만 할 뿐 아니라, 처분하는 일까지도 맡아서 처리해야 하게 생겼으니까요.」

「들여오는 일이라니 ―.」 이마에 주름이 잡히며 말을 하려다가 멜리는 유쾌하게 웃음을 터뜨렸다. 「저런, 그러니까 당신이 ― 보아하니 우리들이 그토록 자주 얘기를 들어 왔던 유명한 버틀러 선장 ― 봉쇄선을 마음대로 넘나든다는 분이 바로 당신이었군요. 맙소사, 여기 참석한 처녀들은 모두 당신이 들여온 드레스를 입었어요. 스칼렛, 흥분할 만한 일이잖아요. 왜 그래요, 스칼렛? 어지러워서 그래요? 어서 앉아요.」

코르셋의 끈이 터져 나갈까 봐 겁이 날 정도로 숨을 다급하게 몰아쉬며 스칼렛은 동글의자에 주저앉았다. 아, 이렇게 끔찍한 일이 벌어지다니! 그녀는 이 남자를 다시 만나리라고는 생각도 하지 않았었다. 그는 판매대에서 그녀의 검은 부채를 집어 들더니 걱정스러운 듯, 지나치게 걱정스러운 듯한 표정으로 부채질을 시작했는데, 그의 얼굴은 심각했지만 두 눈은 여전히 짓궂게 빛났다.

「여긴 꽤 덥군요.」 그가 말했다. 「오하라 양이 졸도를 해도 무리가 아니죠. 제가 창가로 모셔다 드릴까요?」

「싫어요.」 스칼렛이 어찌나 무례하게 말했는지 멜리가 그녀를 빤히 쳐다보았다.

「스칼렛은 이제 오하라 양이 아니에요.」 멜리가 말했다. 「해밀턴 부인이죠. 이제는 제 올케랍니다.」 그러더니 멜리는 그녀 특유의 애정이 담긴 상냥한 눈길을 스칼렛에게 보냈다. 스칼렛은 해적처럼 거무스레한 버틀러 선장의 얼굴에 드러난 표정을 보고는 목이라도 조르고 싶은 심정이었다.

「그것이 두 매혹적인 여인들에게 큰 보람을 느끼게 하는 경사였기를 바랍니다.」 가볍게 절을 하며 그가 말했다. 그것은 어느 남자라도 할 만한 그런 말이었지만, 이 사람의 경우에는 정반대의 의미를 뜻하는 듯싶었다.

「두 분의 남편이 오늘 밤의 즐거운 행사에 참석하려고 이 곳에 와 계시리라고 생각되는데요? 다시금 만나 뵈면 기쁜 일이 되겠습니다.」

「제 남편은 버지니아로 가셨어요.」 자랑스럽게 머리를 치켜들고 멜리가 말했다. 「하지만 오빠는 ―」 그녀는 말문이 막혔다.

「그이는 주둔지에서 죽었어요.」 스칼렛이 무감각하게 말했다. 그녀는 거의 딱딱거리다시피 말했다. 이 작자는 끝까지 안 가고 버틸 속셈인가? 멜리가 깜짝 놀라 그녀를 쳐다보았고, 선장은 자신을 꾸짖는 듯한 시늉을 했다.

「내가 이렇게 눈치가 없다니! 두 분이 저를 용서해 주셔야 되겠어요. 하지만 조국을 위해 죽는다는 것은 영원한 삶을 의미한다는 위로의 말씀을 드리도록 이 낯선 이에게 허락해 주시기를 바랍니다.」

멜라니는 눈물을 반짝이며 그에게 미소를 지었고, 스칼렛은 분노의 야수와 살벌한 증오가 그녀의 배 속을 갉아 먹는 기분을 느꼈다. 또다시 그는 그런 상황에서라면 어떤 신사라도 동원할 만한 찬사를, 고상한 말을 했지만, 한마디도 진심이 아니었다. 그는 속으로 스칼렛을 비웃었다. 그는 스칼렛이 찰스를 사랑하지 않았다는 사실을 알았다. 그리고 멜리는 그의 마음을 꿰뚫어 보지 못할 정도로 한심한 멍청이였다. 아, 다른 사람은 그의 본심을 어느 누구도 알지 못하도록 하느님이시여 굽어살피소서, 갑작스러운 공포에 사로잡힌 그녀는 생각했다. 혹시 그가 비밀을 털어놓을까? 물론 그는 신사가 아니었고, 신사가 아닌 남자라면 무슨 짓을 저지를지는 아무도 모르는 노릇이었다. 그런 남자들을 판단할 기준은 없었다. 머리를 든 그녀는 부채질을 하는 동안에도 거짓된 동정심을 나타내느라고 밑으로 처진 그의 입을 보았다. 그의 표정에서는 무엇인가 그녀의 정신력을 시험하려고 했으며, 밀어닥치는 혐오감이 그녀에게 힘을 되살려 주었다. 갑자기 그녀는 부채를 그의 손에서 낚아챘다.

「나, 이제는 괜찮아요.」 그녀는 표독스럽게 말했다. 「그러니까 내 머리카락이 빠질 정도로 부채질을 할 필요는 없어요!」

「스칼렛, 왜 이래요! 버틀러 선장님, 제 올케를 용서해 주셔야 되겠어요. 올케는 가엾은 오빠의 이름을 듣기만 하면 제정신이 아니고 ── 생각해 보니까 오늘 밤 우린 여길 와서는 안 되는데 그랬는지도 몰라요. 보시다시피 우리들은 아직 상을 치르는 중이고, 올케에게는 상당히 정신적인 부담이 크죠. 이런 유쾌한 분위기와 음악이 모두 말이에요.」

「저도 이해를 할 만하군요.」 그는 짐짓 엄숙한 태도로 말했지만, 몸을 돌려 멜라니의 다정하고도 걱정스러운 마음의 밑바닥까지 꿰뚫어 보는 시선으로 그녀를 쳐다볼 때는, 그의 표정이 달라져서, 못마땅해하면서도 존경심과 부드러움이 거무스레한 얼굴에 번졌다. 「전 부인이 용감하고 훌륭한 여자라고 생각합니다, 윌크스 부인.」

〈나에 대해서는 한마디도 안 하면서!〉 화가 난 스칼렛이 이런 생각을 하는 사이에 멜리는 당황해서 미소를 지으며 대답했다.

「이런, 이래서는 안 되는데요, 버틀러 선장님! 병원 위원회에서 우리들에게 매점을 맡긴 이유는 마지막 순간에 ── 베갯잇요? 깃발을 수놓은 예쁜 물건이 여기 있는데요.」

그녀는 판매대에 나타난 세 명의 기병대 장병에게로 돌아섰다. 잠깐 동안 멜라니는 버틀러 선장이 아주 좋은 남자라고 생각했다. 그러고는 기병들이 연초를 씹다가 호박(琥珀) 빛깔의 침을 뱉었는데, 조준 실력이 긴 마상 권총 사격 솜씨만큼은 뛰어나지 못했기 때문에, 멜라니는 매점 바로 바깥에 놓아둔 타구와 그녀의 치마 사이에 지금보다는 좀 두꺼운 무명 가리개를 막아 놓았더라면 좋았겠다는 생각을 했다. 그러고는 손님들이 그녀에게로 더 많이 몰려들자 멜라니는 선장과 스칼렛과 타구를 잊어버렸다.

스칼렛은 말없이 부채질을 하며 동글의자에 앉아, 감히 머리를 들지도 못하고, 버틀러 선장이 그의 배로 어서 돌아가기만 바랐다.

「남편이 돌아가신 지는 한참 되었나요?」

「아, 그래요, 오래전이죠. 거의 1년이나 되었어요.」

「틀림없이 영겁 같은 세월이었겠군요.」

스칼렛은 영겁이 무엇인지 확실히 알지는 못했지만, 그의 목소리에서 미끼를 던지는 듯한 요소가 분명히 엿보였기 때문에 그녀는 아무 말을 하지 않았다.

「결혼 생활은 얼마나 하셨나요? 제 질문을 용서해 주시기 바랍니다만, 이곳에서 떠나 지낸 기간이 워낙 오래되어서 말입니다.」

「두 달 동안요.」 마지못해서 스칼렛이 말했다.

「아무튼 비극적인 사건이었군요.」 그는 거침없이 말을 이었다.

아, 재수 없는 남자 같으니라고, 그녀는 격한 기분으로 생각했다. 세상의 어느 다른 남자였더라도 나는 그냥 냉정한 태도로 어서 꺼지라고 명령했으리라. 하지만 그는 애슐리 사건을 알고, 내가 찰리를 사랑하지 않았다는 비밀도 안다. 그리고 나는 속수무책이다. 아직도 부채를 내려다보며 그녀는 아무 말도 하지 않았다.

「그러면 사교적인 자리에 당신이 나타나기는 이것이 처음인가요?」

「상당히 이상하게 보이리라는 건 나도 알아요.」그녀가 얼른 설명했다.「하지만 매점을 맡기로 했던 매클루어 댁 딸들에게 볼일이 생겨 자리가 비는 바람에 멜라니하고 내가 ―」

「남부의 대의명분을 위해서는 어떤 큰 희생이라도 감수해야죠.」

그렇다, 엘싱 부인도 그런 얘기를 했었지만, 그녀가 말했을 때는 지금과 같은 말투가 아니었다. 격한 말이 입에서 튀어나오려고 했지만 스칼렛은 억지로 참았다. 뭐니 뭐니 해도 그녀는 남부의 대의명분을 위해서가 아니라, 집에 갇혀 지내기가 따분했기 때문에 이곳에 왔다.

그는 무엇인가 곰곰이 생각하면서 말했다.「여자들을 평생 상복으로 구속하며 정상적인 즐거움을 누리지 못하게 금하는 거상(居喪) 제도는 힌두교의 순사(*suttee*, 殉死)만큼이나 야만적이라고 난 전부터 생각했었어요.」

「순사라고요?」

그가 웃었고, 스칼렛은 무식한 자신이 창피해서 낯을 붉혔다. 그녀는 자기가 모르는 단어를 사용하는 사람들을 미워했다.

「인도에서는 사람이 죽으면 매장을 하는 대신 불에 태우는데, 살아남은 아내는 항상 장례식의 장작더미 위로 기어 올라가 남편과 함께 타 죽어야 한답니다.」

「너무나 끔찍한 얘기로군요! 왜들 그러죠? 경찰이 그러지 못하게 말리지 않나요?」

「물론 그냥 내버려 두죠. 스스로 타 죽지 않으면 여자는 사회에서 배척을 당합니다. 힌두교의 점잖은 유부녀들은 가정 교육이 훌륭한 숙녀답게 처신하지 않았다고 그 여자 얘기를 수군거리게 마련인데 — 당신이 오늘 밤 빨간 드레스를 입고 릴[67]을 이끌어 나간다면 구석에 몰려 앉은 저 점잖은 부인네들도 똑같은 소리를 하겠죠. 개인적인 견해이지만, 나는 미망인을 산 채로 매장하는 남부의 풍습보다는 순사가 훨씬 자비롭다고 생각합니다.」

「어디서 감히 나더러 산 채로 매장을 당했다는 소리를 하죠?」

「여자들은 그들을 속박한 바로 그 쇠사슬을 얼마나 악착같이 움켜잡고 매달리던가요! 당신은 힌두교의 풍습을 야만적이라고 생각하지만 — 만일 남부 동맹이 당신을 필요로 하지 않았다면, 오늘 밤 이곳에 스스로 모습을 드러낼 용기를 냈겠어요?」

이런 식의 토론에서는 스칼렛은 항상 혼란을 일으켰다. 그의 주장이 진실에 근거를 두었다는 막연한 생각이 들었기 때문에 그녀는 더욱 혼란스러웠다. 하지만 그의 말문을 막아 버릴 때는 지금이었다.

「물론 나는 오지 않았겠죠. 그랬다면 그것은 — 있잖아요, 불경스러운 짓이어서 — 마치 내가 그이를 사랑하지 않 —」

냉소적인 웃음을 머금은 그의 눈이 그녀의 다음 말을 기다렸기 때문에 스칼렛은 얘기를 계속하기가 어려웠다. 그는 스칼렛이 찰리를 사랑하지 않았음을 알았고, 그녀가 남의 눈을 의식해서 억지로 보여 주는 그런 올바르고 착하고 겸손한 감정을 표현한다면 그대로 내버려 두지 않을 듯싶었다. 신사가 아닌 남자를 대해야 한다는 고역은 얼마나 끔찍하고도 끔찍

67 스코틀랜드의 고지 사람들이 추는 즐거운 춤.

한가. 신사라면 여자가 거짓말을 한다는 사실을 알더라도 항상 속아 주는 척해야 옳았다. 그것이 남부의 기사도였다. 신사는 항상 규범을 따랐고, 올바른 말을 하고, 여자의 삶을 훨씬 편하게 해주었다. 하지만 이 남자는 규범 따위는 안중에도 없고, 아무도 하지 않는 그런 얘기를 즐겨 하는 듯싶었다.

「난 애타게 당신 얘기를 기다리는데요.」

「난 선생님이 지독한 사람이라고 생각해요.」눈을 떨구며 그녀가 불쑥 말했다.

그는 입이 그녀의 귀 근처에 닿을 정도로 가까이 판매대 위로 몸을 수그리고는, 애서니엄[68] 홀의 무대에 어쩌다가 한 번씩 나타나는 악한을 그럴듯하게 흉내 내어 나지막한 소리로 말했다.「두려워하지 말지어다, 아름다운 여인이여! 그대의 죄스러운 비밀을 나는 얘기하지 않을지니!」

「어머.」그녀가 들뜬 목소리로 속삭였다.「어떻게 그런 소리를 하시나요!」

「난 당신의 마음을 편하게 해주려고 그랬을 뿐인데요. 나한테서 듣고 싶은 얘기가 뭐죠? 〈아름다운 여인이여, 그대가 나의 여자가 되지 않겠다면 모든 비밀을 폭로하리라〉라고 해야 될까요?」

스칼렛은 그럴 마음이 없었어도 그와 눈길이 마주쳤고, 그의 눈에서 어린 소년처럼 짓궂은 표정을 읽었다. 갑자기 그녀는 웃음을 터뜨렸다. 따지고 보면 이것은 너무나 우스꽝스러운 상황이었다. 레트 버틀러도 웃었고, 그들의 웃음소리가 어찌나 컸는지 구석에 모인 후견인 여자 몇 명이 그들에게로 눈길을 돌렸다. 찰스 해밀턴의 미망인이 전혀 낯선 남자와

68 Athenaeum. 시인들이 작품을 낭송하던 아테나의 신전. 요즈음에는 문학이나 학문을 진흥하는 기관을 가리키는 보통 명사로도 쓰인다.

얼마나 즐거운 시간을 보내는지를 깨달은 그들은 못마땅한 듯 서로 머리를 맞대고 수군거렸다.

북소리가 빠른 속도로 요란하게 울렸고, 닥터 미드가 연주대로 올라가서는 조용히 해달라고 두 팔을 활짝 벌리자, 여러 사람이 〈쉬!〉라고 소리쳤다.

그는 얘기를 시작했다. 「지칠 줄 모르는 애국적인 헌신을 통해 자선 행사가 금전적인 성공을 거두게 했을 뿐 아니라, 삭막한 행사장을 매혹적인 장미꽃 봉오리 같은 처녀들에게 알맞은 꽃밭으로, 사랑의 보금자리로 변형시켜 놓으신 훌륭한 부인들께 우리들은 감사를 드려야 마땅하겠습니다.」

옳은 얘기라고 모두들 박수를 쳤다.

「부인들께서는 시간을 제공하기도 했지만 손수 최고의 솜씨를 발휘해 주셨고, 그래서 매점에 진열된 물건들은 우리 남부의 매혹적인 여인들이 아름다운 손으로 직접 만들었기 때문에 더욱 아름답습니다.」

옳은 얘기라고 다시 사람들이 소리를 질렀고, 스칼렛 앞쪽 판매대에 한가하게 몸을 기댄 레트 버틀러가 속삭였다. 「염소 영감님께서 열변을 토하시는군요, 안 그래요?」

애틀랜타에서 가장 사랑받는 인물에 대한 그의 불경스러운 말에 놀라고, 처음에는 은근히 겁까지 났던 스칼렛이 못마땅한 눈으로 그를 노려보았다. 하지만 하얀 턱수염이 굉장히 빠른 속도로 까딱거리는 모습을 보니 의사는 영락없는 염소였고, 그녀는 웃음을 참느라고 애를 먹었다.

「하지만 이런 노력만으로는 충분하지 못합니다. 침착한 손으로 고통에 시달리는 수많은 사람들의 아픔을 덜어 주고, 모든 대의명분 가운데 가장 훌륭한 대의명분을 위해 싸우다 부상을 당한 우리 용감한 장병들을 죽음의 문턱에서 구해 낸 병원 위원회의 훌륭한 부인들께서는, 우리들에게 무엇이 필요한지를 누구보다도 잘 알고 계십니다. 나는 우리가 진정으로 필요한 바가 무엇인지 구태여 내용을 열거하지는 않겠습니다. 우리는 영국에서 의약품을 구입할 더 많은 돈이 필요한데, 오늘 밤에는 1년 동안이나 그토록 성공적으로 봉쇄선을 돌파해 왔으며, 우리들이 필요로 하는 약품을 가져다주기 위해 또다시 봉쇄선을 돌파하실 용맹한 선장께서 우리들하고 자리를 같이하셨습니다. 레트 버틀러 선장님!」

비록 엉겁결에 당한 셈이었지만, 봉쇄선을 돌파할 선장은 소개를 받고 점잖게 절을 했으며 — 스칼렛은 지나치게 점잖은 그의 절이 무엇을 의미하는지를 따져 보려고 했다. 그는 그곳에 모인 사람들을 너무나 경멸하기 때문에 일부러 과장해서 절을 한 듯싶을 정도였다. 그가 절을 하자 요란하게 박수가 터져 나왔고, 구석에 있던 여자들이 목을 길게 뽑았다. 가엾은 찰스 해밀턴의 미망인이 같이 노닥거리던 남자가 누군가 했더니 바로 그 사람이었구나! 더구나 찰스가 죽은 지 1년도 안 됐는데 말이다!

「우린 더 많은 금이 필요하고, 본인은 여러분에게서 그것을 요구합니다.」 의사가 얘기를 계속했다. 「나는 여러분에게 희생을 요구하지만, 그런 희생은 회색 제복을 입은 우리 용감한 장병들이 치르는 것에 비하면 너무나 작은 희생이어서, 우스꽝스러울 정도로 작게 여겨집니다. 나는 부인들의 보석을 원합니다. 내가 여러분의 보석을 원한다고 그랬던가요? 아니죠, 여러분의 보석을 원하는 건 남부 동맹이고, 남부 동맹이 그것을 요구하고, 그것을 마다할 사람은 아무도 없으리라고 나는 믿습니다. 아름다운 손목에서 보석이 얼마나 멋지게 반짝입니까! 애국적인 여인들의 가슴에서 황금 브로치가 얼마나 아름답게 빛납니까! 하지만 인도의 모든 황금과 보석보다도 희생이 얼마나 더 아름답던가요. 황금을 녹이고 보석을 팔아 그 돈으로 약품과 다른 의료 보급품을 사야 합니다. 숙녀 여러분, 우리 용감한 부상병들 가운데 두 사람이 바구니를 들고 여러분들 사이로 돌아다닐 테니까 ―.」

하지만 그의 연설에서 나머지 말은 요란하고 우레 같은 박수 소리와 환호성 속에 잠겨 버렸다.

스칼렛의 머리에 가장 먼저 떠오른 생각은, 마침 상중이기 때문에 로비야르 할머니의 소유였던 묵직한 황금 사슬과 소중한 귀고리, 그리고 금과 까만 에나멜 팔찌와 석류석 브로치를 차고 오지 않았다는 데 대한 깊은 안도감이었다. 스칼렛은 행사장에서 그녀의 매점이 위치한 쪽으로, 부상을 입지 않은 팔에다 쪼갠 떡갈나무 바구니를 걸고 이리저리 돌아다니는 키가 작은 주아브 병사를 보았고, 나이가 많거나 젊은 여자들이 웃어 대며 열심히 팔찌를 잡아 뽑고, 살을 꿰뚫은 귀고리를 빼니까 아프다는 듯 공연히 비명을 지르고, 빽빽한 목걸이의 고리를 서로 풀어 주고, 가슴에 단 브로치를 떼어 내는 여자들도 지켜보았다. 〈기다려요, 기다리라고요! 이제야 빠졌어요. 이거 받으세요!〉라고 외치는 소리와 금속끼리 서로 부딪쳐 끊임없이 짤그랑거리는 작은 소리가 들려왔다. 메이벨 메리웨더는 팔꿈치 위와 아래에 두른 멋진 겹팔찌를 뽑는 중이었다. 〈엄마! 그래도 괜찮죠?〉라고 소리치며 패니 엘싱은 집안에서 대대로 물려 내려온 묵직한 금에 박은 씨알 진주 장신구를 곱슬거리는 머리에서 떼어 냈다. 누가 보석을 바구니에 집어넣을 때마다 박수와 환호성이 터졌다.

팔에다 바구니를 묵직하게 걸치고 싱글벙글거리며 키가

작은 남자가 이제는 그들의 매점으로 왔는데, 그가 옆을 지나가니까 레트 버틀러는 금으로 만든 멋진 담배 케이스를 아무렇지도 않은 표정으로 바구니에다 던져 넣었다. 스칼렛에게로 와서 그가 바구니를 판매대 위에 올려놓자 그녀는 제공할 보석이 하나도 없다는 뜻으로 두 손을 쫙 벌리며 머리를 저었다. 아무것도 내지 않는 사람이 자기 혼자뿐이라서 그녀는 거북해졌다. 그러자 그녀는 손가락에서 반짝이는 커다란 결혼반지가 눈에 들어왔다.

혼란을 느끼면서 한순간, 그녀는 찰스의 얼굴을, 반지를 그녀의 손가락에 끼워 줄 때 그가 어떤 표정이었는지를 기억해 내려고 했다. 하지만 그런 기억은, 그녀가 찰스를 기억할 때마다 늘 그렇듯이, 갑자기 짜증스러워진 기분 때문에 기억이 흐려졌다. 찰스 — 그녀의 인생이 끝났고, 그녀가 늙은 여자나 마찬가지가 된 까닭은 바로 그 남자 때문이었다.

그녀는 별안간 반지를 꽉 비틀어 잡아당겼지만 빠지지를 않았다. 주아브 병사가 멜라니 쪽으로 가려고 했다.

「기다려요!」 스칼렛이 소리쳤다. 「나도 내겠어요!」 반지가 빠졌고, 사슬과 시계와 반지와 핀과 팔찌 들이 잔뜩 쌓인 바구니로 반지를 던져 넣으려던 그녀는 레트 버틀러와 눈길이 마주쳤다. 그는 어렴풋한 미소를 짓느라고 입술이 일그러졌다. 그녀는 도전적으로 반지를 바구니에 던져 넣었다.

「어머, 스칼렛!」 사랑과 자부심이 불타는 눈으로 그녀의 팔을 움켜잡고 멜라니가 속삭였다. 「스칼렛은 용감하고도 용감한 여자예요! 잠깐, 제발 잠깐 기다려요, 피카르 소위님! 나도 드릴 게 있어요!」

그녀는 애슐리가 끼워 준 이후로 스칼렛이 알기로는 손가락에서 한 번도 뽑지 않았던 결혼반지를 잡아 뽑는 중이었다. 이 반지가 그녀에게 얼마나 중요한 의미를 지녔는지는 누구보다도 스칼렛이 잘 알았다. 반지를 빼는 데 힘이 들었고, 멜라니는 뽑은 반지를 잠깐 동안 작은 손으로 꼭 쥐었다. 그러더니 멜리는 가만히 보석 더미 위에다 반지를 놓았다. 두 여자는 구석에 모인 노부인들의 무리 쪽으로 가던 주아브 장교의 뒷모습을 지켜보았는데, 스칼렛은 반항적인 표정이었고, 멜라니는 눈물을 흘릴 때보다도 훨씬 슬픈 얼굴이었다. 그리고 그들 옆에 서서 지켜보던 남자는 두 여자의 표정을 놓치지 않았다.

「스칼렛이 그런 용기를 보여 주지 않았더라면, 나도 절대로 그러지 못했을 거예요.」 스칼렛의 허리를 팔로 감고 살그머니 누르며 멜리가 말했다. 얼핏 스칼렛은 화가 났을 때면 제럴드가 잘 그러듯이 〈하느님 맙소사!〉라고 버럭 소리를 지르며 그녀를 밀쳐 버리고 싶었지만, 레트 버틀러와 눈길이 마주치자 무척 냉랭한 미소만 짓고 말았다. 멜리가 그녀의 동기를 항상 잘못 파악하는 꼴을 보면 짜증이 나기는 했지만, 진실을 들키는 쪽보다야 아마도 그러는 편이 훨씬 더 좋은지도 모를 노릇이었다.

「참으로 아름다운 행동입니다.」 레트 버틀러가 부드럽게 말했다. 「두 분이 보여 준 그런 희생이 회색 제복을 입은 우리 청년들에게 기운을 북돋아 줍니다.」

울컥한 말이 스칼렛의 입에서 튀어나오려 했고, 스칼렛은 그 말을 참기가 힘들었다. 그가 하는 모든 말에는 조롱이 담겼다. 매점에 몸을 기대고 빈둥거리는 이 남자가 그녀는 진심으로 싫었다. 하지만 그에게서는 자극적인 무엇이, 따스하고 정력적이고 전기 같은 무엇이 느껴졌다. 그녀의 마음속에서 모든 아일랜드적인 기질이 그의 검은 눈에 도전하려고 치솟아 올랐다. 그녀는 이 남자를 조금쯤 기를 죽여 줘야 되겠다고 작정했다. 그녀의 비밀을 알기 때문에 그가 유리한 입장이라는 상황은 화가 치밀 노릇이었으므로, 스칼렛은 어떻게 해서든지 그를 불리한 입장으로 몰아 사태를 바꿔 놓아야 했다. 그녀는 그를 어떻게 생각하는지를 솔직하게 얘기해 주고 싶은 충동을 억눌렀다. 어멈이 자주 말했듯이 식초보다는 설탕에 파리가 더 많이 꾀게 마련이었는데, 그녀는 이 파리를 잡아 정복해서 다시는 자기를 호락호락하게 보지 못하게끔 만들어 놓고 싶었다.

「고마워요.」빈정대는 그의 말을 일부러 잘못 알아들은 체하며 그녀가 다정하게 말했다. 「버틀러 선장님처럼 유명하신 분이 그런 칭찬을 해주시니 감사합니다.」

그는 머리를 젖히고 너털웃음을 웃었는데, 또다시 얼굴이 새빨개진 스칼렛은 화가 치밀어서, 그의 웃음이 개가 짖는 소리 같다고 생각했다.

「왜 실제로 생각하는 대로 솔직하게 얘기를 하지 않나요?」 모금을 하느라고 흥분에 휩싸인 사람들의 소음 속에서 그녀에게만 들리게끔 목소리를 낮추며 그가 물었다. 「왜 내가 거지 같은 불한당이고 신사가 아니며, 어서 꺼지지 않으면 회색 제복을 입은 용감한 청년들 가운데 누군가를 시켜 나를 쫓아내겠다고 그러지 않으시죠?」

쏘아붙이고 싶은 한마디 말이 혀끝까지 올라왔지만, 그녀는 영웅적인 자제력을 발휘해서 겨우 참고 말했다. 「보세요, 버틀러 선장님! 당신은 말도 거침없이 참 잘하시는군요! 마치 당신이 얼마나 유명하고 용감한지를 아무도 모른다는 듯 ― 마치, 정말이지 ―」

「실망했는데요.」그가 말했다.

「실망했다고요?」

「그래요. 사건도 많았던 그날 저녁 우리들이 처음 만났을 때, 난 혼자 속으로 드디어 나는 아름답기만 할 뿐 아니라 용기도 겸비한 여자를 만났다고 생각했어요. 그런데 이제 보니 당신은 아름답기만 할 따름이죠.」

「그럼 나더러 겁쟁이라는 건가요?」 그녀는 털을 곤두세운 암탉처럼 발끈했다.

「바로 그렇습니다. 당신은 생각하는 바를 그대로 얘기할 용기가 없어요. 처음 당신을 만났을 때 난 이렇게 생각했어요. 백만 명 가운데 겨우 하나 나올 만한 그런 여자로구나. 이 여자는 엄마가 하는 얘기라면 모조리 다 믿고, 자기가 느끼는 바가 무엇이든지 간에 엄마가 시키는 대로만 생각하는 다른 어리석고 어린 바보들하고는 달라. 다른 여자들은 자질구레한 마음의 상처와 감정을 수많은 감미로운 말을 내세워 감추려고 해요. 나는 이렇게 생각했습니다. 미스 오하라는 보기 드문 정신력을 지닌 여자로구나. 저 여자는 자기가 원하는 바가 무엇인지를 알고, 생각하는 바를 두려워하지 않고 얘기하며, 꽃병도 서슴지 않고 던지지.」

「그런가요.」 분노를 폭발시키며 그녀가 말했다. 「그렇다면 바로 지금 순간에 내가 느끼는 바를 얘기하겠어요. 만일 당신이 조금이라도 교양을 갖춘 사람이었다면, 이곳으로 와서 나한테 말을 걸지도 않았을 거예요. 내가 다시는 당신을 보고 싶어 하지 않는다는 걸 아셨을 테니까요! 하지만 당신은 신사가 아니죠! 당신은 배운 것도 없고, 그저 고약한 위인에 지나지 않아요! 그런데 당신은 양키들을 따돌리고 빨리 달아나는 배, 거지 같고 형편없는 배 몇 척을 소유했다고 해서, 이곳에 함부로 나타나 남부의 대의명분을 위해 온갖 희생을 감수하는 여자들과 용감한 장병들을 조롱할 권리라도 부여받은 줄 알고 계신데 —」

「그만해요, 그만하시죠 —.」 그는 빙그레 웃으며 부탁했다. 「당신은 아주 훌륭하게 얘기를 시작해서, 생각하는 바를 솔직히 말했겠지만, 대의명분에 관한 얘기는 내 앞에서 들먹이지 마셔야죠. 난 그런 얘기에는 신물이 났고 틀림없이 당신도 마찬가지예요 —.」

「아니, 당신이 감히 어떻게 —.」 엉겁결에 갑자기 당해 버린 그녀가 말문을 옅었지만, 함정에 빠진 자신에 대한 분노로 속을 끓이며 서둘러 자신을 스스로 억제했다.

「아까 당신이 나를 보기 전에, 나는 저기 문간에 서서 당신을 지켜봤어요.」 그가 말했다. 「그리고 난 다른 여자들도 지켜봤다고요. 그런데 그들의 얼굴은 모두가 같은 틀에서 찍어 낸 듯 똑같았어요. 당신은 달랐죠. 당신 얼굴은 표정을 읽어 내기가 쉬워요. 당신은 물건을 파는 데 마음이 가 있지도 않았고, 대의명분이나 병원도 당신 염두에 없었다는 걸, 난 내기라도 걸 만큼 확신해요. 당신은 춤을 추고 신나게 놀고 싶지만 그럴 처지가 아니어서 억울하다는 표정이 얼굴에 그대로 드러났어요. 그래서 당신은 약이 오를 대로 오른 거예요. 사실대로 얘기해요. 내 말이 맞죠?」

「난 더 이상 하고 싶은 얘기가 없어요, 버틀러 선장님.」 무너질 대로 무너진 자존심에서 그나마 누더기라도 건져 보려고 애쓰며 가능한 한 격식을 갖춰 그녀가 말했다. 「아무리 봉쇄선을 돌파하는 위대한 영웅이라며 잘난 체하려고 해도, 당신은 여자를 모욕할 권리는 없어요.」

「위대한 영웅이라뇨! 그건 웃기는 소리예요. 나를 어둠 속으로 내동댕이질을 쳐버리시기 전에, 청컨대 나한테 잠깐 당신의 소중한 시간을 내주시기 바랍니다. 나는 이토록 매혹적이고 자그마한 애국자께서 남부의 대의명분에 대한 내 공헌을 잘못 이해하게 그냥 내버려 두고 싶은 마음이 없으니까요.」

「난 자랑이나 늘어놓는 당신 얘기는 듣고 싶지 않아요.」

「봉쇄선 돌파라면 나에게는 사업이고 나는 그것으로 돈을 벌어요. 돈이 안 벌리게 되면 난 그 짓을 집어치울 거예요. 그런 날 어떻게 생각하십니까?」

「난 당신이 양키들이나 마찬가지로 돈밖에 모르는 악당이라고 생각해요.」

「바로 맞혔습니다.」 그는 히죽 웃었다. 「그리고 내가 돈을 벌도록 양키들이 도와주죠. 그래요, 지난달에만 해도 나는 배를 곧장 뉴욕 항구로 끌고 가서 화물을 실었거든요.」

「뭐라고요!」 자기도 모르게 흥분하면서도 흥미를 느낀 스칼렛이 소리쳤다. 「그들이 포격을 가하지 않던가요?」

「이런 순진한 사람 같으니라고! 물론 안 하죠. 남부 동맹에 물건을 팔아 돈벌이를 하는 걸 마다하지 않는 합중국의 열렬한 애국자들도 많으니까요. 나는 배를 끌고 뉴욕으로 들어가서, 물론 비밀리에 그러기는 하지만, 양키 회사로부터 물건을 사 가지고 떠납니다. 그러다가 일이 여의치 않아 위험하다는 생각이 들면, 나는 합중국의 애국자들이 나를 위해 화약과 포탄과 버팀살 치마를 가져다 놓은 나소로 가죠. 영국으로 가기보다는 그쪽이 훨씬 편리하니까요. 때로는 찰스턴이나 윌밍턴으로 뚫고 들어오기가 조금쯤은 힘들어지지만 ── 약간의 황금이 얼마나 많은 효과를 내는지를 알면 당신도 놀랄 거예요.」

「아, 양키들이 못된 사람들이라는 건 알았지만, 설마 그런 정도인 줄은 몰랐는데 ──」

「합중국을 팔아먹어 선량하게 푼돈을 좀 벌겠다는 양키들을 놓고 왜 왈가왈부합니까? 앞으로 백 년이 지난 다음에도 그건 문제가 되지 않아요. 결과는 똑같을 테니까요. 그들은 결국 남부 동맹이 패배하리라는 걸 알고, 그러니까 거기서 그들이 돈을 벌어서는 안 될 이유도 없잖아요?」

「우리들이 — 패배한다고요?」

「물론이죠.」

「제발 나를 그냥 놔두고 저리 가시겠어요 — 아니면 당신을 떼어 버리기 위해 내가 마차를 불러 집으로 가야만 할까요?」

「당신은 예쁘고도 혈기 왕성한 남부의 용사로군요.」 또다시 갑자기 히죽 웃으며 그가 말했다. 그는 절을 하더니 살벌한 분노와 짜증으로 가슴을 들먹거리는 그녀를 남겨 두고 유유히 가버렸다. 그녀의 마음속에서는 스스로 분석하기가 어려운 실망이, 환상이 무너지는 과정을 지켜보는 어린아이의 실망이 타올랐다. 어떻게 감히 그는 봉쇄선을 돌파하는 영웅들에게서 매력을 박탈해 버리려고 하는가! 그리고 어떻게 감히 그는 남부 동맹이 패배하리라는 말을 하는가! 그런 소리를 했으니 그는 총살을, 반역자처럼 총살을 당해야 한다. 그녀는 너무나 성공을 확신하고, 너무나 용감하고, 너무나 헌신적인 행사장의 낯익은 얼굴들을 둘러보았고, 그러자 웬일인지 그녀의 마음에 약간 싸늘한 전율이 스며들었다. 패배를 당해? 이 사람들이 — 아냐, 그럴 리가 없다! 그것은 터무니도 없고, 반역적인 생각이었다.

「둘이서 무슨 얘기를 그렇게 소곤거렸어요?」 손님들이 어슬렁거리고 가버리자 멜라니가 스칼렛에게로 돌아서며 물었다. 「메리웨더 부인이 줄곧 스칼렛에게서 눈을 떼지 않던데, 그 여자 말이 얼마나 많은지는 스칼렛도 잘 알잖아요.」

「아, 그 남자 형편없고, 교양도 없는 무식한 사람이에요.」
스칼렛이 말했다. 「그리고 메리웨더 할머니는 떠들고 싶으면
제멋대로 떠들라고 내버려 둬요. 난 그 여자 눈치를 보느라
고 얼간이처럼 구는 데도 신물이 났으니까 말이에요.」
「그런 소리 말아요, 스칼렛!」 질겁을 하며 멜라니가 소리
쳤다.
「쉬, 조용히.」 스칼렛이 말했다. 「미드 박사님이 또 무슨 발
표를 하려고 그러네요.」
모인 사람들이 다시 잠잠해지자 의사가 목청을 돋우고는,
우선 그토록 아낌없이 보석을 내놓은 부인들에게 감사했다.
「그러면 이제, 신사 숙녀 여러분, 제가 깜짝 놀랄 제안을
할 생각인데, 여러분들 가운데 몇몇 사람은 이런 혁신적인 제
안에 충격을 받으실지도 모르겠지만, 다 병원과 그곳에 수용
된 우리 장병들을 위해 하는 일이라는 걸 잊지 마시기 바랍
니다.」
점잖은 의사가 도대체 충격을 줄 만한 무슨 발표를 하려고
그러는지 궁금해하며 기대를 품고 모두들 앞으로 다가섰다.
「곧 무도회가 시작될 텐데, 첫 번째 춤은 물론 릴이고, 다
음에는 왈츠입니다. 그리고는 뒤따라서 폴카와, 쇼티세[69]와,
마주르카가 이어지는데, 그때마다 앞에는 짤막한 릴 춤이 나
옵니다. 나는 릴 춤을 선두에서 이끌려는 고상한 경쟁이 어
느 정도로 치열한지를 잘 알고, 그렇기 때문에 ──」 의사는
이마의 땀을 닦고는 노부인들과 함께 구석 자리에 나란히 앉
은 그의 아내를 묘한 눈으로 힐끗 쳐다보았다. 「신사 여러분,
만일 여러분이 선택하는 여자와 함께 릴 춤을 이끌고 싶으시
다면, 여러분은 그 여자 분을 얻기 위해 흥정을 해야 합니다.

69 폴카 비슷한 두 박자의 춤.

경매는 내가 집행하겠고, 여기에서 생기는 수입은 병원에 기부할 것입니다.」

흔들던 부채들이 멈추었고, 흥분해서 웅성거리는 소음이 행사장 안에 물결처럼 퍼져 나갔다. 노부인들의 자리에서 소동이 벌어졌고, 자신도 진심으로 못마땅하게 생각하면서도 남편이 취하려는 행동을 지지하려고 조바심하던 미드 부인은 불리한 입장으로 몰렸다. 엘싱 부인과, 메리웨더 부인과, 화이팅 부인은 화가 나서 얼굴이 새빨개졌다. 하지만 갑자기 향토 경비대가 환호성을 올렸고, 군복 차림의 다른 손님들도 연달아 환호성을 올렸다. 젊은 처녀들은 손뼉을 치며 신이 나서 깡충거렸다.

「이건 — 이건, 마치 — 마치 노예 경매하고 비슷하다는 생각이 들지 않나요?」

그녀의 눈에는 지금까지 완벽한 사람으로 보였지만, 이제는 전투태세에 돌입한 의사를 의심스러운 눈으로 응시하며 멜라니가 속삭였다.

스칼렛은 아무 말도 하지 않았지만 눈은 반짝였고, 마음은 약간의 고통으로 위축되었다. 그녀가 미망인만 아니었더라면 얼마나 좋았을까. 만일 그녀가 다시 처녀 스칼렛 오하라가 되어, 암녹색 벨벳 장식 끈이 가슴에서 늘어지고 사과처럼 초록빛인 무도복을 입고, 검은 머리에는 월하향을 달고 저기 무도장으로 나간다면, 그녀는 틀림없이 릴 춤을 이끄는 여자로 뽑히리라. 그렇다, 정말 뽑히리라. 그녀를 놓고 싸움을 벌이며 의사에게 돈을 낼 남자들이 10여 명은 되리라. 아, 그럴 마음이 아닌데도 벽화가 되어 여기 앉아서 애틀랜타의 미녀로 뽑힌 패니나 메이벨이 첫 번째 릴 춤을 이끄는 꼴을 구경해야 하다니!

소음 속에서 키가 작은 주아브 장교가 아주 두드러진 크레올 억양이 섞인 목소리로 외쳤다. 「괜찮으시다면 — 제가 메이벨 메리웨더 양을 위해 20달러를 내겠습니다.」

메이벨은 새빨개진 얼굴을 패니의 어깨에 파묻으며 쓰러지다시피 했고, 두 처녀가 서로 목에다 대고 얼굴을 숨긴 사이에 다른 사람들의 목소리가 다른 이름과, 다른 액수의 돈을 불러 대기 시작했다. 구석에 자리 잡은 병원 부인회의 노부인들이 화가 나서 수군거리는 소리를 완전히 무시하고 닥터 미드는 다시 미소를 짓기 시작했다.

처음에 메리웨더 부인은 그녀의 딸 메이벨이 그런 경매에 절대로 끌려 들어가지 않으리라고 큰 소리로 냉정하게 말했었지만, 메이벨의 이름이 가장 자주 입에 오르고 액수가 75달러까지 올라가자, 그녀의 항의는 수그러들기 시작했다. 스칼렛은 판매대에 팔꿈치를 괴고 앉아, 남부 동맹의 지폐를 잔뜩 움켜쥔 채 연주대 주변에서 우르르 몰려다니며 웃어 대는 흥분한 사람들을 거의 눈을 부라리다시피 하면서 노려보았다.

이제는 그녀와 노부인들만 제외한 모든 사람이 춤을 추리라. 이제는 그녀를 제외한 모든 사람들이 즐기리라. 그녀는 의사의 바로 밑에 선 레트 버틀러를 보았고, 미처 스칼렛이 얼굴의 표정을 바꿀 틈도 주지 않고, 그녀를 본 그의 한쪽 입가가 밑으로 내려가고, 한쪽 눈썹이 위로 올라갔다. 그녀는 턱을 치켜들고 그에게서 시선을 돌렸는데, 다른 이름들을 웅얼거리는 소리보다 훨씬 크게 울리는 그녀의 이름을 — 두드러진 찰스턴 억양으로 그녀의 이름을 외치는 목소리가 얼핏 들려왔다.

「찰스 해밀턴 부인을 위해 — 150달러요. 금화로 내겠습니다.」

액수도 액수려니와, 여자의 이름을 듣고는 군중이 갑자기 숨을 죽였다. 스칼렛은 어찌나 놀랐는지 움직일 수조차 없었다. 그녀는 두 손으로 턱을 괴고 놀라서 눈이 휘둥그레진 채 그대로 앉아 있었다. 모두들 시선을 돌려 그녀를 쳐다보았다. 그녀는 의사가 연주대에서 몸을 수그리더니 뭐라고 레트 버틀러에게 귓속말을 하는 것을 보았다. 아마도 그녀는 상을 치르는 중이니까 무도장으로 나가면 안 된다는 설명을 하는 모양이었다. 그녀는 레트가 태연하게 어깨를 추스르는 것을 보았다.

「우리 미인들 가운데 다른 여자를 한 사람 고르시면 어떨까요?」 의사가 물었다.

「아닙니다.」 무관심하게 행사장을 둘러보며 레트가 단호하게 말했다. 「해밀턴 부인이에요.」

「그건 불가능하다니까요.」 의사가 떠보느라고 말했다. 「해밀턴 부인께서는 싫다고 ─.」

스칼렛은 목소리를 들었는데, 처음에는 그것이 자신의 목소리라고는 믿지 못했다.

「아니에요, 난 좋아요!」

그녀는 감당하지 못할까 봐 겁이 날 정도로 가슴이 두근거렸고, 다시금 자기가 관심의 초점이 되었다는 흥분감으로, 이곳에서 사람들이 가장 원하는 여자가 되었으며, 오, 무엇보다도 가장 좋은 일이지만, 다시 춤을 추게 되었다는 기대감으로 부풀어 가슴을 두근거리며, 벌떡 일어섰다.

「아, 내가 알 게 뭐야! 사람들이 뭐라고 떠들건 난 관심 없어!」 감미로운 광기에 사로잡혀 그녀가 나지막이 말했다. 그녀는 머리를 젖히고 검정 비단 부채를 탁 쳐서 활짝 펼치고는, 발뒤꿈치로 캐스터네츠처럼 또각거리며 매점에서 얼른 달려 나갔다. 짧막한 순간 그녀는 믿어지지 않는다는 듯한 멜라니의 얼굴과, 노부인들의 얼굴에 나타난 표정과, 토라진 처녀들과, 열광적인 병사들의 반응을 보았다.

그러더니 그녀는 무도장으로 나갔고, 레트 버틀러가 조롱하는 듯한 못된 미소를 띤 표정을 짓고, 사람들이 늘어선 사이로 그녀를 향해 다가왔다. 하지만 그녀는 개의치 않았으니, 상대가 에이브 링컨 자신이라고 하더라도 개의치 않았으리라! 그녀는 다시 춤을 추게 되었다. 그녀는 릴 춤을 이끌리라. 그녀는 레트에게 무릎을 굽혀 절했고, 환하게 미소를 지은 그는 가슴의 주름 장식에 한쪽 손을 대고 마주 절했다. 기겁을 한 리바이는 재빨리 어색한 분위기를 넘기려고 소리쳤다. 「페르기니 릴 춤을 위한 상대자를 고르세요.」

그러고는 릴 곡들 가운데 가장 좋은 「딕시Dixie」[70]를 악단이 요란하게 연주하기 시작했다.

「내가 그토록 남들의 이목을 끌게 만들어 놓으면 어떡하나요, 버틀러 선장님?」

「하지만 나의 친애하는 해밀턴 부인, 당신은 남들의 이목을 끌고 싶어 하는 기색이 너무나 역력했거든요.」

「수많은 사람들 앞에서 어떻게 내 이름을 감히 외쳐 대었죠?」

「당신이 거절했으면 그만이었잖아요.」

「하지만 난 ― 남부의 운명에 대한 의무를 생각했고 ― 난 ― 난 당신이 그토록 많은 액수를 금화로 제공한다고 했을 때 나 자신에 대해 생각조차 할 겨를이 없었어요. 사람들이 쳐다보니까, 이제는 그만 웃어요.」

「웃지 않아도 사람들은 어차피 우릴 쳐다볼 거예요. 내 앞에서는 남부의 대의명분에 관한 실없는 소리를 내세우며 속

70 남군의 군가.

이려 들지 말라니까요. 당신은 춤을 추고 싶었고, 난 당신에게 기회를 주었을 뿐이니까요. 이 행진곡은 릴 춤에서 마지막 한 차례의 선회로군요.」

「그래요 — 정말이지 난 이제 그만 추고 자리에 앉아야 되겠어요.」

「왜요? 내가 발이라도 밟았나요?」

「아니에요. 하지만 사람들이 우리 얘길 수군거리잖아요.」

「정말 그게 걱정이 됩니까? 진심으로요?」

「그건, 저 —」

「당신이 무슨 죄를 범하는 건 아니잖아요? 나하고 왈츠를 추는 건 어때요?」

「하지만 어머니가 혹시 —」

「아직도 엄마의 치맛자락에 매달려 사는군요.」

「아, 당신은 미덕이 너무나 어리석게 여겨지게끔 만드는 악랄한 말솜씨가 지극히 뛰어났다고요.」

「하지만 미덕이란 진짜로 어리석어요. 당신이 소문 따위에 신경을 쓰기나 하던가요?」

「아뇨 — 하지만 — 말이죠, 우리 이런 얘긴 하지 갈아요. 어머나, 왈츠가 시작하네요. 릴을 추고 나면 난 항상 숨이 가빠져요.」

「내 질문을 피하지 말아요. 다른 여자들이 하는 얘기에 한번이라도 당신이 신경을 써봤습니까?」

「아, 꼭 그렇게 물고 늘어지겠다면 얘기하겠는데, 그렇진 않아요! 하지만 여자라면 마땅히 신경을 써야 옳잖아요. 어쨌든 오늘 밤에는 신경을 쓰지 않겠어요.」

「좋습니다! 이제야 당신은 남들이 대신 생각해 주는 게 아니라 스스로 자신에 대한 생각을 하게 되었군요. 그것이 지혜의 시작이죠.」

「아, 하지만 —」

「나처럼 남의 입에 자주 오르내리다 보면, 그런 소문이 얼마나 하찮은 일인지 저절로 깨닫게 돼요. 나를 받아 주는 집이 찰스턴에는 한 군데도 없다는 걸 생각해 봐요. 의롭고 거룩한 우리 대의명분에 내가 아무리 기여를 해도 그런 배척은 없어질 줄 모르죠.」

「정말 무서운 일이로군요!」

「아, 전혀 그렇지 않습니다. 평판을 잃기 전까지는 그것이 얼마나 고된 짐이며, 자유란 진실로 무엇인지를 깨닫기가 정말로 쉽지 않아요.」

「기가 막힌 얘기만 하시는군요.」

「기가 막히기는 해도 진실이죠. 충분한 용기 — 아니면 돈이 넉넉하다면, 평판쯤은 없더라도 살아가는 데 아무 문제가 없어요.」

「돈으로 무엇이나 다 해결하진 못해요.」

「누구한테선가 들은 얘기겠군요. 당신 혼자서는 그런 진부한 말을 생각해 냈을 리가 없으니까요. 돈으로 해결 못 할 게 뭐죠?」

「아, 글쎄요, 모르겠어요. 어쨌든 행복이나 사랑은 돈으로 못 사요.」

「웬만하면 사죠. 그리고 비록 사지는 못하더라도, 아주 훌륭한 대용품은 구한다고요.」

「당신은 돈이 그렇게 많은가요, 버틀러 선장님!」

「그건 너무나 교양 없는 질문이군요, 해밀턴 부인. 놀랐습니다. 하지만, 그래요. 일찍이 젊은 나이에 돈 한 푼 없이 쫓겨난 젊은이치고는 난 꽤 잘 꾸려 왔어요. 그리고 난 틀림없이 봉쇄선 돌파를 통해 백만쯤은 깨끗하게 거둬들이겠죠.」
「아니, 그럴 리가!」
「아니, 그렇다니까요! 대부분의 사람들이 깨닫지 못한 모양이지만, 문명을 일으킬 때 못지않게 문명의 파괴에서도 큰 돈벌이가 가능해요.」
「그게 무슨 뜻이죠?」
「당신 집안과 우리 집안, 그리고 오늘 밤 이곳에 모인 사람들은 황야를 문명 세계로 바꿔 놓는 과정에서 돈을 벌었어요. 그건 제국의 건설이죠. 제국의 건설에서는 큰돈이 벌립니다. 하지만 제국을 무너뜨릴 때는 돈이 더 많이 나와요.」
「무슨 제국을 얘기하시는 거예요?」
「우리들이 살아가는 제국 ─ 남부 ─ 남부 동맹 ─ 목화 왕국 ─ 그것이 바로 우리 발밑에서 무너지는 중이에요. 다만, 대부분의 멍청이들은 붕괴에 의해서 야기되는 상황으로부터 득을 보는 기회를 포착하지 못하죠. 나는 파괴로부터 한밑천 잡겠지만요.」
「그렇다면 당신은 정말로 우리들이 패배하리라고 믿나요?」
「그래요. 왜 타조처럼 행동하나요?」
「아, 정말, 그런 얘기를 들으면 난 따분해져요. 즐거운 얘기는 통 안 하시나요, 버틀러 선장님?」
「당신의 눈이 지극히 푸른 물로 가득 찬 두 개의 금붕어 어항이고, 지금 그러듯이 물고기들이 꼭대기로 헤엄을 쳐 올라올 때면, 당신이 기막히게 매혹적으로 보인다는 얘기를 해주면 당신은 미친 듯 즐거워질까요?」
「아, 난 그런 얘기는 좋아하지 않아요……. 음악이 멋있잖아요? 아, 난 왈츠라면 한없이 추겠어요! 내가 왈츠를 이토록 좋아하는 줄은 몰랐어요!」

「당신은 대가 품에 안고 춤을 추어 본 여자들 가운데 가장 아름다워요.」

「버틀러 선장님, 날 그렇게 꽉 껴안으시면 안 돼요. 다들 쳐다보잖아요.」

「만일 아무도 보지 않는다면, 그럼 상관이 없을까요?」

「버틀러 선장님, 이성을 잃으신 모양이에요.」

「전혀 그렇지 않아요. 당신을 내 품에 안았는데, 어떻게 이성을 잃겠어요? ……저 곡은 뭔가요? 새로운 곡 아닌가요?」

「그래요. 멋있잖아요? 저건 우리들이 양키들로부터 빼앗은 거예요.」

「제목이 뭐죠?」

「〈이 잔인한 전쟁이 끝나면〉요.」

「가사가 어떻게 되나요? 어디 불러 봐요.」

사랑하는 그대여, 기억하시나요,
우리들이 마지막 만났을 때를?
얼마나 나를 사랑하는지
내 앞에서 무릎 꿇고 얘기했을 때를요?
나하고 이 나라를 저버리지 않겠다고
회색 군복을 입고
맹세했던 날, 오, 그대는
얼마나 자랑스럽게 내 앞에 섰던가요?
슬피 울고 외로워하며 한숨짓고 눈물 흘려도
그 모두 얼마나 헛된 일인가요!
이 잔인한 전쟁이 끝나면
우리 다시 만나기를 기도해요.

「물론 본디 가사는 〈푸른 군복〉[71]이었지만, 〈회색 군복〉으로 바꿔 놓았죠. ── 아, 당신은 왈츠를 정말로 잘 추세요, 버틀러 선장님. 아시겠지만, 몸집이 큰 대부분의 남자들은 춤을 못 추죠. 그리고 내가 다시 춤을 추려면 얼마나 오랜 세월을 기다려야 할지를 생각해 보세요.」

「몇 분만 기다리면 돼요. 난 다음 릴 춤, 그리고 그다음, 그리고 또 그다음 춤을 당신하고 추기 위해 경매에 나서겠어요.」

「아, 아니에요. 난 못 해요! 그러시면 안 돼요! 내 평판은 엉망이 될 테니까요.」

「이왕 벌써 다 너덜너덜해진 평판인데 춤 한 번 더 춘다고 해서 뭐가 문제인가요? 다섯 번이나 여섯 번은 나하고 취야 하고, 그다음에는 다른 총각들에게 기회를 주겠지만, 마지막 춤은 나하고 추어야 해요.」

「아, 좋아요. 내가 기쳤다는 건 알겠지만, 난 신경 안 써요. 난 누가 무슨 소리를 하건 신경 안 써요. 난 집에 앉아서 지내려면 너무나 진저리가 나요. 난 춤을 추고 또 출 거고 ──」

「그리고 상복도 안 입고요? 난 상복을 싫어해요.」

「아, 난 상복을 벗어 버릴 순 없어요 ── 버틀러 선장님, 날 그렇게 꽉 껴안으시면 안 돼요. 그러시면 나 화내겠어요.」

「그리고 당신은 화를 내면 멋있어 보여요. 난 그저 당신이 정말로 화를 내는지 보고 싶어서라도 다시 당신을 ── 이렇게 ── 꽉 껴안아 보겠어요. 열두 참나무 집에서 당신이 화를 내고 물건을 집어 던지던 날, 당신이 얼마나 매혹적이었는지 당신은 전혀 상상도 못 해요.」

「아, 제발 ── 그건 좀 잊어 주지 않으시겠어요?」

「아뇨, 그건 가장 소중한 내 추억들 가운데 하나여서 ──

71 북군의 제복.

섬세한 교양을 닦은 남부 미녀의 아일랜드 기질 ── 아시겠
지만, 당신은 정말로 아일랜드 사람다웠어요.」
　「아니, 이런, 음악이 끝났고, 뒷방에서 피티팻 고모님이 나
오시네요. 메리웨더 부인이 틀림없이 고자질을 했겠죠. 아,
우리 제발 저쪽으로 가서 창밖을 내다보기로 해요. 난 지금
고모님 눈에 띄고 싶지 않아요. 눈이 쟁반만큼이나 휘둥그레
지실 테니까요.」

제10장

　이튿날 아침 와플을 먹으며 피티팻은 눈물을 자꾸 흘렸고, 멜라니는 말이 없었그, 스칼렛은 반항적이었다.
　「사람들이 쑥덕거려도 난 신경 안 쓰겠어요. 난 그곳에 왔던 어떤 여자보다도, 그리고 우리들이 팔아 치운 온갖 잡동사니보다도 내가 병원을 위해 훨씬 더 많은 돈을 벌었다고 확신해요.」
　「아니, 저런, 돈이 뭐가 중요하다고 그래?」 두 손을 쥐어짜며 피티팻이 흐느꼈다. 「가엾은 찰리가 죽은 지 겨우 1년도 될까 말까 한데, 내 눈이 믿어지지 않더라고 ─. 그리고 너를 그토록 남의 눈에 나게 만든 한심한 사람 버틀러 선장은 무섭고도 무서운 사람이란다, 스칼렛. 화이팅 부인의 사촌이고, 남편이 찰스턴 출신인 콜먼 부인한테서 들은 얘기야. 그 사람은 훌륭한 가문에서 검은 양 같은 존재이고 ─ 오, 버틀러 집안에서 어쩌다가 그런 사람이 생겨났을까? 그 사람은 찰스턴에서 배척을 당하고, 평판도 지극히 천박하고, 또 무슨 여자 문제도 일으켰는데 ─ 어찌나 추잡한 얘기인지 콜먼 부인은 내용도 잘 도를 정도여서 ─」
　「아, 난 그 정도로까지 나쁜 남자라고는 믿지 않아요.」 멜리가 차분하게 말했다. 「내가 보기엔 흠잡을 데 없는 신사 같았고, 봉쇄선 돌파를 하느라고 얼마나 용감한 일을 했는지 생각하면 ─」

「그 사람은 용감한 게 아니에요.」 와플에다 시럽을 반 잔 부으며 스칼렛이 심술궂게 말했다. 「그냥 돈을 벌려고 하는 짓이니까요. 자기 입으로 나한테 그렇게 말했죠. 그는 남부 동맹에 관해서는 아무 관심도 없고, 우리들이 패배하리라는 소리를 했어요. 하지만 춤은 멋지게 추더군요.」

그녀의 얘기를 듣던 두 여자는 아연실색해서 말문이 막혀 버렸다.

「난 지겨워서 더 이상은 집에 틀어박혀 지내진 않겠어요. 사람들이 어젯밤 일을 놓고 모두들 쑥덕거렸다면 내 평판은 벌써 바닥에 떨어진 셈이고, 그러니 남들이 또 뭐라고 해도 문제가 안 돼요.」

이런 말이 레트 버틀러의 입에서 나왔다는 사실을 그녀는 의식하지 못했다. 그것은 그녀가 생각하던 바와 너무나 꼭 맞고 잘 어울리는 표현이었다.

「오! 스칼렛의 어머니가 이런 얘기를 들으시면 뭐라고 하실까? 나를 어떻게 생각하시려나?」

딸이 저지른 기막힌 처신을 혹시 어머니가 알게 되면 얼마나 속상해할까를 생각하니 스칼렛은 죄의식으로 싸늘한 양심의 가책을 느꼈다. 하지만 그녀는 애틀랜타와 타라 사이의 거리가 40킬로미터라는 생각을 하니 안심이 되었다. 미스 피티는 분명히 엘렌에게는 얘기하지 않으리라. 그랬다가는 보호자로서 그녀의 입장이 지극히 난처해질 터였다. 그리고 피티가 비밀을 누설하지만 않는다면 그녀는 안전했다.

「내 생각에는 말이야 ─」 피티가 말했다. 「그래, 난 그런 짓을 하기가 무척 싫기는 하지만 ── 우리 집안에서 남자라고는 헨리뿐이니까 ── 이번 사건을 편지로 알려서 버틀러 선장을 찾아가 야단을 치라고 해야 되겠는데 ──. 아, 세상에, 찰스가 살아 있다면 ──. 너 다시는, 다시는 그 남자하고 얘기를 해서는 안 된다, 스칼렛.」

접시의 와플은 식어 가는 채로, 두 손을 무르팍에 얹어 놓고, 멜라니는 조용히 앉아 있었다. 그녀는 몸을 일으키더니 스칼렛의 뒤로 가서 두 팔로 그녀의 목을 안았다.

「스칼렛.」그녀가 불렀다.「상심하지 말아요. 난 이해해요. 어젯밤에 스칼렛이 한 행동은 용감한 일이었고, 병원에 큰 도움이 될 거예요. 그리고 만일 누구라도 올케에 대해서 감히 한마디라도 입을 열면, 그들을 내가 혼내 주겠어요……. 피티 고모님, 울지 마세요. 외출도 못 하고, 스칼렛도 고통이 많았잖아요. 스칼렛든 어린 아기에 지나지 않아요.」그녀는 손가락으로 스칼렛의 검은 머리카락을 매만졌다.「그리고 가끔 모임에라도 나간다면 우리들은 모두 훨씬 더 잘 지내겠죠. 슬픔에 젖어 이곳에만 틀어박혀 지낸 건 우리들이 너무 이기적이지 않았나 모르겠군요. 전시는 다른 때하고는 다르니까요. 고향에서 멀리 떨어진 이곳 애틀랜타에서 밤이면 찾아갈 친구가 한 사람도 없는 수많은 병사들 ── 그리고 병원 침대에 누워 지내지 않아도 좋을 정도로 건강하지만 군대로 돌아갈 만큼은 회복되지 못한 병원의 병사들을 생각할 때면 나는 ── 그래요, 우린 이기적이었어요. 우린 다른 사람들이나 마찬가지로 지금 이 순간에도 회복기의 부상병 세 사람을 집에 불렀어야 하고, 일요일마다 몇 명씩 저녁 식사에 병사들을 초청해야 해요. 그러니까, 스칼렛, 조바심하지 말아요. 사람들도 이해를 하게 되면 이상한 소리는 하지 않을 테니까요. 스칼렛이 찰리를 사랑했다는 걸 우린 알아요.」

스칼렛은 전혀 조바심을 하지 않았고, 그녀의 머리카락을 매만지는 멜라니의 부드러운 두 손이 짜증스럽게 느껴졌다. 그녀는 어젯밤 자기하고 춤을 추기 위해 경쟁을 벌였던 병원의 병사들과 민병 대원들과 향토 경비 대원들에 관한 흐뭇한 기억이 아직도 머릿속에 생생했으므로, 머리를 돌리고는 〈아, 웃기네!〉라고 말하고 싶었다. 세상의 하고많은 사람들 가운데 하필이면 멜리가 자기를 변호한다는 입장을 그녀는 원하지 않았다. 고맙기는 하지만 그녀는 스스로 자신을 변호하고 싶었으며, 만일 늙은 고양이들이 떠들어 대고 싶다면 — 그렇다, 늙은 고양이들쯤은 없어도 그녀는 얼마든지 잘 지낼 자신이 있었다. 세상에는 멋진 장교들이 수없이 많았기 때문에 늙은 여자들이 하는 말쯤은 구태여 신경을 쓸 여지도 없었다.

멜라니가 위로하는 말을 듣고 피티팻이 눈 밑의 눈물을 찍어 내는 동안 프리시가 두툼한 편지를 가지고 들어왔다.

「편지 왔어요, 멜리 아씨. 꼬마 깜둥이 사내아이 가져온 편지예요.」

「나한테 온 거야?」 봉투를 찢어 열며 멜리가 말했다.

스칼렛은 열심히 와플을 먹느라고 아무 눈치도 못 챘지만, 멜리가 울음을 터뜨리는 소리를 듣고 머리를 들어 보니, 피티팻 고모의 손이 가슴으로 올라갔다.

「애슐리가 죽었구나!」 머리를 젖히고 두 팔을 늘어뜨리며 피티팻이 소리쳤다.

「오, 하느님 맙소사!」 피가 얼음물처럼 차가워지면서 스칼렛이 소리쳤다.

「아니에요! 아니조예요!」 멜라니가 외쳤다. 「얼른요! 냄새 약

갖다 드려요, 스칼렛! 자, 됐어요, 고모님, 기분이 좋아지셨나요? 심호흡을 하세요. 아니에요, 애슐리 소식이 아니라고요. 놀라게 해드려서 정말 미안해요. 내가 울음을 터뜨린 이유는 너무나 행복했기 때문이었어요.」 그러더니 갑자기 그녀는 손바닥을 펴더니 속에 움켜쥐었던 무슨 물건을 입술에 갖다 대고 꼭 눌렀다. 「난 정말로 행복해요.」 그러더니 그녀는 또다시 울음을 터뜨렸다.

스칼렛은 얼핏 반짝이는 물건을 보았는데, 그것은 커다란 금반지였다.

「읽어 봐요.」 마룻바닥에 떨어진 편지를 가리키며 멜리가 말했다. 「아, 얼마나 상냥하고, 얼마나 친절한 남자예요!」

어리벙벙해진 스칼렛은 종이 한 장을 집어 들고, 까만 잉크로 모가 난 필체로 쓴 편지를 보았다. 〈남부 동맹은 남자들로부터 생명의 피를 요구할지언정, 아직은 여인들로부터 마음의 피를 요구하지는 않습니다. 친애하는 부인, 당신의 용기에 대한 저의 존경심을 나타내는 이 징표를 받아 주시기 바라고, 반지 값의 열 배에 해당하는 대가를 치렀으니까, 당신의 희생이 헛되지 않았다는 점을 알아 두셨으면 합니다. 레트 버틀러 선장.〉

멜라니는 반지를 손가락에 끼고 사랑스러운 눈으로 그것을 쳐다보았다.

「그 사람 신사 분이라고 내가 그랬잖아요, 안 그래요?」 눈물이 글썽거리면서도 환하게 미소를 지은 얼굴을 피티팻에게 돌리며 그녀가 말했다. 「생각이 깊고 교양이 있는 신사가 아니었다면 반지 때문에 내가 얼마나 마음이 아팠는지 전혀 알지 못했을 테니까요 ─. 난 대신에 내 금 사슬을 보내겠어요. 피티팻 고모님, 고모님은 그분에게 편지를 내고, 내가 감사하다는 뜻을 전할 기회를 갖게끔 일요일 저녁 식사에 그분을 초청하셔야 해요.」

홍분한 나머지 다른 두 사람은 버틀러 선장이 스칼렛의 반지도 함께 반환하지를 않았다는 사실은 눈치채지 못한 듯싶었다. 하지만 스칼렛은 그 생각을 했고, 기분이 나빴다. 그리고 그런 기사도적인 행위를 자극한 동기가 버틀러 선장의 교양에서 우러나지는 않았음을 스칼렛은 알았다. 그는 피티팻의 집에 초청을 받으려고 궁리했었으며, 초청을 받아 낼 틀림없는 방법을 알아냈다.

〈네가 최근에 저지른 행동에 관한 얘기를 듣고 나는 무척 상심했단다.〉 식탁에 앉아 엘렌의 편지를 읽던 스칼렛이 얼굴을 찡그렸다. 나쁜 소식은 분명히 빨리 퍼졌다. 그녀는 찰스턴과 서배너에서 지낼 때 남부의 어느 다른 곳보다도 애틀랜타 사람들이 남의 일에 간섭하기를 훨씬 좋아하고 말도 많다는 얘기를 자주 들었지만, 이제는 그 말을 믿게 되었다. 자선 행사가 열린 때는 월요일 밤이었고, 오늘은 겨우 목요일밖에 안 되었다. 어떤 할망구가 그녀를 미워해서 엘렌에게 편지를 썼을까? 얼핏 그녀는 피티팻을 의심했지만, 그럴 가능성을 당장 머리에서 몰아냈다. 가엾은 피티팻은 스칼렛의 염치없는 행동에 대한 비난을 자신이 받을까 봐 걱정이 되어어쩔 줄 모르고 전전긍긍했으므로, 자신의 부족한 보호자 노릇을 엘렌에게 일러바쳤을 리가 전혀 없었다. 어쩌면 메리웨더 부인의 짓일지도 모를 노릇이었다.

〈네가 그토록 체통과 교양을 잊었다니 나로서는 믿기가힘들구나. 나는 네가 상을 치르는 중이면서도 사람들이 모이는 자리에 나타났다는 옳지 못한 행동만큼은 병원에 도움이 되겠다는 네 따스한 마음을 고려해서 그냥 넘기기로 하겠다. 하지만 춤을, 그것도 버틀러 선장 같은 남자하고 춤을 추다니! (그런 얘기를 못 들은 사람이야 없겠지만) 나는 그 사람 소문을 많이 들었고, 지난 주일에 폴린이 나한테 보낸 편지에서도 그는 평판이 나쁜 남자이고, 물론 상심한 어머니야 예외이겠지만, 찰스턴에 사는 자기 가족에게서도 배척을 받는다고 했더구나. 그는 철저하게 나쁜 사람이어서, 네가 젊고 순진하다는 걸 알고는 너를 사람들 앞에 내세워 공공연히 너하고 네 집안의 명예를 떨어뜨린 거란다. 어떻게 미스 피티 팻이 너에 대한 의무를 그토록 게을리 했는지 모르겠다.〉

스칼렛은 식탁의 맞은편에 앉은 고모를 넘겨다보았다. 노부인은 엘렌의 필체를 알아보았고, 야단을 맞을까 봐 겁이 나서, 혹시 울면 괜찮을까 하고 생각하는 어린아이처럼 두려운 표정으로 통통하고 작은 입을 빼물었다.

〈네가 받은 가정 교육을 그토록 빨리 잊어버렸다는 생각을 하면 난 마음이 아프다. 나는 당장 너를 집으로 불러올까 생각했지만, 그건 아버지가 알아서 판단하도록 맡기기로 했단다. 버틀러 선장에게 따지고, 너를 집으로 데려오기 위해 아버지가 금요일에 애틀랜타로 가시기로 했다. 내가 말리려고는 했다만, 아버지가 너를 엄하게 대할까 봐 걱정이로구나. 난 그런 몰상식한 행동을 자극한 원인이 네 젊은 나이와 무분별 때문이었기만 바라고 기도한다. 우리들의 대의명분에 모두가 봉사하기를 나는 누구보다도 원하고, 내 딸들도 같은 기분을 느끼기를 바라지만, 망신을 당한다는 건 ─.〉

비슷한 얘기가 더 계속되었지만, 스칼렛은 편지를 끝까지 읽지 않았다. 처음으로 그녀는 완전히 겁에 질렸다. 그녀는 이제 무모하거나 도전적인 기분을 전혀 느끼지 않았다. 그녀는 열 살 때, 버터를 바른 비스킷을 식탁에서 수엘렌에게 던졌을 때처럼, 나이가 어리고 죄의식에 젖은 기분이었다. 상냥한 어머니가 그녀를 이토록 준엄하게 꾸짖고, 아버지가 버틀러 선장과 애기를 해보겠다고 애틀랜타로 찾아오리라는 생각을 하면, 심각한 사태를 앞둔 심각한 부담감이 그녀를 짓눌렀다. 아버지는 엄할 터였다. 이번만큼은 그의 무릎에 올라앉아 아양을 떨며 심통을 부려도 벌을 안 받고 빠져나갈 길이 없음을 그녀는 알았다.

「나쁜 — 나쁜 소식은 아니지?」 피티팻이 벌벌 떨었다.

「아버지가 내일 오신다는데, 투구풍뎅이를 본 오리처럼 아버지가 저한테 덤벼드실 모양이에요.」 스칼렛이 처량하게 대답했다.

「프리시, 내 냄새 약 가져와.」 반쯤 먹다 만 음식을 그냥 내버려 두고 의자를 뒤로 밀치며 피티팻이 안절부절못했다. 「나 — 나 기절하겠어.」

「그거 마님 호주머니 속 냄새 약 있어요.」 흥미진진한 사태를 구경하며 즐기느라고 스칼렛의 뒤에서 어물쩡거리던 프리시가 말했다. 제럴드 주인님이 성미를 한번 부렸다 하면, 분노의 대상이 자신의 곱슬머리가 아닐 경우에는, 항상 볼 만했다. 피티는 치마를 더듬거리더니 병을 꺼내자마자 코에다 갖다 댔다.

「모두들 꼭 내 편을 들어 줘야 하고, 단 1분 동안이라도 내가 아버지하고 단둘이 남게 내버려 둬서는 안 돼요.」 스칼렛이 소리쳤다. 「아버지는 두 사람 다 너무 좋아하니까, 나하고 같이 계셔 주시면 나를 야단치지 못하시겠죠.」

「난 그렇게 못 해.」 몸을 일으키며 피티팻이 힘없이 말했다. 「나는 — 난 병이 나려고 해. 난 가서 누워야 되겠어. 난 내일 하루 종일 누워서 지내야 한다고. 아버지한테 나 대신 미 안하다고 그래 줘.」

〈겁쟁이!〉 그녀를 노려보며 스칼렛은 생각했다.

성미가 불같은 오하라 씨를 대면할 생각을 하니 겁이 나서 새파랗게 질리기는 했지만, 멜리는 변호를 하겠다고 나섰다. 「병원을 위해 스칼렛이 어떤 일을 했는지 설명할 때, 내가 ─ 내가 도와주겠어요. 틀림없이 아버지는 이해를 하시겠죠.」

「아니에요, 그렇지 않아요.」 스칼렛이 말했다. 「그리고, 아, 어머니가 위협한 대로 내가 창피한 꼴을 당하고 타라로 끌려 간다면 난 죽어 버리고 말겠어요!」

「아, 스칼렛은 집에 가면 안 돼.」 울음을 터뜨리며 피티팻 이 소리쳤다. 「만일 집으로 돌아간다면 꼼짝없이 난 ─ 그 래, 꼼짝없이 난 헨리더러 와서 같이 살자고 부탁해야 하는 데, 내가 헨리하고는 절대로 같이 살 수가 없다는 걸 스칼렛 도 알잖아. 낯선 사람이 시내에 그토록 많은데 밤에 멜리하 고만 집에서 지내려면 난 너무 불안해. 스칼렛은 어찌나 용 감한지, 남자가 없더라도 난 아무렇지도 않아!」

「아, 스칼렛을 타라로 데리고 가게 해서는 안 돼요!」 멜리 도 역시 당장 울음을 터뜨릴 듯한 표정으로 말했다. 「여기가 이제는 스칼렛의 집이죠. 스칼렛이 없다면 우리들은 도대체 어떻게 하나요?」

〈내가 정말로 자기를 어떻게 생각하는지를 안다면 내가 없어져야 오히려 기뻐하겠지.〉 제럴드의 분노를 무마시켜 줄 사람이 멜라니가 아니라 아무라도 괜찮으니 다른 누구였다 면 좋겠다고 느끼며 스칼렛은 못마땅하게 생각했다. 그토록 싫어하는 사람의 변호를 받아야 한다니 참으로 속이 뒤집힐 노릇이었다.

「보아하니 버틀러 선장에 대한 초청을 취소해야 할지도 모르겠구나.」 피티팻이 말문을 열었다.

「아니, 그럴 수는 없어요! 그건 지극히 무례한 짓이죠!」 맥이 풀린 멜리가 소리쳤다.

「침대로 가게 날 부축해 줘. 나 병이 나려고 그래.」 피티팻이 신음했다. 「아, 스칼렛, 넌 어쩌다 나를 이런 궁지로 몰아넣었니?」

이튿날 오후 제럴드가 도착했을 때 피티팻은 병이 나서 자리에 누웠다. 그녀는 문을 닫은 방에서 그에게 미안하다는 전갈을 자꾸만 보냈고, 겁에 질린 두 젊은 여자로 하여금 저녁 식탁을 돌보도록 떠맡겼다. 제럴드는 스칼렛에게 키스를 하고, 흐뭇해하며 멜라니의 빰을 꼬집어 주고는 〈우리 사돈 아가씨 멜리〉라고 불렀지만, 불길하게 침묵을 지켰다. 시끄럽게 욕설을 퍼붓고 야단을 쳤더라면 스칼렛은 오히려 마음이 놓였으리라. 멜라니는 약속을 그대로 지켜서, 옷자락을 바스락거리는 작은 그림자처럼 스칼렛의 치마폭에서 떨어질 줄 몰랐고, 제럴드는 그녀의 앞에서 딸을 힐책하기에는 지나치게 신사였다. 멜라니가 마치 아무 문제도 없다는 듯 모르는 체하며 일을 아주 잘 처리해 나갔음을 스칼렛은 인정해야만 했고, 일단 저녁 식사가 시작되자 멜리는 제럴드를 대화에 끌어넣는 데도 사실상 성공했다.

「전 카운티 소식을 자세히 듣고 싶어요.」 그를 올려다보고 미소를 지으며 그녀가 말했다. 「인디아하고 허니는 정말 편지를 할 줄 모르니까, 그곳 소식은 아시는 대로 다 얘기해 주세요. 존 폰테인의 결혼식은 어떻게 됐나요?」

칭찬을 듣고 기분이 흐뭇해진 제럴드는 결혼식이 대단한 행사이기는 했지만, 조가 휴가를 며칠밖에 못 받았기 때문에

〈여기 우리 두 아가씨처럼 화려한 결혼식은 아니었다〉고 말했다. 먼로 댁 어린 딸년 샐리는 아주 예뻤다. 아니, 개가 무슨 옷을 입었는지는 기억이 나지 않지만, 〈둘째 날〉 드레스는 입지 않았다는 얘기만큼은 분명히 들었다.

「입지 않았다고요!」 깜짝 놀란 두 여자가 소리쳤다.

「그럼, 둘째 날이 없었기 때문이죠.」 제럴드가 설명을 하고는, 어쩌면 그런 말은 여자들이 듣기에 적당하지 못한지도 모른다고 미처 깨닫기도 전에, 요란하게 웃음부터 터뜨렸다. 그의 웃음에 스칼렛은 별안간 기분이 좋아졌고, 멜라니의 수완에 감탄했다.

「이튿날 조는 버지니아로 돌아갔으니까요.」 제럴드가 서둘러 말을 덧붙였다. 「나중에 친지들을 찾아보지도 못했고, 무도회도 없었어요. 탈턴 댁 쌍둥이는 집에 왔고요.」

「우리도 얘기 들었어요. 회복은 되었나요?」

「심한 부상은 아니었어요. 스튜어트는 무릎을 맞았고, 브렌트의 어깨에는 장총 탄알이 박혔어요. 쌍둥이의 용기를 칭찬한 글이 실린 통신문은 보았나요?」

「아뇨! 얘기해 주세요!」

「엉뚱한 놈들이었죠. 두 녀석 다요.」 제럴드가 흐뭇해서 말했다. 「그들이 무엇을 했는지는 잊었지만, 브렌트는 이제 중위가 되었어요.」

스칼렛은 그들의 공훈에 관한 얘기를 듣자 자기가 공을 세우기라도 한 듯 기분이 좋았다. 한때 그녀의 애인이었던 남자라면 그는 그녀의 소유였고, 그가 이룩한 훌륭한 업적이라면 모두 그녀의 명예로 돌아간다는 믿음을 스칼렛은 한 번도 버린 적이 없었다.

「그리고 두 사람 다 귀가 솔깃해질 만한 소식도 가져왔어요.」 제럴드가 말했다. 「사람들 얘기를 들으니까 스튜가 또다시 열두 참나무 집에 구애를 한다는구먼요.」

「허니예요, 인디아예요?」 멜리가 신이 나서 물었지만, 스칼렛은 성이 나서 노려보았다.

「아, 그야 두말할 필요도 없이 미스 인디아죠. 말괄량이 내 딸이 추파를 던지기 전까지는 인디아가 그를 꼼짝도 못하게 잡아 두지 않았던가요?」

「아.」 제럴드의 솔직한 얘기에 약간 당황한 멜리가 말했다.

「그리고 그것보다도 더 중요한 얘기지만, 브렌트 총각이 타라를 기웃거리는 버릇이 생겼어요. 놀랐죠!」

스칼렛은 말이 나오지 않았다. 애인이 그녀를 버렸다면 그것은 굴욕적인 일이었다. 그녀가 찰스와 결혼한다는 얘기를 듣고 쌍둥이 두 사람 다 얼마나 미친 듯 야단법석이었는지를 생각하면 특히 더 그랬다. 스튜어트는 심지어 찰스나 스칼렛이나 자기 자신, 아니면 세 사람 다 총으로 쏘겠다고 위협까지 했었다. 정말로 흥미진진한 사건이었다.

「수엘렌인가요?」 즐거워서 미소를 지으며 멜리가 물었다. 「하지만 내 생각에는 케네디 씨가 —」

「아, 그 친구요?」 제럴드가 말했다. 「프랭크 케네디는 자기 그림자도 무서워하는 위인이어서 아직도 눈치만 살피고 돌아다니는 판이니까, 제 입으로 얘기하지 않겠다면 머지않아 어떻게 할 생각인지를 내가 물어봐야 될 판이에요. 그래요, 우리 어린 딸년 얘기죠.」

「캐린요?」

「캐린은 아직 어려요!」 겨우 말문을 열어 스칼렛이 날카롭게 말했다.

「갠 네가 결혼했던 나이보다 겨우 한 살 정도밖에 어리지 않아, 우리 아가씨야.」제럴드가 반박했다. 「옛날 애인을 여동생한테 빼앗기는 게 못마땅해서 그러냐?」

그런 노골적인 애기에는 익숙하지 않았던 터라 낯을 붉히며 멜리는 피터에게 고구마 파이를 들여오라고 손짓으로 신호했다. 그녀는 그토록 개인적인 애기는 아니면서도 오하라 씨가 찾아온 목적을 잊게 하고 관심을 돌릴 만한 어떤 다른 화제의 대화를 찾으려고 부지런히 머리를 썼다. 그녀는 별다른 묘안이 하나도 생각나지 않았지만, 일단 말문이 열리면 제럴드는 별다른 자극제가 필요 없었다. 그는 매달 요구가 많아지는 병참부의 도둑놈 같은 심보와, 데이비스의 한심한 우둔함과, 보상금의 유혹에 이끌려 양키 군대로 입대하는 불한당 같은 아일랜드 용병들의 애기를 한없이 늘어놓았다.

포도주가 식탁에 나오고 두 여자가 그를 혼자 남겨 두고 자리를 뜨려 하니까, 제럴드는 이맛살을 찌푸린 표정으로 딸을 준엄한 눈으로 쳐다보며, 잠깐 단둘이 애기를 나누자고 그녀에게 명령했다. 어쩔 도리가 없어 손수건만 비틀며 밖으로 나가 미닫이문을 조심스럽게 닫는 멜라니에게 스칼렛은 절망적인 눈길을 보냈다.

「그래, 그게 무슨 짓이냐, 우리 아가씨!」포도주를 한 잔 따르며 제럴드가 버럭 소리를 질렀다. 「정말 잘한 짓이더구나! 너 과부가 된 지 얼마 되지도 않았는데, 벌써부터 또 남편감을 잡으려고 그렇게 야단이냐?」

「그렇게 큰 소리로 떠들지 마세요, 아빠. 하인들이 ──」

「하인들도 틀림없이 벌써 무슨 사정인지 잘 알 테고, 우리들이 당한 망신도 훤히 알겠지. 그래서 불쌍한 네 엄마는 속이 상해 자리에 누웠고, 난 머리를 들고 다니지도 못해. 부끄러운 일이야. 안 된다, 우리 아가씨, 너 이번에는 눈물로 어물

쩍 넘어갈 생각은 하지 마.」스칼렛의 눈꺼풀이 파르르 떨리고 입이 뒤틀리려고 하자 약간 겁을 먹은 목소리로 서둘러 그가 말했다. 「난 너를 잘 알아. 넌 남편의 상을 치르는 중이라도 남자들한테 꼬리를 치고 돌아다닐 그런 아이야. 울지 마라, 그래, 난 내 딸의 명예를 그토록 우습게 생각하는 버틀러 선장인가 뭔가 하는 그 친구를 직접 만날 생각이니까, 오늘 밤에는 너한테 더 이상 아무런 얘기도 하지 않겠다. 하지만 아침에는 ─. 자, 울지 마라. 그래 봤자 너한테 좋을 일은 하나도, 하나도 없을 테니까 말이야. 나는 결심이 섰고, 넌 우리들을 또다시 망신을 시키지 않게끔 내일 타라로 돌아가야 해. 울지 말라니까, 애야. 내가 너를 위해 무얼 가지고 왔는지 봐! 이거 예쁜 선물 아니냐? 봐라, 보라고! 한창 바쁜 이런 때 날 여기까지 쫓아오게 만들다니, 넌 어쩌면 내 속을 그토록 썩이냐? 울지 말라니까!」

멜라니와 피티팻은 몇 시간 전에 잠이 들었지만, 마음이 무겁고 두려움에 사로잡힌 스칼렛은 무더운 어둠 속에서 뜬 눈으로 누워 있었다. 다시금 인생이 시작되려는 참에 애틀랜타에서 돌아가 어머니를 대면해야 하다니! 스칼렛은 어머니를 만나기보다는 차라리 죽고 싶었다. 지금 순간에 그녀는 죽기를 바랐고, 그렇다면 이렇게까지 미워했던 일을 다들 미안하게 생각하리라. 그녀가 후끈거리는 베개를 베고 몸을 뒤척이며 잠을 못 이루는데, 조용한 길거리 위쪽 먼 곳에서 나는 소음이 그녀의 귀에까지 들렸다. 어렴풋하고 희미하기는 했지만, 소음은 묘하게도 귀에 익은 소리였다. 그녀는 침대에서 빠져나와 창가로 갔다. 희미한 별들이 총총히 박힌 그늘 아래서 나무들이 지붕을 이루는 길거리는 포근하고 깊은 어둠 속에 잠겼다. 소음이, 바퀴 소리와 말발굽이 울리는 소리와 목소리들이 가까워졌다. 그리고 아일랜드 사투리와 술기운이 심한 볼멘소리로 목청을 돋우어, 그녀도 잘 아는 노래 「낮은 마차를 타고 가는 페그」를 부르자, 그녀는 갑자기 환한 미소를 지었다. 이곳은 재판이 열리는 날의 존즈버러가 아니었지만, 제럴드는 똑같은 상태가 되어 집으로 돌아오는 길이었다.

그녀는 시커먼 마차가 집 앞에 멈추고, 모습을 알아보기 힘든 사람들이 마차에서 내리는 것을 보았다. 누군가 아버지하고 함께 왔다. 두 사람이 문간에서 잠깐 걸음을 멈추었고, 그녀는 문의 빗장이 딸그락거리는 소리를 들었고, 제럴드의 목소리가 똑똑히 들려왔다.

「그럼 이제 내가 〈로버트 에밋을 위한 추도곡〉을 불러 주겠어요. 당신도 이런 노래는 알아야 해요, 이 친구야. 내가 가르쳐 줄 테니까요.」

「나도 배우고 싶어요.」 같이 온 사람은 굴곡이 없고 말끝을 길게 뽑는 목소리 속에 웃음을 숨긴 채 대답했다. 「하지만 지금은 안 되겠어요, 오하라 씨.」

〈아, 하느님 맙소사, 밉살스러운 버틀러로구나!〉 처음에는 반발을 느끼며 스칼렛은 생각했다. 그러더니 그녀는 용기가 났다. 적어도 그들은 서로 총질을 하지는 않았다. 그리고 이런 상태로, 이런 시간에 같이 집으로 돌아올 정도라면 틀림없이 그들은 다정한 사이가 되었으리라.

「내가 노래를 할 테니까, 당신은 노래를 잘 들어야 하고, 그러지 않으면 오렌지 당원이라는 명목으로 당신을 내가 쏴 죽여 버리겠소.」

「오렌지 당원이 아니고, 찰스턴 사람이올시다.」

「그렇다고 나을 건 없어요. 더 나쁘죠. 난 찰스턴에 형수가 두 분 계시기 때문에 그곳 사람들이 어떤지 잘 안다고요.」

〈온 동네 사람들에게 다 소문을 퍼뜨릴 셈인가?〉 다급해진 스칼렛이 실내복을 집으려고 손을 뻗으며 생각했다. 하지만 그녀가 어떻게 하겠는가? 그녀는 한밤중 이런 시간에 아래층으로 내려가 길거리에서 아버지를 끌고 들어올 처지도 아니었다.

더 이상 아무런 예고도 없이, 대문을 붙잡고 매달렸던 제럴드가 머리를 젖히고, 우렁찬 저음의 목소리로 〈추도곡〉을 부르기 시작했다. 스칼렛은 창턱에다 팔꿈치를 괴고는 자기도 모르게 빙그레 웃으며 귀를 기울였다. 아버지가 음치여서 그렇지, 노래는 아름다웠다. 그것은 아버지의 애창곡 가운데 하나였고, 얼마 동안 그녀는 다음과 같이 시작되는 아름답고 구슬픈 분위기의 노래를 따라 불렀다.

그녀는 젊은 영웅이 잠든 땅에서 머나먼 곳에 있으니
사랑하는 이들이 그녀 주위에 모여 한숨을 짓는구나.

노래가 계속되었고, 그녀는 피티팻과 멜리의 방에서 들려오는 인기척을 들었다. 가엾게들, 틀림없이 속이 상하겠구나. 그들은 제럴드처럼 혈기 왕성한 남자에게는 익숙하지 못하니까. 노래가 끝나자 두 사람의 모습이 하나로 뭉치더니 인도를 걸어 올라와서 층계를 올라왔다. 조심스럽게 문을 두드리는 소리가 났다.

〈보아하니 내가 내려가야 되겠구나.〉 스칼렛은 생각했다. 〈뭐니 뭐니 해도 제럴드는 우리 아버지고, 가엾은 피티는 차라리 죽으면 죽었지 문을 열어 주러 내려가지는 않을 테니까.〉 더구나 그녀는 지금 같은 상태의 제럴드를 하인들이 보기를 원하지 않았다. 그리고 만일 피터가 그를 잠자리에 눕히려고 했다가는 아버지가 마구 날뛸 눈치였다. 제럴드를 어떻게 다뤄야 하는지를 아는 사람이라고는 돼지 이외에 아무도 없었다.

스칼렛은 실내복을 목까지 바싹 여미어 핀을 꽂고는 침대 곁에 놓아둔 양초에 불을 붙여 들고 컴컴한 층계를 서둘러 내려가 앞쪽 현관으로 나갔다. 촛불을 촛대에 올려놓고 그녀는 문의 자물쇠를 풀었으며, 펄럭거리는 불빛 속에서 자그마하고 몸집이 단단한 그녀의 아버지를 부축하면서도 양복의 주름 장식이 하나도 흐트러지지 않은 레트 버틀러를 보았다. 〈추도곡〉은 제럴드의 마지막 노래가 되었고, 그는 친구의 팔에 염치없이 매달렸다. 어디선가 모자를 잃어버렸는지 아버지의 산뜻하고 긴 머리카락이 하얀 갈기처럼 마구 쏟아졌고, 넥타이는 한쪽 귀 밑으로 돌아갔고, 셔츠의 가슴팍은 술로 얼룩졌다.

「당신 아버님 아니신지요?」 거무튀튀한 얼굴에 재미있어 하는 표정을 눈에 담고 버틀러 선장이 말했다. 그는 실내복을 꿰뚫고 들여다보는 듯한 눈초리로 스칼렛의 옷차림을 단숨에 훑었다.

「안으로 데리고 들어오세요.」 자신의 옷차림에 당황하고, 그녀를 비웃을 빌미를 버틀러에게 제공한 제럴드 때문에 화가 난 그녀는 무뚝뚝하게 말했다.

레트는 제럴드를 앞으로 밀었다. 「아버지를 위층으로 모시고 올라가도록 내가 도와 드릴까요? 당신 혼자 힘으로는 안 될 테니까요. 꽤 묵직하시거든요.」

그의 방자한 제안에 놀라 그녀는 입이 딱 벌어졌다. 버틀러 선장이 만일 위층으로 올라간다면 침대에서 몸을 도사린 피티팻과 멜리가 뭐라고 생각할지 상상해 보라!

「세상에, 안 돼요! 여기에다, 저 응접실 세티[72]에 눕혀요.」

「서티[73]시키라고 하셨나요?」

「말씀 좀 조심해 주셨으면 고맙겠군요. 여기요. 자, 여기다 아버지를 눕히세요.」

「내가 장화를 벗길까요?」

「아뇨. 전에도 신고 주무셨어요.」

제럴드의 두 다리를 포개 놓으며 그가 나지막이 웃자, 스칼렛은 말실수를 한 혀를 물어서 잘라 버리고 싶은 심정이었다.

「이제는 가주세요.」

그는 침침한 현관으로 걸어 나가 문지방에 떨어뜨렸던 모자를 집어 들었다.

「일요일 저녁 식사 때 만나 뵙겠습니다.」 그가 말하고 밖으로 나가더니 소리 없이 문을 닫았다.

스칼렛은 5시 반에, 아침 식사를 지으려고 뒷마당에서 하인들이 들어오기 전에 일어나 조용한 아래층으로 몰래 층계를 내려갔다. 제럴드는 잠이 깨어, 손바닥으로 으스러뜨리고 싶은 듯 두 손으로 둥그런 머리를 꽉 움켜잡고, 소파에 앉아 있었다. 그는 스칼렛이 들어서자 슬그머니 머리를 들고 올려다보았다. 눈알을 움직이면 참기 어려울 정도로 고통이 심해서 그는 신음을 했다.

「환장하겠구나.」

「정말 잘하셨군요, 아빠.」 그녀는 화가 나서 나지막이 속삭였다. 「그런 시간에 집으로 돌아와 노래를 불러 이웃 사람들을 다 깨워 놓다니 말이에요.」

72 *settee*. 등받이가 달린 긴 의자.
73 *suttee*. 순사(殉死).

「내가 노래를 불렀어?」

「노래를 한 정도인가요! 〈추도곡〉을 부른다고 쩌렁쩌렁 울리도록 소리를 질러 놓고서요.」

「난 그런 기억 하나도 없는데.」

「이웃 사람들은 죽을 때까지 그걸 기억하겠고, 미스 피티팻과 멜라니도 마찬가지예요.」

「자비로운 성모님이시여, 굽어살피소서.」 설태(舌苔)가 두툼하게 앉은 혀로 말라붙은 입술을 핥으며 제럴드가 끙끙거렸다. 「판이 시작된 다음엔 어떻게 되었는지 난 별로 생각나는 게 없어.」

「판요?」

「그 못된 녀석 버틀러가 포커라면 당할 자가 없다고 자랑을 늘어놓는 바람에 ―.」

「얼마나 잃으셨어요?」

「무슨 소리야, 당연히 내가 땄지. 술이 한두 잔 들어가면 난 카드가 더 잘된단 말이야.」

「아버지 지갑을 보세요.」

마치 하나하나의 순간이 고뇌의 연속인 듯, 제럴드는 괴로워하며 저고리에서 지갑을 꺼내 열었다. 그는 속이 텅 빈 지갑을 어리벙벙해서 멍하니 쳐다보았다.

「5백 달러였는데.」 그가 말했다. 「봉쇄선을 뚫고 들어온 물건들을 오하라 부인에게 사주려던 돈이었는데, 이제는 타라로 돌아갈 차비도 안 남았어.」

텅 빈 지갑을 화가 나서 쳐다보던 스칼렛의 머리에 묘안이 하나 떠올라 재빨리 전개되었다.

「난 이곳에서 머리를 들고 돌아다니지도 못하게 되었어요.」 그녀가 얘기를 시작했다. 「아버지가 우리 모두를 수치스럽게 하셨으니까요.」

「그만해 둬, 우리 아가씨. 넌 내 머리가 터질 지경이라는 걸 모르겠니?」

「버틀러 선장 같은 남자하고 술에 취해 집으로 와서 온 동네가 다 들을 정도로 한껏 목청을 올려 노래를 부르지 않나, 돈을 몽땅 잃지를 않으시나.」

「그 친구 신사치고는 카드 솜씨가 지나치게 훌륭해. 그는 ──」

「이런 얘기를 들으시면 어머니가 뭐라고 하실까요?」

그는 갑자기 고뇌에 찬 걱정스러운 얼굴을 들었다.

「너 어머니한테 걱정을 끼칠 얘기는 한마디도 안 하겠지, 안 그러냐?」

스칼렛은 아무 대답도 하지 않고 입술을 빼물었다.

「엄마가, 그토록 마음이 착한 엄마가 얼마나 마음이 아플지 어디 생각해 보너라.」

「그런데 어젯밤에만 해도, 아빠, 집안 망신을 시킨 사람은 나라고 아버지가 그러시지 않았던가요! 병사들을 위해 돈을 모으려고 춤을 좀 추었다고 해서 말이에요. 아, 난 울고 싶어요.」

「자, 그러지 마라.」 제럴드가 애원했다. 「내 하찮은 머리로써는 감당하기에 벅찰 지경이고, 분명히 이제는 머리가 터져 나가고 말겠지.」

「그런데 아버지가 나를 보고 하신 얘기는 ──」

「자, 우리 아가씨, 애야, 우리 아가씨, 한심하고 늙은 네 아버지가 한 말은 조금도 진담이 아니었고, 영문을 하나도 모르고 한 소리니까 너 그런 얘기 가지고 상심하지 마라! 확실히 너는 마음이 착한 훌륭한 딸이라고 난 믿어.」

「그러고는 창피하게 날 집으로 끌고 가시려고 그러셨죠.」

「아, 애야, 내가 그럴 리가 있겠니. 다 너를 놀리려고 장난으로 한 소리란다. 그러지 않아도 나가는 돈에 신경을 잔뜩 곤두세우는 엄마한테 너 돈 얘기는 하지 않겠지?」

「그래요.」스칼렛이 솔직하게 말했다. 「만일 내가 이곳에서 지내게 그냥 내버려 두고, 알고 보니 다 늙은 여자들이 퍼뜨린 헛소문에 지나지 않더라고 어머니한테 얘기를 해주신다면, 나도 입을 다물겠어요.」

제럴드는 처량한 눈으로 딸을 쳐다보았다.

「그건 협박이라고밖에는 할 수 없어.」

「그리고 어젯밤 사건은 창피한 추문이라고밖에는 할 수 없죠.」

「좋아.」그는 감언이설로 꾀는 듯한 말투로 얘기했다. 「우리 그런 거 다 잊어버리기로 하자. 그리고 미스 피티팻처럼 착하고 아름다운 숙녀가 집에 혹시 브랜디를 어딘가 감춰 두었으리라고 생각하니? 이거 어디 속이 컬컬해서 해장술이라도 ─.」

스칼렛은 몸을 일으키더니, 피티팻이 가슴이 두근거려 기절한 다음이나 ─ 기절하리라는 예감을 느낄 때면 항상 한 모금씩 빨아 마셨기 때문에 그녀와 멜리가 그들끼리만 통하는 말로 〈기절약 술병〉이라고 부르던 브랜디 병을 가지러 식당으로 가려고 발돋움을 한 채 조용한 복도로 나갔다. 그녀의 얼굴은 승리감으로 의기양양했고, 제럴드에 대해서 불효자처럼 행동했어도 수치심의 흔적은 전혀 나타나지 않았다. 만일 참견을 심하게 하는 어떤 다른 사람이 또 그녀에게 편지를 쓰더라도 이제 엘렌은 거짓말에 속아 마음을 놓으리라. 그래서 그녀는 애틀랜타에 머물게 되었다. 피티팻은 워낙 마음이 약한 위인이었으므로 이제 스칼렛은 거의 제멋대로 행동하더라도 괜찮으리라. 그녀는 찬장을 열고는, 술병과 술잔을 가슴에 댄 채로, 얼마 동안 가만히 서서 생각에 잠겼다.

복숭아나무 개천의 졸졸거리는 물가에서 벌어지는 들놀이와, 스톤 산의 바비큐 파티와 여러 모임과 무도회와, 하오의 춤과, 마차 나들이와 일요일 밤의 뷔페 만찬이 그녀의 눈에 선하게 기나긴 하나의 장면으로 이어졌다. 그녀는 거기, 온갖 사건의 심장부에, 남자들이 모인 장소의 한가운데 자리를 잡으리라. 그리고 병원에서 그들을 위해 조금만 무엇인가 해주고 나면 남자들이란 너무나 쉽게 그녀를 사랑하게 되리라. 그녀는 이제 병원 생활도 별로 꺼리지 않을 작정이었다. 남자들이란 병을 앓고 나면 감정의 동요를 너무나 쉽게 일으킨다. 타라에서 가볍게 나뭇가지를 흔들면 무르익은 복숭아들이 우수수 떨어지듯, 그들은 똑똑한 여자의 손아귀로 떨어지고 만다.

아버지의 유명한 실력이 어젯밤의 술을 견디지 못했다는 데 대해서 하느님에게 감사를 드리고, 혹시 그것이 레트 버틀러와 무슨 관계가 조금이라도 있는지 불현듯 궁금한 생각이 들며, 스칼렛은 기운을 되찾게 할 술을 가지고 아버지에게로 돌아갔다.

제11장

　다음 주 어느 날 오후에 스칼렛은 화가 나고 지친 몸으로 병원에서 집으로 돌아왔다. 그녀는 아침 내내 서서 지냈기 때문에 피곤했고, 어느 병사의 부상당한 팔에 붕대를 감아 주는 동안 침대에 걸터앉았다고 해서 메리웨더 부인이 심하게 야단을 쳤기 때문에 화가 났다. 가장 훌륭한 옷차림에 둥근 모자를 쓴 멜라니와 피티 고모는 매 주일 한 차례씩 나가는 순회 방문을 위해 준비를 갖추고 웨이드와 프리시와 함께 포치에서 기다렸다. 스칼렛은 그들과 같이 못 가겠다고 양해를 구하고는 위층 그녀의 방으로 올라갔다.

　승용 마차 바퀴의 마지막 소리가 사라지고 가족이 안전하게 시야를 벗어났음을 확인한 다음에 그녀는 소리를 내지 않고 멜라니의 방으로 살그머니 들어가 자물쇠를 잠갔다. 꼼꼼한 처녀의 손길이 역력한 작은 방은 오후 4시의 비스듬한 햇살을 받아 따스하고 고요했다. 환한 빛깔의 융단 몇 조각 이외에는 마룻바닥이 그대로 노출되어 반짝거렸으며, 하얀 벽은 멜라니가 성지처럼 따로 꾸며 놓은 한쪽 구석 말고는 아무 장식도 하지 않았다.

　그곳 성지에는, 남부 동맹의 깃발을 휘장처럼 드리운 밑에 멜라닉의 아버지가 멕시코 전쟁 때 차고 나갔으며 찰스가 차고 출정했던 것과 똑같은 황금빛 손잡이의 군도가 걸렸다. 총집에 넣어 둔 권총과 더불어 찰스의 허리띠와 권총 탄띠도 나란히 걸렸다. 군도와 권총 사이에는 회색 군복을 입고 아주 꼿꼿한 자세에 당당한 태도로 커다란 갈색 눈을 반짝이며 수줍은 미소를 띤 찰스의 은판 사진을 틀에 끼워 놓았다.

스칼렛은 찰스의 사진은 거들떠보지도 않았고, 거침없이 방을 가로질러 좁다란 침대 옆의 탁자 위에 놓아둔 네모난 자단 문방구 상자 쪽으로 갔다. 스칼렛은 멜라니의 주소가 애슐리의 필적으로 적혔고, 파란 끈으로 묶어 놓은 편지 꾸러미를 상자에서 꺼냈다. 맨 위에는 오늘 아침에 온 편지가 꽂혔는데, 그녀는 그 편지를 펼쳤다.

처음 애슐리의 편지를 몰래 읽기 시작했을 때, 스칼렛은 어찌나 심한 양심의 가책에 찔리고 들킬까 봐 어찌나 겁이 났는지 떨려서 봉투를 열기도 힘들 지경이었다. 그러나 이렇게 나쁜 짓을 자꾸만 되풀이하다 보니 이제는 별로 양심적이지도 못했던 그녀의 명예 의식도 둔감해졌고, 들키리라는 두려움도 진정되었다. 가끔 그녀는 〈만일 어머니가 이런 사실을 알면 뭐라고 하실까?〉라고 생각하고 가슴이 철렁 내려앉기도 했다. 딸이 그런 부끄러운 죄를 범했음을 알게 되기보다는 차라리 스칼렛이 죽어 버리기를 엘렌이 원하리라고 그녀는 믿었다. 어머니 같은 여자가 되기를 아직도 간절히 원했던 스칼렛은 이런 짓이 처음에는 마음에 걸렸다. 하지만 편지를 읽고 싶은 유혹이 워낙 강해서 그녀는 어머니 생각을 머릿속에서 몰아내기로 했다. 요즈음 그녀는 불쾌한 생각들을 머릿속에서 몰아내는 데 아예 이력이 났다. 그녀는 〈난 지금은 이러저러한 골치 아픈 생각은 하지 않겠어. 그런 생각은 내일 해도 되니까〉라고 말하는 버릇이 생겼다. 그러다가 막상 내일이 오면 불쾌한 생각이 전혀 머리에 떠오르지 않거나, 뒤로 미루는 바람에 희미해져서 별로 골치를 썩이지 않아도 되었다. 그렇기 때문에 애슐리의 편지 문제는 그녀의 양심에 그리 심하게 걸리지를 않았다.

멜라니는 편지가 올 때마다 항상 너그러운 마음으로, 피티 고모와 스칼렛에게 여러 부분을 큰 소리로 읽어 주곤 했다. 하지만 그녀가 읽어 주지 않은 부분이 스칼렛을 괴롭혔고, 그래서 그녀는 시누이의 편지를 남몰래 읽게 되었다. 그녀는 애슐리가 결혼한 후에 아내를 사랑하게 되었는지를 꼭 알아내고 싶었다. 그녀는 그가 혹시 겉으로만 그녀를 사랑하는 척하는 것이나 아닌지 꼭 알고 싶었다. 그는 멜라니에게 다정한 사랑의 말을 했을까? 그는 어떤 감정을 얼마나 따스하게 표현했을까?

그녀는 조심스럽게 편지를 편편하게 폈다.

애슐리가 작고 가지런한 필체로 쓴 〈사랑하는 나의 아내에게〉라는 글이 눈에 들어오자 그녀는 안도의 한숨을 쉬었다. 그는 아직 멜라니를 〈여보〉나 다른 은밀한 애칭으로 부르지를 않았다.

「사랑하는 나의 아내에게 ── 당신은 편지에서 혹시 내가 참된 생각을 당신에게 숨기지나 않는지 걱정이라면서, 요즈음 내 머릿속에서 어떤 생각이 오고 가는지를 얘기해 달라고 그랬소 ──.」

〈하느님 맙소사!〉 죄의식에 빠져 전율을 느끼며 스칼렛은 생각했다.

《《참된 생각을 감추다》니. 멜리가 그이의 마음을 읽어 냈다는 말인가? 아니면 내 마음을? 그녀가 혹시 그이와 나를

의심해서 —.〉

편지를 얼굴 가까이 든 그녀의 두 손이 떨렸지만, 다음 구절을 읽자 스칼렛은 마음이 놓였다.

「사랑하는 당신, 만일 내가 무엇인가 당신에게 숨겼다면, 그것은 당신 마음에 부담을 주지 않고, 나의 육체적인 안전이나 정신적인 혼란에 대해서 걱정을 끼쳐 주고 싶지 않았기 때문이었소. 하지만 당신이 나를 워낙 잘 알기 때문에 난 아무것도 당신에게서 숨길 재주가 없구려. 놀라지 말아요. 나는 부상을 당하지 않았고, 병을 앓지도 않았소. 나는 식사도 충분히 하고, 가끔 침대에서 잠을 자기까지도 한다오. 군인으로서는 더 바랄 바가 없는 셈이오. 하지만, 멜라니, 내 마음을 무겁게 하는 생각만큼은 당신에게 털어놓겠소.

이런 여름밤이면, 장병들이 잠든 다음 늦게까지 나는 잠을 못 이루고 누워서, 별들을 올려다보며 자꾸 이런 생각을 한다오. 〈너는 무엇을 하러 이곳으로 왔는가, 애슐리 윌크스? 너는 무엇을 위해서 싸우는가?〉

분명히 명예와 영광을 위해서는 아니라오. 전쟁은 추악하고, 나는 추악함을 좋아하지 않아요. 나는 군인이 아니고, 대포의 포구 앞에서까지 덧없는 명성[74]을 추구할 욕망은 없다오. 그런데도 나는 — 근면한 시골 신사로 살아가라는 것 이외에는 하느님이 어떤 다른 목적도 부여하지 않았던 나는, 이곳 전쟁터로 왔다오. 나팔이 울리는 소리를 들어도, 멜라니, 내 피는 끓어오르지를 않고, 북소리가 울려도 나는 발을 구르고 싶은 유혹을 느끼지 못하며, 목화 왕국이 세계를 지배하리라고 믿었던 — 우리 편 한 사람이면 양키 10여 명씩 필적하리라고 믿었던, 우리 교만한 남부의 자신감에 배반을

74 셰익스피어의 「헨리 5세」에서 인용한 말.

당했음을, 우리들이 배반을 당했음을 나는 너무나 분명히 의식해요. 그리고 또한 높은 자리에 앉은 사람들, 우리들이 존경하고 흠모하는 사람들의 입에서 나오는 말과 표어들 ─ 〈목화 왕국, 노예 제도, 주권(州權), 못된 양키〉 따위의 편견과 증오에 가득한 관념에 우리들은 배반을 당했소.

그래서 담요를 깔고 누워 별들을 올려다보며 〈너는 무엇을 위해서 싸우느냐?〉고 따져 볼 때면, 나는 주의 권리와 목화와 검둥이들과 우리들이 성장하면서 증오하도록 교육을 받은 양키들을 생각하는데, 내가 싸우는 이유는 그것들 가운데 하나도 없음을 나는 알아요. 그래서 나는 열두 참나무 집을 머릿속에 그려 보고, 하얀 기둥을 비스듬히 비추던 달빛과 달빛 속에서 피어난 목련의 신비한 모습, 그리고 지극히 무더운 한낮에도 옆쪽 포치에 그늘을 드리우던 덩굴장미를 기억한다오. 그리고 내가 어렸을 때, 그곳에 앉아 바느질을 하던 어머니의 모습이 눈에 선해요. 그리고 나는 지친 몸으로 저녁을 먹으려고 노래를 부르면서 해 질 녘에 들판을 가로질러 집으로 돌아오는 검둥이들과, 시원한 우물 속으로 두레박이 내려갈 때의 줄이 풀리는 소리가 귀에 들리는 듯해요. 그리고 목화밭을 가로질러 강으로 내려가며 길게 펼쳐진 풍경과, 석양이 질 때 강가의 낮은 지대에서 피어오르는 아지랑이도 생각나고요. 그리고 죽음이나 불행이나 영광을 조금도 사랑하지 않고, 어느 누구도 미워하지 않는 내가 이곳으로 왔던 이유는 바로 그런 기억들 때문이라오. 고향과 나라에 대한 사랑, 아마도 그것이 이른바 애국심인지도 모르겠소. 하지만, 멜라니, 그것보다 더 깊은 무엇이 존재해요. 멜라니, 내가 열거한 이런 기억은 내가 목숨을 내거는 대상의 상징, 그러니까 내가 사랑하는 그런 삶의 상징들에 지나지 않아요. 내가 옛 시절을 간직하기 위해서, 그러니까 전쟁이 어떻게 결판이 나든지 간에, 내가 무척 사랑하기는 하지만 이제는 영원히 사라져 버렸다고 걱정되는 옛 삶을 지키기 위해 싸우려고 나는 이곳으로 왔다오.

비록 우리들이 전쟁에서 승리하고, 우리들이 꿈꾸던 목화 왕국을 이룩한다고 해도, 우리들은 마찬가지로 패배한 셈인데, 그것은 우리들에게 변화가 일어나겠고, 조용했던 과거의 삶은 사라져 버리겠기 때문이라오. 전쟁에서 승리하면 온 세상이 목화를 구하려고 우리들에게 몰려와 아우성을 치겠고, 우리들은 마음대로 값을 정할 입장이 되겠죠. 그러면, 바로 이것이 내가 걱정하는 바이지만, 우리들은 양키들과 똑같아지고, 지금 우리들이 경멸하는 그들의 상업주의에 ── 돈을 벌려는 극성과 욕심에 우리들이 물들게 되리라고 난 생각해요. 그리고 만일 우리들이 패배하면, 멜라니, 우리들이 패배하면 어떻게 되리라고 생각하오!

나는 위험이 닥치거나, 포로가 되거나, 부상을 당하거나, 불가피하다면 죽음을 맞아야 하는 경우까지도 두려워하지는 않지만, 일단 전쟁이 끝나고 나면 옛 삶을 다시는 되찾지 못하게 될까 봐 심히 걱정이 된다오. 그리고 나는 그 옛 삶의 한 부분이라오. 나는 살인이 판치는 미쳐 버린 현재의 한 부분은 아니며, 아무리 열심히 노력한다고 해도 내가 어떤 미래에도 적응하지 못할까 하는 걱정이 앞서요. 당신도 마찬가지일 텐데, 나의 사랑하는 아내여, 그 이유는 당신과 내가 같은 피를 타고났기 때문이오. 미래가 무엇을 가져다줄지를 나는 모르겠지만, 그것은 과거만큼 아름답거나 만족스럽지는 않을 거요.

나는 자리에 누워 곁에서 잠든 병사들을 둘러보며, 쌍둥이

들이나 알렉스나 케이드도 나하고 같은 생각을 할까 궁금해
해요. 우리들의 대의명분이란 사실상 우리들만의 생활 방식
이며 그것은 이미 사라졌기 때문에, 첫 번째 총알을 발사했
던 순간에 우리는 상실한 이념을 놓고 싸움을 시작했다는 사
실을 그들이 알기나 하는지 궁금한 생각이 들어요. 하지만
난 그들이 이런 생각은 하지 않고, 그래서 그들은 차라리 운
이 좋다고 믿어요.

　당신에게 결혼하자고 했을 때 나는 우리들한테 이런 일이
닥치리라고는 생각도 못 했어요. 나는 옛날부터 그랬듯이 평
화롭게, 편안하게, 변함이 없는 삶이 열두 참나무 집에서 그
대로 계속되리라고 믿었다오. 우리는 서로 닮았어요, 멜라
니. 똑같이 조용한 삶을 사랑하고, 그래서 우리들 앞에는 독
서를 하고, 음악을 듣고, 꿈을 꾸며 살아가는 무사하고 평화
로운 세월이 오래 계속되리라고 나는 생각했다오. 하지만 이
럴 줄은 몰랐소! 전혀 이럴 줄은 몰랐다오! 우리에게 이런 일
이, 옛 삶의 붕괴가, 이토록 처절한 살육과 증오가 밀어닥치
리라고는 정말 몰랐어요! 멜라니, 주의 권리니 노예니 목화
니 아무리 떠들어 봐도, 아무것도 그런 희생을 치를 가치가
없어요. 만일 양키들이 우리 편을 패배시킨다면 미래는 믿어
지지 않을 정도로 참담하기만 할 테니까, 지금 우리들에게
벌어지는 일과 앞으로 벌어질 사태들을 감수할 가치를 지닌
이념은 어디에도 없다오. 그리고, 사랑하는 나의 아내여, 그
들에게 우리는 패배할지도 모른다오.

　난 이런 얘기는 편지에 쓰면 안 되는데 그랬소. 나는 이런
생각조차도 해서는 안 되오. 하지만 당신은 내 마음속에서
무슨 생각이 오가는지를 물었고, 내 마음속에는 패배의 두려
움이 오간다오. 우리 약혼이 발표되던 날, 바비큐 파티에서,

찰스턴 억양의 말을 쓰던 버틀러라는 남자가 남부인들의 무지에 관한 말을 꺼냈다가 하마터면 싸움판이 벌어질 뻔했던 사건을 당신도 기억하오? 우리들에게는 주물 공장과 생산 공장, 제철 공장과 선박, 병기창과 기계 공장이 거의 없다는 말을 했다고 해서 그를 쏴 죽이고 싶어 했던 쌍둥이도 기억하나요? 우리들이 목화를 실어 내지 못하도록 양키 함대가 우리들을 철저히 봉쇄하리라고 그가 한 얘기도 생각나오? 그의 말이 옳았어요. 신형 소총으로 무장한 양키들과 맞서 우리는 독립 전쟁 때의 장총으로 싸우고, 머지않아 봉쇄를 더욱 철저히 죄면 의약품까지도 들여오지 못할 거요. 현실을 감각으로만 알고 입으로 떠들어 대는 정치인들이 아니라 ― 우린 솔직하게 현실을 꿰뚫어 보았던 버틀러 같은 냉소적인 사람들의 말에 귀를 기울였어야 하오. 그가 했던 말이 뜻한 바는, 남부 동맹은 목화와 오만함 이외에는 전쟁을 시작할 만한 준비가 전혀 되어 있지 않다는 점이었소. 우리 목화는 쓸모가 없어졌고, 이제는 그가 오만함이라고 부르던 성품만 남은 셈이오. 하지만 나는 그 오만함을 비견할 바 없는 용기라고 생각하오. 만일 ―.」

하지만 스칼렛은 너무 따분해서 더 이상 읽고 싶은 생각이 없어져 편지를 다 읽지도 않고 조심스럽게 차곡차곡 접어 다시 봉투에 집어넣었다. 그뿐 아니라, 바보처럼 패배를 애기하는 편지의 어조가 어쩐지 마음을 답답하게 만들었다. 어쨌든 그녀가 멜라니의 편지를 읽는 까닭은 재미도 없고 갈피를 잡기 힘든 애슐리의 사상을 알기 위해서가 아니었다. 그녀는 지난날 타라의 포치에 앉아서 그런 애기는 실컷 들었다.

그녀가 알고 싶었던 바는 애슐리가 아내에게 정열적인 편지를 쓰느냐 아니냐가 전부였다. 지금까지는 그런 편지를 안

썼다. 그녀는 문방구 상자에 담긴 편지를 다 읽었지만, 어느 편지를 봐도 하나같이 오빠가 여동생에게 쓴 것 같은 내용이 고작이었다. 다정하고 즐겁고 몽롱한 내용이 많았지만, 연인의 편지는 아니었다. 스칼렛은 열렬한 사랑의 편지를 많이 받았었기 때문에 진실한 정열의 어조는 한눈에 당장 알아보았다. 그런데 그런 어조가 눈에 띄지를 않았다. 몰래 그의 편지를 읽은 다음이면 항상 그렇듯이, 애슐리가 아직도 자기를 사랑한다고 확신했기 때문에, 스칼렛은 흐뭇한 만족감에 사로잡혔다. 그리고 애슐리가 그녀를 친구로서만 사랑한다는 사실을 왜 멜라니가 깨닫지 못하는지를 모르겠다고 스칼렛은 코웃음 치며 의아하게 생각했다. 분명히 멜라니는 애슐리의 편지를 비교해 볼 만한 사랑의 편지를 다른 남자로부터 하나도 받아 본 적이 없었기 때문에 남편의 편지에서 무엇이 부족한지도 몰랐다.

〈편지도 정말 괴상하게 쓰는구나.〉 스칼렛은 생각했다. 〈만일 어느 남편이라도 나한테 이런 군소리만 늘어놓는 편지를 보냈다가는 내가 가만두지 않았을 텐데! 그래, 편지라면 찰리가 이것보다는 잘 썼어.〉

그녀는 편지들의 귀퉁이를 뒤집어 날짜를 확인하고는, 거기에 적힌 내용을 기억해 보았다. 애슐리의 편지에는 다르시 미드가 그의 부모나, 가엾은 댈러스 매클루어가 노처녀 누이 호프와 페이스[75]에게 보낸 편지에서처럼, 노영(露營)이나 공격을 멋지게 묘사한 부분도 없었다. 미드 집안이나 매클루어 집안사람들은 온 동네 이웃들에게 편지를 들고 다니며 자랑스럽게 읽어 주었는데, 멜라니가 바느질 모임에 가지고 가서 큰 소리로 읽어 줄 만한 그런 편지를 애슐리가 하나도 보내

75 〈소망〉과 〈믿음〉이라는 뜻이다.

지 않았다는 데 대해서 스칼렛은 자주 남몰래 수치심을 느끼곤 했다.

마치 멜라니에게 편지를 쓸 때면 애슐리는 전쟁을 몽땅 무시해 버리고, 두 사람 주변에 시간을 초월한 마술의 동그라미를 그어, 섬터 요새 사건으로 사람들이 떠들썩했던 날 이후에 발생한 모든 사건을 지워 버리려는 듯싶었다. 마치 그는 도대체 전쟁이란 존재하지도 않는다고 믿으려는 눈치였다. 애슐리는 그와 멜라니가 읽었던 책과, 그들이 불렀던 노래와, 그들이 알고 지냈던 오랜 친구들과, 그가 유럽 여행 때 가본 곳에 관한 얘기를 편지에 적었다. 편지마다 열두 참나무 집으로 돌아가고 싶은 그리움이 담겼고, 여러 장에 걸쳐 그는 사냥과, 차가운 가을 하늘의 별들을 보며 고요한 숲길을 따라 말을 타고 오랫동안 돌아오던 길과, 바비큐 파티와, 생선 튀김 회식과, 달 밝은 밤의 정적과, 오래된 집의 고요한 매혹을 얘기했다.

그녀는 방금 읽은 편지에서 〈이럴 줄은 몰랐소! 전혀 이럴 줄은 몰랐다오!〉라고 한 그의 말이 생각났고, 그것은 맞설 자신이 없는데도 꼭 맞서야만 할 무엇인지를 눈앞에 두고 괴로워하는 영혼의 절규처럼 여겨졌다. 부상이나 죽음을 두려워하지 않는다면 그가 두려워하는 대상이 무엇인지를 알 길이 없었기 때문에 그녀는 어리둥절해졌다. 분석하는 능력이 없었던 스칼렛은 복잡한 그의 생각을 놓고 어찌할 바를 몰라서 허우적거렸다.

〈그이는 전쟁 때문에 마음이 어지럽고, 그이는 ― 그이는 마음을 어지럽게 하는 건 좋아하지 않아 ―. 예를 들면, 내가 그렇지 ―. 그이는 나를 사랑했지만, 나하고 결혼하기는 두려워했는데, 그이의 삶과 사고방식을 내가 뒤엎어 놓을까

378

봐 두려워했기 때문이지. 아냐, 꼭 그이가 두려워서 그러지는 않았겠지. 애슐리는 겁쟁이가 아냐. 그이 얘기가 통신문에도 언급되었고, 공격의 선봉에 나서서 보여 준 그이의 용맹한 행동에 관해서 멜리에게 슬론 대령님이 그런 편지까지 보냈는데, 겁쟁이라는 건 말도 안 돼. 일단 그이가 무엇을 하겠다고 마음만 먹었다 하면, 어느 누구도 따라오지 못할 정도로 용감한 결단력을 보여 주지만 ― 그이는 바깥세상에서가 아니라 머릿속에 들어앉아서만 살아가고, 세상으로 나오기를 싫어하고, 그래서 ― 오, 왜 그러는지 난 모르겠어! 여러 해 전에 만일 내가 이런 사실을 하나만이라도 이해를 했더라면 그이는 틀림없이 나하고 결혼했을 텐데!〉

그녀는 편지 꾸러미를 가슴에 안고 서서 애슐리를 그리워하며 생각에 잠겼다. 스칼렛이 처음 그를 사랑하게 되었던 날 이후로 애슐리에 대한 그녀의 감정은 조금도 변하지 않았다. 지금의 감정은 그녀가 열네 살이었을 때 타라의 포치에서서, 아침 햇살에 머리카락이 은빛으로 빛나며 미소를 짓고 애슐리가 말을 타고 올라오는 모습을 보았을 때 느꼈던 감정 그대로였다. 그녀의 사랑은 아직까지도 그녀가 이해하기 힘든 남자, 그녀가 지니지 못했지만 흠모하는 온갖 자질을 소유한 남자를 어린 소녀가 흠모하는 그런 마음이었다. 그는 아직도 어린 소녀가 꿈꾸는 〈완전한 기사(騎士)〉였고, 그녀의 꿈은 그가 사랑한다고 시인하는 한마디의 말 이상은 아무것도 요구하지 않았으며, 한 번의 키스 이상을 그녀는 소망하지도 않았다.

편지를 읽고 난 그녀는 애슐리가 비록 멜라니하고 결혼했을지언정 스칼렛 자기를 사랑한다고 확신했으며, 그녀가 바라던 바는 분명히 그것이 전부였다. 그녀는 아직도 그토록 어리고 세상 물정을 몰랐다. 만일 어색하게 더듬거리기만 하고 은밀한 순간이면 당황하던 찰스가 그녀의 내면에 담긴 열정적인 감정의 깊은 핏줄을 하나라도 건드려 놓았더라면, 애슐리에 대한 그녀의 꿈은 키스에서 그치지를 않았으리라. 하지만 찰스와 단둘이서 지낸 며칠 안 되는 달밤은 그녀의 감정에 미치지도 못했고, 그녀를 성숙하게 무르익도록 해놓지도 못했다. 찰스는 정열이나 부드러움이나 육체 또는 영혼의 참된 밀착감이 무엇인지를 전혀 일깨워 주지 못했다.

그녀에게는 열정이란 이해하기도 어렵고, 여자가 함께 누리지도 못하는 남성의 광기에 대한 굴종이요, 더욱 고통스러운 아기를 낳는 과정과 필연적으로 이어지는 고통스럽고도 난처한 과정일 따름이었다. 결혼 생활이 이러하다는 사실이 그녀에게는 조금도 놀랄 일이 아니었다. 결혼식을 올리기 전에 엘렌은 결혼 생활이란 여자들이 인고하며, 위엄을 잃지 않고 견뎌 내야 할 어떤 과정이라는 귀띔을 했고, 미망인이 된 다음 다른 유부녀들이 귓속말로 암시한 얘기들은 그런 가르침을 확인해 주었다. 격정과 결혼 생활이 끝장났을 때 스칼렛은 기뻤다.

그녀는 결혼 생활은 끝장을 보았지만, 사랑은 그렇지 않았으니, 애슐리에 대한 그녀의 사랑은 어딘가 달라서, 욕정이나 결혼 생활과는 아무런 관계도 없고, 거룩하고도 가슴이 벅찰 정도로 아름다운 무엇이었으며, 억지로 침묵을 지켜야 하는 기나긴 나날 동안에도 자주 되살아나는 추억과 희망으로부터 자양분을 얻어 가며 남모르게 자라나는 그런 감정이었다.

편지 다발을 끈으로 조심스럽게 묶고 한숨을 지으며 스칼렛은 그녀의 이해가 미치지 못하는 애슐리의 면모가 과연 무엇인지 벌써 천 번 이상이나 궁금하게 생각했다. 그녀는 만족스러운 어떤 결론을 얻게 될 때까지 이 문제를 생각해 보려고 했지만, 항상 그렇듯이 단순한 그녀의 머리로써는 결론을 포착하기가 힘들었다. 그녀는 편지함을 다시 책상에 넣고는 뚜껑을 닫았다. 그러더니 그녀는 방금 읽은 편지의 마지막 부분에 나왔던 버틀러 선장 얘기가 생각나자 얼굴을 찌푸렸다. 불한당 같은 사내가 1년 전에 한 얘기에 애슐리가 감탄을 하다니 얼마나 이상한 일인가. 춤을 아무리 멋지게 춘다고 해도 버틀러 선장이 몰상식한 인간이라는 점은 부인할 나위도 없었다. 자선 행사에서 남부 동맹에 관해 그가 했던 얘기는 정신이 올바로 박힌 사람이라면 차마 입에 올리지도 못할 노릇이었다.

그녀는 방을 가로질러 거울로 가서 매끈한 머리카락을 흐뭇한 표정으로 매만졌다. 그녀의 하얀 피부와 눈꼬리가 올라간 초록빛 눈을 볼 때면 항상 그렇듯이 스칼렛은 기분이 좋아졌고, 보조개가 들어갈 정도로 미소를 지었다. 그러더니 그녀는 버틀러 선장 생각을 머릿속에서 몰아내고는, 거울에 비친 자신의 모습을 즐겁게 쳐다보며, 그녀의 보조개를 애슐리가 얼마나 좋아했었는지를 기억했다. 다른 여자의 남편을 사랑한다거나 편지를 몰래 읽었다는 데 대한 어떤 양심의 가책도 그녀의 젊음과 매력과 그리고 다시금 확인한 애슐리의 사랑에 대한 자신감이 주는 기쁨을 가로막지는 않았다.

그녀는 문의 자물쇠를 열고는 경쾌한 마음으로 침침한 나선형 층계를 내려갔다. 반쯤 내려간 그녀는 「이 잔인한 전쟁이 끝나면」을 노래하기 시작했다.

제12장

전쟁은 계속되었고, 대부분은 성공적으로 진행되었지만, 사람들은 〈한 번만 더 승리를 거두면 전쟁이 끝난다〉는 말은 더 이상 하지 않았고, 양키들이 겁쟁이라는 말도 나오지 않았다. 양키들은 겁쟁이들과는 거리가 멀었고, 그들을 정복하기 위해서는 단 한 번의 승리로는 어림도 없으리라는 사실을 이제는 모든 사람이 확실히 깨달았다. 그렇기는 해도 테네시에서는 모건[76] 장군과 포레스트[77] 장군이 이끄는 남군이 승리를 거두었고, 불런의 제2차 전투[78]는 남부 동맹이 싱글벙글할 만큼 대단한 승리로 끝났다. 하지만 불런의 승리를 거두기 위해서는 비싼 대가를 치러야 했다. 애틀랜타의 병원과 집들은 병들고 부상을 당한 장병들로 넘쳤고, 검은 상복을 입고 나타나는 여자들이 점점 많아졌다. 오클랜드 묘지에서는 병사들의 무덤이 단조롭게 줄줄이 늘어선 줄이 날마다 점점 더 길어졌다.

76 John H. Morgan. 테네시와 켄터키에서 명성을 떨친 기병대 사령관.

77 Nathan B. Forrest. 유명한 기병 돌격대의 사령관으로 중장까지 진급했다.

78 버지니아 북부의 작은 강 불런에서의 유명한 두 번째 전투는 1862년 8월 말 로버트 리 장군의 남군과 존 포프 장군의 북군 사이에서 벌어졌다.

남부 동맹의 화폐 가치는 놀라울 정도로 떨어졌고, 식량과 옷은 값이 그만큼 치솟았다. 병참부에서는 어찌나 심하게 식량 차출을 해갔는지 애틀랜타의 가정들은 식탁에서 괴로움을 겪기 시작했다. 하얀 밀가루가 희귀해지고 어찌나 비싼지 비스킷이나, 와플이나, 롤빵 대신에 대부분 옥수수빵을 먹기가 보통이었다. 푸줏간에는 쇠고기가 거의 없었고 양고기도 아주 조금뿐이어서, 부자가 아니면 사 먹기 어려울 정도로 값이 비쌌다. 하지만 돼지고기뿐 아니라 닭고기와 채소는 아직 풍부했다.

남부의 항구에 대한 양키의 봉쇄선이 강화되었고, 차[茶], 커피, 비단, 고래 이빨 코르셋, 화장수, 의상 잡지, 책 따위 사치품은 귀하고 비싸졌다. 심지어는 가장 값싼 면직물까지도 가격이 폭등했고, 귀부인들은 헌 옷으로 또 한 철을 지낼 수밖에 별도리가 없었다. 여러 해 동안 먼지가 쌓였던 베틀을 다락방에서 끌어 내려오고, 거의 어느 집이나 응접실에서는 수직물(手織物) 피륙이 눈에 띄었다. 병사들, 민간인들, 여자들, 아이들, 흑인들 할 것 없이 누구나 다 집에서 짠 수직물 옷을 입었다. 남부 동맹 빛깔인 군복은 사실상 자취를 감추었고, 대신에 호두 빛깔의 수직물이 나타났다.

벌써부터 병원에서는 키니네, 감홍(甘汞),[79] 아편, 클로로포름, 옥도(沃度)가 구하기 힘들어서 걱정이었다. 아마포와 무명 붕대도 너무 귀해서 이제는 한 번 쓰고 버리지를 못했고, 병원에서 간호사로 일하는 여자들은 피투성이 헝겊 끈을 다른 환자에게 사용하려고 바구니에 담아 집으로 가지고 가서 빨아 다리미질을 하고는 다시 가져다 반납했다.

하지만 미망인 생활의 과도기에서 다시금 벗어난 스칼렛

79 염화수은의 약학상 명칭인데, 하제, 이뇨제, 또는 피부병 약으로 쓰인다.

에게는 전쟁이란 즐거움과 흥분의 시기를 의미할 따름이었다. 다시 세상에 나온 그녀는 너무나 행복해서 옷과 식량이 약간 부족하더라도 불편한 줄을 몰랐다.

어제와 오늘이 별로 다를 바 없는 나날이 하루하루 지나가던 지난해의 지루했던 시기를 생각해 보면 삶의 속도가 믿어지지 않을 정도로 빨라진 듯싶었다. 그녀를 집으로 방문해도 되겠느냐고 청하거나, 그녀가 얼마나 아름다운지를 얘기하고, 그녀를 위해 싸우고 어쩌면 죽게 되더라도 그것이 얼마나 큰 영광이냐고 말하는 새로운 남자들을 만나게 될 하루하루가 밝아 왔고, 그렇게 흥분을 자아내는 모험의 나날이 계속되었다. 그녀는 마지막 숨이 끊어질 때까지 애슐리를 사랑하고 싶었으며 사실상 사랑했지만, 그렇다고 해서 다른 남자들로 하여금 그녀에게 결혼해 달라고 청하도록 유혹하려는 자신의 마음은 구태여 막고 싶지가 않았다.

항존하는 전쟁이 배경을 이루는 상황은 사교적인 관계에 유쾌한 자유분방함을, 나이가 지긋한 사람들이 보면 놀라움을 금치 못할 정도의 자유분방함을 부여했다. 소개장도 지참하지 않았고 조상이 누구인지도 모르겠는 낯선 남자들이 딸을 찾아오는 경우를 어머니들은 예사로 보았다. 어머니들이 놀라 눈이 휘둥그레질 노릇이었지만, 딸들은 그런 남자들과 손을 잡고 돌아다녔다. 결혼식을 치른 다음까지는 한 번도 남편과 키스를 한 적이 전혀 없었던 메리웨더 부인은, 메이벨이 키가 작은 주아브 장교 르네 피카르와 키스하는 장면을 목격하자 눈이 믿어지지 않을 지경이었고, 메이벨이 그런 짓을 부끄럽게 생각하는 기미를 전혀 보이지 않자 그녀는 더욱 분개했다. 르네가 딸과 결혼을 시켜 달라고 당장 청혼을 하기는 했지만, 그랬다고 해서 사태가 호전되지는 않았다. 메리웨더 부인은 남부가 도덕적으로 철저히 몰락하는 과정으로 치닫는다고 믿었으며, 그런 말을 자주 했다. 다른 어머니들도 그녀의 견해에 진심으로 공감했고, 다 전쟁의 탓으로 돌렸다.

하지만 한 주일이나 한 달 내에 죽을지도 모른다고 예상했던 병사들은 1년이나 기다린 다음에야, 물론 앞에 〈미스〉라는 말을 붙여 가며, 여자의 이름[80]을 부르게 해달라고 부탁할 여유가 없었다. 또한 그들은 전쟁이 터지기 전에 요구되었던 훌륭한 예절을 지켜 가며 정식으로 장기간에 걸쳐 구혼 절차를 제대로 밟기도 어려웠다. 그들은 서너 달이 되면 청혼을 하기가 예사였다. 그리고 숙녀라면 항상 신사의 청혼을 처음 세 번은 거절해야 한다는 관습을 아주 잘 알면서도 처녀들이 이제는 첫 번째 청혼에도 좋다고 무작정 달려들었다.

이런 파격적인 현상 때문에 스칼렛에게는 전쟁이 훨씬 더 재미있게 여겨졌다. 간호를 하는 지저분한 일과 붕대를 감는 따분함만 없다면 그녀는 전쟁이 영원히 계속되더라도 개의치 않았다. 사실상 그녀는 병원이 이제는 완벽하고도 행복한 사냥터나 마찬가지였으므로 그곳의 생활에 평온한 마음으로 임했다. 무기력한 부상병들은 저항도 하지 않고 그녀의 매력에 굴복했다. 붕대를 갈아 주고, 얼굴을 씻어 주고, 베개를 푹신하게 부풀려 주고, 부채질만 해주면 그들은 사랑에 빠졌다. 아, 침울했던 지난 한 해에 비하면 이제는 천국에라도 오른 기분이었다!

스칼렛은 찰스와 결혼하기 전의 상태로 되돌아갔고, 마치 그녀는 찰스와 전혀 결혼도 하지 않았고, 그의 죽음에 따른 충격도 전혀 느끼지 않았고, 웨이드도 낳지 않은 듯싶었다.

80 친한 사이가 아니면 성으로 불렀다.

전쟁과 결혼과 출산은 그녀의 내면에서 어떤 깊은 감정도 건드리지 않고 그냥 지나가 버렸고, 그녀는 달라진 점이 없었다. 그녀는 아이를 하나 낳았지만, 붉은 벽돌집에서 다른 사람들이 어찌나 잘 돌봐 주는지 아이는 잊어버려도 좋을 정도였다. 머리와 마음 속에서 그녀는 다시금 카운티의 미녀 스칼렛 오하라가 되었다. 그녀의 생각과 활동은 옛날과 마찬가지였지만, 활동 범위는 굉장히 넓어졌다. 피티 고모의 친구들이 못마땅해하건 말건 신경도 안 쓰고, 그녀는 결혼하기 이전이나 마찬가지로 행동해서, 모임에 가고, 춤을 추고, 병사들과 승마를 나가고, 남자들에게 아양을 떨었으며, 상복을 벗어 버리지만 않았을 뿐, 처녀 시절에 하던 그대로 했다. 상복을 벗어 버리는 경우만큼은 피티팻과 멜라니가 그냥 넘어가지 않으리라는 사실을 그녀는 알았다. 그녀는 미망인이어도 처녀 때만큼이나 매혹적이었고, 원하는 대로 일이 이루어지면 즐거워했으며, 불편함을 느끼지 않는 한 고분고분하게 굴었고, 미모와 인기에 대한 허영심도 옛날처럼 강했다.

몇 주일 전에만 해도 비참하기만 했던 그녀가 이제는 행복했고, 그녀의 매력에 대한 확신과 애인들 때문에 행복했으며, 비록 애슐리가 멜라니와 결혼했으며 위험한 곳으로 갔다는 상황을 염두에 두더라도 더할 나위 없이 행복했다. 게다가 애슐리가 멀리 떠났으니까 다른 여자의 소유라는 생각도 어쩐지 견디기가 훨씬 쉬웠다. 애틀랜타와 버지니아는 수백 킬로미터나 떨어졌으므로 그는 멜라니의 소유이기도 했지만 그녀의 소유이기도 했다.

그리하여 잠깐씩 타라를 찾아가는 이외의 모든 시간을 부상병 간호와 춤과 마차 타기와 붕대 감기에 보내는 사이에, 1862년의 가을은 어느덧 흘러갔다. 타라를 다녀오는 여행은 실망스럽기만 할 따름이어서, 애틀랜타에서 지내는 동안 그녀가 고대했던 바와는 달리, 스칼렛은 어머니와 조용하고 긴 대화를 나눌 기회가 거의 없었고, 어머니가 바느질을 하는 동안 곁에 앉아 치마가 바스락거릴 때 나는 향낭의 은은한 향기를 맡거나 어머니가 얌전히 뺨을 쓰다듬어 주는 부드러운 손길을 느낄 시간도 별로 없었다.

엘렌은 요즈음 야위고 정신없이 바빴으며, 아침부터 농장 사람들이 잠든 한참 후까지도 자리에 앉지를 못했다. 남부 동맹 병참부의 요구는 매달 점점 더 심해졌고, 타라 농장의 생산을 맡아 돌보는 사람은 엘렌이었다. 조너스 윌커슨의 뒤를 이을 감독을 구하지 못했기 때문에, 스스로 말을 타고 농장을 돌아다니며 현장을 돌아봐야 했으므로 오래간만에 처음으로 제럴드까지도 바빴다. 엘렌은 어찌나 바쁜지 잘 자라는 인사를 나눌 때 말고는 얼굴조차 보기 힘들었고, 제럴드는 하루 종일 밭에서 바빴기 때문에, 스칼렛에게는 타라의 생활이 따분하기 짝이 없었다. 동생들까지도 저마다 자기 일에 정신이 팔려 지냈다. 수엘렌은 이제 프랭크 케네디와 〈이해〉를 하기에 이르렀고, 스칼렛으로서는 거의 견디기 힘들다고 느껴질 정도의 교활한 의미가 담긴 목소리로「이 잔인한 전쟁이 끝나면」을 노래했으며, 캐린은 브렌트 탈턴 생각에 온통 빠져 지내느라고 별로 재미있는 말동무도 못 되었다.

비록 즐거운 마음으로 항상 타라의 집으로 돌아가기는 했지만 스칼렛은 어서 돌아오라고 부탁하는 불가피한 편지가 피티와 멜라니에게서 와도 전혀 섭섭한 생각이 들지를 않았다. 그럴 때면 엘렌은 항상 큰딸과 하나뿐인 손자가 떠난다는 생각에 슬퍼져서 한숨을 짓곤 했다.

「하지만 애틀랜타어서 간호사로서 너를 필요로 하는데,

내 이기적인 마음으로 널 여기다 잡아 둬서는 안 되겠지.」그 녀가 말했다. 「그래도 그저 — 그저, 애야, 떠나기 전에 너하고 얘기를 좀 나누고, 네가 내 어린 딸이라는 느낌을 누려 볼 시간이 전혀 없어서 섭섭할 따름이야.」

「난 언제까지나 어머니의 어린 딸이에요.」 그러면 자신을 탓하는 죄책감이 치밀어 올라 스칼렛은 엘렌의 가슴에 머리를 파묻고 말하고는 했다. 그녀는 자기를 다시 애틀랜타로 이끌어 가는 힘이 남부 동맹에 봉사하려는 마음이 아니라 춤과 애인들 때문이라는 얘기를 어머니에게는 하지 않았다. 요즈음에는 스칼렛이 어머니에게 비밀로 숨기는 일이 자꾸 많아졌다. 하지만 그녀가 숨긴 가장 중요한 비밀은 레트 버틀러가 피티팻 고모의 집으로 자주 그녀를 찾아온다는 것이었다.

자선 행사 이후 여러 달 동안 레트는 애틀랜타에 들를 때마다 찾아와서 마차에 스칼렛을 태우고 바람을 쐬러 나가고, 무도회와 바자에도 데려가고, 병원 바깥에서 기다리다가 그녀를 마차로 집까지 태워다 주기도 했다. 스칼렛은 그녀의 비밀을 그가 폭로하리라는 두려움은 없어졌지만, 그가 지극히 난처한 순간에 그녀를 처음 만났으며 애슐리에 관한 진실을 안다는 거북한 기억이 마음속에서 좀처럼 개운하게 가시지를 않았다. 그녀에게 그가 약을 올려도 스칼렛이 웬만하면 자제를 했던 까닭은 바로 그런 비밀 때문이었다. 그리고 그는 걸핏하면 그녀에게 약을 올렸다.

그는 스칼렛이 알았던 어느 애인보다도 나이가 많아서 30대 중반이었으며, 자기와 나이가 비슷한 애인들을 다룰 때와는 달리 그를 다루거나 조종하려고 하면, 그녀는 자신이 아이처럼 무력함을 느꼈다. 그는 언제 어떤 경우에도 전혀 놀라지 않을 듯한 표정이었고, 온갖 하찮은 일을 다 가지고 재미있어했으며, 화가 나서 말도 안 나올 정도로 스칼렛에게 약을 올려놓고 나서는 그녀를 세상에서 무엇보다도 재미있는 장난감으로 취급하는 듯한 기분이 들었다. 엘렌에게서 남의 눈을 속이기 쉬운 상냥한 얼굴을 타고났을 뿐 아니라 제럴드에게서는 아일랜드 사람의 기질을 물려받았기 때문에, 스칼렛은 그의 능숙한 미끼에 걸려들어 걸핏하면 발칵 화를 내고는 했다. 지금까지 그녀는 엘렌의 앞에서가 아니고는 구태여 성미를 가누려고 했던 적이 없었다. 이제는 그가 재미있어하며 싱글벙글 웃는 표정을 보기가 얄미워서 하고 싶은 말을 가끔 억지로 참기도 했지만, 그것 또한 보통 괴로운 일이 아니었다. 레트도 가끔씩이나마 화를 낸다면 그녀가 이토록 불리한 입장으로 몰리지는 않으리라.

그녀가 승리를 거두는 일이 별로 없는 대결을 치르고 나면 스칼렛은 그가 못된 남자이고, 교양도 없고, 신사가 아니었으므로 다시는 상종도 하지 않으리라고 맹세했다. 하지만 얼마 안 가서 그가 애틀랜타로 돌아와서는, 피티 고모를 방문한다는 핑계로 찾아와 지나치게 과장된 예의를 차리며, 스칼렛에게 나소에서 가지고 온 봉봉 사탕 한 상자를 건네주고는 했다. 아니면 뮤지캘[81]에서 그녀의 옆자리를 그가 예약해 두거나, 무도회에 나타나서 춤을 청했고, 그러면 스칼렛은 그의 뻔뻔스러운 배짱이 어찌나 재미있는지 웃음을 터뜨리고는 지난 잘못을 무시하게 마련이었고, 그리고는 똑같은 일이 자꾸만 되풀이되었다.

분노를 자극하는 온갖 요소를 지니기는 했어도 그녀는 그가 찾아오기를 기다리는 버릇이 생겼다. 그에게는 스칼렛이

81 *musicale*. 사교적인 모임으로서의 비공개 연주회.

분석하기 어려운 어떤 흥분감을 자극하는 요소가, 여태껏 그녀가 알았던 남자와도 다른 어떤 면이 있었다. 그의 큼직한 몸집이 지닌 세련된 기품은 숨 막히게 만드는 어떤 분위기를 풍겨서, 그가 방으로 들어서기만 해도 그녀는 갑작스러운 육체적 충격을 받았고, 교만하고도 느긋한 조소를 머금은 그의 검은 눈을 보면, 어디 자기를 정복해 보라고 도전이라도 하는 듯싶었다.

〈이건 마치 내가 그 남자를 사랑하는 것 같잖아.〉 혼란에 빠진 그녀는 생각했다. 〈하지만 난 그를 사랑하지 않는데, 어떻게 된 노릇인지 이해가 안 가.〉

하지만 흥분감은 끈질기게 지속되었다. 그가 방문할 때마다, 그의 철저한 남성적인 면모로 인해서, 고상하고 숙녀다운 피티 고모의 집은 어딘가 왜소하고 핏기가 없으며, 고리타분해 보였다. 그가 찾아오면 자기도 모르게 이상한 반응을 나타내는 사람은 스칼렛 혼자뿐이 아니어서, 피티 고모는 자꾸만 들뜬 기분으로 수선을 피우곤 했다.

피티는 그가 딸을 찾아온다는 사실을 엘렌이 알면 못마땅해하리라고 예상했으며, 점잖은 사교계에서 그를 배척한다는 찰스턴의 불문율을 가볍게 무시해서는 안 된다는 사실 또한 잘 알았지만, 그가 열심히 교묘한 찬사를 늘어놓거나 손에다 키스를 하면, 꿀단지를 만난 파리처럼 사족을 쓰지 못했다. 그뿐 아니라 그는 종이에 꽂힌 핀과 바늘, 단추, 명주실을 감은 실패, 머리핀 따위의 자그마한 선물을 나소에서 가져다주기가 보통이었는데, 스칼렛을 위해 그것을 따로 샀으며 목숨을 걸고 봉쇄선을 돌파해 가지고 들어왔다는 얘기를 꼭 밝혀 두었다. 이런 자질구레한 사치품은 이제는 구하기가 거의 불가능해서, 부인들은 손으로 깎아 다듬은 머리핀을 꽂았고, 도토리를 헝겊으로 싸서 단추 대신 달았으며 —
피티는 그런 선물을 거부할 만한 도덕적인 힘이 부족했다.
더구나 그녀는 예기치 않은 꾸러미를 받으면 어린아이처럼
좋아했고, 선물을 어서 열어 보고 싶어서 견디지를 못했다.
그리고 일단 선물을 열어 보면 그녀는 그것을 거부할 힘이
없어졌다. 그러고는 그의 선물을 받고 난 다음이면 그녀는,
그의 평판을 고려할 때, 남성 보호자가 한 명도 없이 홀로 사
는 세 여자를 그가 집으로 방문하면 실례가 된다는 말을 그
에게 대놓고 할 만한 용기를 내지 못했다. 피티 고모는 레트
버틀러가 집으로 찾아오면 그에게서 그녀를 보호해 줄 남자
가 항상 필요하다고 느꼈다.

「그 사람 어디가 어떻다는 건지 난 모르겠어.」 그녀는 맥이
빠져 한숨을 짓곤 했다. 「하지만, 있잖니, 난 그 남자가 정말
착하고 매력적인 사람이라고는 생각하면서도 — 그저 마음
속 깊이 여자들을 존경할 줄만 안다면 좋겠는데.」

결혼반지를 되돌려 받은 이후로 레트를 보기 드문 교양을
갖추고 섬세한 마음의 신사라고 판단했던 멜라니는 그 말을
듣고 충격을 받았다. 그는 그녀에게 빈틈없이 예의를 갖추었
지만, 어릴 적부터 알고 지내던 남자가 아니면 누구하고 같
이 있어도 수줍음을 타던 성격인지라, 멜라니는 레트 앞에서
는 조금쯤 소심하게 행동했다. 은근히 그녀는 그를 무척 가
엾은 남자라고 생각했는데, 레트가 그런 감정을 알았더라면
재미있어했으리라. 그녀는 무슨 낭만적인 비애가 그의 삶을
좌절시켜 그를 냉정하고 신랄한 남자로 만들었고, 그래서 그
에게는 훌륭한 여자의 사랑이 필요하리라고 믿었다. 편안한
보살핌을 받으며 여태껏 살아오는 동안에 그녀는 악(惡)이
라고 하면 본 적이 없었고, 악의 존재를 거의 인정하지도 않

았으며, 말 많은 사람들이 레트와 찰스턴 여자 애기를 숙덕거리는 소리를 듣고도 그녀는 좀처럼 믿으려 하지도 않았고, 오히려 충격을 받았다. 그리고 여자 소문을 들은 다음 그녀는 그에게서 멀어지기는커녕, 사람들이 그에게 흉악하고도 부당한 잘못을 범한다는 생각이 들어 화가 났기 때문에, 오히려 그에 대해서 더욱 소심하고 상냥한 마음을 갖게 되었다.

스칼렛은 침묵을 지켰지만 피티 고모의 말에는 공감했다. 그녀도 역시 그가, 멜라니는 예외일지 모르지만, 어떤 여자에 대해서도 전혀 존경심을 보이지 않는다고 느꼈다. 그녀는 아직도 그가 아래위로 훑어볼 때마다 홀랑 벗겨지는 기분이 들었다. 그렇다고 해서 그가 무슨 말을 한마디라도 한 것은 아니었다. 그랬다면 그녀는 욕설을 마구 퍼부어 따끔한 맛을 보여 주었으리라. 마치 세상의 모든 여자가 그의 소유여서, 시간이 나는 대로 기분이 내키면 그제야 즐기겠다는 듯한 교만방자하고 불쾌한 분위기를 가무잡잡한 얼굴에 풍기며 쳐다보는 그의 대담한 눈초리가 문제였다. 멜라니와 합석하는 자리에서만은 그런 표정이 사라졌다. 멜라니를 쳐다볼 때면 그의 눈에서는 조롱하는 표정이 전혀 없었고, 느긋하게 훑어보는 태도도 완전히 사라졌으며, 그녀에게 애기할 때면 공손하고, 존경심이 어리고, 어서 봉사를 하려는 마음이 두드러진 어조가 그의 목소리에서 드러났다.

「왜 나보다 멜라니한테 당신이 그토록 더 잘해 주는지 난 이해가 가지 않아요.」 어느 날 멜라니와 피티가 낮잠을 자려고 자리를 뜨고 그와 단둘이만 남았을 때 스칼렛이 발끈해서 말했다.

멜라니가 뜨개질을 하려고 감는 실타래를 한 시간 동안이나 들어 주던 레트를 그녀는 지켜보았고, 애슐리와 그의 진급에 관해서 멜라니가 자부심을 느끼며 장황하게 얘기를 늘어놓았을 때 그가 지었던 멍청하고도 아리송한 표정도 눈여겨보았다. 스칼렛은 레트가 애슐리를 신통하게 생각하지 않으며, 소령으로 진급했다는 사실에 전혀 관심이 없음을 알았다. 그러면서도 그는 공손하게 대답했고, 애슐리의 용감성에 관해 적절한 말을 나지막한 목소리로 늘어놓았다.

그리고 어쩌다가 애슐리의 이름을 내가 입에라도 올렸다 하면 그는 눈썹을 곤두세우고는 고약하고도 야릇한 미소를 짓는단 말이야! 그녀는 짜증스럽게 생각했다.

「난 멜라니보다 훨씬 더 예뻐요.」 그녀가 말을 이었다. 「그런데 왜 당신이 멜라니한테 더 잘해 주시는지를 난 모르겠어요.」

「당신이 질투를 하는 모양이라고 내가 희망을 가져도 될까요?」

「잘난 체하지 말아요!」

「또 하나의 희망이 무너졌군요. 만일 내가 윌크스 부인에게 〈더 잘해 준다〉면, 그건 그녀가 그런 대우를 받을 자격이 충분하기 때문이죠. 그녀는 아주 보기 드문 여자여서, 남을 아낄 줄 아는 그런 진실한 사람이에요. 하지만 어쩌면 당신은 이러한 자질을 인식하지 못했을지도 모르죠. 그리고 그토록 젊은 나이임에도 불구하고 그 여자는 내가 사귀는 영광을 누렸던 몇 명 안 되는 훌륭한 숙녀들 가운데 한 사람이에요.」

「그럼 나는 훌륭한 숙녀가 못 된다 그런 얘긴가요?」

「우린 처음 만났을 때 당신이 전혀 숙녀가 아니라는 점에 대해서 동의를 했다고 생각하는데요.」

「아, 당신은 또 그 얘기를 꺼낼 정도로 무례하고도 밉살스러운 남자의 본색을 드러내는군요! 어린애처럼 어쩌다 한 번 성미를 부린 그런 일을 가지고 어째서 당신은 날 헐뜯으려고 그러시죠? 그건 오래전 일이고, 그 후 난 많이 성숙했고, 만일 당신이 자꾸만 입에 올리며 허튼소리를 늘어놓지 않았더라면 난 깨끗하게 잊어버렸을 사건이에요.」

「난 그것이 어린애처럼 한 번 성미를 부린 경우라고 생각하지도 않고, 당신이 달라졌다고도 생각하지 않아요. 당신은 무슨 일이 뜻대로 이루어지지 않으면 그때 못지않게 지금도 꽃병을 집어 던질 소질이 충분하니까요. 하지만 이제는 당신 뜻대로 일이 이루어지는 게 보통이죠. 그래서 골동품을 깨뜨릴 필요도 없고요.」

「아, 당신은 ─ 내가 남자였다면 좋겠어요! 내가 당신을 밖으로 불러내서 ─」

「그리고 분풀이를 하려다 목숨이나 잃겠죠. 나는 50미터 떨어진 곳에서 동전에 구멍을 뚫어 놓을 정도의 실력이니까요. 그러니까 앞으로도 보조개나 꽃병 따위, 당신에게 알맞은 무기에 의존하시는 편이 좋겠어요.」

「당신은 악당이에요.」

「그런 소리에 내가 화라도 낼 줄 알아요? 실망시켜 드려서 죄송하군요. 당신이 정말로 나쁜 면을 물고 늘어져 내 욕을 아무리 해봤자 난 화를 내지 않아요. 나는 분명히 악당인데, 그래서 나쁠 게 뭔가요? 여기는 자유로운 나라니까, 원한다면 악당이 되어도 상관없어요. 옳은 소리를 듣고도 욕을 먹었다고 화를 내는 사람은, 우리 친애하는 아가씨, 마음이 시커먼데도 그것을 감추려고 애쓰는 당신 같은 위선자들뿐이죠.」

지금까지 그토록 철저히 난공불락인 사람은 한 명도 만난 적이 없었기 때문에 그녀는 침착한 그의 미소와 느릿느릿한 말투 앞에서 한없이 무력했다. 그녀가 동원하는 어떤 말도 그에게 수치심을 느끼게 하지 못했기 때문에 경멸과, 냉정과,

공박이라는 그녀의 무기는 무디어지기만 했다. 거짓말쟁이는 자신의 성실함을 가장 열심히 옹호하고, 겁쟁이는 그의 용기를, 교양이 없는 사람은 그의 신사도를, 비열한 인간은 그의 명예를 가장 잘 내세운다는 성향을 그녀는 경험을 통해 알았다. 하지만 레트는 달랐다. 그는 모든 단점을 시인하며 웃고, 어디 더 얘기해 보라고 오히려 그녀를 부추겼다.

이 무렵 몇 달 동안, 그는 예고도 없이 도착했다가 작별 인사도 없이 떠나고는 했다. 다른 밀수업자들은 바다에서 그토록 멀리까지 들어올 필요를 느끼지 않았으므로, 스칼렛은 무슨 일로 그가 애틀랜타까지 찾아오는지 전혀 알 길이 없었다. 봉쇄선을 넘나드는 밀수업자들은 경매에서 밀수품을 사려고 남부 각처에서 모여든 상인들과 투기업자들의 무리가 기다리는 윌밍턴이나 찰스턴에 화물을 부렸다. 그녀를 만나기 위해 일부러 찾아왔으리라고 생각하면 기분이야 좋을 일이었지만, 허영심이 비정상적으로 강하기는 했어도 스칼렛은 그렇게는 믿지 않았다. 만일 그가 한 번이라도 그녀에게 수작을 걸었다든가, 그녀 주변에 몰려드는 남자들에 대해서 질투를 하는 듯싶었거나, 심지어는 그녀의 손을 잡으려고 했거나, 사진이나 손수건을 소중하게 간직하고 싶으니 하나 달라고 부탁했다면 스칼렛은 그가 자기에게 매혹되었다고 의기양양하게 생각했으리라. 하지만 그는 화가 날 정도로 사랑한다는 기미를 보이지도 않았고, 가장 난처한 문제는, 그로 하여금 무릎을 꿇게 하려는 그녀의 온갖 기교를 그가 환히 꿰뚫어 본다는 점이었다.

그가 애틀랜타로 찾아올 때면 여자들이 법석을 떨었다. 봉쇄선을 돌파하는 멋진 밀수업자라는 낭만적인 화려한 분위기가 그를 따라다녔을 뿐 아니라, 사악한 금단의 야릇한 유혹적인 요소도 또한 작용했다. 그의 평판은 그렇게도 나빴다! 그리고 애틀랜타의 유부녀들이 모여 한 차례 수군거릴 때마다 그의 평판은 더욱 나빠질 뿐이었고, 그럴수록 젊은 처녀들의 눈에는 그가 더욱 황홀한 존재가 되었다. 그리고 그들은 대부분 상당히 순진해서 그가 〈여자들하고의 관계가 상당히 난잡하다〉는 말 이외에는 거의 들은 얘기가 없었는데 ─ 〈난잡하다〉는 행동이 남자로서 어떻게 한다는 소리인지를 그들은 정확히 알지 못했다. 그들은 또한 그와 같이 있으면 어떤 여자도 안전하지 못하다고 귓속말을 주고받는 소리도 들었다. 그런 평판이 난 남자가 처음 애틀랜타에 나타난 이후 지금까지, 결혼을 안 한 처녀의 손에 키스 정도조차도 한 일이 한 번도 없다니, 참으로 이상한 일이었다. 하지만 그런 소문은 그를 더욱 신비하고 멋진 인물로 만들어 놓을 따름이었다.

군대의 영웅을 제외하고는 그가 애틀랜타에서 사람들의 입에 가장 자주 오르내리는 인물이었다. 그가 술주정을 하고 〈여자들과 무슨 문제〉를 일으켜 웨스트포인트에서 퇴학을 당한 얘기는 누구나 훤히 알았다. 그가 유혹했던 찰스턴 여자와, 그가 죽인 그녀의 오빠에 얽힌 굉장한 추문은 공공 소유물이나 마찬가지였다. 찰스턴에 사는 친구들과의 서신 왕래를 통해 애틀랜타 사람들이 더 자세히 알아낸 정보에 의하면, 의지력이 철석같고 꼿꼿하기가 이를 데 없는 그의 아버지는 그를 스무 살이 되던 해에 돈 한 푼 안 주고 집에서 쫓아냈고, 심지어는 가족 성서에서 이름까지 지워 버렸다고 했다. 그 후에 그는 1849년의 황금 폭주[82] 때 캘리포니아로 흘러갔

82 *Gold Rush*. 황금이 발견되자 많은 사람들이 미친 듯 캘리포니아로 몰렸던 사건.

다가, 거기에서 다시 남미와 쿠바로 갔는데, 이 무렵에 그가 벌였다는 행각을 들어 보면 전혀 아름답지를 못했다. 여자들 때문에 궁지에 몰리고, 몇 차례 총질을 벌이고, 중앙아메리카의 혁명가들과 비밀 총기 거래를 했으며, 그리고, 가장 나쁜 부분이었지만, 전문적인 도박도 그의 경력에 포함되었다는 사실을 애틀랜타 사람들은 전해 들었다.

도박을 하느라고 돈이나 집이나 땅이나 노예를 잃은 식구나 친척이 남자들 가운데 적어도 한 명은 있다는 슬픔을 겪지 않은 집안이 조지아에는 거의 없었다. 하지만 그것은 다른 문제였다. 남자란 도박을 해서 재산을 탕진하더라도 그대로 신사[83]의 신분을 유지하지만, 직업적인 도박사라면 당연히 사회에서 배척을 당하는 인물이었다.

전쟁으로 인해서 뒤바뀐 상황과, 남부 동맹 정부에 대한 그의 공헌만 아니었더라면, 레트 버틀러는 절대로 애틀랜타에서 받아들여지지 않았으리라. 하지만 이제는 지극히 고지식한 사람들까지도 보다 너그러운 마음을 가지는 자세가 바로 애국심이라고 느끼게 되었다. 보다 감상적인 사람들은, 버틀러 집안의 검은 양이 그의 잘못을 뉘우치고 죗값을 치르기 위해 열심히 노력한다는 시각으로 기울었다. 그래서 숙녀들은 그토록 용맹하게 봉쇄선을 넘나드는 인물의 경우에는 예외적으로 관용을 보여 줘야 할 의무감을 느꼈다. 이제는 남부 동맹의 운명이 전선에서 싸우는 병사들 못지않게 양키 함대를 피해 봉쇄선을 돌파하는 선박들의 기술에 달렸음을 누구나 다 알았다.

소문이 난 바로는, 버틀러 선장이 남부에서 가장 뛰어난

83 이 당시 미국과 유럽 사회에서의 〈신사〉는 동양의 〈군자〉에 해당하는 의미로 통했다.

키잡이들 가운데 한 사람이며, 대담하고 전혀 겁이 없다고 했다. 찰스턴에서 성장한 그는 항구 근처 캐롤라이나 연안의 후미와 여울과 모래톱과 바위를 손바닥처럼 환히 알았고, 윌 밍턴 주변의 바다도 마찬가지로 익숙하다고 했다. 그는 한 번도 배를 잃은 적이 없고, 화물을 바다에 버릴 정도로 궁지 에 몰렸던 적도 없었다. 별로 알려지지 않은 존재였던 그는, 전쟁이 발발하자, 돈을 잔뜩 가지고 나타나 작고 빠른 배를 샀으며, 봉쇄선을 돌파한 물건을 한 배 들여올 때마다 2천 퍼센트의 이윤을 냈고, 어느덧 그는 네 척의 배를 소유하게 되었다. 그는 훌륭한 조타수들을 두고 그들에게 보수를 두둑 하게 주었으며, 나소나 영국이나 캐나다로 갈 목화를 싣고 캄캄한 밤이면 찰스턴과 윌밍턴에서 몰래 빠져나갔다. 영국 의 목화 공장들은 휴업 상태여서 근로자들이 굶주리는 실정 이었으며, 양키 함대를 따돌릴 재주가 뛰어나서 봉쇄선을 돌 파한 선장이라면 누구나 리버풀에서 마음대로 값을 부를 입 장이었다. 레트의 배들은, 남부 동맹을 위해 목화를 실어 낼 때와 남부가 필사적으로 구하려는 전쟁 물자를 들여올 때 다 같이, 유난히 재수가 좋았다. 그렇다, 숙녀들은 그토록 용감 한 남자라면 굉장히 많은 흉을 잊어버리고, 무엇이라도 용서 해 줄 용의를 보였다.

그는 위풍당당한 체격이어서, 사람들이 걸음을 멈추고 뒤 돌아볼 만한 그런 풍채였다. 그는 거침없이 돈을 쓰고, 사나 운 검정 명마를 타고, 항상 유행의 첨단을 따르며 재단 솜씨 도 최고인 옷을 입었다. 이제는 군인들의 군복도 지저분하고 낡았으며, 민간인들은 가장 잘 차려입었을 때도 교묘하게 깁 고 꿰맨 흔적이 보이던 처지여서, 옷차림만 가지고도 그는 사 람들의 눈길을 끌기에는 충분했다. 그가 입는 엷은 황갈색 나사 천 바지는 검고 흰 바둑판무늬를 깔았으며, 스칼렛은 그런 우아한 바지를 한 번도 본 적이 없었다. 그가 걸친 조끼 또한 뭐라고 말로 표현하기 어려울 정도로 하나같이 멋있었고, 특히 자그마한 분홍빛 장미 봉오리를 수놓은 하얀 물결무늬의 비단 조끼가 그러했다. 그리고 그는 이런 찬란한 옷을 마치 아무렇지도 않다는 듯 더욱 우아한 기품을 보이며 입었다.

그가 누군가 점을 찍었다 하면, 그의 매력에 저항하려는 엄두를 낼 여자는 거의 없었고, 심지어는 메리웨더 부인까지도 마침내 누그러져서 그를 일요일 저녁 식사에 초대하기까지 했다.

메이벨 메리웨더는 키가 작은 그녀의 애인 주아브 장교가 다음 휴가를 얻어 나오면 그와 결혼할 예정이었고, 하얀 공단 드레스를 입고 결혼식을 올리리라고 단단히 마음을 먹었었지만, 남부 동맹에서는 하얀 공단을 구할 길이 없었기 때문에 결혼식 생각만 하면 울음을 터뜨리곤 했다. 지난 여러 해 동안의 결혼식에서 쓰였던 공단 드레스들이 군기(軍旗)를 만드는 데 모조리 동원되었기 때문에 예복을 빌려다 쓸 수도 없는 실정이었다. 애국적인 메리웨더 부인이, 남부 동맹의 신부는 집에서 짠 수직물 신부복이 제격이라고 딸을 야단치고 열심히 설명했지만, 소용이 없었다. 메이벨은 막무가내로 공단을 원했다. 그녀는 남부의 대의명분을 위해서라면 기꺼이 머리핀이나 단추나 멋진 구두나 사탕이나 차[茶]도 없이 지낼 용의가 있었고, 그런 검소함을 자랑스럽게 여기기까지 했지만, 결혼식 예복만큼은 공단이어야만 했다.

멜라니에게서 이런 사정을 알게 된 레트는 레이스가 달린 면사포와 반짝이는 하얀 공단을 영국에서 잔뜩 가지고 와서 결혼 선물로 그녀에게 주었다. 그는 물건들에 대한 값을 치르겠다는 말을 차마 꺼낼 생각조차 못 하게 만드는 그런 태도를 보이며 선물을 했고, 기쁨이 벅찬 나머지 메이벨은 그에게 키스까지 하려고 했다. 메리웨더 부인은 그토록 값비싼 선물, 그것도 몸에 걸치는 옷을 선물로 받는다는 행위가 지극히 올바르지 못함을 알기는 했지만, 레트가 〈우리들의 용감한 영웅과 결혼할 신부를 치장하려면 아무리 좋은 옷으로도 모자라다〉고 지극히 화려한 말로 찬사를 늘어놓는 바람에 거절할 말조차 생각이 나지 않았다. 그래서 메리웨더 부인은 그를 저녁 식사에 초대했고, 이렇게 양보를 한다면 선물의 대가를 치르고도 남는 셈이라고 믿었다.

그는 메이벨에게 공단을 가져다주었을 뿐 아니라 결혼식 예복을 만드는 데 대한 훌륭한 제안까지도 해주었다. 요즈음 유행의 추세를 보면 파리에서는 버팀살이 훨씬 넓어지고, 치마는 오히려 짧아졌다. 이제는 가장자리에 주름을 잡지 않고, 부채꼴 모양으로 꽃 줄 장식을 해서, 밑으로 합사 속치마가 보이도록 해야 좋았다. 그는 길거리에서 팬털렛 속바지를 하나도 못 보았는데, 아마 그것도 〈한물간 모양〉이라는 얘기도 했다. 나중에 메리웨더 부인은 엘싱 부인에게 만일 자기가 조금이라도 관심을 보였더라면 그가 파리 여자들은 어떤 종류의 속옷을 입는지도 자세하게 얘기했을지도 모른다고 말했다.

만일 남성적인 외모가 그만큼 두드러지지만 않았던들 그는 여성 의상과, 둥근 모자와, 머리 모양에 관해서 지나치게 자세히 기억한다는 이유로, 여자 같다면서 지극히 천박한 인물이라고 경멸을 당했을지도 모를 일이었다. 숙녀들은 유행하는 의상에 관한 질문을 그에게 퍼부을 때면 항상 약간 거북한 기분이 들었지만, 그래도 어쨌든 질문을 했다. 봉쇄선을 뚫고 들어오는 의상 관련 서적이 별로 없었기 때문에 그들은 파선을 당한 뱃사람들만큼이나 유행의 세계와는 동떨어진 처지였다. 프랑스의 여자들이 머리를 면도칼로 빡빡 밀어 버리고 너구리 털가죽 모자를 쓴다고 해도 알 턱이 없었던 터라, 여자 옷의 가장자리 장식에 관한 레트의 기억은 『고디 숙녀 잡지*Godey's Lady's Book*』[84]의 훌륭한 대용품 노릇을 했다. 그는 여자들이 무척이나 소중하게 마음에 담아 두는 자질구레한 취향을 세밀하게 파악할 줄 알았을 뿐 아니라 실제로 자세히 눈여겨보았으며, 한번 외국 여행을 다녀온 다음이면 항상 여자들에게 둘러싸여, 금년에는 둥근 모자가 훨씬 작아졌고 훨씬 높이 올려 써서 머리의 윗부분을 거의 다 가리며, 깃털과 꽃으로 모자를 장식한다든가, 프랑스의 황후가 야회복 차림을 할 때는 쪽 찐 머리를 하지 않고 머리카락을 꼭대기에 틀어 올려 귀를 몽땅 드러낸다거나, 놀라울 정도로 젖가슴을 잔뜩 드러내는 만찬 야회복이 다시 유행한다는 따위의 얘기를 전해 주었다.

몇 달 동안 애틀랜타에서 그는 과거의 평판에도 불구하고, 그리고 그가 봉쇄선 돌파뿐 아니라 식량의 투기에도 손을 댄다는 막연한 소문에도 불구하고, 가장 낭만적이고도 인기가 높은 인물이었다. 그를 좋아하지 않는 사람들은 그가 애틀랜타를 한 번 다녀가기만 하면 물가가 5달러씩 뛰어오른다는 소문을 퍼뜨렸다. 하지만 그런 흉흉한 소문이 퍼지기는 했어도, 그가 인기를 얻어야 할 필요성을 느꼈다면 인기를 유지

---

84 루이스 A. 고디Louis A. Godey와 찰스 알렉산더Charles Alexander 가 1830년에 창간한 미국 최초의 여성 잡지.

하기가 어렵지도 않았으리라. 하지만, 애국적이고 착실한 시민들의 무리를 시험해 보고 그들에게서 존경심과 마지못한 호감을 얻어 낸 다음에, 마치 그는 지금까지 자신이 보여 준 행동이 연극에 지나지 않으며 그런 장난이 이제는 재미가 없어졌음을 그들에게 일부러 보여 주려는 어떤 못된 내적인 충동을 느껴 작심이라도 한 듯, 의도적으로 그들을 모욕하고 적대시하는 태도를 보였다.

마치 그는 남부의 모든 사람과 모든 것, 특히 남부 동맹에 대해서 총체적인 혐오감을 느끼며, 그런 혐오감을 숨기려고 조금도 애를 쓰지 않는 눈치였다. 남부 동맹에 관한 그의 견해 때문에 애틀랜타 사람들은 그에게 처음에는 당혹을, 그러고는 냉정한 반감을, 그러고는 들끓는 분노를 나타냈다. 미처 1862년이 가고 1863년이 오기도 전에, 사람들이 모이는 자리에 그가 나타나면 남자들은 일부러 냉담한 태도를 보이며 그에게 절을 했고, 여자들은 딸을 옆으로 끌어당겨 챙기기 시작했다.

그는 애틀랜타 사람들의 진지하고 불타오르는 충성심을 모욕하는 데서 그치지 않고, 자신을 지극히 나쁜 인간으로 부각시키는 노력을 기쁨으로 여기는 듯싶었다. 호의를 보여 주려고 봉쇄선을 돌파하는 그의 용감성을 어쩌다 누가 칭찬하더라도, 그는 위기에 처하면 전선에서 싸우는 용감한 청년들이나 마찬가지로 자신도 언제나 겁이 잔뜩 나서 벌벌 떤다고 태연하게 대답했다. 비겁한 남부 동맹의 병사는 한 명도 없었다고 누구나 다 믿었으므로, 그들은 이 말을 들으면 유난히 화가 났다. 그는 걸핏하면 병사들을 〈우리 용감한 청년들〉이나 〈회색 제복의 우리 영웅들〉이라고 불렀는데, 그런 표현을 쓸 때마다 지극히 심한 혐오감을 상대방이 확실하게 느끼게끔 했다. 젊은 숙녀들이 혹시 그의 환심을 사고 싶은 마음에서, 레트가 그들을 위해 싸우는 영웅들 가운데 한 사람이 되었다고 용기를 내어 그에게 고마움을 나타내면, 그는 공손히 절을 하고 나서, 만일 똑같은 돈만 준다면 양키 여자들을 위해서도 같은 일을 할 테니까 그런 말씀은 마시라고 면박을 주었다.

자선 행사가 열리던 날 밤에 애틀랜타에서 스칼렛이 그를 처음 만난 이후로 그는 스칼렛에게 항상 그런 말투로 얘기를 했었지만, 이제는 누구하고 대화를 나눌 때도 그의 목소리에는 경멸의 엷은 그늘이 깔렸다. 남부 동맹에 대한 공헌 때문에 칭찬을 받으면 그는 예외 없이 봉쇄선 돌파가 자기에게는 돈벌이 사업일 따름이라고 대답했다. 만일 정부에서 하청을 받는 일이 그만큼 돈만 잘 벌린다면, 틀림없이 그는 봉쇄선을 돌파하는 위험천만한 일을 당장 집어치우고, 남부 동맹에 싸구려 피복과, 모래를 섞은 설탕과, 부패한 밀가루와, 썩은 피혁을 파는 장사를 시작하겠다고 말하면서, 정부로부터 하청을 받는 사람들을 노려보기도 했다.

그가 하는 말은 대부분 반박의 여지가 없는 진실이었고, 그래서 사태가 더욱 악화되었다. 정부의 하청업자들에 관한 사소한 갖가지 추문은 벌써부터 나돌던 얘기였다. 전방에서 싸우는 장병들은 한 주일이면 닳아 떨어지는 신발과, 점화도 되지 않는 화약과, 조금만 힘을 주어 당겨도 툭 끊어지는 마구(馬具)와, 부패한 고기와, 바구미가 우글거리는 밀가루 때문에 불평하는 편지를 끊임없이 고향으로 보냈다. 애틀랜타 사람들은 그런 물건을 정부에 조달하는 군수업자들은 조지아가 아니라 틀림없이 앨라배마나 버지니아나 테네시의 하청업자들이리라고 굳이 믿으려고 애썼다. 조지아의 하청업자들은 가장 훌륭한 명문의 자손들이 아니었던가? 그들은 병원 기금과 장병 유족의 고아들을 위한 헌금을 가장 먼저 낸 사람들이 아니었던가? 그들은 「딕시」가 나오면 가장 먼저 환호성을 올리고, 적어도 웅변을 통해서나마, 양키의 피를 가장 열렬하게 요구했던 사람들이 아닌가? 정부와의 하청 계약에서 폭리를 취하는 모리배들에 대한 분노가 아직은 본격적으로 터지지를 않았고, 그래서 레트의 얘기는 그저 바탕이 나쁜 그의 출신 성분에 대한 증거로만 여겨졌다.

그는 높은 자리에 앉은 사람들이 돈밖에 모른다는 암시와 전장에서 싸우는 장병들의 비겁함에 관한 비방으로 애틀랜타 사람들을 모욕했을 뿐 아니라, 점잖은 유지들을 난처한 입장으로 교묘하게 몰아넣는 짓도 즐겼다. 그는 주변에서 잘 난 체하는 사람들과 위선자들이나, 애국심을 내세우고 허풍을 떠는 사람들을 보면, 풍선을 바늘로 찔러 보고 싶은 충동을 이기지 못하는 어린 소년처럼 그들을 쑤셔 보고 싶어서 견디지를 못했다. 그는 허풍을 떠는 사람들을 완전히 납작하게 바람을 빼놓고, 무식하거나 완고한 사람들의 본색을 들춰 냈는데, 그러는 솜씨가 어찌나 교묘했던지 그의 희생자들은 그가 겉으로만 공손하게 관심을 보이는 태도에 속아 넘어가서, 무슨 상황이 벌어지는지도 전혀 의식하지 못하다가 결국은 바람에 날려 높이 둥둥 떠다니는 경박하고 우스꽝스러운 자신의 모습을 뒤늦게 깨닫기가 십상이었다.

애틀랜타 사람들이 그를 받아 주던 몇 달 동안에 스칼렛은 그에 관해서 아무런 환상에도 사로잡히지 않았다. 그녀는 세심한 신사도와 화려한 말투가 하나같이 빈정대는 마음에서 나왔음을 알았다. 그가 멋지고 애국심에 불타서 봉쇄선을 돌파하는 영웅처럼 연기를 계속한 이유도 그저 재미 삼아서 그랬을 뿐임을 그녀는 알았다. 그녀의 눈에는 가끔 그가 짓궂은 장난을 치는 데 정신이 팔린 말썽꾸러기 탈턴 댁 쌍둥이라든가, 못된 짓을 많이 해서 부모의 속을 썩이던 고약한 폰테인 댁 아이들이라든가, 누구를 속이려고 밤새도록 잠도 안 자고 못된 계획을 꾸미던 캘버트 댁 아이들처럼, 그녀가 함께 자란 카운티의 청년들과 다를 바가 없어 보였다. 하지만 레트의 경우에는 얼핏 보면 가볍게 지나치는 듯싶어도 사실은 악의에 찬 무엇이, 은근한 잔인성이, 으스스한 무엇이 바닥에 깔렸다는 점이 달랐다.

비록 그에게서 진지함이 결여되었음을 환히 알기는 해도, 그녀는 봉쇄선을 돌파하는 낭만적인 모험가로서의 그를 훨씬 더 좋아했다. 이유를 한 가지 꼽는다면, 그러는 편이 그와 교제를 하는 그녀 자신의 입장을 처음보다 훨씬 쉽게 만들어 주었다. 그래서 그가 연극을 집어치우고 애틀랜타 사람들의 호의를 고의적으로 떨쳐 버리려는 노골적인 행동을 드러내기 시작하자, 스칼렛은 굉장히 기분이 나빴다. 그녀가 기분이 나빴던 이유는, 그런 행동이 어리석기도 하려니와 그에게 쏟아지는 가혹한 비난이 부분적으로는 그녀에게도 떨어지기 때문이었다.

레트가 사교계에서 배척을 받게 된 마지막 중대한 사건이 벌어진 계기는 회복기 장병들을 위해 엘싱 부인이 개최한 은화(銀貨) 음악회였다. 그날 오후 엘싱 댁은 휴가를 나온 병사들과, 병원에서 수용된 장병들과, 향토 경비 대원과 민병대의 대원들, 그리고 유부녀들과, 미망인들과, 젊은 처녀들로 붐볐다. 집 안의 의자는 하나도 남기지 않고 자리가 찼으며, 심지어는 긴 나선형 층계까지도 손님들이 잔뜩 몰려 앉았다. 엘싱 댁 시종이 문간에서 들고 대기하던 커다란 납유리 주발에 가득 찬 은화는 두 차례나 비웠다. 이제는 은화 1달러면 남부 동맹 지폐로 쳐서 60달러의 가치였으므로, 그것만 해도 행사는 성공적이었다.

조금이라도 재주를 과시하고 싶은 처녀들이 앞다투어 노래를 부르거나 피아노를 연주했고, 활인화(活人畵)[85]는 아첨이 담긴 박수를 받았다. 스칼렛은 멜라니와 함께 감동적인 이중창 「꽃잎에 이슬이 맺히면」을 부르고는 재창의 요구를 받아서 훨씬 활기찬 「오, 주여, 아가씨들, 스티븐에게 신경 쓰지 마세요」를 불렀을 뿐 아니라, 마지막 활인화 장면에서 남부 동맹의 정신을 나타내는 역으로 뽑혔기 때문에, 기분이 무척 흐뭇했다.

빨강과 파랑 허리띠를 두르고 투박한 흰 무명으로 만들어 점잖게 밑으로 늘어뜨린 희랍의 긴 의상을 걸치고, 한 손에는 〈별과 띠〉[86]를 들고, 다른 손으로는 앞에서 무릎을 꿇은 앨라배마의 캐리 애시번 대위에게 찰스와 그의 아버지가 소유했던 황금빛 손잡이가 달린 군도(軍刀)를 내민 그녀의 모습은 지극히 매혹적이었다.

활인화 장면이 끝나자 그녀는 자기가 만들어 낸 아름다운 장면을 그가 제대로 감상했는지 확인하려고 자기도 모르게 레트의 눈길을 찾아보았다. 언쟁을 벌이는 그를 보고, 어쩌면 그녀를 아예 거들떠보지도 않았을지 모른다는 사실을 깨닫자, 스칼렛은 약이 올랐다. 스칼렛은 그를 둘러싼 사람들의 얼굴을 보고는 그가 하는 얘기 때문에 그들이 격분했음을 알았다.

85 *tableaux vivants*. 특정한 의상을 걸치고 무대에 나와 포즈를 취하거나 정적인 모습을 보여 주는 프랑스의 예술 형식.
86 남부 동맹의 국기.

그녀는 그들에게로 헤치며 나아갔고, 사람들이 모인 자리에서 가끔 찾아오는 그런 묘한 침묵이 흐르는 동안, 민병 대원 윌리 가이넌의 또렷한 말이 들려왔다. 「그러니까, 선생님, 당신은 우리 영웅들이 목숨을 바친 남부의 대의명분이 성스럽지 못하다는 뜻으로 그런 말씀을 하셨나요?」

「당신이 기차에 치여 죽는다고 해도 당신의 죽음이 철도 회사를 신성하게 해주지는 않아요, 안 그렇습니까?」 레트가 물었는데, 그의 목소리는 마치 겸손하게 의견을 묻는 듯한 투였다.

「보세요.」 떨리는 목소리로 윌리가 말했다. 「만일 여기가 집 안이 아니라 바깥이었다면 ──」

「어떤 일이 벌어질지 생각만 해도 난 벌벌 떨리는군요.」 레트가 말했다. 「물론 당신의 용기가 워낙 널리 알려졌기 때문이죠.」

윌리는 얼굴이 새빨개졌고, 대화가 중단되었다. 모두들 당황했다. 윌리는 힘세고, 건강하고, 군 복무를 할 나이였지만, 전쟁에 나가지를 않았다. 물론 그는 어머니에게 남은 단 하나뿐인 아들이었고, 어쨌든 누구인가는 민병대에 남아 조지아 주를 지켜야 했다. 하지만 레트가 용기를 거론하자 회복기의 장교들 몇 명이 깔보고 코웃음을 치는 소리가 들렸다.

〈아, 저 남자는 왜 입을 닥치지 못할까!〉 스칼렛은 화가 나서 생각했다. 〈이 모임을 몽땅 잡쳐 놓았잖아!〉

닥터 미드의 표정은 험악했다.

「당신에게는 아무것도 성스럽지 못할지 모르죠, 젊은이.」 연설을 할 때면 항상 사용하는 목소리로 그가 말했다. 「하지만 남부의 애국적인 남자들과 부인들에게는 성스러운 대상이 많아요. 약탈자들로부터 우리 땅의 자유를 지키는 일도 그렇고, 주권(州權)도 그렇고 ─.」

레트는 여유만만해 보였고, 목소리는 따분한 듯 느긋한 어조였다.

「전쟁이란 다 신성합니다.」 그가 말했다. 「전쟁에서 싸워야 하는 사람들에게는 그렇죠. 만일 전쟁을 일으킨 사람들이 그 전쟁을 성스럽게 꾸며 놓지 않았다면, 전쟁에 나가서 싸울 정도로 멍청한 사람이 어디 있겠습니까? 하지만, 전쟁터에서 싸우는 멍청이들에게 웅변가들이 어떤 열렬한 표어를 제시하든지 간에, 그리고 전쟁에 어떤 숭고한 목적의식을 부여하든지 간에, 전쟁을 하는 이유란 한 가지밖에 없습니다. 돈이라는 이유죠. 모든 전쟁은 사실상 돈 싸움입니다. 하지만 그런 진실을 깨닫는 사람이 너무나 드물어요. 사람들은 나팔과 북 소리, 그리고 고향에서 호의호식하며 지내는 웅변가들의 멋진 연설 때문에 다른 소리는 귀에 들리지도 않아요. 때로는 사람들이 〈이단자들로부터 그리스도의 무덤을 지켜라!〉[87]라고 외칩니다. 때로는 〈천주교를 타도하라!〉[88]고 절규하는가 하면, 때로는 〈자유를 달라!〉고 외치며, 또 어떤 때는 〈목화와, 노예 제도와, 주권을 지키자!〉라는 구호로 바뀝니다.」

〈도대체 천주교는 왜 들먹이고 야단일까?〉 스칼렛은 생각했다. 〈그리스도의 무덤도 그렇고.〉

하지만 화가 난 사람들이 모여 선 쪽으로 그녀가 서둘러 가는 사이에, 레트가 의기양양하게 절을 하고는, 사람들을 헤치고 문간을 향해 가려고 했다. 그녀가 뒤따라가려 했지만

87 십자군이 내세우던 구호로, 이슬람교도들의 손으로부터 예루살렘을 해방시키자는 뜻.
88 종교 개혁 당시 신교에서 부르짖던 구호.

엘싱 부인이 치마를 잡으며 말렸다.

「가게 그냥 놔둬요.」 긴장감으로 조용한 방의 구석구석까지 들릴 만큼 또렷한 목소리로 그녀가 말했다. 「그 사람 가게 그냥 놔둬요. 저 사람은 반역자고, 투기업자예요! 저 사람은 우리들이 품에 안고 젖을 먹여 기른 독사라고요!」

그가 일부러 들으라고 한 소리였지만, 현관에서 그 말을 듣고 레트는 모자를 벗어 손에 들고 돌아서더니, 잠깐 방 안을 둘러보았다. 그는 엘싱 부인의 납작한 가슴을 뚫어져라 쳐다보더니, 갑자기 빙그레 웃고는, 절을 하고 방에서 나갔다.

메리웨더 부인은 피티 고모의 마차를 타고 집으로 돌아갔는데, 네 여자가 자리에 앉자마자 그녀는 화를 벌컥 냈다.

「자, 어때요, 피티팻 해밀턴! 그만하면 만족하셨겠군요!」

「뭣 때문에요?」 피티가 걱정스럽게 소리쳤다.

「당신이 싸고돌던 못된 남자 버틀러가 보여 준 행동 말이에요.」

피티팻은 갑작스러운 비방에 너무 흥분해서, 메리웨더 부인도 역시 레트 버틀러를 몇 차례 집으로 초청했었다는 사실을 미처 기억조차 못 하며, 온몸을 부르르 떨었다. 스칼렛과 멜라니는 기억을 했지만, 어른들에게는 공손해야 한다고 배우며 자랐기 때문에, 그런 사실을 입에 올리지 않았다. 그들은 장갑을 낀 손만 열심히 내려다보았다.

「그는 우리들 모두를, 그리고 또 남부 동맹도 모욕했어요.」 메리웨더 부인이 말했고, 반짝거리는 프랑스의 매듭 공예 장식품을 단 육중한 가슴이 격렬하게 들먹였다. 「우리들더러 돈 때문에 싸운다는 소리를 하다니! 우리들의 지도자들이 우릴 속였다는 소리도 하고! 그 사람은 감옥에 처넣어야 해요.

그래요, 감옥으로 보내야 해요. 난 그 얘길 닥터 미드한테 해보겠어요. 메리웨더 씨가 살아 있기만 했다면 가만두지 않았을 텐데! 자, 피티 해밀턴, 내 얘기를 들어요. 그런 못된 인간은 다시는 집에 들여놓아선 안 돼요!」

「오.」 차라리 죽어 버렸으면 좋겠다는 듯한 표정으로 피티가 무기력하게 얼버무렸다. 그녀는 눈을 내리깐 두 젊은 여자에게 애원하는 눈길을 보냈고, 그러고는 희망을 걸고 피터 아저씨의 꼿꼿한 등을 쳐다보았다. 그녀는 피터가 한마디도 빼놓지 않고 얘기에 귀를 기울여 열심히 들었음을 알았고, 자주 그러듯이 그가 시선을 돌리고 대화에 끼어들기를 바랐다. 그녀는 그가 〈보세요, 돌리 마님, 피티 마님 귀찮다 하게 굴지 말아요〉라고 말하기를 바랐지만, 피터는 꼼짝도 하지 않았다. 그는 진심으로 레트 버틀러를 못마땅하게 생각했고, 가엾은 피티도 그런 사실을 알았다. 그녀는 한숨을 짓고 말했다. 「글쎄요, 돌리, 만일 그렇게 생각한다면 ──」

「그렇게 생각하고말고요.」 메리웨더 부인이 단호하게 쏘아붙였다. 「도대체 무엇에 홀려 그를 애초부터 받아들였는지 난 상상도 안 가요. 오늘 오후의 사건 이후로는 애틀랜타의 점잖은 집이라면 그를 반겨 맞을 곳이 하나도 없을 거예요. 피티도 용기를 좀 내어 그가 집에 오지 못하게 금해요.」

그녀는 날카로운 눈길을 젊은 여자들에게로 돌렸다. 「두 사람도 내 얘기를 귀담아듣기 바라요.」 그녀는 말을 이었다. 「그를 그토록 반갑게 대해 준 두 사람에게도 부분적인 책임이 있어요. 그의 존재와 불손한 말투는 여러분 집에서 분명히 환영을 받지 못한다는 얘기를 공손하지만 단호하게 해줘요.」

이쯤 되자 스칼렛은, 낯선 사람의 험한 손이 말굴레를 건드리자 당장 두 발로 벌떡 일어서는 말처럼, 속이 부글부글

끓었다. 하지만 그녀는 두려워서 말을 못 했다. 그녀는 메리
웨더 부인이 어머니에게 또 편지를 쓰게 만드는 모험을 하고
싶지 않았다.

〈이 늙은 들소 같으니라고!〉 분노를 짓누르느라고 새빨개
진 얼굴로 그녀는 생각했다. 〈이래라저래라 말이 많은 당신
태도를 내가 어떻게 생각하는지 솔직히 한마디 해주면 얼마
나 속이 시원할까!〉

「살다 살다 세상에 우리들의 대의명분에 대한 그런 불손
한 말을 듣게 되리라고는 전혀 생각도 못 했어요.」 분노에 휘
말린 메리웨더 부인이 얘기를 계속했다. 「그리고 우리들의
명분이 의롭고 거룩하다고 생각하지 않는 사람은 누구라도
교수형에 처해야 해요! 난 두 사람이 다시는 그 사람 얘기를
입에 올리지 않기를 바라요. 저런, 멜리, 어디 불편해요?」

멜라니는 얼굴이 창백했고, 눈은 잔뜩 부릅떴다.

「난 그 사람하고 다시 얘기를 하겠어요.」 그녀는 나지막한
목소리로 말했다. 「난 그 사람한테 무례하게 대하지도 않겠어
요. 나는 그 사람이 집에 찾아오지 못하게 막지도 않겠고요.」

메리웨더 부인은 주먹으로 한 방 얻어맞아 폭발이라도 일
으키는 듯 폐에서 숨을 푹 내쉬었다. 피티 고모의 통통한 입
이 딱 벌어졌고, 피터 아저씨가 시선을 돌려 멜라니를 노려보
았다.

〈그래, 왜 난 저런 말을 할 용기가 없었을까?〉 감탄과 질투
가 뒤섞인 감정으로 스칼렛은 생각했다. 〈저 작은 토끼 같은
여자가 도대체 어디서 저렇게 용기가 나서 노부인 메리웨더
에게 대들까?〉

멜라니는 두 손이 브들부들 떨렸지만, 지체했다가는 용기
가 달아날까 봐 두려운 듯, 서둘러 말을 계속했다.

「내가 그 사람에게 무례한 태도를 보이지 않겠다는 까닭은 그분이 한 말 때문인데 — 남들 앞에서 그런 얘기를 하다니 무례한 짓이고 지극히 요령이 없는 행동이기는 했지만 — 하지만 그건 — 애슐리도 같은 생각이에요. 그리고 난 내 남편과 같은 생각을 하는 남자를 우리 집에 드나들지 못하게 막고 싶지는 않습니다. 그건 옳지 않으니까요.」

메리웨더 부인은 숨을 돌리더니 다시금 공격을 감행했다.

「멜리 해밀턴, 난 평생 그런 거짓말은 처음 들어요! 윌크스 집안에는 겁쟁이가 한 명도 없었고 —」

「난 애슐리가 겁쟁이라는 말은 절대로 하지 않았어요.」 눈을 번득이기 시작하며 멜라니가 말했다. 「난 그이가 생각하는 바가 버틀러 선장의 생각과 같다고 말했는데, 다만 표현하는 방법이 다를 뿐이에요. 그리고 난 그이가 뮤지캘에서 그런 소리를 하고 돌아다니지 않으시기만 바라요. 하지만 그이는 나한테 보낸 편지에서 그런 얘기를 하셨어요.」

애슐리가 편지에다 무슨 얘기를 썼기에 멜라니로 하여금 저런 말을 하게 만들었을까 기억을 더듬으려고 애를 쓰는 동안 스칼렛의 마음속에서는 양심의 가책이 머리를 들었지만, 대부분의 편지는 다 읽고 나면 당장 그녀의 머리에서 잊혀지기가 보통이었다. 그녀는 멜라니가 그냥 머리가 돌아 버렸다고 생각했다.

「애슐리는 편지에서 우리가 양키들하고 싸우기로 한 결정이 잘못이었다고 그랬어요. 그리고 편견에 가득 차고 표어만 내세우는 정치가들과 웅변가들에게 배반을 당해서 우리들이 전쟁에 말려들었다는 얘기도 했고요.」 멜리가 다급하게 말했다. 「그이는 전쟁이 우리들에게 끼칠 피해를 감수할 만한 가치가 있는 대상이 세상에는 하나도 없다고 그랬어요. 그이는

412

영광으로 돌릴 일이 하나도 없고 ─ 비극과 추악함뿐이라고 그랬어요.」

〈아! 그 편지.〉 스칼렛은 생각했다. 〈그게 그런 뜻이었나?〉

「난 그 말을 안 믿어요.」 메리웨더 부인이 단호하게 말했다. 「멜리는 남편이 한 말의 의미를 잘못 이해한 모양이에요.」

「난 애슐리의 말을 잘못 이해하는 일이 절대로 없어요.」 입술이 파르르 떨리기는 했어도 조용한 목소리로 멜라니가 대답했다. 「난 그이를 완전히 잘 이해해요. 그이는 버틀러 선장님이 한 바로 그런 야기를 했고, 다만 표현 방법이 무례하지 않았을 따름이죠.」

「애슐리 윌크스처럼 훌륭한 남자를 버틀러 선장 같은 불한당에다 비교하다니. 자신을 부끄럽게 생각해야 해요! 보아하니 멜라니도 우리들의 대의명분을 하찮게 생각하겠군요!」

「난 ─ 난 내가 어떻게 판단해야 할지는 모르겠어요.」 열띤 흥분이 수그러들며, 자기도 모르게 마구 떠들어 댄 데 대해서 겁이 덜컥 나서, 멜라니가 어정쩡하게 말문을 열었다. 「난 ─ 난 애슐리나 마찬가지로 대의명분을 위해 죽을 용의는 있어요. 하지만, 내 애긴 ─ 내 애긴 ─ 남자들이 훨씬 더 똑똑하니까, 따지는 일은 남자들에게 맡기고 싶을 뿐이에요.」

「난 그런 소리는 처음 들어요.」 메리웨더 부인이 코웃음을 쳤다. 「세워요, 피터 아저씨, 우리 집을 지나쳤잖아요!」

등 뒤의 대화에 정신을 팔린 피터 아저씨는 메리웨더 댁의 마차 승강단을 지나쳤기 때문에 말에게 다시 뒷걸음질을 시켜야 했다. 둥근 모자의 끈을 폭풍우 속의 돛처럼 휘날리며 메리웨더 부인이 내렸다.

「나중에 후회할 테니 두고 봐요.」 그녀가 말했다.

피터 아저씨가 채찍으로 말을 때렸다.

「피티 마님 흥분시킨다 한 거 두 젊은 마님 부끄럽다 마땅
해요.」그가 꾸짖었다.

「나 흥분하지 않았어.」이보다 훨씬 덜한 일에도 걸핏하면
기절을 하고 법석을 부리던 피티가 놀랍게도 대답했다.「멜
리, 애야, 난 내 편을 들어 주느라고 네가 그랬다는 걸 알고,
정말이지 누군가 돌리의 콧대를 꺾어 놓는 꼴을 보니까 속이
시원하더구나. 그 여잔 너무 잘난 체하거든. 너 어디서 그런
용기가 났니? 하지만 너 애슐리에 대해서 꼭 그런 얘기를 할
필요는 없었잖아?」

「하지만 그건 사실이에요.」멜라니가 대답하고는 조용히
흐느껴 울기 시작했다.「그리고 난 그이가 그렇게 생각하는
걸 부끄럽게 여기지 않아요. 그이는 전쟁이 전적으로 잘못이
라고 생각하지만, 그래도 기꺼이 싸워 목숨을 바칠 각오이
고, 그건 스스로 옳다고 생각하는 바를 위해 싸울 때보다는
훨씬 더 많은 용기가 필요해요.」

「맙쇼, 멜리 아씨, 여기 복숭아나무 거리 울지 말아요.」말
의 걸음을 재촉하며 피터 아저씨가 꿍얼거렸다.「사람들 뭐라
쑤군쑤군한다 그래요. 우리 다 집 갈 때 되었다까지 참아요.」

스칼렛은 아무 말도 하지 않았다. 그녀는 위안을 얻고 싶
어서 그녀의 손바닥에 얹은 멜라니의 손을 잡아 주지도 않았
다. 그녀는 애슐리가 아직도 자기를 사랑한다는 사실을 스
스로 확인하기 위해서, 오직 그 한 가지 목적만을 위해서 그
의 편지를 읽었었다. 그런데 멜라니는 스칼렛의 눈에 거의 띄
지도 않았던 구절들에다 새로운 의미를 부여했다. 애슐리처
럼 철저하고 완벽한 사람이 레트 버틀러 같은 그런 타락한
인간과 생각이 조금이라도 일치한다는 사실을 깨닫고 그녀
는 충격을 받았다. 스칼렛은 생각했다. 〈두 사람 다 전쟁의

진실을 파악했지만, 애슐리는 그래도 기꺼이 죽으려 하고 레트는 그렇지 않아. 내 생각엔 그것이 레트가 똑똑하다는 증거라고 생각해.〉 그녀는 애슐리에 대해서 자기가 그런 생각을 했다는 데 대해서 두려움을 느껴 잠깐 생각을 멈추었다. 〈두 사람 다 불쾌한 진실을 보기는 하지만, 레트는 그것을 정면에서 직시하고 솔직하게 얘기함으로써 사람들의 분노를 자극하고, 애슐리는 그것을 직시하면 견디기가 힘들겠지.〉

뭐가 뭔지 통 모를 일이었다.

제13장

　메리웨더 부인이 괴롭히며 부추기는 바람에 미드 박사는, 레트의 이름을 언급하지는 않았지만 암시하는 의미가 뚜렷하게 드러나는 편지를 써서, 신문사로 보내는 행동을 취했다. 편지에 담긴 사회적인 극적 요소를 의식한 편집국장은 그것을 신문의 2면에 게재했는데, 신문의 처음 두 쪽은 노예, 노새, 쟁기, 관, 팔거나 세놓을 집, 몰래 치료해야 하는 병을 고치는 약, 낙태 약, 상실한 정력을 되찾는 강장제 따위의 광고에 할애하기가 보통이었으므로, 2면에 게재했다는 사실 자체만도 획기적인 사건이었다.

　의사의 편지를 효시로 삼아 투기업자와, 모리배와, 정부 하청업자들에 관한 원성이 사방에서 뒤따라 남부 전역으로 퍼져 나가기 시작했다. 양키 포함(砲艦)들이 물샐틈없이 찰스턴의 항구를 막아 버린 지금, 가장 중요한 봉쇄선 돌파구인 윌밍턴 항구의 상황은 노골적인 추태의 지경까지 이르렀다. 투기업자들이 윌밍턴으로 몰려들었고, 현금을 확보했기 때문에 그들은 배에 싣고 들어온 상품을 매점해서, 값이 오르도록 묶어 두었다. 생활필수품이 점점 더 귀해지니까 매달 물가가 올랐고, 그래서 항상 물가 앙등이 뒤따랐다. 민간인들은 투기업자들이 조작한 가격에 사서 쓰거나, 아니면 그냥 없이 지내는 도리밖에 없었고, 가난하거나 그럭저럭 살아가는 사람들은 점점 더 심한 어려움을 겪었다. 물가가 오르면서 남부 동맹의 화폐 가치가 그만큼 떨어졌고, 화폐 가치가 빠른 속도로 폭락하자 미친 듯 사치 풍조가 심해졌다. 봉쇄선을 넘나드는 선박들은 필수품을 들여오라는 위탁을 받았고, 사치품은 부수적으로만 취급하도록 허락되었지만, 이제는 남부 동맹에서 절대적으로 필요한 물건을 제쳐 놓고 상선들은 저마다 보다 값비싼 사치품만 들여왔다. 사람들은 내일이 오면 가격이 더 오르고 화폐 가치는 더욱 떨어질까 봐 걱정스러워서, 수중에 가진 돈을 몽땅 털어 미친 듯 사치품을 사들였다.

더욱 사태를 악화시키는 요인이었지만, 윌밍턴에서 리치먼드를 연결하는 철도는 선이 하나뿐이었고, 교통수단이 모자라 수천 통의 밀가루와 베이컨이 철도 변 역에서 썩어 가는 동안, 포도주와 호박단(琥珀緞)과 커피를 팔려는 투기업자들은 그들의 상품이 윌밍턴에 상륙한 후 이틀이면 리치먼드까지 언제라도 수송하도록 손을 썼다.

레트 버틀러가 네 척의 배를 운영하여 엄청난 가격으로 화물을 팔아먹을 뿐 아니라 다른 배들이 싣고 온 물건까지 매점 매석을 해서 값이 오를 때까지 재둔다는 소문이, 처음에는 수군수군 뒷전으로만 돌더니, 이제는 공개적인 화제가 되어 버렸다. 나도는 얘기에 의하면 그는 백만 달러에 달하는 기업 조직을 거느리고는, 윌밍턴을 본부로 삼아, 봉쇄선을 돌파하고 들어온 상품을 항구에서 곧장 사들인다고 했다. 기업인들의 조직은 윌밍턴과 리치먼드에서 수십 개나 되는 창고를 운영하는데, 창고마다 값이 오르기를 기다리는 식품과 피복이 꽉꽉 들어찼다는 소문이 항간에 나돌았다. 그렇지 않아도 벌써부터 군인들과 민간인들은 다 같이 궁색함에 시달리던 참이어서, 레트 버틀러와 그의 동료 투기업자들에 대한 불평불만이 극도로 심해졌다.

〈남부 동맹의 해군에서 봉쇄선 돌파의 일익을 담당한 사람들 중에는 용감하고도 애국적인 사람들, 그러니까 남부 동맹의 존립을 위해 목숨과 재산까지도 아끼지 않으며 이기심이 없는 사람들이 많습니다.〉 의사의 편지는 마지막 부분이 이런 내용이었다. 〈충성스러운 대다수 남부인들은 그들을 마음속으로 떠받들며, 그들이 치르는 위험한 모험의 대가로 약간의 금전적인 혜택을 본다고 해서 불평을 할 사람은 아무도 없습니다. 그들은 사리사욕이 없는 신사이고, 우리는 그들을 존경합니다. 그들에 대해서라면 나는 아무 말도 하지 않으렵니다.

하지만 또 다른 불량한 자들이 적지 않아서, 그들은 봉쇄선을 돌파한다는 미명하에 가면을 쓰고 그들 자신의 이기적인 이득만 노리는 자들이어서, 나는 우리 장병들이 키니네가 없어서 죽어 가는 마당에 공단과 레이스를 들여오고, 모르핀이 없어서 우리 영웅들이 몸부림을 치는데 차와 포도주만 배에다 잔뜩 싣고 오는데, 시체를 뜯어 먹는 독수리 같은 이런 인간들에게, 가장 의로운 대의명분을 위해 싸우려고 전쟁에 임한 민족이 정의의 분노와 복수를 퍼붓도록 절규합니다. 나는 리 장군을 따르는 장병들로부터 생명의 피를 빨아 먹는 흡혈귀들, 애국심에 불타는 사람들의 코앞에서 봉쇄선 돌파라는 이름으로 악취가 풍기게 하는 자들을 규탄합니다. 우리 아들들이 전장에서 맨발로 터벅거리는데, 추악한 인간들이 반짝거리는 구두를 신고 우리들 한가운데서 돌아다니는 꼴을 어떻게 그냥 참고 보겠습니까? 우리 병사들이 화톳불 주위에 둘러앉아 벌벌 떨며 곰팡이가 핀 베이컨을 씹어 먹는 이때, 샴페인과 스트라스부르 거위의 간으로 만든 파이를 즐기는 그들을 우리가 어떻게 용납하겠습니까? 나는 충성스러운 남부 동맹 국민에게 그들을 추방하자고 촉구합니다.〉

애틀랜타 사람들은 이 글을 읽었고, 신탁(神託)이 내렸다고 생각했으며, 충성스러운 남부 동맹의 국민답게 서둘러 레트를 배척했다.

1862년 가을에 그를 받아들였던 집들 가운데 1863년에 그가 드나들었던 곳은 미스 피티팻의 집 한 군데뿐이었다고 해도 과언은 아니었다. 그리고 멜라니만 아니었더라면 그는 아마 그 집에서도 받아들여지지 않았으리라. 그가 애틀랜타에 모습을 나타내기만 하면 피티 고모는 안절부절못했다. 그녀는 레트 버틀러가 집을 찾아오도록 허락했을 때 친구들이 무슨 소리를 할지는 잘 알았지만, 그래도 그에게 반갑지 않은 손님이니까 찾아오지 말라는 소리를 차마 할 용기가 나지 않았다. 그녀는 통통한 입을 꼭 다물어 보이고는, 문간에서 그를 만나 들어오지 말라고 해야 되겠다고 멜라니와 스칼렛에게 말했다. 그리고 자그마한 선물 꾸러미를 손에 들고 아름답고도 매혹적인 여인이라는 찬사를 늘어놓으며 그가 찾아오기만 하면 그녀는 맥이 풀렸다.

「난 그저 어떻게 해야 할지를 모르겠어.」 그녀가 끙끙거렸다. 「그 사람이 나를 쳐다보기만 하면 난 ─ 내가 그런 말을 했다가는 그가 무슨 짓을 할지 몰라 죽을 지경으로 겁이 나. 그 사람은 평판이 너무나 나쁘거든. 너희들 생각에 혹시 그 사람이 나를 때리거나 ─ 아니면 ─ 아니면 ─. 오, 세상에, 만일 찰리가 살았다면 얼마나 좋을까! 스칼렛, 그 사람더러

다시는 찾아오지 말라는 얘기를 네가 해야 되겠어. 듣기 좋은 말로. 오, 맙소사! 네가 그 사람한테 잘해 준다는 건 나도 알고, 모두들 그걸 놓고 수군거리는데, 만일 너희 어머니가 어쩌다 소문을 듣게 되면 나한테 뭐라고 그러시겠니? 멜리, 너도 너무 상냥하게 굴면 못쓴다. 냉정하게 거리감을 두면 그 사람도 저절로 알게 될 거야. 오, 멜리, 네가 헨리한테 편지를 써서 버틀러 선장하고 얘기를 해보라고 그러면 어떻겠니?」

「아뇨, 난 그렇게 생각하지 않는데요.」 멜라니가 말했다. 「그리고 난 그에게 무례한 행동은 하지 않겠어요. 난 버틀러 선장님에 대해서 사람들이 목 잘린 닭처럼 행동한다고 생각해요. 난 미드 박사와 메리웨더 부인이 얘기하듯 그가 그렇게까지 나쁜지는 확실히 모르겠어요. 그분은 굶주리는 사람들에게 식량을 내주지 않고 쌓아 둘 사람 같지는 않아요. 그럼요, 고아들을 위해서 쓰라고 나한테 1백 달러나 주시기도 했는데요. 나는 그분이 우리들 가운데 어느 누구 못지않게 충성스럽고 애국적이라고 확신하는데, 그저 자존심이 지나치게 강하기 때문에 자신을 변호하지 않을 따름이죠. 남자들이란 한번 화가 났다 하면 절대로 굽힐 줄 모른다는 건 고모님도 잘 아시잖아요.」

피티 고모는 화가 났건 안 났건 간에 남자에 관해서라면 아는 바가 전혀 없었고, 그래서 통통하고 작은 손을 힘없이 내젓기만 했다. 한편 스칼렛은 누구에게서나 좋은 면만 골라서 보는 멜라니의 습성이라면 포기한 지가 오래되었다. 멜라니는 바보였고, 그렇다고 해서 누군가 손을 바로잡아 줄 수도 없는 노릇이었다.

스칼렛은 레트에게 애국심이 없음을 알았고, 그것을 고백하기보다는 차라리 죽고 싶은 마음이었지만, 어쨌든 애국심

따위는 관심이 없었다. 그가 나소에서 그녀에게 가져다준 작은 선물들, 자존심을 상하지 않고 숙녀가 받아도 좋은 자질구레한 물건들이 그녀에게는 가장 큰 관심의 대상이었다. 값이 이처럼 비싸진 판에, 그를 집으로 찾아오지 못하게 한다면 그녀는 도대체 어디서 바늘과 봉봉 사탕과 머리핀을 구한다는 말인가? 그렇다, 뭐니 뭐니 해도 이 집에서는 가장 격(家長格)이고, 보호자이며, 도덕적인 판단을 내리는 위치의 피티 고모에게 책임을 전가하는 쪽이 훨씬 간단했다. 스칼렛은 레트의 방문, 그리고 그녀 자신에 대해서도 애틀랜타 사람들이 뭐라고 쑥덕거리는지를 잘 알았지만, 멜라니 윌크스가 절대로 그릇된 짓을 하지 않는다고 그들이 믿는다는 사실도 역시 알았고, 만일 멜라니가 레트를 옹호한다면 그의 방문은 그나마 점잖은 품위를 갖추는 셈이었다.

하지만 레트가 그의 망언만 취소한다면 삶이 훨씬 즐거웠으리라. 그녀는 복숭아나무 거리를 그와 함께 걸어 내려갈 때 그가 남들 앞에서 무안을 당하는 꼴을 보고 난처해할 필요도 없었으리라.

「그런 생각을 하는 건 좋지만, 무엇 하러 겉으로 드러내죠?」 그녀가 나무랐다. 「생각이야 멋대로 하더라도, 제발 입만 다물고 지내면 만사가 훨씬 더 좋아질 텐데요.」

「당신은 그런 식으로 살아가죠, 초록빛 눈의 위선자 아가씨, 안 그래요? 스칼렛, 스칼렛! 난 당신한테서 훨씬 더 많은 용기를 보여 주는 행동을 기대했어요. 난 나중 일이야 될 대로 되라고 제쳐 두고 생각하는 바를 그대로 얘기하는 게 아일랜드 사람의 기질이라고 생각했거든요. 솔직하게 얘기해 줬으면 좋겠는데, 입을 다물고 지내려면 가끔 속이 터질 것 같지 않은가요?」

「글쎄요, 그래요.」스칼렛은 마지못해서 고백했다. 「난 아침, 점심, 저녁으로 사람들이 대의명분이니 뭐니 떠들어 대면 굉장히 따분해져요. 하지만, 맙소사, 레트 버틀러, 만일 내가 그렇다는 걸 알았다면 아무도 나하고 얘기를 하지 않고, 어떤 청년도 나하고 춤을 추려고 하지 않았을 거예요!」

「아, 그래요, 그리고 여자란 무슨 수를 써서라도 춤 상대를 꼭 구해야 하죠. 그래요, 난 당신의 자제력에 감탄하지만, 난 그런 소질이 없어요. 그리고 또, 그러면 아무리 편하다고 해도 난 낭만과 애국심을 내세우고 거짓 속에서 살아가기도 싫고요. 가진 재산을 한 푼도 안 남기고 봉쇄선 돌파를 위해 바치고 전쟁이 끝날 때쯤에는 거지가 될 정도로 어리석은 애국자는 얼마든지 많아요. 난 애국심의 역사를 밝혀 주거나 거렁뱅이들의 행렬이 더 길게 늘어나도록 그들과 합류해야 할 필요는 없어요. 영광은 그들끼리 누리게 내버려 둬야죠. 오래간만에 나도 진심으로 하는 얘기지만, 그들은 영광을 누릴 자격이 충분하고, 따지고 보면 그들이 1년이나 2년 후에 가지게 될 거라곤 영광이 전부겠죠.」

「머지않아 영국과 프랑스가 우리들을 도와주려고 달려오리라는 사실을 아주 잘 알면서도 그런 얘기를 한마디라도 입에 올리다니, 그건 아주 나쁘다고 난 생각해요.」

「무슨 소리예요, 스칼렛! 신문을 읽은 모양이군요. 다시는 신문 따위 읽지 말아요. 신문은 여자들의 머리를 혼란스럽게 만드니까요. 굳이 말씀드리자면 내가 영국을 다녀온 지가 한 달도 안 되고, 그러니까 얘기를 해드리죠. 영국은 절대로 남부 동맹을 돕지 않아요. 영국은 절대로 지는 편에 내기를 걸지는 않으니까요. 그러니까 영국이죠. 그뿐 아니라 왕위에 올라앉은 뚱뚱보 네덜란드 여자[89]는 하느님을 섬기는 사람이어서 노예 제도를 반대해요. 우리 목화를 구하지 못해 영국 노동자들이 굶어 죽는 경우가 닥치더라도, 노예 제도를 옹호하려고 폭력을 휘두르는 일은 없다고요. 그리고 프랑스로 말할 것 같으면, 나약한 모조품 나폴레옹[90]은 멕시코에다 프랑스의 기반을 닦느라고 너무 바빠서 우리들한테는 신경도 못 써요. 전쟁 때문에 우리들이 그의 군대를 멕시코에서 몰아낼 겨를이 없으니까, 사실 그들은 이 전쟁을 환영한답니다……. 그래요, 스칼렛, 외국에서 도움을 받는다는 생각은 남부의 사기를 올리기 위해 신문에서 지어낸 거짓말에 지나지 않아요. 남부 동맹은 패배할 운명이죠. 우리는 낙타처럼 혹에 간직한 물에 의존해서 살아가는데, 아무리 큰 혹이라고 해도 바닥이 나게 마련이에요. 봉쇄선 돌파도 여섯 달만 더 하면 끝장이 나리라고 난 생각해요. 너무 위험해질 테니까요. 그러면 난 앞으로도 봉쇄선을 몰래 넘나들 수 있으리라고 생각하는 어떤 멍청한 영국인에게 내 배들을 팔아 치울 겁니다. 하지만 사태가 어떻게 돌아가든 난 아무렇지도 않아요. 난 돈을 충분히 벌었고, 그 돈은 다 황금으로 바꿔 영국 은행에 넣어 두었어요. 이런 쓸모없는 종이[91]는 나하고 인연이 멀어요.」

항상 그렇듯이 그의 얘기는 너무나 앞뒤가 잘 맞았다. 다른 사람이라면 이런 주장을 반역이라고 불렀겠지만, 스칼렛의 귀에는 항상 상식이요 진실처럼 들렸다. 그리고 스칼렛은 그녀가 충격을 받고 격분해야 옳은 일이지, 이런 식의 반응

89 남북 전쟁 당시의 영국 여왕은 빅토리아였다.
90 나폴레옹 3세. 아메리카에다 천주교 프랑스 제국 건설을 꿈꾸었으나 멕시코와 미국의 반발로 좌절되었다.
91 남부 동맹의 지폐를 말한다.

을 보이면 완전히 잘못임을 알았다. 사실 그녀는 충격도 안 받고 격분도 안 했으며, 그래서 겉으로 그런 체할 마음도 아니었다. 그녀는 훨씬 숙녀답고 훌륭한 사람이 된 기분이 들었다.

「난 미드 박사가 당신에 관해서 쓴 글이 옳다고 생각해요, 버틀러 선장님. 당신이 속죄하는 길이라고는 배를 판 다음에 입대하는 것뿐이죠. 당신은 웨스트포인트를 다녔으면서도 ─.」

「당신은 말투가 꼭 신병 모집을 하는 침례교 목사 같군요. 내가 속죄를 하고 싶지 않다면 어떻게 하겠어요? 나를 추방한 사회 체제를 지키기 위해 내가 왜 싸워야 하죠? 난 그것이 산산조각으로 무너지는 꼴을 봐야 속이 시원할 텐데요.」

「난 사회 체제 얘기는 전혀 들어 본 적이 없는데요.」 그녀가 뾰루퉁해서 말했다.

「못 들었다고요? 그렇더라도 내가 과거에 그랬듯이 당신은 지금 그 체제의 한 부분이고, 틀림없이 당신도 나만큼이나 그런 체제는 좋아하지 않아요. 글쎄요, 내가 어째서 버틀러 집안의 검은 양일까요? 나는 찰스턴 사회에 순응하지 않았고 순응하고 싶지도 않았는데 ─ 다른 이유는 하나도 없어요. 그리고 찰스턴은 남부를 상징하는 결정체라고 해야 되겠죠. 아마 당신은 아직도 남부 사회가 얼마나 따분한지 깨닫지 못한 모양이죠? 지금까지 남들이 항상 지켜 왔다는 이유로 우리들도 무엇인가를 지켜야만 하는 경우가 너무 많아요. 마찬가지 이유로 우린 별로 해롭지도 않은 너무나 많은 행동을 하지 못하도록 제약을 받아요. 상식에 어긋난 너무나 많은 일들이 나를 역겹게 했습니다. 당신도 아마 얘기를 들었겠지만, 문제의 아가씨하고 내가 결혼하지 않았던 사건은 오랫동안 누적된 상황이 겉으로 드러난 데 지나지 않았어요.

424

사고가 났기 때문에 날이 저물기 전에 내가 여자를 집으로 데려다 주지 못했다는 단순한 한 가지 이유 때문에 어째서 내가 따분한 여자하고 결혼을 해야 합니까? 그리고 내가 총을 더 잘 쏘는데 어째서 난 미치광이 같은 그녀의 오빠가 날 쏴 죽이라고 가만히 기다려야 하나요? 만일 내가 신사였더라면 물론 난 그가 나를 죽이게 가만히 기다려야 했고, 그랬다면 버틀러 가문의 오명을 씻어 버렸겠죠. 하지만 — 난 사는 편이 좋거든요. 그래서 나는 살았고, 삶을 즐겼어요……빈틈없고 거룩한. 찰스턴 여자들 속에서 살아가며 지극히 그들을 공경하는 우리 형님을 생각하고, 땅딸막한 형수님과 형님이 찾아가는 세인트 세실리아 무도회와 영원히 계속되는 농사일을 돌이켜 보면 — 그러면 난 사회 체제를 이탈한 데 대한 보상으로 내가 무엇을 받았는지를 알게 되죠. 스칼렛, 우리 남부의 생활 방식은 중세의 봉건 제도만큼이나 낡았어요. 그나마 이만큼 오래 지속되었다는 게 오히려 신기해요. 그런 체제는 없어져야 하고, 지금 없어지는 중이죠. 그런데도 당신은 내가 우리들의 대의명분이 의롭고 거룩하다고 얘기하는 미드 박사 같은 사람의 말에 귀를 기울이기를 기대하나요? 그리고 북소리가 울리면 내가 흥분해서 장총을 움켜잡고 버지니아로 달려가 마스 로버트[92]를 위해 내가 피를 흘리기를요? 나를 무슨 바보로 알아요? 나를 벌한 채찍에 입을 맞추는 행위라면 내 생리에는 맞지 않아요. 남부하고 나는 이제 비긴 겁니다. 언젠가 남부는 나를 굶어 죽으라고 쫓아냈어요. 나는 굶어 죽지 않았고, 상실했던 나의 타고난 권

---

92 Marse Robert에서 *marse*는 *marsa*와 마찬가지로 남부 흑인이 〈주인님〉이라고 부르는 경칭 *massa*, 즉 *master*의 변형임. 〈로버트 주인님〉은 로버트 리 장군을 조롱하는 호칭.

리에 대한 보상을 받기 위해 나는 죽음의 진통을 겪는 남부
로부터 돈을 잔뜩 벌어요.」

「난 당신이 비열하고 돈밖에 모른다고 생각해요.」 스칼렛
이 말했지만 그것은 건성으로 한 말이었다. 개인적인 애기가
아닌 대화가 늘 그렇듯이, 그가 하는 말은 대부분 그녀의 머
리를 건성으로 스치고 지나갔다. 하지만 어떤 부분은 납득할
만한 내용이었다. 훌륭한 사람들 중에는 살아가면서 바보 같
은 짓을 범하는 예가 참으로 많았다. 사실은 그렇지도 않은
데 그녀의 마음이 무덤 속에 파묻힌 척하며 살아가는 경우도
마찬가지였다. 그리고 그녀가 자선 행사에서 춤을 추었을 때
사람들이 얼마나 놀랐던가. 그리고 다른 젊은 여자들이 항상
하는 말이나 행동과 조금도 다를 바가 없는 언동을 그녀가
할 때마다 사람들이 이맛살을 찌푸리면, 그녀는 얼마나 화가
났던가. 그렇기는 해도 그녀를 가장 거북하게 만드는 전통을
그가 공격하는 소리를 들으니 스칼렛은 귀에 거슬렸다. 그녀
가 생각하는 바를 솔직하게 말로 표현하면 못 들은 체하면
서, 마음의 동요를 느끼지 않는 듯 점잖게 시치미를 떼는 사
람들 속에서 그녀는 너무나 오랫동안 살아왔다.

「돈밖에 모른다고요? 아니에요, 난 선견지명이 뛰어났을
뿐이죠. 하기야 그것도 돈밖에 모른다는 말과 같은 의미일지
도 모르지만요. 하기야 나만큼 멀리 앞을 내다보지 못하는
사람들이라면 그런 소리를 하겠죠. 1861년[93]에 현금으로 1천
달러를 수중에 가지고 있던 남부 동맹 사람이라면 누구라도
내가 한 일을 할 기회가 주어졌지만, 그런 기회를 탈 줄 알
정도로 돈을 밝힌 사람이 얼마나 적었던가요! 예를 들면 섬
터 요새가 함락[94]된 직후, 봉쇄선이 설정되기 전에, 나는 목

화 수천 짝을 똥값으로 사서 영국으로 싣고 갔어요. 그 목화
는 지금까지 리버풀의 창고에 쌓아 두었죠. 난 그걸 절대로
팔지 않았으니까요. 난 영국의 공장들이 목화가 꼭 필요해서
내가 부르는 값을 낼 때까지 잡아 둘 생각이에요. 1파운드에
1달러씩 받아 내기는 식은 죽 먹기니까요.」

「1파운드에 1달러를 받으려면 코끼리가 나무 위에서 살게
될 때까지 기다려야 할 텐데요!」

「난 꼭 그 값을 받게 되리라고 믿어요. 목화 값이 벌써 1파
운드에 75센트로 올랐으니까요. 나는 선견지명이 뛰어났기
때문에 ― 실례했군요, 돈을 밝혔기 때문에, 스칼렛, 전쟁이
끝날 때쯤에는 부자가 될 거예요. 난 언젠가 전에 당신한테
큰돈을 벌기 좋을 때가 두 번 찾아오는데 나라가 일어설 때
한 번, 그리고 또 한 번은 나라가 망할 때라고 얘기했었어요.
그런데 흥할 때는 돈이 천천히 벌리고, 망할 때는 돈벌이가
빨라져요. 내 말을 잊지 말아요. 언젠가는 당신에게도 이런
얘기가 도움이 될지 모르니까요.」

「난 훌륭한 충고는 굉장히 고맙게 생각해요.」 한껏 비꼬는
말투로 스칼렛이 말했다. 「하지만 당신 충고는 필요 없어요.
우리 아버지가 거지인 줄 아세요? 아버지는 내가 죽을 때까
지 필요할 돈을 충분히 모아 두셨고, 거기다가 난 찰스의 재
산도 물려받았어요.」

「프랑스 귀족들도 쓰레기차[95]에 오를 때까지는 사실상 똑
같은 생각을 했으리라는 상상이 가는군요.」

94 찰스턴 항구 입구에 위치한 섬터 요새에서 링컨의 병력을 몰아내려고
1861년 4월 경비대의 철수를 요구했다가, 무조건 항복을 받아 내지 못해 남
부 동맹이 포격을 가했고, 결국 하루 만에 함락시켰다.
95 프랑스 혁명 때 사형수를 호송하던 두 바퀴 마차.

걸핏하면 레트는 스칼렛에게 사교적인 행사라면 부지런히 참석하면서도 검은 상복을 입는다면 그것은 이율배반적인 행위라고 지적했다. 그는 환한 빛깔을 좋아했고, 스칼렛의 상복과 둥근 모자에서 발뒤꿈치까지 늘어진 검정 베일을 보면 우습기도 하고 불쾌감도 느꼈다. 하지만 앞으로 몇 년을 더 보내지 않고 서둘러 화려한 빛깔의 옷으로 바꿔 입었다가는 애틀랜타 사람들이 지금보다도 더 시끄럽게 수군거릴 일이 빤했으므로 그녀는 칙칙하고 검은 옷과 베일을 벗어 버리지 못했다. 그리고 또 어머니에게는 뭐라고 설명하겠는가?

베일 때문에 그녀가 까마귀처럼 보이고 검정 옷을 입으면 10년은 더 늙어 보인다고 레트는 솔직하게 말했다. 그렇게 신사답지 못한 말을 듣고 그녀는 당장 거울로 달려가서, 정말로 자기가 열여덟이 아니라 스물여덟 살 같은 인상을 주는지 살펴보았다.

「당신은 메리웨더 부인 같은 인상을 주려고 애를 쓸 정도로 자존심이 없지는 않을 텐데요.」 그가 약을 올렸다. 「그리고 당신이 느끼지 않는다고 내가 확신하는 슬픔을 선전하기 위해서 베일을 쓰고 다닐 정도로 취향이 뒤떨어지지도 않고요. 난 당신하고 내기라도 걸겠어요. 난 두 달 안에 당신이 둥근 모자와 베일을 벗어 버리고 대신 파리 제품을 쓰게 만들겠어요.」

「그건 정말 어림도 없는 일이고, 우리 더 이상 그런 얘기는 하지 말아요.」 찰스 얘기가 나오니까 짜증을 느낀 스칼렛이 말했다. 또다시 외국 여행을 하려고 윌밍턴으로 떠날 준비로 바빴던 레트는 얼굴에 미소를 띠고 그녀와 헤어졌다.

몇 주일이 지난 다음 어느 화창한 여름날 아침에 그는 화려하게 장식한 모자 상자를 손에 들고 다시 나타나서, 집에서 혼자 빈둥거리는 스칼렛을 보고는 그것을 열었다. 여러 겹의 얇은 비단으로 싼 멋진 둥근 모자를 보자 그녀는 그것을 잡으려고 손을 뻗으며 〈어머, 예쁘기도 해라!〉라고 소리쳤다. 새 옷이라면 요즈음 만져 보기는커녕 구경조차도 못했던 끝이라 그가 가져온 모자는 지금까지 스칼렛으로서는 본 적이 없을 정도로 멋졌다. 암녹색 호박단으로 만든 모자는 얇은 비취 빛깔의 물결무늬 비단으로 안을 댔다. 턱 밑에 매는 끈은 그녀의 손바닥만큼이나 넓었고, 역시 얇은 초록빛이었다. 그리고 최신 유행을 따라 모자의 챙에는 지극히 빳빳한 초록빛 타조 깃털이 꼬부라져 올라갔다.

「써봐요.」 미소를 지으며 레트가 말했다.

그녀는 방을 가로질러 거울로 달려가서 귀고리가 보이도록 머리카락을 뒤로 쓸어 넘기고는 얼른 모자를 머리 위에 달랑 얹고 턱 밑으로 끈을 맸다.

「내 모습이 어때요?」 깃털이 춤을 출 정도로 머리를 젖히고 그가 잘 보도록 제자리에서 한 바퀴 돌며 스칼렛이 외쳤다. 하지만 인정한다는 표정을 그의 눈에서 보기도 전에, 그녀는 이미 자신이 예뻐 보인다고 확신했다. 그녀는 매혹적으로 생기가 넘쳤고 초록 안감은 그녀의 눈을 짙은 선녹색 빛깔로 반짝이게 했다.

「오, 레트 이거 누구 모자인가요? 이거 내가 사겠어요. 내가 가진 돈 한 푼도 안 남기고 다 드릴게요.」

「이건 당신 모자인데요.」 그가 말했다. 「이런 초록빛이 어울릴 사람이 또 어디 있겠어요? 당신 눈 빛깔을 내가 마음속에 잘 간직해 두었으리라고는 생각하지 않았나요?」

「정말 이걸 나를 위해 특별히 맞추셨나요?」

「그래요. 그리고 당신에게 그것이 조금이라도 의미를 전달할지 어쩐지는 모르겠지만, 상자에 〈뤼 드 라 페Rue de la paix〉[96]라는 글자가 박혔어요.」

거울에 비친 자신의 모습을 보고 미소를 짓던 그녀는 그것이 무슨 의미인지 알 길이 없었다. 지금 순간에는 2년 만에 처음으로 예쁜 모자를 쓴 그녀가 한없이 매혹적인 모습이라는 사실 이외에는 전혀 아무것도 상관이 없었다. 이 모자만 쓴다면 그녀가 못 할 일이 무엇이 있겠는가! 그러더니 그녀의 미소가 희미해졌다.

「마음에 안 드나요?」

「오, 이건 꿈같기만 한데, 그렇지만 — 아, 난 이 멋진 초록빛을 베일로 덮고 깃털을 검정색으로 물들일 생각을 하면 속이 상해요.」

그는 얼른 그녀의 옆으로 가서 민첩한 손으로 턱 밑에 맨 나비 모양의 넓은 끈을 풀었다. 그러고는 어느새 모자가 상자 속에 들어갔다.

「뭐 하시는 거예요? 내 모자라고 그러셨잖아요.」

「하지만 상복에 쓰라고 주지는 않았어요. 난 내 취향을 제대로 알아주는 초록빛 눈의 다른 매혹적인 여자를 찾아보도록 하겠어요.」

「오, 그러시면 안 돼요! 모자를 안 주면 난 죽어 버릴 테예요! 오, 제발, 레트, 비열하게 그러지 마세요! 그거 나 줘요.」

「그랬다간 다른 모자나 마찬가지로 흉측한 꼴로 바꿔 놓게요? 안 됩니다.」

그녀는 상자를 움켜잡았다. 그녀를 그토록 젊고 황홀한 모습으로 만들어 놓는 멋진 모자를 다른 여자에게 준다고? 아, 절대로 안 된다! 그녀는 피터와 멜라니가 얼마나 질색할

96 평화의 거리라는 뜻임.

까 하는 생각도 얼핏 들었다. 그녀는 어머니를, 그리고 어머니가 할 얘기를 생각하고 치를 떨었다. 하지만 허영심이 훨씬 강했다.

「난 모자의 모양을 바꿔 놓지 않겠어요. 약속해요. 자, 그걸 이리 주세요.」

그는 약간 비웃는 듯한 미소를 지으며 상자를 그녀에게 주고서 다시 모자를 쓰고는 의기양양해하는 스칼렛을 지켜보았다.

「이거 얼마예요?」 얼굴을 떨구며 그녀가 불쑥 물었다. 「가진 돈이라고는 50달러밖에 없지만, 다음 달에는 ─」

「남부 동맹 돈으로는 2천 달러쯤 나가겠어요.」 그녀의 처량한 표정을 보고 빙그레 웃으며 그가 말했다.

「아, 세상에 ─. 글쎄요, 만일 내가 지금 50달러를 드리고 다음에 또 ─」

「난 돈이라면 하나도 안 받겠어요.」 그가 말했다. 「선물이니까요.」

스칼렛은 입이 딱 벌어졌다. 남자들에게서 받는 선물에 관해서라면 지켜야 할 경계가 너무나 분명하고 까다로웠다.

「애야, 사탕이나 꽃이라든가, 혹시 시집이나 사진첩이나 플로리다 화장수 따위라면 숙녀가 남자한테서 선물로 받더라도 별 탈이 없을지 몰라.」 엘렌이 거듭거듭 말했었다. 「아무리 약혼자라고 해도 비싼 선물은 절대로, 절대로 받으면 못써. 그리고 보석도 절대로 안 되고, 몸에 걸치는 옷이나 심지어는 장갑이나 손수건 따위도 받아서는 안 돼. 혹시 그런 걸 네가 받으면 남자들은 너를 숙녀가 아니라고 생각하고는 마음대로 수작을 걸려고 덤빈단다.」

〈아, 맙소사.〉 처음에는 거울에 비친 자신의 모습을, 그러고는 속셈을 읽어 내기가 불가능한 레트의 얼굴을 쳐다보며, 스칼렛은 생각했다. 〈난 이걸 무작정 안 받겠다고는 못 하겠어. 이건 너무나 좋은 모자야. 난 차라리 — 난 차라리 아주 하찮은 정도라면 그가 수작을 부리게 내버려 두는 쪽이 좋겠어.〉 그러자 스칼렛은 그런 생각을 했다는 사실에 겁이 나서 얼굴이 새빨개졌다.

「난, 난 당신한테 50달러를 드리고 —」

「그러면 난 그 돈을 쓰레기통에 갖다 버리겠어요. 아니면 당신의 영혼을 위해 미사를 사는 게 더 좋을지도 모르겠고요.[97] 당신 영혼은 몇 차례 미사가 필요하다고 난 확신해요.」

그녀는 자기도 모르게 웃었고, 거울에 비친 초록빛 챙 밑에서 웃는 자신의 모습을 보고 그녀는 당장 결심을 내렸다.

「도대체 날 어떻게 하시려고 이러시나요?」

「난 당신의 소녀 같은 꿈이 자꾸 둔감해져서 내가 마음대로 해도 될 때까지 멋진 선물로 유혹을 계속할 생각이죠.」 그가 말했다. 「〈애야, 남자들한테서는 사탕이나 꽃 이외에는 선물을 받으면 못쓴단다.〉」 그가 흉내를 냈고, 스칼렛은 킬킬거리며 웃었다.

「당신은 약아빠지고, 엉큼하고, 몹쓸 사람이고, 레트 버틀러, 그래서 모자가 너무 예뻐 내가 차마 거절하지 못하리라고 꿰뚫어 보죠.」

그녀의 아름다움을 칭찬하면서도 그의 눈은 스칼렛을 조롱했다.

「물론 당신은 미스 피티에게, 당신이 나한테 호박단과 초록빛 지단의 견본을 주고 모자 그림까지 직접 그려 주었는데

97 전에는 가톨릭에서 누가 죽으면 돈을 내고 기도를 드리게 하여 연옥에서 지내는 기간을 단축할 수 있다고 믿었다.

432

도, 내가 50달러씩이나 긁어냈다고 얘기하면 되겠죠.」

「아니에요. 난 100달러를 줬다 하겠고, 고모는 여기저기 떠들고 돌아다닐 테고, 여자들은 내 사치한 모자 얘기를 하며 샘이 나서 죽을 지경이 되겠죠. 하지만 레트, 이렇게 비싼 걸 다시는 나한테 주시면 안 돼요. 굉장히 친절하시지만, 정말이지 난 다른 선물은 받지 않겠어요.」

「정말이에요? 글쎄요, 난 기분이 내키면 언제까지라도, 그리고 당신의 매력을 돋보이게 하는 물건이 눈에 띄는 한 언제까지라도, 당신에게 선물을 가져다주겠어요. 난 모자와 어울리는 드레스를 지을 짙은 초록빛 물결무늬의 비단도 가져다줄 생각입니다. 그리그 내가 마음이 좋은 남자라서 이러는 게 아니라는 사실을 경고해 두겠습니다. 난 모자와 금붙이 장신구로 당신을 유혹해서 타락의 구렁텅이로 빠뜨릴 테니까요. 나는 이유도 없이 무슨 일을 하는 법이 절대로 없고, 어떤 보상을 기대하지 않고는 절대로 무엇 하나 주지 않는 사람이라는 걸 항상 기억하시라고요. 난 언제나 대가를 받습니다.」

그의 검은 눈길이 스칼렛의 얼굴을 훑어보더니 입술로 옮겨 갔다. 가슴 벅찬 흥분감으로 그녀는 눈길을 떨구었다. 엘렌이 예고했던 대로 이제 그는 수작을 부리려고 그러는 참이었다. 스칼렛은 그가 무작정 키스를 하려는지, 아니면 키스를 하려고 시도를 하려는지, 어느 쪽인지를 머릿속이 뒤숭숭해서 판단이 잘 서지를 않았다. 만일 그녀가 거부한다면 그는 그녀의 머리에서 모자를 당장 낚아채어 다른 여자에게 갖다줄지도 모를 노릇이었다. 그런 반면에 만일 순결하고 가벼운 키스 정도를 허락한다면, 그는 다시 한 번 키스를 할 기회를 얻으려는 마음에서 또 다른 멋진 선물을 가져다줄지도 모를 일이었다. 왜 그런지는 하느님이나 아실 노릇이지만, 남자들이란 키스라면 그렇게 사족을 못 쓰게 마련이었다. 그리고 단 한 번의 키스만 나누어도 남자들은 여자에게 홀딱 반해 버려서, 여자가 똑똑하기 때문에 다시는 키스를 허락하지 않는 경우에는, 지극히 꼴불견으로 굴기가 십상이었다. 레트 버틀러로 하여금 그녀를 사랑하도록, 그리고 사랑을 시인하며 키스나 미소를 애원하게 만든다면 정말로 신이 나리라. 그렇다, 그녀는 그에게 키스를 허락하리라.

하지만 그는 스칼렛에게 키스를 하려는 기미를 전혀 보이지 않았다. 그녀는 속눈썹을 내리깐 채로 그를 곁눈질해 보고는 용기를 주려는 듯 중얼거렸다.

「그러니까 당신은 항상 보상을 받는다 이거죠? 그럼 나한테서 무엇을 받기를 기대하시나요?」

「그건 두고 봐야 할 일이죠.」

「글쎄요, 모자 하나 받고 내가 당신하고 결혼이라도 하리라고 생각하시는지는 몰라도, 난 그럴 생각 없어요.」 그녀는 대담하게 말하더니 모자의 깃털이 까딱거릴 정도로 교만하고 귀엽게 머리를 젖혔다.

작은 콧수염 밑에서 그의 새하얀 이빨이 반짝였다.

「부인, 혼자 우쭐해서 그러시는데, 나는 당신이나 어느 누구하고도 결혼은 하고 싶지 않아요. 난 결혼을 좋아하는 남자가 아니니까요.」

「그러시겠죠!」 주춤해진 그녀가 소리쳤고, 그가 마음대로 하도록 내버려 두는 수밖에 없다고 결심했다. 「난 당신한테 키스할 마음도 없어요.」

「그렇다면 왜 당신 입이 그렇게 우스꽝스러운 모양으로 잔뜩 튀어나왔나요?」

「어머!」 그녀의 모습을 거울에서 얼핏 보고는 빨간 입술이 정말로 키스를 하기 위한 모습을 제대로 갖추었음을 깨닫고 그녀가 소리쳤다. 「어머!」 화가 치밀어 올라 발을 구르며 그녀는 다시 소리쳤다. 「당신은 내가 지금까지 만난 사람들 가운데 가장 밉살스러운 남자고, 당신 같은 사람이라면 다시는 만나고 싶지도 않아요!」

「정말 그런 기분이시라면 당신은 모자를 짓밟아 버렸을 텐데요. 정말이지 당신은 굉장히 열이 올랐고, 당신도 아마 알겠지만, 그런 모습이 썩 잘 어울리는군요. 어서요, 스칼렛, 내 선물과 나를 어떻게 생각하는지를 나한테 보여 주려면 모자를 짓밟아 봐요.」

「내 모자에 어디서 감히 손을 대려고 그래요.」 모자의 나비매듭을 움켜잡고 물러서며 그녀가 말했다. 나지막이 웃으며 그가 스칼렛을 쫓아오더니 두 손을 마주 잡았다.

「오, 스칼렛, 당신이 너무나 어리기 때문에 나는 마음이 아프군요.」 그가 말했다. 「그리고 당신이 그러리라고 기대했을 테니까 난 키스를 하겠어요.」 그러더니 그는 여유만만하게 허리를 숙였고, 콧수염이 그녀의 뺨을 살짝 스쳤다. 「자, 당신은 체면을 지키기 위해서 내 뺨을 때려야 되겠다고 느끼나요?」

반항적으로 입술을 불끈거리며 그의 눈을 올려다본 스칼렛은 깊고도 검은 그의 눈에 너무나 많은 장난기가 담겼음을 보고 웃음을 터뜨렸다. 그는 얼마나 그녀에게 약을 잘 올리고, 화를 돋우었던가! 그녀와 결혼하기도 원하지 않고 키스조차 원하지 않는다면, 그는 과연 무엇을 원하는가? 만일 그녀를 사랑하지 않는다면, 왜 그는 그토록 자주 찾아와서 선물을 주는가?

「그러는 편이 더 좋아요.」 그가 말했다. 「스칼렛, 나는 당신에게 나쁜 영향을 끼치니까, 만일 조금이라도 제정신이 박힌 여자라면 당신은 날 쫓아 버려야 해요. 그럴 자신만 있다면요. 나를 떼어 버리기란 무척 힘들어요. 하지만 당신에게는 내가 나빠요.」

「그래요?」

「보면 모르겠어요? 자선 행사에서 내가 당신을 만난 이후로 당신의 행적은 지극히 충격적이었고, 그것은 대부분 내 탓이에요. 당신에게 춤을 추도록 부추긴 사람은 누구인가요? 우리들의 영광된 대의명분이 영광스럽지도 않고 거룩하지도 않다고 당신이 생각한다고 억지로 시인하게 만든 사람은 누구였고요? 남자들이란 말로만 그럴듯하게 들리는 원칙을 위해 죽어 가는 바보라고 당신이 생각한다는 사실을 시인하게끔 몰아댄 사람은 또 누구였죠? 노부인들에게 쑥덕거릴 만한 애깃거리를 당신이 제공하도록 도와준 사람은 누구인가요? 당신이 몇 년이나 앞당겨 탈상을 하도록 만들려는 사람은 누구죠? 그리고, 그런 일들을 종합하는 의미에서 묻겠는데, 숙녀의 체면을 잃게 만드는 선물을 당신이 받게끔 유인한 사람은 또 누구인가요?」

「잘난 체하지 마세요, 버틀러 선장님. 난 그토록 심하게 흉이 될 짓은 하나도 하지 않았고, 당신이 열거한 갖가지 행동은 어쨌든 당신이 거들지 않았어도 스스로 했을 테니까요.」

「그럴 리가 없어요.」 갑자기 조용하고 침울해진 얼굴로 그가 말했다. 「당신은 아직도 찰스 해밀턴의 비통한 미망인으로 처신하고, 부상병들을 위한 선행으로 명성을 떨쳤겠죠. 하지만 결국은 ―.」

하지만 그녀는 즐거운 기분으로 또다시 거울에 비친 자신의 모습을 살펴보면서 당장 오늘 오후에 둥근 모자를 쓰고

병원으로 가서 회복기의 장교들에게 꽃을 나눠 줘야 되겠다
는 생각에 잠겼으므로 그의 얘기에는 별로 귀를 기울이지 않
았다.

그가 마지막으로 한 얘기가 어느 정도 진실이라는 생각은
그녀의 머리에 떠오르지 않았다. 스칼렛은 레트가 미망인 생
활이라는 감옥의 문을 부수어 열고 그녀를 해방시켜서, 처녀
로서의 미모를 뽐낼 시기가 오래전에 다 지났음에도 불구하
고, 결혼을 안 한 아가씨들 위에 군림하도록 해주었음을 깨
닫지 못했다. 또한 그녀는 그의 영향을 받아 자기가 엘렌의
가르침을 크게 벗어났다는 사실도 깨닫지 못했다. 변화가 너
무나 서서히 이루어졌기 때문에, 하나의 사소한 관습을 무시
한 행동은 다른 관습을 무시한 경우와 관계가 없는 듯싶었
고, 어느 상황도 레트와는 전혀 관계가 없는 듯싶었다. 스칼
렛은 그가 부추기는 바람에 올바른 행실에 관한 어머니의 지
극히 엄격한 수많은 훈계를 저버렸으며, 숙녀가 되기 위해
어렵게 몸에 익혔던 교훈들을 망각했다는 사실을 깨닫지 못
했다.

그녀는 오직 둥근 모자가 지금까지 그녀가 가졌던 모자들
가운데 그녀에게 가장 잘 어울리고, 그것을 구하는 데 돈이
한 푼도 안 들었고, 레트가 시인하든 안 하든 간에 그가 자기
를 사랑한다는 정도만 알았다. 그리고 그가 사랑을 시인하
게 만들 방법을 꼭 찾아내리라고 그녀는 마음을 먹었다.

이튿날, 스칼렛은 거울 앞에 서서 빗을 손에 들고, 입에는
머리핀을 잔뜩 물고, 리치먼드에 주둔한 남편을 방문하고 갓
돌아온 메이벨이 수도[93]에서 열풍을 일으키며 유행한다는 새
로운 머리 모양을 꾸며 보려고 시도했다. 〈고양이, 집쥐, 생

쥐〉라고 부르는 머리 모양을 만들려면 어려운 점이 많았다. 머리카락은 가운데를 갈라 머리의 양쪽 옆에다 크기가 점점 커지게 세 덩어리로 말아 붙였는데, 가르마에서 가장 가깝고 가장 큰 부분이 〈고양이〉였다. 〈고양이〉와 〈집쥐〉는 만들어 붙이기가 쉬웠지만, 〈생쥐〉는 화가 치밀 정도로 자꾸만 머리 핀에서 빠져나갔다. 하지만 레트가 저녁 식사를 하러 오기로 약속했고, 옷이나 머리가 조금이라도 새로워지면 그는 항상 눈여겨보고 한마디씩 했으므로, 그녀는 어떻게 해서든지 꼭 해내리라고 결심했다.

숱이 많고 뻣뻣한 머리카락을 다듬느라고 이마에 땀방울이 맺힌 그녀는 아래층 현관에서 서둘러 달리는 가벼운 발소리를 들었고, 멜라니가 병원에서 돌아왔음을 알았다. 멜라니는 항상 중년의 귀부인처럼 항상 점잖게 걸어 다녔으므로, 한 번에 두 계단씩 그녀가 달려 올라오는 소리를 듣고 스칼렛은 틀림없이 무엇인가 잘못되었다고 느꼈다. 그녀는 문을 활짝 열었고, 죄를 지은 아이처럼 겁에 질려 얼굴이 빨갛게 상기된 멜라니가 달려 들어왔다.

그녀의 뺨에는 눈물이 흘러내렸고, 둥근 모자는 턱 끈이 목에 걸렸으며, 버팀살 치마가 제멋대로 출렁였다. 그녀는 무엇인가 손에 꼭 쥐었으며, 값싸고 짙은 향수의 고약한 냄새가 멜라니와 함께 방 안으로 들어왔다.

「오, 스칼렛!」 문을 닫고 침대에 털썩 주저앉으며 그녀가 소리쳤다. 「고모님 아직 집에 안 오셨죠? 그렇죠? 오, 하느님 감사합니다! 스칼렛, 난 너무 창피해서 죽을 지경이에요! 난

98 남북 전쟁 당시 남부 동맹의 수도는 처음에 앨라배마의 몽고메리였으나 1861년 4월 버지니아가 합중국에서 탈퇴함에 따라 버지니아의 수도였던 리치먼드로 옮겼다.

기절할 뻔했고, 스칼렛, 피터 아저씨는 피티 고모님한테 이르겠다고 야단이에요!」

「뭘 일러요?」

「내가 얘기를 나눈 사람이 그 미시 — 그 미시즈 —.」멜라니는 화끈거리는 얼굴에 손수건을 갖다 댔다. 「이름이 벨 워틀링이라는 붉은 머리의 여자 말이에요!」

「어머, 멜리!」너무 충격을 받아 멍하니 쳐다보며 스칼렛이 소리쳤다.

벨 워틀링은 스칼렛이 애틀랜타에 도착한 첫날 길거리에서 보았던 붉은 머리의 여자였는데, 요즈음에는 애틀랜타에서 손꼽히는 악명 높은 인물이 되었다. 병사들을 따라 수많은 창녀들이 애틀랜타로 몰려들었지만, 불타오르는 듯한 머리카락과 야하고 지나치게 유행에 민감한 옷차림 때문에 벨은 어느 누구보다도 사람들 눈에 잘 띄었다. 그녀는 복숭아나무 거리나 다른 점잖은 동네에는 별로 모습을 나타내지 않았지만, 어쩌다가 그런 곳에 나타나기만 하면 점잖은 여자들은 서둘러 길을 건너가거나 멀리 자리를 피했다. 그런데 멜라니가 그녀와 얘기를 나누었다고 했다. 피터 아저씨가 화를 내고도 남을 만한 사건이었다.

「피티 고모님이 알게 되면 난 죽은 몸이에요! 스칼렛도 알다시피 고모님이 울고불고하면서 애틀랜타 사람들 누구한테나 얘기할 테니 난 창피를 당하겠죠.」멜라니가 흐느껴 울었다. 「그리고 그건 내 잘못도 아니었어요. 난 — 난 그 여자한테서 도망칠 수가 없었거든요. 그건 너무나 무례한 짓이었을 테니까요. 스칼렛, 난 — 난 그 여자가 가엾다고 느꼈어요. 그런 식으로 느끼면 내가 나쁜 여자일까요?」

하지만 스칼렛은 윤리성에 대해서는 관심이 없었다. 순진하고 가정 교육이 훌륭한 대부분의 젊은 여자들이나 마찬가지로, 그녀는 창녀에 관해서 심한 호기심을 느꼈다.

「그 여자가 뭘 원하던가요? 여자의 말투는 어땠고요?」

「아, 굉장히 무식하기는 해도 고상한 티를 내려고 애쓰는 티가 눈에 역력하게 드러나더군요. 가엾은 여자 같으니라고. 내가 병원에서 나와 보니, 피터 아저씨하고 마차가 보이질 않아서 난 집까지 걸어가야 되겠다고 생각했어요. 그리고 내가 에머슨 댁 마당을 지나가려니까 숲 울타리 뒤에 그녀가 숨어서 기다리더군요! 오, 에머슨 부처가 메이컨에 가고 없었으니 그나마 천만다행이었죠! 그리고 그녀는 〈부탁입니다, 윌크스 부인, 제발 저하고 잠깐 얘기를 나누도록 해요〉라고 말했어요. 그녀가 어떻게 내 이름을 알았는지 모르겠어요. 난 죽을힘을 다해 얼른 도망치고 싶기는 했지만 — 있잖아요, 스칼렛, 여자가 너무나 처량해 보였고 — 그래요, 애원을 하는 표정이었어요. 그리고 그녀는 검정 옷에다 검정 둥근 모자를 쓰고 화장도 안 해서, 붉은 머리만 빼고는 정말로 정숙해 보였어요. 그리고 내가 미처 대답도 하기 전에 그 여자는 〈제가 당신께 말씀을 걸어서는 안 된다는 사정은 알지만, 늙은 암컷 공작 같은 엘싱 부인하고 얘기해 보려고 했더니 그 여잔 날 병원에서 쫓아냈어요〉라고 그랬어요.」

「정말로 엘싱 부인을 암컷 공작이라고 불렀어요?」 기분이 좋아서 웃으며 스칼렛이 말했다.

「아, 웃지 말아요. 웃을 일이 아니에요. 보아하니 그녀는 병원을 위해 무언가 하고 싶어 하는 눈치였는데, 그게 상상이나 가는 일이에요? 그녀는 매일 아침 나와서 간호사로 일하겠다고 청했는데, 물론 엘싱 부인은 그런 일을 상상만 해도 기절할 지경이었고, 그래서 그녀를 병원에서 나가라고 몰아냈죠. 그러더니 그녀는 이렇게 말했어요. 〈나도 무언가 하고 싶어요. 나도 당신처럼 남부 동맹 사람이 아닌가요?〉 그리고, 스칼렛, 난 그녀가 돕겠다고 하는 마음에 당장 감동했어요. 남부의 대의명분을 실현하는 데 도움이 되기를 원하는 여자라면 전적으로 나쁘기만 한 사람은 아닐 테니까요. 내가 이런 기분을 느끼면 잘못된 일인가요?」

「하느님 맙소사, 델리더러 누가 나쁘단 소릴 하겠어요? 그 여자가 또 무슨 말을 했죠?」

「그녀는 병원을 드나드는 여자들이 지나다닐 때 잘 살펴보았는데, 내 얼굴이 — 내 얼굴이 상냥해 보였기 때문에 나한테 말을 걸었다고 하더군요. 그녀는 돈을 좀 내겠는데, 나더러 그걸 받아 병원을 위해 사용하되 어디서 나온 돈인지는 아무한테도 얘기를 하지 말라고 그랬어요. 그 여자 얘기로는, 그게 어떤 종류의 돈인지를 알면 엘싱 부인이 쓰지 못하게 하리라는 거예요. 어떤 종류의 돈이라니! 그 말을 듣는 순간 난 기절이라도 하는 줄 알았어요! 그리고 난 어서 자리를 피하고 싶은 다급한 마음에 그냥 〈아, 그래요, 정말이에요, 참 마음씨가 고우시군요〉라든가 뭐 그와 비슷한 바보 같은 소리를 했고, 그녀는 미소를 지으며 〈당신은 정말 올바른 기독교인이군요〉라고 하더니 이 더러운 손수건을 내 손에 쥐여 주었어요. 맙소사, 향수 냄새 대단하죠?」

멜라니는 속에다 동전을 몇 개 넣고 매듭을 지은 지저분하고 향수를 많이 뿌린 낡자 손수건을 내밀었다.

「그녀가 고맙다고 하면서 매 주일 돈을 좀 가져다주마고 무슨 얘기를 하려니까 가침 피터 아저씨가 마차를 끌고 오다가 나를 봤어요!」 멜리는 울음을 터뜨리고 머리를 베개에 파묻었다. 「그리고 나하고 얘기를 나누던 여자가 누구인지를

알고는 피터 아저씨가 ─ 스칼렛, 피터 아저씨가 나한테 고
함을 치지 않겠어요! 지금까지 어느 누구도 나한테 고함을
친 적이 한 번도 없었어요. 그러더니 나더러 〈여기 당장 마차
에서 타요!〉라고 그랬어요. 물론 난 시키는 대로 했고, 집으
로 오는 동안 줄곧 그는 나한테 야단만 치며 내 설명은 들으
려고 하지도 않고 피티 고모님한테 이르겠다고 그랬어요. 스
칼렛, 제발 내려가서 피터 아저씨더러 고모님한테 얘기를 하
지 말라고 부탁 좀 해봐요. 어쩌면 스칼렛의 말은 들을지도
모르니까요. 내가 그런 여자를 정면에서 쳐다보기라도 했다
는 걸 알면 고모님은 돌아가실 거예요. 어때요?」

「그래요, 내가 얘기를 해볼게요. 하지만 손수건에 돈이 얼
마나 들었는지 어디 봐요. 묵직하게 느껴지는데요.」

그녀가 매듭을 풀었고 금화 한 움큼이 침대로 굴러 떨어졌다.

「스칼렛, 이건 50달러예요! 그것도 금화로요!」 반짝거리
는 금화를 헤아려 보고 놀라서 멜라니가 소리쳤다. 「얘기해
봐요, 이런 종류의 ─ 뭔가요, 그런 방법으로 번 돈을 ─ 그
러니까, 장병들을 위해서 써도 된다고 생각해요? 그녀가 우
릴 돕기를 원한다는 걸 하느님이 어쩌면 이해를 하시고, 비
록 더럽혀진 돈이더라도 개의치 않으시리라고 생각하지 않
아요? 병원에서 필요한 게 얼마나 많은지를 생각하면 ─.」

하지만 스칼렛은 얘기에 귀를 기울이지 않았다. 더러운 손
수건을 들여다보던 그녀는 굴욕과 분노에 휘말렸다. 손수건
의 한쪽 구석에 수놓은 〈R. K. B.〉[99]라는 머리글자가 눈에
띄었기 때문이었다. 그녀의 화장대 꼭대기 서랍에는 이것과
똑같은 손수건이, 바로 어제 그들이 꺾은 야생화를 싸라고
레트 버틀러가 그녀에게 빌려 주었던 손수건이 들어 있었다.

99 레트 버틀러의 이름.

그녀는 오늘 밤에 그가 저녁 식사를 하러 오면 손수건을 되돌려 줘야 되겠다고 생각했다.

그러니까 레트는 더러운 워틀링이라는 계집과 접했고, 그녀에게 돈을 주었다. 병원에 기부하려는 돈의 출처가 그러했다. 봉쇄선을 돌파해서 벌어들인 금화. 그리고 레트가 추잡한 인간하고 자리를 함께한 다음, 뻔뻔스럽게도 점잖은 여자를 만나러 왔다는 생각을 하면 기가 막혔다! 그리고 그가 그녀를 사랑한다고 믿을 뻔했다는 생각만 해도 너무나 한심했다! 이제는 그럴 리가 없다는 사실이 밝혀졌다.

나쁜 여자들, 그리고 그들이 벌이는 온갖 행실은 그녀에게는 역겨운 미지의 세계였다. 그녀는 어느 숙녀도 입에 올려서는 안 되고 — 혹시 얘기를 하더라도 귓속말로 간접적이거나 은근한 비유를 통해서만 입에 담게 되는 그런 묵적을 위해 남자들이 그런 여자를 가까이한다고 들었다. 그녀는 항상 천하고 속된 남자들만이 그런 여자를 찾아간다고 생각했었다. 훌륭한 남자들 — 그러니까 그녀가 점잖은 집에서 만났고 같이 춤을 추었던 남자들이 도저히 그런 짓을 하리라는 생각을 그녀는 여태까지는 해본 적이 없었다. 완전히 새롭고도 무서운 세계가 그녀의 앞에 나타났다. 어쩌면 모든 남자가 그러는지도 모른다! 그런 불결한 행위를 남자들이 억지로 아내에게 시키는 것만 해도 기가 막힌데, 그것도 모자라서 그토록 천한 여자들을 찾아가 돈을 주고 그런 식으로 몸을 풀다니! 오, 남자란 하나같이 너무나 더럽고, 그중에서도 레트 버틀러가 가장 흉악했다!

그녀는 손수건을 꺼내 그의 얼굴에다 집어 던지고는 문밖으로 쫓아낸 다음 절대로, 절대로 다시는 그와 얘기도 하지 말아야 했다. 하지만 스칼렛은 물론 그럴 수가 없었다. 그녀는 레트 버틀러가 그런 나쁜 여자를 찾아갔다는 사실은커녕 그런 여자들의 존재를 안다는 기미조차 그에게 절대로, 절대로 보여서는 안 되었다. 숙녀는 절대로 그러면 안 되었다.

〈아.〉 그녀는 격분해서 생각했다. 〈내가 숙녀만 아니었더라면 난 버러지 같은 그에게 온갖 욕설을 다 퍼부을 텐데!〉

그리고 손수건을 구겨 움켜쥔 채 그녀는 피터 아저씨를 찾으러 부엌으로 가려고 층계를 내려갔다. 난로 옆을 지나가다가 그녀는 손수건을 불 속에 던져 넣고는 살벌한 분노를 느끼며 그것이 타는 것을 지켜보았다.

제14장

1863년의 여름이 찾아오자 남부인들의 마음이 큰 희망으로 설레었다. 궁핍과 곤경에도 불구하고, 식량 투기업자들과 온갖 재난에도 불구하고, 지금까지 수많은 가족에게 상처를 남긴 죽음과 질병과 고통에도 불구하고, 남부는 다시금 〈한 번만 더 승리를 거두면 전쟁이 끝난다〉고 믿게 되었는데, 그것은 지난해 여름보다 훨씬 행복한 자신감이 실린 희망이었다. 물리치기 힘든 적이라는 사실이 증명되었지만, 양키들은 드디어 무너지기 시작했다.

1862년 성탄절은 애틀랜타를 위해서, 남부 전체를 위해서 즐거운 시기였다. 남부 동맹은 프레데릭스버그에서 혁혁한 승리를 거두었고, 양키들의 사상자는 수천을 헤아렸다. 성탄절에는 온통 사방에서 환희가 넘쳐흐르고, 전세가 바뀐 데 대해 모두들 기뻐하고 감사했다. 엉성했던 군대도 이제는 노련한 용사들로 구성되었고, 장군들은 패기를 과시했으며, 봄철에 다시 전투가 개시되면 양키들이 철저히 패배하리라고 누구나 믿었다.

봄이 오고, 전투가 다시 개시되었다. 5월이 오고, 남부 동맹은 챈슬러빌에서 또다시 대승을 거두었다. 남부는 사기충

천해서 포효했다.

보다 가까운 곳에서는, 조지아로 돌진해 들어오는 합중국 기병대의 공격을 맞아 싸워서 남부 동맹이 승리를 거두었다. 사람들은 아직도 웃어 대며 서로 잔등을 두드려 주면서 말했다. 「아무렴! 우리 네이선 베드퍼드 포레스트께서 나가셨다 하면 놈들은 일찌감치 꺼지시는 게 몸에 좋지!」 4월 하순에 스트라이트 대령은 1천8백 명의 양키 기병을 이끌고, 애틀랜타에서 90킬로미터 조금 더 되는 북쪽에 위치한 롬을 목표로 삼고, 조지아로 기습 공격을 해왔다. 스트라이트 대령과 양키 기병들은 애틀랜타와 테네시를 연결하는 중요한 철도를 두절시키는 치명타를 가한 다음, 남쪽 애틀랜타로 밀고 내려와 남부 동맹의 요충 도시인 이곳에 집결한 전쟁 물자와 공장들을 파괴한다는 야심만만한 계획을 수립했다.

그것은 대담한 공격이었고, 포레스트만 없었다면 남부는 심한 타격을 받았으리라. 병력은 정말로 적의 겨우 3분의 1밖에 안 되었지만, 훌륭한 장병과 기병의 힘으로 그는 양키들을 추적하기 시작해서, 미처 롬에 도착할 틈도 주지 않고 그들과 교전을 벌여 밤낮으로 괴롭혀 주었고, 결국은 전체 병력을 포로로 잡았다!

이런 소식은 챈슬러빌 승리의 소식과 거의 동시에 애틀랜타에 전해졌고, 도시 전체가 환희와 웃음소리로 대단히 떠들썩했다. 챈슬러빌에서 거둔 승리가 훨씬 중요한지도 모르겠지만, 스트라이트 대령의 특공대가 사로잡혔기 때문에 양키는 확실히 우스꽝스러운 꼴을 당했다.

「그럼, 물론이지, 우리 포레스트를 우습게 봤다가는 큰코다치고 말지.」 얘기가 끝없이 거듭되는 사이에 애틀랜타 사람들이 유쾌하게 말했다.

이제는 남부 동맹의 운세가 힘차게 한껏 올라, 사람들을 홍수처럼 환희 속으로 휩쓸어 몰아넣었다. 그랜트[100] 휘하의 양키들이 5월 중순부터 지금까지 빅스버그 공략을 계속해 왔음은 사실이었다. 챈스러빌에서 스톤월 잭슨이 치명적인 부상을 당했을 때, 남부가 엄청난 손실을 겪었다는 사실도 잘 알려졌다. 프레데릭스버그에서 전사한 코브 장군은 조지아에서 상실한 가장 용감하고도 명석한 인물들 가운데 한 명이라는 것도 사실이었다. 하지만 양키들은 프레데릭스버그나 챈슬러빌에서와 같은 패배를 더 이상 견디기 힘들었다. 그들은 포기할 수밖에 없고, 그렇게 되면 잔인한 전쟁은 마침내 끝나리라.

7월 초순이 되었고, 리 장군이 펜실베이니아로 진군해 들어간다는 소문이 퍼졌으며, 소문은 나중에 속보(速報)로 확인되었다. 리 장군이 적지로 진군했다! 결전을 벌이려는 리 장군! 이번 전투를 마지막으로 전쟁은 끝나리라!

애틀랜타는 흥분과, 기쁨과, 보복을 하려는 열띤 갈망으로 들끓었다. 양키들은 이제 자기들 땅에서 전쟁을 치러야 하는 고통이 어떤지를 맛보게 되리라. 이제 그들은 비옥한 들판이 헐벗고, 말과 스를 도둑맞고, 집이 불타고, 노인들과 아이들이 감옥으로 끌려가고, 아녀자들이 기거할 곳을 잃고 굶주리는 처지가 무엇을 뜻하는지를 알게 되리라.

미주리, 켄터키, 테네시, 그리고 버지니아에서 양키들이 어떤 만행을 저질렀는지는 누구나 다 알았다. 정복된 지역에서 양키들이 자행한 끔찍스러운 짓을 심지어는 어린아이들까지도 증오와 두려움을 느끼며 하나하나 열거하고는 했다. 애틀랜타에는 벌써부터 동브 테네시에서 온 피난민들이 굴려들

100 Ulysses S. Grant. 나중에 미국의 제18대 대통령이 되었다.

었고, 그들은 어떤 고통을 겪었는지를 생생하게 전해 주었다. 그곳에서는, 변경의 주들이 대부분 그러했듯이, 남부 동맹에 동조하는 사람들이 열세였고 전쟁의 아픔이 그들을 무겁게 짓눌러서, 이웃이 다른 이웃을 밀고하고, 형제끼리 서로 죽이기도 했다. 피난민들은 펜실베이니아를 온통 불바다로 만들어야 한다고 외쳤으며, 지극히 얌전한 노부인들까지도 그런 말을 하면서 흉악한 기쁨의 표정을 지었다.

하지만 리 장군이 펜실베이니아의 어떤 사유 재산에도 손을 대면 안 되고, 약탈 행위를 범하는 자들은 사형에 처하겠으며, 징발한 물자는 군(軍)에서 빠짐없이 배상하라는 명령을 내렸다는 소식이 여기저기서 흘러와 이곳까지 전해지자 ― 그가 지금까지 얻어 놓았던 온갖 존경심에도 불구하고 인기가 하락하기 시작했다. 그토록 풍요한 주의 풍성한 창고에 병사들이 접근하지 못하게 막겠다는 말인가? 리 장군은 무슨 생각으로 그랬을까? 그리고 우리 장병들은 너무나 굶주렸고, 신발과 옷과 말이 필요했다

의사에게 다르시 미드가 서둘러 써서 보낸 편지 한 통이 7월 초순에 애틀랜타가 직접 접했던 유일한 정보였는데, 다르시의 편지가 이 사람 손에서 저 사람에게로 옮겨 가는 사이에 분노가 점점 불타올랐다.

〈아버지, 어떻게 손을 쓰셔서 장화 한 켤레 구해 보내 주실 수 없을까요? 전 지금까지 두 주일 동안 맨발로 지냈는데, 신발을 다시 구할 희망이 전혀 보이지를 않아요. 제가 발이 이렇게 크지만 않았더라도, 다른 병사들처럼 죽은 양키의 신발을 벗겨 신으면 되겠지만, 전 저만큼이나 발이 커다란 양키를 아직 한 명도 찾아내지 못했어요. 혹시 신발을 구하셔도 우편으로 부치지는 마세요. 도중에서 누가 가로챌 텐데, 전

그 사람을 탓하지도 못할 테니까요. 필더러 직접 가지고 오라고 기차를 태워 보내세요. 어디로 이동하게 될지 곧 편지를 쓰겠습니다. 지금 당장은 북쪽으로 진군한다는 이상은 아무것도 모르겠어요. 우린 지금 메릴랜드에 있고, 펜실베이니아로 진군하리라고 그러는군요……

아버지, 우리들은 양키들에게 호된 맛을 보여 주겠다고 별렀지만 장군께서는 그러면 안 된다고 했는데, 개인적으로 저는 양키들의 집 몇 채를 태워 버리는 기쁨을 맛보기 위해서라면 총살을 당해도 개의치 않겠어요. 아버지, 오늘 우리들은 아버지가 여태껏 한 번도 못 보셨을 정도로 지극히 광활한 옥수수 밭을 지나 행군을 했어요. 우리 고향에는 이런 옥수수 밭이 없죠. 글쎄요, 우린 다들 무척 굶주렸고, 장군님께서 알지 못하면 기분 나쁠 일도 없으리라고 생각해서, 우리들이 옥수수를 조금 훔쳐 먹었다는 고백을 해야 되겠습니다. 하지만 익지도 않은 날옥수수를 먹고 우리들은 조금도 덕을 본 것이 없어요. 이질에 걸린 병사들은 옥수수를 먹고 더 설사가 심해졌으니까요. 이질에 걸리기보다는 다리에 부상을 당한 몸으로 걷기가 훨씬 쉽죠. 아버지, 신발을 꼭 좀 구해 주세요. 저는 이제 대위이고, 대위라면 새 군복이나 견장이 없더라도 신발은 신어야 해요.〉

하지만 남군은 펜실베이니아로 들어갔으며 — 더 이상 따질 문제는 없었다. 한 번만 더 승리를 거두면 전쟁이 끝나고, 다르시 미드는 원하는 대로 얼마든지 신발을 구하겠고, 청년들이 씩씩하게 고향으로 돌아오고, 모두들 다시 행복해지리라. 미드 부인은 군인이 된 아들이 마침내 고향으로, 영원히 고향으로 돌아오는 장면을 상상하고는 눈물을 글썽거렸다.

7월 3일, 북쪽에서 오는 전신이 갑자기 잠잠해졌고, 침묵은 4일 한낮까지 계속되더니, 결국은 산만하고 와전된 보고들이 애틀랜타의 사령부로 흘러 들어오기 시작했다. 펜실베이니아의 게티즈버그라는 자그마한 도시 근처에서 리 장군의 전체 병력이 집결하여 격렬한 전투를 벌였다. 전투가 적지에서 벌어졌기 때문에 소식이 늦었고, 확실치도 않았으며, 보고는 우선 메릴랜드를 거쳐 리치먼드로 전해져서 다시 애틀랜타로 타전되었다.

긴장감이 점점 고조되었고 두려움이 서서히 애틀랜타 전역으로 퍼져 나갔다. 무슨 일이 벌어지는지를 모를 때처럼 곤란한 처지도 없었다. 아들을 전선으로 보낸 가족들은 자식이 펜실베이니아로 가지 않았기를 열심히 기도했지만, 친척이 다르시 미드와 같은 연대 소속임을 아는 사람들은 이를 꽉 물고, 양키들을 완전히 물리칠 큰 전투에 그들이 참가했으니 명예로운 일이라고 말했다.

피티 고모의 집에서는 세 여자가 두려움을 감추지 못하는 눈길로 서로 쳐다보았다. 애슐리는 다르시 미드와 같은 연대 소속이었다.

5일에는 북부가 아니라 서부에서 나쁜 소식이 전해졌다. 길고도 격렬한 포위 공격에 뒤이어서 빅스버그가 함락되었고, 세인트루이스에서 뉴올리언스에 이르기까지 미시시피 강 유역이 사실상 양키들의 손아귀로 들어갔다. 남부 동맹은 두 동강이 났다. 다른 때였다면 이토록 불운한 소식은 애틀랜타에 두려움과 탄식을 가져다주었으리라. 하지만 이제 그들은 빅스버그에 신경을 쓸 처지가 아니었다. 그들은 펜실베이니아에서 싸우는 리 장군이 벌이는 최후의 결전을 주목했다. 리 장군이 동부에서 승리한다면 빅스버그의 손실은 전혀 재난이 아니었다. 동부에는 필라델피아와, 뉴욕과, 워싱턴이 위치했다. 그들 도시로 진군한다면 북부가 마비될 테니까 미시시피 강의 패배를 보상하고도 남을 정도였다.

시간은 느릿느릿 흘러갔고, 재앙의 어두운 그림자가 애틀랜타를 음울하게 뒤덮었으며, 뜨거운 태양을 거들떠보지도 않던 사람들은 어쩌다 머리를 들어 하늘을 보고는, 시커멓게 먹구름이 무겁게 드리운 대신 맑고 푸른 상공을 보고는 믿어지지 않는다는 듯 깜짝 놀라기까지 했다. 어디를 가나 여자들이 앞쪽 포치와 길거리, 심지어는 마찻길 한복판에서도 무리를 지어 웅성거리며 둥그렇게 둘러서서, 무소식이 희소식이라며 서로 위로를 하고, 용감한 표정을 지어 보이려고 애썼다. 하지만 리 장군이 전사했고 남군이 전투에서 패했으며, 엄청난 숫자의 사상자 명단이 내려오리라는 음산한 소문이 빠른 속도로 날아다니는 박쥐처럼 조용한 길거리를 오르락내리락 돌아다녔다. 그런 소문을 믿지 않으려고 애를 쓰기는 했지만, 온 동네 사람들이 공포에 휘말려 시내로, 신문사로, 사령부로 몰려 달려가서는 소식을, 아무 소식이라도 좋으니 심지어는 나쁜 소식이라도 알려 달라고 애원했다.

기차가 들어오면 소식을 들으리라는 생각에 역(驛)으로, 전신국으로, 정신을 못 차리는 사령부로, 신문사의 잠긴 문 앞으로 사람들이 운집했다. 그들은 묘하게도 고요한 군중을 이루어서, 모여드는 사람들의 숫자만 조용히 점점 더 불어날 따름이었다. 얘기가 오고 가지도 않았다. 가끔 노인의 떨리는 목소리가 소식을 알려 달라고 애원했으며, 안타까운 질문을 들어도 군중은 자극을 받아 시끄럽게 아우성을 치는 대신 더욱 숨을 죽일 따름이었고, 자주 되풀이되던 대답만 들려왔다 ― 「전투가 벌어졌다는 정도 이외에는 아직 북부에서 아무런 전문도 들어오지를 않았어요.」 마차를 타고 왔거나 걸어서 찾아온 여자들이 가장자리에 자꾸 모여들었고, 빈틈없이 모여 선 사람들이 뿜어내는 체온의 열기와 서성거리는 발치에서 일어나는 먼지 때문에 숨이 막힐 지경이었다. 여자들은 얘기를 하지 않았지만, 창백하게 굳어 버린 그들의 얼굴은 통곡보다도 더 애절한 침묵의 웅변이었다.

애틀랜타에는 아들이나, 오빠 또는 동생이나, 아버지나, 연인이나, 남편을 전쟁터로 보내지 않은 집이 거의 없었다. 그들은 죽음이 그들의 집으로 찾아왔다는 소식을 기다렸다. 그들은 죽음을 예상했다. 그들은 패배를 예상하지는 않았다. 패배의 가능성만큼은 그들이 부정했다. 태양이 내려쬐는 펜실베이니아의 언덕이나 풀밭에서 지금도 병사들이 죽어 가는지도 모를 노릇이었다. 지금 순간에도 남군의 대열은 우박 세례를 받은 채소밭처럼 마구 쓰러지는 중인지도 모르겠지만, 그들이 내세우고 싸우던 대의명분은 절대로 쓰러지지 않았다. 그들은 수천 명씩 죽어 갈지 모르겠지만, 용의 이빨이 맺은 열매[101]처럼 회색과 호두 빛깔의 군복을 입은 싱싱한 병사들이, 수천 명씩 남군의 함성을 지르며 땅에서 솟아 나와 그들의 뒤를 이으리라. 새로운 병사들이 어디서 나타날지는 아무도 몰랐다. 그들은 다만, 하늘에는 다른 신앙을 용서하지 않는 의로운 하느님이 분명히 존재함을 믿듯이, 버지니아 군(軍)이 무적의 군대이며 리 장군이 기적을 행하리라고 믿었다.

스칼렛과 멜라니와 피티팻 고모는, 지붕을 걷어 내린 승용

---

101 그리스 신화에 나오는 얘기로서, 테바이를 창건한 카드모스가 용의 이빨을 심었더니 무장한 병사들이 솟아 나왔다. 그들은 결국 서로 다 죽이고 다섯 명만 남았다.

마차를 타고 양산 밑에 몸을 피한 채, 「데일리 이그재미너」 신문사 사무실 앞에 앉아서 기다렸다. 스칼렛은 두 손이 떨려 양산이 머리 위에서 흔들거렸고, 피티의 동그란 얼굴에서는 코가 토끼처럼 발름거릴 정도로 흥분했지만, 멜라니는 돌로 깎아 놓은 듯 꼼짝도 않고 앉아서, 시간이 흘러갈수록 검은 두 눈만 점점 더 커졌다. 그녀는 두 시간 동안 꼭 한 번 입을 열었는데, 그물 손가방에서 냄새 약을 꺼내 고모에게 줄 때 했던 한마디 말은, 평생 그녀가 고모에게 지극히 따뜻한 애정을 보이지 못했던 유일한 경우였다.

「이거 받으시고, 고모님, 기절할 낌새가 보이면 사용하세요. 미리 말씀드리겠는데, 만일 그래도 기절을 하신다면, 난 소식을 — 소식을 들을 때까지 이곳을 뜰 생각이 없으니까 마음대로 실컷 기절하시고, 피터 아저씨한테 집으로 데려다 달라고 하세요. 그리고 난 스칼렛이 나를 버려두고 가도록 가만히 내버려 두지도 않겠어요.」

스칼렛은 애슐리에 대한 소식을 가장 빨리 전해 주는 곳을 떠나 자리를 옮길 생각은 없었다. 그렇다, 피티 고모가 죽는다고 해도 그녀는 이곳을 떠나지 않으리라. 어디선가 애슐리가 싸우고, 어쩌면 곧 죽을지도 모르는데, 그녀가 진실을 알아낼 만한 곳이라고는 신문사뿐이었다.

그녀는 친구나 이웃들이 없을까 해서 군중을 둘러보았고, 둥근 모자를 비스듬히 쓰고 열다섯 살 난 필의 팔을 잡은 미드 부인과, 떨리는 윗입술로 덧니를 가리려고 애를 쓰는 매클루어 댁 딸들과, 용맹한 어머니답게 자세가 꼿꼿하며 틀어 올린 머리에서 헝클어져 흘러내린 몇 가닥만이 그녀의 내적인 동요를 보여 주는 엘싱 부인과, 유령처럼 얼굴이 창백한 패니 엘싱이 눈에 띄었다. (분명히 패니는 오빠 휴 때문이라면 저렇게까지 초조해하지는 않으리라. 아무도 모르는 그녀의 애인이 전선으로 나가지나 않았을까?) 메리웨더 부인은 마차에 앉아 메이벨의 손을 토닥거렸다. 메이벨은 임신한 모습이 너무나 드러났기 때문에, 비록 목도리를 단단히 여미기는 했어도, 사람들 앞에 나서기는 부끄러운 일이었다. 그녀가 저토록 걱정할 필요가 무엇일까? 루이지애나군이 펜실베이니아로 갔다는 소식은 아무도 듣지 못했다. 아마도 키가 작고 털보인 그녀의 애인 주아브 장교는 지금 안전한 리치먼드에서 지내는지도 모를 노릇이었다.

군중의 언저리에서 동요가 일어났고, 레트 버틀러가 피티 고모의 마차를 향해 말을 몰고 조심스럽게 다가오자 사람들이 길을 비켜 주었다. 스칼렛은 생각했다 ― 군대에 가지 않았기 때문에 폭도가 달려들어 당장이라도 그를 갈기갈기 찢어 버릴지도 모를 이런 순간에 여기로 오다니, 용기도 대단하구나. 그가 더 가까이 오자 스칼렛은 자기가 그를 제일 먼저 찢어 놓고 싶다는 생각이 들었다. 애슐리와 다른 청년들은 신발도 없이 맨발로, 더위에 푹푹 찌는 가운데, 굶주린 몸으로, 배 속은 질병으로 썩어 가며 양키들과 싸우는데, 어떻게 그는 감히 번쩍거리는 장화를 신고, 하얗고 멋진 아마포 양복을 입고, 저토록 말끔하고 기름기가 흐르는 모습으로, 비싼 여송연을 피우며 저토록 훌륭한 말을 타고 돌아다닐까?

밀리는 사람들 사이로 그가 천천히 헤치고 오니까 사람들이 험악한 표정으로 노려보았다. 수염을 기른 늙은 남자들이 투덜거렸고, 두려움을 모르는 메리웨더 부인이 마차에서 몸을 조금 일으키더니, 「투기업자!」라고 또렷하게 소리쳤는데, 그녀의 목소리를 들어 보니 그 어휘는 추악하고 가장 독살스러운 욕설처럼 들렸다. 그는 누구에게도 신경을 쓰지 않고 모자를 들어 멜리와 피티 고모에게 인사를 하고는 스칼렛 쪽으로 말을 타고 오더니 허리를 숙이고 귓속말을 했다. 「승리의 여신이 우리 깃발에 올라앉아 독수리처럼 울부짖는다고 미드 박사께서 입버릇 같은 연설을 하기에는 바로 지금이 적절한 시기가 아닐까요?」

긴장감으로 신경이 곤두선 스칼렛은 성난 고양이처럼 그에게로 휙 얼굴을 돌렸고, 당장이라도 입에서 욕설이 튀어나오려고 했지만, 그가 손짓을 해서 말렸다.

「난 해주고 싶은 얘기가 있어서 여러분을 찾아왔어요.」 그가 큰 소리로 말했다. 「사령부에 가봤더니 첫 사상자 명단이 들어왔더군요.」

그가 한 말이 들릴 만큼 가까운 곳에 있던 사람들 사이에서 웅성거리는 소리가 났고, 사람들은 당장 돌아서서 사령부를 향해 떼를 지어 화이트홀 거리를 달려 내려갔다.

「가지 마세요.」 안장에서 몸을 일으키고 손을 치켜들며 그가 소리쳤다. 「명단은 양쪽 신문사로 발송되어 지금 인쇄를 하는 중이죠. 여기서 그냥 기다려요!」

「오, 버틀러 선장님.」 눈물이 글썽거리는 얼굴을 그에게 돌리며 멜리가 소리쳤다. 「이렇게 일부러 찾아와서 알려 주시니 얼마나 고마운지 모르겠어요! 명단이 언제 나붙을까요?」

「곧 나붙게 되겠죠. 부인. 사무실에 보고서가 도착한 지 이제 반 시간은 되었으니까요. 소식을 알고 싶어서 군중이 사무실을 부숴 놓을까 봐 걱정이 되어서 담당 소령은 인쇄가 끝날 때까지 발표를 하지 않으려고 했어요. 아! 보세요!」

신문사 사무실의 옆쪽 창문이 열리더니, 잉크가 뭉개지고 이름이 빽빽하게 인쇄된 길고 좁다란 교정쇄(校正刷) 꾸러미를 든 손이 나왔다. 교정쇄를 받으려고 군중이 싸움을 벌이는 바람에 종이가 반으로 찢어지기도 하고, 명단을 낚아챈 사람은 그것을 읽으려고 군중을 헤치며 뒤로 물러서려고 야단이었으며, 뒤에 처진 사람들은 앞으로 밀치고 나가며 〈나 좀 지나갑시다!〉라고 아우성이었다.

「말을 잡고 있게나.」 피터 아저씨에게 고삐를 던져 주고 잽싸게 땅으로 내려서며 레트가 다급하게 말했다. 그들은 무자비하게 사람들을 밀어 헤치며 나아가는 그의 묵직한 어깨가 군중 위로 우뚝 솟아오른 모습을 보았다. 잠시 후에 그는 명단을 대여섯 장 가지고 돌아왔다. 그는 한 장을 멜라니에게 던져 주고 나머지는 가장 가까운 마차에 탄 다른 여자들 — 매클루어 댁 딸들과, 미드 부인과, 메리웨더 부인과, 엘싱 부인에게 나눠 주었다.

「어서요, 멜리.」 손이 떨리기 때문에 글씨를 읽기가 힘들어하는 멜리를 보고 화가 치밀어 오른 스칼렛이 볼멘 목소리로 외쳤다.

「이거 받아요.」 멜리가 작은 소리로 말했고, 스칼렛이 명단을 멜리에게서 낚아챘다. 더블유 항.[102] 더블유 항은 어디쯤일까? 오, 맨 끝에 나오는데, 잉크가 온통 뭉개졌구나. 「화이트.」 읽어 내려가는 그녀의 목소리가 떨렸다. 「윌킨스……원…… 제불론……. 오, 멜리, 명단에 없어요! 오, 하느님 덕분이에요, 고모님! 멜리, 냄새 약을 집어요! 고모님을 일으켜 앉혀요, 멜리.」

남들의 눈길쯤은 신경도 안 쓰고 기뻐서 흐느껴 울며 멜리는 흐느적거리는 피티 고모의 머리를 꼿꼿하게 세우고는 냄새 약을 코에 갖다 대었다. 마음속으로 기뻐서 노래를 부르며 스칼렛은 맞은편에 앉은 뚱뚱한 피티 고모를 잡아 일으켰다.

102 윌크스의 머리글자가 W이다.

애슐리는 살았다. 그는 부상도 당하지 않았다. 그를 무사하게 남겨 두시다니 하느님은 얼마나 좋은 분이던가! 얼마나 ―.

그녀는 나지막한 신음 소리를 듣고 시선을 돌렸으며, 어머니의 가슴에 머리를 묻는 패니 엘싱을 보았고, 마차 바닥으로 펄럭이며 떨어지는 사상자 명단을 보았고, 딸을 품에 거두어 안으며 마부더러 조용히 〈집으로 가. 어서〉라고 말하는 엘싱 부인의 떨리는 입술을 보았다. 스칼렛은 얼른 명단을 훑어보았다. 휴 엘싱의 이름은 없었다. 패니는 틀림없이 애인이 있었던 모양인데, 이제 그는 죽었다. 동정이 어린 침묵을 지키며 군중은 엘싱 댁 마차가 지나가도록 길을 비켜 주었고, 그 뒤로는 망아지가 끄는 자그마한 고리버들 마차가 매클루어 댁 딸들을 태우고 따라갔다. 바위처럼 굳은 얼굴로 미스 페이스가 마차를 몰았는데, 오래간만에 입술이 그녀의 이빨을 가렸다. 얼굴에 죽음이 서린 미스 호프는 동생의 치맛자락을 잔뜩 움켜잡고 그녀 옆에 꼿꼿하게 앉아 있었다. 그들은 무척 늙어 보였다. 그들이 사랑했던 동생 댈러스는 세상에서 이 노처녀들에게 하나뿐인 가족이었다. 댈러스는 갔다.

「멜리! 멜리!」 기쁨이 넘치는 목소리로 메이벨이 소리쳤다. 「르네는 무사해요! 그리고 애슐리도 무사하고요! 오, 하느님 감사합니다!」 목도리가 어깨에서 흘러내려 그녀의 임신한 배가 흉하게 불룩 드러났지만, 지금만큼은 그녀와 메리웨더 부인 둘 다 신경을 쓰지 않았다. 「오, 미드 부인! 르네가 ―.」 그녀의 목소리가 순간적으로 달라졌다. 「멜리, 봐요! 미드 부인, 제발! 혹시 다르시가 ―?」

미드 부인은 무르팍을 내려다보면서, 그녀의 이름을 부르는 소리를 듣고도 머리를 들지 않았지만, 그녀 옆에 앉은 어린 필의 표정은 감정을 그대로 드러냈다.

「이러지 마세요, 진정하세요, 어머니.」 그가 힘없이 말했다. 미드 부인이 머리를 들었고, 멜라니와 시선이 마주쳤다.

「다르시한테는 이제 신발이 필요 없게 되었어요.」 그녀가 말했다.

「아니, 저런!」 흐느껴 울기 시작하며 멜리가 소리치고는, 피티 고모를 스칼렛의 어깨로 밀어내더니, 마차에서 내려 의사의 부인이 탄 마차로 갔다.

「어머니, 어머니한테는 아직 제가 있잖아요.」 얼굴이 창백해진 어머니를 위로하려고 절망적으로 애쓰며 옆에 앉은 필이 말했다. 「그리고 어머니가 허락만 해주신다면 전 가서 양키들을 모조리 죽이고 ——」

미드 부인은 절대로 놓아주지 않으려는 듯 그의 팔을 움켜잡고, 숨이 막히는 목소리로 말했다. 「안 돼!」

「필 미드, 너는 입 다물고 있거라!」 멜라니가 미드 부인의 옆자리로 기어 올라가 그녀를 두 팔로 안으며 야단쳤다. 「너도 총에 맞아 죽으면 어머니한테 조금이라도 위안이 될 줄 아니? 그런 바보 같은 소리는 처음 듣겠구나. 어서 마차를 몰고 우리 집으로 가자!」

필이 고삐를 집어 들자 그녀는 스칼렛에게로 시선을 돌렸다.

「고모님을 집으로 모셔다 드린 다음에 곧장 미드 부인 댁으로 와요. 버틀러 선장님, 의사 선생님께 말씀 좀 전해 주시겠어요? 병원에 계시니까요.」

흩어지는 군중 속으로 마차가 떠나갔다. 어떤 여자들은 기뻐서 흐느껴 울었지만, 대부분은 너무 놀란 나머지 그들에게 떨어진 무서운 타격을 의식하지도 못하는 듯싶었다. 스칼렛은 친구들의 이름을 찾아보려고 머리를 숙이고는 흐릿해진 명단을 다급하게 읽어 내려갔다. 애슐리가 무사하다니까 이제야 그녀는 다른 사람들을 생각할 여유가 생겼다. 아, 얼마나 기나긴 명단인가! 애틀랜타에서, 조지아 전체에서, 얼마나 많은 사람들이 목숨을 잃었는가.

하느님 맙소사! 「레이포드 캘버트 중위.」 레이프가! 갑자기 그녀는, 아주 오래전, 그들이 함께 도망을 쳤지만 배가 고프고 어둠이 무서워 밤이 되기 전에 집으로 가자고 마음을 돌렸던 날이 머리에 떠올랐다.

「조지프 케이 폰티인 이등병.」 키가 작고 성미깨나 급했던 조! 그리고 샐리는 얼마 전에 아기를 낳았는데!

「라파예트 먼로 대위.」 그리고 라페[103]는 캐슬린 캘버트와 약혼까지 한 사이였다. 가엾은 캐슬린! 그녀는 오빠와 애인을 한꺼번에 잃었다. 하지만 오빠와 남편을 한꺼번에 잃은 샐리의 손실이 더 컸다.

아, 너무나 끔찍한 일이다. 그녀는 더 이상 명단을 읽기가 두려웠다. 피티 고모는 그녀의 어깨에 몸을 기대고 씨근덕거리며 한숨을 몰아쉬었고, 약간의 예의를 차리며 스칼렛은 그녀를 마차의 한쪽 구석으로 밀어 놓고는 계속해서 읽었다.

분명히, 분명히 ─ 명단에 〈탈턴〉이라는 이름이 셋이나 실리다니, 말도 안 되는 얘기였다. 어쩌면 ─ 어쩌면 서두르는 바람에 신문사에서 실수로 반복해서 이름을 게재했는지도 모른다. 하지만, 아니다. 분명히 그렇게 적혔다. 〈브렌튼[104] 탈턴 중위.〉 〈스튜어트 탈턴 상등병.〉 〈토머스 탈턴 이등병.〉 그리고 전쟁이 터진 첫해에 죽은 보이드는 버지니아의 어디쯤에 묻혔는지 하느님이나 알 노릇이었다. 탈턴 댁 청년들은

---

103 라파예트의 애칭.
104 브렌트는 애칭.

모두 죽었다. 시시한 얘기와 짓궂은 장난을 꽤나 좋아했던 톰과 게으르고 다리가 긴 쌍둥이 형제, 그리고 무용 교사만큼이나 우아하고 말솜씨가 땅벌만큼이나 날카롭던 보이드.

그녀는 더 이상 읽고 싶지가 않았다. 그녀는 함께 자라고, 같이 춤을 추고, 연애를 하고, 키스를 나누었던 다른 남자들이 혹시 또 명단에 올랐는지는 알 수가 없었다. 그녀는 울고 싶었고, 그녀의 목을 날카로운 쇠발톱처럼 파고드는 고통을 어떻게 해서든지 물리치고 싶었다.

「안됐군요, 스칼렛.」 레트가 말했다. 그녀는 그를 올려다보았다. 스칼렛은 아직 그가 곁에 있다는 것을 잊어버렸었다. 「당한 친구들이 많아요?」

그녀는 머리를 끄덕이고 힘겹게 말했다. 「카운티의 거의 모든 집안과 — 그리고 탈턴 댁 청년 세 사람이 몽땅 — 몽땅 갔어요.」

그의 얼굴은 침울할 정도로 조용했으며, 눈에는 조롱하는 기미가 전혀 없었다.

「그리고 아직 끝나지도 않았죠.」 그가 말했다. 「이건 첫 번째 명단이고, 그나마 완전한 명단도 아니에요. 더 긴 명단이 내일 들어올 예정이에요.」 그는 옆 마차에서 듣지 못하도록 목소리를 낮추었다. 「스칼렛, 리 장군은 틀림없이 패배했어요. 난 그가 다시 메릴랜드로 후퇴했다는 애기를 사령부에서 들었어요.」

그녀는 겁에 질린 눈을 들어 그를 올려다보았지만, 리 장군의 패배 때문에 두려워서가 아니었다. 더 긴 사상자 명단이 내일 도착한다니! 내일. 애슐리의 이름이 명단에 없어서 처음에는 무척 기뻤던 나머지 그녀는 내일 생각은 하지도 못했다. 내일. 그렇다, 지금쯤 그는 벌써 죽었을지도 모르고,

460

그 사실을 그녀는 내일, 어쩌면 내일부터 한 주일이 지난 다음에야 알게 될지도 모를 노릇이었다.

「오, 레트, 왜 전쟁이라는 게 일어나야 하나요? 양키들이 검둥이들을 돈 주고 사버리거나, 아니면 우리들이 아예 공짜로 검둥이들을 그들에게 주어 버리는 편이 이런 일을 겪는 것보다 훨씬 좋았을 텐데요.」

「검둥이들 때문이 아니에요, 스칼렛. 그건 구실에 지나지 않아요. 사람들이 전쟁을 좋아하기 때문에 전쟁이 벌어지는 거예요. 여자들은 안 그렇지만 남자들은 전쟁을 좋아하고, 그럼요, 여자보다 전쟁을 더 사랑하죠.」

얼굴에 밴 미소로 그의 입이 뒤틀렸고, 표정에서는 진지한 태도가 사라졌다. 그는 큼직한 파나마모자를 들어 올렸다.

「안녕히 가세요. 난 미드 박사를 찾으러 가겠어요. 아들의 죽음을 알리러 찾아가는 사람이 하필이면 나라는 역설적인 상황을 지금 당장은 의사 선생님이 의식하지 못하리라는 생각이 드는군요. 하지만 나중에 그분은 투기업자가 와서 영웅의 죽음을 알려 줬다는 걸 생각하면 아마 화가 나겠죠.」

스칼렛은 피티 고모에게 토디[105] 한 잔을 만들어 주고 침대에 눕힌 다음, 프리시와 쿠키더러 돌보라고 맡기고는, 미드 씨 댁으로 가려고 길거리를 내려갔다. 미드 부인은 위층에서 필과 함께 남편이 돌아오기를 기다렸고 멜라니는 응접실에 앉아서 위로하러 찾아온 이웃 사람들과 나지막한 목소리로 얘기를 나누었다. 그녀는 엘싱 부인이 미드 부인에게 빌려 준 상복을 고치느라고 바늘과 가위를 가지고 바쁘게 손을 놀렸다. 부엌에서는 요리사가 훌쩍거리며 미드 부인의 옷

105 *toddy*. 위스키에 뜨거운 물, 설탕, 레몬 따위를 탄 음료.

을 몽땅 커다란 빨래 통에 넣고 휘젓는 중이었으며, 집에서 만든 검정 물감을 끓이는 독한 냄새가 집 안에 가득했다.

「부인은 어때요?」 스칼렛이 나지막이 물었다.

「눈물 한 방울 안 흘려요.」 멜라니가 말했다. 「여자들이 울지 않을 때는 정말 끔찍한 거예요. 난 남자들이 어떻게 울지도 않으며 고통을 견디는지 모르겠어요. 아마 여자들보다 강하고 용감하기 때문인지도 모르죠. 부인은 혼자 펜실베이니아로 가서 아들을 집으로 데리고 오겠다고 그랬어요. 의사 선생님은 병원을 비울 수가 없으니까요.」

「부인에게는 얼마나 고통스러운 일일까요! 필이 가면 안 되나요?」

「혼자 내버려 두면 어린 아들이 당장 입대를 해버릴까 봐 걱정이 되는 거예요. 필은 나이에 비해서 덩치가 무척 크고, 이제는 열여섯 살이면 군대에서 끌고 가잖아요.」

의사가 집으로 돌아오자 자리를 같이하기가 꺼림칙하다고 생각한 이웃들이 하나둘 빠져나갔고, 응접실에는 스칼렛과 멜라니만 남아 바느질을 했다. 멜라니는 슬프지만 차분해 보였고, 손에 들고 있던 옷으로 눈물이 뚝뚝 떨어졌다. 분명히 그녀는 아직도 전투가 계속되는 중일지도 모르고, 어쩌면 지금 순간에 애슐리가 이미 죽었을지도 모른다는 생각은 하지 않았다. 스칼렛은 마음속으로 전율을 느끼며, 레트가 한 말을 멜라니한테 전해서 그녀가 비참해하는 꼴을 보고 애매한 위안을 얻어야 좋을지, 아니면 혼자만 가슴에 담아 둬야 할지 판단이 서지를 않았다. 결국 그녀는 잠자코 있기로 작정했다. 애슐리에 대해서 그녀가 걱정을 지나치게 많이 한다는 사실을 멜라니가 눈치채면 좋을 일이 하나도 없었다. 그녀는 오늘 아침에 멜리와 피터를 포함한 모든 사람이 저마다 자기 걱정거리에 너무 몰두해서 그녀의 행동을 눈여겨보지 못했다는 것을 하느님에게 감사드렸다.

얼마 동안 말없이 바느질을 하고 난 다음 그들은 바깥에서 나는 소리를 들었고, 커튼 사이로 내다보니 미드 박사가 말에서 내렸다. 그는 어깨가 축 늘어졌고, 허연 수염이 부채처럼 가슴을 뒤덮을 정도로 머리를 푹 숙였다. 그는 천천히 집으로 들어와서 모자와 가방을 놓고는 두 여자에게 말없이 키스를 했다. 그러더니 그는 지친 걸음으로 층계를 올라갔다. 잠시 후에 팔다리만 껑충 길어서 잔뜩 어색해 보이는 필이 내려왔다. 두 여자는 이리 와서 같이 있자는 표정으로 그를 쳐다보았지만, 필은 그냥 앞쪽 포치로 나가더니 꼭대기 계단에 앉아 머리를 떨구고는 두 손에 머리를 파묻었다.

멜리가 한숨을 지었다.

「양키들하고 싸우러 가라고 부모님이 허락해 주질 않아서 저 애가 화가 났군요. 열다섯 살밖에 안 되었는데 말이에요! 오, 스칼렛, 저런 아들이 있으면 얼마나 좋을까요!」

「그러다가 아들이 죽기나 하면 어쩌게요?」 다르시 미드를 생각하여 스칼렛이 불쑥 말했다.

「전혀 아들이 없기보다는 전사를 당하더라도 아들을 두는 게 더 좋겠죠.」 멜라니가 긴장한 목소리로 말했다. 「스칼렛은 어린 웨이드를 두었으니까 이해를 못 하겠지만, 나는 ― 아, 스칼렛, 난 아기를 정말로 갖고 싶어요! 이런 얘기를 서슴지 않고 하니까 나를 한심하다고 생각하리라는 건 알지만, 그건 사실이고, 스칼렛도 알겠지만 그건 여자라면 누구나 원하는 바예요.」

스칼렛은 코웃음을 치지 않으려고 참았다.

「만일 하느님의 뜻이 그렇기 때문에 애슐리가 ― 가버린다면, 그이가 죽는다면, 나도 차라리 죽고 싶겠지만, 난 결국 참아 내겠죠. 하느님은 견뎌 낼 힘을 나한테 주실 테니까요. 하지만 난 그이도 죽고, 그리고 또 — 그리고 또 나에게 위안을 줄 그이의 아이조차 없다면 견디지 못할 거예요. 오, 스칼렛, 스칼렛은 얼마나 복이 많은가요! 비록 찰리를 잃기는 했어도 그의 아들을 가졌잖아요. 그러나 만일 애슐리가 간다면, 나한테는 아무것도 없어요. 나를 용서해 줘요, 스칼렛, 하지만 가끔 난 스칼렛이 너무 부러워서 —」

「부러워하다니 — 나를요?」 스칼렛이 죄의식에 사로잡혀 소리쳤다.

「스칼렛에게는 아들이 있지만 나한테는 없기 때문이죠. 아이가 없다는 게 너무 비참해서 심지어 나는 가끔 웨이드가 내 아들이라는 상상도 해봤어요.」

「쓸데없는 소리 말아요!」 마음이 놓인 스칼렛이 소리쳤다. 그녀는 바느질감 위로 연약한 몸을 구부리고 낯을 붉힌 그녀를 힐끗 쳐다보았다. 멜라니가 아기를 원하는지는 모르지만, 그녀는 분명히 아이를 낳을 만한 몸이 못 되었다. 그녀의 키는 열두 살 난 아이 정도밖에 안 되었고, 엉덩이도 아이처럼 홀쭉하고, 젖가슴은 아주 납작했다. 멜라니가 아이를 가진다는 생각만 해도 스칼렛은 비위가 뒤집혔다. 그것은 그녀가 참기 어려운 많은 것들을 연상시켰다. 만일 멜라니가 애슐리의 아이를 낳는다면, 그것은 마치 스칼렛의 소유인 무엇을 빼앗기는 셈이었다.

「웨이드 얘기 용서해요. 내가 웨이드를 얼마나 사랑하는지는 스칼렛도 잘 알잖아요. 나 때문에 화나진 않았죠?」

「한심한 소리 하지 말아요.」 스칼렛이 퉁명스럽게 말했다. 「그리고 포치로 나가 필을 어떻게 해봐요. 울고 있어요.」

제15장

　버지니아로 밀려난 남군은 — 게티즈버그에서 패배한 이후 지치고 사기가 저하되어 — 래피든 강가에서 겨울을 보내려고 진을 쳤으며, 성탄절이 가까워 올 무렵에 애슐리가 휴가를 받아 집으로 돌아왔다. 2년 만에 처음 그를 보게 된 스칼렛은 자신의 격렬한 감정 때문에 겁이 났다. 옅두 참나무 집의 응접실에 서서, 멜라니와 결혼하는 그를 지켜보았을 때, 스칼렛은 지금보다 더 가슴이 찢어지도록 강렬하게 그를 사랑할 순간이 절대로 오지 않으리라고 생각했었다. 하지만 지금 스칼렛은 오래전 그날 밤에 느꼈던 감정은 마치 장난감을 빼앗긴 응석받이 아이나 느낄 그런 감정임을 깨달았다. 지금 그녀의 감정은 애슐리에 대한 오랜 꿈이 쌓여 예민해졌고, 말도 못 하는 억압된 욕망 때문에 더욱 강렬해졌다.

　누덕누덕 깁고 빛이 바랜 군복을 걸치고, 여름 태양에 머리가 담황색으로 바랜 애슐리 윌크스는, 전쟁이 터지기 전에 그녀가 절망적으로 사랑했던, 느긋하고 눈에 졸음이 덮인 청년과는 다른 사람이었다. 그리고 그는 천 배나 훨씬 더 강렬한 흥분을 불러일으켰다. 전에는 피부가 하얗고 날씬했던 그가 이제는 구리 빛깔에 야위었고, 기병대식으로 입가에 늘어진 길고 황금빛인 콧수염은 완벽한 군인으로서의 인상을 완성시켜 주는 마지막 장식품이었다.

낡은 군복 차림에 헌 총집에 권총을 차고, 찌그러진 군도는 높다란 장화에 멋지게 부딪치고, 녹슨 박차는 둔감한 광채를 내는 C. S. A.[106] 애슐리 윌크스 소령 — 그는 군인답게 늠름한 자세를 갖추었다. 이제는 지휘에도 길이 들어 자신감과 권위를 풍기는 조용한 분위기를 지닌 그는 입가에 음울한 주름살이 나타나기 시작했다. 딱 벌어진 그의 어깨와 냉정하게 빛나는 눈의 광채에서는 어딘가 새롭고 낯선 면모가 드러났다. 전에는 느긋하고 나태하던 그가 이제는 살금살금 돌아다니는 고양이처럼 민첩해졌고, 바이올린의 줄처럼 신경을 항상 곤두세우고 팽팽한 긴장감을 풍겼다. 그의 눈에는 무엇에 홀린 듯하면서도 기진맥진한 표정이 서렸고, 햇볕에 그은 얼굴에서는 섬세한 골격이 드러났으며, 그래서 그는 그녀가 사랑했던 애슐리이면서도 너무나 달랐다.

스칼렛은 성탄절을 타라에서 보낼 계획이었지만, 애슐리의 전보가 온 다음에는, 세상의 어떤 힘도, 심지어는 실망한 엘렌이 직접 명령했어도, 그녀를 애틀랜타에서 끌고 갈 수가 없었다. 만일 애슐리가 열두 참나무 집으로 갈 기미가 보였다면 그녀는 그와 가까이 있고 싶어서 서둘러 타라로 돌아갔겠지만, 애슐리는 가족더러 애틀랜타로 만나러 와달라고 편지를 냈고, 윌크스 씨와 허니와 인디아는 벌써 이곳에 도착했다. 그를 2년이라는 기나긴 세월 동안 만나지도 못했는데, 타라로 돌아가느라고 그를 보지 말아야 한다는 말인가? 가슴이 마구 두근거리게 만드는 그의 목소리를 듣지 못하고, 그녀를 잊지 않았다는 표정을 그의 눈에서 읽지 말아야 한다

106 Confederate States of America. 〈미국 남부 동맹〉의 약자.

는 말인가? 절대로 안 된다! 어머니가 열 명이 달려와도 안 될 일이었다.

애슐리는 성탄절을 나흘 앞두고, 게티즈버그 이후에 슬프게도 숫자가 줄어든 카운티의 다른 청년들과 함께 휴가를 받고 돌아왔다. 그들 중에는 앙상하게 야위고 끊임없이 기침을 하던 케이드 캘버트와, 1861년 이래 처음 휴가를 받아 흥분해서 날뛰는 먼로 댁 두 아들과, 굉장히 술에 취해 시끄럽게 떠들어 대며 자꾸 시비를 거는 알렉스와 토니 폰테인도 있었다. 그들은 기차를 바꿔 타기 위해 두 시간을 기다려야 했고, 폰테인 댁 청년들이 자기들끼리 또는 전혀 모르는 사람들과 역에서 싸움판을 벌이지 못하게 막는 일은 정신이 말짱한 사람이 맡아야 할 의무였기 때문에, 애슐리는 그들을 피티팻 고모의 집으로 데리고 왔다.

「저 녀석들, 싸움은 버지니아에서 실컷 한 줄 알았는데.」 기분이 좋아 수선을 떠는 피티 고모에게 누가 먼저 키스를 하느냐를 놓고 두 마리의 싸움닭처럼 살기가 등등한 그들을 지켜보며 케이드가 씁쓸하게 말했다. 「하지만 아닌가 봐요. 리치먼드에 도착했을 때부터 술에 취해 시비를 거느라고 바빴으니까요. 거기서도 헌병한테 걸렸는데, 애슐리가 말로 잘 구슬리지만 않았더라면 녀석들 영창에서 성탄절을 보낼 뻔했어요.」

하지만 스칼렛은 또다시 애슐리와 같은 방에 있게 되었다는 사실이 너무나 황홀해서, 그가 하는 말은 거의 한마디도 못 들었다. 그녀가 어떻게 지난 2년 동안 어떤 다른 남자를 보고 멋있거나 미남이거나 흥분을 불러일으킨다는 생각을 했었겠는가? 세상 어딘가에 애슐리가 살아 있는데 어떻게 그들이 사랑을 호소하는 소리를 그녀가 아무렇지도 않게 들어줄 마음이 내켰겠는가? 그는 다시 집으로 돌아왔고, 애슐리와 그녀 사이에는 응접실의 융단 하나만큼의 거리만 떨어졌으니, 저기 소파에 자리를 잡은 그를 보면 — 한쪽에 멜리 그리고 다른 쪽에 인디아가 앉았으며 허니가 뒤에서 그의 어깨를 끌어안은 애슐리를 쳐다볼 때마다, 그녀는 행복한 울음을 터뜨리지 않으려고 정신을 바짝 차려야만 했다. 그의 팔을 잡고 옆에 앉을 권리가 그녀에게 주어졌다면 얼마나 좋았을까! 그가 정말로 그곳에 와 있다는 사실을 확인하기 위해 몇 분에 한 번씩 그의 소매를 만지작거리고, 그의 손을 잡고, 그의 손수건으로 환희의 눈물을 닦는 권리만 주어졌다면 얼마나 좋았으랴. 하지만 멜라니가 부끄러운 줄도 모르고 그런 모든 행동을 했다. 너무나 행복한 나머지 수줍음과 체면도 망각한 채, 그녀는 남편의 팔에 매달려, 눈과 미소와 눈물까지 보이며 그를 노골적으로 흠모하는 표정을 지었다. 그리고 스칼렛은 어찌나 기뻤던지 그래도 불만이 없었고, 너무나 즐거워서 질투도 하지 않았다. 드디어 애슐리가 집으로 돌아왔다!

스칼렛은 전에 애슐리가 키스를 했던 뺨으로 가끔 손을 가져갔고, 그의 입술이 닿았던 순간의 흥분감을 다시금 느끼며 미소를 지었다. 물론 키스는 그가 먼저 하지는 않았었다. 멜리는 그의 품으로 몸을 던지고는 횡설수설 울어 대며, 절대로 놓아주지 않겠다는 듯 꼭 껴안았다. 그러고는 멜라니의 팔을 억지로 떼어 내다시피 하며 허니가 그를 포옹했다. 다음에 애슐리는 부자간에 존재하는 강렬하고도 조용한 감정을 보여 주는 점잖고도 다정한 포옹을 나누며 아버지에게 키스했다. 그런 다음에는 볼품도 없는 작은 발로 흥분해서 강동강동 뛰던 피티 고모, 마지막으로 그는 서로 먼저 키스를 하겠다고 나서는 청년들에게 둘러싸여 그녀에게로 돌아서더니 〈오, 스칼렛! 아름답고도 아름다운 아가씨!〉라고 말하고는 그녀의 뺨에다 키스했다.

그녀가 하려고 했던 모든 반갑다는 말이 키스와 더불어 날아가 버렸다. 그녀는 애슐리가 입술에다 키스를 하지 않았다는 사실을 몇 시간이 지난 다음에야 깨달았다. 그래서 그녀는 만일 단둘이서만 그들이 만났더라면, 애슐리가 혹시 키 큰 몸을 구부리고, 발돋움을 하도록 그녀를 끌어올리고는 오래, 오랫동안 껴안고 키스를 해주지 않았을까 들뜬 마음으로 상상했다. 그리고 스칼렛은 그런 생각을 하니까 행복해졌기 때문에, 아예 애슐리가 그랬으리라고 믿어 버렸다. 하지만 앞으로 한 주일이나 같이 지낼 테니까 어떤 일이 벌어질지는 아무도 모르는 일이었다! 틀림없이 그녀는 애슐리와 단둘이만 있을 기회를 어떻게 해서든지 마련하고, 그러면 이런 말을 하리라. 「우리들만 아는 비밀의 오솔길을 따라 말을 타고 내려가곤 했던 때를 기억하시나요?」「우리들이 타라 농장의 층계에 나란히 앉아서, 당신이 시를 읊어 주었던 그날 밤 달이 어땠었는지 기억하세요?」 (하느님 맙소사! 한데 그 시의 제목이 무엇이었더라?) 「석양 무렵에 내가 발목을 삐어 당신이 나를 안고 집으로 갔던 그날 오후를 기억하시나요?」

아, 〈당신은 기억하시나요?〉라고 그녀가 물어보고 싶은 말이 너무나 많았다. 그들이 천진난만한 아이들처럼 카운티에서 여기저기 거닐었던 아름다운 시절이 그의 기억 속에서 되살아나게 할 소중한 추억, 멜라니 해밀턴이 등장하기 전의 나날을 회상하게 만들 추억이 정말로 많았다. 그리고 얘기를 나누는 사이에 어쩌면 그녀는 호흡이 빨라지는 어떤 감정을, 멜라니에 대한 남편으로서의 애정이라는 장애물 뒤에서나마 그가 아직도, 바비큐 파티에서 불쑥 진실을 털어놓았던 순간

만큼이나 정열적으로 그녀를 아직도 사랑한다는 어떤 암시를 그의 눈에서 읽어 내게 될지도 모른다. 만일 애슐리가 의심할 나위 없는 말로 그녀에 대한 사랑을 고백한다면 그들이 어떻게 해야 할지는 스칼렛의 염두에 없었다. 그가 그녀를 사랑한다는 진실만 알면 그만이었다……. 그렇다, 그녀는 기다릴 마음의 준비가 되었고, 멜라니가 그의 팔에 매달려 울면서 행복한 시간을 누리게 내버려 둘 여유도 만만했었다. 그녀에게도 때가 오리라. 어쨌든 멜라니 같은 여자가 사랑에 관해서 무엇을 안다는 말인가?

「여보, 당신 몰골이 너무나 초라해요.」 귀향의 첫 흥분감이 가라앉은 다음에 멜라니가 말했다. 「당신 군복을 누가 꿰맸는지 모르지만, 왜 하필이면 푸른 헝겊 조각을 썼나요?」

「난 굉장히 멋있어 보일 줄 알았는데.」 자신의 모습을 살펴보면서 애슐리가 말했다. 「저기 저 누더기를 걸친 친구들의 꼬락서니와 비교해 보면 내가 훨씬 괜찮아 보이지 않아? 내 군복을 손질한 건 모스인데, 전쟁이 터지기 전에는 한 번도 바늘이라고는 손에 잡은 경험이 없었다는 걸 고려하면, 아주 훌륭한 솜씨라고 난 생각했지. 푸른 헝겊의 사연을 애기하자면, 구멍 뚫린 바지를 입느냐 아니면 포로로 잡은 양키의 군복 조각을 떼어 붙이느냐 하는 선택에서는 ─ 글쎄, 선택의 여지가 전혀 없었어. 그리고 아무리 초라한 몰골이라고 해도, 당신 남편이 맨발로 돌아오지 않았다는 것만도 별님한테 감사해야 마땅하지. 내 낡은 구두는 지난 주일에 완전히 닳아 빠졌고, 재수가 좋아 양키 척후병 두 명을 쏘아 죽이지만 못했더라면 난 포대(包袋) 자루를 발에 동여매고 돌아왔을 테니까. 척후병 가운데 한 사람의 신발이 나한테 꼭 맞았어.」

그는 흠집이 난 높은 장화를 보여 주려고 여봐란 듯 긴 다리를 뻗었다.

「그리고 다른 척후병의 장화는 내 발에 맞지를 않았어요.」 케이드가 말했다. 「너무 작아서 지금도 발이 아파 죽겠다고요. 하지만 난 멋진 모습으로 고향에 돌아가게 되었죠.」

「지금도 저 돼지처럼 이기적인 녀석은 맞지도 않는 신발을 우리 두 사람 가운데 누구에게도 주려고 하질 않아요.」 토니가 말했다. 「저 신발은 작고도 귀족적인 우리 폰테인 가문의 발에는 잘 맞을 텐데 말이에요. 제기랄, 난 생가죽 구두를 신은 꼴로 어머니를 만나기가 창피해요. 전쟁 전에는 우리 집 검둥이들에게도 어머니는 이런 걸 신지 못하게 했는데요.」

「걱정 마.」 케이드의 구두를 힐끔거리며 알렉스가 말했다. 「고향으로 가는 기차 안에서 우리들이 저걸 벗겨 빼앗을 테니까. 난 어머니를 만날 걱정은 하지 않지만, 삐져나온 내 발가락을 디미티 먼로에게는 보여 주고 싶지 않아.」

「왜 이래, 저건 내 장화야. 내가 먼저 찍었으니까.」 형에게 험악한 표정을 지으며 토니가 말했고, 폰테인 집안의 유명한 싸움이 또 벌어질까 봐 걱정이 된 멜라니는 당황해서 그들을 열심히 화해시켰다.

「난 집에 와서 자랑하려고 수염을 길게 길렀었지.」 면도칼에 벤 흠집이 아직도 겨우 반쯤밖에 아물지 않은 얼굴을 서글프게 쓰다듬으며 애슐리가 말했다. 「수염이 어찌나 멋지게 자랐는지, 나 혼자만의 생각인지는 몰라도, 제브 스튜어트[107]나 네이선 베드퍼드 포레스트의 수염도 그만큼 멋지지는 못해. 하지만 리치먼드에 다다랐을 때, 저 두 악당이 (그는 폰

---

107 본명은 제임스 이웰 브라운 스튜어트James Ewell Brown Stuart. 소장으로, 남부에서 가장 명성을 날린 기병대 사령관이었고, 개성이 뚜렷하여 갈색 수염, 화려한 옷차림, 깃털 장식으로 유명했던 멋쟁이 장군.

테인 형제를 가리켰다) 자기들끼리 면도를 하다가 내 수염도 깎아 버려야 되겠다고 작정하고는 덤벼들었어. 나를 쓰러뜨리고 수염을 깎아 대는데, 수염과 함께 내 머리가 통째로 뽑히지 않은 게 오히려 신기할 정도지. 내 콧수염이나마 건진 건 에번과 케이드가 말린 덕택이었어.」

「헛소리예요, 월크스 부인! 부인은 저한테 고맙다고 그러셔야 해요. 수염을 그대로 두었다면 사모님은 남편을 전혀 알아보지 못하고 집 안에 들여놓지도 않으셨을 테니까 말이에요.」알렉스가 말했다. 「우리들이 영창에 들어가지 않도록 헌병을 설득해 주신 데 대한 사의를 표하기 위해서 그랬다니까요. 명령만 내려 주신다면 부인을 위해서 지금 당장 저 콧수염까지 깎아 드리겠어요.」

「오, 아니에요, 괜찮아요!」키가 작고 가무잡잡한 두 남자가 어떤 난폭한 짓이라도 저지를까 봐 겁에 질린 표정으로 애슐리를 부둥켜 잡으며 멜라니가 서둘러 말했다. 「내가 보기엔 아주 멋있는데요.」

「그게 사랑이죠.」엄숙한 표정으로 서로 고개를 끄덕이며 폰테인 형제가 말했다.

피티 고모의 마차를 타고 정거장으로 떠나는 청년들을 배웅하려고 애슐리가 추운 바깥으로 나간 다음 멜라니는 스칼렛의 팔을 잡았다.

「그이 군복이 너무 엉망이죠? 내가 마련해 둔 저고리를 보면 놀라시겠죠? 아, 바지를 만들 옷감도 충분했더라면 얼마나 좋았을까요!」

스칼렛은 애슐리의 저고리 얘기만 나오면 속이 상했는데, 그것을 성탄절 선물로 주는 사람이 멜라니가 아니라 자기였으면 좋겠다고 애타게 원했기 때문이었다. 군복을 만들 회색 모직물은 이제 그야말로 홍옥만큼이나 비쌌고, 그래서 애슐리는 흔한 수직물 군복을 입었다. 호두 빛 천마저도 지금은 귀했기 때문에, 많은 병사들이 노획한 양키 군복을 짙은 갈색 호두 껍질 물감으로 염색해서 입었다. 하지만 멜라니는 요행히도 저고리를 만들기에 충분한 회색 포플린을 손에 넣었으며, 상당히 짧기는 했지만 그래도 저고리는 저고리였다. 그녀는 병원에서 찰스턴의 어느 청년을 간호했었는데, 병사가 죽은 다음에 그의 머리카락 한 다발을 잘라서, 병사의 호주머니에 들어 있던 얼마 안 되는 소지품과 함께, 그가 죽을 때 겪은 고통은 전혀 언급하지 않으면서 마지막 순간을 서술하는 위로의 말을 담은 편지를 유품과 함께 병사의 어머니에게 보내 주었다. 그렇게 그들 사이에는 서신 왕래가 시작되었고, 멜라니의 남편이 전선으로 나갔음을 알게 된 어머니는 죽은 아들을 위해 사두었던 회색 천과 놋쇠 단추를 보내 주었다. 틀림없이 봉쇄선을 뚫고 들여온 물건이며 그래서 틀림없이 무척 비쌌던 옷감은 아름답고, 두툼하고, 따뜻했으며, 연한 빛깔이 감돌았다. 멜라니는 옷감을 양복점에 맡겼고, 성탄절 아침까지 옷을 완성해 달라고 재촉했다. 스칼렛은 나머지 군복을 마련해 주기 위해서라면 무슨 짓이라도 했겠지만, 애틀랜타에서는 필요한 옷감을 구할 길이 없었다.

그녀는 애슐리를 위한 성탄절 선물을 준비했지만, 멜라니의 찬란한 회색 저고리에 비하면 하찮기 짝이 없었다. 그녀의 선물은 나소에서 레트가 가져다준 소중한 바늘 꾸러미를 몽땅 담은, 플란넬로 만든 작은 반짇고리와, 역시 같은 경로를 거쳐 얻은 세 장의 손수건과, 실 두 타래와, 자그마한 가위 한 개였다. 하지만 그녀는 훨씬 개인적인 무엇을, 그러니까 아내가 남편에게 선물하는 셔츠라든가, 장갑이라든가, 모자 따위 무엇인지를 그에게 주고 싶었다. 아, 그렇다, 어떻게 해서든지 모자를 줘야 한다. 애슐리가 쓰고 다니는 작은 약모(略帽)[108]는 꼭대기가 납작해서 우스꽝스러워 보였다. 스칼렛은 벌써부터 그 모자를 싫어했다. 챙이 축 늘어진 펠트 모자 대신에 스톤월 잭슨이 더 좋아했다고 해서 뭐가 대수인가? 그래 봤자 조금도 더 위엄이 돋보이지도 않는데 말이다. 하지만 애틀랜타에서 구할 만한 모자라고는 고작해야 모직물로 조잡하게 만든 것들뿐이었고, 원숭이 모자[109]와 비슷한 약모보다도 괴상했다.

모자 생각을 하자 그녀는 레트 버틀러가 머리에 떠올랐다. 그는 여름에 쓰는 널찍한 파나마모자와, 공식적인 자리에서 쓰는 높다란 실크 모자와, 사냥 모자와, 황갈색이나 검정색이나 푸른 빛깔이고 챙이 축 늘어지는 모자 따위, 온갖 모자가 너무나 많았다. 스칼렛이 사랑하는 애슐리는 초라한 모자를 쓰고 뒤꼭지에서 목덜미로 물이 뚝뚝 떨어지는 채 비를 맞으며 말을 타고 돌아다니는 판에, 그는 무슨 모자가 그토록 많이 필요하다는 말인가?

〈레트에게서 까만 새 펠트 모자를 받아 내야 되겠어.〉 그녀는 결심했다. 〈그 모자의 챙에다 회색 장식 끈을 달고 애슐리의 화관(花冠)[110]을 붙이면 멋있을 거야.〉

그녀는 잠깐 몽상을 멈추고, 아무런 설명도 하지 않고 모자를 얻어 내기가 힘들지도 모르리라는 생각을 했다. 애슐리에게 주기 위해서 모자가 필요하다는 말은 차마 할 수 없는

108 영국의 보병이 쓰던 모자.
109 벨보이들이 쓰는 냄비를 엎어 놓은 모양에 턱 끈이 달린 모자.
110 높은 신분이나 장교 계급을 상징하기 위해 잎사귀와 꽃을 동그랗게 수놓은 장식.

노릇이었다. 애슐리의 이름이 튀어나오기만 해도 그는 항상 그러듯이 눈썹을 치켜 올리며 얄미운 표정을 짓고는, 모자를 안 주겠다고 거절할지도 모른다. 그렇다, 그녀는 병원에 들어온 어느 부상병에 관해 무슨 서글픈 얘기를 지어낼 생각이었고, 레트에게는 절대로 진실을 얘기하지 않으면 그만이었다.

오후 내내 그녀는 몇 분 동안이라도 애슐리와 단둘이 얘기를 나눌 기회를 마련하려고 눈치를 살폈지만, 멜라니가 잠시도 그의 곁에서 떠나지를 않았고, 인디아와 허니는 속눈썹도 없고 엷은 푸른 빛깔의 눈을 반짝이며 집 안에서 그를 졸졸 따라다녔다. 심지어는 아들에 대한 자부심을 노골적으로 드러내던 존 윌크스까지도 그래서 애슐리와 조용히 대화를 나눌 기회를 얻지 못했다.

저녁 식사 때도 마찬가지여서, 그들은 앞다투어 전쟁에 관한 질문을 애슐리에게 퍼부어 댔다. 전쟁! 누가 전쟁에 관심이 있다는 말인가? 스칼렛은 애슐리도 그런 얘기에는 별로 관심이 없다고 생각했다. 그는 얘기를 많이 했고, 자주 웃었고, 전에는 스칼렛이 한 번도 본 적이 없을 정도로 완전히 대화를 주도했지만, 진심이 담긴 얘기는 아주 조금밖에 안 하는 듯싶었다. 그는 식구들에게 농담도 하고 친구들에 관한 우스운 얘기도 했으며, 임기응변으로 난관을 넘겼던 일화도 유쾌하게 회상하면서, 굶주림이나 비를 맞으며 강행군을 하던 고생도 가볍게 넘겨 버렸고, 게티즈버그에서 후퇴할 때 말을 타고 지나가던 리 장군이 〈귀관들, 그대들은 조지아 군대인가? 그렇지, 조지아의 귀관들이 없었다면 우린 버텨 나가기가 어렵지!〉라고 말했을 때, 그의 모습이 어떠했었는지를 자세히 전해 주었다.

스칼렛이 보기에는 그가 대답하고 싶지 않은 질문을 그들이 하지 못하게 막으려고 그렇게 열심히 얘기를 계속하는 듯 싶었다. 아버지가 걱정스럽게 한참 동안 응시하는 눈길과 시선이 마주치자 애슐리가 당황하고 눈을 떨구는 모습을 보자, 애슐리가 마음속에 무엇을 숨겨 두었을지 스칼렛은 약간 걱정스러운 불안감을 느꼈다. 하지만 벅찬 행복감과 그와 단둘이만 남고 싶다는 강렬한 욕망 이외에는 그녀의 마음속에 어떤 다른 여유도 없었으므로, 그런 걱정은 곧 잊혀졌다.

벽난로 앞에 동그랗게 둘러앉은 사람들이 하나둘 하품을 하기 시작하고, 윌크스 씨가 딸들을 데리고 호텔로 가려고 나설 무렵에 스칼렛의 벅찬 기쁨은 끝이 났다. 그리고 피터 아저씨가 불을 밝힌 층계를 애슐리와 멜라니와 피티팻과 함께 올라가는 동안, 그녀의 기분은 싸늘해졌다. 은밀한 얘기를 한마디도 나누지 못하기는 했어도 애슐리는 그녀의 소유, 오직 그녀의 소유였다. 하지만 잘 자라는 인사를 하면서 지금 스칼렛은 멜라니가 갑자기 뺨에 홍조를 띠고 파르르 떠는 모습을 보았다. 그녀는 눈을 떨구었고, 어떤 두려운 감정에 사로잡힌 듯싶기는 해도, 수줍은 행복감을 느끼는 인상이었다. 애슐리가 침실 문을 열자 멜라니는 얼굴도 들지 않고 얼른 안으로 들어갔다. 애슐리는 잘 자라는 말을 불쑥 하고는, 스칼렛의 시선을 피했다.

그들이 안으로 들어간 다음 문이 닫혔고, 스칼렛은 입을 벌린 채 갑자기 심한 외로움을 느꼈다. 이제 애슐리는 더 이상 그녀의 소유가 아니었다. 그는 멜라니의 소유였다. 살아 있는 한 멜라니는 애슐리와 함께 어느 방으로나 들어가서 문을 닫고 — 바깥세상을 차단할 권리를 독차지했다.

이제 애슐리는 진눈깨비를 헤치고 나아가야 하는 기나긴

강행군과, 눈 속에서의 굶주림과 노영(露營), 고통과 역경이 기다리는 버지니아로 돌아가야 했고, 아무렇게나 내디딘 발 뒤꿈치에 짓밟힌 한 마리의 개미처럼 그의 황금빛 머리와 자랑스럽고 매끈한 몸이 지닌 모든 눈부신 아름다움이 순식간에 사라져 버릴지도 모르는 위험이 기다리는 곳으로 떠나가야 했다. 찬란하고 꿈만 같았던 아름다움과, 행복이 넘치는 순간들로 이어졌던 지난 한 주일은 흘러가 버렸다.

한 주일이 꿈처럼 흘러갔는데, 손으로 만든 반짝이와 작은 촛불로 화려하게 장식한 소나무 가지와 성탄절 나무의 그윽한 향기 속에서, 꿈같은 순간들이 심장의 고동처럼 빨리 날아가 버렸다. 한 주일은 너무나 숨 가쁘게 빨리 지나가고 전쟁은 영원히 계속될 기세였으므로 — 스칼렛의 내면에서는 고통과 기쁨이 뒤섞인 감정으로, 그가 떠난 다음 마음에 담아 두고 되새길 사건들, 앞으로 오랫동안 틈이 날 때마다 회상하면서 그녀가 조금씩이나마 위안을 얻을 만한 그런 사건들을 차곡차곡 쌓아 나갔으니 — 춤을 추고, 노래하고, 웃고, 애슐리를 위해 바쁘게 잔심부름을 다니고, 그가 원하는 바를 미리 예측하고, 그가 미소를 지으면 마주 미소를 짓고, 그가 애기를 하면 조용히 귀를 기울이고, 그리고 그가 눈썹을 치켜 올릴 때마다, 그가 입을 이상하게 뒤틀 때마다, 그의 꼿꼿한 몸의 윤곽 하나하나를 지워지지 않도록 머릿속에 깊이 새겨 두려고, 눈으로 부지런히 따라다니며 그를 지켜보면서 보낸 그런 숨찬 한 주일이었다.

멜라니에게 애슐리가 작별 인사를 하는 동안 스칼렛은 응접실의 긴 의자에 앉아서, 그에게 줄 작별의 선물을 무릎에 놓고 기다리며, 층계를 내려올 때 그가 혼자뿐이어서 몇 분이나마 그와 단둘이만 지낼 시간을 하느님이 베풀어 주기를 기원했다. 그녀는 위층에서 소리가 날 때마다 신경을 곤두세 웠지만, 집 안은 이상할 정도로 고요해서, 자신의 숨소리까 지도 커다랗게 들릴 정도였다. 애슐리에게서 반 시간 전에 작별 인사를 받은 피티팻 고모는 그녀의 방에서 지금은 베개 에 얼굴을 파묻고 슬피 울었다. 문이 닫힌 멜라니의 침실에 서는 웅얼거리거나 우는 소리가 들려오지 않았다. 애슐리가 침실에 틀어박혀 나오지 않은 지가 벌써 몇 시간이나 되었다 고 스칼렛은 느꼈으며, 그에게 주어진 시간이 너무나 짧고 너무나 빨리 흘러갔으므로, 그가 아내에게 작별 인사를 하느 라고 방에서 지체하는 모든 순간을 그녀는 심히 못마땅하게 생각했다.

그녀는 지난 한 주일 내내 그에게 하고 싶은 온갖 얘기를 준비해 두었다. 하지만 준비한 얘기를 할 기회가 없었고, 앞 으로도 기회가 절대로 찾아오지 않을지도 모른다고 스칼렛 은 깨달았다.

그녀는 멍청하고 하찮은 이런 말을 그에게 해주고 싶었다. 「애슐리, 몸조심하세요, 아시겠죠?」 「발을 적시면 안 돼요. 당신은 감기에 잘 걸리거든요.」 「셔츠 속에는 가슴쯤에 신문 지를 끼워 넣어야 해요. 그러면 바람을 잘 막아 주니까요.」 하지만 다른 얘기도, 그녀가 하고 싶었던 훨씬 중요한 얘기, 그에게서 스칼렛이 듣고 싶었던 훨씬 중요한 얘기, 그가 비 록 말로는 하지 않더라도 눈의 표정에서 읽어 내고 싶었던 얘기들도 많았다.

나눌 얘기가 그토록 많았지만 이제는 시간이 없었다! 만 일 멜라니가 그를 문까지, 마차를 타는 곳까지 따라 나온다 면, 앞으로 남은 몇 분마저도 빼앗겨 버릴지 모를 노릇이었 다. 왜 그녀는 지난 한 주일 동안에 기회를 마련하지 못했던가? 하지만 항상 멜라니가 사랑하는 눈으로 그를 지켜보며 애슐리의 곁을 떠나지 않았고, 아침부터 밤까지 집에는 친구들과 이웃들과 친척들이 늘 찾아왔으므로, 애슐리는 잠시도 혼자 있을 틈이 없었다. 그러다가 밤이 되면 침실의 문이 닫히고, 그는 멜라니와 단둘만의 시간을 보냈다. 지난 며칠 동안에 단 한 번도 그는 오빠가 누이동생에게, 또는 평생 알았던 친구에게 보여 주는 그런 애정 이외에는 어떤 감정도, 하나의 얼굴 표정에서나 한마디의 말에서나 무엇에서도, 스칼렛에게 드러내지를 않았다. 그녀는 애슐리가 자기를 아직도 사랑하는지를 알아낼 틈도 없이 그를 어쩌면 영원히 떠나보내야 할지도 모른다. 그의 마음을 확인하기만 한다면, 비록 그가 죽더라도, 그녀는 삶의 마지막 순간까지 그가 숨겼던 사랑으로부터 따뜻한 위안을 얻게 되리라.

영구한 세월이 흘러간 듯한 기분이 들 즈음에야 그녀는, 침실에서 나는 군화 소리와 문이 열리고 닫히는 소리를 들었다. 그녀는 애슐리가 층계를 내려오는 소리를 들었다. 혼자서! 이렇게 살펴 주시다니, 하느님 감사합니다! 멜라니는 이별의 슬픔이 너무나 괴로운 나머지 방에서 나오지 않기로 한 모양이었다. 이제 그녀는 소중한 몇 분 동안 애슐리를 혼자서 차지할 기회를 얻었다.

그는 박차를 짤그랑거리며 천천히 층계를 내려왔고, 스칼렛은 높다란 군화에 닿아 군도가 희미하게 사그락거리는 소리를 들었다. 응접실로 들어온 그의 눈은 침울했다. 그는 미소를 지으려고 했지만, 몸속에 생긴 상처 때문에 출혈을 한 사람처럼 얼굴이 창백하고 앙상했다. 애슐리가 들어서자 스칼렛은 여태껏 자기가 만난 군인들 가운데 그가 가장 미남이라고 생각했으며, 자기가 애슐리의 아내라도 되는 듯 자부심을 느끼며 몸을 일으켰다. 피터 아저씨가 열심히 윤을 냈기 때문에 은빛 박차와 칼집이 번쩍거렸고, 긴 총집과 허리띠도 광채가 났다. 양복점에서 서둘러 일을 끝마치는 바람에 솔기가 뒤틀려서 새 저고리는 그의 몸에 잘 맞지를 않았다. 회색 저고리의 밝고 산뜻한 색감은 낡아서 꿰맨 호두 빛 바지와 흠집이 난 군화와는 서글프게 어울리지를 못했지만, 비록 은빛 갑옷을 입지는 않았더라도 그녀의 눈에는 그가 눈부신 기사 못지않은 모습이었다.

「애슐리.」 그녀가 불쑥 부탁했다. 「내가 기차 타는 곳까지 같이 가도 될까요?」

「제발 그러지 말아요. 아버지와 여동생들이 거기 나와서 기다릴 테니까요. 그리고 어쨌든 난 역에서 춥다고 덜덜 떠는 모습보다 여기서 나한테 작별 인사를 하는 모습을 기억하고 싶어요. 추억이란 무척 소중하니까요.」

그녀는 계획을 당장 포기했다. 그녀를 무척이나 싫어하던 인디아와 허니가 만일 이별하는 자리를 같이한다면, 스칼렛은 은밀한 말을 나눌 기회가 없으리라.

「그렇다면 난 안 가겠어요.」 그녀가 말했다. 「이것 받아요, 애슐리! 내가 당신에게 줄 선물을 따로 마련했어요.」

그에게 줘야 할 때가 되자 그녀는 약간 수줍어하며 꾸러미를 풀었다. 그것은 두꺼운 중국 비단으로 만들고 묵직하게 테를 두른 길고 노란 장식 띠[111]였다. 몇 달 전에 레트 버틀러는 그녀에게 서배너에서 노란 목도리를, 자홍색과 파란 빛깔로 화려하게 새와 꽃을 수놓은 목도리를 가져다주었다. 지난 한 주일 동안 그녀는 수를 놓은 그림을 참을성 있게 모조리 뜯어내고는 비단을 정사각형으로 잘라 장식 띠 길이로 감침

111 장교가 정장을 할 때 두르는 장식용 허리띠.

480

질을 했다.

「스칼렛, 아름다운 선물이군요! 직접 손으로 만들었나요? 그렇다면 난 이걸 더욱 소중하게 여겨야 되겠어요. 나한테 둘러 줘요, 스칼렛. 새 저고리와 장식 띠로 찬란해진 내 모습을 보면 장병들이 부러워서 죽겠다고 그러겠어요.」

그녀는 눈부신 장식 띠를 그의 매끈한 허리 총 띠 위에다 두르고는 양쪽 끝을 묶어 사랑 매듭[112]을 지었다. 멜라니가 새 저고리를 그에게 주기는 했지만, 장식 띠는 스칼렛의 선물이었으며, 그가 몸에 두르고 싸움터로 나가서 볼 때마다 그녀를 기억하도록 만드는 그녀만의 비밀스러운 선물이었다. 스칼렛은 뒤로 물러나서 자랑스럽게 그를 살펴보고, 깃털 장식과 장식 띠를 뽐내는 제브 스튜어트라고 해도 그녀의 기사만큼 멋있지는 못하다고 생각했다.

「아름답군요.」 가장자리 장식을 매만지며 그가 되풀이해서 말했다. 「하지만 이것을 만들기 위해서 스칼렛이 드레스나 목도리를 잘랐으리라는 걸 난 알아요, 스칼렛. 요즈음엔 예쁜 물건을 구하기가 너무나 힘이 들잖아요.」

「오, 애슐리, 난 기꺼이 ─.」

그녀는 〈당신이 원한다면 난 내 심장이라도 꺼내서 당신에게 덮어 드리겠어요〉라는 말을 하고 싶었지만, 〈당신을 위해서라면 무엇이라도 하겠어요!〉라고 말끝을 맺었다.

「정말 그러겠어요?」 그가 물었고, 음울한 표정이 그의 얼굴에서 조금 걷혔다. 「그렇다면 당신이 나를 위해 해줄 일이, 스칼렛, 멀리 떠난 내 마음을 훨씬 편하게 해줄 일이 있어요.」

「그게 뭔데요?」 무슨 엉뚱한 약속이라도 기꺼이 할 각오가 된 그녀가 기뻐서 물었다.

112 끈을 묶는 방법으로, 사랑하는 마음을 상징한다.

「스칼렛, 내 대신 멜라니를 돌봐 주겠어요?」

「멜리를 돌봐 줘요?」

쓸쓸한 실망으로 그녀는 마음이 무겁게 내려앉았다. 그러니까 아름다운 무엇인가를, 굉장한 무엇을 약속해 주려니 하고 스칼렛이 그토록 갈망하는 마당에, 애슐리가 그녀에게 마지막으로 한다는 부탁이 고작 이런 정도란 말인가! 그러자 분노가 치솟았다. 지금은 애슐리와 그녀가 함께하는 순간, 그녀 혼자만의 순간이었다. 그런데, 그곳에 없었음에도 불구하고, 멜라니의 희미한 그림자가 그들 사이에 드리웠다. 그들이 작별을 고하는 순간에 어떻게 그는 멜라니의 이름을 들먹이는가? 어떻게 그는 스칼렛에게 그런 부탁을 할까?

그는 스칼렛의 얼굴에서 실망한 표정을 눈치채지 못했다. 옛날에도 그랬듯이 그의 눈은 그녀 너머의 다른 무엇인가를 쳐다보았고, 스칼렛은 전혀 그의 눈에 들어오지를 않았다.

「그래요, 멜리를 잘 지켜보고, 돌봐 줘요. 아내는 몸이 무척 약한데, 자신은 그걸 깨닫지 못하죠. 아내는 바느질과 간호사 노릇으로 몸이 쇠약해지고 말 거예요. 그리고 너무 착하고 소심한 여자예요. 피티팻 고모와 헨리 큰아버님하고 스칼렛 이외에는 멜라니와 가까운 친척이라면 메이컨에 사는 버 집안뿐인데, 그들은 팔촌뻘이죠. 그리고 피티 고모님은 — 스칼렛, 고모님이 어린아이나 마찬가지라는 건 스칼렛도 알잖아요. 그리고 헨리 큰아버님은 노인이에요. 멜라니가 스칼렛을 그토록 사랑하는 이유는 찰리의 아내일 뿐 아니라, 그건 — 뭐랄까, 스칼렛의 타고난 성품 때문이기도 하고, 그래서 멜라니는 스칼렛을 친형제처럼 사랑해요. 스칼렛, 만일 내가 전사하고 나서 아내가 의지할 사람이 아무도 없게 되면 어떡하나 하는 생각을 하면 난 악몽을 꾸게 돼요. 약속하겠어요?」

〈만일 내가 전사한다〉는 불길한 말에 어찌나 겁이 났던지 스칼렛은 그의 마지막 부탁이 귀에 들어오지도 않았다.

만일 그에게 무슨 일이 생긴다면 세상이 끝난다고 믿었던 그녀는 날이면 날마다 가슴이 목구멍으로 치밀어 오르는 기분을 느끼며 사상자 명단을 읽고는 했었다. 하지만 언제나, 언제나, 그녀는 남부 동맹의 군대가 완전히 전멸한다고 해도 애슐리만은 화를 면하리라고 마음속으로 믿었다. 그런데 이제 그는 무서운 말을 하고 말았다! 그녀는 온몸에 소름이 돋았고, 그녀가 이성으로써는 도저히 맞서 싸우기가 불가능한 미신적인 두려움이 스칼렛을 사로잡았다. 그녀는, 특히 죽음에 관한 예감에서는, 육감이 작용한다고 믿을 만큼은 아일랜드 사람의 인식을 타고났는데, 그의 커다란 회색 눈에서 스칼렛은 어깨에 닿는 싸늘한 손가락의 감촉을 느꼈고, 밴시[113]의 통곡 소리를 들은 사람이라고밖에는 그녀가 납득할 수 없는 그런 사람의 깊은 슬픔을 보았다.

「그런 말 하시면 안 돼요! 그런 건 생각조차 하시면 안 돼요. 죽는 얘기를 하면 악운이 찾아오니까요! 오, 어서 기도를 드리세요!」

「나를 위한 기도는 스칼렛이 드리고, 촛불도 밝혀 줘요.」 그녀의 목소리에 담긴 다급한 두려움에 미소를 지으며 그가 말했다.

하지만 그녀에게서 너무나 멀리 떨어진 버지니아에서 죽어 눈 속에 쓰러진 애슐리의 모습을 상상하고 너무나 큰 충격을 받은 스칼렛은 대답이 나오지를 않았다. 그는 얘기를

113 Banshee. 아일랜드와 스코틀랜드 사람들의 미신에 의하면, 가족 중에서 누군가 곧 죽으리라고 통곡 소리로 예고해 준다는 요정.

계속했고, 그의 목소리에 담긴 슬픔과 체념이 점점 그녀의 두려움을 자극했고, 결국 분노와 실망은 흔적도 남기지 않고 사라졌다.

「그런 이유 때문에 부탁을 하는 거예요, 스칼렛. 나한테 무슨 일이 일어날지, 그리고 우리들 가운데 누구에게 무슨 일이 닥칠지를 난 알지 못해요. 하지만 종말이 올 때는 난 비록 살았더라도 이곳에서 멀리 떨어진 곳에, 너무나 먼 곳에 있을 테니까 멜라니를 돌봐 줄 수가 없어요.」

「조 ― 종말이 와요?」

「전쟁의 종말, 그리고 세상의 종말이죠.」

「하지만 애슐리, 당신은 양키들이 정말 우리를 이기리라고 생각하지는 않겠죠? 지난 한 주일 동안 줄곧 당신이 한 얘기라고는 리 장군이 얼마나 강한지 ―.」

「지난 한 주일 동안 줄곧 나는 휴가를 나온 장병들이 으레 그러듯이 거짓말만 늘어놓았어요. 그들이 겁을 먹어야 할 아무런 필요성도 생기기 전에 무엇 하러 내가 멜라니와 피티 고모에게 겁을 줘야 하나요? 그래요, 스칼렛, 난 양키들이 우리를 이겼다고 생각해요. 게티즈버그는 종말의 시작이었어요. 후방에서는 사람들이 아직 그런 사실을 모르죠. 그들은 우리 처지가 어떤지 깨닫지 못하지만 ― 그렇지만 스칼렛, 내 부하들 중에는 지금 맨발인 사람도 많고, 버지니아에는 눈이 잔뜩 쌓였어요. 그리고 누더기와 양말로 감싸고 꽁꽁 언 그들의 불쌍한 발을 보고, 그들이 눈길에다 남긴 핏자국을 보면, 그리고 난 양쪽 발에 군화를 신고 다닌다는 사실을 생각하면 ― 뭐랄까요, 나도 신발을 벗어 버리고 같이 맨발이 되고 싶은 심정이에요.」

「오, 애슐리, 군화를 벗어 버리지 않겠다고 나한테 약속하

484

세요!」

「그런 상황을 보고, 그리고 양키들을 보면 ─ 그러면 난 종말이 눈에 보여요. 그래요, 스칼렛, 양키들은 유럽에서 수천 명씩 병력을 사들이죠! 우리들이 최근에 포로로 잡은 대부분의 북군 장병은 영어를 몰라요. 그들은 게일어[114]를 쓰는 아일랜드의 야만인이나, 독일과 폴란드 사람들이에요. 하지만 우리 편은 병사를 한 사람 잃으면 부족한 병력을 보충할 길이 없어요. 우린 신발이 닳아 없어지면 다시는 신발을 구할 수도 없고요. 우린 독 안에 든 쥐예요, 스칼렛. 그리고 우린 온 세계와 싸울 힘이 없어요.」

그녀는 두서없이 생각했다 ─ 남부 동맹이야 몽땅 무너지건 말건 내가 알 게 뭐예요. 세상은 종말이 오더라도 당신만은 꼭 살아야 해요! 만일 당신이 죽는다면 난 살고 싶지도 않아요!

「내가 한 얘기를 다른 사람들한테는 전하지 말았으면 좋겠어요, 스칼렛. 난 다른 사람들을 놀라게 하고 싶지 않으니까요. 그리고 스칼렛, 멜라니를 돌봐 달라는 부탁을 내가 왜 하는지 설명할 필요성만 없었다면 난 이런 얘기를 해서 스칼렛을 놀라게 하지는 않았겠죠. 아내는 너무나 연약하고 힘도 없지만, 당신은 무척 강해요, 스칼렛. 만일 무슨 일이 나한테 일어나더라도 두 사람이 같이 있으리라고 생각하면, 나한테는 위안이 돼요. 약속을 해주겠죠, 안 그래요?」

「오, 그럼요!」 그가 죽음을 눈앞에 두었다고 믿었으므로, 무엇이라도 약속하고 싶었던 마음에서 스칼렛이 소리쳤다. 「애슐리, 애슐리! 난 당신을 떠나보내고 싶지 않아요! 난 문제라면 용감하질 못해요!」

114 스코틀랜드의 고지나 아일랜드의 켈트인들이 사용하는 말.

「당신은 용감해야 해요.」 미묘하게 달라진 목소리로 그가 말했다. 지금의 목소리는 훨씬 깊고 낭랑했으며, 그가 하는 말은 내면의 어떤 긴박감에 쫓겨 서두르듯 빨라졌다. 「당신은 용감해야만 해요. 그렇지 못하다면 내가 어떻게 버티겠어요?」

그가 한 말의 의미가 스칼렛과 헤어진다면 그녀의 마음이 아픈 만큼이나 그의 마음도 아프다는 뜻인지를 궁금해하며, 그녀의 눈은 기쁜 표정으로 얼른 애슐리의 얼굴을 살폈다. 그의 얼굴은 멜라니에게 작별 인사를 하고 내려왔을 때나 마찬가지로 앙상했고, 스칼렛은 그의 눈에서 아무것도 읽어 내지를 못했다. 그는 허리를 숙이고, 두 손으로 그녀의 얼굴을 잡더니, 가볍게 이마에다 키스를 했다.

「스칼렛! 스칼렛! 당신은 정말로 훌륭하고 강하고 착해요. 귀여운 얼굴뿐 아니라, 스칼렛, 당신의 모든 것, 당신의 몸과 마음과 영혼이 다 아름다워요.」

「오, 애슐리.」 그의 말과 얼굴에 닿는 손길에 감격해서 그녀는 행복하게 속삭였다. 「당신 이외에는 어느 누구도 지금까지 ──」

「난 대부분의 사람들보다 내가 당신을 더 잘 안다고 생각하는데, 다른 사람들은 별로 찬찬히 살펴보지 않기 때문에 당신 내면에 깊이 파묻힌 아름다움을 보지 못한다고 믿어요.」

그는 말을 중단했고, 두 손을 그녀의 얼굴에서 내렸지만, 눈은 아직도 그녀의 눈에 고정되었다. 그녀는 그가 얘기를 계속하기를, 그에게서 신비한 세 마디 말[115]을 들으려고 잔뜩 긴장해서 숨차게 잠깐 동안 기다렸다. 하지만 그 말은 나오지 않았다. 그가 얘기를 끝냈다고 느꼈기 때문에 그녀는 입술을 파르르 떨며 미친 듯이 그의 얼굴을 살펴보았다.

115 *I love you*를 뜻한다.

이렇게 그녀의 두 번째 희망이 좌절되자 견디기가 힘들었던 스칼렛은 어린아이처럼 나지막이 〈오!〉라고 소리치고는 눈물을 흘리며 주저앉았다. 그러자 그녀는 창밖 마찻길에서 불길한 소리를, 애슐리가 떠난다는 긴박감을 더욱 예민하게 상기시키는 소리를 들었다. 카론[116]의 배 주변에서 찰랑거리는 물소리를 들은 이교도라고 해도 이렇게까지 참담한 기분은 아니리라. 담요를 뒤집어쓴 피터 아저씨가 애슐리를 역까지 태워다 주려고 마차를 끌어내는 중이었다.

애슐리는 아주 나지막한 목소리로 〈잘 있어요〉라고 말하더니, 그녀가 레트를 속이고 얻어 낸 커다란 펠트 모자를 탁자에서 집어 들고, 컴컴한 앞쪽 현관으로 갔다. 문의 손잡이에 손을 얹고 그는 몸을 돌려, 마치 그녀의 모습을 머릿속에 담아 가지고 가겠다는 듯 오랫동안, 절망적으로 스칼렛을 쳐다보았다. 안개처럼 시야를 흐려 놓는 눈물을 흘리며 그녀는 애슐리의 얼굴을 보았고, 목을 조르는 듯한 고통을 느끼던 그녀는 그가 이제 멀리 떠나고, 그녀의 사랑으로부터 멀리, 포근한 안식처인 집으로부터 멀리, 그녀의 삶으로부터 멀리, 어쩌면 영원히, 그녀가 그토록 듣고 싶어 하던 말은 하지도 않은 채 그냥 훌쩍 떠나갈 시간이 되었음을 알았다. 시간은 물방아를 돌리는 물줄기처럼 흘러가고, 이제는 때가 너무 늦어 버렸다. 그녀는 응접실을 가로질러 고꾸라지듯 현관으로 달려가서 그의 장식 띠 끝을 움켜잡았다.

「키스해 줘요.」 그녀가 속삭였다. 「작별의 키스를요.」

그의 두 팔이 가만히 그녀를 감았고, 애슐리는 그녀의 얼굴로 머리를 수그렸다. 그의 입술이 처음 입술에 닿자 그녀는 그의 목을 꽉 끌어안았다. 눈 깜짝할 사이에 지나가 버린

116 황천으로 건너가는 삼도천의 뱃사공. 죽음을 상징한다.

한순간 동안 애슐리는 그녀의 몸을 그에게로 바싹 당겼다. 그러자 그녀는 그의 모든 근육이 갑자기 팽팽해졌다고 느꼈다. 재빨리 그는 모자를 마룻바닥으로 떨어뜨리고, 손을 들어 목에서 그녀의 팔을 풀었다.

「안 돼요, 스칼렛, 안 돼요.」 그녀의 두 손목을 엇갈려 아플 정도로 꽉 움켜잡고 나지막한 목소리로 그가 말했다.

「난 당신을 사랑해요.」 숨이 넘어가는 목소리로 그녀가 말했다. 「난 항상 당신을 사랑했어요. 난 다른 사람은 아무도 사랑하지 않았어요. 내가 찰리하고 결혼했던 이유는 그냥 — 당신 마음을 아프게 하려고 그랬을 뿐이에요. 오, 애슐리, 난 당신을 어찌나 사랑하는지, 당신 곁에 머물게만 해준다면 여기서 버지니아까지 걸어가기라도 하겠어요! 그리고 난 당신을 위해 밥을 짓고, 군화를 닦고, 말을 돌보겠고 — 애슐리, 날 사랑한다고 말해 주세요! 난 죽을 때까지 그 말 한마디에서 위안을 얻으며 살아가겠어요!」

그는 모자를 집으려고 허리를 굽혔으며, 스칼렛은 그의 얼굴을 보았다. 그토록 슬픈 얼굴을, 초연함이 그림자도 남기지 않고 사라진 그의 얼굴을 그녀는 지금까지 한 번도 본 적이 없었다. 그녀에 대한 사랑과 그녀가 그를 사랑하기 때문에 느끼는 기쁨이 그의 얼굴에 나타났었지만, 그 감정은 이제 수치심과 절망과의 싸움을 벌였다.

「잘 있어요.」 그가 무뚝뚝한 목소리로 말했다.

문이 딸그락 소리를 내며 열렸고, 찬 바람이 집 안으로 휩쓸고 들어와 커튼이 펄럭였다. 스칼렛은 미약한 겨울 햇빛을 받아 반짝거리는 군도(軍刀)를 차고, 장식 띠를 멋지게 팔락거리면서 마차를 향해 인도를 달려 내려가는 그를 지켜보며 몸을 부르르 떨었다.

제16장

차가운 비와 거센 바람, 침울하고 암담한 기운이 세상을 뒤덮은 1864년의 1월과 2월이 지나갔다. 게티즈버그와 빅스버그의 패배에 뒤이어서 남부 방어선의 중앙이 함몰되었다. 심한 격전을 거친 다음 이제 테네시 거의 모든 지역을 북군이 장악했다. 하지만 온갖 손실과 더불어 이런 패배에도 불구하고 남브의 기세는 꺾이지 않았다. 충만했던 희망이 비장한 각오로 바뀌기는 했지만, 사람들은 먹구름의 언저리에서 아직도 광명의 은빛 광채를 찾아냈다. 희망을 가질 만한 한 가지 예를 든다면, 테네시에서 거둔 승리의 여세를 몰아 조지아로 전진하려던 양키들은 9월에 들어서자 용맹한 남군에게 격퇴되었다.

조지아의 북서쪽 구석 끝에 위치한 치카마우가에서는, 전쟁이 시작된 이래 처음으로, 조지아 땅에서 전투가 벌어졌다. 양키들은 채터누가를 점령한 다음 산악 통로를 지나 조지아로 진근해 들어왔지만, 심한 피해를 입고 물러갔다.

애틀랜타와 그곳의 철도는 치카마우가에서 남부가 대승리를 거두는 데 크게 기여했다. 버지니아에서 애틀랜타로 내려가고, 거기서 다시 북부 테네시로 뻗어 간 철도를 이용하여 롱스트리트[117] 장군의 군단이 전투가 벌어지는 곳으로 달려갔다. 몇백 킬로미터에 달하는 철도가 전역에서 통행에 아무런 방해를 받지 않았고, 남서부에서 모아들인 모든 물자가 이곳으로 집결되었다.

함성을 지르는 장병들을 가득 태운 객차, 유개 화차, 대차(臺車)들이 시간마다 꼬리를 물고 애틀랜타를 지나가는 광경을 사람들이 지켜보았다. 그들은 먹지도 못하고 잠도 못 잔 채로, 말이나 환자 운반차나 보급 화차의 도움도 없이, 휴식을 위한 기다림도 없이 몰려왔고, 기차에서 곧장 전투지로 투입되었다. 그리고 양키들은 조지아에서 다시 테네시로 밀려났다.

그것은 전쟁 동안에 남군이 거둔 가장 큰 무공이었고, 애틀랜타 사람들은 철도가 치카마우가 전투의 승리를 가능하게 했다고 속으로 은근히 만족하고 자부심을 느꼈다.

하지만 남부는 치카마우가의 기쁜 소식이 아니었더라면 겨울을 버틸 만큼 사기를 높일 길이 없었다. 양키들은 전투력이 뛰어났고, 어쨌든 적어도 북군의 장군들이 훌륭하다는 점만큼은 이제 아무도 부인하지 않았다. 그랜트는 승리를 위해서라면 얼마나 많은 장병들을 살육하더라도 개의치 않는 백정이었지만, 어쨌든 승리는 꼭 그가 차지했다. 셰리든[118]이라는 이름은 남부인들의 마음속에서 공포감을 불러일으켰다. 그런가 하면 셔먼[119]이라는 이름도 점점 더 사람들의 입에 자주 오르내렸다. 그는 테네시와 서부에서의 여러 전투에

117 James Longstreet. 북군 출신의 남군으로, 리 장군의 공격 명령을 지연시켰다가 게티즈버그 전투에서 남군이 패배케 했다.
118 Philip H. Sheridan. 남군의 퇴각로를 차단해서 리 장군이 그랜트에게 항복하게 만든 장군.

서 명성을 얻었고, 결단력이 뛰어나고 무자비한 군인이라는 평판이 널리 퍼졌다.

물론 그들 가운데 리 장군과 비교할 만한 인물은 아무도 없었다. 리 장군과 군에 대한 남부인들의 신념은 아직도 강했다. 최후의 승리에 대한 자신감은 전혀 흔들리지 않았다. 하지만 전쟁은 너무나 오래 질질 끌었다. 죽은 사람이 너무나 많았고, 부상을 당하고 평생 불구자가 된 사람도 너무나 많았고, 남편을 잃은 여자도 너무나 많았고, 고아도 너무나 많았다. 그리고 길고도 힘든 싸움이 아직도 끝나지 않았으니, 더 많은 사람들이 죽고, 더 많은 사람들이 다치고, 미망인과 고아도 더 많이 생겨날 전망이었다.

더욱 곤란한 일은, 높은 직책을 맡은 자들에 대한 막연한 불신감이 일반 대중들 속으로 스며들기 시작했다는 점이었다. 많은 신문이 데이비스 대통령 자신과 그가 전쟁을 이끌어 나가는 방법을 공공연히 비난했다. 남부 동맹의 장관들 사이에서 불화가 일어났고, 데이비스 대통령과 장군들 사이에 의견이 엇갈렸다. 화폐 가치는 빠른 속도로 폭락했다. 군인들에게 지급할 신발과 피복이 귀해졌고, 병기 군수품과 의약품은 더 귀했다. 철도는 낡은 차량과 대치할 새 차량들이 필요했고, 양키들이 파괴한 곳을 보수할 새 레일도 필요했다. 전투지에서 장군들은 보충 병력을 보내 달라고 아우성이었지만, 보충병은 점점 숫자가 줄어들었다. 가장 곤란했던 일은 조지아의 브라운 주지사를 포함해서 몇몇 주지사들이 주의 민병대 병력과 무기를 다른 주로 보내기를 거부했다는

119 William T. Sherman. 불런, 샤일로, 빅스버그 전투에 참가했고, 채터누가에서 시작한 애틀랜타, 서배너, 캐롤라이나까지의 대진격으로 유명하다. 그랜트의 뒤를 이어 북군 사령관이 되었다.

것이었다. 주의 병력 중에는 군에서 절실하게 필요로 하는 숙련된 장병이 수천 명이었지만, 정부에서 애원해도 소용이 없었다.

다시금 화폐 가치가 폭락하자 물가가 또다시 뛰어올랐다. 쇠고기와 돼지고기와 버터는 5백 그램에 35달러나 했고, 밀가루는 한 통에 1천4백 달러였고, 소다는 5백 그램에 1백 달러였으며 차는 5백 달러였다. 따뜻한 옷은 어쩌다가 구할 길이 생기더라도 어찌나 값이 엄청나게 올랐는지 애틀랜타의 숙녀들은 낡은 드레스에다 누더기로 안감을 대고 바람을 막기 위해 신문지를 덧붙였다. 신발은 진짜 가죽으로 만들었느냐 아니면 〈판지(板紙)〉로 만들었느냐에 따라 한 켤레에 2백 달러에서 8백 달러나 받았다. 숙녀들은 이제 낡은 모직 목도리나 양탄자를 잘라 낸 조각으로 각반을 만들어 신었다. 바닥은 나무였다.

많은 사람들이 아직 깨닫지 못했지만, 사실상 북부가 남부를 실질적으로 포위한 상태였다. 양키 포함(砲艦)들이 항구마다 올가미를 좁혀 들어갔고, 그래서 이제는 봉쇄선을 넘나드는 배가 아주 적어졌다.

남부는 항상 목화를 팔아 남부에서 생산하지 않는 물자들을 사들여서 살아갔는데, 이제는 팔지도 못하고 사지도 못했다. 제럴드 오하라가 3년 동안 타라에서 수확한 목화는 조면(繰綿) 공장 부근의 곁채에 쌓아 둔 채, 거의 쓸모가 없었다. 리버풀로 가지고 가면 15만 달러를 받을 물량이었지만, 리버풀로 보낼 희망이 전혀 없었다. 상당한 부자였던 제럴드가 지금은 겨울 동안 가족과 흑인들을 어떻게 먹여 살려야 할지 암담한 신세가 되었다.

남부의 전역에서 면화 농장주들은 대부분 똑같은 곤경에

처했다. 봉쇄선이 점점 더 좁혀 들어오자 남부의 수입원인 면화를 영국의 시장으로 가져갈 방법이 없었고, 과거에 오랜 세월 동안 목화를 팔아서 번 돈으로 사들였던 필수품을 들여올 길도 없어졌다. 그리고 농업에 의존하던 남부는 공업 위주의 북부와 전쟁을 벌이면서, 평화 시에는 사겠다고 전혀 생각조차 못 했던 너무나 많은 물자가 이제는 필요해졌다.

지금은 투기업자와 모리배들을 위해서는 더할 나위가 없이 좋은 상황이었고, 이렇게 주어진 기회를 사람들은 서슴지 않고 활용했다. 식량과 의복이 점점 귀해지고 물가가 점점 뛰어오르자, 투기업자들을 규탄하는 민중의 소리가 점점 커지고 격해졌다. 1864년 초기에는 어떤 신문을 봐도 투기업자란 시체를 뜯어 먹는 독수리나 피를 빨아 먹는 거머리라고 비난하면서 가혹하게 처단하라고 정부에 촉구하는 통렬한 사설이 실렸다. 당국에서는 최선을 다했지만, 정부 자체가 많은 곤경에 시달렸으므로 그런 노력도 미미할 따름이었다.

어느 누구보다도 특히 레트 버틀러에 대해서 그들은 감정이 나빴다. 그는 봉쇄선 돌파가 너무 위험해지자 배들을 팔아 버렸고, 이제는 오직 식량 투기업에만 손을 댔다. 리치먼드와 윌밍턴에서 애틀랜타로 전해 오는 그에 관한 소문을 들으면 전에 그와 친분을 맺었던 사람들로 하여금 창피해서 몸 둘 바를 모르게 만들었다.

이러한 고난과 역경에도 불구하고 애틀랜타는 1만 명이었던 인구가 전쟁 동안에 곱절로 늘었다. 적의 봉쇄 작전도 애틀랜타의 품격을 드높이는 데 일조했다. 아득한 옛날부터 해안 도시들은 상업과 다른 면에서 남부를 지배했었다. 하지만 이제는 항구가 폐쇄되고 많은 도시가 함락되거나 포위되었기 때문에, 남부의 구제는 자체의 힘으로 이루어야 했다. 남부가 전쟁에서 이기려면 내륙 지방이 중요한 역할을 맡아야 했는데, 지금은 애틀랜타가 중추 노릇을 했다. 이곳 사람들은 남부 동맹의 나머지 다른 지역들이나 마찬가지로 가혹한 어려움과 궁핍과 질병과 죽음에 시달렸지만, 도시로서의 애틀랜타는 전쟁으로 잃은 것보다는 얻은 바가 많았다. 남부 동맹의 심장인 애틀랜타는 아직도 힘차게 한껏 고동쳤고, 도시의 동맥이라고 할 철도는 병력과 탄약과 보급품을 끊임없이 실어 나르느라고 끝없이 맥박 쳤다.

옛날 같았더라면 스칼렛은 초라한 드레스와 꿰맨 구두 때문에 앙탈을 부렸겠지만, 그녀가 소중하게 생각하는 유일한 사람이 이곳에 없어서 그녀를 봐주지 못하겠기에, 지금은 신경을 쓰지도 않았다. 지난 두 달 동안 그녀는 여러 해 만에 처음으로 행복했다. 애슐리의 목을 두 팔로 끌어안았을 때 격렬하게 뛰는 그의 심장을 그녀는 느끼지 않았던가? 말로 표현한 어떤 공언보다도 훨씬 노골적으로 그의 얼굴에 드러난 절망의 표정을 그녀는 보지 않았던가? 애슐리는 그녀를 사랑했다. 스칼렛은 심지어는 멜라니에게 훨씬 상냥해지기까지 했다. 그녀는 아무것도 모르는 멜라니의 어리석음 때문에, 어렴풋한 경멸과 더불어, 그녀가 불쌍하다는 생각이 들기도 했다.

그녀는 생각했다. 〈전쟁이 끝나기만 하면! 전쟁이 끝나면 ─ 그러면…….〉

때때로 그녀는 〈그러면 어떻게 하겠다는 말인가?〉라고 생각하며 얼핏 마음을 스치는 두려움을 느꼈다. 하지만 스칼렛은 그런 생각을 머릿속에서 몰아냈다. 어쨌든 전쟁이 끝나면 만사가 해결이 나리라. 만일 스칼렛을 사랑한다면 애슐리는 멜라니와 계속해서 살아가지는 못하리라.

그렇기는 해도 이혼이란 생각할 수가 없는 노릇이었고, 독실한 천주교 신자였던 엘렌과 제럴드는 그녀가 이혼한 남자와 결혼하도록 절대르 허락하지 않으리라. 그렇다면 교회를 버려야 한다는 의미였다! 그녀는 문제를 다시 마음속으로 따져 보았고, 교회와 애슐리 가운데 하나를 택하라면 애슐리를 택하겠다고 작정했다. 하지만, 오, 그러면 사람들이 얼마나 말이 많을까! 이혼한 사람들은 교회뿐 아니라 사교계에서도 추방을 당했다. 이혼한 사람은 누구나 따돌림을 받았다. 하지만 애슐리를 위해서라면 그녀는 이혼도 받아들일 각오였다. 그녀는 애슐리를 위해서라면 무엇이라도 희생할 마음이었다.

어쨌든 전쟁만 끝나면 만사가 제대로 풀리리라. 만일 그녀를 그토록 사랑한다면 애슐리가 방법을 찾아낼 것이다. 그리고 하루하루 날이 갈수록, 스칼렛은 그의 헌신적인 마음을 더욱 확신하게 되었고, 마침내 양키들을 패배시키고 난 다음에 돌아오면 그가 사태를 만족스럽게 처리하리라고 믿었다. 물론 애슐리는 양키들이 남부를 〈장악〉했다고 말했다. 스칼렛은 그것이 바보 같은 소리라고만 생각했다. 그렇게 말했을 때 애슐리는 피곤하고 짜증이 난 상태였다. 하지만 양키들이 이기거나 어쨌거나 간에 스칼렛은 별로 관심이 없었다. 전쟁이 빨리 끝나고 애슐리가 돌아오기만 하면 그만이었다.

그러다가, 3월의 진눈깨비 때문에 사람들이 집 안에 갇혀 지내던 무렵에, 무서운 날벼락이 떨어졌다. 멜라니는 기뻐서 두 눈을 반짝이며, 거북하면서도 자랑스러운 태도로, 머리를 다소곳이 숙이고는, 그녀에게 임신 사실을 알려 주었다.

「미드 박사님 얘기로는 8월 말이나 9월에 해산을 하게 된

대요.」 그녀가 말했다. 「난 짐작은 했었지만 — 오늘에서야 확실히 알게 되었어요. 오, 스칼렛, 멋진 일이잖아요? 난 웨이드 때문에 스칼렛을 그토록 부러워했고, 아기를 그토록 원했었어요. 그리고 난 아기를 가지지 못할까 봐 너무나 걱정이 되었는데, 스칼렛, 난 아이를 열 명은 낳고 싶어요!」

스칼렛은 잠자리에 들 준비를 하느라고 머리를 빗던 중에 멜라니의 얘기를 들었고, 그녀는 빗을 든 채로 동작을 멈추었다.

「아, 하느님!」 그녀가 말했지만, 잠깐 동안 스칼렛은 실감이 나지 않았다. 그러더니 불현듯 멜라니의 침실 문이 닫히던 장면이 머리에 얼핏 떠올랐고, 칼로 찌르는 듯한 고통이, 마치 그녀의 남편인 애슐리가 다른 여자와 부정을 범하기라도 한 듯 격렬한 고통이 그녀의 마음을 찢어 놓았다. 아기. 애슐리의 아기. 오, 애슐리는 멜라니가 아니라 그녀를 사랑하면서 어떻게 그런 짓을 했을까?

「놀랐으리라는 건 나도 알아요.」 숨이 턱에 차서 멜라니가 얘기를 늘어놓았다. 「그리고 얼마나 멋진 일인가요? 오, 스칼렛, 난 애슐리에게 도대체 뭐라고 편지를 써야 할지 전혀 모르겠어요! 내가 그이한테 사실대로 얘기하거나 — 아니면 — 아무 말도 안 하고 그이가 저절로 눈치를 채게 내버려 둔다면 그토록 어색하지는 않겠지만요, 알잖아요 —.」

「아, 하느님!」 스칼렛은 거의 흐느끼다시피 말하고는, 빗을 떨어뜨리며, 몸을 가누려고 대리석 판을 깐 화장대를 짚었다.

「스칼렛, 그런 표정은 짓지 말아요. 아기를 낳기가 그렇게까지 고생스럽지는 않다는 거 잘 알잖아요. 스칼렛이 나한테 그런 얘기를 했죠. 그리고 그렇게까지 염려를 해주니 고맙긴

하지만, 내 걱정은 하면 안 돼요. 물론 미드 박사님 말씀은 내가, 내가 —」 멜라니가 낯을 붉혔다. 「거기가 상당히 좁다고 하셨지만, 어쩌면 난 조금도 고생을 안 할지도 모르고 —. 스칼렛, 웨이드를 가졌을 때 스칼렛은 찰리에게 편지로 알려 주었나요, 아니면 어머니나 오하라 선생님께서 대신 연락했나요? 오, 스칼렛, 나도 어머니가 계셔서 대신 알려 주시면 얼마나 좋을까요! 난 도대체 어떻게 해야 할지 —」

「그만해요!」 스칼렛이 사납게 말했다. 「그만하라고요!」

「오, 스칼렛, 난 너무나 어리석어요! 미안해요. 행복한 사람들은 이기적인지도 모르죠. 난 그만 찰리를 잠깐 동안 잊어버리고 —」

「그만해요!」 얼굴 표정을 가다듬고 감정을 가라앉히려고 애쓰며 스칼렛이 다시 말했다. 그녀가 어떤 감정을 느끼는지를 멜라니가 절대로, 절대로 알거나 눈치를 채게 해서는 안 된다.

지극히 눈치가 빠른 여자였던 멜라니는 자신의 잔인함을 깨닫고 눈물을 글썽거렸다. 가엾은 찰스가 죽은 몇 달 후에 웨이드가 태어났다는 끔찍한 기억을 어떻게 자기가 스칼렛에게 다시 상기시켜 주고 말았을까? 어쩌면 그토록 그녀는 생각이 모자랐을까?

「옷을 벗도록 내가 도와줄게요, 스칼렛.」 그녀는 겸손하게 말했다. 「그리고 머리도 문질러 주겠어요.」

「날 가만 내버려 둬요.」 돌처럼 굳은 얼굴로 스칼렛이 말했다. 그리고 자책감 때문에 울음을 터뜨린 멜라니가 방에서 달려 나갔고, 혼자 남은 스칼렛은 잠자리를 같이한 부부에 대한 질투와 환멸과 상처받은 자존심의 아픔을 느끼며, 눈물조차 흘리지 않으며 잠자리에 들었다.

그녀는 애슐리의 아이를 임신한 여자와 같은 집에서 더 이상 살고 싶지가 않았고, 그녀가 살아야 할 고향의 집 타라 농장으로 돌아가야 되겠다고 생각했다. 그녀는 다시 멜라니를 보게 된다면 틀림없이 자기 얼굴에서 비밀이 빤히 드러나리라고 생각했다. 그리고 이튿날 아침 그녀는 아침 식사를 끝내자마자 당장 짐을 꾸려야 되겠다고 단단히 결심하고 잠자리에서 일어났다. 그리고 스칼렛은 침울하게 말없이, 피티 고모는 어리벙벙한 표정으로, 멜라니는 비참한 얼굴로, 아침을 먹으려고 식탁에 둘러앉았을 때 전보가 도착했다.

애슐리의 몸종 모스가 멜라니에게 보낸 전보였다.

〈사방 다 찾아봤지만 주인님 찾을 길 없어요. 집으로 돌아가야 하나요?〉

전보 내용이 무슨 의미인지는 아무도 몰랐지만, 공포로 휘둥그레진 눈으로 세 여자는 서로 쳐다보았고, 스칼렛은 고향으로 돌아갈 생각을 당장 잊어버렸다. 아침 식사는 끝내지도 않고 그들은 애슐리의 대대장에게 전보를 치기 위해 마차를 타고 시내로 나갔지만, 그들이 사무실로 들어가 보니 대대장에게서 온 전보가 그들을 기다렸다.

〈사흘 전 정찰 출동을 나간 이후 윌크스 소령이 행방불명이라는 소식을 알려 드리게 되어 죄송합니다. 앞으로 계속 소식 전하겠습니다.〉

집으로 돌아갈 때는 모두가 비참한 꼴이 되어서, 피티 고모는 손수건으로 얼굴을 가리고 울었으며, 멜라니는 창백한 얼굴로 꼿꼿하게 앉아 있고, 스칼렛은 얼이 빠져 마차의 한쪽 구석에 축 늘어져 앉았다. 일단 집으로 들어서자 스칼렛은 비틀거리며 침실로 올라가서, 탁자에 놓인 묵주를 집어 들고 무릎을 꿇고는 기도를 드리려고 했다. 하지만 기도가 나오지 않았다. 엄청난 두려움만이, 그녀가 지은 죄 때문에 하느님이 얼굴을 돌렸으리라는 확신이 스칼렛의 마음을 짓눌렀다. 그녀는 결혼한 남자를 사랑했고, 아내에게서 그를 빼앗으려고 했으며, 그래서 하느님은 그를 죽임으로써 그녀에게 벌을 내렸다. 그녀는 기도를 하고 싶었지만 눈을 들어 하늘을 볼 엄두가 나지 않았다. 그녀는 울고 싶었지만 눈물이 나지 않았다. 마음속에서 끓어오르는 뜨거운 눈물이 그녀의 가슴에서 홍수처럼 쏟아져 나오는 듯싶었지만, 눈에서는 흐르지를 않았다.

문이 열리고 멜라니가 방으로 들어왔다. 그녀의 얼굴은 하얀 종이에서 오려 낸 심장 모양에다 검은 머리로 테를 두른 듯 보였고, 눈은 어둠 속에서 길을 잃고 겁에 질린 아이처럼 휘둥그레졌다.

「스칼렛._ 두 손을 내밀며 그녀가 말했다. 「내가 어제 한 말을 꼭 용서해 줘야 하요. 지금 나한테 남은 건 스칼렛이 전부니까요. 오, 스칼렛, 난 우리 그이가 죽었으리라고 믿어요!」

어느새 스칼렛의 품에 안긴 멜라니는 작은 젖가슴을 들먹이며 흐느꼈고, 어느새 그들은 서로 껴안고 침대에 누웠으며, 스칼렛도 밀라니와 얼굴을 마주 대고 울어서, 눈물이 서로 상대방의 뺨을 적셨다. 울고 났더니 마음이 아프기는 했지만, 울음이 나오지 않았을 때만큼 아프지는 않았다. 애슐리가 죽었다, 죽었어, 그녀는 생각했다. 그리고 사랑했기 때문에 내가 그를 죽인 셈이다! 그녀는 다시금 흐느껴 울기 시작했고, 그녀의 울음에서 어느 정도 위안을 받은 멜라니는 스칼렛의 목을 두 팔로 더 꼭 껴안았다.

「적어도._ 그녀가 속삭였다. 「그래도 ── 난 그이의 아기를 가졌어요.」

〈그리고 나는 어떤가.〉 지금은 너무 심한 충격을 받아 질투 따위 사소한 감정을 하나도 느끼지 않으며, 스칼렛이 생각했다. 〈나에게는 그이가 나한테 작별 인사를 할 때 얼굴에서 보여 주었던 표정 이외에는 아무것도 — 아무것도 — 아무것도 없어.〉

첫 보고는 〈행방불명 — 전사로 추정〉이었고, 그래서 애슐리는 사상자 명단에 오르게 되었다. 멜라니는 슬론 대령에게 10여 차례 전보를 쳤고, 마침내 애슐리와 1개 분대가 말을 타고 정찰 임무를 띠고 출동했다가 돌아오지 않았다는 설명과, 동정하는 위로의 말이 담긴 편지가 도착했다. 양키 지역 내에서 경미한 교전이 벌어졌다는 보고가 들어왔고, 미칠 듯한 슬픔에 빠진 모스는 목숨을 걸고 애슐리의 시체를 찾으려고 수색을 나갔지만, 아무것도 발견하지 못했다. 이제는 이상하게 차분해진 멜라니가 그에게 지급으로 송금을 하고는 집으로 돌아오라고 지시했다.

사상자 명단에 〈행방불명 — 포로가 되었다고 추정됨〉이라고 발표가 수정되었을 때는 슬퍼하던 집안에 기쁨과 희망이 되살아났다. 멜라니는 전신국에서 끌어내기도 힘들 지경이었고, 혹시 편지가 올까 해서 기차가 도착할 때마다 나가 보았다. 여러 가지 면에서 불쾌한 임신 증세가 두드러져 이제는 몸이 아팠어도 그녀는, 침대에 누워 지내라는 미드 박사의 지시를 따르지 않았다. 열띤 흥분에 휘말린 그녀는 가만히 기다리려 하지를 않았고, 밤이면 스칼렛이 잠자리에 든 한참 후에까지도 옆방에서 멜라니가 서성거리는 발소리가 났다.

어느 날 오후 그녀는 겁에 질린 피터 아저씨가 모는 마차를 타고 레트 버틀러의 부축을 받으며 시내에서 집으로 돌아왔다. 그녀는 전신국에서 졸도했고, 지나가던 길에 소동이 벌어진 것을 본 레트가 그녀를 집까지 데려다 주었다. 그는 멜라니를 안고 침실로 층계를 올라갔고, 그러는 사이에 놀란 집안 식구들이 뜨거운 벽돌과, 담요와 위스키를 가지러 이리 뛰고 저리 뛰었으며, 그는 침대에다 그녀를 베개로 버티고 일으켜 앉혔다.

「윌크스 부인.」 그가 불쑥 물었다. 「당신은 해산을 할 몸이로군요?」

그토록 기운이 없고, 그토록 몸이 불편하고, 그토록 상심한 상태가 아니었더라면 멜라니는 그의 질문을 받고 기절을 했으리라. 몸의 상태에 관한 얘기가 나오기만 하면 그녀는 여자 친구들과 같이 있을 때도 당황해서 어쩔 줄을 몰랐고, 미드 박사를 찾아가는 일은 고민거리였다. 그런데 남자가, 특히 레트 버틀러가 그런 질문을 하리라고는 생각도 못 했던 일이었다. 하지만 힘없이 처량하게 침대에 누워서 그녀는 고개를 끄덕일 수밖에 없었다. 고개를 끄덕이고 나니까, 그가 너무나 친절하고 너무나 자상해 보여서, 별로 끔찍하게 여겨지지도 않았다.

「그렇다면 몸조심을 하셔야 되겠어요. 이렇게 걱정하며 뛰어다녀 봤자 도움도 안 되고 아기에게 해롭기만 하니까요. 만일 허락만 해주신다면, 윌크스 부인, 워싱턴에는 제가 영향력을 끼칠 만한 곳이 있으니까, 윌크스 씨의 행방에 관해서 알아보도록 하겠습니다. 포로가 되었다면 북부 연방의 명단에 올랐을 테고, 만일 그렇지 못하다면 ― 글쎄요, 불확실한 상태보다 고통스러운 일은 또 없겠죠. 하지만 저한테 약속을 해주셔야 합니다. 몸조심을 하셔야 하고, 그러지 않으신다면 난 손 하나 까딱하지 않겠어요.」

「오, 당신은 정말로 친절하세요.」 멜라니가 소리쳤다. 「어떻게 사람들이 당신에 관해서 그런 끔찍한 애기들을 할까요?」 그러더니 조심성이 없는 자신의 언행을 의식하고, 임신 상태를 남자와 애기했다는 두려움에 사로잡힌 그녀는, 힘없이 울기 시작했다. 그리고 스칼렛이 뜨거운 벽돌을 플란넬 헝겊에 싸서 들고 층계를 달려 올라와서 보니, 레트가 그녀의 손을 쓰다듬어 주었다.

그는 약속을 훌륭하게 지켜 냈다. 그가 어떤 연줄을 동원했는지 그들은 전혀 알지 못했다. 잘못했다가는 그가 양키들과 지나치게 사이가 가깝다는 사실을 시인하게 만들지도 모를 일이어서, 그들은 캐묻기가 두려웠다. 그리고 한 달이 지난 다음에야 그가 정보를 알아냈는데, 소식을 듣자 그들은 처음에는 뛸 듯이 기뻐했지만, 나중에는 마음속에서 끈질기게 괴롭히는 걱정이 머리를 들었다.

애슐리는 죽지 않았다! 그는 부상을 당해 포로가 되었고, 기록을 보면 일리노이 주의 록 아일랜드 포로수용소에 수감되었음이 밝혀졌다. 처음에는 반가운 나머지 애슐리가 살았다는 사실 이외에 그들은 아무 생각도 하지를 않았다. 하지만 차분함을 되찾은 다음에 그들은 서로 쳐다보며, 〈지옥으로 떨어졌구나!〉라고 말하는 듯한 목소리로, 〈록 아일랜드에 수감되었구나!〉라고 말했다. 왜냐하면, 비록 앤더슨빌[120]이 북부에서는 악명이 높았겠지만, 록 아일랜드도 그곳에 가족이 포로로 붙잡혀 간 모든 남부인의 마음속에서 공포를 불러일으켰다.

합중국 포로들을 먹여 살리고 경비하느라고 남부 동맹에 부담이 가면 전쟁의 종결이 그만큼 빨라지리라고 믿었던 링

120 조지아 주 섬터 카운티의 마을로 남부 동맹의 포로수용소가 있었다.

컨이 포로 교환을 거부한 다음, 조지아 주 앤더슨빌에는 북
군이 수천 명에 이르렀다. 남군 병사들은 빈약한 급식을 받
았고, 자기편 부상병과 환자를 위한 약품과 붕대도 거의 떨
어진 상태였다. 그들은 포로들에게 무엇을 나눠 줄 처지가
아니었다. 그들은 전선에서 싸우는 병사들과 마찬가지로 돼
지비계와 말린 콩을 포로들에게 먹였고, 이런 식사를 한 양키
들은 때로는 하루에 1백 명씩 파리처럼 죽어 나갔다. 보고를
받고 격분한 북부에서는 남군 포로들을 더욱 가혹하게 다루
는 보복을 가했으며, 그중에서도 록 아일랜드처럼 심한 곳은
다시없었다. 식량은 귀했고, 담요는 세 사람에게 한 장밖에
안 돌아갔고, 천연두와 폐렴과 장티푸스가 창궐해서 격리 병
원이라는 별명이 붙었다. 그곳으로 끌려간 장병 가운데 4분
의 3은 끝내 살아서 나오지 못했다.

그리고 애슐리는 바로 그곳으로 끌려갔다! 애슐리는 목숨
을 건졌지만 부상을 당해 록 아일랜드에 수용되었고, 그가
끌려갔을 때는 일리노이에 눈이 많이 쌓였으리라. 혹시 레트
가 소식을 들은 다음에 애슐리는 부상을 당한 상처 때문에
죽지는 않았을까? 천연두로 희생되지는 않았을까? 그는 폐
렴에 걸려 덮을 담요도 없이 고생을 하지는 않을까?

「오, 버틀러 선장님, 무슨 방법이 없을까요. 당신 영향력을
동원해서 그를 북군 포로와 교환할 방법은 없을까요?」 멜라
니가 소리쳤다.

「빅스비 부인의 다섯 아들[121] 때문에 굵직한 눈물을 흘렸
던 의롭고 자비로운 링컨 선생께는 앤더슨빌에서 죽어 가는

121 리디아 빅스비는 보스턴의 미망인으로 다섯 아들이 전사했다고 전해
져 링컨이 편지까지 보냈지만, 사실은 두 아들만 죽고 둘은 탈영하고, 한 아
들은 명예 제대를 했다.

수천 명 때문에 흘릴 눈물은 한 방울도 없답니다.」입이 뒤틀리며 레트가 말했다. 「링컨은 그들이 모조리 죽더라도 신경을 안 써요. 명령이 떨어졌죠. 교환은 안 한다고요. 내가 전에 — 전에는 얘기를 하지 않았지만, 윌크스 부인, 당신 남편은 풀려날 기회를 얻었었지만, 거절했어요.」

「아니, 그럴 리가!」믿어지지 않아서 멜라니가 소리쳤다.

「그래요, 정말이에요. 양키들은 인디언과 싸울 변방 복무를 위해 남군 포로들 중에서 신병을 모집했죠. 충성의 맹세를 하고 인디언 토벌을 위해 2년 동안 복무하겠다고 입대하는 포로는 누구나 석방되어 서부로 보냅니다. 윌크스 씨는 이 기회를 거절했어요.」

「아, 왜 그랬을까요?」스칼렛이 소리쳤다. 「왜 선서를 한 다음 감옥에서 나오자마자 탈영해서 고향으로 돌아오지를 않았을까요?」

멜라니가 격분한 작은 얼굴을 그녀에게로 돌렸다.

「어떻게 그이가 그런 짓을 하리라는 말을 차마 입에 담나요? 그런 더러운 선서를 함으로써 조국인 남부 동맹을 배반하고, 그러고는 양키들과 한 약속까지 배반하다뇨! 난 그이가 선서를 했다는 소식을 듣기보다는 차라리 록 아일랜드에서 죽었다는 말을 들었으면 더 좋겠어요. 그이가 감옥에서 죽었다면 난 그이를 자랑스럽게 생각할 거예요. 하지만 만일 그이가 그런 짓을 했다면, 난 다시는 그이 얼굴을 보지 않겠어요. 절대로요! 물론 그이는 거절했을 겁니다.」

문까지 레트를 배웅하러 나온 스칼렛이 화를 내며 물었다. 「만일 당신이었다면 그곳에서 죽지 않기 위해 양키들 군대에 입대했다가 탈영을 하지 않았겠어요?」

「물론 그랬겠죠.」콧수염 밑으로 이빨을 드러내며 레트가 말했다.

「그런데 왜 애슐리는 그러지 않았을까요?」

「그 양반은 신사거든요.」 레트가 말했고, 스칼렛은 그렇게 영광스러운 한마디 말을 어쩌면 그토록 냉소적인 경멸을 암시하는 효과를 내는지 의아한 생각이 들었다.

제3부

<h1 style="text-align:center">제17장</h1>

꽃을 봉오리째 시들어 버리게 하는 덥고도 건조한 5월, 1864년 5월이 되었고, 셔먼 장군 휘하의 양키들은 다시 조지아로 들어와 애틀랜타 북서쪽 150킬로미터 떨어진 곳에 위치한 달턴까지 이르렀다. 나도는 소문으로는 그곳 조지아와 테네시의 접경 지역 근처에서 격전이 벌어지리라고 했다. 애틀랜타를 테네시와 서부로 연결 짓는 노선이며, 작년 가을에 치카마우가 전투에 투입할 남군 병력을 급송했던 서부 철도와 대서양 철도를 공격하려고 양키들이 모여드는 중이었다.

하지만 대부분의 애틀랜타 사람들은 달턴 근처에서의 전투를 앞두고도 마음의 동요를 일으키지 않았다. 양키들의 집결지는 치카마우가 전투지에서 동남방으로 몇 킬로미터밖에 안 떨어졌다. 전에 그들은 이곳의 산악 통로를 돌파하려다가 격퇴를 당했고, 이번에도 그들은 다시 쫓겨 가리라.

애틀랜타와 조지아 전역의 사람들은, 남부 동맹에서 이곳이 워낙 중요한 요충지이기 때문에, 존스턴[122] 장군이 양키들을 주의 경계를 넘어 들어와서 오래 버티게 그냥 내버려 두지

122 Joseph Johnston. 빅스버그에서 그랜트에게 패배하고, 테네시에서 셔먼 장군에게 항복했다.

는 않으리라고 믿었다. 조지아가 방해를 받지 않고 제대로 기능을 발휘하느냐 여부에 따라 전세가 워낙 크게 좌우되기 때문에, 훌륭한 조와 그의 군대는 단 한 명의 양키라도 달턴 남쪽으로 내려오도록 그냥 놔두지 않으리라. 전화(戰禍)를 입지 않은 조지아 주는 남부 동맹을 먹여 살리는 광활한 곡창 지대였으며, 기계 공장이자 창고였다. 이곳에서는 군대에서 사용하는 많은 화약과 무기, 그리고 대부분의 면직 또는 모직물들을 생산했다. 애틀랜타와 달턴 사이에는 대포 주조 공장과 다른 산업 시설을 갖춘 롬 시와, 리치먼드 남부에서 가장 큰 규모의 제철소들을 갖춘 에토와와 알라투나가 위치했다. 그리고 애틀랜타에는 권총과 안장, 천막과 탄약을 만드는 공장뿐 아니라 남부에서 가장 규모가 큰 압연 공장과, 간선 철도의 공장과 엄청나게 큰 병원도 있었다. 또한 애틀랜타는 남부 동맹의 생명 자체나 마찬가지인 네 철도의 분기점이었다.

그래서 심하게 걱정하는 사람이 아무도 없었다. 어쨌든 달턴은 테네시 철도선 근처였으므로, 한참 북쪽에 위치했다. 테네시에서는 전투가 3년 동안이나 계속되었고, 사람들은 그곳을 버지니아나 미시시피 강처럼 멀리 떨어진 까마득한 전쟁터라고 생각하는 버릇이 들었다. 더구나 노장군 조와 그의 병력이 양키들과 애틀랜타 사이를 가로막고 버티었으며, 스톤월 잭슨이 죽고 난 지금 리 장군 자신을 제외하고는 존스턴보다 위대한 장군이 아무도 없다고 다들 믿었다.

미드 박사는 따스한 5월의 어느 날 저녁, 피티 고모의 집 베란다에서 전황에 대한 민간인들의 관점을 요약하면서, 존스턴 장군이 철벽처럼 산악 지역에서 버티니까 애틀랜타는 두려워할 일이 하나도 없다고 말했다. 사람들은 흔들의자에 앉아, 금년 들어 처음 나타난 개똥벌레들이 어둑어둑해지는 노을 속에서 마술을 부리듯 반짝이며 돌아다니는 광경을 구경하며, 그의 얘기에 말없이 귀를 기울이고는 저마다 다른 감정을 느꼈고, 무거운 걱정이 그들의 마음을 짓눌렀다. 필의 팔에 손을 얹은 미드 부인은 의사의 말대로 되기만 바랐다. 만일 전선이 더 가까이 밀려오면 필도 싸우러 가야 하리라는 사실을 그녀는 알았다. 그는 열여섯 살이었고, 향토 경비대에서 복무했다. 게티즈버그 전투 이후로 눈이 퀭하고 얼굴이 창백해진 패니 엘싱은, 지난 몇 달 동안 그녀의 지친 머릿속에 깊은 궤적을 남긴 괴로운 장면 — 메릴랜드로의 길고도 참혹한 후퇴를 하는 동안 비를 맞으며 덜커덩거리는 소마차에서 죽어 가던 댈러스 매클루어 소위의 모습을 기억에서 지워 버리려고 애썼다.

캐리 애시번 대위는 못 쓰는 팔이 다시 쑤셨고, 거기다 스칼렛에 대한 구애가 난관에 봉착했다는 생각에 마음까지 답답했다. 난관은 애슐리 윌크스가 포로로 붙잡혔다는 소식이 전해진 이후 계속되어 왔지만, 그는 두 사건 사이의 관계를 전혀 납득하지 못했다. 대화를 이어 가야 한다는 필요성에 쫓기거나 긴박한 일에 정신이 팔리지 않았을 때면 항상 그러듯이, 스칼렛과 멜라니 두 사람 다 애슐리를 생각했다. 스칼렛은 비통하고 쓸쓸한 생각에 잠겼다 — 그이가 죽지 않았다면 벌써 무슨 소식이 왔을 텐데. 두려움의 파도를 거슬러 나아가며 멜라니는 거듭거듭 끊임없이 자신에게 말했다. 「그이는 죽었을 리가 없어. 난 알아. 그이가 죽었다면 난 육감으로 벌써 알았을 테니까.」 거무스레한 얼굴은 아무런 표정을 보이지 않고, 우아한 장화를 신은 긴 다리를 여유만만하게 포갠 레트 버틀러는 그늘 속으로 물러나 앉아서 한가한 여유를 보였다. 그의 품에서는 말끔히 빨아 먹은 쇄골을 자그마한 손에 들고 웨이드가 편안하게 잠이 들었다. 낯을 가리는 아이이면서도 그는 레트를 좋아했고, 꽤나 묘한 일이지만 레트도 웨이드를 좋아하는 듯싶어서, 그가 찾아올 때면 스칼렛은 웨이드에게 늦게까지 놀아도 좋다고 항상 허락해 주었다. 보통 때는 스칼렛은 아이가 곁에 나타나면 짜증이 났지만, 레트가 안아 주면 웨이드는 항상 얌전하게 굴었다. 그들이 저녁 식사로 먹은 수탉이 질기고 늙은 놈이어서, 피티 고모는 트림이 나오지 않도록 참느라고 애를 쓰며 초조해했다.

그날 아침에 피티 고모는 잡아먹힌 암탉들을 오랜 세월 그리워하며 쓸쓸하게 늙어 죽기 전에 수탉을 잡는 편이 좋겠다는 서글픈 결정을 내렸었다. 며칠째 수탉은 심하게 풀이 죽어 울지도 못하면서 텅 빈 양계장 안에서 축 늘어져 돌아다녔다. 피터 아저씨가 수탉의 목을 비튼 다음에, 피티 고모는 너무나 많은 그녀의 친구들이 몇 주일 동안이나 닭고기 맛을 못 보았는데도 수탉을 가족끼리만 즐긴다는 생각을 하니 양심이 꺼려서, 저녁 식사에 손님을 초대하자고 제안했다. 이제 임신 다섯 달째로 접어든 멜라니는 몇 주일이나 바깥출입도 하지 않고 손님도 받지 않았던 터라 고모의 제안에 기겁을 했다. 하지만 이번만큼은 피티 고모가 단호하게 나왔다. 수탉을 그들끼리만 먹어 치우면 이기적인 짓이었고, 멜라니가 꼭대기 버팀살을 조금만 더 높인다면 아무도 임신 사실을 전혀 눈치채지 못하겠고, 어쨌든 그러지 않아도 그녀는 가슴이 납작했다.

「아, 하지만 고모님, 난 애슐리가 그런 고생을 하는데 사람들을 만나고 싶지는 ──」

〈뭐 꼭 애슐리가 ── 죽기라도 했다는 듯 야단이구나.〉 마음속으로는 애슐리가 죽었다고 자신도 확신했기 때문에 떨리는 목소리로 피티 고모가 말했다. 「애슐리는 너와 마찬가지로 멀쩡하고, 너는 말동무가 필요해. 그리고 난 패니 엘싱도 부르겠어. 엘싱 부인은 나더러 어떻게 해서든지 딸의 관심을 자극하여, 패니가 사람들을 만나도록 해달라고 부탁했어 ─」

「오, 하지만 고모님, 가엾은 댈러스가 죽은 지 얼마 안 되는데 억지로 불러낸다면 그건 그녀에게 잔인한 짓이고 ─」

「이봐, 멜리, 네가 만일 나한테 자꾸 말대꾸를 한다면 난 화를 내고 소리를 지르겠어. 난 어쨌든 네 고모이고, 알 만큼은 알아. 그리고 난 사람들을 부르고 싶단 말이야.」

그래서 피티 고모는 사람들을 불렀고, 마지막 순간에는 그녀가 기대하지도 않았고 원하지도 않았던 손님이 불쑥 찾아왔다. 닭 굽는 냄새가 막 집 안에 가득 찼을 때, 또다시 수상한 여행을 마치고 돌아온 레트 버틀러가 종이 레이스로 포장한 봉봉 사탕을 겨드랑이에 끼고, 칭찬인지 헐뜯는 얘기인지 알아듣기 어려운 찬사를 늘어놓으며 문간에 나타났다. 의사와 미드 부인이 레트를 어떻게 생각하고, 군대에 가지 않은 남자들을 패니가 얼마나 못마땅하게 여기는지 잘 알면서도 피티 고모는 그에게 같이 어울리자고밖에는 할 말이 없었다. 길거리에서 만났다면 미드 부부나 엘싱 모녀가 그에게 말도 걸지 않았겠지만, 친구의 집이었기 때문에 그들은 꼼짝도 못하고 그에게 예의를 차릴 수밖에 없었다. 더구나 지금은 그가 어느 때보다도 몸이 쇠약해진 멜라니로부터 확고한 보호를 받는 처지였다. 애슐리의 소식을 알아다 주려고 그가 멜라니를 위해 애를 써준 다음부터 그녀는 공공연하게, 다른 사람들이 그에 관해서 무슨 얘기를 하든지 간에, 그가 살아 있는 한 집을 그에게 개방한다고 선언했었다.

레트가 지극히 점잖게 처신하는 태도를 보자 피티 고모의 걱정이 누그러졌다. 그가 패니에 대해서 어찌나 동정적으로 경의를 표했는지 그녀는 레트에게 미소까지 지었고, 식사 때는 분위기가 아주 좋았다. 그것은 멋진 잔치나 마찬가지였다. 캐리 애시번은 포로가 되어 앤더슨빌로 끌려가던 양키의 담배쌈지에서 찾아낸 차를 조금 가져왔고, 모두들 담배 냄새가 약간 풍기는 차를 한 잔씩 마셨다. 늙고 질긴 닭고기를 저마다 한 조각씩 씹었고, 쪽파로 양념을 하고 맷돌로 탄 옥수수로 만든 드레싱도 충분했으며, 말린 콩 한 사발과 쌀밥과 고깃국물은 넉넉했는데, 밀가루가 없어서 걸쭉한 맛을 내지 못한 고깃국물은 약간 묽었다. 후식으로는 고구마 파이에 이어서 레트의 봉봉이 나왔고, 남자들이 나무딸기 술을 마시며 피우도록 진짜 아바나 여송연을 레트가 내놓자 모두들 정말로 루쿨루스[123]의 향연 같다고 이구동성으로 말했다.

남자들이 앞쪽 포치로 나가 여자들과 자리를 같이한 다음에는 화제가 전쟁으로 돌아갔다. 요즈음에는 대화가 항상 전쟁 쪽으로 쏠려서, 어떤 내용이라도 모든 대화는 전쟁에서 시작되거나 다시 전쟁으로 되돌아갔고, 때로는 슬픈 내용이기도 하지만 대부분 명랑한 얘기를 나누면서, 어쨌든 항상 전쟁이 화제였다. 전쟁 속에서 피어난 낭만적인 사랑, 전시의 결혼, 병원이나 전투지에서의 죽음, 야영이나 전장이나 강행군에서 벌어지는 사건들, 용기, 비겁함, 유머, 슬픔, 상실과 희망. 하지만 그들은 언제나 끝까지 희망을 버리지 않았다. 지난여름의 패배에도 불구하고, 그들의 희망은 확고부동하며 흔들릴 줄을 몰랐다. 애틀랜타에서 달턴에 주둔한 부대로

123 기원전 1세기 로마의 장군으로 예술가들을 가까이했고 사치한 생활과 향연으로 유명했다.

전속 명령을 내달라고 신청해서 허락을 받았다고 애시번 대위가 발표하자 여자들은 그의 뻣뻣해진 팔에다 눈으로 키스를 보냈고, 그가 떠나면 애인 노릇을 누가 해주겠느냐면서 가면 안 된다고 불평함으로써 그들의 자랑스러운 감정을 감추었다.

젊은 캐리는 미드 부인과 멜라니와 피티 고모와 패니 같은 점잖은 유부녀와 노처녀들에게서 그런 말을 듣자 기쁘기도 하면서 황당하기도 했으며, 스칼렛이 진담으로 그런 말을 했기를 바랐다.

「그래요, 머지않아 돌아오게 되겠죠.」 캐리의 어깨에다 팔을 얹으며 의사가 말했다. 「짤막한 교전을 한 차례만 치르면, 양키들은 다리야 날 살려라 다시 테네시로 도망칠 테니까요. 그리고 포레스트 장군이 그곳에 가기만 하면, 놈들은 끝장입니다. 존스턴 장군과 그의 군대가 산악 지대에서 철벽처럼 버티는 한, 여러분 숙녀 분들은 양키가 가까이 왔다고 해서 놀랄 필요가 없어요. 그래요, 철의 장벽이죠.」 자기가 한 말을 음미하며 그가 되풀이해서 말했다. 「셔먼은 절대로 통과하지 못합니다. 노장군 조를 절대로 밀어내지 못할 테니까요.」

아무리 가볍게 한 얘기라도 의사의 말은 반박의 여지가 없다고 간주되었기 때문에 여자들은 흐뭇해서 미소를 지었다. 뭐니 뭐니 해도 이런 문제라면 남자들이 여자들보다 훨씬 잘 알았고, 존스턴 장군이 철의 장벽이라고 의사가 말했다면 틀림없이 그는 그런 인물이었다. 레트가 입을 열었다. 저녁 식사를 끝낸 후로 그는 침묵을 지키며 저녁노을을 마주 보고 앉아, 잠든 아이를 어깨에 기대 놓고 입은 밑으로 뒤틀린 채, 전쟁 얘기에 귀를 기울였다.

「소문을 들으니까 지금은 지원 병력까지 도착해서 셔먼의 병력이 10만을 넘는다고 하던데요.」

의사가 즉각 반박했다. 이곳에 도착해서 저녁 식사를 함께 하게 된 손님들 가운데, 그가 진심으로 싫어하는 남자가 한 명 끼였다는 사실을 알게 된 이후 줄곧, 그는 상당히 거북하고 긴장하는 듯한 태도였다. 미스 피티팻에게 마땅히 보여 줘야 할 예의와, 그녀의 집에 문제의 남자가 손님으로 왔다는 사실 때문에, 그는 감정을 보다 노골적으로 드러내지 못하고 억지로 참았다.

「그래서요?」 의사가 험악하게 말했다.

「조금 아까 애시번 대위님께서 하신 말씀으로는, 존스턴 장군이 거느린 병력은 지난번 승리에서 용기를 얻어 부대로 돌아온 탈영병들까지 계산해서 4만 명쯤 된다고 그런 것 같은데요.」

「선생님.」 미드 부인이 화가 나서 말했다. 「남부 동맹의 군대에는 탈주병이 없어요.」

「제가 실수를 했군요.」 겉으로만 겸손한 체하면서 레트가 말했다. 「제가 한 얘기는 휴가를 나왔다가 깜박 잊어버리고 귀대를 하지 않았거나, 상처가 아물었지만 집에 남아서 다른 일을 보고, 봄철 밭갈이를 하던 수천 명의 장병을 두고 한 말이죠.」

미드 부인은 분개해서 눈을 번득였고, 씨근덕거리며 입술을 깨물었다. 스칼렛은 레트한테 제대로 걸려든 미드 부인이 거북해하는 꼴을 보고는 킬킬 웃고 싶었다. 부대로 끌고 가려는 헌병대에 대항하며 늪지대와 산속에서 몰래 숨어 도망 다니는 장병이 수백 명이나 되었다. 그들은 〈전쟁은 부유한 자들이 벌여 놓고 전투는 가난한 자들이 치른다〉고 주장하며, 그만하면 신물이 날 만큼 싸웠다고 했다. 하지만 그런 사람들보다는, 비록 중대의 인사 기록부에는 탈주병이라고 기록이 남았지만, 영원히 탈주를 하려는 의사가 전혀 없었던 장병들의 숫자가 훨씬 많았다. 그들은 3년 동안이나 휴가를 기다렸지만 허사였고, 기다리는 사이에 그들은 철자법도 서툰 편지를 고향으로부터 받았다. 〈우린 굶주려 지내요.〉〈밧갈이할 사람 없어서 올해 곡식은 하나도 추수하지 못하겠구나. 우린 굶머 살아간단다.〉〈병참부에서는 젖 뗀 돼지 새끼를 빼아사 갔고, 너한테서 돈이 안 온 지도 몇 달째야. 우리 말린 콩만 먹고 살아.〉

이구동성으로 외치는 소리가 점점 커지기만 했다. 〈네 아내, 네 자식들, 네 부모, 우린 모두 허기가 졌단다. 언제 전쟁이 끝나겠니? 언제 너가 고향으로 돌아올까? 우리들은 배가 고프단다, 배가 고파.〉 급격히 병력이 줄어드는 바람에 군대에서 휴가를 거부당하자 편지를 받은 병사들이 정식으로 휴가도 받지 않은 채 밭갈이를 하고 씨를 뿌리려고, 집을 고치고 울타리를 세우려고 고향으로 돌아갔다. 이런 상황을 이해한 연대 장교들은 격전이 목전에 닥치자 고향으로 간 장병들에게 편지를 써서, 중대로 복귀하면 지난 일은 따지지 않겠다고 약속했다. 식구들이 고향에서 굶주림을 몇 달이나마 더 버티리라고 판단이 서면 그들은 귀대를 하는 경우가 많았다. 〈밭갈이 휴가〉는 적과의 전투 중에 탈주한 경우와 같은 기준에서 심판하지 않았지만 그래도 군대가 약해지기는 마찬가지였다.

미드 박사는 거북한 침묵을 서둘러 메우느라고 싸늘한 목소리로 말했다. 「버틀러 선장님, 우리 군대와 양키 군대 사이에서는 숫자상의 차이가 한 번도 문제가 되었던 적이 없어요. 남군 한 명이라면 양키 10여 명은 당하니까요.」

여자들이 머리를 끄덕였다. 그것은 누구나 다 아는 사실이기 때문이었다.

「전쟁이 처음 시작되었을 때는 그것이 사실이었죠.」 레트가 말했다. 「남군 병사들에게 총에 장전할 실탄과 발을 보호해 줄 신발과 배를 채울 식량이 충분하다면 지금도 그럴지도 모르고요. 어떻습니까, 애시번 대위님?」

그의 목소리는 아직도 부드러웠고, 껍질뿐인 겸손함이 넘쳤다. 역시 레트를 지독하게 싫어하는 내색이 역력했던 캐리 애시번은 언짢은 표정이었다. 그는 기꺼이 의사의 편을 들고 싶었지만, 거짓말을 할 마음은 없었다. 부상으로 불구가 된 한쪽 팔이 쓸모가 없어지기는 해도 그가 전선으로 가겠다고 전출 신청을 했던 까닭은, 민간인들과는 달리 사태의 심각성을 의식했기 때문이었다. 목발로 절뚝거리거나, 한쪽 눈을 못 보거나, 손가락이 없어졌거나, 팔이 잘려 나갔기 때문에 후방의 병참부나, 병원이나, 군사 우체국이나, 철도 수송부에서 근무하다가 슬그머니 다시 전에 소속했던 전투 부대로 전출이 된 장병들도 많았다. 그들은 노장군 조가 인력을 절실히 필요로 한다는 사실을 알았다.

애시번 대위는 입을 열지 않았고, 미드 박사가 대신 화를 벌컥 내며 고함쳤다. 「우리 장병들은 전에도 신발도 없고 식량도 없이 싸웠지만 여러 번 승리를 거두었어요. 그리고 그들은 또다시 싸우고 이길 겁니다! 존스턴 장군은 밀려나지 않을 테니까 두고 보세요! 산악이란 예로부터 침략을 당한 민족들의 피난처요 강력한 보루 노릇을 해왔어요. 테르모필레[124]를 생각해 봐요.」

스칼렛은 테르모필레가 무엇인지 열심히 생각해 봤지만 전혀 알 길이 없었다.

「테르모필레에서 싸운 사람들은 한 명도 안 남고 모두 죽었죠. 안 그랬던가요, 의사 선생님?」레트가 물었고, 웃음을 참느라 입술이 씰룩거렸다.

「젊은이, 모욕을 하려는 생각인가요?」

「의사 선생님! 무슨 말씀을 그렇게 하시나요! 제 말을 잘못 알아들으셨군요! 저는 그냥 알고 싶어서 질문을 했을 따름인데요. 고대 역사에 대해서는 제 기억력이 형편없거든요.」

「필요하다면 우리 군대는 양키들이 조지아로 더 전진해 들어오게 내버려 두기보다는 차라리 마지막 한 사람까지 목숨을 버릴 거요.」의사가 딱딱거렸다. 「하지만 그렇게 되지는 않습니다. 그들은 한 번의 교전만 치르면 적을 조지아에서 몰아낼 테니까요.」

피티팻 고모가 황급히 몸을 일으키더니 스칼렛더러 피아노를 치며 노래를 한 곡 해주지 않겠느냐고 부탁했다. 그녀는 대화가 깊고도 험한 폭풍 속으로 정신없이 휘말려 들어가고 있음을 알았다. 그녀는 레트를 저녁 식사에 초청하면 틀림없이 말썽이 일어나리라고 환히 예상했었다. 그가 나타나는 곳에서는 항상 말썽이 생겼다. 왜 그가 말썽을 일으키는지 그녀로서는 정확히 이해가 가지 않았다. 세상에! 세상에! 도대체 스칼렛은 이런 남자의 어떤 점이 마음에 들었다는 말인가? 그리고 왜 착한 멜리가 그를 옹호하고 나설까?

시키는 대로 스칼렛이 얌전히 응접실로 들어가자 포치에는 침묵이, 레트에 대한 반발로 불끈거리는 침묵이 깔렸다.

124 그리스 중부 동해안의 4킬로미터쯤 되는 협곡으로, 기원전 480년 스파르타의 왕 레오니다스가 소수의 그리스 병력으로 사흘 동안 페르시아 대군과 싸운 곳. 그 후에도 페르시아, 골, 로마 병력을 여러 차례 이곳에서 물리쳤다.

존스턴 장군과 그의 군대가 무적이라는 사실을 마음과 영혼으로, 진심으로 믿지 못하는 사람이 어떻게 존재할까? 믿음이란 신성한 의무였다. 그리고 믿지 않을 정도로 반역적인 자들은 적어도 입을 다물고 침묵을 지킬 만큼은 교양을 갖춰야 했다.

스칼렛이 피아노 건반을 몇 개 두드렸고, 응접실에서 그들에게로 들려오는 그녀의 목소리는 감미롭고도 애처롭게, 요즘 유행하는 노래의 가사를 불러 나갔다.

총검과 포탄과 총탄에 부상을 당해 죽었거나
임종을 맞는 용사들을 수용한 병원에,
벽을 하얗게 칠한 병동으로,
어느 날 누군가의 연인이 실려 왔다네.

그토록 젊고 그토록 용감한, 누군가의 연인!
무덤의 흙 속에 파묻혀 곧 사라질
창백하고 온화한 얼굴에는 아직도
어릴 적 아름다움이 그대로 남았네.

「황금빛 머리 다발은 땀에 젖어 헝클어지고 ── 」 스칼렛의 불완전한 소프라노 목소리가 탄식하자, 패니가 반쯤 몸을 일으키더니 희미한 목소리로 울먹이며 부탁했다. 「다른 노래를 해요!」

스칼렛이 놀라고 당황해서 손을 멈추었고, 피아노가 갑자기 잠잠해졌다. 그러더니 그녀는 서둘러 「회색 군복」의 첫 구절을 우물쭈물 부르려고 하다가, 그 남군 노래도 역시 얼마나 마음을 아프게 하겠는지를 깨닫고는, 건반을 제대로 찾지 못해 불협화음을 일으키며 중단했다. 그녀가 완전히 당황했기 때문에 피아노는 다시 조용해졌다. 요즈음 노래는 하나같이 죽음과 이별과 슬픔에 관한 내용뿐이었다.

레트가 얼른 몸을 일으키더니, 웨이드를 패니의 무릎에 내려놓고는 응접실로 들어갔다.

「〈켄터키 옛집〉을 쳐요.」 그가 여유만만하게 제안했고, 스칼렛은 고마운 마음을 느끼며 당장 피아노를 치기 시작했다. 그녀의 목소리는 레트의 멋진 저음과 어울렸으며, 2절로 접어들면 이 노래도 역시 별로 유쾌한 곡이 아니기는 했지만, 포치에 둘러앉은 사람들이 그나마 숨을 돌렸다.

며칠만 더 이 무거운 짐 나르면!
조금도 이 짐 가벼워지지 않아도 좋으니!
며칠만 더 지나면 길을 걷게 될지니!
그러면 켄터키 옛집이여, 좋은 꿈을 꾸어요!

미드 박사의 예언이 어느 정도까지는 맞았다. 존스턴은 150킬로미터 떨어진 달턴 왼쪽 산악 지역에서 정말로 철의 장벽처럼 버티었다. 그가 워낙 강하게 저항해서, 애틀랜타를 향해 계곡을 지나 내려오려는 셔먼의 욕망을 어찌나 맹렬히 저지했던지, 마침내 양키들은 주춤해져서 작전 회의를 열었다. 정면 공격을 가해서는 남군의 방어선을 무너뜨리기가 어려웠고, 그래서 존스턴의 배후로 우회한 다음 달턴으로부터 20킬로미터 아래쪽에 위치한 레사카에서 철도 수송을 차단시키려는 목적으로, 야음을 틈타 반원을 그리며 산악 지대를 통과하는 행군을 감행했다.

중요한 보급로인 철도가 위험에 봉착하자, 남군 병력은 결사적으로 방어하던 호(壕)를 버리고, 달빛을 받으며 짧은 지름길을 따라, 레사카로 가는 강행군에 나섰다. 양키들이 산에서 몰려 내려올 때쯤에는 남부 병력이 흉벽을 쌓아 놓고 뒤에 잠복해서, 달턴에서 그랬던 것처럼, 포를 걸고 총검을 반짝이며 미리 기다리는 중이었다.

달턴에서 부상한 장병들의 입을 통해 노장군 조가 레사카로 후퇴했다는 와전된 얘기가 전해지자, 애틀랜타 사람들은 놀랐으며, 약간 불안해지기까지 했다. 마치 작고 검은 구름이, 여름 폭우를 싣고 오는 첫 구름이 북서쪽에 나타난 듯싶었다. 28킬로미터나 더 남쪽까지 조지아로 밀고 내려오도록 양키들을 그냥 내버려 두다니, 장군은 무슨 생각으로 그랬을까? 미드 박사의 말마따나 산악 지역은 천연 요새였다. 노장군 조는 왜 그곳에서 양키들을 막지 못했을까?

존스턴은 레사카에서 결사적으로 싸웠고 다시 양키들을 격퇴했지만, 똑같은 측면 공격 작전을 편 셔먼은 또다시 그의 대군을 멀리 우회시켜 우스터날루 강을 건너 남군 후방에 위치한 철도를 재차 공략했다. 이번에도 남군 병력은 철도를 방어하기 위해 재빨리 시뻘건 흙에 파놓은 참호에서 나와 출동했고, 잠이 모자라 지치고, 행군과 전투로 기진맥진하고, 오랫동안 굶주려 온 그들은 또다시 신속하게 계곡을 내려가야 했다. 그들은 양키들보다 먼저 레사카에서 10킬로미터 떨어진 칼훈이라는 소도시에 이르렀고, 북군이 나타났을 때는 다시금 공격 준비를 갖춘 상태였다. 공격이 시작되어 격렬한 교전이 벌어졌고, 양키들은 패주했다. 기진맥진한 남군 장병들은 무기를 깔고 엎드려 시간적인 여유와 휴식을 달라고 기구했다. 하지만 휴식은 없었다. 셔먼은 꾸준히 조금씩 전진을 계속해서, 그의 군대를 멀찌감치 돌게끔 우회시킴으로써 남군으로 하여금 후방의 철도를 방어하려고 또다시 억지로 후퇴하게 만들었다.

남군 병사들은 잠에 취한 채로 행군을 계속했고, 너무 지친 나머지 생각조차 할 겨를이 없었다. 하지만 그나마 정신이 맑아질 때면 그들은 노장군 조를 믿었다. 그들은 비록 지금 후퇴를 하더라도 패배한 것은 아니라고 믿었다. 그들은 한편으로는 참호를 지키면서 동시에 측면으로 이동하는 셔먼의 군대를 물리칠 병력이 모자랄 따름이었다. 그들은 북군과 맞서서 싸우기만 하면 언제라도 물리칠 자신감이 넘쳤고, 사실상 물리쳤다. 이런 후퇴의 종말이 무엇인지를 그들은 알지 못했다. 하지만 그들이 어떻게 해야 될지는 노장군 조가 알았고, 그래서 아군은 병력을 별로 소모하지 않았는데도 양키의 전사자와 포로는 그 숫자가 엄청났다. 그들은 마차를 하나도 잃지 않았고, 대포도 네 문만 잃었을 뿐이었다. 그리고 그들은 후방의 철도를 여전히 지켰다. 셔먼은 아무리 정면 공격과, 기병대의 기습과, 측면 이동 작전을 폈어도 철도에는 손가락 하나 대지 못했다.

철도. 햇살이 밝은 계곡을 따라 구불구불 애틀랜타로 뻗어 나간 가느다란 철의 선(線), 그것은 아직도 그들이 장악했다. 장병들은 희미하게 빛나는 레일이 보이는 곳에 누워 달빛을 받고 잠을 잤다. 장병들은 그곳에 누운 채 죽어 갔고, 당혹한 그들의 눈이 마지막으로 본 광경은 무자비한 햇볕을 받아 반짝이며 열기가 어른거리는 레일이었다.

계곡을 내려가 후퇴하는 그들보다 앞서서 피난민의 대군이 후퇴를 했다. 농장주와 크래커, 부유한 사람과 가난뱅이, 흑인과 백인, 아녀자들, 늙은이들, 죽음이 가까워진 사람들, 불구자들, 부상자들, 임신을 한 지 한참 되는 여자들이 애틀랜타로 가는 길로 몰려들었고, 그들은 기차를 타거나, 걸어 가거나, 말과 승용 마차를 타고, 짐마차에는 옷 궤짝과 집 안의 가재도구를 높다랗게 쌓아 올리고 끝없이 몰려들었다. 후퇴하는 군대보다 10킬로미터 앞서서 피난을 가던 사람들은 혹시 양키들이 패주하여 고향으로 돌아가도 된다는 소식을 듣고 싶어서 레사카, 칼훈, 찰스턴에서 이동을 멈추고 기다렸다. 하지만 햇살이 눈부신 길을 그들은 되돌아갈 수가 없었다. 남군 병사들은 텅 빈 저택과, 버림받은 농장과, 문을 열어 놓은 외딴 오두막들을 지나갔다. 여기저기 여자들이 겁에 질린 몇 명의 노예들과 남아서, 병사들을 맞으려고 환호성을 올리며 길로 나왔고, 우물에서 길어 온 물을 목이 마른 장병들에게 갖다 주고, 부상자들을 치료하고, 가족 묘지에 전사자들을 묻었다. 하지만 햇살이 눈부신 계곡은 대부분 버림을 받아 황량했고, 열기가 타오르는 들판에는 돌보지 않은 곡식만 남았다.

칼훈에서 또다시 측면 공격을 받은 존스턴은 아데어스빌로 물러나 그곳에서 격렬한 교전을 치른 다음에 캐스빌로, 그러고는 카터스빌로 후퇴했다. 그리고 적은 이제 달턴에서 80킬로미터나 전진했다. 치열한 전투를 치른 도로에서 20킬로미터 더 물러난 새 희망 교회에서 남군 병력은 결전을 치르기 위해 호를 파고 들어갔다. 북군의 물결은 거대한 뱀처럼 무자비하게 추격을 계속해서, 뒤로 물러섰다가도 다친 몸을 추스르고는, 끊임없이 독을 뿜으며, 다시 달려들었다. 새 희망 교회에서는 결사적인 전투가 열하루 동안 계속되었고, 양키의 공격은 여러 차례 처참하게 격퇴를 당했다. 그러고는 다시 측면 공격을 받은 존스턴은 점점 약해지는 병력을 몇 킬로미터 더 후퇴시켰다.

새 희망 교회에서는 남군 사상자의 수가 막대했다. 부상자들이 기차마다 가득 실려 밀어닥치자 애틀랜타 사람들은 경악했다. 전에는 한 번도, 심지어는 치카마우가 전투 후에도, 애틀랜타에서는 그토록 많은 부상병을 본 적이 없었다. 병원마다 만원이어서 부상병들을 빈 상점의 마룻바닥이나 창고의 목화 짐짝들 위에도 눕혔다. 호텔과 하숙집과 개인 가정들까지도 고통을 받는 장병들로 넘칠 지경이었다. 멜라니는 임신 중이어서 몸의 상태도 별로 안 좋았고, 참혹한 광경을 보면 조산을 할지도 모르니까 낯선 남자들을 집에 들여놓으면 좋지 않다고 항의를 했지만, 피티 고모도 할당을 받았다. 그래서 멜라니는 꼭대기 버팀살을 조금 더 치커 올려 불룩한 배를 가렸고, 부상병들이 벽돌집으로 밀려들어 왔다. 끝없이 요리를 하고, 부상병을 들어 올리고, 돌려 눕히고, 부채질을 하는가 하면, 몇 시간씩이나 계속해서 빨래를 하고 붕대를 손질하여 다시 감고. 옆방에서는 병사들이 끊임없이 헛소리를 해대는 바람에 무더운 여름밤 잠을 설치기가 일쑤였다. 드디어 질식 상태에 다다른 애틀랜타는 더 이상 견딜 여력이 없었고, 흘러넘치는 부상병들은 메이컨과 오거스타의 병원으로 보냈다.

밀려드는 부상병들이 전하는 소식은 갈팡질팡했고, 그러지 않아도 사람이 많이 몰려든 도시에 겁을 먹은 피난민까지 점점 더 늘어나자, 애틀랜타는 아우성을 쳤다. 지평선에 나타났던 작은 구름은 어느새 커다랗고 음산한 폭풍으로 바뀌었고, 거기에서는 싸늘한 바람이 희미하게 불어오는 듯싶었다.

무적의 군대에 대한 신념을 상실한 사람은 아무도 없었지만, 대부분의 사람들, 적어도 민간인들은 장군에 대한 신념을 잃었다. 새 희망 교회는 애틀랜타에서 겨우 55킬로미터 떨어진 곳이었다! 장군은 세 주일 동안에 양키들에게 1백 킬로미터나 밀려났다! 왜 그는 한없이 후퇴만 하는 대신 양키들을 막아 내지 않는가? 그는 바보였고, 바보보다도 못했다. 애틀랜타에서 안전하게 지내던 향토 경비대의 수염이 희끗희끗한 노인들이나 주의 민병 대원들은, 자기들이라면 전투를 훨씬 잘 감당했으리라고 주장하면서, 그들의 주장을 증명하기 위해 식탁보에다 지도를 그렸다. 병력이 점점 약해지고 더욱 뒤로 후퇴할 수밖에 없었던 장군은 바로 그들을 보내 달라고 브라운 주지사에게 필사적으로 호소했지만, 주의 병력은 상당히 안전하다고 느꼈다. 누가 뭐라고 해도, 주지사는 그들을 출동시키라는 제프 데이비스의 요구를 거역한 사람이었다. 왜 그가 존스턴 장군의 요구를 받아들이겠는가?

싸우고는 물러나고! 싸우고는 물러나고! 25일 동안 110킬로미터에 걸친 전선에서 남군 병사들은 거의 날마다 전투를 치렀다. 이제는 열기와 먼지와 굶주림과 피로, 바퀴 자국이 파인 시뻘건 길을 따라 터벅터벅 걸어가고 시뻘건 진흙 길을 철버덕거리는 행군, 그리고 후퇴와, 진지 구축과, 전투, 그리고 또 후퇴와, 진지 구축과, 전투 — 비슷비슷한 기억들로 미친 듯 뒤엉킨 아련한 기억을 뒤에 남겨 놓고 남군이 새 희망 교회에서 물러났다. 새 희망 교회는 전생(前生)에서의 악몽이었고, 그들이 되돌아가서 양키와 악마처럼 싸운 〈큰 오두막〉도 마찬가지였다. 하지만 푸른 군복의 시체가 시퍼렇게 들판에 깔릴 정도로 양키들과 치열하게 싸웠어도 양키들이, 새로운 양키들이 항상 더 몰려왔고, 남군의 후방을 향해, 철도를 향해, 그리고 애틀랜타를 향해 푸른 군복의 전열은 항상 불길하게 동남쪽으로 곡선을 그으며 뻗어 나갔다!

〈큰 오두막〉에서 잠도 못 자고 전투를 치르고는 기진맥진한 병력이 도로를 따라 내려가 매리에타라는 소도시 근처의 케네소 산으로 후퇴했고, 이곳에서 그들은 20킬로미터에 걸쳐 병력을 전개시켜 곡선으로 진을 쳤다. 가파른 산등성이에다 사격 참호를 팠고 치솟은 산꼭대기에는 포를 설치했다. 산등성이로 노새들이 잘 올라가지를 못하자 몰이꾼들은 욕설을 퍼붓고 땀을 뻘뻘 흘렸다. 깎아지른 듯한 언덕으로 무거운 대포를 끌고 노새들이 올라갔다. 애틀랜타로 들어오는 전령과 부상병들은 겁에 질린 시민들에게 마음이 놓이는 소식을 전했다. 케네소의 산봉우리들은 난공불락이었다. 케네소 부근의 〈소나무 산〉과 〈잃어버린 산〉도 역시 마찬가지로 요새화했다. 양키들은 노장군 조의 군대를 밀어낼 방법이 없었고, 산꼭대기에 위치한 포대들이 몇 킬로미터에 걸쳐 모든 도로를 장악했으므로, 이제는 측면 공격을 가하기도 힘들었다. 애틀랜타는 한결 숨을 돌렸지만 ─.

하지만 케네소 산은 겨우 35킬로미터밖에 떨어지지 않았다!

케네소 산에서 처음 부상자들이 들어오던 날, 메리웨더 부인의 마차가 아침 7시라는 엉뚱한 시간에 피티 고모의 집에 나타났고, 흑인 리바이 아저씨는 스칼렛더러 당장 옷을 입고 병원으로 가야 한다는 전갈을 올려 보냈다. 일찍 일어난 패니 엘싱과 보넬 댁 딸들은 뒷자리에서 하품을 했고, 새로 빨아 감은 붕대 한 바구니를 무릎에 올려놓고 마부 옆자리에 앉은 엘싱 댁 흑인 유모는 뚱한 표정이었다. 어젯밤 향토 경비대의 파티에서 새벽까지 춤을 추어 발이 피곤했던 스칼렛도 마지못해 따라나섰다. 병원에서 일할 때 입는 가장 낡고 가장 누추한 무명옷의 단추를 프리시가 채워 주는 동안 그녀는, 능률적이고 피로를 모르는 메리웨더 부인과 부상병들과 남부 동맹 전체를 마음속으로 저주했다. 옥수수를 태우고 고구마를 말려 만든 커피 대용품을 얼른 마시고 그녀는 여자들이 기다리는 곳으로 나갔다.

그녀는 간호하는 일이 지겨웠다. 그녀는 오늘 당장 메리웨더 부인에게 어머니가 집으로 오라는 편지를 보냈다고 얘기하기로 작정했다. 그러나 계획은 뜻대로 되지를 않아서, 훌륭한 여장부 메리웨더는 소매를 걷어붙이고, 커다란 앞치마를 두른 건장한 몸으로 버티고 서서, 그녀를 한 번 날카롭게 쏘아보더니 말했다. 「그런 얘기는 두 번 다시 듣고 싶지 않아요, 스칼렛 해밀턴. 오늘 내가 어머니한테 편지를 써서, 우리들이 얼마나 스칼렛을 필요로 하는지 알려 줄 테니까. 그러면 틀림없이 이해하시고 그냥 머물라고 하시겠죠. 그러니까 어서 앞치마를 두르고 닥터 미드한테 가봐요. 의사 선생님은 옆에서 도와줄 사람이 필요해요.」

〈아, 맙소사.〉 스칼렛이 음울하게 생각했다. 〈바로 그게 문제야. 어머니는 내가 여기 머물게 하실 테고, 난 이런 악취를 조금만 더 맡아도 죽을 거야. 이래라저래라 시달리는 대신에 차라리 난 늙은 여자가 되어 젊은것들을 못살게 굴고 ── 메리웨더 부인 같은 늙은 고양이더러 나가 죽으라는 소릴 하고 싶어!〉

그렇다. 그녀는 병원과, 더러운 냄새와, 이와, 고통과, 씻지 못한 몸에 신물이 났다. 간호사 노릇을 하다가 조금이라도 신기한 경험과 로맨스가 벌어지기는 하지만, 그것도 1년 전에 다 맥이 빠졌다. 더구나 후퇴를 하는 중에 부상을 당한 장병들은 전에 들어오던 사람들만큼 매력적이지를 못했다. 그들은 스칼렛에게 조금도 관심을 보이지 않았고, 〈전세가 어떻게 돌아가나요? 노장군 조는 지금 어떻게 되었죠? 노장군 조는 굉장히 똑똑한 분이에요〉라는 따위 이외에는 별로 얘기도 하지 않았다. 노줌군이 한 일이라곤 양키들로 하여금 조지아 내부로 110킬로미터를 돌파해 들어오도록 그냥 내버려 둔 것이 고작이었다. 그렇다, 그들은 흥미가 가지 않는 족속이었다. 그뿐 아니라 그들 가운데 많은 장병들이 죽어 갔는데, 의사가 있는 애틀랜타에 도착하기도 전에 걸렸던 패혈증, 괴저, 장티푸스, 폐렴과 싸울 기력이 거의 없었기 때문에 그들은 소리도 없이, 빨리 죽어 갔다.

날씨는 무더웠고 열린 창문으로는 파리들이 떼를 지어 들어왔는데, 느릿느릿하고 통통한 파리들은 어떤 통증보다도 더 병사들을 괴롭혔다. 악취와 고통의 물결이 그녀 주변에서 일고 또 일었다. 세숫대야를 들고 미드 박사를 따라 돌아다니다 보면 새로 풀을 먹인 옷이 어느새 땀에 절어 버리고는 했다.

오, 의사의 번쩍거리는 칼이 고통스러운 살을 자르고 들어가는 장면을 보고, 속이 뒤집혀도 토하지 않으려고 애를 쓰며 의사 옆에 서서 버틸 때의 구역질! 그리고, 오, 팔다리를 절단하는 수술이 진행되는 병동에서 들려오는 비명의 공포! 그리고 의사가 돌봐 줄 차례가 오기를 갈기갈기 찢어진 몸으로 기다리는 병사들, 비명 소리가 귓전에서 떠나지 않는 병사들, 두려운 말이 의사의 입에서 나오기를 기다리는 병사들의 잔뜩 긴장하고 창백한 얼굴을 보고 느껴야 하는 무기력하고 역겨운 연민의 감정 ── 「마음이 아프구먼, 젊은이. 하지만 손을 잘라야 되겠어. 그래, 그래, 나도 알아. 하지만 붉은 반점들이 보이지? 잘라 내야만 한다니까.」

이제는 클로로포름도 어찌나 귀한지 지극히 최악인 상태의 팔다리 절단 수술에만 사용했고, 아편도 귀했기 때문에 살아 있는 사람이 아니라 곧 죽게 될 사람의 고통을 잊게 해

주기 위해서만 썼다. 키니네와 옥도는 전혀 없었다. 그렇다, 스칼렛은 이런 온갖 현실에 진저리가 났고, 오늘 아침에는 멜라니처럼 임신한 몸이라는 따위의 버젓하게 내세울 구실이 아쉬웠다. 요즈음에는 간호를 하지 않으려는 핑계로서 사회적으로 납득이 갈 만한 이유는 그것뿐이었다.

점심때가 되자 그녀는, 메리웨더 부인이 후리후리하고 무식한 산골 출신 병사를 위해 편지를 대신 써주느라고 바쁜 틈을 타서 앞치마를 벗고 병원에서 몰래 빠져나갔다. 스칼렛은 더 이상 견딜 자신이 없다고 생각했다. 그녀에게는 병원 일이 억지로 떠맡은 짐이나 마찬가지였고, 정오에 열차로 부상병들이 들어오면 보나마나 밤이 될 때까지 일이 계속되고, 어쩌면 식사를 전혀 못 할지도 모른다고 판단했다.

그녀는 복숭아나무 거리의 짤막한 두 구간을 서둘러 걸어 올라가며, 더럽혀지지 않은 공기를 바싹 쥔 코르셋이 용납하는 한 깊숙이 들이마셨다. 병원으로는 돌아가지 않겠다고 작정한 그녀가, 피티 고모의 집으로 가기가 창피해서, 앞으로 어떻게 해야 할지 몰라 길모퉁이에서 서성거리려니까, 레트 버틀러가 마차를 몰고 지나갔다.

「넝마주이의 딸 같은 꼴이로군요.」세숫대야에서 흘러넘친 물로 여기저기 얼룩이 지고 땀이 거무죽죽하게 배었으며, 누덕누덕 기운 그녀의 연보랏빛 무명옷을 찬찬히 뜯어보며 그가 한마디 했다. 스칼렛은 당황하고 화가 나서 어쩔 줄을 몰랐다. 왜 그는 항상 여자들의 옷을 눈여겨보고, 왜 그는 지금 그녀의 지저분한 모습에 대한 애기를 꺼내야 할 정도로 무례할까?

「난 당신 말은 하나도 듣고 싶지 않아요. 어서 나를 마차에 부축해 태워 아무도 보지 못할 곳으로 데려가기나 하세요. 목을 매단다고 해도 난 병원으로는 돌아가지 않겠어요!
맙소사, 전쟁은 내가 시작한 것도 아닌데 왜 죽을 지경으로
일을 해야만 하는지 난 모르겠고 ─」

「우리들의 영광된 대의명분을 배척하는 반역자!」

「가마솥이 주전자더러 밑이 검다고 비웃는 격이로군요.
마차에 타게 날 도와줘요. 당신이 어디로 가는 길이었건 난
상관없어요. 당장 날 태우고 가라니까요.」

그는 마차에서 훌쩍 뛰어 땅으로 내려섰고, 그녀는 눈이나
팔다리가 온전한 그를 보고, 고통으로 얼굴이 창백하거나 말
라리아로 누렇게 뜨지도 않았고, 제대로 잘 먹어 건강해 보
이는 남자를 만나니 얼마나 좋은가 하는 생각을 얼핏 했다.
거기다가 그는 옷차림도 훌륭했다. 똑같은 천으로 만든 저고
리와 바지가 정말로 몸에 잘 맞아서 접힌 곳이 축 늘어지거
나 움직이지 못할 지경으로 꼭 끼지도 않았다. 그리고 더러
운 살이나 털이 잔뜩 난 다리가 썰렁하게 들여다보이지도 않
는 새 옷이었다. 그는 마치 세상에서 아무 근심 걱정도 없는
사람처럼 보였고, 다른 사람들은 하나같이 그토록 걱정스럽
고, 무슨 생각에 몰두해서 침울한 표정을 짓고 돌아다니는
요즈음 같아서는, 그런 느긋한 태도 하나만도 놀라울 지경이
었다. 마차에 태우느라고 그녀를 들어 올리는 동안 그의 갈
색 얼굴은 온화했고, 붉은 입술이 노골적으로 육감적이었으
며, 여자처럼 선이 뚜렷한 입은 태연하게 미소를 지었다.

그녀의 옆자리에 올라앉는 그의 큼직한 몸은 훌륭한 솜씨
로 지은 양복 속에서 근육이 불끈거렸고, 항상 그렇듯이 그
의 대단한 육체적인 힘은 충격처럼 그녀의 의식을 일깨웠다.
그녀는 옷이 터질 듯 부풀어 오르는 그의 힘찬 어깨를 쳐다
보며 마음이 산란해졌고, 약간 두려움을 불러일으키는 매혹

에 사로잡혔다. 그의 몸은 강인하고 힘차게, 그의 예리한 이성만큼이나 강인하고 힘차게 보였다. 그가 지닌 힘은 침착하고 유연해서, 햇볕을 쬐며 길게 늘어진 표범처럼 여유가 만만하면서도, 당장 달려들어 덮치려는 표범처럼 민첩했다.

「못된 아가씨 같으니라고.」 말에게 혀를 끌끌 차며 그가 말했다. 「밤새도록 군인들하고 춤을 추고, 장미꽃과 장식 끈을 그들에게 주고, 대의명분을 위해서라면 얼마든지 기꺼이 죽겠다는 소리를 해놓고는, 막상 몇 사람의 상처에 붕대를 감거나 이를 몇 마리 잡아야 할 때가 되면 당신은 뒤도 안 돌아보고 뺑소니를 치죠.」

「잔말은 집어치우고 마차를 더 빨리 몰면 안 되겠어요? 어쩌다가 메리웨더 할아버지가 가게에서 나와 나를 보고는 할망구에게 — 아니, 메리웨더 부인에게 일렀다 하면 난 큰일이 난다고요.」

그가 채찍으로 살짝 치니까 암말은 부지런히 파이브 포인츠를 건너고 애틀랜타를 둘로 갈라놓은 철도를 부지런히 건너갔다. 부상병들을 실은 기차가 벌써 들어왔고, 들것으로 운반하는 사람들이 부상자를 환자 운반차와 군수품을 수송하는 포장마차에다 옮겨 싣느라고 뜨거운 태양을 받으며 부지런히 일했다. 그들을 지켜보면서도 스칼렛은 아무런 양심의 가책은커녕 무사히 도망쳤다는 깊은 안도감만 느꼈다.

「난 그놈의 낡은 병원이라면 그저 배 속이 뒤집히고 이가 갈려요.」 흐느적거리는 커다란 치마를 여미고 둥근 모자의 끈을 턱 밑에 더 단단히 잡아매면서 그녀가 말했다. 「그리고 날이 갈수록 들어오는 부상병의 숫자는 자꾸만 늘어나죠. 이건 다 존스턴 장군의 잘못이에요. 만일 장군이 달턴에서 양키들을 맞아 싸우기만 했더라면 —」

「당신은 무식한 여자라서 모르겠지만, 그 사람은 양키들을 맞아 싸우기는 했어요. 그리고 만일 계속 그곳에서 버티었다면 셔먼이 장군을 측면으로 공격해서 북군의 두 주력 부대 사이에 넣고 짓밟아 버렸겠죠. 그러면 그는 철도를 빼앗겼을 텐데, 존스턴이 싸운 건 철도를 지키기 위해서였죠.」

「그야 뭐.」 군사 전략이라면 전혀 깜깜했던 스칼렛이 말했다. 「어쨌든 그 사람 잘못이에요. 장군은 무슨 수를 냈어야 했고, 난 그가 당장 물러나야 한다고 생각해요. 왜 장군은 후퇴를 하는 대신에 꿋꿋하게 싸우지 못하나요?」

「당신도 다른 사람들이나 마찬가지로 장군이 불가능한 일을 해내지 못한다고 해서 그의 목을 치라고 야단이로군요. 그는 달턴에서는 구세주 예수였는데, 겨우 여섯 주일 만에 이제 케네소 산에서 배반자 유다가 되었어요. 하지만 양키들을 30킬로미터만 밀어내도 그는 또다시 예수가 됩니다. 이봐요, 셔먼이 보유한 병력은 존스턴보다 두 곱절은 되고, 그러니까 우리 남부의 용감한 청년 한 사람에 대해서 두 명을 잃어도 된다는 계산이 나와요. 그런데 존스턴은 단 한 사람도 잃어서는 안 돼요. 그는 보충 병력이 굉장히 필요하지만, 과연 어떤 병력을 구할 수 있을까요? 〈조 브라운의 귀염둥이들〉뿐이에요. 그게 무슨 도움이 되겠어요!」

「민병대가 정말 소집을 당할까요? 향토 경비대도요? 난 그런 소리는 못 들었는데요. 어떻게 그걸 알고 계시죠?」

「소문이 나돌거든요. 오늘 아침 밀레지빌에서 온 기차에 실려 온 소문이죠. 존스턴 장군을 지원하기 위해 민병대와 향토 경비대를 다 출동시킨답니다. 그래요, 브라운 주지사가 아끼는 귀염둥이들도 드디어 화약 냄새를 맡게 되었고, 보아하니 그들 대부분 꽤나 놀라게 생겼어요. 분명히 그들은 실

전을 겪으리라고는 전혀 기대하지 않았을 테니까요. 주지사
는 그런 일은 없으리라고 그들에게 사실상 약속을 한 셈이
죠. 글쎄요, 주지사를 놀려 줄 훌륭한 농담거리가 생겼네요.
주지사가 제프 데이비스에게도 굽히지 않고 그들을 버지니
아에 보내지 않겠다고 거절했기 때문에, 모두들 철석같이 믿
었어요. 그들의 주를 방어하기 위해 필요한 병력이라고 그랬
으니까요. 전쟁이 그들의 집 뒷마당까지 번져 오고, 정말로
그들이 주를 방어할 날이 오리라고야 누가 생각이라도 했겠
어요?」

「오, 잔인한 사람, 그렇게 비웃다뇨! 향토 경비대의 늙은
남자들과 소년들을 생각해 봐요! 그래요, 어린 필 미드도 가
야 하고 메리웨더 할아버지와 헨리 해밀턴 큰아버지도 가야
해요.」

「난 어린 소년들이나 멕시코 전쟁의 참전병들 얘기를 하는
게 아니에요. 난 멋진 군복을 입고 칼을 휘두르고 싶어 하는
윌리 가이넌 같은 용감한 젊은이들을 두고 ──」

「그럼 당신 자신은 어떻고요!」

「이봐요, 그런 소릴 해도 난 눈 하나 깜짝하지 않아요! 난
군복도 입지 않고 칼도 휘두르지 않으며, 남부 동맹의 운명
따위는 전혀 관심도 없으니까요. 그뿐 아니라, 이왕 얘기가
나왔으니까 말인데, 난 향토 경비대나 어떤 군대에 끌려가서
죽음을 당하고 싶지도 않아요. 나는 군대라면 웨스트포인트
에서 당한 일만 가지고도 평생 더 가까이하고 싶지 않으니까
요……. 글쎄요, 난 조 영감에게 행운이나 빌겠어요. 양키들
때문에 버지니아에서 바쁘신 처지니까 리 장군은 그에게 어
떤 원군도 보낼 입장이 못 돼요. 그러니까 존스턴이 구할 만
한 보충 병력이라고는 조지아 주의 방위군뿐이에요. 그는 대

단한 전략가니까 그보다는 훨씬 많은 지원을 받아야 마땅한 인물이지만요. 그는 항상 양키들보다 앞질러서 거점을 확보해요. 하지만 철도를 보호하고 싶다면 불가피하게 자꾸 뒷걸음질을 쳐야 하고, 북군한테 밀려 산악 지역에서 훨씬 평탄한 이 부근으로 끌려 나오면, 그 사람 무참히 살육을 당할 테니까 두고 보라고요.」

「이 부근이라고요?」 스칼렛이 소리쳤다. 「양키들이 절대로 여기까지 내려오지 못하리라는 건 당신도 잘 알잖아요!」

「케네소는 겨우 35킬로미터밖에 안 떨어졌고, 난 장담하겠는데 ——」

「레트, 보세요, 저기 길 아래쪽 말이에요! 저기 떼를 지어 오는 남자들요! 군인들이 아니에요. 도대체 이건? 어머, 검둥이들이로군요!」

붉은 먼지가 커다란 구름처럼 길거리를 따라 올라왔고, 수많은 사람이 터벅거리는 발소리와 더불어, 1백 명도 넘는 흑인이 굵직하고 무관심한 목소리로 부르는 찬송가 소리가 먼지구름으로부터 들려왔다. 레트가 마차를 길가로 붙였고, 스칼렛은 곡괭이와 삽을 어깨에 둘러메고 공병대 표지를 단 장교 한 명과 1개 분대의 병사들에게 이끌려 땀을 뻘뻘 흘리며 따라가는 흑인들을 신기해서 구경했다.

「도대체 이건……?」 그녀가 다시 말문을 열었다.

그러더니 맨 앞줄에서 노래를 부르는 건장한 흑인에게서 그녀의 시선이 멈추었다. 키가 거의 195센티미터에 이르는 거인인 그는 피부가 흑단처럼 새까맣고, 힘센 동물처럼 유연한 우아함을 보여 주는 걸음걸이로, 새하얀 이빨을 반짝거리며 「내려오소서, 모세여」를 노래했다. 타라의 하인 두목인 빅 샘이 아니고서야 그토록 키가 크고 목소리가 우렁찬 흑인은 분명히 세상에 또 없었다. 하지만 집에서 그토록 멀리 떨어진 이곳에서, 특히 농장에는 감독도 없기 때문에 그가 제럴드의 오른팔 같은 역할을 맡아야 할 지금, 빅 샘은 무엇을 하러 왔을까?

더 자세히 보려고 그녀가 자리에서 몸을 반쯤 일으키자, 거인은 그녀를 보더니, 누구인지 알겠다는 뜻으로 시커먼 얼굴이 찢어질 듯 잔뜩 미소를 지었다. 그는 걸음을 멈추고, 삽을 내려놓고는 그녀에게로 오면서, 그와 가장 가까이 있던 흑인을 불렀다. 「전지전능 하느님! 저분 스칼렛 마님이야. 어이, 리지! 포슬! 프로펫![125] 저기 스칼렛 마님이다!」

대열 속에서 혼란이 일어났다. 사람들은 영문을 잘 몰라 어설피 웃으며 걸음을 멈추었고, 덩치가 큰 다른 세 흑인을 이끌고 빅 샘은 길을 건너 마차로 달려왔고, 당황한 장교가 고함을 지르며 바싹 뒤따라 쫓아왔다.

「녀석들아, 대열로 돌아가! 돌아가라니까. 내 말 안 들으면 — 이런, 해밀턴 부인이시로군요. 안녕하십니까, 부인? 그리고 그쪽도 안녕하시고요, 선생님. 도대체 무슨 속셈으로 반란과 명령 불복종을 선동하시나요? 그러지 않아도 난 녀석들 때문에 오늘 아침에도 고생깨나 했는데 말입니다.」

「오, 랜들 대위님, 저 사람들 꾸짖지 마세요! 그들은 우리 집 사람들이죠. 여기가 타라의 하인 두목 빅 샘이고, 여긴 일라이저, 어포슬, 그리고 프로펫이에요. 당연히 그들은 나하고 얘기를 하고 싶었겠죠. 어떻게들 지냈어?」

그녀는 돌아가며 그들 모두와 악수를 나누었고, 작고 하얀 그녀의 손을 시커멓고 커다란 주먹으로 움켜잡고 네 사람은 젊은 마님을 만났고, 그들의 여주인이 얼마나 아름다운지

125 흑인들의 이름인데, 〈엘리야〉, 〈사도〉, 〈선지자〉라는 단어의 흑인식 발음.

를 동지들 앞에서 과시할 기회를 얻게 되어, 그들은 자랑스럽고 기뻐서 법석을 부렸다.

「너희들 타라에서 이렇게 먼 곳까지 와서 뭘 하고 있니? 맙소사, 도망을 친 모양이로구나. 그래 봤자 틀림없이 순찰대에 붙잡히리라는 것도 모르니?」

그들은 그녀가 놀리는 말에 신이 나서 소리를 질렀다.

「도망쳤다라고요?」 빅 샘이 대꾸를 했다. 「아닙죠, 마님, 우리 안 도망쳤어요. 우리 네 사람 타라에서 제일 몸 크고 힘센 검둥이다 때문에 뽑아 보냈어요.」 그는 자랑스러워서 하얀 이빨을 드러내었다. 「나 노래 굉장히 잘 부른다 그러니까 특별히 데려와라 그랬고요. 그렇습죠, 마님, 프랭크 케네디 선생님 그분 와서 우리 데리고 왔어요.」

「하지만 왜 그랬어, 빅 샘?」

「맙소사, 스칼렛 마님! 얘기 안 들었나요? 양키들 온다 할 때 백인 신사들 숨어라 해서 우리들 구덩이 파는 거 해요.」

랜들 대위와 마차에 탄 사람들은 사격용 참호를 그런 식으로 순박하게 설명하는 소리를 듣고는 터져 나오려는 웃음을 억지로 참았다.

「물론 사람들 나 끌고 올 때 제럴드 주인님 굉장히 화가 막 나서 나 없다 하면 농장 못 꾸려 나간다 그러셨어요. 하지만 엘렌 마님 말씀하시기 〈데리고 가요, 케네디 씨. 남부 동맹 우리보다 빅 샘 더 필요해요〉 그러셨어요. 그리고 마님 나한테 1달러 주고 백인 신사들 시키는 대로 말 잘 들어라 그러셨어요. 그래서 우리 여기 왔어요.」

「이게 다 무슨 얘긴가요, 랜들 대위님?」

「오, 아주 간단한 얘기랍니다. 우린 사격용 참호를 몇 킬로미터 더 파서 애틀랜타의 방어선을 강화해야 하고, 장군은 사역을 해낼 병사를 전선에서 한 명이라도 빼낼 입장이 아니거든요. 그래서 우린 시골에서 가장 힘센 흑인 사내들을 징발하게 된 겁니다.」

「하지만 ─」

싸늘한 공포가 잠깐 스칼렛의 가슴속에서 고동쳤다. 사격용 참호를 몇 킬로미터 더 파다니! 왜 더 필요하다는 말인가! 포대를 갖춘 커다란 각면보(各面堡)를 애틀랜타의 시내 중심부에서 1.5킬로미터 떨어진 여러 지점에다 흙으로 빙 둘러쌓아 올린 지가 1년밖에 안 되었다. 이들 대규모 토루(土壘)는 사격용 참호와 연결되었고, 몇 킬로미터나 뻗어 나가며 도시를 완전히 둘러쌌다. 그런데 사격 참호를 또 파다니!

「하지만 ─ 벌써 요새화를 끝냈는데 왜 또 요새를 보강해야 하죠? 지금 갖춘 정도만 해도 우린 더 이상 필요가 없을 텐데요. 보나마나 장군이 호락호락 ─」

「우리들이 현재 갖춘 방어 시설은 시내에서 겨우 1.5킬로미터밖에 안 떨어졌어요.」 랜들 대위가 얼른 말했다. 「그리고 그건 너무 가까워서 마음이 놓이질 않고 ─ 안전하지도 않아요. 새 참호는 훨씬 먼 곳에다 구축하죠. 아시다시피 다시 한 번 후퇴를 하면 우리 병사들은 애틀랜타까지 밀려들어 올지도 모릅니다.」

겁에 질려 그녀의 눈이 휘둥그레지자 그는 공연한 말을 했다고 당장 후회했다.

「하지만 물론 또다시 후퇴하는 일은 없겠죠.」 그는 서둘러 말을 덧붙였다. 「케네소 산 주변의 방어선은 난공불락입니다. 도로들을 굽어보는 산허리에다 포대를 모두 배치했기 때문에 양키들은 통과하기가 불가능해요.」

하지만 레트가 느긋하게 꿰뚫어 보는 듯한 눈초리로 그를 노려보자 랜들 대위가 시선을 피하는 모습을 보고, 스칼렛은 겁이 났다. 그녀는 레트가 〈북군한테 밀려 산악 지역에서 훨씬 평탄한 이 부근으로 끌려 나오면, 그 사람 무참히 살육을 당할 테니까 두고 보라고요〉라고 했던 말이 생각났다.

「오, 대위님, 혹시 당신 생각에는 ─」

「그야 물론 그런 일은 안 벌어집니다! 조금도 불안해하지 말아요. 노장군 조는 본디 용의주도한 분이라서 그렇습니다. 우리들이 교통호를 더 파는 이유란 그것뿐이죠……. 어쨌든 나 어서 가봐야 되겠어요. 얘기 즐거웠습니다……. 자네들 마님한테 작별 인사를 드리고, 어서 가야지.」

「잘들 가거라. 혹시 병이 나거나 다치거나 곤란한 일이 생기면 나한테 연락해. 난 복숭아나무 거리, 시가지가 거의 끝나는 곳에 있는 마지막 집에서 살아. 잠깐들 기다려 ─」그녀는 그물 가방 속을 더듬거렸다.「어머, 이런, 나 돈이 한 푼도 없네. 레트, 잔돈 있으면 몇 장 줘요. 이거 받아, 빅 샘. 담배라도 좀 사서 다른 애들하고 나눠 피우라고. 그리고 랜들 대위님이 시키는 대로 말을 잘 들어야 해.」

구불구불한 줄이 다시 이루어졌고, 붉은 구름처럼 먼지를 일으키며 그들은 출발했고, 빅 샘은 다시 노래를 부르기 시작했다.

내려오소서, 모세여! 애굽 땅 먼 길 오소서!
그리고 늙은 파루[126]에게 전하소서
우리 민족이 떠나게 해달라는 말을!

「레트, 랜들 대위님은 우리들이 기절할까 봐 ─ 여자들에
126 〈파라오〉의 흑인식 발음.

게는 진실을 밝히지 않으려는 다른 남자들이 다 그러듯이, 나한테 거짓말을 했어요. 그런데 정말로 거짓말이었을까요? 오, 레트, 위험이 없다면 왜 새 흉벽을 쌓으려고 할까요? 군대에서는 장병들이 너무 모자라기 때문에 검둥이들까지 동원하나요?」

레트는 말에게 낄낄 소리를 했다.

「군대는 사람이 모자라도 꽹장히 모자라죠. 그렇지 않고서야 왜 향토 경비대를 불러내겠어요? 그리고 참호 구축 얘긴데, 글쎄요, 방어 시설이란 포위 공격을 받을 때는 꽤 도움이 되게 마련이죠. 장군은 이곳에서 최후의 결전을 치를 준비를 하는 모양이에요.」

「포위 공격이라고요! 오, 마차를 돌려요. 난 집으로, 타라의 집으로 당장 돌아가겠어요.」

「어디 아파요?」

「포위 공격이라니! 하느님 맙소사! 포위 공격이라니! 포위 공격 얘기는 나도 들어 봤어요! 아버지도 그런 걸 겪었다는데, 아니, 할아버지였는지도 모르지만, 아버지한테서 내가 들은 얘기로는 ──」

「무슨 포위 공격요?」

「크롬웰이 아일랜드군을 패배시킨 드로게다[127] 공방전에 서였는데, 사람들은 식량이 하나도 없었고, 아버지 얘기로는 그들이 굶어 죽어 길바닥에 쓰러졌고, 결국은 고양이와 쥐, 심지어는 바퀴벌레 따위도 모조리 잡아먹었대요. 그리고 또 항복하기 전에 그들은 서로 자기들끼리 잡아먹기도 했다고 아버지가 그랬지만, 난 그 얘기를 믿어야 할지 어쩔지 모르

127 보인 강변의 도시로서 1649년 올리버 크롬웰에게 함락되어 주민이 학살당했다.

540

겠어요. 그리고 크롬웰이 그곳을 점령한 다음에는 모든 여자들이 — 포위 공격이라니! 하느님 굽어살피소서!」

「난 당신처럼 야만스럽게 무식한 사람은 처음 봐요. 드로게다는 1천 6백 몇 년에 일어났던 사건이고, 오하라 씨는 그때 세상에 없었어요. 그리고 또 셔먼은 크롬웰이 아니에요.」

「그래요, 하지만 더 지독하죠! 사람들 얘기로는 —」

「그리고 포위를 당했을 때 아일랜드 사람들이 먹었다는 희한한 진수성찬 얘긴데, 개인적인 예를 들겠지만, 최근에 호텔에서 내놓는 음식보다는 차라리 난 기름이 잘잘 흐르고 맛좋은 쥐 고기를 먹고 싶군요. 난 리치먼드로 돌아가야 되겠다는 생각이 들어요. 돈만 내면 그곳에서는 좋은 음식을 쉽게 구하니까요.」 그의 눈은 스칼렛의 얼굴에 나타난 두려움을 비웃었다.

겁을 먹은 자기 자신의 모습을 바보처럼 드러내어 화가 난 그녀가 소리쳤다. 「당신이 이렇게 오랫동안 왜 여기서 지내셨는지 나로서는 납득이 안 가는군요! 당신이 생각하는 건 편히 지내고 먹고, 그리고 — 뭐 그런 게 전부인데 말이에요.」

「난 먹고 그리고 — 뭐라고 그랬죠? 뭐 그런 것보다 더 유쾌하게 시간을 보내는 방법을 모르니까요.」 그가 말했다. 「그리고 왜 내가 이곳에서 지냈느냐 하는 문제는 — 글쎄요, 난 포위 공격이니, 곧 방전을 치르는 도시 따위에 관한 글을 상당히 많이 읽었지만, 실제로 본 적이 한 번도 없거든요. 그래서 난 여기 눌러앉아 구경이라도 할까 생각했었죠. 난 비전투원이니까 다치지도 않겠고, 거기다가 난 경험도 원합니다. 새로운 경험은 절대로 그냥 놓쳐 버리면 안 돼요, 스칼렛. 그것은 이성을 살찌게 하니까요.」

「내 이성은 이만하면 충분히 살쪘어요.」

「아마 그건 당신이 가장 잘 알지도 모르지만, 나도 하고 싶은 얘기가 있는데 — 하기야 그건 신사답지 못한 소리겠죠. 그리고 어쩌면 나는 정말로 포위 공격이 시작될 때 당신을 구해 주려고 여기 머무르는지도 모릅니다. 난 곤경에 빠진 처녀[128]를 구해 본 적이 한 번도 없거든요. 그것도 새로운 경험이 되겠네요.」

스칼렛은 그가 장난으로 그런 소리를 한다고 알았지만, 그의 말 속에 담긴 진지함을 의식했다. 그녀는 머리를 젖혔다.

「난 당신이 구출해 주지 않아도 괜찮아요. 고맙지만 내 몸은 내가 스스로 돌볼 줄 아니까요.」

「그런 소리 말아요, 스칼렛! 원한다면 속으로 그런 생각을 하는 건 좋지만 남자에게는 절대로, 절대로 그렇게 말하면 못써요. 양키 여자들은 그게 문제라니까요. 고맙지만 내 몸은 내가 알아서 돌본다는 소리를 입버릇처럼 하지만 않는다면 지극히 매혹적인 여자들인데 말이에요. 그리고 안타깝게도 일반적으로 그들의 얘기가 사실이죠. 그래서 남자들은 스스로 알아서 처리하라고 그런 여자들은 그냥 내버려 두죠.」

「정말 거침없이 말이 나오는군요.」 그녀더러 양키 여자하고 같다는 말처럼 심한 모욕이 또 없었기 때문에 스칼렛이 냉정하게 말했다. 「포위 공격에 대한 당신 얘기는 틀림없이 거짓말이라고 난 믿어요. 양키들이 절대로 애틀랜타에 발을 들여놓지 못하리라는 건 당신도 알잖아요.」

「그들이 한 달 내에 이곳까지 오리라고 난 내기를 걸겠어요. 봉봉 한 상자를 걸 테니까 그쪽에서는 —」 그의 검은 눈길이 스칼렛의 입술로 옮겨 갔다. 「키스를 거시죠.」

128 중세의 기사도에 관한 얘기에서는 항상 〈곤경에 빠진 처녀〉를 용감한 기사가 구출하는 내용이 필수적이다.

잠깐 동안 양키의 침공에 대한 두려움이 그녀의 마음에 걸렸지만, 〈키스〉라는 말이 나오자 그런 걱정이 사라졌다. 그것은 그녀에게는 익숙한 분야였고, 군사 작전보다야 훨씬 재미있는 일이었다. 그녀는 기쁨의 미소를 감추기가 힘들었다. 그녀에게 초록빛 모자를 선물로 준 날 이후로 레트는 어떤 면에서 보더라도 연인다운 접근은 전혀 시도하지 않았다. 스칼렛이 아무리 애를 썼어도 그는 절대로 개인적인 대화에 휘말려 들지를 않았는데, 지금은 그녀 쪽에서 아무런 미끼를 던지지 않았어도 레트가 키스 얘기를 먼저 했다.

「난 그런 개인적인 대화에는 관심이 없어요.」 그녀는 냉정하게 말하고 일부러 얼굴을 찌푸렸다. 「그뿐 아니라 난 차라리 돼지에게 키스를 하겠어요.」

「하기야 저마다 취향이 다르고, 아일랜드 사람들이 돼지들을 각별히 좋아해서 사실상 침대 밑에다 기른다는 얘기를 난 전에도 듣기는 했어요. 하지만 스칼렛, 당신은 키스가 꿍장히 필요해요. 당신은 그게 탈이라니까요. 도대체 왜 그랬는지는 하느님께서나 알 노릇이지만, 당신 애인들은 하나같이 지나치게 존경했거나 너무 두려워했기 때문에 당신을 제대로 다룰 줄 몰랐어요. 그 결과로 당신은 한심할 정도로 콧대가 높은 여자가 되었어요. 당신은 키스를, 그것도 키스를 잘하는 남자에게서 받아 봐야 해요.」

대화는 그녀가 원하던 방향으로 흘러가지를 않았다. 그녀가 레트와 대화를 나누면 전혀 그렇게 되지를 않았다. 그들의 대결에서는 언제나 스칼렛이 몹시 불리하게 몰렸다.

「보아하니 바로 당신이 적격이라는 얘기인 모양이로군요?」 성미를 가누려고 애쓰며 그녀가 비꼬아 물었다.

「아, 그래요. 만일 그런 수고를 할 의도가 나한테 있다면 말이에요.」그가 태연하게 말했다.「여자들 얘기로는 내가 키스를 아주 잘한다고 그러던데요.」

「아.」그녀의 매력에 대한 모욕에 화가 치밀어 그녀가 말문을 열었다.「그렇겠죠, 당신은…….」하지만 갑자기 당황한 그녀는 눈을 떨구었다. 그는 미소를 지었지만, 깊고 검은 눈에서는 자그마한 야성적인 불꽃처럼 작은 빛이 깜박였다.

「물론 당신은 내가 둥근 모자를 갖다 주던 날 점잖고 가벼운 키스를 내가 해준 이후로 뒷소식이 왜 없을까 아마 궁금하게 생각했겠지만 ──」

「난 절대로 ──」

「그렇다면 당신은 착한 여자가 아니고, 스칼렛, 난 그 말을 들으면 섭섭한 마음이 들어요. 정말로 착한 처녀들은 남자가 키스를 하려고 덤비지 않으면 궁금하게 생각하니까요. 착한 처녀는 키스를 원하면 안 된다는 걸 알고, 막상 남자가 키스를 하려고 시도하면 모욕을 당했다는 듯 처신해야 한다는 사실도 알지만, 그래도 어쨌든 그녀들은 남자가 그러기를 바라죠……. 어때요, 스칼렛, 용기를 내요. 언젠가 난 당신에게 키스를 하겠고 당신은 내 키스를 좋아하게 될 거예요. 하지만 지금은 싫으니까, 너무 조급한 마음을 먹지 않도록 부탁해요.」

스칼렛은 그가 놀리느라고 그런 말을 한다고 믿었지만, 항상 그렇듯이, 그의 장난은 그녀의 화를 돋우었다. 그가 하는 말에는 항상 너무나 많은 진실이 담겼기 때문이었다. 그렇다, 이번만큼은 그냥 넘어가고 싶지를 않았다. 만일 나중에 언제라도, 정말 언제라도 그녀에게 허튼수작을 부릴 정도로 그가 교양 없이 굴면, 그녀는 맛을 보여 주리라.

「미안하지만 마차를 돌리지 않겠어요, 버틀러 선장님? 난 병원으로 돌아가고 싶어요.」

「정말 그러고 싶은가요, 구원의 천사님? 그렇다면 나하고 나누는 대화보다는 이와 피고름이 훨씬 좋다는 말씀이로군요? 글쎄올시다, 우리들의 영광스러운 대의명분을 위해 기꺼이 일하려는 두 손을 내가 붙잡아 둔다면 말도 안 되겠죠.」 그는 말을 돌렸고, 그들은 파이브 포인츠를 향해 돌아가기 시작했다.

「왜 내가 더 이상 접근을 하지 않았느냐, 그 얘기인데요.」 대화를 끝내자고 그녀가 비쳤던 뜻은 아랑곳하지도 않으며 그는 태연하게 말을 이었다. 「난 당신이 조금 더 성숙하기를 기다리는 중이오. 어시겠지만, 지금 내가 당신에게 키스를 해봤자 별로 재미도 없겠고, 난 즐거움에 관해서는 상당히 이기적이랍니다. 난 아이들하고 하는 키스는 전혀 흥미가 없거든요.」

그는 소리 없이 히죽 웃고는, 침묵의 분노로 들먹이는 그녀의 가슴을 곁눈질해 보았다.

「그리고 또 있죠.」 그는 부드럽게 얘기를 계속했다. 「난 고귀하신 애슐리 윌크스의 추억이 희미해지기를 기다렸어요.」

애슐리의 이름이 나오자 갑자기 고통이 그녀의 마음을 꿰뚫었고, 갑자기 뜨거운 눈물이 그녀의 눈시울을 적셨다. 희미해진다고? 그가 죽고 1천 년이 흘러간다고 해도 애슐리의 추억은 절대로 희미해지지 않으리라. 그녀는 애슐리가 부상을 당한 몸으로, 손을 붙잡아 줄 사랑하는 사람이 아무도 곁에 없이, 담요 한 장도 못 덮고, 머나먼 양키 수용소에서 숨을 거두는 장면을 상상했고, 그래서 느릿느릿한 목소리의 밑에는 조롱이 잔뜩 깔리고 배불리 먹고 느긋하게 살아가는 남자, 그녀의 옆에 앉은 남자에 대한 증오심이 마음속에 가득

찼다.

그녀는 너무 화가 나서 말도 안 나왔고, 그들은 얼마 동안 말없이 마차를 타고 갔다.

「난 이제는 당신과 애슐리의 관계에 대해서는 사실상 거의 다 이해해요.」 레트가 다시 얘기를 계속했다. 「난 열두 참나무 집에서 당신이 벌인 우아하지 못한 광경에서부터 이해하기 시작했고, 그때부터 열심히 살펴본 덕택에 많은 사실을 알게 되었어요. 어떤 사실들이냐고요? 오, 당신이 아직도 그에 대해서 여학생 같은 낭만적인 정열을 소중히 간직하며, 명예를 존중하는 그의 성품이 허락하는 한 남자도 그걸 받아 준다는 사실요. 그리고 윌크스 부인은 아무것도 모르고, 당신들 두 사람이 그녀를 멋지게 속여 넘겼다는 것도요. 난 사실상 모든 사정을 이해하지만 한 가지만큼은 예외여서, 바로 그 예외가 내 호기심을 자극한다는 말입니다. 존경할 만한 애슐리께서는 당신에게 키스를 함으로써 그의 영원불멸한 영혼을 혹시 한 번이라도 위험에 빠뜨린 적이 있었나요?」

묵직한 침묵이 흘렀고, 그녀는 대답 대신에 머리만 돌렸다.

「아, 그렇군요, 그러니까 당신에게 키스를 했군요. 내 생각엔 애슐리가 휴가를 맞아 이곳에 왔을 때 그런 일이 벌어졌을 듯싶어요. 그리고 그가 죽었을지도 모르는 지금, 당신은 그 키스를 마음속에 소중하게 간직하게 되었고요. 하지만 난 당신이 그것을 극복하리라고 확신하고 그의 키스를 잊고 나면 난 ㅡ」

그녀는 격분해서 그에게로 시선을 돌렸다.

「당신, 나가 죽어요.」 초록빛 눈이 분노로 치켜 올라가며, 그녀는 이를 악물고 말했다. 「그리고 마차에서 내려 주지 않으면 난 바퀴 너머로 뛰어내리겠어요. 그리고 난 다시는 당신하고 얘기하고 싶지 않아요.」

그는 마차를 세웠지만, 부축을 해주려고 레트가 미처 내리기도 전에 스칼렛이 얼른 뛰어내렸다. 스칼렛의 버팀살 치마가 바퀴에 걸리자 파이브 포인츠에 몰려든 사람들은 잠깐 동안 속치마와 속바지를 힐끔힐끔 구경할 기회를 얻었다. 그러자 레트가 허리를 굽혀 재빨리 치마를 바퀴에서 풀어 주었다. 그녀는 한마디 말도 없이, 뒤도 돌아보지 않고 버둥거리며 달아났고, 그는 나지막하게 혼자 웃고는 낄낄 말에게 혀를 찼다.

제18장

전쟁이 발발한 후 처음으로 애틀랜타는 전투의 음향을 듣게 되었다. 도시의 소음이 들려오기 전의 이른 아침 시간이면 케네소 산의 포성이 멀리서, 여름철 천둥으로 잘못 들릴 정도로 나지막하고 희미하게 울렸다. 때로는 한낮의 차량들이 내는 시끄러운 잡음보다도 잘 들릴 만큼 큰 소리가 나기도 했다. 사람들은 그런 소리를 듣지 않으려고, 30킬로미터 떨어진 곳까지 양키들이 접근했음을 믿지 않으려는 듯 웃고 떠들며 애를 썼지만, 귀는 자기도 모르게 항상 소리에 집중되었다. 두 손으로는 무슨 일을 하든지 간에 모두들 귀를 기울이고 또 기울이며, 하루에 백 번은 심장의 고동이 갑자기 빨라졌으므로, 애틀랜타 사람들은 착잡한 표정이었다. 쿵쿵 소리가 더 커지는가? 아니면 그들이 듣기에 그냥 커졌다고 생각될 뿐인가? 이번에는 존스턴 장군이 막아 내려나? 정말로 막아 낼까?

표면 바로 밑에까지 전율이 차올라 왔다. 후퇴가 계속되는 동안 날마다 점점 팽팽해지기만 했던 신경은 폭발 직전에 이르렀다. 아무도 두려운 얘기는 입에 올리지 않았다. 그런 화제는 금기였지만, 신경이 곤두선 사람들은 대신 맹렬하게 장군을 비판함으로써 돌파구를 찾았다. 민중의 감정은 열병처럼 들떴다. 셔먼은 애틀랜타의 바로 문간까지 왔다. 한 번만 더 후퇴를 한다면 남군은 시내까지 물러서리라.

후퇴를 하지 않는 장군을 달라! 맞서서 싸울 사람을 달라!

멀리서 우르릉거리는 대포 소리를 들으며 〈조 브라운의 귀염둥이〉들인 조지아 민병대와 향토 경비대는 존스턴의 후방에서 채터후치 강의 교량과 나루터들을 방어하기 위해 애틀랜타를 출발했다. 잿빛 구름이 잔뜩 낀 날이었고, 그들이 파이브 포인츠를 통과해서 매리에타 도로를 따라 행군을 계속하는 사이에, 보슬비가 내리기 시작했다. 애틀랜타 시민들이 그들을 환송하려고 나와 복숭아나무 거리 상점의 나무 차양 밑에 잔뜩 몰려서서 환호성을 올리는 시늉을 했다.

큰아버지 헨리 해밀턴과 메리웨더 할아버지가 향토 경비대 소속이었기 때문에, 스칼렛과 메이벨 메리웨더 피카르는 병원을 나와 떠나는 장병들을 환송해도 좋다는 허락을 받았고, 그들은 미드 부인과 함께 군중 속에서 밀리며 더 잘 보려고 발돋움을 했다. 가장 기분이 좋고 가장 마음이 놓이는 전투 상황만 믿으려고 하는 보편적인 남부인들의 욕망을 지녔던 스칼렛은 오합지졸의 대열을 보고는 가슴이 철렁했다. 늙은이와 어린 소년들르 이루어진, 이런 포탄받이 어중이떠중이들이 소집될 지경이라면, 분명히 사태는 절망적이었다! 군이 따지자면 지나가는 대열 중에는 띄엄띄엄 장식 띠를 휘날리고 깃털을 뽐내는 눈부신 정예 민병대 제복을 갖춘 젊고 유능한 남자들도 눈에 띄기는 했다. 하지만 늙은이들과 어린 소년들이 너무나 많았고, 그들을 보니까 그녀의 마음은 연민과 두려움으로 위축되었다. 고적대의 리듬에 박자를 맞춰, 바늘처럼 가느다란 빗발을 맞으며, 활기차게 행군을 하려고 애쓰는 사람들 중에는 그녀의 아버지보다도 나이가 많고 수염이 허연 노인들도 적지 않았다. 비를 막으려고 메리웨더 부인의 가장 좋은 격자무늬 목도리를 어깨에 두른 메리웨더 할아버지는 첫 번째 줄에서 웃으며 여자들에게 경례를 보냈다. 그녀들은 손수건을 흔들며 즐겁게 작별 인사를 그에게 했지만, 메이벨은 스칼렛의 팔을 움켜잡고 속삭였다. 「오, 가엾고도 착한 할아버지! 정말로 심한 폭우만 한 차례 쏟아져도 할아버지는 끝장이나 마찬가지예요. 요통이 심하셔서 ──」

헨리 해밀턴 큰아버지는 길고 검은 외투의 옷깃을 귀까지 올려 세우고, 멕시코 전쟁 때 쓰던 권총 두 자루를 허리띠에 차고, 손에는 작은 구식 여행용 가방을 들고 메리웨더 할아버지의 뒷줄에서 행군했다. 그의 옆에서는 헨리 큰아버지만큼이나 늙은 그의 흑인 시종이 두 사람 머리 위로 우산을 펴들고 따라갔다. 노인들과 나란히 어린 소년들이 행군했는데, 그들 중에는 나이가 열여섯이 넘는 소년은 하나도 없는 듯싶었다. 그들 중에는 군에 입대하려고 학교에서 도망친 소년들이 많았고, 육군 사관 학교의 생도 제복을 입고 작은 회색 모자에 검은 닭의 깃털을 달고 함빡 비에 젖은 모습으로, 가슴에는 깨끗하고 하얀 범포 끈을 두른 소년들도 여기저기 무리를 지어 섞여 있었다. 그들 중에는 전사한 형의 군도와 마상 피스톨을 자랑스럽게 차고, 모자를 용감하게 한쪽 옆에 핀으로 꽂아 쓴 필 미드도 눈에 띄었다. 미드 부인은 그가 지나갈 때까지 겨우 미소를 짓고 손을 흔들다가, 갑자기 기운이 빠진 듯 잠깐 동안 스칼렛의 어깨 뒤쪽에다 머리를 얹었다.

남군에서는 그들에게 소총이나 탄약을 지급할 여력이 없었기 때문에 많은 사람들이 전혀 무장도 하지 않은 채였다. 그들은 죽거나 포로가 된 양키들에게서 장비를 구해 쓸 작정이었다. 장화 속에 보위 나이프를 넣고 가거나, 뾰족한 쇠가 끝에 달린 길고 굵직한 〈조 브라운 창(槍)〉을 손에 든 사람 도 많았다. 재수가 좋은 사람들은 고물 수발총(燧發銃)[129]을 어깨에 둘러메고, 허리띠에는 화약 뿔통을 찼다.

존스턴은 후퇴를 하는 동안 1만 명가량의 병력을 잃었다. 그는 1만 명의 새로운 보충 병력이 필요했다. 그리고 그가 얻 게 될 병력은 바로 이들이로구나! 겁에 질린 스칼렛이 생각 했다.

구경하는 군중에게 흙탕물을 튀기며 덜커덩거리고 대포들 이 지나가는 동안, 대포 바로 옆에서 노새를 타고 가던 흑인 이 그녀의 눈에 띄었다. 젊고 피부는 안장 빛깔이며 얼굴 표 정이 심각한 이 흑인을 보고 스칼렛이 소리쳤다. 「모스로구 나! 애슐리의 모스야! 여기서 도대체 뭘 하겠다는 걸까?」 그 녀는 군중을 헤치고 길가로 가서 큰 소리로 불렀다. 「모스! 거기 서!」

그녀를 본 소년은 고삐를 당기더니, 기뻐서 미소를 지으며 노새에서 내리려고 했다. 그의 뒤에서 비에 함빡 젖어 말을 타고 따라가던 병사가 소리쳤다. 「노새에서 내렸다가는 내가 널 불태워 버리겠어, 이 녀석아! 우린 어서 산으로 가야 해.」

모스는 어정쩡한 표정으로 병사와 스칼렛을 번갈아 쳐다 보았고, 그녀는 지나가는 바퀴들 가까이 흙탕물을 철벅거리 며 쫓아가서, 모스의 등자 끈을 잡았다.

「아, 잠깐만요. 병사님! 내리지 마, 모스. 도대체 여긴 어떻 게 왔지?」

「나 다시 싸움터 또 가요, 스칼렛 마님. 이번 애슐리 선생 님 대신 존 어른하고 같이 가요.」

129 옛날의 부싯돌식 발화 장치가 달린 장총.

「윌크스 씨하고!」 스칼렛은 기가 막혔다. 「어디 계시지?」

「뒤쪽 맨 뒤 대포하고요, 스칼렛 마님, 저 뒤요!」

「미안합니다, 아가씨. 어서 가, 이 녀석아!」

대포들이 기우뚱거리며 지나가는 동안, 스칼렛은 발목까지 진흙에 빠진 채 잠깐 그대로 서서 기다렸다. 아, 이럴 수가! 그녀는 생각했다. 그분은 너무 늙었어. 그리고 그는 애슐리 못지않게 전쟁을 반대한 사람이었다. 그녀는 길가 쪽으로 몇 발자국 물러나서 지나가는 사람들의 얼굴을 하나하나 살펴보았다. 그러자 마지막 대포를 끌고 마차가 삐걱대고 철벅거리며 왔고, 스칼렛은 공단 야회복을 입은 귀부인처럼 진흙 구덩이들을 조심스럽게 피하며 길을 찾아 나아가는 양딸기 빛깔의 작은 암말을 유유히 타고 오는 존 애슐리를 보았는데, 그는 비에 젖은 치렁치렁한 은빛 머리카락이 목에 달라붙고, 자세가 꼿꼿하고, 호리호리한 모습이었다. 그렇다 ─ 그 암말은 넬리였다! 탈턴 부인의 넬리! 비어트리스 탈턴이 보물처럼 아끼던 말!

진흙 속에 서서 기다리던 그녀를 보자 윌크스 씨는 반가워서 미소를 지으며 고삐를 당겼고, 그러고는 말에서 내려 그녀에게로 왔다.

「만나 봤으면 좋겠다고 생각했었는데 잘됐구먼, 스칼렛. 식구들이 전해 달라고 하는 전갈을 잔뜩 가지고 왔어. 하지만 시간이 없구나. 우린 오늘 아침에야 도착했는데, 보면 알겠지만 쉴 틈도 없이 당장 우릴 이렇게 몰아대잖아.」

「오, 윌크스 선생님.」 그의 손을 잡으며 그녀는 절망적으로 소리쳤다. 「가지 마세요! 왜 꼭 가셔야 하나요?」

「아, 그러니까 스칼렛은 내가 너무 늙었다고 생각하는구먼.」 그가 미소를 지었고, 그것은 보다 나이가 많은 얼굴에 나타난 애슐리의 미소였다. 「하기야 행군을 하기에는 좀 늙었을지 모르지만, 말을 타고 다니며 총을 쏘는 건 괜찮아. 그리고 탈턴 부인이 친절하게도 넬리를 빌려 주었기 때문에 난 훌륭한 말을 타게 되었어. 혹시 넬리한테 무슨 일이 생겼다가는 절대로 난 집으로 돌아가서 탈턴 부인을 볼 낯이 없게 될 테니까, 말한테 아무 일도 없기만 바라. 부인에게는 넬리가 마지막으로 남은 말이었어.」 이번에는 그가 웃었고, 그래서 그녀는 두려움을 잊었다. 「스칼렛의 어머니와 아버지와 동생들은 잘 지낸다고, 안부 전해 달라고 그러더군. 아버지도 하마터면 오늘 우리들하고 같이 올 뻔했지!」

「아니, 아빠는 안 돼요!」 겁에 질려 스칼렛이 소리쳤다. 「아빠는 안 돼요! 아버지가 전쟁터에 나가시진 않겠죠, 안 그래요?」

「아냐. 하지만 나가려고 그랬어. 물론 무릎이 뻣뻣해서 많이 걷지는 못하시지만, 우리들하고 같이 오려고 야단이었지. 오하라 부인은 군대에 가면 험하게 말을 탈 일이 무척 많을 테니까, 목초지 울타리를 뛰어넘기만 한다면 가도 좋다고 동의를 했었지. 아버지는 그까짓 것쯤은 쉽다고 생각했지만 — 이런 얘기 믿어지겠니? 울타리까지 다다르자 말이 우뚝 멈추었고, 아버지는 말의 머리 너머로 날아가고 말았어! 그놈의 말 때문에 아버지의 목이 부러지지 않았다는 게 신기할 정도야! 아버지의 고집이 어떤지는 스칼렛도 잘 알잖아. 그래서 아버지가 당장 일어나더니 다시 넘으려고 했어. 그래, 스칼렛, 세 번이나 떨어진 다음에야 오하라 부인하고 돼지가 아버지를 침대로 데려다 눕혔단다. 아버지는 화가 머리끝까지 치밀어서, 부인이 말의 귀에다 대고 무슨 못된 달을 속닥거렸다고 욕을 했지. 아버지는 현역으로 복무할 자격이 없어, 스칼렛. 스칼렛은 그걸 조금도 수치로 생각할 필요가 없지. 어쨌든 누군가는 고향에 남아서 군대를 위해 곡식을 가꿔야 하니까.」

스칼렛은 수치심은커녕 깊은 안도감만 느꼈다.

「난 인디아와 허니를 버 댁 식구들하고 같이 지내라고 메이컨으로 보냈고, 오하라 씨는 타라뿐 아니라 열두 참나무 집도 돌봐 주기로 하셨어 ─ 난 가야 해, 스칼렛. 스칼렛의 예쁜 얼굴에 키스를 하고 싶구나.」

스칼렛은 입술을 들었고, 고통으로 목구멍이 막혔다. 그녀는 윌크스 씨를 너무나 좋아했다. 언젠가, 아주 오래전에, 스칼렛은 그의 며느리가 되고 싶어 했었다.

「그리고 스칼렛은 내 키스를 피티팻에게, 그리고 이건 멜라니에게 꼭 전해 줘야 해.」 가볍게 두 번 더 그녀에게 키스하며 그가 말했다. 「그런데 멜라니는 어떻게 지내니?」

「잘 있어요.」

「아!」 그의 눈은 그녀를 쳐다보았지만, 애슐리의 눈이 그랬듯이 아득한 그의 잿빛 눈은 그녀를 꿰뚫고 지나가 다른 세계를 응시했다. 「난 내 첫 손자를 보고 싶었는데. 잘 있거라, 스칼렛.」

그는 넬리에게로 뛰어올라, 모자를 손에 들고 은빛 머리카락에 비를 맞으며 서둘러 떠나갔다. 스칼렛은 그의 마지막 말에 담긴 의미를 메이벨과 미드 부인과 다시 어울린 다음에야 깨달았다. 그러자 미신적인 공포에 휘말려 그녀는 성호를 긋고 기도를 드리려고 했다. 애슐리가 그랬듯이 그는 죽음을 얘기했고, 지금 애슐리는 ─ 어느 누구도 절대로 죽음을 얘기해서는 안 된다! 죽음이라는 말을 입에 올렸다가는 하느님을 유혹하는 셈이었다. 비를 맞으며 세 여자가 말없이 병원으로 돌아가려고 출발한 다음, 스칼렛은 기도를 드렸다. 「그분까지 데려가시면 안 됩니다, 하느님. 그분과 애슐리를 다 데려가시면 안 됩니다!」

달턴에서 케네소 산으로의 후퇴는 5월 초에 시작되어 6월 중순까지 이어졌고, 6월의 무더운 장마철이 지나고 가파르고도 미끄러운 산비탈에서 셔먼이 남군을 몰아내는 데 실패하자, 희망이 다시 머리를 들었다. 사람들은 훨씬 즐거워했고, 존스턴 장군에 대한 얘기도 훨씬 온건해졌다. 비가 많이 오는 6월이 지나 비가 더욱 심하게 내리는 7월이 되어서도 참호를 구축한 고지대에서 결사적인 전투를 벌이던 남군이 아직도 셔먼의 발을 묶어 놓자, 애틀랜타는 요란한 즐거움에 휩싸였다. 희망이 샴페인처럼 그들의 머리를 취하게 만들었다. 만세! 만세! 우리가 그들을 막아 냈다! 파티와 무도회가 전염병처럼 번져 나갔다. 전투지에서 장병들이 집단으로 밤을 보내러 애틀랜타로 나올 때마다 그들에게는 저녁 식사가 제공되었고, 다음에는 춤이 뒤따랐으며, 장병 한 사람에 여자가 열 명씩이나 달라붙어 그들과 춤을 추려고 경쟁을 벌였다.

애틀랜타는 방문객과, 피난민과, 산에서 싸우는 병사들이 부상을 당하는 경우에 그들을 가까이에서 돌봐 주기를 원하던 어머니와 아내, 그리고 병원에 수용된 부상병들의 가족으로 붐볐다. 그뿐 아니라 살아남은 남자라고는 열여섯 살도 안 되거나 예순이 넘어서, 짝을 구하기가 힘들어진 시골 아가씨들이 무리를 지어 애틀랜타로 몰려들었다. 피티 고모는 시골 아가씨들이 애틀랜타로 찾아온 까닭이 신랑감을 구하려는 목적 이외에는 아무런 이유도 없다고 믿었기 때문에 사뭇 그들을 못마땅하게 생각했고, 그들의 뻔뻔스러움은 그녀로 하여금 세상이 어떻게 돌아가는가 하는 의아심까지 느끼

게 했다. 스칼렛도 역시 그들을 못마땅하게 여겼다. 그녀는
꿰맨 구두와 헌 옷을 두 차례나 뒤집어 다시 만든 드레스를
잊게 만드는 싱싱한 뺨과 환한 미소를 갖춘 열여섯 살짜리
처녀들이 열심히 벌이려는 경쟁에는 끼어들 엄두를 내지 못
했다. 마지막으로 봉쇄선을 돌파한 배로 레트 버틀러가 가져
다준 옷감 덕택에 그녀의 옷은 대부분의 여자들보다 훨씬 예
쁘고 새것이었지만, 그렇기는 해도 그녀는 열아홉 살이었고
점점 나이를 먹어 가는 중이었으며, 남자들은 어리석고 어린
계집아이들을 쫓아다니는 경향이 심했다.

아이를 가진 미망인이라면 시골의 예쁜 왈가닥 처녀들에
비해서는 불리한 입장이라고 그녀는 생각했다. 하지만 흥분
이 감도는 요즈음에는 미망인이라거나 아이를 낳았다는 그
녀의 처지가 과거의 어느 때보다도 스칼렛에게는 덜 부담이
되었다. 낮이면 병원에서 근무하고 밤이면 파티에 가는 바람
에 그녀는 웨이드를 볼 시간이 거의 없었다. 때때로 그녀는
한참 동안 자기에게 아이가 있다는 사실을 아예 잊어버리기
까지 했다.

비가 내리는 무더운 여름밤이면 애틀랜타의 가정들은 도
시의 수호자인 병사들에게 문을 개방했다. 워싱턴 거리에서
부터 복숭아나무 거리의 대저택들은 불을 환히 밝히고, 사격
참호에서 싸우다 온 흙투성이 군인들을 대접했으며, 밴조와
깡깡이에 맞춰 춤을 추느라고 마룻바닥을 스치는 발과 경쾌
한 웃음소리가 밤하늘로 멀리 퍼져 나갔다. 사람들이 피아노
곁에 무리를 지어 모였고, 힘찬 목소리로 「그대의 편지가 왔
어도 때는 늦었노라」의 슬픈 가사를 노래하며, 누더기의 용
사들은 칠면조 꼬리 부채로 얼굴을 가린 처녀들에게 너무 늦
을 때까지 기다리지 말라고 애원하는 듯 의미심장한 눈초리

를 던졌다. 기회만 주어진다면 기다리려고 할 처녀는 아무도 없었다. 도시에 홍수처럼 넘쳐흐르는 흥분감과 발작적인 환희의 물결에 휩쓸려 그들은 서둘러 결혼식을 올렸다. 존스턴이 케네소 산에서 적을 막아 내던 달에는 굉장히 많은 결혼식이 열렸고, 그런 결혼식에서 신부는 10여 명의 친구들로부터 황급히 빌려 온 그운 옷으로 단장을 했고 신랑은 무릎을 꿰맨 군복에 쩔그렁거리는 군도를 찼다. 너무나 많은 흥분, 너무나 많은 파티, 너무나 많은 감격! 만세! 존스턴은 30킬로미터 떨어진 곳에서 양키들을 막고 버티었다.

그렇다, 케네소 산 일대의 방어선은 난공불락이었다. 25일 동안의 전투에서 엄청난 희생을 치르고 난 다음에는 셔먼 장군까지도 그것을 믿게 되었다. 정면 공격을 계속하는 대신에 셔먼은 또다시 병력을 멀리 우회시켜 남군과 애틀랜타를 분리시키려고 했다. 전략은 이번에도 성공했다. 존스턴은 후방을 보호하기 위해 그토록 잘 버티었던 고지대를 포기할 수밖에 없었다. 그는 이곳 전투에서 3분의 1 병력을 잃었고, 남은 장병들은 채터후치 강을 향해 비를 맞으며 지친 몸으로 시골을 가로질러 강행군했다. 남군은 더 이상 보충병을 기대하기가 어려웠던 반면에, 테네시로부터 남쪽으로 전선에 이르는 철도를 장악하게 된 양키들은 이제 병력과 보급품을 날마다 셔먼에게 보냈다. 그래서 남군의 방어선은 질퍽거리는 들판을 지나 뒤로, 애틀랜타를 향해 물러섰다.

절대로 정복을 당하지 않으리라고 믿었던 거점을 잃게 되자 새로운 공포의 물결이 애틀랜타를 휩쓸었다. 열광하고 즐거웠던 25일 동안 사람들은 절대로 이런 일은 벌어지지 않으리라고 서로 다짐했었다. 그런데 이제 그런 사태가 벌어졌다! 하지만 틀림없이 장군은 건너편 강둑에서 양키들을 막아 내리라. 그러나 누구나 다 알다시피 강은 너무 가까운 곳이어서, 겨우 10킬로미터밖에 안 떨어졌다!

그리고 셔먼은 그들보다 상류로 강을 건너 또다시 측면 공격을 가해 왔고, 기진맥진한 남군 병력은 누런 강물을 건너 또다시 침략자들과 애틀랜타 사이를 가로막는 새로운 전선을 구축했다. 그들은 도시의 북쪽에 위치한 복숭아나무 샛강 협곡에 황급히 얕은 참호를 파고 들어갔다. 애틀랜타는 고뇌와 전율에 빠졌다.

싸우고는 후퇴하고! 싸우고는 후퇴하고! 그리고 남군이 후퇴할 때마다 양키들은 점점 더 도시로 가까이 왔다. 복숭아나무 샛강은 7킬로미터 떨어진 곳이었다! 장군은 도대체 무엇을 하겠다는 작정일까?

〈맞서서 싸우려는 장군을 보내 달라!〉는 아우성은 리치먼드까지 다다랐다. 리치먼드는 만일 애틀랜타가 함락된다면 전쟁에서 패배하리라고 판단했으며, 그래서 군대가 채터후치 강을 건넌 다음에 존스턴 장군은 지휘관 자리에서 해임되었다. 그가 거느렸던 군단장들 가운데 한 사람이었던 후드[130] 장군이 지휘권을 물려받자, 애틀랜타는 약간 숨을 돌렸다. 후드는 후퇴하지 않으리라. 수염을 휘날리며 눈을 번득이고, 키가 큰 켄터키 출신의 후드 장군은 그런 일이 없으리라! 그는 불독처럼 사납다는 평판이 날 정도였다. 그는 양키들을 샛강으로부터 밀어내고, 그렇다, 강을 건너고 도로를 거슬러 올라가 달턴까지 곧장 쳐부수며 올라가리라. 하지만 장병들은 달턴에서부터 여기까지 노장군 조와 함께 엄청난 역경을

130 John B. Hood. 테네시 군단의 사령관이었고, 제2차 불런, 프레데릭스버그, 게티즈버그, 치카마우가 전투에 참가했던 장군.

거치며 밀려 내려왔고, 민간인들은 몰랐어도 그들이 맞아야 할 역경을 잘 알았기 때문에 그들은 〈노장군 조를 돌려 달라!〉고 부르짖었다.

셔먼은 후드가 공격할 준비를 갖추도록 기다려 주지를 않았다. 사령관이 바뀐 다음 날 양키 장군은 애틀랜타 너머 9킬로미터 지점에 위치한 소도시 디케이터를 재빨리 공격했고, 이곳을 점령해서 철도를 차단했다. 이곳 철도는 애틀랜타를 오거스타, 찰스턴, 윌밍턴, 그리고 버지니아와 연결하는 선이었다. 셔먼은 남군을 마비시킬 타격을 가한 셈이었다. 행동을 취할 때가 왔다! 애틀랜타는 행동을 취하자고 아우성이었다!

그러다가 푹푹 찔 정도로 더운 7월의 어느 날 오후, 애틀랜타는 소원을 성취했다. 후드 장군은 버티고 싸운 정도가 아니었다. 그는 복숭아나무 샛강에서 양키들을 맹렬히 공격해서, 그의 병사들로 하여금 사격 참호에서 뛰쳐나와 병력이 두 배가 넘는 셔먼의 북군 전열로 뛰어들게 했다.

사람들은 겁에 질렸고, 후드의 공격이 양키들을 물리치기를 기도하며, 시내에서 8킬로미터나 떨어졌어도 바로 다음 골목에서 나는 듯, 쿵쿵 크게 울리는 포성과 수천 정의 소총들이 쏟아 내는 소리에 귀를 기울였다. 그들은 대포들이 우르릉거리는 소리를 듣고, 나무들 위로 낮게 드리운 구름처럼 피어오르는 연기를 보았지만, 몇 시간이 지나도 전투 상황이 어떻게 돌아가는지를 아는 사람이 아무도 없었다.

오후 늦게야 처음으로 소식이 전해졌지만, 전투 초반에 부상을 당한 장병들의 입을 통해 들은 얘기여서 확실하지도 않았고, 서로 엇갈리던 얘기는 무서운 내용뿐이었다. 부상병들 중 상처가 덜 심한 사람들이 절름거리거나 비틀거리는 병사

들을 부축하며 무리를 짓거나 따로따로 낙오병처럼 들어오
기 시작했다. 얼마 후에 그들은 끊임없이 줄을 지어 병원을
찾아 고통에 시달리며 시내로 들어왔는데, 화약 얼룩과 먼지
와 땀으로 범벅이 되어 얼굴은 흑인처럼 시커멓고, 상처에는
붕대를 감지 않아 피가 말라붙어서 파리 떼가 몰려들었다.

도시의 북쪽으로부터 비척거리며 들어오는 부상병들이 제
일 먼저 다다른 집들 가운데 하나가 피티 고모의 집이었고,
그들은 한 사람씩 비틀거리며 대문으로 가서 푸른 잔디밭에
주저앉아 숨이 넘어가는 소리를 했다.

「물!」

후끈거리던 그날 오후 내내 피티 고모와 그녀의 가족은 흑
인이건 백인이건 모두 물통과 붕대를 가지고 바깥에 나가 서
서 국자로 물을 퍼 주고, 붕대가 떨어지면 홑이불을 찢은 헝
겊과 수건까지 가져다가 상처를 감아 주었다. 피를 한 방울
만 봐도 졸도를 하던 피티 고모는 기절이 무엇인지도 까맣게
잊어버리고, 너무 작은 신발 속의 작은 두 발이 퉁퉁 부어올
라 더 이상 견디기가 힘들 때까지 일했다. 이제는 배가 잔뜩
불러 온 멜라니도 부끄러움 따위는 잊어버리고, 어느 부상병
못지않게 긴장한 얼굴로, 프리시와 쿠키와 스칼렛과 함께 열
심히 일했다. 마침내 그녀가 졸도를 했을 때는, 집 안의 침대
와 의자와 소파를 부상병들이 모두 차지했기 때문에, 부엌
식탁 말고는 멜라니를 눕힐 곳도 없었다.

이런 어수선한 분위기 속에서 잊혀진 어린 웨이드는 앞쪽
포치의 난간 뒤에 쪼그리고 앉아, 우리에 갇혀 겁에 질린 토
끼처럼, 엄지손가락을 빨고 딸꾹질을 해가면서, 공포로 휘둥
그레진 눈으로 잔디밭을 내다보았다. 어쩌다가 그를 보고
스칼렛이 날카롭게 〈뒷마당으로 가서 놀란 말이야, 웨이드

햄프턴〉이라고 소리를 질렀지만, 그는 눈앞에서 벌어지던 무서운 광란의 장면에 매혹되어 말을 듣지 않았다.

잔디밭은 기진맥진 지쳐서 더 이상 걷지도 못하고, 기운이 없어서 더 이상 움직이지도 못하고 널브러진 장병들로 뒤덮였다. 피터 아저씨는 그들을 마차에 잔뜩 싣고 병원으로 데려갔는데, 이렇게 자꾸 왕복을 하다 보니 늙은 말은 지쳐서 거품을 입에 물었다. 미드 부인과 메리웨더 부인이 보낸 마차들도 부상병의 무게에 눌려 용수철이 축 늘어져 병원을 오갔다.

시간이 더 흘러갔고, 길고도 무더운 여름날의 석양 무렵에, 환자 수송 마차와 진흙투성이 범포를 씌운 보급품 마차들이 전투지에서 오는 도로를 따라 덜커덩거리며 내려왔다. 그러고는 농가의 마차, 소가 끄는 달구지, 심지어는 의무대에서 징발한 개인 승용 마차들까지도 부상병이나 죽어 가는 장병들을 가득 싣고 시뻘건 흙에다 피를 뚝뚝 흘리며, 울퉁불퉁한 길에서 마구 덜컹거리면서 피티 고모의 집 앞을 지나갔다. 물통과 국자를 든 여자들을 보자 마차들이 멈추었고, 나지막한 외침이 이구등성으로 들려왔다.

「물!」

스칼렛은 타오르는 입술을 물로 적셔 주려고 흔들거리는 머리를 잡아 주었으며, 병사들이 잠깐 동안이나마 휴식을 갖도록 열이 오른 몸과 찢어진 먼지투성이 상처에 물을 붓기도 했다. 그녀는 부상병 운반 마차를 끌고 오는 사람들에게 발돋움을 하고 국자를 넘겨주며, 가슴이 터지는 듯한 목소리로 그들에게 일일이 물었다. 「무슨 소식 없어요? 무슨 소식 없어요?」

누구에게서나 똑같은 대답이 나왔다. 「잘 모르겠습니다, 아가씨. 아직은 어떻게 돌아가는지 알 수가 없어요.」

밤이 되었으나, 날씨가 무더웠다. 바람 한 점 없었고, 흑인들이 손에 든 관솔 불길이 타올라 대기는 더욱 뜨거워졌다. 스칼렛은 먼지로 콧구멍이 꽉 막혔고 입술도 바짝 말랐다. 그날 아침에 풀을 먹여 아주 산뜻하고 깨끗했던 연보랏빛 무명옷은 피와 흙과 땀으로 얼룩이 졌다. 그렇다면, 애슐리가 편지에서 전쟁이란 영광이 아니라 추악함과 참혹함뿐이라고 한 얘기는 바로 이런 상황을 두고 한 말이었나 보다.

심한 피로감이 온 세상에 비현실적이고 악몽 같은 그늘을 던졌다. 그것은 현실일 리가 없었으니 ─ 만일 현실이라면 틀림없이 세상은 미쳐 버렸으리라. 그렇지 않고서야 왜 그녀는 이곳 피티 고모의 평화로운 앞마당에서 펄럭거리는 횃불의 한가운데 서서 죽어 가는 청년들에게 물을 부어 줘야 하는가? 그들 가운데 많은 청년들이 그녀의 애인 노릇을 했었고, 그들은 스칼렛을 보자 미소를 지으려고 애썼다. 어둡고 울퉁불퉁한 길을 따라 덜컹거리고 내려오는 사람들 중에는 그녀가 잘 알았던 남자들이 꽤 많았고, 피투성이 얼굴에 모기와 날파리들이 잔뜩 달라붙은 채 그녀의 눈앞에서 죽어 가는 남자들 가운데, 그녀가 함께 춤을 추고 웃었으며, 그들을 위해 그녀가 음악을 연주하고 노래를 부르면서 같이 장난을 치고, 위로의 말을 나누고 조금쯤은 사랑까지 했던 남자들이 적지 않았다.

그녀는 어느 달구지에 실려 온 부상병들의 맨 밑바닥에서, 머리에 입은 총상으로 겨우 목숨만 붙어 있던 캐리 애시번을 발견했다. 하지만 부상당한 다른 여섯 명의 병사에게 방해가 되지 않고는 그를 끌어낼 방법이 없었으므로, 스칼렛은 그냥 병원으로 가게 내버려 두었다. 나중에 그녀는, 그가 의사의 보살핌은 받지도 못하고 죽었으며, 어디에 묻혔는지 정확히 아는 사람이 없다는 얘기를 들었다. 그달에는 오클랜드 묘지에 서둘러 얕게 판 무덤에 묻힌 사람이 무수히 많았다. 멜라니는 앨라배마에 사는 그의 어머니에게 보낼 캐리의 머리카락 한 다발[131]을 끝내 구하지 못해서 마음이 아팠다.

무더운 밤이 힘겹게 지나가고, 등이 쑤시고 피로감으로 무릎이 휠 정도가 되었어도, 스칼렛과 멜라니는 만나는 사람마다 소리쳐 물어보았다. 「무슨 소식 없어요? 무슨 소식 없어요?」

그리고 기나긴 시간이 느릿느릿 흘러가는 동안 답을 듣기는 했지만, 그 대답을 듣고 그들은 파랗게 질려 서로 쳐다보았다.

「아군은 후퇴를 시작했어요.」「후퇴가 불가피해요.」「적은 병력이 우리보다 수천 명은 우세합니다.」「양키들은 디케이터 부근에서 휠러[132]의 기병대를 고립시켰어요. 우린 그들에게 지원 병력을 보내야 합니다.」「아군 병력은 곧 시내로 밀려들어 올 거예요.」

스칼렛과 피티는 서로 몸을 의지하려고 팔을 움켜잡았다.

「양키들이 — 양키들이 여기까지 오나요?」

「그렇습니다, 부인. 그들은 틀림없이 올 테지만, 놈들의 뜻대로는 잘 안 되겠죠, 아가씨.」「불안해하지 말아요. 아가씨, 놈들은 애틀랜타를 빼앗지는 못해요.」「아니에요, 부인. 우린 도시 주변에 흙벽을 끝없이 쌓아 놓았거든요.」「난 노장군 조가 하는 말을 내 귀로 똑똑히 들었어요. 〈나는 애틀랜타를 영원히 지키겠다〉고 그랬죠.」「하지만 우리에게는 노장군 조

131 전사자의 머리카락, 손톱, 발톱 등을 친지에게 보내는 것이 군대에서의 관례이다.

132 Joseph Wheeler. 웨스트포인트 출신으로 합중국 육군에서 퇴역하고 남군 장교가 되어 미시시피 군단의 기병대 사령관으로 활약, 남부와 북부를 타협시키려고 많은 노력을 기울인 장군으로 유명하다.

가 없잖아. 우리들에게는 기껏해야 —」「입 닥쳐, 멍청이야! 넌 부인네들이 겁을 먹어야 좋겠냐?」「양키들은 절대로 이곳을 빼앗지 못할 겁니다, 부인.」「왜 메이컨이나 어디 안전한 곳으로 가지 않죠? 그곳에는 아는 사람이 없나요?」「양키들은 애틀랜타를 빼앗지는 못하겠지만, 그렇더라도 그들이 공격을 하는 동안 이곳은 여자들에게 위험할 겁니다.」「포탄이 굉장히 많이 쏟아질 테니까요.」

이튿날, 수증기가 피어오르는 후덥지근한 빗속에서, 패배한 군대는 굶주림과 피로에 지치고, 76일 동안의 전투와 후퇴로 기진맥진한 몸으로, 굶어 죽을 지경이 되어 허수아비처럼 앙상해진 말을 끌고, 대포와 탄약차는 온갖 잡다한 밧줄과 생가죽 끈으로 묶어서, 수천 명씩 떼를 지어 애틀랜타로 쏟아져 들어왔다. 하지만 그들은 완전히 유린당한 오합지졸 패잔병처럼 들어오지는 않았다. 초라한 누더기 차림이기는 했어도, 찢어진 붉은 전투 깃발을 빗속에서 씩씩하게 휘날리며, 그들은 질서 정연하게 행군했다. 그들은 후퇴를 전진만큼이나 위대한 전술적 승리로 만들어 놓았던 노장군 조의 밑에서 후퇴 방법을 익혀 왔다. 수염이 길게 자라고 몰골이 초라한 행렬은 「메릴랜드! 나의 메릴랜드!」의 음악에 맞춰 복숭아나무 거리를 줄지어 내려왔고, 시민들이 밖으로 나와 그들에게 환호성을 보냈다. 승리를 했건 패배를 했건 간에, 병사들은 그들의 자식이었다.

새 군복을 입은 눈부신 모습으로 떠난 지가 얼마 안 되던 조지아 주의 민병대는, 어찌나 더럽고 엉망이 되었는지, 오래 시달린 고참병들과 구별하기도 힘들 지경이었다. 그들의 눈에는 새로운 표정이 담겼다. 그들이 왜 전선으로 나가지 않아야 했는지 3년 동안 핑계를 대고 구차하게 설명하던 일도 이제는 과거지사였다. 그들은 후방의 안전한 생활을 떨쳐 버리고 전장의 고생을 받아들였다. 많은 사람들이 편안한 생활을 버리고 죽음을 택했다. 그들은 이제 참전병, 복무 기간이 짧은 참전병이었고, 어쨌든 참전병은 참전병이었으며, 훌륭하게 빚을 갚았다. 그들은 군중 속에서 친지들의 얼굴을 찾아내고는 자랑스럽기, 도전적으로 그들을 뚫어져라 노려보았다. 그들은 이제 머리를 들 만큼 당당했다.

향토 경비대의 노인과 소년들이 지나갔는데, 수염이 허연 늙은이들은 발을 옮겨 놓기도 힘들 지경으로 지쳤고, 어른들의 세계에 너무 일찍 뛰어든 소년들의 표정은 지친 아이 같았다. 스칼렛은 필 미드가 눈에 띄었지만, 화약 자국과 땟국물로 얼굴이 시커멓게 더러워졌고 피로감과 긴장 때문에 표정이 굳어 버린 그를 알아보기가 힘들었다. 백부 헨리는 모자도 없이 비를 맞으며 낡은 방수포 조각의 구멍으로 머리를 내놓고 절름거리며 지나갔다. 메리웨더 할아버지는 맨발을 담요 조각으로 감싸 잡아매고는 포차(砲車)를 타고 갔다. 하지만 아무리 찾아봐도 존 윌크스의 모습은 눈에 띄지 않았다.

하지만 존스턴의 노병들은 3년 동안 몸에 밴 그대로, 지칠 줄 모르는 태연자약한 걸음걸이로 지나갔고, 그들에게는 아직도 싱글벙글 웃으며 예쁜 처녀들에게 손을 흔들거나, 군복을 입지 않은 남자들에게는 무례한 야유를 퍼부을 만큼의 정력은 남았다. 그들은 도시를 둘러싼 교통호를 향해서 — 서둘러 파놓은 얕은 참호가 아니라, 가슴까지 올라오고 모래주머니로 보완했으며, 뾰족한 나무 꼬챙이로 벽을 세운 토호(土壕)로 가는 길이었다. 몇 킬로미터에 걸쳐 교통호가 도시를 감싸고 돌았으며, 시뻘건 둔덕을 쌓아 올린 시뻘건 구덩이들은 병사들이 가득 들어차기를 기다렸다.

군중은 승리를 거두기라도 했다는 듯 군인들에게 환호성을 보냈다. 모든 사람의 마음속에는 두려움이 자리를 잡았지만, 최악의 사태가 닥친 지금, 그들의 집 앞마당에서 전쟁이 벌어지려는 지금, 애틀랜타에는 변화가 찾아왔다. 이제는 전율이나 발작적인 공포는 없었다. 마음속에 담긴 감정을 그들은 얼굴에 드러내지를 않았다. 환호성에 긴장감이 감돌기는 했어도, 모두들 기쁜 표정이었다. 그들은 지휘관 자리에서 해임되기 직전에 노장군 조가 했던 말을 되풀이했다. 「나는 애틀랜타를 영원히 지키겠다.」

후드가 후퇴를 하게 된 지금, 병사들이나 마찬가지로 상당히 많은 사람들은 노장군 조가 돌아오기를 원했지만, 그런 말은 삼가면서 노장군 조가 한 말에서 용기를 얻었다.

「나는 애틀랜타를 영원히 지키겠다!」

존스턴 장군의 용의주도한 전술은 후드와는 거리가 멀었다. 그는 양키들을 동쪽에서 공격하고, 서쪽에서도 공격했다. 셔먼은 상대방의 몸을 다시금 붙잡을 곳을 찾아내려는 레슬러처럼 애틀랜타 주위를 맴돌았고, 후드는 양키들이 공격할 때까지 참호 속에서 가만히 기다리기만 하지를 않았다. 그는 적을 맞으려고 대담하게 뛰쳐나가 맹렬하게 덤벼들었다. 며칠밖에 안 되는 기간 동안에, 애틀랜타 전투와 에즈라 교회[133] 전투가 벌어졌는데, 두 전투는 복숭아나무 샛강에서의 전투가 사소한 교전 정도로 여겨질 만큼 중요한 결전이었다.

하지만 양키들은 자꾸만 되돌아와서 집요하게 더 괴롭혔다. 그들은 심한 손실을 입었지만, 그런 손실을 감당할 여유

133 애틀랜타의 서쪽으로 3킬로미터밖에 안 되는 곳. 선제공격을 감행한 후드의 패배로 셔먼이 애틀랜타에 아주 가깝게 접근했다.

566

가 충분했다. 그리고 쉴 새 없이 그들의 포대는 애틀랜타로 포탄을 퍼부어 집에 있던 사람들이 죽었고, 건물들은 지붕이 날아가고, 길거리에는 커다란 분화구 같은 포탄 구덩이가 생겨났다. 애틀랜타 사람들은 지하실과, 땅속의 구덩이와, 철도를 놓으려고 깎아 낸 곳을 파고 들어간 얕은 땅굴 속을 찾아 요령껏 피신했다. 애틀랜타는 공방전으로 돌입했다.

지휘권을 인수받은 다음 열하루 동안에 후드 장군은 존스턴이 74일에 걸쳐 전투와 후퇴로 상실한 숫자와 거의 맞먹는 병력을 잃었고, 애틀랜타는 3면으로부터 포위망이 좁혀 들어왔다.

애틀랜타에서 테네시로 연결되는 철도가 이제는 몽땅 셔먼의 손아귀로 들어갔다. 동쪽에서는 그의 군대가 철도 건너편까지 접근했고, 셔먼은 남서쪽 앨라배마로 뻗어 나간 철도까지 차단했다. 남쪽으로 뻗어 나가 메이컨과 서배너와 이어지는 철도 하나만이 아직 열려 있었다. 애틀랜타는 병사들로 넘치고, 부상병들이 잔뜩 밀렸고, 피난민들이 우글거렸으며, 남행 철도 하나만으로는 곤경에 처한 도시의 처절한 곤경을 해소하기가 불가능했다. 하지만 남행 철도나마 장악하고 있는 한 애틀랜타는 그래도 버틸 만했다.

스칼렛은 이 철도가 얼마나 중요해졌고, 셔먼이 그것을 빼앗기 위해 얼마나 맹렬하게 싸울지를, 그리고 후드는 그것을 지키기 위해 얼마나 결사적으로 싸울지를 깨닫자 겁이 났다. 이 철도는 카운티를, 그리고 존즈버러를 통과하는 노선이었다. 그리고 타라는 존즈버러에서 겨우 7킬로미터 떨어진 곳이었다! 아우성을 치는 지옥 같은 애틀랜타에 비하면 타라는 안전한 피난처처럼 여겨졌지만, 그런 타라 또한 존즈버러에서 겨우 7킬로미터밖에 안 떨어졌다.

애틀랜타에서 전투가 벌어지던 날, 스칼렛과 다른 많은 여자들이 상점의 옥상에 올라가 앉아서 자그마한 양산으로 햇볕을 가리고는 전투를 구경했다. 하지만 길거리에 처음 포탄이 떨어지기 시작하자 그들은 지하실로 도망쳤고, 그날 밤에는 애틀랜타로부터 아녀자들과 노인들의 대탈출이 시작되었다. 메이컨이 피난민들의 목적지였고, 야간 기차를 탄 많은 사람들은 존스턴이 달턴으로부터 후퇴하는 사이에, 벌써 대여섯 번씩 피난길에 올랐었다. 그들의 짐은 애틀랜타에 도착했을 때보다 이제는 훨씬 줄었다. 그들 대부분은 여행용 가방과 보자기에 싼 간단한 식사만 가지고 갔다. 은으로 만든 물 주전자와 식기와 냄비, 그리고 처음 피난길에 오를 때 겨우 챙겨 가지고 떠났던 가족 초상화 한두 개를 들고 겁에 질려 여기저기 돌아다니는 하인들도 눈에 띄었다.

메리웨더 부인과 엘싱 부인은 떠나지 않겠다고 버텼다. 그들은 병원에서 해야 할 일도 많았을 뿐 아니라, 두렵지도 않고, 어떤 양키가 오더라도 집에서 쫓겨나지는 않겠다고 당당하게 말했다. 하지만 메이벨은 아기와 패니 엘싱과 함께 메이컨으로 갔다. 미드 부인은 기차를 타고 안전한 곳으로 피신하라는 의사의 명령을 즉석에서 단호하게 거부함으로써 결혼한 이후 처음으로 남편의 말을 거역했다. 의사에게는 자기가 필요하리라고 그녀가 말했다. 그뿐 아니라 필이 어느 참호 속에선가 전투에 임할 테니까, 그녀는 만일 무슨 일이 생길 경우에 아들과 가까운…….

하지만 스칼렛과 함께 일하던 다른 많은 여자들과 화이팅 부인도 떠났다. 후퇴 작전 때문에 노장군 조를 가장 먼저 비난했던 사람들 가운데 한 명이었던 피티 고모는 제일 먼저 옷 가방을 꾸렸다. 그녀는 신경이 워낙 예민해서 소리를 못

568

견디겠다고 말했다. 그녀는 폭발 소리를 들으면 기절해서 지하실까지도 내려가지 못할까 봐 겁이 났다. 아니다, 무섭지는 않았다. 아기 같은 그녀의 입은 용감무쌍한 표정을 지으려고 노력했지만, 실패했다. 그녀는 메이컨으로 가서 사촌인 버 부인과 같이 지낼 테니까 스칼렛과 멜라니더러 함께 가야 한다고 말했다.

스칼렛은 메이컨으로 가고 싶지 않았다. 포탄이 무섭기는 했어도 그녀는 늙은 버 부인을 몹시 싫어했기 때문에 메이컨으로 가기보다는 차라리 애틀랜타에 남으려고 했다. 버 부인은 여러 해 전에 윌크스 댁에서 열렸던 어느 파티에서 그녀의 아들 윌리와 스칼렛이 키스를 하는 장면을 보고는 〈난잡한 계집〉이라고 했었다. 그렇다, 그녀는 타라로 갈 테니까 멜라니는 고모님하고 같이 메이컨으로 가도 좋다고 피티 고모에게 말했다.

스칼렛이 하는 말을 듣고 멜라니는 겁이 나고 상심해서 울기 시작했다. 피티 고모가 닥터 미드를 데리러 황급히 나간 다음에 멜라니는 스칼렛의 손을 꼭 잡고 애원했다.

「스칼렛, 나를 남겨 두고 타라로 가지는 말아요! 난 스칼렛이 없으면 너무나 쓸쓸해요. 오, 스칼렛, 아기를 낳을 때 만일 스칼렛이 곁에 없으면 난 그냥 죽고 말 거예요! 그래요, 그래요. 나에게 피티 고모님이 계시고, 고모님이 다정하시긴 해요. 하지만 어쨌든 고모님은 한 번도 아기를 낳아 본 적이 없고, 때로는 어찌나 날 불안하게 만드는지 소리라도 지르고 싶어져요. 날 버리지 말아요, 스칼렛. 나한테는 꼭 친형제처럼 해주었고, 더구나 ──」 그녀는 창백한 미소를 지었다. 「스칼렛은 나를 돌봐 주겠다고 애슐리한테 약속했잖아요. 그이는 스칼렛에게 부탁을 하겠다고 그랬었는데요.」

스칼렛은 기가 막혀서 그녀를 멀거니 내려다보았다. 스칼렛은 이 여자를 그토록 심하게 싫어했는데, 멜리는 어떻게 자기를 그토록 사랑한다는 말인가? 멜라니는 어떻게 애슐리에 대한 그녀의 은밀한 사랑을 짐작도 못 할 정도로 어리석을까? 그에 관한 소식을 기다리느라고 고통스러웠던 지난 몇 달 동안에 스칼렛이 속마음을 드러낸 경우가 백번은 되리라. 하지만 멜라니는, 사랑하는 사람에게서는 좋은 점 말고는 아무것도 보지 못했던 멜라니는 아무것도 깨닫지 못했다……. 그렇다, 애슐리에게 그녀는 멜라니를 보살펴 주겠노라고 약속했었다. 오, 애슐리! 애슐리! 여러 달 전에 당신은, 당신은 틀림없이 죽었으리라! 그런데 지금 당신과의 약속이 손을 뻗어 나를 움켜잡는다.

「그래요.」 그녀는 무뚝뚝하게 말했다. 「난 애슐리한테 정말로 그런 약속을 했고, 또 약속을 어기는 여자도 아니에요. 하지만 난 메이컨으로 가서 늙은 고양이 같은 버 부인하고 같이 지내지는 않겠어요. 난 5분도 안 되어서 그 여자의 눈알을 손톱으로 할퀴어 내고 말 테니까요. 난 고향 타라로 돌아갈 테니까, 가고 싶으면 나하고 같이 가도 좋아요. 어머니는 멜리를 반가워하실 거예요.」

「오, 그러면 나도 좋겠어요! 스칼렛의 어머니는 정말로 다정한 분이시니까요. 하지만 아기가 태어날 때 나하고 함께 있지 못한다면 고모님은 무척 상심하실 텐데, 고모님은 타라 농장으로는 가려고 하지 않으시겠죠. 그곳은 전투지에서 너무 가깝다며, 고모님은 안전한 곳으로 가고 싶어 하시니까요.」

피티 고모가 기겁을 해서 미드 박사를 어서 모셔 오라고 사람을 보내는 바람에, 혹시 멜라니가 조산이라도 하는 모양이라고 추측하며 숨이 턱에 차서 도착한 미드는 화가 났

570

고, 화가 났음을 숨기지도 않았다. 그리고 그녀가 흥분한 원인을 알게 되자 그는 반박의 여지가 없는 말로 문제를 결론 지었다.

「메이컨으로 가다니, 말도 안 되는 소립니다, 미스 멜리. 자리만 옮겼다 하면 난 책임지지 못하겠어요. 기차는 사람들로 붐비고, 제대로 운행이나 할지도 모르는 데다가, 부상자나 병력이나 보급품을 수송하는 데 필요하면, 언제 갑자기 승객들을 숲 속에다 내려놓을지 몰라요. 당신 같은 몸으로 ―」

「하지만 만일 내가 스칼렛하고 타라로 가면 ―」

「자리를 옮기면 안 된다고 그랬잖아요. 타라로 가는 기차가 메이컨으로도 가니까, 똑같은 상황이 적용돼요. 더구나 지금은 양키들이 어디까지 왔는지 아무도 모르고, 어디서 그들이 불쑥 나타날지도 몰라요. 타고 가던 기차가 적에게 붙잡힐지도 모르죠. 그리고 비록 안전하게 존즈버러에 도착하더라도, 타라에 도달하려면 험한 길을 7킬로미터나 또 마차를 타고 가야 한다고요. 몸이 무거운 여자가 갈 만한 길이 못돼요. 더구나 닥터 폰테인이 입대해 버렸으니까 카운티에는 의사도 없어요.」

「하지만 산파들이 ―」

「난 의사 얘기를 했어요.」 그가 퉁명스럽게 말했고, 자기도 모르게 눈길이 그녀의 자그마한 몸매로 갔다. 「난 멜라니가 자리를 옮기지 못하게 금하겠어요. 옮겼다가는 위험할지도 모르니까요. 멜라니는 기차나 마차에서 아기를 낳고 싶지는 않겠죠, 안 그래요?」

의학에 관한 노골적인 얘기가 나오자 여자들은 당황해서 얼굴을 붉히고 잠잠해졌다.

「내가 돌봐 줘야 하니까 멜라니는 꼼짝 말고 여기서 지내야 하고, 침대에서 나오면 안 돼요. 지하실로 층계를 오르락내리락 뛰어다니지도 말고요. 그래요, 창문을 뚫고 포탄이 날아 들어온다고 해도 말이에요. 뭐니 뭐니 해도 이곳은 위험성이 적어요. 아군은 곧 양키들을 물리칠 거고……. 자, 미스 피티, 당신은 어서 메이컨으로 가고, 젊은 아가씨들은 여기 남겨 둬요.」

「보호자도 없이요?」

「결혼한 여자들이잖아요.」 의사가 떠보는 말투로 말했다. 「그리고 미드 부인이 겨우 두 집 건너 살아요. 미스 멜리의 상태가 저러니까 어쨌든 그 집에선 남자 손님은 불러들이지 않겠죠. 맙소사, 미스 피티! 지금은 전시예요. 우린 지금 격식 따위는 찾을 겨를이 없어요. 우리는 미스 멜리를 우선 생각해야 합니다.」

그는 뚜벅뚜벅 방에서 걸어 나가더니, 스칼렛이 따라 나올 때까지 앞쪽 포치에서 기다렸다.

「솔직하게 얘기를 하겠어요, 미스 스칼렛.」 허연 수염을 쓰다듬으며 그가 말문을 열었다. 「당신은 양식이 있는 젊은 여자 같으니까 제발 낯을 붉히지는 말아요. 난 미스 멜리의 거처를 옮긴다는 애긴 더 이상 듣고 싶지 않아요. 난 멜리가 여행을 견뎌 낼지 자못 의심이 가요. 지극히 좋은 상황이더라도 멜리는 고생을 할 텐데 — 아시겠지만 골반이 아주 좁고, 어쩌면 해산할 때 겸자(鉗子)가 필요할지도 모르고, 그래서 난 어떤 무식한 검둥이 산파가 멜리에게 손을 대는 걸 원하지 않아요. 멜리 같은 여자는 아예 아기를 가지는 게 아니지만 — 어쨌든 피티 고모는 당신이 짐을 챙겨 메이컨으로 보내요. 너무 겁이 난 고모가 미스 멜리를 흥분시킬지도 모르겠는데, 그건 조금도 좋은 일이 못 되죠. 그리고 말이에요,

스칼렛.」 그는 꿰뚫어 보는 시선을 그녀에게 고정시켰다. 「난 스칼렛이 고향으로 돌아간다는 얘기를 더 이상 듣고 싶지 않아요. 아기를 낳을 때까지 당신이 미스 멜리를 돌봐 줘야 하니까요. 무서운 건 아니겠죠, 안 그래요?」

「오, 아니에요.」 스칼렛은 용감한 체하며 거짓말을 했다.

「용감한 여자로군요. 필요한 대로 미드 부인이 뒤를 봐줄 거고, 미스 피티가 하인들을 데리고 가겠다면 내가 우리 벳시를 보내 요리를 하도록 조처하겠어요. 오래가지는 않을 테니까요. 다섯 주만 더 지나면 아기가 태어날 예정이지만, 초산인 데다가 이렇게 포격이 심하고 보니 어떻게 될지 통 알 길이 없죠. 당장 오늘이라도 태어날지 모르죠.」

그래서 피티팻 고모는 눈물을 철철 흘리며 피터 아저씨와 쿠키를 데리고 메이컨으로 떠났다. 그녀는 갑자기 애국심이 폭발하는 바람에 승용 마차와 말을 병원에 기부했지만 당장 후회를 했고, 그래서 또 눈물을 흘렸다. 그리고 스칼렛과 멜라니는, 비록 포 사격이 계속되기는 했어도, 훨씬 조용해진 집에 웨이드와 프리시하고만 남았다.

제19장

공방전이 벌어지던 초기, 도시를 방어하던 남군에게 양키들이 여기저기서 무너졌을 때, 스칼렛은 쏟아지는 포탄에 어찌나 겁이 났던지, 당장이라도 포격을 받고 터져 죽어 버리나 보다 생각하며, 두 손으로 귀를 막고 쪼그린 채 꼼짝도 못했다. 포탄이 날아오느라고 찢어지는 듯한 쉬익 소리가 들려오면, 그녀는 멜라니의 방으로 달려가서 침대 위 그녀 옆에 몸을 던졌고, 두 사람은 서로 부둥켜안고 〈어머나! 어머나!〉 비명을 지르며 베개에다 머리를 파묻었다. 프리시와 웨이드는 지하실로 도망쳐서, 거미줄투성이의 어둠 속에 웅크리고 앉아 프리시는 목청껏 울부짖고, 웨이드는 딸꾹질을 하며 흐느껴 울었다.

머리 위에서 죽음이 소리를 질러 대는 동안, 깃털베개를 뒤집어쓰고 숨이 막힐 듯한 스칼렛은 층계 밑 안전한 곳으로 내려가 대피할 수 없게 만들어 놓은 멜라니를 말없이 저주했다. 하지만 의사는 멜라니가 걷지 못하도록 주의시켰고, 스칼렛은 그녀의 곁을 지켜 줘야 했다. 포탄이 터져 갈기갈기 찢겨 죽으리라는 공포와 더불어 그녀는 멜라니의 아기가 당장이라도 태어날지 모른다는 공포감에 똑같이 시달렸다. 그런 생각이 머리에 떠오를 때마다 끈끈한 땀이 스칼렛의 몸을 축축하게 적셨다. 출산이 시작되면 그녀는 어떻게 해야 하는가? 4월의 비처럼 포탄이 쏟아지는 속에서 의사를 찾으려고 길거리로 나가느니보다는 차라리 멜라니가 죽도록 그냥 내버려두는 편이 좋겠다고 그녀는 생각했다. 그리고 매를 맞아 죽으면 죽었지 프리시가 용기를 내어 밖으로 나가지 않으리라는 사실도 그녀는 알았다. 아기가 태어나려고 하면 어쩌나?

이런 문제를 그녀는 어느 날 저녁 멜라니의 저녁 밥상을 차리면서 프리시와 의논했고, 놀랍게도 프리시는 그녀의 두려움을 가라앉혀 주었다.

「스칼렛 마님, 멜리 마님 때 되어 의사 선생님 오지 못한다 하면 걱정 마세요. 나 할 줄 아니까요. 아기 낳는다 나 다 알아요. 우리 엄마 산파 아니에요? 나도 산파 노릇 하라 엄마 안 가르쳐 줬을 거 같아요? 그냥 다 저한테 맡겼다 하시면 돼.」

경험자를 곁에 두었다는 사실을 알게 되자 스칼렛은 한결 숨을 돌렸지만, 어쨌든 시련이라면 어서 끝내 버리고 싶은 마음뿐이었다. 터지는 포탄들로부터 멀리 벗어나고 싶어 미칠 지경이었고, 조용한 고향 타라로 돌아가고 싶어서 속이 탔던 스칼렛은, 이튿날이라도 아기가 얼른 태어나고, 그녀로 하여금 약속의 굴레를 벗어나 애틀랜타를 떠나게 해달라고 매일 밤 기도를 드렸다. 이곳의 온갖 비극으로부터 그토록 멀리 떨어진 타라는 정말로 안전하게 여겨졌다.

스칼렛은 지금 고향과 어머니를 그리워하는 만큼 여태까지 무엇인가를 그리워했던 적이 한 번도 없었다. 어머니 곁으로만 돌아간다면 무슨 일이 벌어지더라도 그녀는 두렵지가 않으리라. 귀청이 떨어지도록 쌩쌩거리는 포탄 소리를 들으며 하루를 보내고 나면 매일 밤 스칼렛은, 애틀랜타에서는 단 하루도 더 견디기가 힘들어서 고향으로 돌아가야 되겠으니까, 미드 부인의 집으로 가서 지내라는 말을 멜라니에게 내일 아침에는 하늘이 무너져도 꼭 해야 되겠다고 마음을 먹으며 잠자리에 들고는 했다. 하지만 베개에 머리를 얹고 누워 잠을 청하노라면, 그녀가 마지막으로 보았을 때처럼, 내면의 고통으로 일그러졌으면서도 입술에 희미한 미소가 번져 나오던 애슐리의 얼굴이 자꾸만 눈앞에서 어른거렸다. 〈당신은 멜라니를 보살펴 주겠죠, 안 그래요? 당신은 워낙 강하니까요……. 약속해 줘요.〉 그리고 그녀는 약속을 했다. 애슐리는 죽어서 어딘가 묻혔으리라. 어디에 묻혔는지는 몰라도 그는 스칼렛을 지켜보면서 약속을 지키는지 확인하리라. 살았거나 죽었거나 간에, 그녀는 어떤 대가를 치르더라도, 애슐리를 실망시켜서는 안 될 일이었다. 그래서 그녀는 하루하루 미루며 머물렀다.

집으로 돌아오라고 간청하는 엘렌의 편지를 받고 그녀는 답장에서, 공방전의 위험을 최소한으로 줄여서 표현하고, 멜라니의 곤경을 설명하며 아기만 태어나면 즉시 돌아가겠다고 약속했다. 혈연이거나 결혼을 통한 인척 관계이거나 간에 친척 간의 유대에 민감했던 엘렌은 스칼렛이 머물러도 좋다고 마지못해 동의했지만, 웨이드와 프리시는 당장 집으로 보내라고 편지를 냈다. 이제는 예기치 않던 소리만 나도 깜짝 놀라 이를 덜덜 떠는 백치 상태가 된 프리시는 엘렌의 제안에 전적으로 찬성했다. 프리시는 지하실에서 쪼그리고 앉아 보내는 시간이 어찌나 많았는지, 미드 부인이 보낸 나이 많고 강인한 벳시가 없었더라면 그들은 고생이 심했으리라.

아이의 안전도 안전이려니와, 항상 무서워하는 그를 보면 자신도 불안해졌기 때문에 스칼렛은 웨이드를 애틀랜타에서

576

타라로 어서 보내고 싶은 마음이 어머니 못지않았다. 웨이드는 포격 때문에 말도 못 할 정도로 겁에 질렸고, 전투가 소강 상태일 때도 그는 겁에 질려 울지도 못하며 스칼렛의 치마폭에 매달렸다. 웨이드는 밤이면 잠자리에 들기를 두려워했고, 어둠도 두려워했고, 잠이 들면 양키들이 와서 그를 붙잡아 갈까 봐 잠들기조차도 두려워했는데, 밤에 그가 나지막이 칭얼거리는 소리를 들으면 그녀는 참을 수 없을 정도로 신경이 거슬렸다. 속으로는 스칼렛도 웨이드만큼이나 겁이 났지만, 긴장하고 뒤틀린 그의 얼굴을 볼 때마다 자신의 공포를 상기해야 했으므로 화가 났다. 그렇다, 웨이드가 가야 할 곳은 타라였다. 프리시는 웨이드를 타라로 데려다 주고, 아기가 태어날 때 같이 있게끔 당장 돌아와야 한다.

하지만 스칼렛이 두 사람을 고향으로 떠나보내기도 전에, 양키들이 남쪽으로 우회해서 애틀랜타와 존즈버러 사이의 철로변에서 교전을 벌인다는 소식이 전해졌다. 웨이드와 프리시가 타고 가는 기차가 양키들에게 붙잡힌다면 — 힘없는 아이들에 대해서 양키 군대가 자행한 만행은 여자들에 대한 만행보다도 훨씬 끔찍하다는 사실을 누구나 다 알았기 때문에 스칼렛과 멜라니는 그런 상상을 하고는 새파랗게 질렸다. 그래서 스칼렛은 아들을 고향으로 보내기도 걱정이 되었고, 웨이드는 애틀랜타에 남아서 겁에 질려 말도 못 하는 꼬마 유령처럼 한순간도 그녀의 치마를 놓치지 않으려 했으며, 무서워서 결사적으로 엄마의 꽁무니를 쫓아다녔다.

공방전은 무더운 7월의 여러 날에 걸쳐 계속되었으며, 음울하고 불길하게 고요한 밤이 지나면 천둥을 치는 듯한 낮이 뒤따랐고, 애틀랜타 사람들은 스스로 적응하기 시작했다. 최악의 사태가 벌어졌으니까 더 이상 두려워할 바가 없는 듯싶었다. 그들은 포위를 당한 상태에서의 공방전을 두려워했었는데, 이제 막상 포위 공격을 받고 보니 별로 대단치도 않았다. 삶은 보통 때와 거의 마찬가지로 계속되었다. 그들은 화산 위에 올라앉았다는 기분이 들었지만, 막상 화산이 분출할 때까지는 그들이 어떻게 손을 써볼 길이 없었다. 그러니까 지금 미리 걱정을 해봤자 무슨 소용이겠는가? 그리고 어쩌면 화산은 끝내 폭발하지 않을지도 모를 노릇이었다. 후드 장군이 양키들을 애틀랜타로 침투하지 못하도록 얼마나 잘 막아 내는지를 보라! 그리고 메이컨으로 가는 철도를 기병대가 얼마나 잘 방어하는지를 보라! 셔먼은 절대로 이곳을 점령하지 못한다!

하지만 쏟아지는 포탄과 자꾸 부족해지는 배급 식량에 직면하게 되자, 아무리 겉으로는 태연한 척하고, 1.5킬로미터 앞까지 다가온 양키들을 아무리 무시하고, 그리고 사격용 참호 속에 들어가 갈팡질팡하는 남군 병사들에 대해서 아무리 한없는 신뢰감을 보였다손 치더라도, 애틀랜타의 꺼풀 바로 밑에서는 내일 어떤 사태가 닥치려는지에 대한 불안감이 미칠 듯 고동쳤다. 긴장감, 걱정, 슬픔, 굶주림, 그리고 가까웠다가 멀어지기를 반복하는 희망이 주는 고통에 닳아 그 꺼풀이 자꾸만 얇아졌다.

친구들의 용감한 얼굴로부터, 그리고 또 물리치기가 불가능한 대상을 그냥 참고 넘겨야 할 때 인간 본능이 마련하는 자비로운 적응력으로부터, 스칼렛은 서서히 용기를 얻었다. 확실히 얘기하자면 그녀는 아직도 폭발 소리가 날 때마다 펄쩍 뛰기는 했지만, 비명을 지르며 달려가 멜라니의 베개 밑에 머리를 파묻지는 않았다. 그녀는 이제 침을 꿀꺽 삼키고, 〈이번에는 아슬아슬했군요, 안 그래요?〉라고 힘없이 말하고 그냥 넘어가는 정도가 되었다.

그녀는 또한 삶이 어떤 꿈, 현실이라기에는 너무나 무시무시한 꿈과 같은 어떤 요소를 지니게 되었기 때문에 겁이 덜 났다. 스칼렛 오하라 그녀가 매 시간, 모든 순간에 죽음의 위기를 맞아야 하는 그런 역경은 불가능한 일이었다. 그토록 짧은 시간 동안에 삶의 조용한 진로가 그토록 완전히 달라진다는 가능성은 희박했다.

무척이나 포근하게 파란 빛깔로 동이 터오던 아침에, 뇌운처럼 나지막이 도시 위에 걸린 더러운 포연으로 하늘이 순식간에 뒤덮이고, 덩어리를 이룬 인동덩굴과 덩굴장미의 코를 찌르는 감미로운 향기가 가득하던 무더운 한낮에 포탄이 시끄럽게 길거리로 날아와 최후의 심판이 벌어지는 날의 우렛소리를 내며 터지고, 수백 미터에 걸쳐 파편 조각을 뿌려 사람들과 짐승들을 갈기갈기 찢어 죽이는 무시무시한 세상이 되다니, 그것은 비현실치고도 괴이한 비현실이었다.

비록 전투의 요란한 소음이 가끔 잠잠해지기는 했어도, 대포와 부상병 운반 마차들이 덜커덩거리며 지나가고, 참호에서 부상을 당한 장병들이 비틀거리며 들이닥치고, 다른 방향에서 심한 공격을 받는 어느 토호를 방어하기 위해 도시의 한쪽 참호로부터 이동하라는 명령을 받고 황급히 달려가는 부대들이 지나다니고, 남부 동맹의 운명을 그들이 몽땅 짊어지기라도 한 듯 사령부를 향해 길거리를 정신없이 뛰어 내려가는 연락병들로 복숭아나무 거리는 하루 종일 분주하고 소란스러워서, 조용하고 나른한 오후의 낮잠 시간도 이제는 없어졌다.

무더운 밤이면 어느 정도 조용해졌지만, 그나마의 조용함이란 음산한 적막감어 가까웠다. 고요한 밤이면 너무 고요해

서 — 마치 청개구리와 등불베짱이와 앵무새들이 너무 겁에
질린 나머지, 여름밤이면 늘 부르던 합창을 하려고 목청을
올리지도 않는 듯싶었다. 가끔 최후 저지선에서 장총을 쏘는
날카로운 따다닥 소리가 정적을 깨뜨렸다.

가끔 밤늦게, 멜라니도 잠이 들었고 죽음처럼 침묵이 도시
를 짓누를 때, 스칼렛은 등불을 끄고 눈을 뜬 채로 누워 잠을
청하다가, 앞문 쇠 빗장이 딸그락거리고 조용히 다급하게 문
을 두드리는 소리를 듣곤 했다.

컴컴한 포치에는 얼굴이 안 보이는 병사들이 서 있었고, 어
둠 속에서 여러 다른 목소리가 그녀에게 말을 했다. 때로는
점잖은 사람의 목소리가 어둠 속에서 들려왔다. 「부인, 이렇
게 폐를 끼쳐서 대단히 죄송합니다만, 저하고 제 말이 마실
물을 좀 주시겠습니까?」 때로는 심하게 웅얼거리는 산악 지
대 사람의 목소리였고, 때로는 아주 남쪽의 굴곡이 없는 와
이어그래스 지방의 묘한 콧소리였고, 가끔 엘렌의 목소리를
연상시켜 그녀의 마음을 설레게 만드는 해안 지방의 말끝을
길게 끄는 푸근한 목소리도 있었다.

「아가씨, 여기 내 친구를 병원으로 데려가려고 했는데, 보
아하니 그때까지 살 것 같질 않군요. 좀 받아 주지 않으시겠
어요?」

「아가씨, 식량이 필요한데요, 혹시 부담이 안 되신다면 옥
수수빵 한 덩어리 주시면 정말 맛있게 먹겠습니다.」

「부인, 이렇게 불쑥 찾아온 걸 용서해 주시기 바랍니다만,
여기 포치에서 하룻밤 신세를 져도 되겠습니까? 전 장미를
보고 인동덩굴의 향기를 맡고는 어찌나 고향 집처럼 느껴지
는지 그만 실례를 무릅쓰고 —」

아니다, 이런 밤은 현실일 리가 없었다! 이것은 악몽이었

고, 몸이나 얼굴은 없고 지친 목소리만이 무더운 어둠 속에서 그녀에게 얘기를 하던 사람들, 그들은 악몽의 한 부분이었다. 물을 길어다 주고, 음식을 내다 주고, 앞쪽 포치에 베개를 갖다 놓고, 상처에 붕대를 감고, 죽어 가는 장병의 더러운 머리를 받쳐 들고. 아니다, 이런 일이 그녀에게 벌어졌을 리가 없었다!

7월 하순의 어느 날 밤에 찾아와서 문을 두드린 사람은 백부 헨리 해밀턴이었다. 큰아버지는 이제 우산과 여행용 가방도 없어졌고, 불룩했던 배도 들어가 버렸다. 발그레하고 살찐 얼굴의 피부는 불독의 턱 밑에 늘어진 살처럼 겹겹으로 맥없이 축 늘어졌고, 길게 자란 백발은 말도 못 할 정도로 더러웠다. 그는 거의 맨발이었고, 온몸에 이가 스멀거렸으며, 몹시 굶주렸지만 급한 성미는 조금도 달라진 데가 없었다.

〈나 같은 멍청한 늙은이들이 총을 끌고 나가야 할 정도라니 참으로 한심한 전쟁이야〉라는 소리를 하기는 했어도, 여자들은 백부 헨리가 속으로는 즐거워한다는 인상을 받았다. 젊은이들이나 마찬가지로 그는 필요한 인물이었고, 그는 젊은이가 할 일을 했다. 더구나 그는 젊은이들 못지않은 활약을 했으니, 메리웨더 할아버지라면 어림도 없는 일이라고 그는 유쾌하게 말했다. 할아버지는 요통 때문에 고통이 심했고, 중대장은 그를 제대시키려고 했다. 하지만 할아버지는 고향으로 돌아오려고 하지를 않았다. 씹는담배를 끊으라느니, 날마다 수염을 깨끗하게 헹구라느니 며느리가 말이 많아서 그런 잔소리를 듣느니보다는 중대장에게 욕설을 듣고 시달리는 편이 더 좋다고 노골적으로 말했다.

휴가는 겨우 네 시간뿐이었고, 흉벽으로부터 먼 길을 걸어오느라고 시간을 절반이나 보냈기 때문에 백부 헨리의 방문은 짧았다.

「앞으로는 당분간 못 보게 됐구나.」 멜라니의 침실에 앉아 스칼렛이 그의 앞에 놓아둔 찬물이 담긴 대야에 물집이 잡힌 발을 담그고 흐뭇하게 꼼지락거리며 그가 말했다. 「우리 중대는 아침에 출동하거든.」

「어디로요?」 겁에 질려서 팔을 움켜잡으며 멜라니가 물었다.

「나를 만지지 마라.」 백부 헨리가 화를 내며 말했다. 「난 온몸에 이가 들끓어. 이하고 이질이 없다면 전쟁이란 들놀이 같겠지. 내가 어디로 가느냐고? 글쎄, 지시는 받지 못했지만 짐작은 가. 내 짐작이 맞다면, 우린 아침에 존즈버러를 향해 남쪽으로 행군을 해.」

「오, 왜 존즈버러로 가나요?」

「그야 그곳에서 큰 전투가 벌어질 테니까 그렇지. 가능하다면 양키들은 그곳 철도를 장악하려고 그래. 그리고 만일 철도가 그들의 손에 들어간다면 애틀랜타도 작별을 고해야지!」

「오, 헨리 백부님, 그렇게 되리라고 생각하세요?」

「그런 소리 마, 애들아! 어림도 없지! 내가 있는데 놈들이 어떻게 그러겠어?」 헨리 백부는 겁에 질린 그들의 얼굴을 보고 히죽 웃더니 다시 진지해지면서 「격전이 벌어질 모양이야, 애들아. 우린 꼭 이겨야 해. 메이컨으로 가는 노선 이외에는 철도를 모두 양키들이 장악했다는 애긴 물론 너희들도 들었겠지만, 적군이 장악한 건 그게 전부가 아냐. 너희들은 잘 모르겠지만, 맥도너 도로를 제외한 대부분 도로와, 마찻길뿐 아니라 수레도 못 다니는 좁은 다리까지 모조리 장악했단다. 그리고 만일 양키들이 그곳 철도를 탈취하게 된다면, 그들은 우릴 독 안에 든 쥐처럼 마음대로 처분하겠지. 그래서 아군은 적이 철도를 손에 넣지 못하게 막아야 해……. 애들아, 난 얼마 동안 돌아오지 못해. 난 그저 작별 인사나 하고, 스칼렛이 너하고 아직 같이 지내는지 확인하려고 들렀던 거야, 멜리.」

「물론 저하고 같이 지내죠.」 멜라니가 상냥하게 말했다. 「우리들 걱정은 마시고, 헨리 백부님, 몸조심이나 하세요.」

백부 헨리는 걸레로 젖은 발을 닦고는 투덜거리며 너덜너덜한 신발을 신었다.

「난 가야 되겠어.」 그가 말했다. 「난 7킬로미터나 걸어야 해. 스칼렛, 나 점심 같은 거 뭐 좀 가지고 가게 만들어 줘. 있는 걸로 아무거나 다 좋아.」

멜라니에게 몸조심하라고 키스를 한 다음에 그는 부엌에서 옥수수빵과 사과 몇 개를 냅킨에 챙기고 있던 스칼렛에게로 내려갔다.

「헨리 백부님 — 정말 — 정말 그렇게 심각해요?」

「심각하냐고? 하느님 맙소사, 그야 물론이지! 정신 차려야 한다고. 우린 막다른 골목에 이르렀어.」

「적군이 타라까지 진격하리라고 생각하세요?」

「그야 —」 광범위한 문제들이 눈앞에 닥친 판에 개인적인 일만 생각하는 여자의 소견에 짜증이 난 헨리 백부가 입을 열었다. 그러더니 겁에 질리고 수심에 찬 그녀의 얼굴을 보고는 마음이 누그러졌다.

「물론 그러지는 듯해. 양키들이 원하는 건 철도인데, 타라는 철도에서 7킬로미터나 떨어졌잖아. 넌 투구풍뎅이만큼도 머리가 돌아가질 않는구나.」 그는 갑자기 말을 멈추었다. 「난 너희들에게 그저 작별 인사나 하려고 여기까지 일부러 걸어온 건 아냐. 난 멜리한테 무슨 나쁜 소식을 전하려고 왔지만, 막상 만나니까 입이 떨어지질 않더구나. 그러니까 그건 스칼렛이 알아서 하도록 맡겨 두겠어.」

「애슐리가 혹시 — 큰아버님이 무슨 소식을 — 그이가 혹시 — 죽었다는 소식을 들은 건 아니겠죠?」

「엉덩이까지 진흙 속에 파묻혀 참호 속에서 지내던 내가 어떻게 애슐리 소식을 들어?」 노신사가 눈치를 살피며 물었다. 「아냐. 이건 그의 아버지 얘기야. 존 윌크스가 죽었어.」

반쯤 싼 점심을 손에 든 채로 스칼렛은 털썩 주저앉았다.

「난 멜리에게 얘기를 하려고 왔지만, 말이 안 나오더라. 그러니까 스칼렛이 얘기를 전해 줘야 해. 그리고 이걸 줘.」

그는 호주머니에서 여러 개의 도장이 달린 묵직한 금시계와, 오래전에 죽은 윌크스 부인의 작은 화상(畵像)과, 큼직한 소매 단추 한 쌍을 꺼냈다. 존 윌크스가 천 번은 손에 꺼내 들었던 시계를 보자 스칼렛은 애슐리의 아버지가 죽었음을 실감했다. 그리고 그녀는 너무 얼이 빠져 울지도 못하고 말도 안 나왔다. 헨리 백부는 조바심을 하고 기침을 하며, 스칼렛의 눈물을 보면 마음이 언짢아질까 봐 시선을 돌렸다.

「용감한 분이셨어, 스칼렛. 멜리한테 그렇게 전해 줘. 그분의 딸들에게 그런 내용을 편지로 전하도록 멜리한테 얘기해 주라고. 그리고 나이가 그렇게 많았어도 훌륭한 군인이었지. 포탄에 맞아 당했어. 말을 타고 가는데 바로 위에서 포탄이 떨어졌어. 말의 몸이 찢어져 나가고 — 그래서 불쌍한 말은 내 손으로 쏴 죽였어. 아주 훌륭한 암말이었는데. 탈턴 부인에게도 그렇게 전해 줘야 해. 그녀가 굉장히 아끼던 암말이었으니까. 내 점심 어서 싸거라, 얘야. 난 가야 해. 저런, 스칼렛, 그렇게 상심하지 마라. 젊은이처럼 싸우다 죽는다면 노인에겐 그보다 보람찬 죽음은 없지 않겠니?」

「오, 그분은 돌아가셔서는 안 되는 분이었어요! 그분은 애초부터 전쟁터에 나가시는 게 아니었어요. 그분은 살아서, 손자가 자라는 모습을 지켜보시고 평화롭게 집에서 돌아가셨어야 해요. 오, 왜 가셨을까요? 탈퇴에 찬성하지도 않으셨고 전쟁도 증오하던 분이셨는데 ―」

「우리 주변에는 그런 생각을 가진 사람이 많기는 하지만, 그게 어쨌다는 거야?」 헨리 백부는 불쾌하다는 듯 코를 풀었다. 「양키 소총병이 이렇게 늙은 나를 목표물로 삼아 총을 쏘려고 하면 뭐 나는 기분이 좋은 줄 아느냐? 하지만 요즈음에는 신사가 선택할 다른 길이 없어. 나한테 작별 키스나 하고, 애야, 내 걱정은 하지 마. 난 전쟁이 끝날 때까지 무사할 테니까.」

스칼렛은 그에게 키스를 했고, 그가 층계를 내려가 어둠 속으로 나가는 소리를 들었고, 앞쪽 대문의 쇠 빗장이 떨그럭거리는 소리를 들었다. 그녀는 손에 들고 있던 유물을 잠깐 동안 물끄러미 쳐다보았다. 그러더니 그녀는 멜라니에게 얘기를 해주려고 층계를 올라갔다.

큰아버지 헨리가 예언했던 대로 양키들이 또다시 존즈버러를 향해 우회 공격을 가했다는 달갑지 않은 소식이 7월 말에 전해졌다. 그들은 애틀랜타보다 6킬로미터 밑에서 철도를 차단했지만 남군 기병대에게 격퇴를 당했고, 공병대가 찌는 듯한 땡볕에서 땀을 뻘뻘 흘리며 철도를 보수했다.

스칼렛은 불안해서 미칠 지경이었다. 마음속에서 두려움이 점점 심해지는 가운데 그녀는 사흘 동안 기다렸다. 그러다가 아버지에게서 마음이 놓이는 편지가 도착했다. 적은 타라까지 다다르지를 못했다. 그들은 전투 소리를 들었지만 양키는 한 명도 못 보았다.

제럴드의 편지는 양키들이 철도에서 어떻게 격퇴되었는지에 대해, 자랑과 허세가 너무나 심해서 마치 그가 혼자 승리를 거두기라도 한 듯한 인상을 줄 지경이었다. 그는 남군의 용맹성에 관해서 석 장의 글을 썼고, 그러고는 편지의 끝에다 캐린이 아프다는 말을 짤막하게 비쳤다. 장티푸스라고 오하라 부인이 알려 주었다. 병이 별로 심하지는 않으니까 스칼렛은 캐린 걱정을 할 필요도 없고, 어떤 경우에라도, 비록 철도가 안전해지더라도 집으로 와서는 안 된다고 지시했다. 공방전이 시작되었을 때 스칼렛과 웨이드가 집으로 오지 않았다는 것을 오하라 부인은 지금 아주 기쁘게 생각했다. 오하라 부인은 스칼렛더러 성당에 가서 캐린이 회복되도록 묵주 신공을 드려야 한다고 했다.

스칼렛은 성당에 가본 지가 벌써 여러 달이나 되었기 때문에 어머니의 마지막 얘기가 양심에 찔렸다. 전에는 이렇게 성당에 안 나갔다면 대죄라도 범했다고 생각했지만, 웬일인지 이제는 냉담해도 그전처럼 죄를 짓는다는 기분이 들지 않았다. 하지만 그녀는 어머니의 말을 따랐고, 방으로 가서는 서둘러 묵주 신공을 중얼중얼 외웠다. 꿇어앉았던 몸을 일으킨 그녀는 기도를 드리고 났어도 전처럼 편한 마음이 아니었다. 얼핏 그녀는 날마다 하느님에게로 올라가는 기도가 수백만 번씩 되었어도 하느님은 그녀나, 남군 장병들이나, 남부를 제대로 보살펴 주지 않는다는 기분이 들었다.

그날 밤 스칼렛은 앞쪽 포치에 앉아서, 타라와 엘렌이 더 가깝게 느껴지도록 제럴드의 편지를 가슴에 대고 가끔 손으로 만졌다. 응접실 창문의 등불은 시커멓게 덩굴이 뒤덮인 포치에 이상한 황금빛 그림자를 던졌고, 노란 덩굴장미와 인동덩굴이 마구 엉킨 덩어리는 그녀 주변에서 향기를 뿜어내는 벽을 이루었다. 밤은 적막하기 짝이 없었다. 해가 진 이후로 소총을 쏘는 소리 하나 들리지 않았고, 세상은 까마득히 멀리 떨어진 듯싶었다. 타라에서 보낸 편지를 읽고 마음이 외롭고 비참해진 스칼렛은 앞뒤로 몸을 흔들었고, 누군가 아무라도, 심지어는 메리웨더 부인이라도, 곁에 같이 있었으면 좋겠다고 생각했다. 하지만 메리웨더 부인은 병원의 야간 근무조였고 미드 부인은 전선에서 집으로 돌아온 필을 위해 잔치를 벌이는 중이었으며 멜라니는 잠이 들었다. 우연히라도 손님이 찾아올 희망이 없었다. 걸어 다닐 만한 힘이라도 남은 남자들은 참호 속으로 들어갔거나 존즈버러 부근의 시골에서 양키들을 추격하느라고 바빴으므로, 지난 주일에는 찾아오는 사람의 발길이 뚝 끊어졌다.

이렇게 홀로 시간을 보내는 일은 흔하지 않았고, 그녀는 이런 시간을 좋아하지 않았다. 혼자 남으면 그녀는 생각을 해야 했고, 요즈음에는 머리에 떠오르는 생각들이 별로 즐겁지 못했다. 누구나 다 그렇듯이 그녀는 과거를, 죽은 사람들을 생각하는 버릇이 들었다.

애틀랜타가 이토록 조용한 오늘 밤, 그녀는 눈을 감으면 다시 타라의 고요한 전원으로 돌아가서, 변하지도 않았고 앞으로도 변하지 않을 삶을 살아가는 상상에 빠졌다. 하지만 그녀는 카운티의 삶이 다시는 옛날 그대로 되돌아가지 않으리라는 것을 알았다. 그녀는 붉은 머리의 쌍둥이와 톰과 보이드, 탈턴 댁 네 청년을 생각했고, 격정적인 슬픔이 목구멍에 걸렸다. 그렇다, 스튜나 브렌트 가운데 한 사람이 그녀의 남편이 될 수도 있었다. 하지만 이제 전쟁이 끝나고 타라에서 살려고 돌아가게 되면, 그녀는 삼나무 길을 따라 달려 올라오며 그들이 마구 지르는 함성을 다시는 듣지 못하리라.

그리고 그토록 멋지게 춤을 추던 레이포드 캘버트도 다시는 그녀를 춤 상대로 고르지 못하리라. 그리고 먼로 댁 청년들과 키가 작은 조 폰테인과 ─.

「오, 애슐리!」 머리를 두 손에 파묻으며 그녀는 흐느껴 울었다. 「난 당신이 없는 생활에 전혀 익숙하질 않아요!」

그녀는 앞쪽 대문이 딸그락거리는 소리를 듣고, 황급히 머리를 들고는, 축축한 눈을 손으로 훔쳤다. 몸을 일으킨 그녀는 널찍한 파나마모자를 손에 들고 인도를 올라오는 레트 버틀러를 보았다. 스칼렛은 파이브 포인츠에서 그토록 신경질적으로 그의 마차에서 내린 후에 그를 만난 적이 없었다. 그때 그녀는 그를 절대로 다시는 보고 싶지 않다는 뜻을 분명히 밝혔었다. 하지만 지금은 얘기를 나눌 어떤 사람, 애슐리에 대한 생각을 다른 곳으로 돌리게 해줄 어떤 사람이 나타났다는 사실이 너무나 기뻐서 그런 기억을 얼른 머리에서 몰아냈다. 보아하니 그는 뜻밖의 사고로 잊어버렸는지, 아니면 잊어버린 척했는지 몰라도, 지난번의 언쟁은 입 밖에 꺼내지도 않으며 꼭대기 계단 그녀의 발치에 자리를 잡고 앉았다.

「결국 메이컨으로 피난을 가지 않았군요! 듣자 하니 미스 피티는 피난을 갔다던데, 그래서 물론 난 당신도 갔으리라고 생각했죠. 그런데 당신 집에 불을 밝혔기에, 어떻게 된 일인가 알아보려고 이렇게 들렀어요. 왜 남았죠?」

「멜라니를 돌봐 주려고요. 아시겠지만 멜라니는 ─ 뭐예요, 지금 피난을 갈 처지가 아니잖아요.」

「아니, 저런.」 그가 말했고, 스칼렛은 불빛 속에서 그가 찡그리는 얼굴을 보았다. 「그렇다면 윌크스 부인이 아직도 이곳에 그냥 있다는 얘긴가요? 난 그런 한심한 소리는 처음 듣겠군요. 그런 몸으로는 상당히 위험할 텐데요.」

멜라니의 육체적인 상태는 그녀가 남자하고 애기할 만한 내용이 못 되었기 때문에 스칼렛은 당황한 나머지 침묵을 지켰다. 그녀는 그것이 멜라니에게 위험하다는 사실을 레트가 안다는 것도 역시 거북했다. 그것은 독신자가 알아야 하는 그런 일이 못 되었다.

「나도 역시 다칠지 모른다는 생각은 안 해주다니, 당신은 별로 신사답지 못하군요.」그녀가 앙칼지게 말했다.

그는 재미있다는 듯 눈을 깜박였다.

「양키들이라면 당신에게 상대도 안 될 텐데요.」

「난 그 말이 칭찬인지 어쩐지 잘 모르겠는데요.」그녀가 어정쩡하게 말했다.

「칭찬은 아니에요.」그가 대답했다. 「언제쯤이나 당신은 남자들이 하는 지극히 가벼운 말에서도 찬사를 찾아내려는 짓을 그만두겠어요?」

「내가 죽을 때요.」그녀가 말했고, 비록 레트는 절대로 그러지 않더라도 그녀에게 찬사를 보낼 남자란 항상 어디선가 나타나리라고 생각하며 미소를 지었다.

「허영이에요, 허영.」그가 말했다. 「그나마 당신은 그런 점에 관해서 솔직하기는 하죠.」

그는 여송연 갑을 열어 검정 여송연을 꺼내더니 잠깐 동안 코끝에 대고 냄새를 맡았다. 성냥불이 확 타올랐고, 그는 기둥에 몸을 기대더니, 두 손을 깍지 끼어 무릎을 안고는, 얼마 동안 잠자코 뻐끔거렸다. 스칼렛은 다시 몸을 흔들기 시작했고 무더운 밤의 고요한 어둠이 그들을 감쌌다. 장미꽃과 인동덩굴이 뒤엉킨 속에다 둥지를 튼 앵무새가 잠에서 깨어나 수줍고도 감미로운 노래를 불렀다. 그러더니 다시 생각해 보니까 그래서는 안 되겠다는 듯 새가 조용해졌다.

포치의 그림자 속에서 레트가 갑자기 나지막하고도 부드러운 웃음을 터뜨렸다.

「그러니까 당신은 윌크스 부인 곁에 남기로 했군요! 난 지금까지 이토록 이상한 상황은 본 적이 없어요!」

「내가 보기엔 이상할 게 하나도 없는데요.」 당장 경계하는 태도를 취하며 그녀가 불안하게 대답했다.

「그래요? 그렇다면 당신은 객관적인 관점이 부족한 셈이죠. 지난 얼마 동안 내가 받은 인상으로는, 당신이 윌크스 부인을 거의 꼴도 보기 싫어하는 눈치던데요. 당신은 그녀를 한심하고 어리석은 여자라고 생각하며, 그녀의 애국적인 신념은 당신을 따분하게 만들죠. 당신은 그녀를 깎아내릴 만한 무슨 말을 슬쩍 던질 기회를 그냥 흘려버리는 적이 별로 없던데, 그러니까 당연히 내가 보기에는 당신이 스스로 마음이 내켜 헌신적인 일을 하고 이런 포격 속에서도 이곳에 남았다는 게 이상하다고 여겨질 수밖에 없죠. 자, 왜 그러셨죠?」

「멜라니는 찰리의 동생이기 때문이죠. 그리고 나한텐 친형제 같아요.」 뺨이 화끈 달아오르기는 해도 한껏 위엄을 부리며 스칼렛이 대답했다.

「당신 얘기는, 그녀가 애슐리 윌크스의 미망인이기 때문이라는 뜻이겠죠.」

화를 참으려고 애쓰며 스칼렛이 벌떡 일어섰다.

「난 지난번에 당신이 저지른 못된 행동을 용서해 줄까 했었지만, 이제 보니까 그렇게는 못 하겠어요. 이곳에 당신이 절대로 발도 붙이지 못하게 했어야 하는 건데 그만 기분이 울적하고 ─」

「어서 앉아서 화난 마음을 진정시켜요.」 목소리를 바꿔서 그가 말했다. 그는 손을 위로 뻗어 그녀의 손을 잡아 다시 의자에 앉혔다. 「왜 그렇게 울적하죠?」

「오, 난 오늘 타라에서 편지를 받았어요. 양키들이 집 가까이까지 왔고 내 동생이 장티푸스에 걸려 앓는 데다가 ─ 그리고 또 ─ 그래서 이제는 이렇게 가고 싶어도, 만일 내가 집으로 돌아가면 병이 옮을까 봐 어머니가 못 오게 하세요. 아, 세상에 난 이렇게 집으로 가고 싶은데!」

「저런, 그렇다고 울면 되나요.」 좀 더 상냥한 목소리로 그가 말했다. 「정말로 양키들이 오더라도 타라보다는 애틀랜타에 머무는 쪽이 훨씬 안전해요. 양키들은 당신을 해치지 않지만, 장티푸스는 달라요.」

「양키들이 나를 해치지 않는다고요! 어디서 그런 거짓말을 해요?」

「우리 귀여운 아가씨, 양키들은 악마가 아니에요. 당신은 그렇게 생각하는 모양이지만, 그들에게는 뿔이나 발굽이 없어요. 그들은 물론 예의범절이 훨씬 형편없고, 말의 억양이 한심하다는 점 이외에는, 남부인들하고 상당히 비슷해요.」

「아니에요, 양키들은 ─」

「당신을 강간할까 봐서요? 난 그렇게 생각하지 않아요. 물론 그러고 싶기야 하겠지만요.」

「그런 추잡한 얘기를 하실 생각이라면 난 집으로 들어가겠어요.」 새빨개진 얼굴을 숨겨 주는 어둠을 고맙게 여기며 그녀가 소리쳤다.

「솔직해 봐요. 당신 생각은 그게 아니었나요?」

「오, 물론 아니죠!」

「오, 하지만 그랬어요! 당신 머릿속을 환히 안다고 해서 나한테 화를 내봤자 아무 소용이 없어요. 고상하게 교양을 쌓고 마음이 순수한 남부 여자들이 생각하는 건 그게 전부이니까요. 그들의 머릿속에는 항상 그런 생각뿐이니까요. 내가 장담하건대 심지어는 메리웨더 부인처럼 대단한 귀부인들까지도…….」

시련의 시기를 맞은 요즈음에는 어디를 가나 유부녀들이 두세 명만 모였다 하면, 이곳에서 가까운 곳 얘기는 절대로 안 나왔지만, 버지니아나 테네시나 루이지애나에서 그런 사건이 일어났었다는 귓속말을 자주 주고받았다. 양키들이 여자를 강간하고, 아이들의 배를 총검으로 찌르고, 노인들을 안에 가둬 둔 채 집에다 불을 질렀다. 비록 길거리에서 그런 얘기를 큰 소리로 떠드는 사람들은 없더라도, 그런 일이 사실임을 누구나 다 알았다. 그리고 조금이라도 상식을 갖춘 사람이라면, 레트도 그런 소문이 사실임을 깨달으리라. 그리고 그런 얘기는 하지 않았으리라. 그리고 그것은 전혀 웃을 만한 문제도 아니었다.

스칼렛은 그가 나지막하게 키득거리는 소리를 들었다. 가끔 그는 흉측한 면모를 드러냈다. 사실상 그는 거의 언제나 흉측했다. 여자들이 정말로 어떤 생각을 하고 어떤 얘기를 하는지를 남자가 훤히 안다면, 그것은 끔찍한 일이었다. 그러면 여자는 발가벗긴 기분을 느끼게 만들었다. 그리고 그런 부끄러운 비밀들을 남자는 착한 여자에게서 알아내지는 않았다. 스칼렛은 그가 자신의 마음속을 환히 꿰뚫어 보았다는 것이 화가 났다. 그녀는 자기가 남자들에게 신비한 존재라고 믿고 싶었지만, 레트는 그녀를 유리처럼 투명하다고 생각했다.

「그런 얘기가 나왔으니까 말인데요.」 그는 말을 계속했다. 「집 안에서 당신을 보호하거나 보살펴 줄 사람은 누구인가요? 존경스러운 메리웨더 부인이나 미드 부인요? 그들은 마치 무슨 흉악한 목적으로 내가 이곳에 와서 어슬렁거린다는 듯한 눈초리로 항상 나를 쳐다보죠.」

「미드 부인은 보통 밤에 찾아오세요.」화제가 바뀌어 마음이 놓인 스칼렛이 대답했다.「하지만 오늘 밤에는 못 오시죠. 아들 필이 집에 와 있으니까요.」

「재수가 굉장히 좋네요.」그가 나지막이 말했다.「혼자뿐인 당신을 만났으니까요.」

그의 목소리에 담긴 어떤 요소가 그녀의 가슴이 기분 좋게 더 빨리 뛰고, 얼굴이 화끈한 기분이 들게 했다. 그녀는 남자들의 목소리에서 그런 어조를 많이 들었기 때문에 그것이 사랑의 선언을 예고한다고 믿었다. 아, 얼마나 즐거운 일인가! 만일 그가 그녀를 사랑한다는 말만 했다 하면, 스칼렛은 그를 실컷 괴롭혀 주고. 지난 3년 동안 그녀에게 했던 모든 비꼬는 말에 대한 앙갚음을 하리라. 그녀는 애슐리의 뺨을 때리던 장면을 그가 목격했던 날의 끔찍한 굴욕감에 대한 분풀이를 하고도 남을 만큼 실컷 그의 애를 태우리라. 그런 다음에는 그에게 여동생으로서의 관계만 허락하겠노라고 달콤하게 말하고는, 승리의 영광을 한껏 누리며 물러서리라. 즐거운 기대감에 부풀어 그녀는 초조하게 웃었다.

「킬킬거리지 말아요.」그가 말했고, 그녀의 손을 잡아 젖히더니 손바닥을 입술로 눌렀다. 그의 따스한 입이 닿는 감촉과 더불어 생명이 넘치고 찌르르한 무엇이, 그녀의 온몸을 흥분으로 감싸는 무엇이 그에게서 그녀에게로 흘렀다. 그의 입술은 그녀의 손목으로 옮겨 갔고, 심장의 고동이 빨라지던 스칼렛은 빨라진 맥박을 그가 틀림없이 느끼리라는 사실을 알았고, 그래서 손을 뒤로 빼려고 했다. 그녀는 그의 입술이 자기 입에 닿는 감촉을 느끼려는 욕망, 두 손으로 그의 머리카락을 움켜잡으려는 욕망 — 이렇게 뜨겁고 격렬한 감정의 파도는 염두에 두지 않았었다.

그녀는 그를 사랑하지 않는다고 혼란스러운 마음으로 자신에게 말했다. 그녀는 애슐리를 사랑했다. 하지만 그녀의 두 손이 떨리고, 배 속이 싸늘해지는 이런 기분을 그녀는 어떻게 설명할 것인가?

그는 소리를 죽여 웃었다.

「몸을 빼지 말아요. 난 당신을 해치지 않아요!」

「나를 해쳐요? 난 당신을 두려워하지 않고, 레트 버틀러, 어떤 남자라도 두렵지 않아요!」 두 손뿐 아니라 목소리까지도 떨려 오자, 화가 치민 그녀가 소리쳤다.

「그 감정은 찬양할 만하지만, 목소리는 낮추지그래요. 윌크스 부인이 들을지 모르니까요. 그리고 제발 마음을 진정시켜요.」 그녀가 당황하니까 그는 신이 나는 듯한 눈치였다.

「스칼렛, 당신은 나를 좋아해요, 안 그래요?」

이것은 그녀가 기다렸던 말이었다.

「글쎄요, 가끔은요.」 그녀는 조심스럽게 대답했다. 「당신이 못되게 굴지 않을 때는 그래요.」

그는 다시 웃었고, 그녀의 손바닥을 팽팽한 그의 뺨으로 가져갔다.

「난 내가 못된 남자라 당신이 좋아한다고 생각했는데요. 당신은 보호만 받으며 살다 보니까 진짜 못된 인간을 별로 몰랐기 때문에 내 독특한 면이 바로 당신에게는 기묘한 매력으로 느껴졌다고 생각했는데요.」

이것은 그녀가 예상하지 않았던 방향 전환이었고, 그래서 손을 빼려고 했지만 마음대로 안 되었다.

「그건 사실이 아니에요! 난 선량한 남자들, 그러니까 항상

594

신사답고 믿을 만한 남자들을 좋아해요!」
　「그러니까 언제나 마음대로 다룰 만한 남자들 얘기로군
요. 그건 견해의 문제에 지나지 않아요. 하지만 상관없죠.」
　그는 스칼렛의 손바닥에 다시 키스했고, 이번에도 그녀의
목덜미 살갗이 흥분해서 근질거렸다.
　「하지만 당신은 나를 좋아해요. 나를 언제쯤 사랑하게 될
까요, 스칼렛?」
　〈아!〉 그녀는 승리감에 젖어 들며 생각했다. 〈이제는 나한
테 걸려들었어!〉 그리고 그녀는 일부러 냉정하게 대답했다.
「어림도 없어요. 그러니까, 당신 태도가 두드러지게 달라지
기 전에는요.」
　「그런데 난 태도를 바꿀 의사가 전혀 없으니 어쩌나요. 그
러니까 당신은 나를 사랑할 수가 없겠군요? 그건 내가 바라
던 바예요. 내가 당신을 굉장히 좋아하면서도 사랑하지 않기
때문인데, 짝사랑을 하느라고 당신이 두 번씩이나 괴로워한
다면 그건 정말 비극이죠, 안 그래요, 아가씨? 내가 당신을
〈아가씨〉라고 불러도 될까요, 해밀턴 부인? 당신이 좋아하
건 말건 난 당신을 〈아가씨〉라고 부를 테니까, 그건 상관이
없겠지만, 예의는 지켜야 되겠죠.」
　「날 사랑하지 않는다고요?」
　「그럼요. 내가 당신을 사랑하기를 바랐나요?」
　「그렇게 잘난 체하지 마세요!」
　「그러길 바랐군요! 그대의 소망이 덧없도다! 당신이 매혹
적이고, 쓸데없는 면에서 많은 재능을 지녔으므로 나는 당신
을 사랑해야만 한다는 얘기겠죠. 하지만 당신처럼 매력적이
고 재능도 많지만, 쓸모도 없는 여자들은 흔해요. 그래요, 난
당신을 사랑하지 않아요. 하지만 난 당신을 굉장히 좋아하는

데 — 그건 당신 양심의 융통성 때문이고, 당신이 별로 숨기려고 애쓰지 않는 이기적인 마음 때문이고, 내가 두려워하는 점이지만, 별로 멀지 않은 아일랜드 농민인 선조로부터 물려받아 당신 마음속에 살아 있는 날카로운 계산성 때문이죠.」

농민이라니! 그렇다, 그는 그녀를 모욕했다. 그녀는 말이 안 나와서 투덜거리기만 했다.

「말을 가로막지 말아요.」 그녀의 손을 꼭 잡으며 그가 애원했다. 「나도 그런 똑같은 기질을 타고났기 때문에 마음이 끌려 당신을 좋아하게 되었으니까요. 보아하니 당신은 아직도 하느님 같고 우둔한 윌크스 씨의 추억을 소중히 간직하는 모양이지만, 그는 아마 여섯 달 전에 무덤 속에 묻혔는지도 모르죠. 하지만 당신 마음속에는 나를 위한 자리가 분명히 남았을 텐데요. 스칼렛, 몸을 그만 꼼지락거려요! 난 당신에게 중대한 선언을 하는 중이에요. 난 열두 참나무 집의 거실에서, 당신이 가엾은 찰리 해밀턴을 매혹시키던 날 처음 당신을 보았을 때부터 당신을 원했어요. 나는 지금까지 만났던 어떤 여자보다도 훨씬 더 당신을 원하고, 난 어떤 여자보다도 당신을 위해 더 오랫동안 기다려 왔어요.」

그가 마지막으로 한 말에 놀라서 그녀는 숨이 막힐 지경이었다. 그런 온갖 모욕적인 말을 하면서도 그는 스칼렛을 사랑했고, 그러면서도 그녀가 비웃을까 봐 두려워서 솔직하게 진심을 말하고 싶지 않을 정도로 그는 심술궂은 남자였다. 그렇다, 그녀는 당장 그에게 맛을 보여 주리라.

「나더러 결혼해 달라고 청하시는 건가요?」

그가 스칼렛의 손을 놓고 어찌나 큰 소리로 웃었는지 그녀는 의자에 앉은 채 몸을 도사렸다.

「하느님 맙소사, 아니에요! 난 결혼을 좋아하는 남자가 아니라는 말을 내가 하지 않았던가요?」

「하지만 — 하지만 — 어째 —」

그는 몸을 일으켰고, 가슴에 손을 얹더니 장난스럽게 공손히 절을 했다.

「이봐요.」 그가 조용히 말했다. 「난 유혹을 하기 전에, 당신더러 내 정부가 되어 달라고 정식으로 청함으로써, 당신의 지성을 존중하려는 거예요.」

정부라니!

그녀는 마음속에서 그 말을 소리쳤고, 추잡한 모욕을 당했다고 발끈했다. 하지만 처음에는 깜짝 놀랐을 뿐, 모욕을 당했다는 기분이 들지도 않았다. 스칼렛은 그가 자기를 그토록 어리석은 바보로 생각했다는 데 대해 격렬하게 치밀어 오르는 분노만 느꼈다. 그녀가 예상했던 결혼을 청하는 대신에 그런 제안을 내놓다니, 그는 틀림없이 그녀를 멍청이라고 생각했다. 분노와, 짓밟힌 허영심과, 실망이 그녀의 마음을 소용돌이 속으로 몰아넣었고, 그를 꾸짖어야 한다는 높은 도덕적인 차원을 미처 생각해 볼 겨를도 없이, 그녀는 입에서 튀어나오는 말을 거침없이 내뱉었다.

「정부라뇨! 그럼 나더러 아비 없는 애새끼나 한 무더기 낳아 달라는 말인가요?」

그러자 그녀는 자기가 무슨 말[134]을 했는지를 깨닫고 놀라서 입이 딱 벌어졌다. 그는 숨이 넘어갈 듯이 웃어 대었으며, 기가 막혀서 손수건을 입에 대고 그늘 속에서 의자에 앉는 그녀를 지켜보았다.

「그래서 난 당신이 좋다니까요! 내가 아는 솔직한 여자는 당신뿐이고, 죄악이니 도덕이니 하는 소리를 들먹여 핵심을

134 〈애새끼〉라는 뜻의 *brat*은 천박한 말이다.

흐려 놓지 않고 문제의 실질적인 면을 직시하는 여자도 당신뿐이에요. 다른 여자라면 누구라도 우선 기절부터 해놓고 다음에는 나를 쫓아냈을 겁니다.」

수치심으로 얼굴이 새빨개진 스칼렛이 벌떡 일어섰다. 그녀가 어떻게 그런 소리를 했을까! 훌륭한 가정 교육을 받았고 엘렌의 딸인 그녀가 어떻게 여기 앉아 그런 추악한 얘기에 귀를 기울이고, 그러고는 그토록 부끄러운 말대꾸를 했을까? 그녀는 비명을 질렀어야 한다. 그녀는 기절을 했어야 한다. 그녀는 냉정하게 아무 말도 없이 돌아서서 포치에서 얼른 자리를 떴어야 한다. 이제는 너무 늦어 버렸다!

「어서 가주셔야 되겠어요.」 길거리 아래쪽에 사는 미드 부인이나 집 안의 멜라니가 그녀의 목소리를 듣건 말건 신경도 안 쓰며 스칼렛이 소리를 질렀다. 「나가요! 어디서 감히 나한테 그런 말을 해요! 도대체 내가 무슨 이상한 인상을 주었기에 ― 당신이 그런 엉뚱한 생각을 했는지……. 다시는 이곳을 찾아오지 말아요. 이번에는 진담이에요. 혹시 내가 용서라고 해줄까 하는 생각에 거지 같은 핀이나 장식 끈 따위를 들고 다시는 찾아오지 말아요. 난 ― 난 아버지한테 얘기하겠고, 아버지가 당신을 죽여 버릴 거예요!」

그는 모자를 집어 들고 절을 했으며, 스칼렛은 등잔 불빛 사이로 미소를 짓느라고 콧수염 밑에서 드러난 그의 이빨을 보았다. 그는 창피해하지를 않았고, 그녀가 한 말을 재미있다고 생각했으며, 흥미가 진진하다는 듯 그녀를 지켜보았다.

오, 그는 정말로 역겨운 남자였다! 그녀는 휙 몸을 돌리더니 집 안으로 뚜벅뚜벅 걸어 들어갔다. 그녀는 쾅 소리를 내며 닫으려고 문을 움켜잡았지만, 문고리가 너무 무거워서 마음대로 되지를 않았다. 그녀는 숨을 몰아쉬며 낑낑거렸다.

598

「제가 도와 드릴까요?」 그가 물었다.

잠시라도 더 지체했다가는 혈관이 터져 나가기라도 할 듯 싶은 기분이어서 그녀는 잔뜩 화를 내며 층계를 올라갔다. 그리고 위층에 다다른 스칼렛은 그녀 대신에 그가 시원스럽게 문을 쾅 닫아 버리는 소리를 들었다.

제20장

　무덥고 시끄럽던 8월이 끝나 갈 무렵에 포격이 갑자기 멈추었다. 도시를 찾아든 침묵은 놀라울 정도였다. 이웃 사람들은 길거리에서 만나 무슨 일이 닥치려는지 궁금해서 불안하게 서로 눈길을 주고받았다. 아우성을 치던 나날에 뒤이어 찾아온 정적은 긴장된 신경을 가라앉히기는커녕 오히려 더욱 심하게 괴롭힐 따름이었다. 양키들의 포화가 왜 잠잠해졌는지 아무도 이유를 알지 못했고, 남군의 대규모 병력이 도시 주변의 흉벽을 떠나 철도를 방어하기 위해 남쪽으로 철수했다는 정도밖에는 군대에 대한 소식이 거의 알려지지 않았다. 정말로 교전이 벌어지기나 하는지도 모르겠지만 어쨌든 어디서 교전이 벌어지는지 아무도 몰랐고, 실제로 전투가 진행되었더라도 전황이 어떻게 돌아가는지는 알 길이 없었다.

　요즈음에는 입을 통해 전해지는 소식이 모두였다. 종이도 모자라고, 잉크도 모자라고, 사람도 모자라서 신문은 공방전이 시작된 이후로는 발간이 중단되었고, 황당무계한 소문들이 난데없이 튀어나와 도시 전역을 휩쓸고 돌아다녔다. 이제 불안한 적막 속에서 사람들이 떼를 지어 후드 장군의 사령부로 몰려가 사태가 어떻게 돌아가는지 알려 달라고 요구

했으며, 셔먼의 대포가 잠잠해진 까닭은 양키들이 전면적인
후퇴를 시작하고 남군이 도로를 따라 그들을 달턴까지 다시
몰고 올라가기 때문이라고 모두들 믿고 싶었기 때문에, 사람
들은 떼를 지어 전신국과 역으로 몰려가서 기쁜 소식을 들으
려고 했다. 하지만 아무 소식도 없었다. 전신(電信)은 잠잠했
고, 하나밖에 남지 않은 남행 철도로는 기차가 들어오지 않
았고, 우편도 두절되었다.

먼지가 심하고 열기에 숨이 막히는 가을이 슬그머니 찾아
와서는 갑자기 조용해진 도시의 목을 졸랐고, 불안하고 지친
마음에는 삭막하고 숨이 차는 부담만 더 늘어났다. 타라에서
아무 소식도 듣지 못해 미칠 지경이면서도 용감한 얼굴을 보
이려고 계속해서 애를 쓰던 스칼렛에게는, 공방전이 시작된
이래 영구한 세월이라도 흐른 듯싶었고, 마치 음침한 정적이
깔리기 전까지는 항상 귓전에 포성을 들으며 살아왔던 듯한
기분이 들었다. 그렇지만 공방전이 시작된 지는 겨우 30일밖
에 안 되었다. 30일의 공방전! 시뻘건 황토 참호로 둘러싸인
도시, 그칠 줄 모르고 단조롭게 울리던 포성, 먼지가 피어오
르는 길거리에 피를 뚝뚝 흘리며 병원을 향해 가던 부상병
운반 마차와 소달구지들의 기나긴 행렬, 체온이 채 다 식기
도 전에 시체를 끌어내려서는 줄줄이 파놓은 구덩이에 통나
무처럼 집어 던져 파묻느라고 과로에 시달리던 매장 대원들.
겨우 30일이었는데!

그리고 양키들이 달턴에서 남쪽으로 이동을 시작한 시기
는 겨우 넉 달 전부터였다! 겨우 넉 달! 전생에서 벌어졌던
일처럼 까마득하게 여겨지는 날들을 돌이켜 보며 스칼렛은
생각했다. 오, 아니다! 분명히 겨우 넉 달은 아니었다. 그것
은 아주 옛날 일이었다.

넉 달 전이라니! 그렇다, 넉 달 전이라면 그녀에게는 달턴과, 레사카와, 케네소 산은 철도가 통과하는 지명에 불과할 따름이었다. 지금은 그런 곳들이 애틀랜타를 향해 존스턴이 후퇴하는 동안 결사적으로, 헛되이 싸웠던 전투지들이었다. 그리고 이제는 복숭아나무 샛강과, 디케이터와, 에즈라 교회와, 유토이 샛강은 즐거운 장소를 지칭하는 즐거운 이름이 아니었다. 절대로 다시는 그런 곳들을 스칼렛은 반가운 여러 친구들이 사는 조용한 마을이나, 느릿느릿 강물이 흘러가는 폭신한 둑에서 미남 장교들과 들놀이를 하던 푸른 곳으로 생각할 수가 없어졌다. 그 이름들도 역시 전투지를 의미했고, 그녀가 앉았던 보드랍고 푸른 풀밭은 무거운 대포 바퀴가 마구 파헤쳐 놓았고, 총검과 총검이 맞부딪치는 동안 필사적으로 발들이 짓밟았고, 몸뚱어리들이 고통스럽게 몸부림을 치던 자리는 풀이 눌려 뭉개졌다……. 그리고 유유히 흐르는 강들은 조지아의 황토로서는 여태껏 그렇게까지 붉어졌던 적이 없었다. 복숭아나무 샛강은 양키들이 건넌 다음에 진홍빛이 되었다고 사람들이 말했다. 복숭아나무 샛강, 디케이터, 에즈라 교회, 유토이 샛강. 그것은 이제 장소를 가리키는 지명이 아니었다. 친구들이 죽어서 묻힌 묘지의 이름, 파묻지 못한 시체들이 무성한 숲과 뒤엉킨 잡목 덤불 밑에서 썩어가는 곳의 이름이었고, 셔먼의 군대가 밀고 들어오려 했고 후드의 군대가 악착같이 그들을 물리쳤던 애틀랜타의 네 방향을 가리키는 이름들이었다.

긴장한 도시에 마침내 남쪽에서 소식이 전해졌는데, 그것은 특히 스칼렛에게는 놀라운 소식이었다. 셔먼 장군이 다시 도시의 네 번째 방향을 공략하려고, 존즈버러의 철도를 다시 친다는 소식이었다. 대규모의 양키 병력이, 척후 부대나 기병 파견대가 아니라 총집결한 양키 주력 부대가, 지금 애틀랜타의 네 번째 방향으로 덤벼들었다. 그리고 그들과 맞서 몸을 던져 싸우려고 애틀랜타 주변의 방어선으로부터 수천의 남군 병력이 철수했다. 그래서 갑작스러운 침묵의 이유가 설명되었다.

〈왜 존즈버러를 공격할까?〉 타라가 가까운 곳이라고 깨닫자 두려움으로 가슴이 철렁하며 스칼렛은 생각했다. 〈왜 그들은 꼭 존즈버러를 쳐야 할까? 왜 그들은 철도를 공격할 만한 어느 다른 지점을 찾아내지 못할까?〉

한 주일 동안 그녀는 타라에서 소식을 듣지 못했었고, 제럴드에게서 온 마지막 짤막한 편지는 그녀의 두려움을 더욱 부채질했다. 캐린은 병이 악화되어서 무척, 무척 아프다고 했다. 이제는 우편물이 뚫고 들어오려면 여러 날이 걸리는 상황이어서, 캐린이 죽었는지 살았는지 소식을 들으려면 며칠씩이나 기다려야 할 판이었다. 오, 멜라니야 어떻게 되든 그냥 내버려 두고 공방전이 시작될 무렵에 집으로 갔더라면 얼마나 좋았을까!

존즈버러에서 전투가 벌어진다 — 애틀랜타에서는 그런 정도로만 알았고, 상황이 어떻게 돌아가는지는 아무도 몰랐으며, 지극히 황당무계한 유언비어 때문에 시민들이 시달렸다. 마침내 존즈버러에서 연락병이 도착해 양키들이 퇴각했다는, 마음이 놓이는 소식을 전했다. 하지만 포위망을 뚫쳐 나온 돌격대가 존즈버러 시내로 침투해서 역을 불태우고, 전신을 차단하고, 철도를 5킬로미터나 파괴한 다음에야 물러갔다. 철도를 보수하느라고 공병대가 미친 듯 작업을 벌이기는 했지만, 양키들이 침목을 뜯어내어 불을 질러 놓고는, 비틀어 뽑은 레일을 불 위에다 얹어 시뻘겋게 달군 다음에, 거

대한 술병 마개 뽑개처럼 전봇대에 대고 구부려 놓았기 때문
에, 철도를 복구하려면 상당한 시간이 필요했다. 요즈음에는
레일뿐 아니라 쇠로 된 물자는 무엇이라도 구하기가 무척 힘
들었다.

그렇다, 양키들이 타라로 들어가지는 않았다. 후드 장군에
게 통신문을 가지고 온 전령은 스칼렛에게 그 말을 전하며
안심시켰다. 그는 전투가 끝난 다음 존즈버러에서 애틀랜타
로 출발하기 직전에 제럴드를 만났는데, 스칼렛에게 편지를
전해 달라고 제럴드가 부탁했었다.

하지만 아버지가 무엇 때문에 존즈버러에 가셨을까? 젊은
연락병은 대답을 하기가 거북하다는 듯한 표정을 지었다. 제
럴드는 타라로 데리고 갈 군의관을 찾아다녔다고 했다.

앞쪽 포치에서 땡볕을 받고 서서, 젊은 병사에게 수고했다
며 고맙다는 말을 하던 스칼렛은, 무릎에서 기운이 빠지는
듯한 기분을 느꼈다. 엘렌의 의료 기술로써는 감당하기 어려
운 정도여서 제럴드가 의사를 구하러 돌아다닐 지경이라면,
캐린은 틀림없이 치명적인 상태이리라! 붉은 먼지로 작은 소
용돌이를 일으키며 연락병이 달려간 다음에, 스칼렛은 떨리
는 손으로 제럴드의 편지를 뜯었다. 이제는 남부 동맹이 어
찌나 종이의 부족에 심하게 시달렸는지 제럴드는 그녀가 지
난번에 아버지한테 보낸 편지의 행간에 편지를 써 보냈기 때
문에 글씨를 읽기가 힘들었다.

〈사랑하는 내 딸아, 너의 어머니하고 두 동생이 모두 장티
푸스에 걸렸단다. 그들은 병이 아주 심하고, 우린 기도만 드
려서는 안 되겠어. 네 엄마가 앓아 자리에 눕게 되자 너와 웨
이드가 오면 병이 옮을지 모르니까 무슨 일이 나더라도 너는
집으로 돌아오면 절대로 안 된다고 나더러 편지를 쓰라고 하

604

셨단다. 엄마는 너한테 안부를 전하라면서, 엄마를 위해 기도를 드려 달라고 그러시는구나.〉

〈엄마를 위해 기도를 드리라고!〉 스칼렛은 그녀의 방으로 층계를 달려 올라가 침대 옆에 무릎을 꿇고는 어느 때보다도 정성스럽게 기도를 드렸다. 지금은 정식으로 묵주 신공을 드릴 겨를이 없었고, 그녀는 똑같은 말만 자꾸 되풀이할 따름이었다. 「성모님이시여, 어머니가 돌아가시지 않게 해주소서! 어머니만 돌아가시지 않게 해주시면 전 아주 착한 여자가 되겠나이다! 제발 어머니가 돌아가시지 않게 해주소서!」

그 후 한 주일 동안 스칼렛은 병든 짐승처럼 집 안에서 불안하게 서성거리며 소식을 기다렸고, 말발굽이 울릴 때마다 깜짝깜짝 놀라고, 밤에는 병사들이 찾아와 문을 두드릴 때마다 컴컴한 층계를 달려 내려갔지만, 타라에서는 아두 소식도 오지 않았다. 그녀와 고향 사이에는 40킬로미터의 흙길이 아니라 하나의 대륙이 가로막고 있는 셈이었다.

우편은 아직도 두절된 상태였고, 남군 병사들이 어디로 갔으며 양키들이 무슨 짓을 하고 돌아다니는지를 아는 사람은 아무도 없었다. 남군과 북군의 병사 수천 명이 애틀랜타와 존즈버러 사이 어디에서인가 대치했다는 사실 이외에 조금이라도 상황을 아는 사람이 없었다. 한 주일이 지났어도 타라에서는 한마디 소식도 없고.

애틀랜타 병원에서 많은 장티푸스 환자를 보았던 스칼렛은 그 끔찍한 병을 한 주일 동안 앓으면 사람이 어떻게 되는지를 환히 알았다. 엘렌은 병이 들어 곧 죽을지도 모르겠는데, 스칼렛은 양쪽 군대가 그녀와 고향 사이를 가로막은 이곳 애틀랜타에서 임신한 여자에게 발이 묶여 꼼짝도 못 하고 붙잡힌 신세였다. 엘렌은 병이 들었고 — 어쩌면 죽을지도 모른다. 하지만 엘렌이 병에 걸릴 리가 없었다! 그녀는 한 번도 병을 앓았던 적이 없었다. 그것은 생각조차 하기 어려울 정도로 믿어지지 않는 일이었고, 그것은 스칼렛의 삶에서 가장 기초가 되는 바탕을 무너뜨리는 사건이었다. 세상 사람들이 병에 걸리면 엘렌은 병든 사람들을 돌봐 주고, 그들이 다시 건강을 되찾게 했다. 어머니는 병에 걸릴 수가 없었다. 스칼렛은 고향으로 돌아가고 싶었다. 그녀는 평생 한 곳밖에 모르는 안식처로 돌아가려는 겁에 질린 아이처럼, 미칠 듯이 타라로 돌아가고 싶은 절망적인 욕구를 느꼈다.

고향! 창문에서는 하얀 커튼이 펄럭거리고, 잔디밭에 잔뜩 자란 토끼풀에는 벌들이 분주하게 돌아다니고, 앞쪽 층계에 앉은 어린 흑인 소년은 오리와 칠면조가 꽃밭에 들어가지 못하게 소리를 질러 몰아내고, 평온한 붉은 밭과 몇 킬로미터에 걸친 들판에는 태양이 내리쬐는 속에서 목화가 하얗게 피어오르고, 널찍하게 자리 잡은 하얀 집! 고향의 집!

다른 사람들이 피난을 떠나던 공방전 초기에 고향으로 돌아갔었더라면 얼마나 좋았을까! 그녀는 몇 주일만 미리 출발했다면 안전하게 멜라니를 데리고 갈 여유가 충분했으리라.

〈오, 원망스러운 멜라니!〉 그녀는 이런 생각을 천 번도 더 했다. 〈왜 그녀는 피티 고모하고 같이 메이컨으로 가질 않았을까? 내가 아니라 자기 친척들하고 마땅히 그곳에서 같이 지내야 되는데. 난 그 여자하고는 아무런 혈연관계도 없어. 왜 그녀는 나한테 그토록 열심히 매달리는가? 만일 그녀가 메이컨으로 가기만 했더라면 난 어머니가 계시는 고향으로 돌아갔을 텐데. 비록 지금이라도 — 비록 지금이라도, 난 아기만 아니라면 양키들을 무릅쓰고라도 고향으로 돌아가는 모험을 감행할 거야. 어쩌면 후드 장군이 나에게 호위병을 붙여 줄지도 몰라. 후드 장군, 그는 좋은 사람이니까, 대치선을 통과하도록 백기(白旗)와 호위병을 나한테 마련해 주겠지. 하지만 난 아기 때문에 기다려야만 해! ……오, 어머니! 어머니! 돌아가시지 마세요! ……도대체 왜 아기는 얼른 태어나지를 않을까? 난 오늘 미드 박사를 만나서 내가 고향으로 ― 혹시 호위병을 구하는 경우에 내가 고향으로 돌아갈 수 있도록 아기를 빨리 낳게 하는 무슨 방법이 없는지 물어봐야 되겠어. 미드 박사는 멜라니가 고생을 하리라고 그랬지. 하느님 맙소사! 멜라니가 만일 죽는다면 어떻게 될까! 멜라니가 죽었다. 멜라니가 죽었다. 그러면 애슐리는 ― 아냐, 그건 좋은 일이 못 되니까 난 그런 생각을 하면 안 돼. 하지만 애슐리는 ― 아냐, 어쨌든 그이는 어쩌면 죽었을지도 모르니까, 난 그런 생각을 해서는 안 돼. 하지만 그이는 멜라니를 돌봐 주겠다는 약속을 나한테서 받아 두었어. 하지만 ― 만일 내가 그녀를 보살펴 주지 않고, 그녀는 죽고, 그런데 애슐리가 아직도 살았다면 ― 아냐, 난 그런 생각을 해서는 안 돼. 그것은 죄악이야. 그리고 난 어머니가 돌아가시지 않게만 해주신다면 착한 여자가 되겠노라고 하느님한테 약속도 했잖아. 오, 어서 아기가 태어나기만 한다면 얼마나 좋을까. 만일 내가 이곳을 벗어나 ― 고향으로 가고 ― 이곳이 아닌 어느 곳이라도 갈 수만 있다면.〉

스칼렛은 한때 사랑했지만 이제는 음산하게 조용해진 도시가 꼴도 보기 싫어졌다. 애틀랜타는 더 이상 그녀가 사랑했던 즐거운 곳, 그렇게 즐거운 곳이 아니었다. 이곳은 질병이 휩쓸어 버린 도시처럼 너무나 조용해진 곳, 공방전의 소음 이후에 소름 끼치게 조용해진 곳, 무시무시한 곳이었다. 소음과 포격의 위험 속에는 자극이 있었다. 그 후에 뒤따른 침묵 속에는 공포만 남았을 따름이었다. 도시는 두려움과, 불확실성과, 기억이 날뛰는 으스스한 곳처럼 여겨졌다. 사람들의 얼굴은 앙상해 보였고, 스칼렛이 만난 몇몇 병사들은 벌써 승부가 끝난 경주에서 마지막 한 바퀴를 억지로 달리는 주자(走者)처럼 기진맥진한 표정이었다.

8월의 마지막 날이 왔고, 애틀랜타의 전투 이후로 가장 치열한 싸움이 시작되었다는 그럴듯한 소문이 나돌았다. 남쪽 어디에선가. 전투의 상황에 관한 소식을 기다리던 애틀랜타는 웃거나 농담을 하려고 애쓰던 시늉조차 그만두었다. 두 주일 전에 군인들이 알았던 사실을, 애틀랜타가 최후의 궁지에 몰렸으며 메이컨 철도가 함락되면 애틀랜타도 함락되리라는 사실을, 이제는 모든 사람들이 알게 되었다.

9월 1일 아침에 스칼렛은 숨 막히는 두려움을, 어젯밤 잠자리에 들 때 마음속에 품었던 두려움으로 가위에 눌리는 기분을 느끼며 잠이 깨었다. 잠에 취해서 멍한 정신으로 그녀는 생각했다. 〈내가 어젯밤 잠자리에 들었을 때 걱정했던 게 뭐였더라? 아, 그래, 전황이었지. 어제 어디선가 전투가 벌어졌어! 오, 어느 쪽이 이겼을까?〉 그녀는 황급히 일어나 앉아서 눈을 비비면서, 걱정스러운 마음이 다시금 어제의 압박감에 짓눌렸다.

이른 아침 시간인데도 날씨는 후덥지근해서, 낮에는 구름한 점 없는 푸른 하늘에 무자비한 태양이 내리쬐어 맹렬한 폭염이 예상되었다. 바깥 길거리는 조용했다. 삐걱거리며 지나가는 마차도 없었다. 붉은 먼지를 일으키며 행군하는 군인들도 없었다. 미드 부인과 메리웨더 부인을 제외하고는 근처에 사는 이웃이 모두 메이컨으로 피난을 갔기 때문에 이웃집 부엌에서 들려오는 흑인들의 느릿느릿한 목소리나 아침 식사를 준비하는 즐거운 소음도 없었다. 그리고 집 안에서도 전혀 소리가 나지 않았다. 길거리를 더 내려간 곳에 위치한 상업 지구도 조용했고, 많은 상점과 사무실도 그곳에서 일하는 사람들이 총을 들고 시골 어디론가 출동했기 때문에 문을 닫아걸고 널빤지로 막아 버렸다.

그녀 주변의 정적은 괴이하게 조용했던 지난 한 주일의 어느 날 아침보다도 오늘 아침이 더욱 음산하게 여겨졌다. 보통 때처럼 미적거리며 잠자리로 파고들거나 기지개도 켜지 않고 그녀는 서둘러 일어났으며, 이웃 사람의 얼굴이나 마음이 놓이는 무슨 광경을 보고 싶어 창가로 갔다. 하지만 길거리는 텅 비었다. 나무의 잎사귀들은 아직도 짙은 푸른빛이었지만 바싹 말라 버리그 붉은 먼지로 뒤덮였으며, 돌보지 않은 앞뜰의 꽃들은 시들어서 처량해 보인다고 그녀는 생각했다.

창가에 서서 바깥을 내다보던 스칼렛의 귀에는 폭풍이 몰려올 때 처음 멀리서 울리는 천둥처럼 희미하고 둔감하게 까마득한 곳에서 나는 소리가 들려왔다.

〈비가 내릴 모양이로구나.〉 처음에 그녀는 이렇게 생각했고, 시골에서 자란 마음에 이렇게 덧붙였다. 〈정말 비가 꼭 와야 해.〉 하지만 다음 순간에는 ― 〈비라고? 아냐! 비가 아냐! 대포로구나!〉

마구 두근거리는 가슴으로 그녀는 창가에서 몸을 내밀고, 어느 방향에서 들려오는지 알아내려고 멀리서 우르릉거리는 소리에 귀의 온 신경을 집중했다. 하지만 희미한 뇌성은 워낙 멀어서 금방 판단이 서지를 않았다. 〈매리에타 쪽에서 나는 소리이기를 빕니다, 하느님!〉 그녀는 기도했다. 〈아니면 디케이터이기를요. 아니면 복숭아나무 샛강이든가요. 하지만 남쪽은 아니기를 바랍니다! 남쪽은 아니기를요!〉 그녀는 창틀을 더 꽉 움켜잡고 귀의 신경을 곤두세웠고, 멀리서 들려오는 포성이 훨씬 커졌다. 그리고 그것은 남쪽에서 나는 소리였다.

남쪽에서 들려오는 포성! 남쪽은 존즈버러와 타라, 엘렌이 있는 곳이었다.

양키들이 어쩌면 지금쯤은 이미 타라에 들이닥쳤을지도 모른다! 그녀는 다시 귀를 기울였지만, 귓속에서 혈관이 쿵쿵 뛰는 소리에, 먼 곳의 포성이 희미해졌다. 그렇다, 그들은 아직 존즈버러에는 다다르지 못했으리라. 그들이 그렇게까지 멀리 내려갔다면 소리가 훨씬 희미하고, 훨씬 불확실하리라. 하지만 그들은 존즈버러 방향으로 길을 따라 적어도 15킬로미터는 틀림없이 내려갔겠고, 아마도 러프 앤드 레디라는 작은 마을 근처까지 갔으리라. 하지만 존즈버러는 러프 앤드 레디에서 겨우 15킬로미터밖에 안 되는 거리였다.

남쪽에서 들려오는 포성, 그것은 애틀랜타의 함락을 알리는 조종(弔鍾)인 셈이었다. 하지만 어머니의 안전이 염려되어 병이 날 지경이었던 스칼렛에게는 남쪽에서의 전투란 타라 근처에서의 싸움을 뜻할 따름이었다. 그녀는 방 안에서 서성거리고 두 손을 쥐어짰으며, 남군이 패배할지도 모른다는 생각이 처음으로 실감 나게 느껴졌다. 공방전의 포성에 산산조각이 나는 창을 봐도 그렇지 않았고, 식량과 옷이 없어도 그렇지 않았으며, 끝없이 줄지어 들어와 죽어 가는 병사들을 보아도 그렇지 않았지만, 셔먼의 수천 군대가 타라에 그토록 가까이 접근했다는 생각을 하니까 전쟁의 온갖 공포가 그녀를 엄습했다. 셔먼의 군대가 타라에서 몇 킬로미터밖에 안 떨어진 곳에 다다랐다니! 그리고 비록 양키들이 퇴각한다고 해도, 그들은 타라로 가는 길을 따라 후퇴할지도 모른다. 그리고 제럴드는 그들을 피하려고 병든 세 여자를 데리고 피난을 떠날 수도 없으리라.

양키들이야 오건 말건, 아, 그녀가 지금 그곳에 가 있기만 하다면 얼마나 좋을까. 그녀는 잠옷이 다리에 찰싹 달라붙은 채 맨발로 방 안에서 바장였고, 서성거리면 서성거릴수록 근심은 더욱 심해졌다. 그녀는 집으로 가고 싶었다. 그녀는 어머니 곁으로 가고 싶었다.

아래층 부엌에서는 프리시가 아침 식사를 준비하느라고 사기그릇을 짤그랑거리는 소리가 났지만 미드 부인이 보낸 벳시의 소리는 들려오지 않았다. 날카롭고 침울한 프리시의 단음계(短音階) 노랫소리가 높아졌다. 「며칠 더 무거운 짐 나르면…….」 노래에 담긴 슬픈 암시에 두려워진 스칼렛은 신경이 거슬렸고, 그래서 그녀는 목도리를 걸치고 복도로 뛰어나가 뒤쪽 층계로 달려가서 소리쳤다. 「그 노래 닥치지 못하겠어, 프리시!」

시무룩하게 〈네, 마님〉 하는 소리가 밑에서 들려왔고 그녀는 갑자기 자신이 부끄러워져서 깊은 한숨을 지었다.

「벳시는 어디 갔지?」

「나 몰라요. 오지 않았어 했어요.」

스칼렛은 멜라니의 방으로 가서 문을 조금 열고는, 햇살이 밝은 방 안을 들여다보았다. 멜라니는 눈자위가 검어진 눈을 감고 잠옷 차림 그대로 침대에 누웠는데, 심장 모양의 얼굴은 퉁퉁 부어올랐으며, 가냘픈 몸은 흉측하게 변형된 모습이었다. 스칼렛은 애슐리가 지금 저 모습을 봤으면 좋겠다는 표독한 생각이 들었다. 스칼렛은 아무리 임신한 여자라고 해도 이토록 흉측한 꼴은 여태껏 본 적이 없었다. 스칼렛이 쳐다보고 있으려니까 멜라니가 눈을 떴고, 따스하고 부드러운 미소로 그녀의 얼굴이 환해졌다.

「들어와요.」 거북하게 모로 돌아누우며 그녀가 청했다. 「난 해가 뜰 무렵부터 뭔가 생각해 봤는데, 스칼렛, 하나 물어보고 싶어요.」

그녀는 방으로 들어가 강렬한 햇살이 눈부신 침대에 앉았다.

멜라니는 손을 뻗어 은근한 뜻이 서로 통한다는 듯 살그머니 스칼렛의 손을 잡았다.

「스칼렛.」 그녀가 말했다. 「포성을 들어 보니 스칼렛이 걱정이에요. 존즈버러 쪽에서 들려와요, 그렇죠?」

다시 걱정이 되어 가슴이 더 빨리 뛰기 시작하며 스칼렛은 〈그래요〉라고 말했다.

「얼마나 걱정이 되는지는 나도 알아요. 나만 아니었더라면 어머니 소식 듣고 지난 주일에 스칼렛이 집으로 돌아갔을 텐데요. 안 그랬겠어요?」

「그랬겠죠.」 스칼렛이 매정하게 말했다.

「우리 스칼렛. 스칼렛은 나한테 정말 잘해 줬어요. 친형제라도 그렇게까지 다정하거나 용감하지 못했겠죠. 그리고 난 그런 스칼렛을 사랑해요. 내가 짐이 되어 너무나 미안하고요.」

스칼렛은 그녀를 빤히 쳐다보았다. 나를 사랑한다, 그런 말씀인가? 바보 같으니라고!

「그리고 스칼렛, 난 누워서 이렇게 생각해 봤는데, 스칼렛한테 굉장히 큰 부탁을 한 가지 해두고 싶어요.」 그녀는 손을 더 꽉 쥐었다. 「혹시 내가 죽는다면, 아기를 맡아 주겠어요?」

조심스러운 긴박감으로 멜라니의 휘둥그레진 눈이 반짝였다.

「그러겠어요?」

두려움이 몰려들자 스칼렛은 얼른 손을 잡아 뺐다. 그녀의 목소리는 공포로 거칠어졌다.

「오, 멍청한 소리 말아요, 멜리. 죽지 않을 테니까요. 여자들은 누구나 첫아기를 낳을 때는 죽으리라고 생각하죠. 나도 역시 그랬으니까요.」

「아니에요, 그렇지 않았어요. 스칼렛은 무엇에 대해서도 두려워했던 적이 없어요. 내 마음을 기쁘게 해주려고 공연히 그런 소릴 했겠죠. 나는 죽음은 무섭지 않지만 아기를 혼자 남겨 두기가 너무나 두려운데, 만일 애슐리가 — 스칼렛, 만일 내가 죽으면 아기를 맡아 주겠다고 약속해요. 그러면 난 두렵지 않아요. 피티팻 고모님은 늙어서 아이를 키울 능력이 없고, 허니와 인디아는 착하긴 하지만 — 난 스칼렛이 아기를 맡아 줬으면 좋겠어요. 약속해 줘요, 스칼렛. 그리고 만일 아들이 태어난다면, 아이를 애슐리처럼 키우고, 만일 딸이라면 — 그래요, 난 내 딸은 스칼렛 같은 여자가 되기를 바라요.」

「귀신 속곳 같으니라고!」 침대에서 벌떡 일어서며 스칼렛이 소리쳤다. 「그렇지 않아도 힘든 일이 한두 가지가 아닌데, 거기다가 멜라니가 죽는다는 얘기까지 해요?」

「미안해요, 스칼렛. 하지만 나한테 약속해요. 내 생각엔 오늘 같아요. 틀림없이 오늘이라고 생각해요. 제발 약속해 줘요.」

「아, 좋아요, 약속하겠어요.」 당황한 표정으로 그녀를 내려다보며 스칼렛이 말했다.

스칼렛이 애슐리를 얼마나 끔찍이 생각하는지도 모를 정도로 멜라니는 바보일까? 아니면 그녀는 비밀을 환히 알고, 그래서 스칼렛이 애슐리의 아이를 잘 돌보리라고 믿는가? 스칼렛은 소리를 질러 가며 물어보고 싶은 거센 충동을 느꼈지만, 멜라니가 손을 잡아 잠깐 동안 자기 뺨에다 갖다 대는 바람에 질문이 쑥 들어가 버렸다. 그녀의 눈은 평온함을 되찾았다.

「왜 오늘이라고 생각하나요, 멜리?」

「난 동틀 녘부터 진통을 느꼈어요. 하지만 별로 심하지는 않았죠.」

「그랬어요? 그런데 왜 날 부르지 않았나요? 내가 프리시를 보내 미드 박사를 모셔 오겠어요.」

「아니에요, 아직 그러지 말아요, 스칼렛. 의사 선생님이 얼마나 바쁜지, 다들 얼마나 바쁜지 잘 알잖아요. 오늘 중으로 언젠가 의사 선생님이 필요할 거라는 얘기만 전해요. 미드 부인 댁으로 사람을 보내 부인더러 우리 집으로 와서 나하고 같이 있어 달라고 그래요. 언제 의사를 부르러 보내야 할지는 그녀가 알 테니까요.」

「아, 그렇게 남 생각만 하지 말아요. 병원의 어느 부상병 못지않게 멜라니도 의사 선생님이 필요하다는 건 알잖아요. 지금 당장 모셔 오게 하겠어요.」

「아니에요, 제발 그러지 말아요. 때로는 아이를 낳으려면 하루 종일 걸리는데, 불쌍한 병사들이 그토록 필요로 하는 의사를 몇 시간씩 여기 붙잡아 둘 수는 없어요. 미드 부인이나 불러다 줘요. 그 여자가 알아서 할 테니까요.」

「아, 알았어요.」 스칼렛이 대답했다.

〈중권에 계속〉

열린책들 세계문학 **148** 바람과 함께 사라지다 상

옮긴이 안정효 1941년 서울에서 태어났다. 서강대학교 영문학과를 졸업한 뒤 「코리아 헤럴드」 기자, 한국 브리태니커 편집부장 등을 역임했다. 지은 책으로 『하얀 전쟁』, 『은마는 오지 않는다』, 『헐리우드 키드의 생애』 외 다수의 소설 작품과 『안정효의 오역 사전』, 『걸어가는 그림자』, 『인생 4계』, 『글쓰기 만보』 등이 있다. 니코스 카잔차키스의 『최후의 유혹』, 『영혼의 자서전』, 『오디세이아』, 『전쟁과 신부』, 가브리엘 가르시아 마르케스의 『백 년 동안의 고독』, 버트런드 러셀의 『권력』, 알렉스 헤일리의 『뿌리』, 조르지 아마두의 『가브리엘라, 정향과 계피』, 저지 코진스키의 『잃어버린 나』 등 150권가량의 작품을 번역했으며, 제1회 한국번역문학상과 제3회 김유정 문학상(『악부전』)을 수상했다.

지은이 마거릿 미첼 **옮긴이** 안정효 **발행인** 홍예빈 · 홍유진
발행처 주식회사 열린책들 **주소** 경기도 파주시 문발로 253 파주출판도시
전화 031-955-4000 **팩스** 031-955-4004 **홈페이지** www.openbooks.co.kr
Copyright (C) 주식회사 열린책들, 2010, *Printed in Korea*.
ISBN 978-89-329-1148-9 04840 ISBN 978-89-329-1499-2 (세트)
발행일 2010년 12월 30일 세계문학판 1쇄 2024년 8월 30일 세계문학판 17쇄

이 도서의 국립중앙도서관 출판예정도서목록(CIP)은 서지정보유통지원시스템 홈페이지(http://seoji.nl.go.kr)와 국가자료공동목록시스템(http://www.nl.go.kr/kolisnet)에서 이용하실 수 있습니다.(CIP제어번호 : CIF2010004580)